国家出版基金项目
国家"十三五"重点图书出版规划·重大出版工程项目

国家社会科学基金重点项目
"新中国文学传媒史料综合研究与分类编纂"最终成果

山东大学"双一流"建设暨学科高峰计划专项资助项目

总主编

黄发有

编委会
（按姓氏笔画排序）

丁 帆	丁晓原	马 兵	王 尧	王秀涛
王彬彬	王德威	方卫平	史建国	朱晓进
仲呈祥	刘大先	刘洪涛	李 玲	李 点
李晓峰	杨 扬	吴 俊	吴义勤	何 平
何言宏	宋炳辉	张 春	张涛甫	陈思和
陈晓明	邵燕君	周根红	赵普光	胡星亮
施战军	袁勇麟	徐 蕾	黄万华	黄发有
彭耀春	谢玉娥	颜 敏		

国家"十三五"重点图书出版规划项目
国家重大出版工程项目
国家社会科学基金重点项目

新中国儿童文学史料与研究

方卫平 主编

卷二

新中国文学史料与研究丛书

南京师范大学出版社

图书在版编目（CIP）数据

新中国儿童文学史料与研究. 卷二／方卫平主编.
— 南京：南京师范大学出版社，2024.12
（新中国文学史料与研究丛书／黄发有总主编）
ISBN 978－7－5651－5779－0

Ⅰ.①新… Ⅱ.①方… Ⅲ.①儿童文学-文学史研究-中国-当代 Ⅳ.①I207.8

中国国家版本馆 CIP 数据核字（2023）第 091466 号

丛 书 名	新中国文学史料与研究丛书
总 主 编	黄发有
书 名	新中国儿童文学史料与研究·卷二
主 编	方卫平
策划编辑	张 春
责任编辑	魏 丽
出版发行	南京师范大学出版社
地 址	江苏省南京市玄武区后宰门西村 9 号（邮编：210016）
电 话	（025）83598919（总编办） 83598319（营销部） 83598332（读者服务部）
网 址	http://press.njnu.edu.cn
电子信箱	nspzbb@njnu.edu.cn
照 排	南京开卷文化传媒有限公司
印 刷	南京爱德印刷有限公司
开 本	710 毫米×1000 毫米 1/16
印 张	74.75
字 数	1342 千
版 次	2024 年 12 月第 1 版
印 次	2024 年 12 月第 1 次印刷
书 号	ISBN 978－7－5651－5779－0
定 价	280.00 元（全二卷）
出 版 人	张 鹏

南京师大版图书若有印装问题请与销售商调换
版权所有 侵权必究

目 录

专题史料与研究

第八辑　儿童文学争鸣

一、关于《老鼠的一家》的讨论

这是什么画？ ……………………………………………… 周兆定（004）
这是给儿童看的画！ ……………………………………… 严冰儿（005）
我认为它并没有错 ………………………………………… 沈鸿鑫（007）
上海作协儿童文学小组讨论《老鼠的一家》 …………… 何公超（009）
文艺作品必须坚持以社会主义思想教育儿童的原则 …… 丁景唐（011）
从《老鼠的一家》的争论谈童话创作中几个特殊问题 … 贺　宜（016）

二、关于《慧眼》的讨论

幻想也要以真实为基础
　　——评欧阳山的童话《慧眼》 ……………………… 舒　霈（024）
关于童话《慧眼》的一些问题 …………………………… 陈善文（028）
从《慧眼》谈童话特征与创作 …………………………… 陈伯吹（033）
童话中的幻想和美 ………………………………………… 萧　平（042）

三、关于"童心论"的讨论

谈儿童文学创作上的几个问题 …………………………… 陈伯吹（050）
坚持儿童文学的党性原则
　　——兼驳"童心论"和"主要写儿童论" ………… 贺　宜（060）

"童心"与"童心论" ················· 陈伯吹（071）
作协上海分会儿童文学组座谈"童心论" ········ 《儿童文学研究》记者（088）
实事求是谈"童心" ················· 鲁　兵（091）
儿童文学的特点要大谈特谈 ·············· 任大霖（093）
"童心论"辨析 ··················· 蒋　风（096）

四、关于"儿童文学教育性"的讨论

教育儿童的文学 ·················· 鲁　兵（108）
也谈儿童文学和教育 ················ 子　扬（121）
儿童文学与儿童教育 ················ 陈伯吹（127）

五、"本质论"与"建构论"

现代性中的"儿童话语"
　　——从中国现代儿童文学的起源谈起 ········· 杜传坤（132）
尊重"本质"，慎作"建构"
　　——兼及杜传坤《中国现代儿童文学史论》 ······ 刘绪源（141）
告别"本质论"
　　——《故乡是一段岁月》前言 ··········· 吴其南（145）
"反本质论"的学术后果
　　——对中国儿童文学史重大问题的辨析 ········ 朱自强（149）

第九辑　儿童文学会议

孩子们翘着小脑袋在盼望
　　——儿童文学创作座谈会侧记 ············ 简　新（164）
为创造更多的儿童文学精品开拓前进
　　——全国儿童文学创作会议开幕词 ·········· 束沛德（171）
在全国儿童文学创作会议开幕式上的讲话 ········ 王　蒙（176）
全国儿童文学理论座谈会纪实 ············ 会议秘书组（186）
为亚洲儿童文学贡献一场思想的盛宴
　　——访第十届亚洲儿童文学大会组委会负责人方卫平 ·· 刘秀娟（194）

吹响繁荣儿童文学的集结号

——全国儿童文学创作出版座谈会 …………………… 李墨波（197）

第十辑　儿童文学媒介与传播

《儿童文学研究》发刊词 …………………………………………（204）
回顾与展望

——祝贺《少年文艺》创刊三十周年 …………………… 李楚城（206）

窗口·桥梁·苗圃

——对《儿童文学评论》专版的期望 …………………… 束沛德（213）

编辑余墨：《儿童文学选刊》编者的话、编者按语掇拾 ……… 周　晓（215）
《儿童文学选刊》十二年 …………………………………… 周　晓（223）
新中国少儿期刊五十年 …………………………………… 吴乐平（229）
加油啊，网络"童话族" …………………………………… 杨火虫（235）
儿童文学推广的现状及相关策略 ………………………… 陈　晖（245）
网络儿童文学的正负文化价值透视 ……………………… 侯　颖（252）
论国内外儿童文学评奖与图书馆系统的关系 …………… 齐童巍（258）
释放与规约

——对"人教版"小学语文教材的思考 …………………… 陈恩黎（264）

出版的力量

——从三套丛书看出版对中国儿童文学的推动 ………… 孙建江（271）

童书业六十正年轻

——新中国少儿出版60年述评 …………………………… 海　飞（280）

文学的贡献 …………………………………………………… 简　平（294）
新世纪十年"儿童阅读运动"综论 ………………………… 王泉根（308）
青少年文学图书传播热点与正负效应分析 ……………… 崔昕平（326）

第十一辑　儿童文学畅销书

期刊史上的童话："《童话大王》现象"解析 ……………… 徐　青（340）
"杨红樱现象"的回顾与思考 ……………………………… 刘绪源（345）

我们该怎样认识杨红樱
　　——兼与刘绪源同志商榷 ………………………… 乔世华（353）
另一种规训
　　——作为教育故事的杨红樱童书 ………………… 赵　霞（358）
儿童文学"系列化"有喜有忧 ………………………………… 李东华（368）

第十二辑　比较儿童文学与儿童文学国际化

安徒生在中国 ………………………………………………… 叶君健（372）
中国和外国的灰姑娘
　　——中国古代有童话吗？ …………………………… 张锡昌（380）
中西流浪儿小说的发展和比较 ……………………………… 周小波（383）
中西儿童文学的比较 ………………………………………… 汤　锐（392）
中日战争儿童文学比较 ……………………………………… 任大星（399）
外国儿童文学在中国 ………………………………………… 张美妮（405）
曹文轩与中国儿童文学的国际化进程 ……………………… 赵　霞（410）
奔向旷远的儿童文学世界
　　——曹文轩的创作立场、境界与路向 ……………… 谈凤霞（420）
"曹文轩模式"与中西儿童文学的两种形态 ………………… 王泉根（424）
美国的中国现当代儿童文学研究述评 ……………………… 姚苏平（433）
民族文脉与共生美学：杨志成对民间故事的图像重述 …… 谈凤霞（446）

编年简史 ……………………………………………………………… 461

编后记 ………………………………………………………………… 491

专题史料与研究

第八辑
儿童文学争鸣

导语

  无论是对一门学科还是对一种文学门类来说，独立的学术争鸣是使其不断保持自我反省和自我生长状态的重要力量之一，而各种非独立和被操控的争鸣则是一种毁灭性的力量。这一板块收录了六组文献，它们记录了中国当代儿童文学在过去七十年间所经历过的六次比较大的争鸣，呈现了中国当代儿童文学理论批评所走过的一条曲折的演化路线：从20世纪50年代挣扎在政治斗争、阶级斗争夹缝中的"讨论"，到60年代全然服从于政治斗争的"批判"，再到80年代的"拨乱反正""恢复名誉"和21世纪的"本质论"与"建构论"之辩、畅销书之辩……简而言之，这是一条不间断地折射不同时代文化的演化之路，也是中国儿童文学的焦点不断位移之路，更是一条中国儿童文学逐渐走向成熟、趋向多元化与复杂化之路。

一、关于《老鼠的一家》的讨论

这是什么画？

周兆定

本年第 21 期《小朋友》内有一篇连环画《老鼠的一家》，画的是一个小女孩夜间睡着了，来了只大老鼠在她的鞋子里生了一窝小老鼠；第二天，女孩没有听妈妈的话把老鼠去喂猫，却把老鼠养了起来。老鼠在笼子里也玩得很开心。

不知《小朋友》杂志的编辑为什么要画这篇连环画？在应当教育儿童消灭老鼠的时候，为什么却相反教育他们去爱护老鼠？希望儿童杂志上能多多地刊载对儿童有教育意义的画和歌。

题解 本文原载《新闻日报》1957 年 12 月 23 日。文章以读者来信的形式对刊登在《小朋友》杂志上的连环画故事《老鼠的一家》提出了质疑，认为这个作品与当时消灭老鼠的社会要求相违背，不能够正确教育儿童。一封普通的读者来信引发一场涉及儿童文学政治方向的讨论，这是 20 世纪 50 年代中国特殊文化环境下的典型现象。

这是给儿童看的画!

严冰儿

本月二十三日,《新闻日报》"读者来信"栏刊登了周兆定同志批评《小朋友》杂志一稿。题曰:"这是什么画?"(当然,这题目也可能是编辑同志用来使读者耸听的危言。)

我也看了《小朋友》上刊登的《老鼠的一家》,我的回答是:"这是给儿童看的画。"

当然,这决不是周兆定同志,或者是编辑同志所期待的回答。在周兆定同志看来,"在应当教育儿童消灭老鼠的时候,为什么却教育他们去爱护老鼠?"写这故事的作者,画这故事的画家,用这故事的编辑,罪莫大焉。

我说:"这是给儿童看的画。"是不是在为那些作者、画家、编辑开脱呢? 不是。因为我觉得他们没有错,这个作品没有错。

说到老鼠,我们很容易记起鲁迅先生收集在《朝花夕拾》里的一篇《狗·猫·鼠》,他老人家记述自己在童年曾养了一只受过伤的隐鼠,他非常喜爱它,喜爱得当他听说这只隐鼠被猫吃掉时,竟然"愤怒而悲哀,决心和猫们为敌"。

这种对小动物、小生命的同情和爱护,就是《老鼠的一家》这个作品的主题。

有人说:就算主题是好的吧,但是鸡呀,鸭呀,什么不好写,为什么作者偏偏要写老鼠呢?

我说:是的,鸡呀,鸭呀都可以写,但是我们也没有权利限制作者去写老鼠,而且,我们也找不出证据,说作者就是闹别扭,偏偏要写老鼠。儿童文学是整个文学的一个部分,它同样必须通过反映生活而来指导生活。有的人只看到指导

题解 本文原载《新闻日报》1957年12月31日,是对读者来信《这是什么画?》的回应。文章认为,《老鼠的一家》是给儿童看的画,它的主题是同情、爱护小动物和小生命。文章认为,文学对生活的指导作用是建立在反映生活的基础上的,《老鼠的一家》是儿童幻想与思维的反映,是具有生活基础的。另外,文章还援引鲁迅作品中的"隐鼠"与苏联民间故事中的小老鼠为例,阐明文学中的形象不能与现实中的老鼠直接画等号这一观点。

生活这一方面,于是开列主题百种,逐一编写故事,那是行不通的。因为那种按题作文的故事,虽然也能起到一定的指导作用,却不能起到象文学作品所起的那种指导作用。我认为这作品是从生活中来的,它的浓厚的幻想也是适合儿童的思维和兴趣的。大老鼠在皮鞋里生了小老鼠,女孩子把它们养在笼子里,生活得很快活;大老鼠叫它们出来,它们也不愿意,后来大老鼠进了笼子,和小老鼠一起玩踩轮盘的游戏。(正象妈妈没有从玩具店门口把孩子拉走,结果倒是陪着孩子进去盘桓了一番。)这些是不是能随便找一种动物来代替呢?显然,这是办不到的。

有人说:这个作品对除四害运动是有矛盾的,主题虽好,也难免起副作用。

我说:副作用不能说没有,但是看一个作品究竟是应该首先着眼于它的主要方面。就象《丘克和盖克》这样的名著,也会产生一定的副作用。对孩子们的阅读,在这种地方就需要教师和父母的指导。我们要辨明的是:这个作品是不是对除四害运动有矛盾。在提出除四害运动后,儿童文学范围内是有过一番争论的。但大多童话作家都比较一致地认为:童话中可以写麻雀老鼠,而且可以把它们写作正面的形象。在童话中,一切动物是当作人物来描写的,如果谁把童话境界与现实生活混淆起来,那只有把自己弄胡涂。苏联的民间故事《拔萝卜》,老头儿后面是老太太,小姑娘,小狗,小猫,他们用尽力气,还是没把萝卜拔起来,后来来了一只小老鼠,拉了猫尾巴一起拔,就把萝卜拔起来了。这个故事曾被我们有些自作聪明的人删去小老鼠这个人物,理由是:猫要吃老鼠,老鼠会去拉猫尾巴吗?殊不知这一删,就把这个故事的表现主题的重要情节删掉了。这故事告诉读者的,正是不要忽视象小老鼠这样微小的力量。如果以为孩子看了这个《拔萝卜》的故事,就会认为老鼠是猫的亲戚,看了《老鼠的一家》就会认为老鼠是有益的动物,从而反对除四害运动,那正是鲁迅先生在论童话中说的"杞人之忧"了,他说:"他会进化,决不至于永远停留在一点上,待到胡子老长了,还在想骑了巨人到仙人岛去做皇帝。因为他后来就要懂得一点科学了,知道世界上并没有所谓巨人和仙人岛。倘还想,那是生来的低能儿,即使终生不读一篇童话,也还是毫无出息的。"

这个问题虽然经过争论,也有了较为一致的看法,但究竟还没有在社会上得出定论来,希望文艺界教育界同志来参加讨论。另外,做父母、做教师的同志研究一下这个问题,也是十分必要的。因为对儿童,特别是刚走进书的世界的低年级儿童来说,阅读是少不了父母和教师的指导和帮助的。

我认为它并没有错

沈鸿鑫

《老鼠的一家》这幅画是以爱护、同情小动物、小生命为主题,根据老鼠的特点画的一幅连环画。这幅画有没有缺点?有!主要是教育意义不够强,用老鼠代表,容易发生误解(这里不如用洋鼠妥当)。但是尽管这样,它并没有错。《这是什么画?》的批评是不够确当的。

我们知道,儿童作品主要任务是教育儿童,这谁也不能否定。但是通过什么来达到教育的目的呢?这要看什么样式最适合儿童的兴趣和爱好等。我们的童话、寓言、画里所以常用老鼠、狐狸、狼、羊等作为主角,就是为了使儿童容易接受。里面写的老鼠、狐狸等实际上已经人格化了。它们隐隐约约代表着某一种人,作者就是通过这些"人"物的故事来教育儿童的。我们绝不能将这些作品中的老鼠、狐狸、羊等与真正的老鼠、狐狸、羊混淆起来、等同起来看。另外即使是同一种动物,也会被不同作者写成不同的形象。譬如猫,有的作品中是作为勤勉的形象出现的,有的作品却写成贪得无厌的家伙,你能说前者错误?后者不对吗?我认为这是毋容非难的。作者写作时虽然都抓住动物的特点,但出发的角度往往是不一的。

《老鼠的一家》这幅画是根据老鼠的特点,从某一个角度去写它的。这里画的老鼠就不能同真的老鼠——除四害中的老鼠等同起来看。

当然,我并不是说可以乱写,如果将狐狸写成忠恳、诚实的形象,将狼写成善良、温存的形象,将熊写成玲珑乖巧的形象,那是一种极大的笑话,因为根据它们的特性,差不多成了某种性格的代表,狐狸的狡猾,狼的凶残,熊的蠢笨等,我们不必故意去改动它,也没有理由去改动它。我想,如果要改的话,一定改不好,也改不成!

题解 本文原载《新闻日报》1958 年 1 月 9 日。文章从总体上肯定了《老鼠的一家》,认为《这是什么画?》一文对它的批评是不妥当的,童话中的老鼠形象并不能被视为现实生活中的真老鼠。同时,文章也认为《老鼠的一家》存在缺点:教育意义不够强,容易引起儿童读者的误解。

那么，儿童作品要不要配合现实、担负宣传任务呢？我认为要！这是儿童作品的最重要任务之一，目前需要大量教育儿童、消灭老鼠、麻雀等的作品。但《老鼠的一家》虽有缺点，但它到底并非教育儿童去爱护老鼠，这里的老鼠是小动物、小生命的代表，这里的老鼠决非真正生活中的老鼠。当然儿童在阅读儿童作品中（包括童话、寓言、画等），可能会起副作用，因此写这类作品时最好能尽量避免，但也希望父母和教师们多加指导。

上海作协儿童文学小组讨论《老鼠的一家》

何公超

《小朋友》1957年21期上刊出了《老鼠的一家》以后,引起了老师、辅导员、儿童文学作者、家长们的注意。《新闻日报》收到了150余封来信,讨论这一套连环画。曾有11篇在该报登出。这150余封来信中,大部分认为这一套画与当前的"除七害运动"有抵触,小部分提出相反意见,认为作家可以在作品中描写老鼠,并且不一定要以反面人物出现。本社严冰儿同志也参加讨论,他的一篇文章《这是给儿童看的画!》也在该报登出。他认为这一套画的主题思想是同情和爱护小动物,与"除七害运动"并无抵触。

作家协会儿童文学小组认为这个问题牵涉到儿童文学作家、教育工作者、一般家长,值得深入讨论,因此于1月13日下午2时,召开座谈会。出席者除小组组员以外,还有市文委工作同志、《新闻日报》编辑、本社编辑等20余人。

在整整四个钟头中,大家集中讨论了两方面的问题:①《老鼠的一家》这个作品本身。② 在儿童文学作品中,"老鼠等七害"可不可以描写为正面人物?

首先,绝大部分的同志否定了这个作品,大家认为:以政治标准来衡量,它是个坏作品,因为它对"除七害",不但会起副作用,甚至会起反作用。今天我们是在提倡除老鼠,而它却在提倡爱护和同情老鼠。这是无原则的人道主义,也可以说是"反人道主义"。其次,以艺术标准来衡量,那末,它的主题思想是难以捉摸的:同志们举出七、八个项目来,认为都可以作为它的主题思想。例如:研究小动物、不听妈妈的话、用计诱捕老鼠等等。它的体裁也是混乱的,可以看作童话,也可以看作生活故事,更可以看作童话和生活故事的凑合物。但是,说它是童话,

---

题解 本文选自《儿童文学研究》总第四辑,少年儿童出版社1958年版。文章记录了1958年1月13日上海作协儿童文学小组讨论《老鼠的一家》的要点。讨论的主要议题为两个:《老鼠的一家》作品本身;在儿童文学作品中,"老鼠等七害"可不可以描写为正面人物? 讨论的结果为:绝大多数讨论者认为《老鼠的一家》无论是在政治上还是在艺术上都是坏作品;至于可不可以把"老鼠等七害"描写成正面人物,尚未得出"妥当的结论",但大部分讨论者认为"老鼠等七害"不可以描写为正面人物。

幻想不够丰富,说它是生活故事,则又不够真实。所以说,在艺术上也是失败的。

至于第2个问题,"在儿童文学作品中,可不可以把'老鼠等七害'描写成正面人物",则还未得出结论。这里有两种意见,一种意见认为在现实生活中,老鼠等七害是反面形象,是人民憎恨的对象,文学作品既然要反映生活,那末,把现实生活中的反面形象描写成正面形象,就是歪曲生活。同时,文学作品是要指导生活的,把人民所憎恨的反面形象描写成正面形象,怎么能起教育作用?一种意见是:这些害物是可以作为正面人物来描写的,因为它们一写入童话,就成为童话中的人物,而非现实生活中的人物。人家也就不会憎恨它,反而觉得可爱。有人以外国文学作品中的《蚊子打退熊》做例子。

不过,持第二种意见的人,比较起来占少数。这个问题,可以说:还没有得出大家一致的比较妥当的结论。

文艺作品必须坚持以社会主义思想教育儿童的原则

丁景唐

自从《新闻日报》在1957年12月23日刊登了一封读者来信,批评了《小朋友》第21期(1957年)上的一套儿童画(拓林设计、詹同画图),展开了"这是什么画"的讨论,在短短的半个月中间,就收到了来稿、来信113件。这些来稿来信,除上海地区以外,远自沈阳、南昌,以及安徽、江苏、浙江等地也有不少读者踊跃参加了讨论。以来稿来信的职业来分,有教师、大、中学生、机关干部、工人、职员、少年先锋队的辅导员,还有各种不同职业的家长,都热烈地发表了意见。中国作家协会上海分会的儿童文学组也围绕了"这是什么画"的问题,进行了讨论。

归纳113件的来稿来信(包括已在报上刊登的11件)的意见中,基本上有着两种不同的看法(尽管他们之间在细节上还有一些分歧之处)。对这套画持否定意见的有98人,基本上肯定这套画的有14人,还有一位读者没有表示自己的见解,提出了从教师、儿童中去收集反应,并要求作者解释构思这套画的意图。

由于许多社会人士从各种不同职业岗位,对《这是什么画?》展开了广泛的讨论,丰富了讨论的内容。这样就使得《这是什么画?》的争论的中心远远超过对这一套儿童画的讨论,而是通过对一套具体的儿童画的讨论,涉及到几个带有普遍意义的问题:

儿童画以及一切供儿童阅读的文艺作品,要不要配合当前政治运动的问题。

儿童文艺作品(包括童话)的主题和效果问题。

儿童文艺作品(包括童话)的基础是根源于现实的生活,还是可以不受现实

题解 本文初发于《新闻日报》1958年1月26日,收入《儿童文学研究》总第四辑(少年儿童出版社1958年版),作者作了较大修改。文章以关于《老鼠的一家》的讨论为契机,提出了"文艺创作必须坚持以社会主义思想教育儿童的原则"。文章认为,儿童文学作为文学的一个部门,首先要为政治服务,要为当前的政治运动服务。要坚持政治标准第一,艺术标准第二的原则。《老鼠的一家》从思想倾向到客观效果都是不好的,违背了社会主义文艺创作的原则。

的约束？在除四害运动中，老鼠可以不可以作为正面形象的问题。

对鲁迅的《狗·猫·鼠》和外国儿童文学中麻雀、老鼠等作为正面形象描写的理解问题。

对于以上这些问题，人们有着不同的见解。

严冰儿同志在《这是给儿童看的画！》（见 1957 年 12 月 31 日《新闻日报》）一文代表了当前儿童文学作者中一种不健康的思想倾向，那就是脱离了以社会主义思想教育儿童的政治方向，而笼统地主张"从生活中来"、"浓厚的幻想"、"儿童的思维和兴趣"等等。他的下面一段话在我看来，是不利于儿童文学的成长的。他说："儿童文学是整个文学的一个部分，它同样必须通过反映生活而来指导生活。有的人只看到指导生活这一方面，于是开列主题百种，逐一编写故事，那是行不通的。因为那种按题作文的故事，虽然也能起到一定的指导作用，却不能起到那文学作品所起的那种指导作用。"（这段文章中的着重点是引者所加，下同。）我之所以不同意严冰儿同志这段话的意见，因为他忽视了当前的现实斗争——伟大的社会主义现实生活，和社会主义现实主义文学作品必须有社会主义思想教育内容，然后它才能对读者（儿童）起指导的作用。由于严冰儿同志抽象地谈论文学和生活，他就不确当地赞美了这套歪曲了今天现实生活，同时也产生了不良效果的儿童画。他认为"这作品是从生活中来的，它的浓厚的幻想也是适合儿童的思维和兴趣的"。问题的根本，恰恰也就在于我们的文学是什么样的文学，我们反映的生活是什么样的生活，我们是站在什么样的立场、用什么样的观点去指导生活。没有抽象的超越阶级立场、阶级利益的文学，也没有抽象的人的生活、幻想与兴趣。文学、生活、幻想以及兴趣，归根到底都是和现实社会关系分不开的。我们当前正在展开着轰轰烈烈的除四害运动，在今天的现实生活中，成人们和少年儿童们都踊跃地参加了这个运动，他们的兴趣和"幻想"（权且借用了这个字眼）也正是把四害从祖国的土地上消灭。作者、编者首先应当以自己最大的关心社会主义建设的政治热情，去努力组织与创作密切配合除四害运动的作品，以帮助儿童认识四害的害处，参加除四害的运动。

社会主义现实主义的文学是有倾向性的。我们要求描写与反映重大的题材，强调作品主题的积极性。在除四害运动中，人们要求作家、美术家反映这个社会主义现实生活中的重大题材和除四害的主题，这是完全符合于社会主义现实主义文学原则和人民（儿童）的要求与愿望的。作家和编者对于这样轰轰烈烈的开展着的以除四害为中心的群众性爱国卫生运动，是不能无动于衷的。当然，这里所说的，是指作品应该配合现实生活的一般意义而论，并不是硬要每一作家、每一美术家非写除四害的作品不可。由于作家、美术家工作、思想、生活等等各种具体情况不同,他所选择表现现实生活的题材和手法也有不同,但总要有利于社会主义建设,有利于以社会主义思想教育人民(儿童)。社会主义现实生活的极端丰富多采,人们是欢迎作家、美术家从有利于社会主义建设出发,采用多种多样的文艺式样来从事创作的。而这套画的作者却为什么要在除四害运动中偏爱那些危害人民健康、不利于社会主义建设的害虫——老鼠呢?这是什么样的生活和感情呢?假使说这套画的主题是表现热爱、同情小动物,也为什么偏要选择今天现实生活中除四害之一的对象来混淆儿童们的思想呢?

由此看来,那种宣扬"如果谁把童话境界与现实生活混淆起来,那只有把自己弄胡涂"的一些作者,在除四害运动中偏偏主张要把老鼠、麻雀等作为童话中的正面形象来描写,似乎在他们心目中,童话是与现实生活无关的,可以任凭作者"自由"幻想的。这是童话创作的有害的理论。要繁荣童话创作,正如繁荣一切创作一样,关键在于作者深入实际斗争生活,从现实生活中汲取创作的泉源,长期地全心全意地为工农兵、为祖国的儿童服务。新的时代,要求出现新的童话。童话的题材和内容在我们的时代里也应当和我们伟大的时代相适应。

在这里,我们不能不记起伟大的共产主义导师马克思早已阐明了的著名的关于希腊的神话与现实生活关系的论点。马克思在《政治经济学批判》"导言"中曾经论证了艺术在人类历史过程中的不同特点。(详见人民出版社 1955 年 2 月出版:马克思《政治经济学批判》第 172—173 页)希腊的神话、希腊的艺术是不可能在资本主义时代出现了自动机械、铁道、机车、电报的时候产生的,希腊人的幻想、希腊人的神话只能是希腊当时的社会和自然关系的产物。

毛主席也指示过我们:"作为观念形态的文学作品,都是一定的社会生活在人类头脑中的反映的产物。"(《在延安文艺座谈会上的讲话》)一切文学作品都有它共同的政治的和艺术的要求。儿童文学作为文学的一个组成部门,它首先也要为政治服务,要为当前的政治运动服务,它必须坚持以社会主义思想教育祖国下一代的原则。政治标准第一,艺术标准第二。只有在这样前提之下,儿童文学才能发挥它的特有的作用。我们要求为人民(儿童)利益服务的政治要求能照顾读者对象——儿童的特点,通过为儿童所喜爱的生动的艺术形象,达到以社会主义思想教育儿童的目的。现在有些人离开了当前全国人民在中国共产党领导下所进行的翻天覆地的社会主义革命的现实,不努力深入到实际生活中去参加斗争和锻炼,汲取创作的源泉、创作的生命,反而认为儿童文学可以脱离当前现实斗争,而去凭空创作缺乏生命力的所谓童话境界。我们正在进行着的使

"高山低头,江河让路"的伟大事业,这就是这时代最美的诗,最美丽的童话!我们的时代是那样地丰富多采,正是我们儿童文学所应当大写特写的,不管是用诗、用画、还是用童话的形式,都是可以自由选择,极大地发挥作家、美术家的才华的。为什么有人反而会说"要求反映现实生活的斗争题材,就是限制了创作",就是"清规戒律"了呢?

我们是主张动机和效果相统一的,有为人民(儿童)服务的愿望,必须通过作品来达到鼓励人民(儿童)前进的效果。毛主席《在延安文艺座谈会上的讲话》很明确地指示了我们:"检验一个作家的主观愿望即其动机是否正确,是否善良,不是看他的宣言,而是看他的行为(主要是作品)在社会大众中产生的效果,社会实践及其效果是检验主观愿望或动机的标准。"又说:"一个人做事只凭动机,不问效果,等于一个医生只顾开药方,病人吃死了多少他是不管的。"

有人认为《小朋友》上这套画的主题是好的,表现了对小动物的爱护和同情,并且把它和鲁迅的《狗·猫·鼠》一文的主题相提并论,这是非常不妥当的。

我们对待儿童的教育,总要有一个是非的界线,告诉儿童什么是对的,应当在自己的行动中去实践;什么是错的,就不能去学样,就要反对。

《小朋友》21期上这套儿童画,选择了和当前除四害运动相矛盾的故事,要儿童不听取母亲的话,不尊重母亲的教导,而去爱护、同情和哺养除四害的对象——老鼠,这在主题上能说是好的吗?是真正爱护和同情小动物吗?我们要教育儿童去爱护和同情应当被爱护和被同情的小动物,但是,决不能是除四害对象的老鼠,决不能是非不分地无原则地讲求爱护和同情。在实际的效果上证明,这套儿童画也不是仅仅产生了副作用的问题,而是引起了儿童思想的混乱,产生了消极的效果。不少教师、家长、少年先锋队辅导员都谈到了这套画对除四害起了不良作用。有一位老师动员学生除四害,学生提出了这样的不同意见。小学生说:"老师,老鼠不能消灭。《小朋友》上画着一个女小孩养老鼠很好玩。"有不少家长、教师、少年先锋队辅导员的来信来稿,都举出了事实,向作者、编者提出了责难,是并不偶然的。

因此,我们决不能说这套画的主题是好的,而效果是坏的。事实上,这套画的思想倾向就是不好的,而客观的效果也是不好的。

再说鲁迅那篇《狗·猫·鼠》吧。鲁迅写作时正是1926年北方军阀和反动文人压迫广大人民和进步作家的黑暗时代;是弱肉强食、强暴的军阀压迫弱小者、强横的帝国主义侵略弱小民族的时代。鲁迅在这一作品中,通过对少年时仇猫爱护弱小动物的片断,大部分用议论讽刺的锐利笔锋抨击了当时军阀统治下现代评论派的反动言论。决不能把鲁迅这一作品的深广的社会意义贬低为仅仅对于隐鼠的同情。鲁迅以艺术的独特形式，配合了当前的政治斗争、思想斗争，发挥了文学作品的战斗的作用与效果。我们学习鲁迅，就是要学习鲁迅爱憎分明，密切配合当前政治、思想斗争，发挥文学作品的教育作用和战斗作用。而决不是相反。而《小朋友》上这套画，它完全和鲁迅的战斗的道路背道而驰，作品所表达的主题和在儿童中的效果都是和当前政治斗争的要求和以社会主义思想教育儿童的方向相反的。

所以，有些人把这篇作品理解为鲁迅爱护老鼠，并把它引为处在社会主义新社会、党领导人民开展大规模的除四害运动中提倡把麻雀、老鼠作为正面形象描写的一个论据，这是十分错误的，是对鲁迅和鲁迅作品的一种曲解。

又有些人以外国的童话中也有老鼠、麻雀作为正面形象出现，因此也把它列为在当时当地的中国童话中也要把"四害"描写成正面形象的依据。外国作家所处的历史条件、时间、地点，和我们今天所处的现实生活不同。这是更不能彼此相类比的。

也有人提出这样的意见，说在除四害运动中，作家、美术家尽可以将老鼠、麻雀等四害当作正面形象来描写，只要教师、家长对儿童进行阅读辅导，就可以消除这些作品的副作用。

这种说法是不对的。作家、美术家不能自己推卸责任，创作出不利于以社会主义思想教育儿童的作品，而要教师、家长去加强阅读辅导，消除不良的影响和副作用。

教师和家长，固然有责任指导儿童的阅读，但是作家们、美术家们，以及儿童刊物编者的责任却是更为重大的。教师和家长所接触到的儿童是有限的，而作家、画家的作品经过儿童刊物编者的编印出版，在儿童中的传播是更为广泛而影响深远的。许多读者和儿童殷切地期待作家、画家创作出更多更好的作品和图画；也同样殷切地期待出版社和报刊供给祖国的孩子们以更多更好的精神粮食。我们必须坚持在儿童文艺作品中以社会主义思想教育儿童的原则，克服那种脱离实际生活、不愿配合社会主义建设的有害的思想倾向。

从《老鼠的一家》的争论谈童话创作中几个特殊问题

贺 宜

1957年第21期的《小朋友》杂志,发表了一篇连环画,叫作《老鼠的一家》,大意说:大老鼠在小女孩的皮鞋里生了一窝小老鼠。妈妈要把小老鼠去喂猫,但是女孩不肯,把它们养在笼子里,看它们做游戏玩。大老鼠来叫小老鼠从笼里出来,小老鼠不肯,后来大老鼠自己也搬进笼里去住了。

12月23日的上海《新闻日报》"读者来信"栏发表了一个读者的批评。认为在应当教育儿童消灭老鼠的时候,不应该教育他们去爱护老鼠。

同月31日《新闻日报》"人民广场"上又发表了严冰儿同志的一篇文章,批驳了那位读者对《老鼠的一家》所提的意见。严文肯定了那篇儿童画,认为读者周兆定同志的批评是不正确的。文章的主要意思是下列几点:一,这篇连环画的主题好,是教育儿童同情和爱护小动物的;二,这个连环画是个童话,而在童话中,一切动物是当作人物来描写的。童话中可以写麻雀老鼠,而且可以把它们写作正面的形象;三,副作用不能说没有,不过应看这作品的主要作用。

《老鼠的一家》的这个争论反映了有些同志对儿童文学(主要是童话)的不正确看法。因此,我也想谈谈我的意见。

我基本上同意《新闻日报》"读者来信"的意见,不过觉得它还说得过于简单。《老鼠的一家》是有缺点的,它的缺点可以从作品的主题思想、艺术特点以及它能不能完成自己的教育任务这些角度来检查。

严冰儿同志认为《老鼠的一家》的主题好,这是这个作品的主要优点之一。

题解 本文选自《儿童文学研究》总第四辑,少年儿童出版社1958年版。文章围绕严冰儿的评论《这是给儿童看的画!》中的观点,提出了童话创作的几个特殊问题。文章认为,虽然儿童文学中的童话和寓言具有特殊的艺术形式和手法,但这并不意味着童话中的人物形象可以与当前的群众运动相抵触、可以脱离政治。忽视对儿童生活的指导意义,忽视不同年龄阶段的儿童思维特点,是儿童文学作家的一种严重失职。《老鼠的一家》就是一个反面典型,它的思想主题模糊且混乱。童话中的人物形象塑造要符合以下两个原则:尊重民族对动物的传统心理和感情;尊重动物本身的特点。在此基础上,才能创作出优秀的童话来。

其实，主题好未必就能肯定一个作品。何况《老鼠的一家》的主题实际上是很模糊的。严冰儿同志说：

> 谈到老鼠，我们很容易记起鲁迅先生收集在《朝花夕拾》里的一篇《狗·猫·鼠》。他老人家记叙自己在童年曾养了一只受过伤的隐鼠，他非常喜爱它，喜爱得当他听说这只隐鼠被猫吃掉时，竟然愤怒而悲哀，决心和猫们为敌。
>
> 这种对小动物、小生命的同情和爱护，就是《老鼠的一家》这个作品的主题。

我估计，这段话有两层意思。一是：鲁迅先生童年时也曾爱过隐鼠，而且还在文章中写出来，足见小孩子爱老鼠是可以作为儿童文学的内容的；二是除了幼年的鲁迅爱隐鼠以外，可能还有一些孩子也爱老鼠，所以这是"从生活中来的"（严文）作品。我想，鲁迅先生幼时爱过隐鼠，那是千真万确，有书为证，但是值得注意的是，鲁迅先生把这回忆当作了杂文的题材，而没有当作儿童文学的题材。（顺便提一下，无论是在鲁迅童年，还是他写那篇杂文的年代都没有现在这样热火朝天的全国性除四害运动。）其次，小孩爱老鼠的事不能说绝无仅有，应该承认"生活"中可能有这种情况。但是，并不是任何生活真实都值得作为儿童文学题材的。我们反对自然主义。现在还有一些同志对儿童文学存在一种比较片面的看法，以为既然儿童生活中有什么，就可以在儿童文学中反映什么，这种只强调反映生活而忽略了指导生活的一面，就是一种自然主义的倾向。对于儿童读者们说来，忽视指导生活，是作者们的一种严重失职。

当我们用某一种题材向孩子们来阐明一个思想（主题）的时候，必须认真注意尽量避免引起误解，这样就可能大大减少副作用。要作到这一点，除了需要作者采取严肃负责的态度以外，还有赖于作者对少年儿童的了解和必要的教育学的知识。一个主题，有时既适于成人也适于儿童。但是表现这种主题的题材，由于读者年龄上的显著差别而必须审慎选择。何者适宜于幼儿，何者适宜于儿童，何者适宜于十余岁的少年，这都需要从教育学的观点上加以考虑。对小动物、小生命的同情和爱护，的确可作为儿童文学的一种主题，但是就《老鼠的一家》这个作品来看，它没有完成明确地表达出这个主题思想的任务。

我们知道《小朋友》杂志的读者对象，一般是低年级的孩子，年龄在七、八、九岁之间，他们智力发展的特点是思维还比较具体；还不能，或者还不善于运用概念来进行思维。因此，所有这种年龄的读者为对象的作品，都必须特别注意如何具体明了地来阐明主题思想。在幼小的孩子的思维中，老鼠：首先是一只具体的老鼠，然后是抽象的"小动物之一种"。当成人或年龄较大的少年儿童看《老鼠的一家》时，不会怎样困难就能了解那小女孩不把老鼠喂猫而养起来，是一种"同情和爱护小动物、小生命"的心理的表现。但是，幼小的孩子要理解它，就不那么方便了。他们很可能会受到这样的启示：1. 小老鼠还小，所以应当同情爱护；2. 老鼠并不是很坏的，他们还有用，可以养起来演把戏给我们看。这当然决不是作者企图让小朋友接受的思想，但是，出现这样的误解有太多的可能。

严冰儿同志也承认《老鼠的一家》"副作用不能说没有"，"就象《丘克和盖克》这样的名著，也会产生一定的副作用。对孩子们的阅读，在这种地方就需要教师和父母的指导"。我以为这样说法会给人以一种错觉，好象任何作品即使是优秀作品，副作用也是难免的；有副作用也不妨，因为有"教师和父母的指导。"我看，副作用最好还是没有的好。作家在为儿童写作时，最好不要设想自己的作品是指望家长和教师来指导儿童阅读的。不需要指导而能让孩子们自己读懂看懂，并且不发生误会的作品，那一定比离不开"指导"的作品更好些。

离开儿童的理解水平远，不考虑儿童的年龄特点，往往会使作者的教育意图不能贯彻，甚至还可能引起误解。《老鼠的一家》就是一个例子。如果我们愿意吸取教训的话，应该把这看作是作品水平脱离群众脱离实际的必然后果。

从《老鼠的一家》的思想内容来看，它也是很贫乏模糊的。严冰儿同志认为它的主题是"对小动物、小生命的同情和爱护"。实际上，却很难看出来；只是在一定程度上表现了一种小孩子好玩、好奇的心理罢了。姑且算它就是上述那种"同情爱护小动物"的主题，但是看来：作者到底要宣扬什么和拥护什么自己也是很混乱，很糊涂的。这个主题缺乏鲜明的原则、立场和是非观点。要知道我们并不是恪守清戒的佛教徒。我们并不无原则地提倡爱护一切有生命的东西。举例说，我们并不主张同情和爱护蜈蚣、蝎子、毒蛇、苍蝇、蚊子、臭虫、老鼠、麻雀之类的"小动物、小生命"，相反，为了我们的利益，要坚决消灭它们。我们所要同情和爱护的，并且要教导孩子们去同情爱护的，是那些无害我们，或者是作为人类朋友的小动物、小生命。让小孩子们从小就学习怎样认清敌人和朋友（不论是社会的还是自然的），决没有坏处。没有阶级内容的所谓"爱"和"同情心"是没有的。固然，老鼠并不是我们的阶级敌人，但是它们是从经济（粮食）上和健康上来损害我们的自然界敌人。除四害运动符合人民的利益，也是符合我们当前的阶级利益的。在宣传"同情和爱护小动物、小生命"的时候，抛弃了这个原则和立场,就必然会造成是非不清楚,爱憎不分明。所谓"爱"和"同情",就会变成毫无原则的空洞的东西。

当然,谁也没有勉强任何作者非写除四害运动不可。但是,当全国正在热火朝天的开展除四害运动的时候,作者在自己写老鼠的作品中,不联系到老鼠的可恶和害处,反而联系到它作为一个"小动物、小生命"之可爱和值得同情爱护,那就未免有些标新立异,哗众取宠了。犹之我们目前写到那些破坏革命秩序扰乱社会治安的流氓坏分子时,不写他们的卑劣无耻,可恶可恨,而写他们作为一个"人",应该值得"同情和爱护",岂不令人齿冷。作者要写什么,和怎样写,固然有其自由。不过,如果自由就是这样,那么,我看没有这种"自由"也不坏。

所以,说《老鼠的一家》主题好,我觉得是并不怎样确切的。

另外,在谈到主题的时候,严冰儿同志还发表了一种意见,认为先有主题然后写成作品的办法是不可行的。他这样说:"儿童文学是整个文学的一个部分,它同样必须通过反映生活而来指导生活。有的人只看到指导生活这一方面,于是开列主题百种,逐一编写故事,那是行不通的。因为那种按题作文的故事,虽然也能起到一定的指导作用,却不能起到象文学作品所起的那种指导作用。"我觉得这个看法也是不完善的。先有了主题,然后撷取从生活中累积起来的适于表现这种主题的题材,来写成作品;或者是,先从生活中发现和累积题材,然后在某种主题思想的支配下写成作品;这是两种可以并行不悖的创作方法。高尔基就曾在他有名的《儿童文学主题论》中"开列主题百种",而后来苏联有许多儿童文学作家,例如马尔夏克和伊林兄弟俩,就依循着这些主题,写出了极好的作品。这是人所共知的例子。可见,问题不在有主题之先后,而在于作者之生活、知识、修养和艺术才能,其中最主要的是生活。严冰儿同志强调"儿童文学要通过反映生活来指导生活",我完全赞成。他反对那种"只看到指导生活这一方面"的倾向,我也同意。但是,我发现严冰儿同志所说的"通过反映生活来指导生活",实际上,变成了"只看到反映生活这一方面"。因为,他在《老鼠的一家》的看法上反映了这种思想。他认为《老鼠的一家》是"从生活中来的,它的浓厚的幻想也是适合儿童的思维和兴趣的"。这种"从生活中来"的题材,加上"浓厚的幻想",显然并不适于教育儿童,而他还热心地无条件地肯定这个作品,那就显出严冰儿同志所说的"通过反映生活来指导生活",只剩下后半截,而透出一丝自然主义的气味来了。

可能严冰儿同志是从童话的这个角度来肯定《老鼠的一家》的。他认为没有把老鼠写成害兽,那是童话所允许的。是的,儿童文学中的童话和寓言等,具有某种特殊的艺术形式和手法,例如允许人类以外的有生命和无生命的东西充当故事中的人物,让他们生活在作品所提供的特殊环境中,并且各各赋予不同的性格、思想、感情、语言、行为等等的能力,还让他们彼此发生一些社会关系和纠葛。这些,在现实生活中则是荒诞不经、不可思议的。因此严冰儿同志所说"在童话中,一切动物是当作人物来描写的,如果谁把童话境界与现实生活混淆起来,那只有把自己弄糊涂。"是正确的。我们应该认识童话的这个特点。

但是,也不能把童话这个特点,当作可以不问具体情况和条件一任作者兴之所至随意处理的借口。如果那样的话,必然会发生一些混乱现象。特别是当童话作品的主题存在着显著的缺陷,或者,通过童话人物的性格和行为所构成的作品的思想显然与当前的中心任务或群众运动有抵触的时候,过分强调这种童话的特殊性,就更加不妥当了。因为,那种说法实质上变成了一种遁词,使童话包上了一层神秘的外衣,脱离了政治,因而丧失了它的积极的战斗的作用。

世界各国童话艺术的创作活动已经为我们积累了一些很好的经验。其中也包括塑造童话的人物形象方面的一些原则,这些原则在观察和检查动物"人格化"问题时,是很有用的。

这是些什么原则呢?

一是尊重民族对动物(或别的有生命无生命的东西)的传统心理和感情;我们时常可以在民间童话和艺术童话中间,找出这种民族对某一动物的心理和感情之反映。例如鹰这种猛兽,在有些民族中(如俄罗斯民族)被当作一种强健、勇敢、爱好自由的精神象征,因此,在那些民族中,鹰时常以一种正面的形象出现在童话中;在另一些民族中(如我们汉民族),则把鹰看作是一种贪婪、残酷、暴虐不仁的空中暴君,它在童话中经常是以反面形象出现的。至于有些"劣迹昭彰"为人类所深恶痛绝的动物,例如苍蝇、臭虫、蚊子等,则在任何民族的童话中,都从来没有获得光荣的"职务"。在童话中,某些"坏"动物(例如狮、虎、狼、狐等)被写成了"好人",或者是既不好也不坏的"人物",这种情况很少,要有,也总是发生在主要人物全由动物们登场扮演的童话里。而且,在同一童话里和这正面形象的"坏"动物相对的,也不会是什么"好"动物。为什么呢?因为当人类并不和"坏"动物在童话中打交道的时候,就不会发生人和"坏"动物之间的矛盾问题。小读者们在这样的场合下看到"坏"动物被写成了好人,思想上还容易接受。在人和"坏"动物共处的童话里,如果这坏动物被写成了"正面形象",那么总是含有极强烈的讽刺性质。例如有一个民间童话说,有人救了一条蛇的命,后来蛇衔了一颗宝珠来送他。可是他的一个朋友却想把这宝珠偷走,结果被蛇咬死了。这条"好"蛇实在是对那些忘恩负义和见利忘义的人最大的讽刺。

毫无目的,硬是要把"坏"动物写成正面形象的这种情况,在所有成功的童话中是找不出例子的。

二是尊重这些动物本身的特点。动物的形态,生活习惯,生活现象,生活条件,行动姿态,性格等方面的特点和特征,是不仅应该与作为童话人物的性格有机地结合在一起,而且也是作者为了突出主题和便利故事的发展而在选择动物来充当故事角色时,所必须考虑的。

尊重动物本身的特点,也包括着尊重动物们彼此间的自然关系。——这一动物与它同类动物之间的自然关系和这一动物与它异类动物之间的自然关系。例如注意到雁的合群性,和它们集体生活的特点;而雁作为善飞的水禽,在童话中与它发生纠葛的,一般总是选择那些与它有自然关系的飞禽、水族,或者在自然的生存斗争关系中与它纠缠在一起的一些兽类。它们相互之间的那种自然关系,并不因为童话谈的是一些假想的事物而可以任意破坏。假如童话里讲一只狐狸如何追猎一只受伤的雁,那就尽管它完全是虚构的,但也具有充分的艺术上的真实性;可是,如果我们反过来,写一只雁发现了狐狸,就设法猎获它,把它当作一餐丰盛的点心,那就太不可思议了。

尊重动物本身的特点,也包括着尊重动物与人类之间的自然关系。有些动物作为人类的朋友,有些作为人类的敌人,有些作为与人类无关痛痒的并无严重利害关系的生命,存在于大自然之间。这就会产生人对动物的感情问题。人们在童话中决定一个动物主人翁的命运时,很少不受这种感情因素的影响。这种感情上之爱憎不同,又并不完全取决于这种或那种动物对人的利害关系,在相当程度上,是受风俗、习惯、癖好等等的影响。例如同样是对人类有害的啮齿类动物,家鼠是非常受人憎恶的,但对松鼠、栗鼠和野兔等的厌恶心理就轻微得多了。这种对动物爱憎程度上的差别,在童话人物的处理上可以找到明显的迹象。

尊重人们对动物的这种感情,固然不是所有童话作家的义务,但是过于固执的违反这种感情,并且又得不到合理的解释,看不出非如此不可的必要性的时候,读者们总会不满的。非常热衷于谁"好"谁"坏"的幼小的孩子们,尤其会发生反感。所以,在一般情况下,童话作者们可能写一只没有经验的兔子如何去搭救遇险的狐狸,却不会考虑反过来写一只狐狸,如何古道热肠毫无私心地去搭救一只遇险的兔子。

所以,固然"我们没有权利限制作者去写老鼠"或什么,但是任何作者,应该考虑有没有必要来这样做。童话作者们总是按着上述这些原则来选最适当最

"称职"的动物,以充当故事所需要的角色,否则,故事的发展和主题思想的表达,都会受到不利的影响。以《老鼠的一家》为例,跟孩子们说"老鼠怎样可爱,值得保护",不仅与"应该向孩子们进行除四害的教育"之间存在着矛盾,而且也与我们(包括孩子们)对老鼠的传统心理和感情存在着矛盾。要教育儿童"同情和爱护小动物小生命",选择老鼠来担任故事中的重要角色,这是"用人不当"。其结果是既损害了主题的思想性,也削弱了教育效果,因为老鼠缺乏那种值得同情值得爱护的小动物的典型性格和性质。严冰儿同志认为这个作品中的老鼠,不可能由随便一种动物来代替。这样说法之不妥当,我觉得是很清楚的。

严冰儿同志还引述了鲁迅先生对童话的看法,来证明《老鼠的一家》是没有缺点的。我觉得严冰儿同志对鲁迅先生的那几句话有点儿误解。鲁迅先生所说的"杞人之忧",是针对那些认为童话"不科学"、"不适宜给孩子看"的人说的,用意在于肯定童话这种文学体裁,和它所具有的丰富的幻想。不能把他的话理解为:因为是童话,因为是给小孩子看的,所以可以不问具体对象、情况、条件和它的影响及效果,任意信手编撰,那样将使童话创作出现混乱的现象。试想,如果有一位作者写一只苍蝇帮助一个人延年益寿,或者写一只乌龟和一只燕子一起飞到南方过冬的时候,难道谁能够为他解释说:"不要杞人忧天!鲁迅先生说过:孩子们'后来就要懂得一点科学了',他们那时会知道世界上没有帮助人的苍蝇,也会知道乌龟是没有翅膀的。……"

有些同志对童话创作中关于拟人的动物的处理上存在着公式化这一现象感到不满,这是完全应该的。有一个时候,动物们在童话中被分成了两大阵营——一方面是爱好和平的,一方面是侵略成性的;有时又分成了两个阶级——一方面是反动统治阶级,一方面是被压迫阶级。读者们都对这种童话感到厌倦。这种童话之所以"不堪领教",主要还不在于这种"动物分类法"或"动物阶级分析法",因为在童话中(寓言也如此),允许运用象征或影射的譬喻手法。这种譬喻的特点就是从自然界的事物中找出它们与人类社会和人类生活中的事物之间在某一点上的类似或联系,来说明作者对社会和生活的某种看法。这种手法时常被童话作者采用。我们不能要求自然界事物之间相互的关系和矛盾和我们所要讽刺或比喻的社会现实事物相互的关系和矛盾完全相同,因为事实上没有这种相同。所以,人们说:譬喻总是跛脚的。其故即如是。要么,让我们否定这种以"幻想与现实的统一"为基础的儿童文学的特殊形式——童话与寓言;要么,就承认这种跛脚的譬喻。科学的教育理论和儿童文学的传统已经为我们肯定了后者的合法存在。可见问题完全不在于象征和比喻,而在于这种童话产生公式化

的根本原因——那就是:

1. 童话的主题范围太狭仄。童话(即使是那些拟人的动物童话)的主题,不应局限于象征"两大阵营"或"两大阶级"的矛盾和冲突,而应该充分利用它的可能来多方面反映生活并指导生活。童话主题范围过仄的这一情况,实际上缩小和限制了童话的艺术任务和战斗作用。

2. 作者不依赖艺术形象来感动读者,而乞灵于动物们的"化妆演讲"。他们热衷于让动物们现身说法,让动物们阐述许多重要的道理,例如:反抗侵略之重要,团结就是力量,强暴者最后必灭亡,被压迫者应该起来斗争,和平万岁,等等,这样不但使动物们可笑地爬上了人类的政治舞台,而且,把人类的政治斗争简单化,庸俗化了。

3. 作为童话人物的那些动物们没有自己的性格——这种统一了动物自己的自然性格和人的社会性格的"童话性格"。这样,就使那些童话的人物只是空洞的概念,而不是有血肉有个性的形象,谁都可以把这一童话中的人物与另一童话中的人物任意对调,例如把一只要吃羊的狮子,改为老虎、豹、熊、狼或狐狸,只要相应地再互相调换一下它们的身材形态,或一些最起码的动物特点的描写。

我们应该坚决反对这种公式化的童话。但是,值得注意的是,有些作者们并没有检查产生公式化的真正原因,却只注意到一些表面的东西,例如,他们认为童话的这种公式化倾向是由于某些动物担任的角色太定型了。比方说,老虎、狼、狐狸、蛇、老鼠、苍蝇、臭虫等总是担任了不得人心的角色,因此,他们有意识地力求"不一般化",要打破"定型",突破公式,让童话人物中的正派角色和反派角色不要固定起来。

我们不应该一概反对童话人物传统角色的变更,而是要反对无条件的随心所欲的变更。应该注意这种角色的变更在童话所提供的具体环境中和人物相互关系中,是否和谐协调。如果不和谐,不协调,就是改得不好,或者说,还是不改的好。至于就避免童话创作上的公式化这一要求来看,那么,肯定地说,主要应依靠童话主题范围的扩大,题材的多样,人物性格的刻划和形象的塑造,离开这些,光让一切动物都能"机会均等"地担任正面或反面角色,使童话一新耳目,那不仅是形式主义,并且很有可能,会增加一些违反人们习惯心理,传统看法,以致觉得很"别扭",甚或削弱了主题思想和作品的教育效果,和造成不必要的误解的糟糕机会。《老鼠的一家》争论的发生,我看就是一个证据。

二、关于《慧眼》的讨论

幻想也要以真实为基础

——评欧阳山的童话《慧眼》

舒霈

今年一月号的《作品》月刊上,发表了欧阳山的一篇儿童文学作品《慧眼》。尽管刊物目录上标明这篇作品的体裁是小说,但是我们却有充分的理由把它看作童话。因为《慧眼》不是像小说那样真实地描写生活,其中包含的虚构、幻想成分已越出小说这种体裁所许可的范围。先让我们看一看它的主要情节吧:农村里的一个孩子周邦,从小就长了一对漂亮的大眼睛,这双眼睛能透过人体的肌肉,看见别人的心。他能看出诚实的人的心是红的,撒谎的人的心是黑的。可是由于他年纪很小,听了别人的夸奖和恭维,就昏头昏脑,骄傲起来,也就辨别不出心的颜色了。因此,他被地主、农业生产合作社里的懒汉及其儿子所欺骗和利用。后来在父亲、母亲和群众的教育帮助下,他才能真正看清别人的心。

从上面简单的叙述中,我们已不难看出,作者是企图用童话的形式来处理现实题材的。作者的这种尝试未始没有意义,因为运用童话的形式反映我们时代的生活,在我们儿童文学的创作实践中至今还是一个没有很好解决的问题,需要有更多的作者勇敢地大胆地来尝试。但是,《慧眼》这篇作品表明:作者的这个尝试失败了,并且走上了形式主义的道路。这主要表现在作品的现实内容和童

题解 本文原载《文艺报》1956年第8期。文章以童话中的幻想与现实之间的关系这一视角为基点,对欧阳山《慧眼》提出了批评。文章肯定了作者试图用童话形式来处理现实题材这一创作动机,但认为这一创作尝试是失败的。文章认为,《慧眼》中虚构与幻想的成分越出了小说这种体裁所许可的范围,因而需要用童话的体裁要求来衡量这篇作品;作品中的形象不是植根于现实生活,而是没有生活根据的胡编瞎想,导致童话形象与现实环境之间是脱节、矛盾的;作品的情节设计和人物塑造破坏了生活的逻辑,歪曲了当前农村中人们的真实关系,容易导致少儿读者思想上的混乱。

话形式的脱节上。

作品的主人公周邦是一个幻想的形象:作者赋予他奇特的智慧、非凡的本领——具有一双能透视人心的慧眼。这作为童话里的一个形象,本来是没有什么不可以的。但是,当作者把这样一个神奇的人物引入到现实生活的环境里,让他同我们时代的普通人生活在一起,和同他年龄相仿的孩子们一起游戏和学习时,却不得不使我们疑惑起来了:现实生活中真的会有这样的神童吗?童话这个体裁难道可以允许作者任意的幻想吗?

很明显,童话需要幻想,需要积极的、美丽的幻想;但是这种幻想一定要以现实为基础。也就是说,归根到底,只有生活的真实才是童话的基础。然而在《慧眼》这篇童话中,周邦这个形象恰恰是缺乏生活的真实依据的,是脱离了儿童的性格特征和心理特征的。作品中描写主人公周邦刚会说话的时候,就老是指着别人的心窝说:"会动的,给我。这会动的,给我。"当周邦七岁的时候,他想着许多事儿。"牛啦,狗啦,小鸡、小鸭啦,各种各样的小鱼啦,小鸟啦。其中有一样,想得顶多的,就是人们的心的颜色这个问题。"在这里,我们实在不能理解:一个生活在我们时代,而且是生活在农业合作社的现实环境中的七岁的孩子,怎么可能有这种"慧眼",又怎么会思索着"心的颜色"这样一个神秘的稀奇古怪的问题。

更严重的问题还在于,作者对于上述描写,不仅丝毫没有暗示读者那只是一种童话的虚构,却努力使人们相信这一切都是实实在在的今天的现实中的事。在作品里,我们三番五次地看到作者描写周邦"的确看得见别人的心",并且说有许多解放军叔叔和工作队的干部知道周邦具有这种本领。作品中有这样一些情节:当懒汉陈顺的儿子陈威要和周邦玩滚牛、掷骰子,并撒谎说"没钱也不要紧,你赢了,我输现的;我赢了,你欠着"的时候,周邦顿时看出陈威的心在突突地跳,颜色是黑的。当懒汉陈顺加入农业合作社后,为了逃避车水浸田的劳动,就借口腰疼以图达到请假的目的时,他恭维周邦说:"神童就是神童。周围百儿八十里,没有哪个不晓得你的了。……像你这样的人,要五百年才出一个呢。"周邦听了这番话,偷眼望了望陈顺的心,只见它在突突地跳,像有点黑,又像有点红,看不清楚,再定神一看,是一片大红色。……当我们读到这里的时候,我们不能不问:在我们时代的普通人中间,为什么会有这样一个具有奇异的魔力的孩子?作者这样描写,究竟有什么现实根据呢?可以肯定地说,慧眼周邦这个形象不是植根于现实生活,不是在综合、概括生活现象的基础上,通过幻想创造出来的,而是没有生活根据的胡编瞎想。

童话中的一些情节,如上面提到的滚牛、掷骰子、陈顺和周邦谈话等等,作者用现实主义的手法如实地描绘出来,读者是可以理解的;可是在这些事件的发展中穿插着"慧眼"辨别"心的颜色"这个不可思议的情节,读者就完全不能了解,不能不感到奇怪。作者没有把虚构和生活有机地融合在一起,因此这种虚构就不能在读者思想中生根,读者在感情上是排斥这种虚构和现实的生硬"结合"的。

作者把童话的环境(时间、地点等)描写得那样具体:"解放那一年,周邦才四岁"、"那一天正是春节——旧历过年的好日子"、"到了一千九百五十四年的春天,周邦又长高了,眼睛也更大,更漂亮了",以及"青年纠察队"、"青年突击队"、"社务委员会"等等,简直使读者不能不相信童话中的一切情节都是真正发生过的事件;可是读者又不能相信生活中真有这样荒诞的事件,因为每个读者都清楚地了解,在现实世界中毕竟是不会有周邦那样的神童的。作者把童话的背景过于"现代化",而不是在充满着奇幻的浪漫气氛中展开情节,因而使得读者愈加怀疑童话故事的真实基础,愈加尖锐地感觉到童话形象和现实环境的冲突。环境是具体的、现实的,人物是幻想的、神奇化了的,两者之间的矛盾在读者的印象中是很难抹掉的。

问题还不仅仅在这里,如果我们更进一步地去探讨一下,那么我们就会感到,作者最初的构思恐怕就未必是正确的,未必是合乎生活的真理的。慧眼和千里眼、顺风耳一样,是一个产生于过去的历史时代的、传统的童话形象;作家如果沿用这些形象来反映今天孩子们的幻想,当然是可以的。但是作者必须了解,任何一个童话形象都是有着产生它的历史条件和现实依据的。如中国童话中的千里眼、顺风耳、飞毛腿及外国童话中的魔术师、飞行毡等等,虽然我们看起来感到非常神秘,但它决不是凭空产生,而是反映了过去的历史时代劳动人民的智慧和愿望的。比如,千里眼是表示人们想看得更远的愿望,飞行毡是反映人们想要飞行的愿望——归根结底,是表达着人民的创造精神和要求征服自然、驾驭自然的愿望。在童话里,人民的这种愿望通过丰富、合理的幻想更加鲜明地表现出来了。"慧眼"这个传统的童话形象,同样表示了人们渴望洞察事物的奥秘、渴望自己具有非凡的智慧的愿望。这种幻想的形象在过去的神话、童话作品里出现,是有着它自己的历史的、时代的现实基础的。但《慧眼》这篇童话却明明白白告诉我们,它的环境不仅是我们今天的时代,而且还是我们的真实的日常生活中的事。而我们今天的生活中的"慧眼",应该是党和劳动人民高度智慧的表现,是党和劳动人民能够洞察事物的本质和发展规律的本领。可是,在《慧眼》这篇童话里,作者却把一个年幼的孩子描写成了今天现实生活的主宰者,似乎党和劳动人民在生活中无能为力,而只得常常求助于一个幻想出来的、具有一双神秘的"慧眼"的小孩——这难道是对于生活中的美好事物的歌颂么?也许作者的本意,正是想把"慧眼"这个小孩寓意为劳动人民的智慧,即是说,作者也许是想要把劳动人民的智慧借这个有"慧眼"的小孩而人格化,但是,我们却不能从作品中得到这样的感受;我们只能从作品中看到农业社的懒汉陈顺借故请假,只要通过"慧眼"的检验,生产队队长、周邦的父亲周华马上就准假了等等这一类所谓现实性的情节——而恰恰这些所谓现实性是根本不真实的,因为这破坏了生活的逻辑,歪曲了当前农村中的人们的真实的关系。

我们还可以了解到,作者是想借着"慧眼"这个童话形象向孩子们揭示这样一个真理:一个人无论怎样聪颖过人,都不该骄傲。但是,既然作者的构思脱离了生活的真实,作品对生活的描绘,也就不能不是一幅被歪曲了的图画。正因为《慧眼》这篇童话的基本构思不正确和丧失了同生活的联系,因此必然损害它的效果,降低它的教育意义和艺术力量。作者既没有用全部热情把"慧眼"描写成人民的智慧和力量的化身,也没有能够鲜明有力地表现出我们时代的"慧眼"应该摆脱骄傲这个弱点的必要。"不该自恃聪明而骄傲",作者企图说明的只不过是这样一点教训而已。而这个教训也是肤浅地表面地体现出来的,不是通过真实和幻想相结合的形象揭示出来的。相反,作者比较具体地描写了的倒是周邦如何去看人们的心的颜色,然而在作者所描写的现实环境中,这种神秘的力量却是不可信的,因而它在少年儿童读者中所散布的影响,也不可能是有益的,而只能导致思想上的混乱。少年儿童文学作品,包括童话在内,应该通过具有魅力的艺术形象来培养年轻一代的共产主义品质,帮助他们逐渐形成唯物主义的世界观。《慧眼》这篇作品的客观效果恰恰是和这个伟大的目的背道而驰的,它不能通过自己特有的力量来影响、促进儿童身心的健康发展。

整个说来,这篇童话在艺术上也是枯燥无味的,既缺乏丰富的令人生趣的幻想,也缺乏优美的情调和幽默感。它不能帮助少年读者通过童话的形式去理解丰富多采的现实生活,也不能启发他们的创造的想象力,引导他们去展望明天的崇高的理想境界。

《慧眼》这篇童话之所以存在上述这些问题,我想主要是由于作者对童话这种体裁的基本特征与内在的发展规律还了解、掌握得不够,同时也在于作者对现实生活和儿童生活的了解不够,以及对应当如何正确地反映现实生活和儿童生活的把握不够。没有把握到生活的真实,自然也就不能从生活中产生合理的幻想,不能把童话的幻想建立在真实的基础之上。我认为,这恐怕就是《慧眼》这篇童话之所以失败的原因。

关于童话《慧眼》的一些问题

陈善文

欧阳山同志的童话(其实体裁本身往往比体裁的分类更其复杂而丰富)《慧眼》的经验,在艺术上是一种不成功的经验。"运用童话的形式反映我们时代的生活",《慧眼》并非第一试;但是,给予常人以异禀,使一个具有特异禀赋的儿童在我们所熟悉的现代农村中按照我们的生活观念和方式生活,从而给予他以种种的社会考验,而这些考验,不是为了借"慧眼"以揭露和批判生活的落后现象,而是借生活的落后势力以揭露和批判"慧眼"本身的弱点和危险,在这些方面,作品《慧眼》具有自己独特的构思和风格。作者满腔热情地大胆地为自己的生活体验和思索寻求一种自己的艺术形式和艺术结构,这种寻求,即使失败了,它也是在自己的道路上失败的;它也是充满着自己的构思和风格的特点;它按照自己特殊的方式在实践失败的场合下,丰富了我们的文学经验。

对于欧阳山的《慧眼》,《文艺报》在1956年第9号上发表了舒霈的评论《幻想也要以真实为基础》。这篇文章,有一些意见是言之成理的,正确的;但整个说来,这是一篇论点紊乱、含混、甚至自相矛盾的文章。这是因为论文作者在分析文学作品这样的复杂现象时,脱离了作家及其作品在构思和风格上的具体特点及其复杂联系。

童话《慧眼》的基本情节是儿童周邦的一双能透视人心的慧眼。慧眼是故事的基础,然而慧眼是幻想的、虚构的形象。

既然舒霈也认为"作品主人公周邦是一个幻想的形象";而且虽口气不无勉强,但也承认"这作为童话里的一个形象,本来是没有什么不可以的";甚至说,

---

题解 本文原载《作品》1956年9月号。文章对童话《慧眼》以及发表在1956年第9号《文艺报》上的评论《幻想也要以真实为基础》一文提出了不同的看法。本文认为,虽然《慧眼》在艺术上存在不足之处,但《幻想也要以真实为基础》一文混淆了童话构思的目的与手段之间的区别,从而错误地批评"慧眼"形象是"胡编臆想"的。本文肯定了《慧眼》对童话写作艺术所进行的探索与创新,同时也指出了这一探索中的失败之处:"慧眼"这一童话形象充满了诗意与幻想,但"慧眼"的故事则是平淡、缺乏幻想的。形象与情节之间的断裂使整篇童话呈现缺乏美感的不协调,不能唤起读者的幻想与激情。

用慧眼"来反映今天孩子们的幻想,当然是可以的"。然而他仍不厌其烦地再三提出"现实生活中真的会有这样的神童吗"这样的问题。这是一个徒然的问题,人们即使踏破铁鞋,也终无觅处。知其不可问而必欲问之,这是因为在他看来,"幻想必须以真实为基础"(这是正确的),然而这作为幻想的基础的所谓"生活的真实"或"现实根据"的标准,却是"现实生活中"必须"真的有这样的神童"。试问,如果现实生活果真有这样的神童,那又算得上什么幻想呢?

关于幻想,舒需说:

> 慧眼这个传统的童话形象,同样表示了人们渴望洞察事物的奥秘、渴望自己具有非凡的智慧的愿望。这种幻想的形象在过去的神话、童话作品里出现,是具有着它自己的历史的、时代的现实基础的。但《慧眼》这篇童话却明明白白告诉我们,它的环境不仅是我们今天的时代,而且还是我们的真实的日常生活中的事。

可见,他着眼的是"时代"。在他看来,慧眼这个童话形象,在"过去的时代"是有"现实根据"的;而在"今天的时代"则是没有"现实根据"的,不可能的。这在大多数场合,实际上是取消现代童话的幻想形式。但是,须知,一切童话形象都属于幻想的范畴;而慧眼周邦也决非传统的童话形象。

中外古今,有难以计数的幻想的故事和幻想的形象,这些故事或是神仙往还,或是人神杂处,或关于人间世态;这些幻想人物,或专擅神术,或能劈山煎海,或能降妖伏怪,或生有异禀,或身怀绝技,更有动物和无生命物质的摹拟人态。这些幻想的事物,大抵可以分做神话和童话两个系列。但是,不论神话或童话,它们的特点都是幻想的、虚构的。如果,今代还是不可能的事物,那么,在古代就更是不可能的。"慧眼"这幻想如果是不可能的,那么,不管是现在或过去,此地或彼地,写得具体或写得含糊,就都是不可能的。因为如果不是从文学,而是从物质科学来看的话,他们的条件都应该是平等的。因为这世界在其无涯无际的过去和未来,都是至大无极至微无穷的物质结构。任何时代或任何地域都不能给人以非凡的本领。任何时代环境都不能为任何幻想的非凡的本领提供任何的物质真实性,但是,幻想仍是人们的愿望。在童话的领域中,幻想不仅作为人们反映自己的愿望和探索,而且常常作为一种表达思想揭露生活的矛盾和斗争的艺术手段和艺术方式。

童话《慧眼》的主人公周邦的慧眼是幻想的,但慧眼周邦的形象决非传统的童话形象。作为传统的形象,它不仅带着这种形象的个别特征,而是带着古代幻想的各种历史特征的整体。周邦的慧眼即使采取古代童话形象的个别特征而与古代幻想有某种联系,但到底慧眼周邦的形象是经过作家改造过的具有现代特征的现代的幻想的形象。而慧眼周邦的形象,慧眼这一特征并非幻想的目的,而是幻想的桥梁,艺术的手段和方式。这正如公冶长的善解鸟语的耳朵,李子长的能画活物的手,戴宗的日行千里的脚,以至俄罗斯八等文官可伐罗夫的逃亡的鼻子(果戈里),伊萨蒂可夫的喜欢推理的野兔等等,在这里,形象的某种形体的或本能的特征往往只是作为幻想在艺术上的假借和寄托。未必会有人去论证这些童话的幻想的形象的物质真实性,因为人们深知如果这样做,就势必要陷入无穷无尽的怀疑之中而不能自拔。

慧眼的形象和许多童话形象的非凡禀赋和非凡威力,都是作为人们窥测隐秘、制服自然、战胜邪恶、鞭挞黑暗、讥讽落后的手段,都是童话对于生活的幻想方式和艺术方式。单纯的欣赏和赞颂某种特异的禀赋,在童话中是没有的。在童话《慧眼》中的周邦的慧眼,显然并不是它的构思的目的。由于舒雩不是把它看做艺术构思的方式和手段,而始终把它看是作品的构思的目的,因此,他就不从慧眼在生活中所受的种种考验及其教训上而是从仅仅作为艺术的方式和手段的慧眼本身,去找寻作者的构思的"现实根据"和"生活的真理",从而,就认定慧眼的形象是"胡编瞎想的"。这是不公平的。批评的锋镝正如俗语所说那样,是"误中副车"了。这颇有点象这样的笑话:一个人坐在一架收音机前面,它正在讲一个故事,然而他听着,听着,他到底没有听进去,因为他正在想着另外一个有趣的问题,他终于不胜惶惑起来:"这难道是真的么?难道这也算是嘴巴,世界上真有这样的嘴巴么?"

慧眼是为它的故事——一个有益的合理的教训服务的。童话《慧眼》通过周邦的一双能透视人心的"慧眼"及其经验,向人们揭示一个生活的真理,这在作品后面是说得很清楚的:

> 听了别人夸奖,先别骄傲。一边听,一边还要看看他的心肠。一个人就是长着一双非凡的眼睛,他还是看得很有限的。大伙儿的眼睛总是明亮得多。

这就是作品的主题思想,故事的构思的基础。

《慧眼》的故事所揭示的周邦的生活经验及其教训有没有"现实根据"呢?

应该承认:是有根据的。这首先是我们生活中存在着尖锐的矛盾和斗争,生活要求人们在复杂的现象中分清敌我和辨别是非好坏;坏人总是多方掩蔽自己,而骄傲和幼稚,却往往使人很容易受骗上当。人们在生活中曾经有过无数的痛苦的经验;而作者在写作童话《慧眼》的时候,当时国内正在进行着尖锐的政治斗争,这一点,对作者的写作动机和构思未必就没有影响。其次,人们总是把人的行动表现与其思想和心理活动联系起来看的。人心虽属奥秘,但却是可能认识的。所以,童话《慧眼》中的慧眼这一形象,也是一种合乎生活规律的幻想。

"慧眼"把周邦引到各种生活场合中,从而暴露了、批判了慧眼的弱点和危险。周邦这孩子"听见人家的恭维话,他就会头昏脑胀,心里麻麻痒,什么事都不管;听见别人骂他,他心里可不着急,头脑反而冷静起来";有时只要顺眼看一看陈威的心,就能看出那心黑得"象一只老鼠";但是,如果陈威稍微恭维几句,他就"心忙意乱起来,眼睛发潮,喉咙发渴。有一股热气从头发根里冒出来,好不难受","连他的心肝都忘记看一看";有时"偷眼望了望陈顺的心,只见它在突突跳着,象有点黑,又象有点红,看不清楚";有时只要一张红纸,就可以蒙蔽他的眼睛,使他受骗。作品在这些细节上的描写,是真实的、深刻的。

有人认为《慧眼》散布了唯心主义的影响,这恐怕也未必正确。童话的幻想和迷信神灵的唯心主义思想理应有所区别。而且在作品中,作者不是渲染慧眼的神秘,而是批判慧眼的弱点。这弱点,只要陈顺的几句甜言蜜语,就象咒语一样,可以使他"头昏脑胀,天旋地转"的。

然而,在艺术上,《慧眼》还是一篇不能唤起读者的幻想和激情的失败的作品。当我们在读着它的时候,我们始终感到一种缺乏美感的、幻想受到束缚和压抑的不协调的感觉。

慧眼,这是活泼的,充满诗意的幻想;但是,《慧眼》的故事,却是平淡的,缺乏诗意的。诗意,我想,这就是当生活是那么强烈地吸引着人们,当人们是那么全神贯注地渴望着和行动着的那些际遇和那些感受。如果,作者以他的透彻的热情和活泼的想象来揭开生活的帷幕的话,那么,也许《慧眼》就会有生活的那种蓬勃的充满幻想的诗意。然而,从《慧眼》的故事来看,作品中的主要人物周邦和陈顺父子却缺乏那种牵引着人们的行动的、使人不达目的决不甘休的明确的目标和意志;因而也缺乏那种人们各自为着自己的意志而奋斗的紧张的行动积极性。

慧眼,这是一个童话式的有活泼的诗意的幻想,但是,就是这一点,作者也是没有完成的。因为这一幻想只有在它的与其相适应的童话情节中,才有它的安身立命之处,才有它的和谐的真实感和美感,它才能得到发挥和充实。生活给予作者以美妙的灵感,作者大胆地把童话的幻想与我们现代的生活联系起来,可惜,作者终于犹豫起来,拘谨起来了,没有更进一步使自己所描写的那种生活也充满着命题所要求的童话的浪漫主义的幻想的情节和气氛。而这是可能的。作者的愿望和实践已经证明了这一点。

《慧眼》的失败,是与作者的构思分不开的。而作者的构思或者与这些情形不无关联:作者是想把《慧眼》写给孩子们读的;同时,作者似原就准备给孩子们揭示一个自己曾经长期观察过和思索过的生活教训;至于作者给自己的人物选取的现代农村环境和关于农村土地改革与农业合作化的一些情节,看来也不是偶然的。因此,作者就把慧眼这一幻想的特异的禀赋给予幼童周邦。

作者既然把慧眼这一幻想的特征赋予幼童周邦,这一方面使幻想获得了形体和生命;但同时,却又不能不承受它的"宿主"的局限性。周邦这个人物的生活界限大大限制了幻想的开展和充实。因为:一、周邦的慧眼是和人们的辛勤的劳动、丰富的生活经验相脱离的,这就大大束缚着慧眼在感受中和在表达中的富有诗意的想象;二、慧眼这异禀对于周邦是一种不自知的不能自制的东西,是一种盲目的力量,他还不能自觉地运用这种力量去干预生活;三、而考验着他的却是农村的严重的斗争,周邦的年龄和生活限制了他的行动的主动性和积极性。这些都限制了作品的浪漫主义的想象、诗意和幽默感,使得故事只能在有限的范围中和平淡的生活中进行。由于慧眼与其"宿主"周邦的矛盾,由于周邦与其周围生活的矛盾,因而故事不能在充满童话的幻想的情节中和气氛中展开,因而作品给予读者的感觉是缺乏美感的不协调的。而这主要是慧眼这种诗意的幻想与其缺乏诗意的情节的不协调。这种不协调使作品的真实性在艺术上受到了破坏。

从《慧眼》谈童话特征与创作

陈伯吹

在我们国家的儿童文学园地里,也有一株童话树,可是这株树上的花,向来没开得茂盛过,也从未有过灿烂怒放的一天。这是为大家所关心的、也是十分希望的一件事。

自从 1955 年 9 月以后,儿童文学园地里的情况,可以说有了根本的改变,一种寂寞凋零的情况有逐渐转变到欣欣向荣的现象,这株童话树上总算也绽放了两三朵花,《慧眼》①就是其中的一朵。

在《慧眼》发表了以后,受到读者们的重视而纷纷提出意见,无疑地,这对于童话的创作前途是带来了可喜的音讯。我们先后读到了评论《慧眼》的四篇文章②,总的来说,《慧眼》作为一篇创作童话,是没有能够写得成功。

《慧眼》究竟失败在哪里?

我同意舒霈同志的"从童话的体裁特征上去衡量"和黄庆云同志的"从童话的创作方法上看问题"的说法。因此,我就不必重复他们的话,只是请容许我把个人对于童话这一体裁的特征补充些意见,带便谈到童话的创作。当然,这还不免是极不成熟的肤浅的见解,不过在"百家争鸣"的鼓舞下,谈谈愚者一得之见罢了。

诚然,《慧眼》的失败的关键,是在于幻想和现实结合的不协调,不谐和,破坏了童话传统的体裁特征。这问题,也就连带及作家理解"童话"的问题,以及

题解 本文原载《作品》1956 年 12 月号。文章以童话《慧眼》为契机,并以古今中外经典童话为艺术参照,对童话这一文体的艺术特征进行了探讨。首先,本文认为,童话要有诗的美感。《慧眼》的其中一个失败之处就在于它写得比较暗淡,没有美感。其次,本文认为一篇童话作品的成功和失败,现实和幻想的结合是创作上的关键,也是最困难的一点。《慧眼》中的人物是幻想的,但环境则是现实的,因此作品存在着严重的破调。最后,童话要有幽默与愉快。童话所给的艺术快乐愈多,童话所起的教育作用愈大。《慧眼》所描述的日常生活无法构成奇异的图景,不能让读者愉快和激动。

① 《作品》1956 年 1 月号。
② 《文艺报》1959 年第 9 期;《作品》1956 年 9 月号。

掌握童话这一体裁特征的问题和表达它的艺术手法的问题,所以,童话的创作是被认为"从事这个困难而美丽的文体"①的工作。

"童话"本来是口头文学的作品,劳动人民为了要求改善生活而作出了英勇抗争的夸张的浪漫的描绘,为了追求幸福生活而发挥了劳动创造的奇异的幻想的叙述,这是表现着人民的无穷无尽的智慧和美好完满的理想。所以目前存在的一些民间童话,虽然都经过诗人、作家的艺术加工了的,还多半是屠龙宰蛇,降妖伏怪,补天奔月,劈山煮海等等的虚构假想的故事,其中出现着巧媳妇、长发妹、田螺姑娘、聪明的长工、勇敢的英雄等等的理想人物(当然也有凶恶的人物),此外也还出现着怪石磨、夜明珠、聚宝盆、金芦笙、能言树、智慧花、飞行马、金角鹿、银蹄羊等等稀奇古怪的东西,这些无非都是表达劳动人民的善良的愿望,因此也为广大的人民大众所喜闻乐见,流传勿衰,而形成了童话的艺术形式和思想内容的传统。

近代的和现代的作家,因了社会思想的进步,自然科学的发达,即使要写作童话,可以肯定说,不会再写这样的老一套的内容了,因为他们没有生活根据。正如鲁迅先生所说过的:"现在倘有新作的童话,我想,恐怕未必再讲封王拜相的故事了。"②但是在艺术表现手法以至于体裁形式这方面,却还是采用了的。这正是文学创作上的"旧瓶盛新酒"的方式方法,而这方法也就成了童话这一种艺术类型的特殊法则。正象其他艺术类型一样:小说、诗歌、戏剧、相声等等都各有各的特征。童话尽管可以采用各种适当的材料来写作,但是必须服从于童话的形式所给予内容的反作用的限制和要求,也就是要求必须符合于童话这一体裁特征的创作方法。

首先,"童话"是要有诗的美感。

童话虽然不同于诗,但是它要象诗一样美。不论哪篇好的童话,它所显示的童话世界,总是一个异常美丽的场景,洋溢着多采的艺术气氛,试看安徒生写的穷苦得象小乞丐似的卖火柴的女儿,王尔德写的霸占花园的自私的巨人,都写得那么美,那么有诗意,那么激动人的感情。

有一部分同志会担心童话要求写得象诗这么美,那就很可能失却童话对于揭露黑暗、讽刺罪恶的作为一种艺术武器的作用。不,这样的担心是属于过虑。《卖火柴的女儿》非常深刻地揭露了阶级社会的矛盾,《巨人的花园》尖锐地讽刺

---

① 《苏联人民的文学》上册,第213页。
② 《勇敢的约翰》的"校后记"。

了自私者的下场,这就证明了童话即使准对着社会的阴暗面和带有消极性的事物来写,并不是不能写得美丽动人,恰象我们在《死水》①里所读到的那样,而且仍然发挥有力的教育作用,这正是童话的特色,也是童话最能进行美育教育的理由。

童话《七色花》的作者卡达耶夫在《关于儿童戏剧》的报告中,谈到童话剧时,他说:"童话的主要长处在于它在时间、空间上可以自由地活动,它能够达到巨大的诗的和哲学的概括,它把艺术成分和教育成分融合起来。"这就是说童话是高度的思想性和艺术性的结合的作品,它的教育作用是由于强烈的艺术的感染的力量,烙印在读者心头上的印象深刻得永远不能磨灭。

从这一点来看《慧眼》,那么,我们不能不说它写得比较是暗淡、忧郁的画面,而绝不是明朗、新鲜的镜头。作者没有把现实生活经过细致地提炼,作着高度的概括,表达出审美的艺术形象来。因为没有美感,作品也就不可爱,不动人了。如果说这也是儿童文学园地里的百花齐放中的一朵花,那么,它是已经褪了色泽的,没有香味的,给人以近似干瘪的感觉。

其次,"童话"是要有夸张和幻想。

童话既然在时间、空间上可以自由活动,那就有不根据实际的夸张的可能性,这是说,童话中的主人公们的行动,可以完全不依照自然的法则和科学的规律,这在现实生活里当然是不可能的,除非他们存在在幻想世界中,才能达到无条件的"行动自由"。所以"真正的童话里应该有幻想。……要是没有幻想的因素,没有一定成分的魔法,就没有童话了。"②这个意见是为大家所早就公认而且接受了的。

童话既然是具有幻想成分的虚构的假想故事,因此童话中主人公们的浪漫的、奇异的自由活动,甚至于表现了超人和超自然的事实,也只是在似真非真、似假非假的"梦游状态"中。而读者阅读童话时,也是如在雾里看花,有可望而不可即的感觉。

虽然如此,童话中所有的幻想,毕竟是植根于现实生活而在现实生活的基础上成长发展起来的,好比是人的影子一样。它并不是一匹无羁的任意奔窜的野马。它是一种自然的、社会的复杂现象和尖锐斗争的在人们意识中的概括的反映。

伟大的高尔基对于这曾经有过精辟的解释:

---

① 闻一多:《死水》。
② 《苏联人民的文学》。

……一个自然科学家在他的思想测量着、计算着而停留在一个已经量过和已经算过的事物之前,无力再把自己的观察联系起来,从自己的观察作出准确的实际结论时,前来帮助他的是"假想"。那时候,帮助研究家的假想说:"也许,是这样的吧?"于是科学家就用附有条件的假定之环来补充他观察脱节之链,造成"假说",这假说或是由事实进一步的研究来加以证实——于是我们就获得严格的科学理论,或是事实,经验把这假说驳倒。①

这不仅仅是说明了幻想的来由,并且也说明了幻想的作用。幻想常常是作了思想的活水的源头。

童话大师安徒生曾经在他的作品《梦神》中嘲笑了那个头脑僵化的老曾祖父。其实也是嘲笑了一切轻视并低估幻想的人。

星期六晚上梦神又向床上的孩子讲故事,可是墙上挂着的一幅画象却向他开口说:"请听着!您知道,路却埃先生,我是哈尔马的曾祖父。您对这孩子讲了许多故事,我很感谢您,不过请您不要把他的头脑弄糊涂。星星是不可以摘下来,也不能擦亮!星星都是一些球体,象我们的地球一样。它们的所以美妙,就是因为这个缘故。"

"……现在请您讲您的故事吧!"于是路却埃拿了他的伞走出去了。

星期日晚上,当梦神来到的时候,哈尔马就把挂在墙上的曾祖父画象翻了一个面,好使他不再象昨天那样,又来干涉他们。②

这个讽刺是辛辣的。但是对于短视而没有理想、抱着"实用主义"的人们来说,这样地不受欢迎,也实在咎由自取。他们蜷缩在富丽美妙的幻想的、灿烂得不可迫视的童话之前,闭上了眼睛含含糊糊地尽唠叨着:"不可以!违反科学!那是骗人的、骗小孩子的!"

果戈理对于这样顽固的人,在他的童话作品里借着铁匠的嘴气愤愤地说:

……可是他们还说童话全是骗人的玩意儿!哪个该死的说童话是骗人

---

① 高尔基:《论童话》,《时代》第 47 期第 29 页。
② 《安徒生童话选集》第 128—129 页。

的玩意儿!①

其实,童话的幻想适合于成年人读者,特别是适合于年幼的小读者,是有它科学上的根据。关于这一点,从别林斯基以来,进步的民主主义的作家和教育家,已经屡屡恺切说明。

杜勃罗留波夫就从儿童心理的研究上,在他的《教育论文集》中作着分析说:

> 儿童读物首先应当正确地诱导儿童的想象力,因为儿童的想象力,比儿童在童年时代的其他任何活动能力都要旺盛,因此也比其他能力更加需要营养,更加需要适当的指导。……

由于长期以来的进步的作家和教育家们所作的努力,目前对于童话中的幻想的事物,已经很少有人在它们上面硬插"迷信"、"不科学"等等的标签(实在插的是"斩条")了。

不过,童话虽然容许幻想在童话世界中自由活动,但是它来到童话里也不是绝对无条件的,它到这个奇异的国家里来,也带着"护照",一方面它是现实生活的代表人,而另一方面它有它独立的身份,这两者间的关系必须要搞得很和谐。所以它的一切活动,最好让读者知道这不过是一种虚构,表达了善良人们的愿望和理想。它从来不是现实生活的事实和主宰。但是它是现实生活中的真理和象征。

一些古老的民间童话作品,一开头就说得很有意思:"从前有个……","很多年以前,这儿有……","在古时候……"等等,这些话就暗示着读者:童话原来是虚构;或者意味着这些发生的事情早就过去了,现在已不再存在。虽然近代的童话作家已经很少用这"老一套"的其实还是不错的开头(也应该是变换些新鲜的开头的时候了)。但是在童话作品中他们总是随时随地在暗示着读者:"这是虚构的'假想'的'故事'。"

举例说:在嘉乐尔著名的童话《阿丽思漫游奇境记》中,那个可爱的女主人公在每一分钟里都有奇怪的变化。一会儿她变得那么小,可以随便地钻进兔子洞里去,一会儿变得那么大,只能和蹲在大树梢上的鸟儿谈话。她在那个深得仿佛没有底的洞里碰上了无数奇异惊骇的、见所未见、闻所未闻的事情,可是到了

---

① 《圣诞节前夜》第60页。

最后作家巧妙又轻松地请出了她的姊姊来,说她做了一个什么梦。可是她自己还不相信呢。

这多么有含蓄有余味啊。

一篇童话作品的成功和失败,现实和幻想的结合是创作上的重要关键。用譬喻来说吧,这两者间的关系应该是化学的溶合而不是物理的配合,这中间应该是成为天衣无缝,即使戴上几千、百倍的扩大镜还是找不出它们的痕迹来的紧密的结合。而结合的程度又要如炉火纯青般地既不过于强烈,也不过于微小。如果太强烈,必然会灼伤了童话的美丽的身体;如果太微小,也就不能照耀出童话的美丽的姿态。总之是要恰如其分地、灵活运用适当的题材和巧妙的艺术手法,表达出真实而又暗示着虚构。

这是童话创作上最重要的一点,而也是最困难的一点。

童话若不是和现实生活紧密地有机地联系起来,就会使童话变成一面凹凸不平的"哈哈镜"。孩子们将从这面镜子里看到的只是作家所虚构捏造的丑陋古怪的世界,而不是象阳光通过三棱镜所反射出来的绚烂璀璨的七彩虹霓。

《慧眼》在这一点上处理得也是不够好的。作者把主人公周邦夸张成为具有幻想成分的神童式的人物,这是可以的;但是却没有给以相应的幻想的童话世界的环境,这样一来,这个神童就仿佛脚不着地地悬在空中,他没有向"童话派出所"报进户口,因而也就不能在"童话世界"中落户。尽管他已经披上了幻想的魔法的衣服,具有一双"他心通"的慧眼,然而在童话读者看来,总觉得他既不是幻想的,也不是真实的,在很大程度上感觉到一种不和谐的感觉,好象一件衣服上突出着皱纹而没有熨得平贴似的看上去不舒服。

《慧眼》的人物是幻想的、童话的,环境是现实的、小说的,因此作品自身存在着严重的破调,就没有力量来感染读者,起一定的教育作用。

同样的,在《神笔》里的神童马良,他也有奇特的非凡的本领,能够用笔在任何地方画出真东西来,要羊画羊,要牛画牛,正和周邦的一双慧眼能洞察他人的心窝,会动的,会动的,红的,黑的一样。可是马良所处的时代和地点是早已过去了的,无从查考,这正是作者暗示着"这是虚构";所以读者自然而然地认为:"这是童话。"

可是《慧眼》里的周邦却生于 1945 年,父亲是农业合作社的生产队长,他的社会环境里还出现着"青年突击队"、"社务委员会"等等,描写得非常细致、具体、踏实,这样恰恰不符合童话的创作规律,——这不是清规戒律,而是某一种艺术类型的特定法则,不可能设想写诗而不重视音节、韵脚,甚至格律。写童话也是这样。——不能浮光掠影地写出童话所特有的轻灵的场景。

试看在《神气活现的小兔子》里,小白兔曾经跑到过酣睡着的猎人身旁,好玩地偷取他的一支枪。从这情节上说来似乎已经写得太现实了一些,但是好在作者米哈尔柯夫把这件事情发生的地点放在不知名的旷野的森林里,不在一个真实的特定的环境里,这样处理就不觉得突出生硬了。如果让小白兔跑到热闹的都市里的大街上来,爬上五层楼去偷取猎人的枪,那么,读者和观众的感觉将会怎样呢?将会怎样去想呢?

所以,在童话中的不论哪一个幻想的化身,一方面固然要植根于现实生活而在现实生活的基础上成长起来;但在另一方面,童话的真实并不是在程度上要求达到百分之百,或者百分之八十以上的真实,如果是百分之百的真实的话,那就不是幻想,也就没有童话了。它所要求的真实,只是维妙维肖的"神似"。

有一部分同志或者会有这样的怀疑,是不是今天的事物就不能写进童话中去?这个问题的答案是反面的。可以写进去,就是要看艺术手段的处理是不是已经向读者暗示过"这是虚构的",而读者看过以后也毫不混乱地确实知道这是虚构,不存在的事,不过借用它来比喻、象征现实社会中的事情而只是吸取其中的经验教训。正如诗人普希金在童话诗《小金鸡》最后两行上所说的:

> 童话虽然不真,可是含意却深!
> 对于年轻的人是个教训。

曾经看见过两张漫画,都是讽刺今天的事物来作为描绘的题材,但是因为它们符合漫画的夸张和想象的艺术法则,而令人看过以后是久忘不掉。一张是讽刺基本建设中的浪费铺张的:画着慈禧太后向滥用琉璃瓦铺厕所屋顶的工程师说,"当初我却没有想到这个"。另一张是讽刺美国式的假民主的:画着大腹便便的麦卡锡衔着雪茄,一手拿着手杖,一手插在林肯铜象的衣袋里搜查有没有共产党的传单。漫画中的一个人物是幻想的、不真实的,但是另一个人物是今天还存在的、真实的,因为结合得巧妙,构成的事实只是有此可能而并不能在今天发生,叫人一看就知道这只不过是夸张和想象罢了,不认以为真,但已接受了从讽刺的幽默中所产生的严肃的教育。

童话和漫画在较大的范畴里可以说是同一种的艺术类型。作家如果把普通的概念和现象夸张到很高的程度,从而在这种夸张之下,失去了原来的真实的性质和形式,却获得了相应的超自然的性质和形式。这就是幻想,就是童话的实质。

怎样很好地幻想结合现实,可能有一百条道路,在于作家在他的巨大的艺术劳动和认真的创作实践中去摸索前进,创造开辟出自己的艺术道路来。

最后,童话是要有幽默和愉快。

不论读什么样体裁的文学作品,总没有象读童话这般快乐:当它赞美歌颂英雄的、聪明的、善良的人物时,读者觉得无限喜悦;就在它嘲笑讽刺懒汉、蠢货、傻瓜、恶棍的时候,读者也会觉得好笑不止。童话的机智、幽默,充分地运用语言的艺术,构成了整篇风趣诙谐的文字。读者从作品里尽情地享受了艺术的快乐,也获得了道德的教训。没有谁读了格林的《七个勇士》、安徒生的《老头子做的事总是对的》、沃尔夫的《圣诞节鹅奥古斯塔》,嘴角上不泛起了笑意。

中外古今所有的童话作家,也没有谁不注意到在自己作品中安排着引人入胜的故事和逗人笑乐的幽默,以及深入人心的好思想。我们也可以从自己祖国的古典文学《西游记》、《镜花缘》、《聊斋志异》等等中找到证明。

别林斯基在他评论奥陀耶夫斯基的童话时,就把童话的这一特征娓娓地说了出来。

> 他的童话有着多么温柔多么富有生命力的气息啊,他多么奇异的技巧,有时似乎用最简单的故事就能引起人的想象,勾引起人的好奇心,唤起人的注意!
>
> 如果你们同他在一块儿去蹓跶蹓跶,你们准会得到极大的愉快:你们可以跑、跳、吵闹,而他却将向你讲述每一根草,每一种蝴蝶叫什么名字,它们怎样生出来,怎样长大、死亡,又复活成新的生命。[①]

读过《八音盒里的小城市》和《霜老公公》的,都会体会出这些话是真实的,而童话就应该是这样的童话。要知道童话所给的艺术快乐愈多,童话所起的教育作用愈大。这也就是童话和寓言以及小说划清界线的地方。

然而《慧眼》并不能够这样。作者写着周邦伦眼望了望陈顺的心,和陈威一同玩滚牛、掷骰子等等一连串的事情,都是平淡无奇而不是新鲜有趣的,也不能把这些平凡的日常生活构成不平凡的奇异的图景,这就不能使读者起愉快的激动,也感受不到什么了。

[①] 《别林斯基论教育》第128页。

目前青年作者们都爱写诗,也爱写童话,这是和他们的爱美,憧憬着美丽的世界,向往着幸福的明天有关联,这是一种可宝贵的心情和创作欲望。不仅要培养,还要鼓励。而青年作者们如果写童话,往往采用着现代的题材,这是自然而然的,是和他们的生活联结在一起的。那么,应当很好地在《慧眼》的失败的创作经验上记取教训,不害怕困难、也不害怕失败地努力写出阐释"现代生活"和提出"现代问题"的新童话来。

克鲁普斯卡娅在她的《我们的儿童需要什么样的读物》里提到过:

> 我们优秀的作家应当创作现代的童话,生动的,具有吸引力的,形式彻头彻尾是儿童的,并且从内容的观点来看,是经过深思熟虑,彻头彻尾是共产主义的。

她这篇文章是在热烈地响应着高尔基那篇有名的纲领性的论文《论儿童文学主题》的。因为这位伟大的作家确定了童话的意义、它的发展的道路和它的教育作用,他曾经一再指出童话可以激发儿童的创造性的想象能力,扩大日常生活的知识范围,并且能够由此而作着透视,预见未来。所以他这么说:

> 在童话里,首先具有教育性的"虚构"——我们思想的奇异能力超在事实之前,眺望着远处。①

从教育学和心理学的立场看来,在儿童文学范围内的各种文学体裁,对于叫"儿童时代"的孩子们来说,根据他们年龄的特征,还有文化的程度,童话是最适宜的最好的文学读物。可惜的是我们儿童文学园地里的这株童话树,年年是歉收。在"百花齐放"的文艺方针下,我们要加倍勤勤恳恳地耕耘,在繁荣儿童文学创作的同时,繁荣童话创作。

---

① 《时代》第47期第29页。

童话中的幻想和美

萧 平

在谈到童话的特征时,人们总是立刻想着幻想。是的,没有幻想,也就没有童话。但是,也有这样的情况,一篇童话里有幻想,但它却并不是好童话。批评家说,这是胡思乱想,这种幻想是有害的。于是,难题就出来了:怎样才算是有益的幻想呢?而怎样又是有害的幻想呢?

对于这个问题,某些批评家的回答是:有现实基础的幻想是有益的,没有现实基础的幻想是有害的。问题好像是答复了,但其实等于没有答复。因为是否有现实基础这个尺度像橡皮圈一样,有时拉得很大很大,有时又缩得很小很小。当然,批评家用起来很方便!凡是好的童话就给套在"有现实基础"里面,凡是不好的童话就给套在"没有现实基础"里面。这样,当然很省事,但对于理论研究和创作实践都不会带来什么益处,反而会引起混乱。

我们看看这样几个例子。

卡达耶夫的《七色花》是一篇很优美很受人欢迎的童话。童话里写一个小姑娘(是今天的小姑娘)去买面包圈,回来的路上,她光顾看周围的景色了,没注意,让狗把面包圈吃了。她去追狗,没有追得上,自己却迷路了,走到一个陌生的地方。她哭起来。这时出来一个老太婆给了她一枝小花,告诉她只要扯下一个瓣来,念念口诀,扔出去,就会得到任何自己想要的东西。小姑娘高兴地接过小花来。她要面包圈,要花瓶,要玩具……七个花瓣已经用去了六个了,她很珍惜这剩下的最后一瓣,不知道要点什么东西才好。就在这时,她看见了一个跛脚的孩子,她就用这最后的一个花瓣把孩子的脚治好。

题解 本文原载《儿童文学研究》1958年第5期。文章聚焦于童话这一文体的关键特征之一"幻想",提出了"怎样才算是有益的幻想呢?而怎样又是有害的幻想呢?"这一议题。文章对《七色花》和《慧眼》进行了比较分析,并概括了童话幻想应具有的一些品质:适合于儿童的兴趣、理解能力和想象规律;美的,有益的;使儿童知道这是虚构的,是现实生活中不存在的。本文还认为,童话的幻想是手段,不是目的;处理幻想的手法具有多样性和复杂性等特点;童话的美涵盖了人物形象、意境、语言等层面。最后,本文得出如下结论:《慧眼》是一篇没有美的童话。

童话的成功是不容争辩的。可是为什么会是这样的呢？有人说：这个童话是有现实基础的。

另外一篇苏联童话《失去的时间》，是写两个孩子（也是今天的两个孩子）不好好念书，结果他们的时间被老妖婆偷去了，他俩变成了十分难看的小老头和小老太婆。以后他们知道了自己的过错，就到老妖婆那里把时间偷了回来，他们又变成原来的样子，变成了两个可爱的孩子。

这是篇不好的童话，读了以后，使人感到恐惧和嫌恶。但人们批评它的主要理由却是：没有现实基础，或幻想和现实脱节。

还有一个例子是贺宜同志在《目前童话创作中的一些问题》（《人民文学》1956年8月号）中提出的《慧眼》。这篇童话是写一个孩子（也是今天的孩子）从小就有一双奇异的眼睛，能够看透别人的心是什么样的。后来由于他骄傲自满，就失去了这种神奇的力量，并且被农业生产合作社中的懒汉欺骗和利用。最后经父母和群众的教育帮助，才又恢复了"慧眼"的力量。

《慧眼》也是一篇不好的童话。但是不好的原因是什么？贺宜同志说："问题是，作者在一个现实生活中的人物身上，赋予一种不可思议的神奇力量，而这个非同寻常的神童又和我们这一时代的普通人生活在一起，并且以他的神奇力量来影响生活。这样就造成了幻想和现实的脱节，这种离奇的'幻想'就不能不使人觉得是对生活的歪曲。"

人们有理由这样问贺宜同志：《七色花》里也是"在一个现实生活中的人物身上，赋予一种不可思议的神秘力量（能要来任何东西，能做任何事情的七色花），那个小姑娘也是和我们这一时代的普通人生活在一起（妈妈，面包铺的人，跛脚的小孩），而且她也以她的神奇力量来影响生活（治好了那个男孩子的跛脚）"，为什么《七色花》就是"有现实基础的"，而《慧眼》却是"没有现实基础"的呢？

恐怕问题并不如贺宜同志说得那样简单。《七色花》为什么好，被人喜爱，《慧眼》为什么不好，不被人喜爱，这里面显然还有着另外的原因，需要深入地细致地加以研究的原因。

过去伟大作家在为童话的存在和发展而斗争的时候，总是同时指出童话不能引起孩子们思想的混乱。童话创作的困难的关键也就在这里：既要有幻想和魔法，要有趣，能启发孩子的想象力，又要不致引起孩子思想的混乱，要能够收到教育的效果。就是说，既要使孩子在超现实的境界和事件里得到幻想的驰骋和美的享受的满足，又要在这当中培育他们分辨是非的能力和爱美憎恶的情感，锻炼他们的意志力量。这就要求童话作家要以十分严肃认真的态度来对待童话创作,从情节、结构和人物的安排,一直到环境烘托和语言的运用都要经过一番匠心的安排。我们要使童话中有大胆巧妙的幻想,有趣而离奇的魔法,但这些又必须是:第一,适合于儿童的兴趣、理解能力和想象规律;第二,美的,有益的;第三,使儿童知道这是虚构的,是现实生活中不存在的。关于第三点,我认为这是我们创作当代童话时很应注意的一点。这点处理不好,就容易引起孩子们思想的混乱。我曾向一个六岁一个九岁的孩子读过《七色花》和《慧眼》。读《七色花》时,她们带着天真的微笑,轻松愉快地听着,完全被引入了幻想的优美境界里去,听到有趣的地方,就哈哈大笑起来。听完以后,我问她们这是真的还是假的,他们毫不犹疑地大声回答:"假的!"可是在读《慧眼》时,她们的脸色却渐渐严肃起来,当读到那个孩子看到妈妈的心在跳动的时候,她们的脸色在紧张中掺杂着恐惧。作者对孩子讲这个故事的时候口吻是那样认真,写了那么多的真实的现实生活的细节,并且还有许多解放军叔叔和许多工作干部作证,所以当我最后问这两个孩子是真是假的时候,这两个可怜的孩子完全陷于混乱了。那个九岁的孩子知道的事情多一些,竟把这和她爸爸到医院去透视的事联系了起来,她认真地对我说,医院里也有那样能看见人的心的医生,并埋怨她爸爸以前哄她,说那是机器看见的。《慧眼》的作者无疑的是要通过他的作品给孩子一些教育,而实际上,他的作品里也的确包含着教训。但这篇作品的实际效果却违反了作者的意愿。由《慧眼》我连带想到《冷酷的心》,这是一部优秀的影片,但据我看来,它对于孩子是不适宜的。

我们如果仔细地比较研究一下《慧眼》和《七色花》这两篇作品,对于如何创作以现代生活为题材的童话,就会得到许多有益的启发:第一,作者叙述的口吻不能太认真,要让孩子听得出来你这是在虚构故事(你一点也用不着担心孩子会不喜欢听)。第二,环境可以是现实生活,但不要写进太多的逼真的生活细节,应该只把现实环境勾出个轮廓,在这轮廓上再涂上一层童话的色彩,使得人物行动的环境亦真亦假。第三,现实生活中的人也可以获得魔法力量,但这魔法力量不要跟科学知识或生活常识混淆起来(就孩子的理解能力来说),应该大大夸张一下,使孩子一听就能听得出这是编造的,不可能是生活中真有的。第四,孩子有自己的生活、兴趣范围,因此这些魔法力量的运用也就不应该超过这个范围。而且也只有这样,童话对孩子来说,才可能是有趣味的,童话中的教训才可能为孩子所接受。第五,不管环境、人物还是语言,都应该像诗一样优美。(这点下面将详细谈谈)

以上几点,就正是《慧眼》所没有做到而《七色花》恰恰做到了的。也就是《慧眼》失败的原因和《七色花》成功的原因。

我们设想一下,假如《七色花》中的小女孩获得魔法力量,不是在一个带有童话色彩的、由于迷了路而跑到的"生地方",由一个"不知道从哪儿走出来"的老婆婆给了一朵小花,而是一种天生的生理上的力量;她运用这魔法力量的范围,又不是一个小女孩子的生活、兴趣范围——要面包圈、玩具、治好一个她想要跟他玩的小男孩的跛脚,而是让她把农业合作社组织起来,让农业合作社增加了生产,或是让死去的老祖母复活,或是去把英法侵略军从埃及赶出去。假如是这样的话,这篇美丽的童话将会变成什么样子呢?但是有些人正是把这样不伦不类的东西当做是富有教育意义的作品强塞给了儿童。

不应该笼统地反对赋予现实生活中的人以神奇的力量,反对他以这神奇力量来影响生活。要具体地分析赋予了现实生活中的人什么样的神奇力量,怎样赋予的,他又以这神奇的力量怎样去影响了生活,是在什么环境、什么范围内进行的,有些什么意义和趣味,孩子读了后有些什么教育效果。不去做这样具体的、细致的分析,只是笼统地说一句"不行",就会陷入简单化。这样简单化的理论,既不易说服人,又限制了童话创作的发展。看一下现在出版和发表的童话,写动物故事和根据民间故事改编的占大多数,写当代生活的人则很少。这原因可能是多方面的,但某些不很科学的理论、见解限制了童话作家,把童话作家赶出了现代生活的领域,不能不说是主要原因之一。

贺宜同志在文章中为写现代生活的童话提供了一个范例,就是高尔基的《叶夫雪卡的遭遇》。为了能够把问题说得更清楚些,只得引那一大段原文。

……一天,他坐在海边钓鱼,钓鱼是很沉闷的事情,假如鱼没有活动,不咬钩的话。可是天气又很热,叶夫雪卡就疲倦地打起盹来,于是,砰的一声,掉到水里去了。

掉到水里头,并没有什么,他一点都没有害怕,他静静地游着,然后钻下去,马上摸到了海底。

他坐在一块被红海藻软软地盖着的大石头上,向四面张望着——好得很!

一个鲜红的海星,不慌不忙地爬着;一些有胡子的龙虾,在石头上稳稳当当地走着;螃蟹横行阔步地动着;在石头上,到处都有海葵散布着,恰像一些大个的樱桃。还有各种稀奇古怪的玩意儿,在四面八方,真是数不胜数:

在这里,海百合开着花,摇曳着;飞快的小虾,跟苍蝇一样闪动着;在那里有一个海乌龟慢慢地爬着,在它的硬盖子高头,有两个翠生生的小鱼在做游戏,就跟蝴蝶在空中一样;在那里,还有一只寄居虫拖着自己的壳子走……

贺宜同志在引了这一大段原文以后说:

"要知道叶夫雪卡这孩子,他掉进海里而能不被淹死,既不是由于神奇的力量,也不是作者的信口开河,而只是一个孩子'亦真亦梦'的幻想境界。'叶夫雪卡就疲倦地打起盹来,于是,砰的一声,掉到水里去了。'这'砰的一声'到底是什么呢?高尔基在故事的末尾隐隐约约地揭穿了秘密……原来'砰的一声'是钓竿掉下海去的声音。而这一声引起了孩子的梦幻。在梦幻世界中叶夫雪卡当然可以随心所欲地在海中游来游去,游得跟鱼一样好。"接着贺宜同志又说:"……把'胡子'和龙虾联想在一起,把大个的樱桃和海葵联想在一起,把苍蝇和飞快的小虾联想在一起,把蝴蝶和游戏的小鱼联想在一起,这些正是孩子们在生活中所熟悉的。想象绝不是凭空发生的,首先是作者从现实生活中找出真实的东西和幻想的东西两者之间的联系或相似之点,然后又找出它们能够在故事的主人翁的幻想中反映出来的根据——第一,由于叶夫雪卡是一个孩子;其次,他又是一个生活在海边的、对海的秘密有一定知识的孩子;第三,由于胡须、樱桃、苍蝇、蝴蝶之类在孩子的生活和意识中占有它们的地位。"

按照贺宜同志的意见,以现代生活为题材的童话的幻想只能是:一、想象;二、在梦境里实现的;三、想象中的事物必须是主人翁经验过的和与主人翁经验过的事物有联系的。在这里,贺宜同志干脆把幻想和想象混为一谈,实际上等于取消了幻想。根据这样的意见,那么,《七色花》的一开头就应该改成:"有一个小姑娘叫珍妮,有一天,她做了一个梦……"可是这样一改,不叫它童话,而叫它故事又有什么不可?根据这样的意见,《雪女王》等童话就要被认为是作者的"信口开河"了,因为那个主人翁小女孩并没有过过皇宫的生活,也没有经历过强盗的生活,更没有到过北极。她一路上所经历的事物与她过去生活经历中的事物有很多怎么也找不到想象的联系。可是我们知道,《雪女王》曾在苏联上演,受孩子们的欢迎,它也没有带给孩子什么有害的胡思乱想,相反,倒使孩子懂得了勇敢、善良和友谊。高尔基的《叶夫雪卡的遭遇》是一篇美丽有趣的童话,值得一切童话作者好好学习。可是如果把这篇童话的某些表现手法抽出来作为一切童话处理幻想的原则,而没有看到童话中处理幻想手法的多样性和复杂性,显然是不好的。而且,贺宜同志过低地估计了儿童的理解能力,其实,只要童话写得好,你即使不说这是梦里的事,儿童也不会把它当做真实的。

童话这一文学样式,有着自己的内容和形式的特征,如幻想、魔法、诗一般的美、人民口头创作的叙述手法,等等。其中,我认为最重要的是美。美是童话的灵魂。童话对于美有着自己的独特的、更高的要求。美在童话中也得到独特的、更突出、更完满的表现。这就是人们把童话和诗并称的原因,把伟大的童话作家称为诗人的原因。童话,这就是诗,就是美。

童话中的美首先表现在人物形象上。《海的女儿》中的海王的小女儿,"她的皮肤又光又嫩,像玫瑰的花瓣,她的眼睛是蔚蓝色的,像最深的湖水"。《野天鹅》中的小艾丽莎,当"风儿吹过屋外大玫瑰花组成的篱笆,对这些玫瑰花低声说:'还有谁比你们更美呢?'可是玫瑰花摇摇头,回答说:'还有艾丽莎!'"《金色的海螺》中的姑娘在少年的眼里是——

> 看见有一团五彩的光环,
> 罩着一个美丽的姑娘。
> 她穿着月光似的衣衫,
> 她的头发好像早上的阳光。

她们的外形是美的,可是她们的心灵却更美。读过《一朵小红花》,谁能忘记那个三女儿?她不要大姐喜欢的镶宝石的金皇冠,也不要二姐喜欢的使人青春永驻的镜子,她要的是一朵美丽的小红花。当她知道父亲有生命危险的时候,她就情愿代替父亲去牺牲。她是那样谦逊、善良,又是那样温柔。她不要岛上的人称她女主人,不要那里的一切财富,只希望回到父亲的身边。但是当她知道那个岛主人如果离开了她会痛苦得死去时,她却又情愿留在岛上陪伴着他。那个沉静和深思的海王小女儿,为了救出年轻的王子,她不顾自己可能被船木砸死。多少个黄昏和夜晚,她冒着危险游到王子宫殿的旁边,躲在月光的阴影里,悲哀地望着那个自己救出来的心爱的人。为了能成为一个人,能够得到王子的爱情,她忍受着没有止境的痛苦,付出了自己最美丽的声音。最后为了让别人得到幸福,她又不惜让自己化成泡沫。小艾丽莎为了要救自己的哥哥们,她的像海水一样柔嫩的手让荨麻烧满了水泡。深夜,忍受着恐怖的折磨穿行在墓地里。为了哥哥们,她牺牲了自己的一切幸福,最后,甚至差一点牺牲了自己的生命。还有《金色的海螺》中的姑娘和《马兰花》中的三女儿也都是这样善良的化身。在一般文学作品中也有着关于正面人物的善良品质的描写,但是童话中人物的善良品质却以一种独特的色彩突现出来,以一种绝对的美突现出来。

童话中的意境是美的。有人说,童话的意境是诗一样的意境。不,这样说还不够,诗的意境也不能像童话的意境那么美。我们只消回想一下这样的几个场面:在深蓝色的海水下面,在用珊瑚砌成的宫殿里,海的女儿沉默和深思地站在窗边,透过海水,朝上面凝望着……月夜,在大海的边上,在大理石的宫殿前,年轻的王子沉思地站在那里,海的女儿躲在阴影里,悲哀地望着他……在静静的海滨上,美丽的艾丽莎坐在地上,她的小弟弟——年轻的天鹅伏在她的身旁,把头藏在她的怀里,她抚摸着他白色的翅膀……当海螺姑娘要和少年分别的那天夜里——

> 月亮光,穿过了天窗,
> 屋子里像银粉洒满地上。
> 少年甜甜地睡在木床上,
> 海螺悄悄哭得好心伤!
> 一针针,替少年缝补衣衫,
> 一件件,替少年叠好衣裳。
> 她一次再一次走到少年身边,
> 摸着少年的头发轻轻地歌唱。

这些是多么美的意境呵!这种美的意境只有在童话里的幻想的自由世界里才能有。这种美的意境净化了人的感情,使人变得更高尚,更美好,更善良。

童话的语言是美的。在一般散文中,使用诗的语言在修辞学上说是有毛病的。但童话却具有使用诗的语言的极大的自由。它可以用美丽的比喻,可以用能够引起人的丰富的联想的象征,可以暗示,可以夸张,它很概括,但又很具体,它是明朗的,也是含蓄的。它丰富而多彩,新颖而自然,它充盈着饱满的情绪和深刻的思想,它有着音乐一般的和谐和图画一般的色彩。

此外,童话中的景物描写是美的,叙述是美的,思想也是美的。

童话中的美是完整的,和谐的,独特的,突出的。它是童话的灵魂,是童话的基本特征。

幻想也是童话的基本特征。但它只是童话的手段,而不是童话的目的。由于有幻想,童话中才能有特殊的、非人间的境界,才能给人物安排下特殊的遭遇和命运,才能表现出人物的非凡的力量和品质,美才能在童话中得到独特而完满的表现。

没有表现手段,也就没有了内容;取消了童话的幻想,也就取消了童话独特的美,童话也就失去了灵魂。

我们的某些童话作者,他们把追求幻想当做目的,因此,尽管他们的童话中有着大胆的出奇的幻想,但却不给人以美感,也就谈不到教育意义。有的正如一些批评文章指出的,反而造成了孩子们思想的混乱。

还有一些童话作者,他们过于热衷于表达他们的教训,因此,整篇童话只是"爱劳动"、"团结友爱"的图解,那里面既没有震慑人心的美的形象,又没有使人神往的美的意境。这样的童话尽管它也有幻想,但却是童话的躯壳。

如果谈到《慧眼》,我认为它正是一篇没有美的童话。

我们目前的童话不是幻想得太多,而是幻想得太少。我们的童话创作很不景气。批评家的责任在于深入仔细地研究,找出正确的原因和途径,为我们的童话创作打开出路,开辟广阔的园地,创作出更多的像诗一样美的童话来。

> 后记:这篇文章还是于1956年冬写成的。最近又读到了《慧眼》的续篇《亲疏》和《比赛》。我认为这两个续篇并没有带来什么新东西,所以我对《慧眼》的看法如旧。1957年3月号《作品》上齐云和瑞芳两位同志写了为《慧眼》辩护的文章,其中重要论点之一是说,《慧眼》并不是童话,而是小说,把《慧眼》当做童话来批评的人首先把批评对象就弄错了,因此一切批评也就落了空。如果真是这样,倒真是大笑话。我也是把《慧眼》当做童话来批评的。我认为在名字上费口舌是无谓的,重要的、不可更改的是作品的内容和形式的特征。如果齐云、瑞芳同志一定要把《慧眼》叫做"小说"的话,那么,这样的"小说",就其内容和形式的特征来看,也可以和童话放在一起来讨论的,因为它很像童话。

1957年3月16日

三、关于"童心论"的讨论

谈儿童文学创作上的几个问题

陈伯吹

较长的时期以来,读到了不少不相识的、然而是很可敬爱的青年们的来信。

如果把这些充满着热情的一部分信的内容综合归纳起来,可以得出如下的几个问题:什么是儿童文学?它的特点是什么?这种作品是不是要写儿童?可不可以写成人?光写成人行吗?写的题材是否只限于写儿童的日常生活以及他们所熟悉的事物?等等。自从1955年9月《人民日报》发表了"大量创作、出版、发行少年儿童读物"的社论以后,这类的信更加多起来。这是一个极可喜的现象,也是一件极值得重视的事情。

这样的一些问题,在从事业余写作的人来说,是并不轻的"额外"的负担;尤其是对我来说,是作了力不胜任的课题,很可能谈得不全面、不深刻,还有错误,心里很惶惑。现在特地写出来,无非也作为问题提出来,引起同志们的讨论。

题解 本文原载《文艺月报》1956年6月号。文章首先强调了一个基本前提:儿童文学与成人文学一样从属于政治并且要为政治服务,要担负起思想教育、语言教育等各种任务。在此基础上,作者提出了儿童文学的特殊性,认为正确、深刻理解儿童文学的特殊性是儿童文学创作得以展开的必要前提之一。写作者只有与儿童站在一起,从儿童的角度出发,体会儿童的心灵,才能创作出儿童喜闻乐见的作品。本文是二十世纪五十年代末至六十年代初被批判的"童心论"的核心文献之一。这篇文章的主要观点曾被认为是资产阶级的"童心论"而遭到猛烈批判。

一

什么是"儿童文学"呢？这正象"文学"一样，要直截了当、完整又扼要、一语中的地说出它的一个概念来，可实在不容易。如果说"儿童文学是专为儿童而创作的文学作品"，当然不能说是不正确的说法，但是等于没有回答问题。我想根据平时学习所得，尝试着作这样的回答：

> 儿童文学是文学领域中的一个部门。它反映着一般的文学的方向和潮流，并且和成人文学同样从属于政治而为政治服务。一些革命英雄斗争的、社会主义和平建设的，包括工业化和农业集体化等等重大主题，在儿童文学中也毫不例外地同样可以作为重要的题材而创作。而社会主义现实主义的创作方法，是儿童文学不是唯一的、但是是最好的创作方法。在创作过程中，应该、必须掌握和照顾儿童年龄特征。
>
> 儿童文学并不是教育学的一部分。但是它要担负起教育的任务，贯彻党所指示的教育政策，经常地密切配合国家教育机关和学校、家庭对这基础阶段的教育所提出来的要求——培养社会主义新人，通过它的艺术形象，发出巨大的感染力量，来扩大教育的作用，借以获得影响深刻的教育效果。
>
> 儿童文学要动用多种多样的体裁（小说、童话、寓言、诗歌、剧本、传记、游记和历史的、科学的故事，等等），为它的读者对象揭示社会生活现象，扩大知识范围，培养他们唯物主义的世界观，以及高尚的道德情操和艺术兴趣。
>
> 它除了完成文学所应有的共同任务以外，还要完成一项特殊的任务，进行语言教育以发展、丰富儿童的语言，并提高他们阅读的能力。为此，在强调儿童文学的思想性和教育意义的同时，也要反对忽视和轻视它的艺术性，不把它看作艺术品的错误观点。

这样的说法，自然也不是完满的，只能对于"什么是儿童文学"这一问题提供作为一种讨论的参考意见罢了。

不过有一点可以肯定下来，就是儿童文学有它的"特点"，或者说是儿童文学的"特殊性"也可以。要不，它何所区别于成人文学，而必须在文学以外另立名目呢？

如果能够读一读国内的和苏联的儿童文学作品，在分析研究作品的基础上，联系实际地去理解儿童文学的意义是更加有益的。举例来说：关于革命英勇斗争的《鸡毛信》、《我和小荣》、《让它发光》、《总工程师》等；关于肃反防特的《刘士海爸爸的皮包》、《偷听来的谈话》等；关于农业集体化的《五分》、《蟋蟀》、《小小的牛司令》、《野樱树》、《米嘉的幸福》、《绿山谷集体农庄》等等，这些作品和同样主题思想内容的成人文学作品，在处理题材上、在剪裁结构上、在描写形象上、在语言艺术上，是有些什么不同的地方，为什么会不同，要从这些上面去好好地比较、分析、钻研，是可以得出相当的结论来的，同时也就能够理解"什么是儿童文学"的正确意义了。

二

目前，在我们从事儿童文学工作的同志们中间，对于所谓"儿童文学的特殊性"这一问题，存在着不同的看法，因为彼此理解不一致的缘故，反映在创作和批评上的看法也有了分歧。

这是值得谈一下的问题。

有一些同志忽视儿童文学的特殊性，在思想上存在一种"轻视"，以为这无所谓，只要写得浅些、短些，少用艰深的字眼，少写冗长的、复杂的语句，反过来多写一些"猫啊，狗啊，……跳呀跳，蹦呀蹦，……"这就够了。这样的简单化、庸俗化的理解，不仅是显得非常不够，而且是犯了追求"儿童化"的形式主义的错误。高尔基说过："文体的简洁和明晰，并不是用降低文学质量的办法来达到的，这是真正艺术技巧的结果。"所以为儿童写作，需要和给成年人写作同样严肃认真，甚至需要加倍努力才对。决不是"不同于成人文学的仅仅是写得坏一些，仅仅是在里面以简陋代替朴素"①。

儿童文学的特殊性是在于具有教育的方向性，首先是照顾儿童年龄的特征。说明白些，是要求了解儿童的心理状态，他们的好奇、求知、思想、感情、意志、行动、注意力和兴趣等等的成长过程。在这一基础上运用文学创作的艺术手法，根据共产主义教育的目的和内容，用丰富多采的人物形象，用艺术风趣的文学语言，来揭露他们的精神世界和反映他们的生活，同时也就在这艺术的生活图景中，教会少年儿童如何对待生活，如何培养自己的道德和人生观，同时也传达了

---

① 阿苏尔柯夫：《苏联儿童文学和它的任务》（报告笔录）。

科学知识——一般的文学只通过思想、形象来感染读者,而不传达科学知识的,但儿童文学在形象感染之外,还传授知识,这就是儿童文学中的科学文艺作品的任务。这当然又是儿童文学的特点之一。

谁也明白这个道理:学龄前的幼童,小学校的低年级、中年级、高年级生,以及中学校的初中生,因为他们的年龄不同,也就是他们的心理、生理的成长和发展不同,形成思想观念和掌握科技知识也是在不同的阶段上,儿童文学作品必须在客观上和它的读者对象的主观条件相适应,这才算是真正的儿童的文学作品。

"每一个进入儿童文学的作者都应当考虑读者年龄的一切特点。否则他的书就成为没有用的书,儿童不需要,成人也不需要。"高尔基的这几句话说得多么精辟啊。

因此,怎样正确地、深刻地理解儿童文学的特殊性,对我们儿童文学工作者来说,是极端必要的,并且是有益的。

有一些同志,相反的,过于把儿童文学的特殊性看得深奥而神秘,认为这是一种专门知识,因此小心谨慎地在"专门"的前面,不敢"破除迷信",怅然而去,这就使得儿童文学门前冷落,这情形是阻碍着儿童文学的发展和繁荣的。

其实,儿童文学在业务知识上除开特别要钻研"教育学","儿童心理学"等以外,也很难说再有其他特殊之点。它既然是文学领域中的一个部门,它的理论根据也就是一般的文学理论,也还同样要学习政治,使具有高度的思想水平;深入生活,求得丰富的积累;提高文学修养,掌握艺术技巧,才能创作优秀的儿童文学作品。

一个有成就的作家,能够和儿童站在一起,善于从儿童的角度出发,以儿童的耳朵去听,以儿童的眼睛去看,特别以儿童的心灵去体会,就必然会写出儿童所看得懂、喜欢看的作品来。作家既然是"人类灵魂的工程师",当然比儿童站得高、听得清,看得远、观察得精确,所以作品里必然还会带来那新鲜的和进步的东西,这就是儿童精神粮食中的美味和营养。正如苏联教育家马卡连柯所说的:"它应该一直在这一综合①的前面,把儿童带向前进,到他还没有到达的那些目的。"专给儿童喝乳汁是不可能成长得正常健康的。

如果作家以为创作儿童文学,必须和儿童站得一样高,比如我们有这种情形,尽力在自己的作品中学小娃娃的话,装"老天真",学"孩儿腔",这对于作家来说,显然是一种"委屈",也显然是对于儿童文学特殊性的一种误解。

儿童文学是有它的特殊性,但并不是不可捉摸的,而是能够掌握它的。在创

---

① 指一定年龄的心理综合。

作的时候,这个特殊性也的确增加了麻烦的条件,然而也不是不能克服的困难。作家如果忠实于社会主义现实主义的创作,这就不是额外的劳动负担。既然作家要求进行社会主义现实主义的创作,而这一作品又是针对某一特定的读者对象——有意识地为儿童创作的,那么,除了必须考虑适合儿童的主题思想、题材内容、艺术形式,以及估量他们的文化程度和阅读能力以外,也还必须体验儿童的生活,了解他们的求知的心理,好奇的兴趣,注意力的容易涣散和不易持久,由于生理上迅速成长的缘故,喜爱活动而憎厌安坐,……必须这样做,作家才能写出自己所熟悉的生活,同时写出了儿童真实的生活。

读过《罗文应的故事》、《小胖和小松》、《海滨的孩子》、《小兵的故事》,以及苏联优秀的儿童文学作品《小哥儿俩》、《尼基塔和他的朋友们》、《丘克和盖克》①,大家都感觉到作家把孩子们写得太好了,典型性格的刻划,生活气息的描绘,儿童语言的运用,就使得儿童形象在纸面上跳跃,紧紧地吸住了小读者的心。

一篇儿童文学作品,一般说来,是要求主题突出,结构单纯而能引人入胜,语言生动又风趣,乃至于人物形象鲜明、情节紧凑有趣,多叙述动的图景,少描绘静的事物,等等,这些不是没有根据的。千万别让作品中的人物打瞌睡,或者坐下来想什么心事,或者自言自语地唠叨一阵子。

鲁迅先生在他的《社戏》中写着这么一段:

> 然而老旦终于出台了。老旦本来是我所最怕的东西,尤其是怕他坐下了唱。这时候,看见大家也都很扫兴,才知道他们的意见是和我一致的。那老旦当初还只是踱来踱去地唱,后来竟在中间的一把交椅上坐下了。我很担心;双喜他们却就破口喃喃的骂。我忍耐的等着,许多工夫,只见那老旦将手一抬,我以为就要站起来了。不料他却又慢慢地放下在原地方,仍旧唱。全船里几个人不住的吁气,其余的也打起呵欠来。……

这一段细腻的描写,把孩子们的心理状态活生生地画了出来,他们所喜爱的究竟是什么?是连翻八十四个斤斗的孙悟空之类。而这样的儿童心理现象,在全世界的孩子们来说,是具有共同性的。我们的儿童文学作品,可千万别写成"老旦"这副样儿,那是不受儿童欢迎的。

---

① 《小胖和小松》收入《节日的礼物》中,此书和《小兵的故事》均为天津人民出版社版;《海滨的孩子》收入《养鸡场长》中,此书和其余的书均为上海少年儿童出版社版。

三

有一些同志在儿童文学创作实践上,发生了儿童文学作品是不是一定要写儿童,或者是不是也可以写"成人"的问题。而这样的问题所以会产生,通常是由于这样的考虑而来的:既然是儿童文学作品,顾名思义是应该写儿童;但是专写儿童,顾虑到儿童生活面比较狭小,情况比较单纯,写出来的作品也可能会没有份量,因此想到也写成人;但是又怕插进了成人,就不算是儿童文学作品。

这,还是一个对儿童文学创作的理解和认识的问题。

如果用社会主义现实主义的创作方法来创作儿童文学作品,忠实地反映儿童的真实生活,就能发现儿童的世界也是广阔而丰富多采的。即使是一般成年人所最不喜欢谈论的天气,对于儿童来说,他们也是会感到兴趣的。当他们用明亮的小眼睛出神地凝望着蔚蓝无边的天空,会构成了有趣的话题:"是的,那不太冷,也不太热,是一个不冷不热的好日子,咱们玩儿去。"正因为成年人平时太不关心孩子们的生活,不细致深入地观察研究,才会对他们衣袋里装满了的野草或者碎石子,只粗暴地给以"脏孩子!"的责骂,却没有循循善诱地以"小植物学家"或者"小矿物学家"来启发诱导他们。这是多么可以惋惜的事啊!

儿童文学作家既然是"儿童灵魂工程师",就得好好地研究儿童的"本质",才能塑造出一个典范的儿童形象来。

尽管绝大多数的儿童正在学校中学习,然而学校生活也并不是孤立的小天地,它是我们伟大的祖国人民生活的一部分,是与成人社会有着千丝万缕的联系而不能分割的。所以即使是写他们的学校生活(即一般所谓"学校小说"),难道能够不关联地写到学校以外的社会和家庭,写到小学生自己而不关联地写到老师、辅导员、家长,以及广大社会上的那些值得尊敬、学习的人们吗?如果谁要只写学校四垛墙壁以内的事物,那不过是表示他对儿童生活的不理解罢了。而且这样短视地、局限地写,当然会使题材干枯、狭隘,作品不生动,甚至于不真实了。

试看先进的苏联儿童文学中有关"学校小说"的作品:

尼·诺索夫的《马列耶夫在学校和家里》①写两个小学生的生活:从不喜欢功课、不专心学习、要依赖别人、怕和困难作斗争、设法偷懒逃学,到获得老师、同学等的帮助,才从落后转变到先进。虽然是一些非常平凡的事情,可是作家运用

---

① 《马列耶夫在学校和家里》,上海少年儿童出版社版。

了更广阔的题材,也就是更丰富的生活,特别是孩子们异常丰富的精神世界。写踢球、写装病、写看马戏、写训练小狗……写得有声有色,吸住了读者喜悦的心,起了很大的教育作用。广大的孩子们成立"马列耶夫学习班"来搞好他们自己的学习。

另外,叶·施瓦尔茨的《一年级小学生》[①],写的不过是一个一年级的小学生,从报名上学开始到读完一学年功课的事情,里头讲的全是一些怎样有礼貌、怎样听话、怎样过集体生活、怎样辨别哪些是好的、对的,哪些是坏的、错的;可是这位女作家也运用了多方面的题材,超越了课堂,超越了学校,到了大街上,到了郊外去,因此写来富有情趣,富有说服力量。不论小读者和大读者都会爱着这个聪明能干、活泼勇敢、有自尊心的小女孩玛鲁霞。为什么能够达到这样高的动人的艺术境地?简单些说,主要是作家有生活,遵循了社会主义现实主义创作的原则,写出了真的人、真的事、真的生活。

如果谁还读了高尔基认为具有重大意义的、对它评价很高的阿·邦金的《我的学校》[②],对于所谓写学校生活的"学校小说",一定会有更深、更广的理解的。

有一些同志指出目前儿童文学作品的内容放在学校和少先队的生活上,而不注意反映其他方面,不写社会主义建设事业和农业合作化运动等等,因而形成了题材狭隘性、一般化。这样的批评是正确的,也是绝对需要的,特别在创作的方向上和进一步提高的要求上,应该这么尖锐地指出来。

不过从另一方面来说,也还应该指出:就是我们连学校和少先队生活的作品也还没有写好。试问解放七年多来,在这一方面的作品有哪几篇是写得深入人心,能够给予千百万幼小的心灵留下深刻的影响呢?因此对于这方面生活熟悉的作家们和老师们,不仅应该鼓励他们写学校的题材,还要求他们写出出色的作品来。

作为一个儿童文学作家,写学校小说就只限于写学校,写人物就只限于写儿童,如果这不是犯了庸俗社会学或者烦琐哲学的错误,就是没有真正在实际生活中观察儿童生活,而只是从概念、臆想出发到脱离实际的公式化、概念化,写了一个"真空"的儿童世界。既然是真空,读了也得不到什么,也就没有人要读了。反过来说,写的是一个真实的儿童世界,那么,正在儿童时代成长的孩子们,是不可能远离成年人而独立生活的,也就不可能在写儿童的同时,硬把成年人排挤开

[①②] 《一年级小学生》和《我的学校》,均为上海少年儿童出版社版。

去,因为这样既不忠实于生活,也不忠实于艺术。

让我们好好地读一读阿·盖达尔的《丘克和盖克》,写的不过是两个小孩子的家庭生活,然而写得多么丰富、广阔!作家让他们跟着母亲一千公里又加上一千公里那么远地去旅行,出现的成年人除了他们自己的父母以外,还有邮递员、赶车人、守站人以及火车上的乘务员和旅客夫妇等等。如果我们肯认真地多多地钻研这样优秀的作品(顺便值得提一笔的,还有象穆·卡利姆的《欢乐的家》①),这个问题也就迎刃而解了。

四

有一些同志以为儿童文学作品不一定要写儿童,甚至于完全可以不写儿童,只要所写的作品实质上是儿童文学作品。这当然也没有什么不可以。不过这样的提法,是否妥善,也还值得考虑。看来不免是个有些偏激的主张吧。

儿童文学主要是写儿童,正等于成人文学主要是写成人。这不是没有理由的。主要的理由是由于它的特定的读者对象所决定的。

作为儿童文学作品的主要读者对象是儿童,而作品中所描画的人物正是他们自己。他们在阅读作品时,就象站在明净的镜子面前照见了自己的面貌。这样,读者和作品中的主人公就会有呼吸相通的亲切的感觉,感染的力量在无形中就增大了,对于典型人物的模范行为的学习,也不至于产生高不可攀的感觉。所以在先进的苏联儿童文学中,杰出的儿童文学作家盖达尔和班台莱耶夫的作品,几乎全都是以儿童为主人公的。无论是《远方》、《林中烟》、《小渡船》、《老实话》乃至于为大家所熟悉的《铁木儿和他的伙伴》、《表》等等都是。其他一些著名的作品,也是如此。如:阿·雷巴柯夫的《短剑》,尼·杜波夫的《河上的灯火》,普·巴甫连柯的《草原的太阳》,阿·穆萨托夫的《北斗星村》,勒·伏隆柯娃的《晴天》②等等,都是描写以孩子们为主人公的世界。但是这并不等于说只准写儿童,不准写成年人。在作品中的思想教育上,成年人往往是处于主导地位,这也就是作家要求他们在作品中就近直接教育儿童。可是描写的主体应该放在儿童身上,不论他们在什么剧里头总得让他们当主角,多演戏,因为这是"儿童文学"。

---

① 《欢乐的家》,上海少年儿童出版社版。
② 举述的苏联儿童文学作品,都有译本,均为上海少年儿童出版社版。

或者也有很少数的儿童文学作品,题材内容是描写着成年人,可是教育作用却仍然落在儿童身上,这类作品可能是儿童文学中的传记以及历史故事一类的作品。例如阿·柯诺诺夫的《列宁的故事》和《夏伯阳的故事》,还有奥·伊凡年柯的《太阳快要出来了》①。然而为了很好地教育儿童,更直接的教育儿童,前者还有不少篇页描绘这位伟大人物和孩子们在一起的生活。而后者还另外有一位作家叫斯·莫吉列夫斯卡雅的,写了一本《小夏伯阳》②。这样的道理是不难明白的。

不过,如果儿童年龄渐大,文化程度逐渐提高,当他们已经进入少年时代,作品中只要有教育意义,不描写儿童,自然也能让他们受到教育。如果说是一定要写儿童,可能是一种机械的说法。我们应该正确地、辩证地看问题。

假使(这当然是不会有的事),儿童文学作品,全部专写成年人来教育儿童,尽管在理论上没有什么说不通。但是在实际上,成年人的生活天地壮阔,社会关系复杂,环境事物多种多样,因而题材内容可能会使儿童难于接受;如果为了要适合儿童阅读理解力的缘故,不惜降格以求,把成年人的生活压缩,简化,这样做,会降低了作品的质量,毛病在于削足适履,也很可能糟蹋了好题材,这样做是不一定好的。

五

有一些同志同意儿童文学主体写儿童,但有另外的"偏见":儿童经验不足,知识不够,文化程度低,理解能力差,所以作品的内容应该以"儿童所熟悉的事物"为限;作品的语文应该以"小学生的词汇和用语以及他们的文法知识程度"为准。这样的说法是没有从发展的观点来看问题。

从教育学的观点向儿童文学提出的要求固然是:以儿童的身体和心理发展状况以及和这种状况相适应的教育任务为根据的。可是,还应该提出的是:我们的新教育,是培养社会主义新人的全面发展的教育,从小起就培养他们自觉地作为参加祖国伟大建设的接班人,和劳动创造美好生活的新生力量。因此,才在人生大道上跨出第一步的孩子们,目光炯炯地注视着周围的世界,如饥似渴地寻求知识,对于一切新鲜事物有着好奇和喜悦,儿童文学作家正应该打开他们的眼界,扩大他们的生活天地,不断地引导他们从已经获得的知识和经验的阵地,迅

---

①② 举述的苏联儿童文学作品,都有译本,均为上海少年儿童出版社版。

速向前占领新阵地。

作家不能忘记:共产主义社会的生产是建筑在科学高度成就的基础上的。

儿童文学应该和学校的教育工作密切地结合起来,用新思想、新知识、新观念武装孩子们的头脑,并丰富他们的语汇,让他们接触艺术的文学语言。

改良主义的教育家以为"儿童心智脆弱,无力抗拒外来的影响,也无力接受不熟悉的新事物"的那种虚无的理论早已破产。我们的教育学在于使合乎社会主义需要的教育目的和儿童的接受能力取得一致。

儿童文学应该在新教育的理论基础上考虑问题。

坚持儿童文学的党性原则

——兼驳"童心论"和"主要写儿童论"

贺 宜

一

"海阔凭鱼跃,天高任鸟飞"。在我们这个时代,气壮山河、志吞日月的社会主义伟业,霞光万道的共产主义道德风尚,幸福、瑰丽、无限丰富的人民生活,是我们一切文艺创作取之不竭、用之不尽的宝贵源泉。在党的领导和关怀下,儿童文学在如此丰饶肥沃的土壤中出现欣欣向荣蓬勃发展的局面,那是很自然的事情。

无论从数量的增长和质量的提高,或是从广大小读者所起的教育作用来看,都应该肯定解放十年多来我国儿童文学的成绩是很大的。但是,尽管如此,从客观形势来看,我们仍然感到不足,有必要加强儿童文学工作,使它能适应社会主义建设飞跃发展的形势。现在教育正在逐步普及,孩子们的社会主义觉悟日益提高,对丰富的文化生活的需要愈形迫切,自然对包括文艺在内的各种读物,无论在数量或质量上的要求也将越来越高。尤其是,由于党的英明领导,全国人民的社会主义觉悟空前高涨,我们的国家正在以巨人的步伐飞跃前进,共产主义显然已不是遥远将来的事业,而建设共产主义的重任将落在我们今天的这一代孩子们的身上。他们应该比我们更聪明,更有出息,目光更远大。因此,教好这一

题解 本文选自《儿童文学研究》总第二辑,少年儿童出版社 1960 年出版。文章对陈伯吹《儿童文学简论》一书中关于儿童文学创作与编辑要注意儿童特点和儿童文学特殊性等观点进行了批驳,从而被列为"童心论"批判运动中比较有代表性的文章之一。文章把陈伯吹的相关论述概括为"童心论"和"主要写儿童论",认为强调儿童文学的特殊性就是对儿童文学进行神秘化,就是用资产阶级儿童文学和儿童教育的理论来阉割儿童文学的阶级性,阻塞了儿童文学的群众创作的道路,取消了儿童文学对儿童进行共产主义思想教育的任务性。文章指出,新中国的儿童文学作品的灵魂是政治,不是童心;新中国的儿童文学工作者必须站在无产阶级的立场而不是儿童的立场上。

代孩子,是一个直接关系到我国共产主义建设事业的重大问题。我们必须进一步对今天的儿童一代加强共产主义思想教育,使他们在从小获得充分的共产主义教养的优越条件下,成长为在不远的将来能够担当重任的建设共产主义的自觉战士。这样就加重了包括儿童文学在内的一切儿童教育和文化工作的任务。因此,毋须多说,进一步用更快的速度来发展和提高儿童文学创作,就成为放在我们面前的一个重要任务。

开展儿童文学的群众创作是进一步繁荣和发展儿童文学创作的关键。只有发动更多的人来积极为孩子们创作,才能在儿童文学创作力量中不断注入新鲜血液,才能使儿童文学创作在数量和质量上同时有所提高。现在已经有越来越多的人热情地积极地为孩子们创作。不少老干部、英雄、模范、先进生产者和老作家们尽管工作很忙,还是竭力想法抽出时间来给儿童们写了作品,这是一种非常令人鼓舞的现象。但是应该承认:有些人对儿童文学存在一些不正确的看法,例如有的人轻视儿童文学,有的人则怕麻烦。另外又有一些人则受了某些资产阶级儿童文学理论的迷惑,对儿童文学有一种不正确的神秘化的看法。

把儿童文学神秘化是少数资产阶级儿童文学家所经常玩弄的一种手法。他们利用有些人对儿童文学的隔膜,有意把儿童文学说得非常神秘、非常特殊,一方面吓唬那些不了解儿童文学的人,企图让他们"知难而退";一方面又可以用那种资产阶级儿童文学理论来迷惑若干认识不清的人,使他们的理论可以扩大影响。虽然这些理论绝不能改变我们无产阶级儿童文学的根本方向,但是如果听任它们散布,那也总是不利于儿童文学创作的。因此,为了儿童文学的健康发展,有必要来批判那些把儿童文学神秘化、特殊化的资产阶级儿童文学理论,以肃清它们的不良影响。

二

把儿童文学神秘化、特殊化的有两个主要论点,一个叫做"童心论",还有一个叫做"儿童文学主要写儿童论"。这两个论点,正象童话中所描写的"睡美人"王宫周围的荆棘一样,把儿童文学园地密密层层地封闭起来,笼罩上一层神秘的迷雾。在这方面,谈得较多而又较系统的是陈伯吹先生。他在所著《儿童文学简论》(长江文艺出版社 1959 年版)一书中所阐述的这两个论点是具有代表性的。

关于"童心论",陈伯吹先生有这样一种见解。他认为一个作家能不能"有成就",就看他是否"能够和儿童站在一起,善于从儿童的角度出发,以儿童的耳朵去听,以儿童的眼睛去看,特别以儿童的心灵去体会"(见《简论》22页)。不仅作家需要"儿童的心灵",还要求编辑也要有这种"童心";他告诫说:"审读儿童文学作品而不站在'儿童立场'上,不用'儿童观点'去透视,不在'儿童情趣'上去体会,不怀着一颗'童心'去赏鉴,那必然会失之毫厘,谬以千里的吧。"(见《简论》185页)

我们认为这是道地的唯心主义观点。要求一个作家"以儿童的心灵去体会"也好,"怀着一颗'童心'去赏鉴"也好,实质上是要求一个成年的作者跟小孩子一样"天真",要象小孩子那样看问题,观察事物,一句话,就是要求成年人停留在与幼儿同样简单幼稚的心理活动状态和智力发展阶段中。马克思在《政治经济学批判》的《导言》中说得好:"成人不能再变成儿童,否则就稚气了。"如果说,希望生理上的"返老还童"是人类要求健康长寿的一种美好理想,那么希望心理上返老还童的幻想则是落后的,倒退的,因为它并不要求人在思想、认识、感情、智慧上向更丰富的、更高级的阶段发展,而是要求倒退到儿童的低级幼稚阶段去。

如果说,"童心"也者指的是儿童的某些心理特征,那么成年人没有这种"童心"是完全合乎自然规律的事,就是"童心论"者,例如陈伯吹先生自己,也未必当真有这样的"童心"。而且,事实上成人之无法以儿童的耳朵去听,以儿童的眼睛去看,特别儿童的心灵去体会,正如儿童之无法以成人的耳朵去听,以成人的眼睛去看,特别是成人的"心灵"去体会。这并不是所谓童心的消失,而是成年人的心理已经发展到更成熟,更高级的阶段。因此,这丝毫也不是什么值得遗憾的事。

如果说,"童心"的含义是指的深刻地了解儿童的内心,熟悉儿童的思想感情,那么,一个作者在开始为少年儿童写作之前就能具有这种条件自然是很好的,但是,如果了解暂时还不够深刻透彻的话,这也并没有很大的妨碍。对于所有少年儿童文学作者说来,最为重要的首先是马列主义的世界观,是正确的立场观点;自然,马列主义世界观和正确的立场观点,对我们任何文艺工作者都是重要的。但是,由于少年儿童文学的读者都是一些年纪小,鉴别是非、真伪的能力还很差的孩子,他们没有免疫力,因此,这一点就显得尤其重要。反映在作品中的作者的思想、意识、立场、观点,如果是错误的,不正确的,那么就会造成严重的、不良后果,"误人子弟,贻害无穷"。对少年儿童的了解暂时不足的情况是完全可以改变的。认真说来,完全不了解少年儿童的人是没有的,因为每一个成年人,无例外地经历过童年和少年时代,而且在他们的家庭和生活周围,总会接触到或多或少的孩子。而一个热爱社会主义,对孩子们有严肃责任感的作者,一定会要求自己更多地熟悉孩子,了解孩子。在增加对孩子们接触和交往中,不断地观察和分析儿童的生活,以及在创作实践中认真听取小读者的意见和反应,我们对儿童多方面的了解,包括"内心"的了解,就可以越来越多,越来越丰富。

所以,不论把"童心"作什么解释,认为一个作者必须具有"童心"而后才有可能写出好作品来的说法,是显然站不住脚的。这种说法只能起排斥儿童文学群众创作的消极作用,证之陈伯吹先生"繁荣创作的主要责任,落在作家和儿童文学作家的肩上,尤其是后者"(《简论》2页)的那种见解,越加可以明白只有怀"童心"的人才能写出好作品来的这种说法到底用意何在了。我们认为开展群众创作,组织更多的人来为孩子们写作,是繁荣我国儿童文学创作的根本方法。解放以来,所以涌现不少有才能的和有希望的新作者,这正是因为我们在儿童文学创作中正确地遵循了党的"两条腿走路"的方针,一方面培养了一些专业的创作干部,一方面又开展群众创作,在开展群众创作的基础上使儿童文学出现了比较繁荣的局面。今后,为了适应社会主义建设飞跃发展的新形势,我们还应该进一步贯彻党的这个方针。在繁荣我国儿童文学创作的任务中,专业的儿童文学作家,应该起他们一定的作用,但是说"主要责任落在作家,尤其是儿童文学作家的肩上"那就是不适当地夸大了专业作家的作用,而在另一方面,则又贬低了开展群众创作对繁荣我国儿童文学创作的主要的、决定性的意义。

另外,更重要的是我们必须揭露"童心论"的精神实质。我们把政治看作作品的灵魂,而陈伯吹先生却把"童心"看作灵魂。他不仅要求作家们要怀有"童心",而且还要求所有的儿童文学编辑和评论家们不要站在无产阶级的立场上,而要"站在儿童的立场上","从儿童观点出发","要儿童本位一些","怀着一颗童心去欣赏鉴别",他要求人们"不要用衡量成人文学作品的标尺去衡量儿童文学作品",而"应该有另一种尺度去衡量"。

任何人都知道,我们的儿童文学不是任何别的儿童文学,而是无产阶级的儿童文学。它是整个社会主义文学事业的一个部分,是为无产阶级政治服务的。我们儿童文学的这种性质是决不能容许任何人来改变的。党和人民要求儿童文学作家树立无产阶级的世界观,赤胆忠心地为社会主义儿童文学事业服务。除了无产阶级的阶级立场和阶级观点,我们不应该有别的立场和观点。我们应该是阶级论者而不是什么"童心论"者。我们对于儿童文学的标准,除了毛主席所指示的"革命的政治内容和尽可能完美的艺术形式的统一"这对一切文艺创作都适用的标准之外,没有别的"标尺"。陈伯吹先生在这里却企图抽去儿童文学的阶级性,代之以"超阶级"的"童心",取消儿童文学作者的阶级立场和阶级观点,代之以"儿童立场"和"儿童观点"。如果按陈先生的这种主张来办,我们的儿童文学将变成什么呢?难道天下当真有一个"超阶级的童心"和所谓"儿童立场""儿童观点"吗?我们并不在儿童中划分阶级,但是这绝不等于说儿童没有阶级性。在阶级社会中,人们(包括儿童)的思想无不受一定阶级的思想影响,我们今天的社会既然还存在阶级,就不能不也影响到儿童的思想意识。因此,不同阶级的儿童是有着不同的"童心"和不同的"儿童立场"和"儿童观点"的。资产阶级作家以"人性论"作为文艺理论的基础,他们只谈抽象的即超阶级的人性而不承认具体的即带有阶级性的人性。而陈先生他们的"童心论"作为儿童文学理论的基础,只谈抽象的超阶级的"童心"而不谈具体的带有阶级性的"童心"。

三

现在让我们再来谈谈对"儿童文学主要写儿童论"的看法。

"主要写儿童论"实质上是资产阶级"儿童中心"教育思想在儿童文学中的反映。"儿童中心"思想强调在教育方法中要"以儿童为中心,为主体,不赞成教师主持教学",只主张"儿童自动生长",主张"以儿童教儿童",认为教育即生活,学校即社会,儿童的日常生活就是教材。"儿童中心论"又叫"儿童本位论",它的首倡者是美国资产阶级教育家约翰·杜威。我国的资产阶级教育家陶行知提倡的"生活教育",陈鹤琴提倡的"活教育",实际也都属于这种教育思想的体系。1955年曾经在全国教育界对资产阶级"儿童中心"思想开展过批判。在我国儿童文学中,"儿童中心"思想过去也有很大的影响。资产阶级文人如胡适、周作人之流都曾经广为宣扬。旧《辞海》中解释儿童文学的定义时也这么说:"儿童文学,以儿童为本位而组织之文学也。"解放以后,在对资产阶级教育思想的批判中,"儿童中心"思想也受到了批判,但是在儿童文学理论中,这种思想的残余尚未肃清。儿童文学主要写儿童,就是这种思想的表现。

我们的儿童文学到底是什么呢?"主要写儿童论"者认为儿童文学就是写儿童的文学。陈伯吹先生解释说:"儿童文学主要是写儿童,正等于成人文学主要写成人。"把儿童文学与成人文学的区别解释为描写人物的不同,这是不正确的。我们认为,我们的儿童文学既不是指"儿童写的文学",也不是指"主要写儿童的文学",而是指为儿童写的,用共产主义思想来教育儿童的文学。毛主席给我们指出:"我们的教育方针,应该使受教育者在德育、智育、体育几方面都得到发展,成为有社会主义觉悟的有文化的劳动者。"儿童文学当然也要遵循这条方针,完成把广大儿童教育成为"有社会主义觉悟的有文化的劳动者"的庄严任务。可见对于儿童文学最主要的、最根本的问题,不是什么写成人还是写儿童的问题,而是用什么思想来教育儿童的问题。把儿童文学说成是"主要写儿童的文学",这个定义显然是错误的。

"主要写儿童论"的精神实质是什么呢?就是在于把重大的主题和题材,把成人形象排斥到儿童文学领域之外。我们认为儿童文学之所以能在培养社会主义新人方面起重大作用,就在于它能够反映重大的斗争和生活,能够用光辉的英雄形象和崇高的思想品质来教育儿童。这是儿童文学能够胜利地完成用共产主义思想教育儿童这个任务的重要的保证。没有这些,我们的儿童文学就没有了灵魂。在我们这个时代,在我们这个社会里,建设着社会主义的、创造着伟大生活的是数亿劳动人民。他们"主要"都是成人。用崇高的共产主义思想品质与光辉的革命功勋和劳动业绩来教育和鼓舞儿童的是无数英勇无畏的革命先烈、英雄、模范和优秀的、先进的劳动人民。他们主要也是成人。我们的儿童文学在以社会主义、共产主义精神教育儿童的工作中所以能显示巨大的思想威力,正是由于它能够比较广泛而深刻地揭示我国无产阶级在阶级斗争和生产斗争中所表现的共产主义事业的无限忠诚和他们无穷的创造性和积极性。最最强烈地打动了广大儿童的心弦并使他们受到最深刻的教育的难道不正是这些吗?排斥了反映重大斗争和生活的题材,排斥了成人形象,儿童文学就无法充分反映我们这一时代最广阔而丰富的生活。怎么能设想,儿童文学局限在写儿童的圈子里而能够充分地完满地完成共产主义思想教育的任务呢?

"主要写儿童论"者认为,如果儿童文学主要写儿童,就可以"易于为儿童所理解所接受"。陈伯吹先生说得更周到。他说如果写的是儿童,那么"读者和作品中的主人公就会有呼吸相通的亲切的感觉,感染的力量在无形中就增大了,对于典型人物的模范行为的学习,也不至于产生高不可攀的感觉"(《简论》27页)。请看,这是多么奇怪的一种论调!为什么我们广大的工农群众的子女对"典型人物"会感到"高不可攀"呢?在我们这个时代中,为了共产主义事业而贡献他们一切的英雄们和先进的人物,永远是广大儿童生活中崇高的光辉的榜样。在共同的共产主义理想和高尚的思想感情中,英雄们和孩子们完全能够"呼吸相通",能够"亲切"地互相了解。"呼吸相通"、"亲切"的感情是建筑在阶级基础之上,而不是建筑在"年龄"差别上的。一个作家如果把他的小主人公写成了充满小资产阶级情调的"新式"小少爷,请问工人和农民的孩子们会对他感到"呼吸相通"和"亲切"吗?可见认为只有写儿童才能使儿童"易于理解和接受"才能使儿童感到"呼吸相通"和"亲切"是完全没有根据的。恰恰相反,从儿童本身来说,由于他们好奇和求知欲旺盛的心理特点,他们渴望认识世界、认识生活。他们几乎什么都想知道,什么都想了解,甚至对许多与儿童"无关"的事也表现了强烈的兴趣。另一方面,从教育的角度来说,我们要教育少年儿童热爱社会主义,从小培养高尚的思想品质,树立共产主义远大理想和雄心壮志,必须帮助他们扩大视野,热爱广阔的生活,而不是要让他们成天钻在狭隘的儿童生活的圈子里,只看到发生在自己鼻子前面的一些事情。特别要给他们充分的机会,让他们从年长一辈为了社会主义而进行的艰苦斗争和英勇豪迈的劳动中,从他们光辉的思想品质中,受到深刻的教育,立志学习他们的好榜样。因此,孩子们既要知道自己同辈人的生活和斗争,也必须知道父兄们的生活和斗争;任何要把成人形象从儿童文学中排斥出去的企图,都是在实质上要削弱儿童文学对儿童进行社会主义、共产主义思想教育的任务。

"主要写儿童论"者又说:"主要写儿童,不等于说只准写儿童,不准写成年人。"成年人是可以出场的,可是,成年人在儿童文学中只能作为配角来登场。陈伯吹先生说:"描写的主体应该放在儿童身上,不论他们在什么剧里头总得让他们当主角,多演戏,因为这是'儿童文学'。"但是,世界是如此之大,生活是如此之广阔,事实上存在着那么多而丰富的、为儿童所没有参与或不能参与的生活,例如工矿建设或者一些只限于成年人范围内的斗争和活动,在这些范围内不要说让儿童当主角办不到,就是让儿童当配角都办不到,那怎么办呢?按照陈伯吹先生的这种说法,这些对儿童们有意义而且又饶有兴趣的题材只好从儿童文学中剔除了。有一个青年勘探队员曾经为这个问题苦恼过,他说:"我是勘探队员,我觉得有责任把这一建设工作中有意义的事情写出来,告诉少年儿童。但是开始,我受了某些儿童文学'理论'的影响,也有过这样的看法:儿童文学作品中如果没有儿童,那还算什么'儿童文学'?可是,我成天接触的都是成人,那该怎么办呢?放弃这个责任?还是硬拖几个儿童到高山深谷里去,充当作品中的主角呢?"这位勘探员同志想了好久,后来还是认为孩子们应该知道"父兄们艰苦奋斗建设社会主义的故事",才鼓起勇气,"大胆地请青年勘探队员们来作我作品中的主人公"。结果写出了几篇深受儿童们欢迎的没有儿童做主角或配角的小说(见《更好地为少年儿童创作》,《儿童文学研究》1960 年第一辑)。从这个具体事例,可以看出儿童文学写儿童的这种论点是如何地妨碍了重大题材和成人形象进入儿童文学领域,是如何地削弱了儿童文学的思想性和战斗性。

我们认为,问题根本不在于写儿童还是写成人——这是应该取决于作家所选择的题材的。"主要"的问题应该是要求作品能够深刻地揭示生活的本质,要求它能够真实地反映我们时代的面貌和人民当前的斗争与生活。在国内和国外有许多优秀的儿童文学作品,它们的成功的关键就在这里。拿我国的优秀作品来说,如袁静的《小黑马的故事》,大群的《小矿工》,扬朔的《雪花飘飘》,张天翼的《宝葫芦的秘密》等等,都写了儿童,但是要知道它们之所以受到儿童欢迎,之所以受到评论界的赞扬,并不是由于它们写了儿童,而是由于它们思想性和艺术性的完满结合,做到了如毛主席所说的"革命的政治内容和尽可能完美的艺术形式的统一"。这就是根本的原因。如果不是这个原因,那么怎样来解释广大小读者在对那些根本没有儿童出场的优秀作品的喜爱呢?

某些人喋喋不休地说什么儿童文学应该主要写儿童。但是他们对今天孩子们热气腾腾的丰富生活,却丝毫也不发生兴趣。他们所感到兴趣的,只是些微不足道的、繁琐的儿童生活细事。他们主张通过儿童游戏和"儿童情趣"来反映儿童生活,主张反映儿童生活中的小事情,而不是反映我们这个时代儿童生活中重大的本质的东西。例如陈伯吹先生就竭力主张写这种儿童生活琐事。他说:"决不能说生活小故事里头就没有思想性,也许这种'即小见大'的教育意义更加容易为小读者所理解接受,更符合儿童的年龄特征。"(《简论》5 页)是不是陈伯吹先生的"生活小故事"指的并不是"生活琐事"呢? 那么,看一看陈伯吹先生自己的说明吧:"正是这样,如果童话作家能够敏锐地观察人们日常生活(儿童生活当然在内)的话,就可以看到有这样一些美好的小事情,当一个孩子看见床底下的两只鞋子一顺一倒地并放着,他要去把另一只也放顺来,'好让它们并着头聊聊天'。他看见三、四只杯子远离茶壶,要把杯子一只又一只地移过去,围绕着茶壶,'好让妈妈照管他们,给他们多吃点奶'。"(《简论》65 页)又说:"如果用社会主义现实主义的创作方法来创作儿童文学作品,忠实地反映儿童的真实生活,就能发现儿童的世界也是广阔而丰富多彩的。即使是一般成年人所最不喜欢谈论的天气,对于儿童来说,他们也是会感到兴趣的。当他们用明亮的小眼睛出神地凝望着蔚蓝无边的天空,会构成了有趣的话题:'是的,那不太冷;也不太热,是一个不冷不热的日子,咱们玩儿去。'"(见《简论》24 页)

我们说,儿童的生活,特别是今天的儿童生活,的确"也是广阔而丰富多彩的",但是陈伯吹先生说的"儿童的世界也是广阔而丰富多彩的",跟我们理解的意思并不相同。我们认为要真正认识"儿童世界"的"广阔而丰富多彩",必须通过这个伟大时代的儿童们的精神面貌和他们生活中那些与整个社会及劳动人民的生活相密切联系的东西。我们的孩子们,不论在学校里,少先队生活中,社会上,家庭里,有无限广阔而丰富的生活。他们在党的亲切关怀和教导下正在成长为真正的社会主义新人。他们热爱党,热爱祖国,热爱人民,热爱集体,热爱劳动,热爱科学。他们把不倦的精力放在跟全社会有密切联系的活动和学习上面。他们参加种植、扫盲、除四害、爱国卫生运动、学普通话、科技活动、技术革新……在这些活动中他们作出了巨大的成绩。甚至在尖锐的阶级斗争中他们也尽了他们能尽的力量,出现了刘文学、龙卓钦那样使人肃然起敬的小英雄和其他孩子们许多可歌可泣的事迹。这里既有"美好的小事情",又有"美好的大事情",这就是"广阔而丰富多彩"的儿童生活的真实内容。但是陈伯吹先生所看到的"广阔而丰富多彩的儿童生活"是什么呢?"鞋子摆摆正","让茶杯去吃奶","天气不冷不热,咱们玩儿去",如此等等的"美好的小事情"而已。陈伯吹先生的"生活小故事"实际上把重大题材和儿童的学校、少先队、家庭生活对立了起来,这并不是因为我们儿童的生活中果真没有"重大题材",而是由于他发现这种生活小故事可以"即小见大","有思想性","更加容易被小读者所理解接受"。既然它们更加容易为小读者所理解接受,那就证明它们比之重大的题材对儿童更加适宜,也就自然而然得出一个结论:"儿童情趣"、"儿童游戏"、"儿童身边琐事"应该成为儿童文学创作的主要内容,写作"生活小故事"应该成为儿童文学作者们的努力方向了。

由此看来,"主要写儿童论"实际上要把我们这个时代人民伟大的丰富的生活和斗争从儿童文学中摒除出去,要用儿童游戏、儿童情趣、生活琐事来概括儿童生活的"广阔而丰富多彩",要使我们的儿童文学成为没有深刻思想内容和丰富的生活内容的儿童文学,一句话,要使我们的儿童文学解除武装,丧失战斗力,取消它对孩子们进行共产主义思想教育的任务。这不是非常清楚吗?由此看来,"主要写儿童论"把许多本来可以为孩子们写作的人关在儿童文学的大门外面,这些同志有丰富的生活和斗争经验,如果他们根据自己的这些宝贵的生活和斗争经验写成儿童文学作品,将对我们的孩子们有极大的教育和鼓舞作用。但是"主要写儿童"的这种理论把这些同志挡驾了,因为在那部分生活和斗争中没有儿童在场,而且也无法使儿童出场。因此,这种理论之不利于在儿童文学中开展群众创作,不也是很清楚吗?

四

　　有一点值得我们注意的是,"童心论"也好,"主要写儿童论"也好,都是用儿童文学的"特殊性"来打掩护的。因此在这里有必要再提一下这个儿童文学的"特殊性"问题。儿童文学有没有"特殊性"呢？我们认为儿童文学有它的特点,但是并没有什么"特殊性"。许多人常常把儿童文学的特点和"特殊性"混为一谈,这恰好便于给某些人钻空子,因为,"特殊性"意味着儿童文学有它独特的方针、任务和法则,可以不受文学艺术总的方针、任务和法则的约束。在服从文学艺术总的方针、任务和法则的前提下,儿童文学可以,而且也应该有它的特点。特点的存在有利于儿童文学的发展。

　　我们的儿童文学有些什么特点呢？简单地说,有那么几点：首先,我们的儿童文学是培养社会主义新人的教育武器,因此它必须具有社会主义、共产主义的思想内容；第二,它应该具有时代的、民族的特色。它绝不同于过去任何时代的儿童文学,也应该有不同于其他国家的民族特色。因此它必须充分地、真实地反映出我们这个时代和人民的生活与斗争；第三,由于对象是儿童,而儿童是具有不同的年龄特点和不同的文化与知识水平的,因此,我们的儿童文学要适应不同年龄儿童的阅读能力和理解能力,要使作品的思想内容和文学形式适合一定年龄的儿童的水平,不过高也不过低；第四,由于儿童的年龄小,知识少,判别力差,因此要求作品必须有正确的思想和明确的教育目的性。什么是好,什么是不好,为什么这样好那样不好；什么是是,什么是非,为什么这样是是,那样是非；什么应该爱,什么应该恨,为什么这是可爱而那是可恨；什么是应该拥护的,什么是应该反对的,为什么这是应该拥护而那是应该反对的；……这一切都要通过艺术形象让小读者深切地感受到体会到。清清楚楚,明明白白,既不含糊,又要完全正确；第五,在保证有正确健康的思想内容的条件下,为了使儿童易于接受,要适当注意文字的浅显活泼和故事的生动有趣。这些就是我们的儿童文学的基本特点。这些特点丝毫也不神秘。我们要看到它掌握它,目的在于更好地发挥儿童文学对儿童的教育作用。也正因为上述特点的存在,我们从事儿童文学工作的人,除了应该象所有的文艺工作者那样确立正确的世界观和立场观点,认真地学习毛泽东思想,投身到火热的斗争中去改造自己,锻炼自己以外,还要有一颗热爱儿童的心(不是什么"童心"),要做孩子们的知心朋友,要深切地了解儿童的思想和生活,了解他们的愿望和要求。

少数人借儿童文学的"特殊性"来大弄玄虚，把我们的儿童文学神秘化、特殊化，不过是为了便于他们坚持资产阶级的立场，否认作家思想改造的重要性，徘徊在实际斗争之外。他们并不认识，也不愿意认识我们无产阶级儿童文学的真正特点。他们贩卖"童心论"和"主要写儿童论"，不过是为了要阻塞儿童文学群众创作的道路，不过是为了阉割儿童文学的阶级性，不过是为了取消儿童文学对小读者的共产主义教育任务，使儿童文学不为无产阶级政治服务而为资产阶级政治服务。因此，批评这种观点是儿童文学范围之内的两条道路的斗争。这些理论的欺骗性和虚伪性我们必须揭破，它们的危害性我们必须充分地认识。

"童心"与"童心论"

陈伯吹

在儿童文学创作道路上:
童心啊,童心啊,
你是一只拦路虎?
还是一匹千里马?

一

一九六〇年,文艺界承受着上年文艺思想批判的惊涛骇浪的冲击,从批判修正主义文艺思想开幕,于是而批判文学作品中的"人性论",批判"现实主义道路广阔论",以及"现实主义深化论",批判"中间人物论",批判"有益无害论",等等。

这年春上,在上海掀起了历时四十九天的"批判十八、十九世纪欧美古典文学"尾声中,一波未平,一波又起,在儿童文学领域里,批判了所谓的"童心论"。会开了三、四次,终于开不下去,不了了之。至此,长达两年之久的这一场"文艺批判"才算闭幕。

这一系列的批判,从字面上、口号上、提法上看来,似乎是各不相同的,但其性质是一致的,矛头都是指向资产阶级的文艺思想。如果是作实事求是地批判,这本来是十分重要的,而且也是必要的,为党的文艺方针——"百花齐放,百家争鸣"的贯彻,鸣锣开道,大张旗鼓,吹起无产阶级文艺大军前进的一支响亮的前奏曲。

题解 本文选自《儿童文学研究》总第三辑,少年儿童出版社 1980 年版。文章以当事人的身份详细回顾了 1960 年"童心论"批判的来龙去脉。文章指出,自新中国成立以来,从没有人提出过"童心论"。这场批判运动是对 1958 年 2 月当事人在《儿童文学研究》上发表的《谈儿童文学工作中的几个问题》一文所探讨的"儿童情趣""儿童观点"和"童心"等创作理念的扭曲解读。继而,本文以一系列古今中外优秀作家和作品为例,论证了儿童文学的特殊性,论证了"童心"对儿童文学的重要性。

所以：在文学艺术领域里展开批评和自我批评（不论其为批评也好，批判也好），各抒所见，畅所欲言，集思广益，真理愈辩愈明，本来是一件正常的大好事，是繁荣创作，提高作品质量的大功率动力之一。问题在于论争中是否发扬了民主，既有批评的自由，又有反批评的自由，艺术民主得到了保障？论争中是否遵循着"实践是检验真理的唯一标准"的这个颠扑不破的真理，作实事求是的分析研究？论争是否划清了政治问题与学术问题的界限，不混为一谈，不乱扣帽子，不乱打棍子？

从文艺批评的大体上说来，最起码是要具备这三点，才能明辨是非，收获成果，尽管在《关于正确处理人民内部矛盾的问题》中再三谆谆说了的，但是都没有能做到。而这场思想学术性的文艺批评，竟变质成为一场政治性的整风运动。

"运动"在表面上从一九五九年进入一九六○年逐渐平静下来了，实际上，迄于一九六五年十一月《评新编历史剧〈海瑞罢官〉》破门而出之前，未尝真正停止过。其间对一本书，一出戏，一首诗，一篇论文，一部影片……不论其是属于文学的，还是属于音乐的、美学的，乃至于哲学的，所谓"小批判"，"小整风"，象海洋底下的那股潜流，水面上是看不出来的，却从来没有中断过，直到一九六六年五月史无前例的"文化大革命运动"开始。

林彪、"四人帮"包藏祸心，意在篡党夺权，拉大旗作虎皮，凭借"文化大革命运动"，因利乘便，另搞一套，肆无忌惮地破坏社会主义革命和社会主义建设，而文艺界则首当其冲，受害最烈。什么"反题材决定论"，什么"反火药味论"，什么"离经叛道论"，什么"全民文学论"……巧立一些似是而非的名目，大加批判，穷凶极恶地破坏文艺革命。

这个反党集团既然妄想改朝换代，那么，对于祖国的花朵——社会主义革命事业的接班人，当然不肯轻易放过，而是要紧紧抓住这最有力量、最有效果、最能转变人的思想的文艺——儿童文学，黑手伸了进去，重新捡起他们认为"奇货可居"的破烂货"童心论"，大做批判文章了。

"童心论"从何而来？它的来龙去脉又如何？这个事实是不是应该首先弄清楚。

二

革命胜利了，新中国建立以来，在图书、报刊上，谁也没有发表过"童心论"的论文和有关"童心论"的专著，即使短篇零章，也没有见到过。可能我读书不多,所知有限,但也查阅过大量的有关图书、报刊,仍然只有这么一个结果:"零"。在这样"前不见古人,后不见来者"的情况下,那些阴谋家、野心家,只能"事出有因,查无实据"地且找一只"替罪羊"。

一九五八年二月,我在作为内部刊物出版的《儿童文学研究》第四期中,发表了《漫谈当前儿童文学问题》,在它的第二段里(一九五九年四月收入《儿童文学简论》中去时,加上了《培养编辑也是当前的急务》的小标题),谈到了编辑审稿工作,有这么几句话:

> 如果审读儿童文学作品不从"儿童观点"出发,不在"儿童情趣"上体会,不怀着一颗"童心"去欣赏鉴别,一定会有"沧海遗珠"的遗憾;那些被发表和被出版的作品,很可能得到成年人的同声赞美,而真正的小读者未必感到有兴趣。这在目前小学校里的老师们,颇多有这样的体会。这没什么奇怪,因为它们是"成人的"儿童文学作品啊!

这在当时,有部分编辑同志的编辑思想,在重视所谓"大题材"(这当然是好的,一般指的是革命斗争、工业建设、农村土改等这类属于国家大事的题材)的同时,却忽视了学校、少先队和家庭的、社会的一般生活的题材。针对这一具体情况,作为一种初步的、不成熟的意见,提出来和大家商量,可能说得还有道理,也可能说得没有道理,本来可以分析研究,展开讨论。然而在当时以阶级斗争为纲的"左"倾文艺思潮之下,以后更在林彪、"四人帮"炮制的"文艺黑线专政论"的极左路线之下,辫子抓到了,小鞋穿上了,硬说这是反动的资产阶级思想的"童心论"(请注意!在"童心"两字后面别有用心地加个"论"字,这是自古以来"刀笔之吏"的绝招),布置了一场批判,并把材料放进档案中去。这在"四人帮"横行的日子里,法西斯文化专制主义气焰熏天,是不可以理喻的,只能听之任之。

"天兵怒气冲霄汉",党中央一举粉碎了"四人帮",迎来了文艺的春天。在文艺界发扬艺术民主的今天,自己应该有错认错,有理说理,然后虚心地、从善如流地认真听取来自客观方面的群众意见。

很显然,我那写得简单,又不完善,也不深透的这一小段话,其前提无非是重视儿童文学作品本身所具有的特点,要求编辑同志心中有儿童;尽量了解他们的心理状态,他们的身体成长,他们的思想感情和兴趣爱好,从而有可能、也有保证在大量的稿件中,选用真正为儿童喜见乐闻的作品。但绝没有要求编辑同志在任何时间里,任何工作上,都以"童心"为主,一以贯之地以此去思考问题,处理业务,甚至在政治生活、文化生活以及日常生活中,听凭"童心"主宰一切。看得出来,我丝毫也没有这样的意图。

简单些说,我主观上只是认为作为担负起儿童文学这一特定工作的编辑同志,能以具有儿童思想感情的"童心",作用于编辑工作上,才有可能比较深刻的理解,正确的选择,为广大的小读者们提供良好的精神粮食。这些话中的"童心",不是目的,只是手段,从属于方法论的范畴,不属于原则论的领域,不能把方法当作原理原则来批。

何况,"童心"与"童心论"是两个不同的概念,理应予以分别对待。例如自然界中的金刚石和石墨,按它们的化学成分来说,都是同一种元素,那就是碳。但在物理性上截然不同,一硬一软,一透明一不透明,在工业上的作用也各不相同,尽管它们很相类似。"童心"和"童心论"中间是划不上等号的。这好比有人谈论自由,就给他插上"自由主义"的标签,这可以吗?这是武断!有人说要吸取"经验",就训斥他是"经验主义",这象话吗?这是胡扯!我们的儿童文学作品要的是"兴趣",不要"兴趣主义";要的是"童心",不要"童心论";实实在在说,要的是"儿童特点"。

如果概念不清,事理不辨,是非不明,批判压根儿没有思想基础,也就失去了它的意义和作用了。

三

事物总得研究分析,才有结论。退一步说,"童心论"即使是资产阶级的思想产物,但是如果它还有合理的成分,可取的内核,把它放在积极的前提下,正确的方向性和目的性上,起到更有助、有利于进行共产主义思想教育的作用,那又有什么不好呢?"童心"是不搞阴谋诡计的。在今天,可以光明正大地说,世界上那些资产阶级的物质产物和精神产物,为我们所需求,为社会主义所利用并限制的,多着呢,应该有历史唯物主义和辩证唯物主义的观点。

所以:"我们讨论问题,应当从实际出发,不是从定义出发。"① 看一看在儿童文学的编辑(创作也一样)工作上,存在着童心和不存在童心有哪些不同?排除了童心和不排除童心又怎么样?童心有没有带来好处还是带来了什么坏处?……这些,都应该在实际工作中加以检验,有所分析,有所发现,实践是检验

---

① 《在延安文艺座谈会上的讲话》。

真理的唯一标准。只有走"实践出真知"的大道,才能得出比较正确的文艺科学论点。

这,特别是在对待文艺上的问题,正是"对于科学上、艺术上的是非,应当保持慎重的态度,提倡自由讨论,不要轻率地作结论"。① 因为"文艺批评是一个复杂的问题,需要许多专门的研究"②。但是林彪、"四人帮"恰恰反其道而行之,虽然他们信誓旦旦,口口声声"高举,高举","最,最,最",实际上是"反,反,反",最后还是狐狸尾巴藏不住,暴露了两面派的卑鄙无耻的嘴脸。

他们在那些猖獗横行的日子里,惯于强词夺理,含血喷人,为中外古今史书上所不见,历史老人也只能愕然搁笔——

你在《游泳池边》中描写小女孩在老工人教育鼓舞下的场景,为的是穿上了游泳衣,犯有裸露"大腿"的嫌疑,就被指责是黄色作品,宣扬色情;你改写伊索的寓言《龟兔赛跑》,他斥责你提倡奴才爬行主义;你创作童话作品,写上禽言兽语,他就一手高举"小红书",一边厉声地喝问:"猫会讲话吗? 公鸡会唱歌吗?"道貌岸然,辞严气正,独独忘了朝夕"口而诵,心而维"地恭读着的《语录》190页上的那两句:"一个虾蟆坐在井里说:'天有一个井大。'……"诸如此类的所谓"大批判",难道不是众所周知的事实吗?

本来法西斯主义的专横,比诸封建主义的独断,是有过之而无不及的,那套粗暴无比的"指鹿为马"的鬼花招,"四人帮"是优于为之。可不是,一册"浅显而且有趣"③的《小蝌蚪找妈妈》,明明是一篇幼儿的科学童话,主题是在叙述青蛙成长的过程,由此而认识了一些同类水族,也得到了不少经验教训,它被摄成图文并茂的美术影片(它也可以被看作是一部优秀的科教片):主要是对儿童进行科学知识教育,但也毫不缺乏思想教育意义(茅盾同志在举行"电影百花奖"时写的那首赞诗可以证明:"……只缘执一体,再三错认娘。……认识不全面,好心办坏事……"),实实在在地在科普教育工作上作出了贡献,却被批判为宣扬"母爱"、"人性论"的毒草。真是欲加之罪,何患无辞了。但是,在少年儿童心目中,无论它是作为书或作为影片,永远是一朵香花!"四人帮"呵,你们无视于实践,无视于社会检验,再神通广大,也改变不了这一铁定的事实。你们只能被钉在历史的耻辱柱上长叹息吧!

"四人帮"承继着五年以前在文艺革命阵地上刮起的一股"左"的风,从"人

---

① 《关于正确处理人民内部矛盾的问题》。
② 《在延安文艺座谈会上的讲话》。
③ 《华盖集·通讯》。

性论"、"人类之爱"、"小资产阶级温情主义",直刮到"'人性论'的翻版'童心论'","张冠李戴"地扣上反动的资产阶级文艺观和反对儿童文学为无产阶级政治服务的罪名的大帽子。无须抱怨,这是理所当然的"莫须有",否则,他们不成其为篡党夺权的"四人帮",搞"影射史学"和"阴谋文艺"的老手了,也不会在他们被粉碎后,万众欢腾,人心大快,普天同庆了!

四

在中外古今文学大师们妙语如珠的口头上,或者在他们生花彩笔的笔尖下,"童心"这个词儿,却是屡见不鲜的;可是"童心论"的专论专著,则未之见也。

曾经被"四人帮"竭力捧抬为尊法反儒的"法家代表人物之一"的李贽(1527-1602),在他的著作《焚书》卷三中,写有一篇《童心说》。这篇议论文,篇幅不长,大约只有千把字,与其说它是"童心说",毋宁说它是"童心赞"。它与"童心论"有相同之处,又有不同之处。不过,对于"什么叫做'童心'"?在这个问题上,倒可以参考、借鉴一下。

> 夫童心者,真心也。若以童心为不可,是以真心不可也。夫童心者,绝假纯真,最初一念之本心也。若失却童心,便失却真心;失却真心,便失却真人。人而非真,全不复有初矣。

在明代这位博学多才、具有朴素唯物主义的学者看来:人都应该有童心;要不,人就不是真人,也就是坏人了。他在那个愁苦离乱的岁月里,对于人,也对于文,不能没有较深的较多的感触,所以他在篇末长叹一声:

呜呼!吾又安得真正大圣人童心未曾失者而与之一言文哉!

看来这位被"四人帮"百般颂扬的大法家,却唯恐为人没有童心,从而为之立说。而"四人帮"虽则尊法攘儒,却一股猛劲地批判"童心论",这叫做大水冲毁龙王庙,孝子贤孙顶撞了老祖宗。"四人帮"阴谋虽多,野心虽大,却不学无术,以致弄巧成拙。在政治上、经济上、学术上,这类可恨可恼的笑话多着哩。

"童心",从字面上理解,简单说,是儿童的心。儿童的心是怎么样的,从自然科学方面说,是儿童的心脏,主管血液循环的器官;但是从文艺方面说,却是个丰富的多义词,正如曹丕在《又与吴质书》中写道:"东望于邑,裁书叙心。"这心,指的是心思、心情、心意。所以童心也就是儿童的思想与感情的结晶体。我们平时常说的"心里想",实际上是"脑筋动",但是为了说得雅致些,审美些,往往说是"你心里怎么想",而一般不多说"你脑筋怎么动",只有形而上学的、死板教条的"四人帮",才会批判"心里想"是一种唯心主义的资产阶级思想的说法,但是事实上人们不仅说"心里想",还爱说"肚皮里转念头"。人们总是喜欢说"肚子里货色多",似乎更形象些;而不大说"脑袋里装满了知识",因其乏味。这是语言的艺术,也是语言的妙用,这当然又不是"四人帮"一伙所能理解领会了的。

正如哲学大师黑格尔老人认为:一个复杂的有机整体,它的每个部分、方面,只有当它们处在有机联系之中的时候,才会有它应该有的那种具体意义。帮派体系的一伙就是到不了这个认识水平!

成人也是从儿童生长起来的,由于客观条件的社会环境长期地熏陶着,主观条件的生理、心理方面不断地发展着,变化着,逐渐习惯于日新月异、与世推移地的生活方式,无论是对问题的思维方法,对事物的关注探索,对活动的兴趣爱好,对人和自然的态度,以及他自身的个性特点和行为表现,都和童年时代的不同了。所谓"少成若天性,习惯成自然",说的就是这个意思吧。

李贽在这个课题上,虽然摆的是发展观点,对人的童心逐渐消逝,作了分析:从细节看,差不离;但从主体看,不免是消极的,尽管在于非议孔孟之道。

> 盖方其始也,有闻见从耳目而入,而以为主于其内而童心失。其长也,有道理从闻见而入,而以为主于其内而童心失。其久也,道理闻见日以益多,则所知所觉日以益广,于是焉又知美名之可好也,而务欲以扬之而童心失;知不美之名之可丑也,而务欲以掩之而童心失。

从今天来对"童心"作比较科学的评价是:童心是天真的、纯洁的、公正而坦率的,诚实又美好的,热衷于好奇,殷切地求知,富有勇敢冒险精神……只是它有幼稚,易变,少见识浅,甚至无知的这一面。从儿童文学创作来说,为了要求作品的主人公——儿童的形象写得生动活泼,写得有真实感,写得有浓厚的生活味儿,特别是对于鲜明的性格的深刻刻划,等等,那么,作家如果理解、通晓并且掌握着童心,笔底下将如鱼得水,写来亲切动人。既能写得畅,写得透,又能写出喜怒哀乐,真挚感人。

是的，作家在创作过程中，正是由于深切了解儿童的心理状态，才有可能艺术地技巧地运用童心的积极方面——真、美、善，必然大大地有利于进行政治思想品德教育，以及革命传统教育，共产主义理想教育。但是值得注意的是：在塑造好儿童艺术形象，更天真烂漫，更虎虎有生气，更有真实感的同时，决不能自然主义地一味迁就着儿童，一切如实地现状地照搬、照写，其中也没有一点儿"向上"的理想的因素，甚至于追求消极的一面：撒娇、任性、贪玩、无礼、顽皮等等，只是为童心而童心，单纯地为了写真实，自然主义地被"童心"牵着鼻子走，没分寸，没限度，不掌握住"火候"，净出儿童的洋相。这样，也许就可说是"童心论"了。一往情深地陷入不论什么概以"童心"为主的"童心论"的泥坑里去！

世界上的事物都有个限度。无论从原子到星球也好，从无机界到有机界也好，从自然界到人类社会也好，客观世界中万千事物，每一个具体事物在它发展的过程中都有一定的限度，过此，量变就要引起质变，走向它的反面了。所以列宁警告着说："只要再多走一小步，仿佛是向同一方向迈的一小步，真理便会变成错误。"若说"童心论"有错误，恐怕就在这上面吧。

现在让我们看看几个正面的例子，领略一下文学作品里的"童心"吧。

> 胡子伯伯的胡子真是又多又长，……一直拖到地上，把他身子也裹住了。南南想，"如果他没有衣服，这胡子可以当做一件袍"。（《南南和胡子伯伯》）

作家要是不熟悉儿童生活，了解儿童心理，善于观察体会儿童的心灵，就不可能写出这百分之百的儿童的"心里话"（就这么一句"心里话"，把一个名叫南南的孩子写得多么传神啊！），也就不可能勾勒出一个真正的儿童形象。当然，作家还不能忘记他所描画的对象在不同的年龄阶段里有他不同的年龄特征。

> 跟弟弟去看电影，
> 你就不要想太平：
> 问题好象机关枪，
> 嗒嗒嗒嗒开不停。
>
> 只要看到电影里，
> 一有坏人害好人，

他就急得哇哇叫：

"快快来啊，解放军！"（《弟弟看电影》）

念着这首诗（全首共九小节，只引了两小节），诗里头描绘的看电影的弟弟，几乎要从白纸黑字的诗的行间里蹦出来了。每当电影院放映儿童影片专场时，这类真实的带有普遍性的生动活泼的情景，往往使得场子里的气氛沸腾起来，热烈又愉快。诗人捉住了孩子们爱憎分明的心的典型事例，写出了这样好的诗，主要是能够体察中国儿童崇敬中国人民解放军的真诚的心。

另一首题作《雨后》的诗，写小妹妹在后面跟着在泥地上摔过一跤的小哥哥，一块儿走。

小妹妹撅着两条短粗的小辫，
紧紧地跟在这泥裤子后面，
她咬着唇儿
提着裙儿
轻轻地小心地跑，
心里却希望自己
也摔过这么痛快的一跤！

这位女诗人体察小女孩的心灵多么深啊！如果她不懂得儿童的心灵，不能心心相印地"心有灵犀一点通"，那怎么也不能写出小妹妹的"心声"的好诗。而小妹妹的这份心情，在成人看来是非常可笑的，但在小妹妹的心坎里，却是十分真诚的。把这点真实感写出来，小妹妹的艺术形象就大为生色而有光彩了。

"我没有红领巾，你不要以为我念书不好，爱和同学吵架。才不呢，完全是因为我还没到九岁，九岁！"（《小胖和小松》）

这几句又天真，又稚气，也实实在在的老实话，是公园中姐弟俩的悄悄话语，要不是作家在平时关心并留神孩子们的那颗童心，懂得他们既有自尊心，又有自信心，就不可能写下这如闻其声，如见其人的儿童口语，从而突出了一个作为姐姐的八岁女孩子的形象。

我们的儿童文学在党的教导、关怀、支持下,从一九四九年在全国大陆解放后,一年比一年发展,欣欣向荣,十七年来优秀的作品,几乎如雨后的春笋,正在逐渐呈现一片繁荣起来的景象,不幸横遭林彪、"四人帮"十年的破坏、摧残,虽然如此,象上面举例的"从生活中来,具有儿童特点"的好作品,还可以举出许许多多,显示了并证实了作家对儿童生活和儿童心理的了解与体验,和创作作品的关系。

那位从革命激情中孕育出来的、高唱暴风雨即将到来的《海燕》的诗人,他从社会底层深处、抓住它的主动脉,预见地写出社会主义的革命火花已经闪光了的《母亲》的作家高尔基,他是列宁、斯大林时代的苏联儿童文学的奠基人。他乐于用自己的大手笔,为少年儿童创作童话,在完成《叶夫谢依卡》、《茶炊》、《小麻雀》等篇之后,当他接着写完《早晨》的时候,就有这样的感觉:

我写得很沉闷吗?那有什么办法呢?当一个孩子长到四十岁,他就比较沉闷了。

这按照李贽的观点,那就是:

天下之至文,未有不出于童心焉者也。苟童心常存,则道理①不行,闻见②不立,无时不文,无人不文,无一样创制体格文字而非文者。

高尔基的感叹,是不是也就是对自己在创作实践中,感觉到了"童心之失"的遗憾与惋惜吧。

儿童是人,但不等于成人;儿童文学是文学,但不等于成人文学。成人与儿童在一起生活、工作的时候,会产生许多相互不协调、不适应的事儿,从而有些或小或大的差别,甚至是矛盾。具体到文学创作的艺术规律上:尽管理论性是一致的,但在实际运用上既有同一性,却又有差异性,不然,就无从区别成人文学与儿童文学了。

事物是千差万别的。后者是从前者派生出来的,如果它不具备自己的特殊性,也就失却它存在的意义和存在的地位了。即使在儿童文学自身中,也由于儿童年龄特征的关系,各个不同年龄阶段的儿童,各有他们不同的心理状态和社会

---

①② 均指孔孟之道与儒家思想而言。

环境,从而产生不同的特殊的需要。年龄愈小,这方面显得愈特殊。所以,高尔基感叹的乃是"童心",而李贽所议论的则是"童心说(论)"了,因为他是对"无一样创制体格"的文篇都要求童心。

五

有人这么说,作家是不会关注到童心不童心的,特别是那些写出世界名著的杰出的大作家。不见得吧,说这话的大概忘记了都德的《最后一课》,安徒生的《卖火柴的女孩》,金斯莱的《水孩子》,莫洛的《无家可归的孩子》和斯比丽的《小夏蒂》,等等作品,也记不起契诃夫的《万卡》,马克·吐温的《汤姆·索耶》和《哈克贝利·芬》了……

且不谈国外的,回头来说说我们国内的吧。

伟大的革命家、思想家、文学家的鲁迅先生,他老人家就在《爱罗先珂童话集·序》中这样写道:

> ……而我所展开他来的是童心的,美的,然而有其真实性的梦。……但是我愿意作者不要出离童心的美梦,而且还要招呼人们进向这梦中,看完了真实的虹,我们不至于是梦游者。

鲁迅先生并不讳言诗人、作家有"童心",而且赞美着要有童心,并且还要招呼人们能进向童心的梦。不知道这些话(其涵义深远,岂仅童心已焉)算不算"童心论"? 也不知道有没有人敢于祭起这顶帽子?

这位可敬爱的当年中国的文坛主将,在翻译完了那位盲诗人的《狭的笼》以后,在"附记"中,进一步地这样写着:

> 我掩卷之后,深感谢人类中有这样的不失赤子之心的人与著作。

不知道有没有人会说:"这是在宣扬'童心论'了!"其实,说也徒然,自有后来人嘛!

最近读到龚朴同志出于政治热情写的赞扬党的好女儿、革命英雄烈士张志新同志的那篇真挚感人的杂文,就冠以《可贵的赤子之心》的题目(载《人民日报》一九七九年八月一日第三版),只觉得非常妥适精当。纯洁、正直无私的赤子之心,的的确确是可贵的啊!

如果说鲁迅先生这些犯有"童心论"嫌疑的话,是在被爱罗先珂充满着"爱人类"的思想感情的散文诗般的童话作品所挑动起来的,并非出于他老人家的本意(原始思想),那么,请再读一读他老人家由于热爱少年儿童,关心民族国家的命运,而为下一代呼吁精神食粮所写的精辟有力的杂文——《看图识字》中的一些话吧。

> 凡一个人,即使到了中年以至暮年,倘一和孩子接近,便会踏进久经忘却了的孩子世界的边疆去,想到月亮怎么跟着人走,星星究竟是怎么嵌在天空中。但孩子在他的世界里,是好象鱼之在水,游泳自如,忘其所以的,成人却有如人的凫水一样,虽然也觉到水的柔滑和清凉,不过总不免吃力,为难,非上陆不可了。

看来鲁迅与高尔基东西方两位大文豪,他们在这个问题上,有着不约而同的共同语言吧。不知道有没有人为了他们都怀有"童心"而担忧他们倒退,没有阶级感情和无产阶级政治了,因此急不及待地大声疾呼"批判资产阶级思想的'童心论'"了?

> 孩子是可以敬服的,他常常想到星月以上的境界,想到地面下的情形,想到花卉的用处,想到昆虫的语言;他想飞上天空,他想潜入蚁穴……

不怀有童心的作家能"入木三分"地道出儿童的心曲来吗?

应该万分钦敬,这位为了革命文化事业而在战线上正处于"夹攻"、"围剿"中的大作家,在不断地掷出匕首、投枪的激烈紧张的战斗中,不但不忘怀孩子,而且理解孩子的心理如此细微深入。所以:是不是可以老老实实、坦坦白白地这样说,不是真正热爱孩子的作家是不会怀着童心的。没有童心或者不关心童心的作家,是会影响着他写出精彩的作品来的吧。当然,创作儿童文学作品更其如此。

也不必"杞人忧天",作家怀有一颗童心,就会变成老莱子了。

> 孩子的心,和文武官员的不同,它会进化,决不至于永远停留在一点上,到得胡子老长了,还在想骑了巨人到仙人岛去做皇帝。因为他后来就要懂

得一点科学了,知道世上并没有所谓巨人和仙人岛。倘还想,那是生来的低能儿……

更不必忧心忡忡地为年逾古稀的作家,因为犹有童心,会败坏了他的创作欲望和思想情绪,恰恰相反,他们的作品依然象山巅上的蓬勃的小青松,生意盎然。

> ……但这一篇民间故事诗,虽说事迹简朴,却充满着儿童的天真,所以即使你已经做过九十大寿,只要还有些"赤子之心",也可以高高兴兴地看到卷末。(《勇敢的约翰》校后记)

这一阐说多好!儿童文学作品原是为儿童而创作,为儿童服务的,童心又有什么可怕呢?可怕的倒是那些长着花岗岩头脑的好心人,也有可能别有用心的,说什么"鼓吹'童心论',就是鼓吹'儿童文学特殊论',它抹煞儿童文学的阶级性,促使儿童文学脱离无产阶级政治,并游离了思想性而只着眼于艺术性,会陷入'艺术至上论'的泥坑中去……"反正帽子是可以一顶又一顶地迭上去的。天有多高,不怕迭不上!

童心,只不过是在儿童文学创作上(也在编辑工作上)形象思维方面的一个艺术因素,对不对,有没有道理,存在不存在,还得看实践——生活实践和艺术实践。只有通过社会检验,真理就屹立在实践检验之中!

在民间,流传在人民群众的口头禅,什么"长生不老",什么"返老还童",都是希望着青春永驻不衰,这是人民善良而又美好的愿望。倘使以为这是迷信、邪恶之念,那就"失之毫厘,差以千里"了。

马克思在他的《政治经济学批判》的"导言"中写道:

> 一个成人不能再变成儿童,否则就变得稚气了。但是,儿童的天真不使他感到愉快吗?他自己不该努力在一个更高的阶梯上把自己的真实再现出来吗?在每一个时代,它的固有的性格不是在儿的天性中纯真地复活着吗?为什么历史上的人类的童年时代,在它发展得最完美的地方,不该作为永不复返的阶段而显示出永久的魅力呢?……

这些话大家都熟悉,而且大家都知道指说的是希腊的艺术宝库中的希腊神话。然而他老人家所以要这样说,看来赞美童年之意,溢于言表,难道发现剩余价值、倡导阶级斗争的马克思,也在怀念着儿童的天真？眷恋着人类的童年时代吗？

已经在工业革命后过了一个多世纪的本土上,有一位英国作家巴利(Sir J. M. Barrie 1860—1937),他创作剧本《一个不愿长大的孩子》(一名:《彼得·潘》),一九〇四年的圣诞节初次上演于伦敦的剧院。其后这出童话剧风行于美、德、法、奥等国,七年之后,在社会上一片欢呼声中,《彼得·潘》的童话作品也出版了。于是每年圣诞节前后,至少在伦敦、纽约两地,一定排演这出童话剧,以致这个戏剧活动成为欧、美整个圣诞节活动的一部分。如按观众数量,时间久长来计算,成绩几乎超越了莎士比亚的戏剧；至于那本童话,当然天天成了全世界孩子们的好朋友(不说是"恩物"吧),那更是不必说了。

巴利是不是一位真正的"童心论"的作家呢？他的世界观、文艺观指导了他自己的文学创作,构思了一个非常浪漫主义的故事:一个会飞的孩子,和那些说话叮当作声的仙女,以及肚子里吞下"滴答！滴答"发声的钟的鳄鱼,月夜里出现的人鱼……演出一幕幕有趣的、动人的悲喜剧。它塑造了一个永远纯朴天真的孩子彼得以外,还创造了一个与人物、环境相适应的虚无缥缈的永无岛,显示宇宙中永远存在的儿童精神——游戏精神……

有人说这是一本通透了孩子的心的书,描画了孩子的心的游历,作家在文学创作上简直把"童心"形象化了,而且表达到了极度。尽管作品是不现实的,思想不但不先进,而且是不正确的,更脱离生活实际的,但是到了现代科学昌明的二十世纪,欧美各国人民群众仍然喜爱这出戏和这个作品,那又该怎么解释呢？难道只有唯一简单可用的"资产阶级思想'童心论'"这一贬辞,就能一棍子把它打倒的吗？

我主观上片面的理解是:这作品所以不仅受到儿童的欢迎,并且也被成人喜爱阅读,是因为作品写出了那些具有好奇心、模仿心、冒险心理、勇敢行为,并且性格坚强、聪明机智、动作活泼的孩子们——真正的孩子们的缘故。而这个,正是作家要有一颗童心,才能游刃有余地描画出孩子们的心。

据说法国的著名画家柯乐(Jean Baptiste Camille, Corot 1796—1875),曾经在他的日记里这么写过：

> 我每天所祈求于上帝的,就是要他永远留着我做一个小孩子,使我能够用一个小孩子的眼睛来看和画这个世界。

又是多么"童心论"的一个名画家呵!他竟要用孩子的眼睛去看,然后才画,画出杰作来。这里头究竟有什么奥秘啊?难道那儿童的天真使他愉快?那永久魅力的人类的童年时代美好得驱使他要藏放在画里?他不怕被批斗?

不怕批斗的还大有人在:把莎翁戏剧改写成著名的《莎士比亚戏剧故事集》的杰出的散文家查尔斯·兰姆(1775—1834)和他的姐姐玛丽·兰姆(1764—1847),他们是具有孩子的眼睛和孩子的心,才能写出这部不朽的名著。他们自己就这样说过,"……用幼小的心灵所容易理解的语言写出来",这就非具有童心不可了。

小孩子的两只眼睛虽然生得和成人的一模一样(只是眸子清,亮得更可爱些),但是他们观看世界上的事物,确凿和成人的不同。他们看到的是:金鱼穿着薄纱裙在水晶宫里跳舞,白鹅昂着头排队到游泳池去比赛游泳,喜鹊叽叽喳喳的在梧桐树上开茶话会,蚂蚁在石阶上一队连接一队地急行军,溪水里的花瓣就是飘飘荡荡的船,小河里的旋涡就是水孩子的笑涡,大茶壶就是母亲,而小茶杯就是它的孩子……这些,也正是为鲁迅先生所敬服之处:孩子们有活泼的幻想,有美好的理想。他们看得活,什么东西在他们眼睛里都是动的,不是静止的,而且看起来都是美的,有趣的。他们的眼睛富有想象力,也有观察力。他们会说那个游街的皇帝身体是赤裸裸的,什么也没有穿(见《皇帝的新装》)。可不是!卖火柴的小女孩居然在一点火柴光里看到了黄铜炉挡的铁火炉里火烧得多么旺;看到墙壁变得透明,房间里铺着雪白台布的桌子上,放着精致的果盘,里头堆满着梅子和苹果,还有冒着香气的烤鹅;看到了自己坐在美丽的圣诞树下,还看到了已经死去了的老祖母出现在天堂里……这些星星般的眼睛多逗,多怪,多奇异,又多美丽呵!

是呵,一百多年前的安徒生,他早已在用孩子的眼睛看了,用孩子的心灵在想了。他真走运,也由于创作的出色的成就,不但没有被批判为"童心论",而且被褒奖为世界名人中的童话大师。

如果说在这方面所举的例证,都是生活在资本主义国家里的资产阶级的作家和画家,他们的资产阶级思想,正是滋长"童心"的肥沃的土壤。所以,从统计学上来说,"取样"是偏向的,没有说服力的。那么,再举一位布尔什维克、战士、作家、在反法西斯卫国战争中牺牲在战场上的盖达尔,他怎么样在他儿童文学作品中描写孩子的呢。瞧吧,他在《丘克和盖克》中写的小兄弟俩:

……当妈妈读信时,丘克和盖克就非常注意地看着她的脸。开始的时候妈妈皱起了眉头,他们也皱起了眉头。但接着妈妈微笑起来了,他们就断定:这封信是快乐的。

"爸爸不能来,"妈妈把信放在一边,说,"他还有很多工作,大家不让他来莫斯科。"

被逗弄的丘克和盖克迷惑地相互瞅了一眼,那封信正好是使人最不高兴的信。他们立刻嘟起小嘴,吸着鼻子,生气地望着不知道为什么还在微笑的妈妈。

在这里,不禁想起了加里宁的几句话,作为这个作品细节的注解,是再好、再适当也没有的了。

……须知天地间再没有什么东西,能比孩子的眼睛更加精细,更加敏捷,对于人生心理上各种微末变化更富于敏感的了,再没有任何人象孩子的眼睛那样能捉摸一切最细微的事务。

这位无产阶级革命作家的作品中的孩子们,无论是在《革命军事委员会》中的箕姆卡,在《远方》中的王西迦和白季迦,在《林中烟》中的伏洛佳,以及在《铁木儿和他的队伍》中的一些孩子们,都写得活泼泼地栩栩如生。他们的音容笑貌,跃然纸上,完全是可爱的真实的孩子。由于作家写出了孩子们的儿童思想、儿童感情、儿童的兴趣爱好、儿童的游戏精神,因而他笔底下的这些"小人物",仿佛在作品中可以看得见,听得到,捉摸得着的。

六

作家创作,遵循着创作的艺术规律,通过形象思维,塑造人物,要求创造出匠心独运、精雕细琢的艺术品。这对儿童文学作品来说,为了教育革命事业的接班人,培养实现四个现代化的明天的生力军,应该要求得更高,更严,在思想性、艺术性上都是第一流的艺术珍品,是理所当然的。那么,作家在进行他的儿童文学创作时,为了写好儿童的艺术形象,怀着一颗童心,善于以儿童的眼睛去看,以儿童的心灵去体会,充分地给读者以美的享受,寓教育于娱乐之中,实在也没有什么坏处,也没有什么不对的地方。正如著名的京剧表演艺术家张英杰演出《景阳岗打虎》,起武松这个角色时,他在舞台上有意识地自己化身为武松,随后以武松的眼睛察看岗上的景色,以武松的耳朵倾听岗上的风声,以武松的心灵寻思在打虎时如何摆开架势猛揍那条吊睛白额大虫……他只有这样地"深入角色",才能演好这出戏,在社会大众的检验下,使自己享有"盖叫天——活武松"的声誉。这个道理可以说是尽人皆知的。唯独对于作家在进行儿童文学创作时,却否认他可以设身处地地深入在他笔底下所要描绘的角色——儿童的心理状态和精神面貌,这是一种什么样的事理?

在罪行滔天的"四人帮"被粉碎以前,谁也不敢谈"儿童文学特点",他们把它和"童心论"等同起来,所以在理论上碰到"童心"两字,谈虎色变,认为在创作上是个禁令森严的禁区,以致从根本上取消了儿童文学,只剩下它的假象(成人的儿童文学),迫使它与一般文学无甚差别,只在篇幅上短小点儿,字句上浅显点儿,以致"扑朔迷离",难以辨别,因此不得不在出版书籍的封面或者封底上加印"少儿文艺读物"字样,以资识别。这种硬贴标签的办法,岂不是个书林中的笑话。

今天,"四人帮"被粉碎已逾三载,儿童文学创作大有起色,可是在理论上他们的流毒还没彻底肃清,"恐'童心'病"还存在着。这个病不医治好,大大地妨碍儿童文学的茁壮成长、发展繁荣,安得从《本草纲目》中找出一味对症的良药来?

笔者限于水平,能力又很差,上面所云,不仅没有"疗效",诚恐药石乱投,还会增重病情,只是为了引起儿童文学战线上同志们的注意和重视,解放思想,发扬艺术民主先谈这么一些不成熟的、很可能是错误的想法和看法,作为自己的检查,也作为学习;并以此抛砖引玉,恳切地求得广大作者和读者的批评,指教。

作协上海分会儿童文学组座谈"童心论"

《儿童文学研究》记者

"童心论"——这是从事儿童文学创作的作家们长期来望而生畏的三个字。去年六月,作家协会上海分会儿童文学组的同志以及部分儿童文学业余作者、儿童文学编辑,根据实践是检验真理的唯一标准这一原则,对过去批判过的"童心论"、"儿童文学特殊论",重新进行评价。儿童文学组负责人、老作家陈伯吹同志主持了会议。苏玉孚、圣野、嵇鸿、鲁兵、魏同贤、伍伦、朱彦、任溶溶、江英、洪祖年、修孟千等同志先后在会上发了言。

参加讨论的同志一致认为,粉碎了"四人帮",党的"双百"方针得以顺利贯彻,今天把"童心论"和"儿童文学特殊论"重新提出来讨论是很适时的。这个问题搞清楚,儿童文学创作就可跨上千里马,可以飞奔直前;否则仍会影响儿童文学创作的繁荣。

"童心论"是从哪里来的?陈伯吹同志于一九五六年和一九五八年发表了两篇文章——《谈儿童文学创作上的几个问题》(原载《文艺月报》一九五六年第六期)、《谈儿童文学工作中的几个问题》(原载一九五八年二月份《儿童文学研究》)引起的(均收入长江文艺出版社出版的《儿童文学简论》),他针对当时儿童文学创作和编辑工作中忽视儿童特点的倾向,曾经提出了"一个有成就的作家,能够和儿童站在一起,善于从儿童的角度出发,以儿童的耳朵去听,以儿童的眼睛去看,特别以儿童的心灵去体会,就必然会写出儿童所看得懂、喜欢看的作品来。作家既然是'人类灵魂的工程师',当然比儿童站得高、听得清、看得远、观察得精确,所以作品里必然还会有那新鲜的和进步的东西,比儿童的眼光看得更高更尖锐,这就是儿童精神粮食中的美味和营养"。在编辑工作方面谈到:"在

题解 本文选自《儿童文学研究》总第三辑,少年儿童出版社1980年版。这是1979年6月中国作家协会上海分会关于"童心论"讨论的座谈会概况记录:与会人员一致认为,在当前社会环境下,重新讨论"童心论"和儿童文学特殊论"是适时的;过去对"童心论"的批判严重危害了儿童文学创作和儿童文学编辑出版工作;过去对陈伯吹的政治批判是错误的,对他的一切诬陷不实之词,均应推倒。

审稿的时候,应该注意到它虽然也是文学作品,而在某些地方必须分别对待,甚至应该有另外一种尺度去衡量。"他说:"如果审读儿童文学作品不从'儿童观点'出发,不在'儿童情趣'上体会,不怀着一颗'童心'去欣赏鉴别,一定会有'沧海遗珠'的遗憾;而被发表和被出版的作品,很可能得到成年人的同声赞美,而真正的读者未必感有兴趣。"到了一九六〇年,他的这些议论受到了不应有的上纲上线的批判,有人将他的这些议论同美国资产阶级教育学家杜威的理论挂上钩。从此,在"童心"、"儿童文学的特殊性"、"儿童情趣"的后面,都焊接上个"论"字,在"论"字后面,接踵而来的是一串"帽子"。在林彪、"四人帮"一伙横行时,对所谓"童心论"的批判更是愈演愈烈。

这种违反实事求是的批判,严重地危害了儿童文学创作和儿童读物的编辑出版工作。多年来,大家对儿童年龄特征,儿童文学在主题、题材、语言、体裁、形式、阅读程度等各方面的特殊性,一概讳莫如深,而且越来越忽视,以至置之不问,其结果是使儿童文学名存实亡,有些作品甚至不得不加上"少年儿童文艺读物"的标志,借以告诉读者,这就是儿童文学作品。出现这种情况,实在是可笑的,也是令人痛心的。

参加讨论的同志一致认为,陈伯吹同志对儿童文学提出的这些看法,尽管有不尽完善和可商榷之处,但那纯属学术思想问题,有不同看法,应该本着"双百"方针的精神实事求是地开展讨论,决不应该抓住片言只语,加以夸大或歪曲,无限上纲,当作政治问题来对待。过去对陈伯吹同志的批判是混淆了两类不同性质的矛盾,因而是错误的,所有对他的一切诬陷不实之词,均应推倒。

参加讨论的有儿童文学的老作家,也有这条战线的新战士,大家畅所欲言,各抒己见。有的当年曾参加过对"童心论"的批判,有的却挨过批,如今彼此都不计较个人的恩怨,怀着团结一致向前看的愿望,共同总结经验教训,共同探讨,力求对过去批判过的所谓的"童心论"取得符合科学的认识。

许多同志举例说明儿童文学和成人文学之间既有共性,又有它自己的特殊性,特殊性就在于它的读者对象是儿童,作品中所描写的对象大多数也是儿童。作为儿童文学作者或编辑,应该心中有儿童,要了解儿童,熟悉儿童,否则我们写出来、编出来的东西,就不能有的放矢,不可能为孩子所喜闻乐见,这样也就谈不上发挥教育作用了。对儿童文学作家和编辑来说,懂得"童心",了解儿童的心理特征,是必不可少的基本功。当然,这并不是说我们应当蹲下身子来和孩子平起平坐、一般见识。果真这样,那就不是一位作家,而是一个令人作呕的老莱子了。我们了解儿童,是为了教育引导儿童;我们要理解"童心",但我们的心并不是"童心"。

在讨论中,有些同志还提出一些问题,如"童心论"在解放后的中国到底有没有形成一个完整的体系？我国古代学者和外国学者有过哪些说法？杜威、胡适、周作人的理论是否也有其合理部分？大家希望今后展开进一步的讨论。

实事求是谈"童心"

鲁 兵

一九六〇年,在此作协大厅,熙熙攘攘,批判"童心论",说得准确一些,是批出个"童心论"来;十九年后的今天,又在这里讨论"童心论"。今天在座的,有当年的被批判者,也有当年的批判者,我就是当年的批判者之一。

在这十九个年头里,我们的文艺,包括我们的儿童文学,创作和理论,还有我们这些从事文艺工作、从事儿童文学工作的人,经历了多次反复。一捧场,就群起而捧之,捧上九重天;一批判,就群起而批之,打入十八层地狱。主观主义,形而上学,其实流行已久,而且常常以群众运动的形式出现。这对我们的文艺工作,我们的儿童文学,危害之深,这是大家十分明白的。现在大家有了不少共同的经验和教训,在讨论中一定能采取比较实事求是的态度,这样的讨论才是有益的,才会得出好的结果。

陈伯吹同志在他的文章中提到"童心",他是万万想不到由此招来个"童心论",自己被封为"童心论"的首创者的。他的文章主要是针对当时儿童文学创作和编辑工作中忽视儿童特点的现象而写的,提出不少有益的意见。其中有些观点和说法是否确当,是可以讨论的,但是当年不问作者的实际动机,也不问文章的总的倾向,而是从字里行间去发现"辫子",名曰学术讨论,实为政治斗争,这些都是应当澄清的。

文学艺术的一些基本规律,基本特征,有没有阶级性?是否只有无产阶级的诗歌创作才讲形象思维?是否只有两千多年前的诗歌创作才是"诗言志"?儿童文学作品是为特定年龄的儿童而创作的,从主题、题材、形式、语言,直至作品的容量,都应当力求符合儿童的年龄特点。我们能因为资产阶级的教育家、文艺

题解 本文选自《儿童文学研究》总第三辑,少年儿童出版社 1980 年版。文章反思了 1960 年对"童心论"的批判,肯定了陈伯吹的"童心"创作理念。本文还认为,儿童文学创作者要懂得"童心",并不意味着儿童文学创作者自己也只有"童心"。儿童文学创作者是教育者,如果和孩子一般见识,是无法担负起教育儿童的任务的。

家说过类似的话,就以资产阶级的理论视之吗?我们能反其道而行之,偏偏不去理睬儿童年龄特点吗?林彪、"四人帮"横行之时,正是从抹煞儿童文学的特殊性入手来取消儿童文学的。

陈伯吹同志说的"童心"是什么?我以为他是作了注释的,这就是他说的"儿童的眼睛","儿童的耳朵","儿童的心灵",讲的是儿童如何观察并理解周围世界,以及由此而产生的想象和幻想。这些都正是儿童文学作者所应当了解和熟悉的。至于儿童文学作者自己是否要具有一颗童心?这是另一个问题。平常说某人具有童心,或者说某人不失其赤子之心,这只是称赞他象儿童那样纯真或者活泼,并非说他象儿童那样幼稚。我以为一个人既已成长,还象孩子那样来认识世界,思索问题,头脑里充满有趣的然而往往是幼稚可笑的幻想,这大概是很难的,不知哪位儿童文学作者有过这种实践经验,达到过这种非凡的精神境界。鲁迅在《〈勇敢的约翰〉校后记》中说:

> 孩子的心,和文武官员的不同,它会进化,决不至于永远停止在一点上,到得胡子老长了,还在想骑了巨人到仙人岛去做皇帝。因为他后来就要懂得一点科学了,知道世上并没有所谓巨人和仙人岛。倘还想,那是生来的低能儿,即使终生不读一篇童话,也还是毫无出息的。

孩子在不断成长,不断成熟起来,儿童文学作者,怎么倒是返老还童了呢?儿童文学作者是教育者,如果和孩子一般见识,又怎么能担负起教育孩子的任务呢?

儿童文学的特点要大谈特谈

任大霖

在林彪、"四人帮"的极左路线统治中国文艺界的时候，人们一听到有什么"问题讨论"，便不免心惊肉跳。因为这些所谓"讨论"，开场时往往倒也相当文雅，用些"商榷"呵，"争鸣"呵之类的词儿，还"鼓励"不同意见的发表，真象有点儿"学术空气"的样子；但接下去，"学术空气"便渐渐被"政治空气"所代替，纲越上越高，"讨论"变成了"批判"，"商榷"变成了"斗争"，而且总是两个阶级、两条路线之间的"严重斗争"，接着，还往往演变成为一场"运动"，于是，帽子乱飞，棍棒交加，然后自然是"揪"出了"代表性人物"，整出了"代表性论点"，把他"批深批透"，最后便是"得胜回朝"，……至于当初提出来"讨论"的那个"问题"呢，却就此搁在一边，谁也不敢多想多说，鸦雀无声，天下太平。

对于这类"讨论"的实质及危害，在揭批林彪、"四人帮"已近三年的今天，人们是已经看得很清楚了。

林彪、"四人帮"对"童心论"的"讨论"、"批判"，也就是这样把学术问题作为政治问题来搞。如果把我国儿童文学比作一个人的话，她在党和国家的关怀抚育下，刚刚成长发育，开始迈步向前走的时候，恐怕也还只能算是"少年时期"吧，就在这时候，林彪、"四人帮"那根文化专制主义的大棒，就对她狠狠一棒敲了下来，批判这个"论"那个"论"，批判这本书那本书，优秀作品被打成"坏书""毒草"，文艺刊物统统停办，我们的"儿童文学"——一个活泼健壮的少年，就这样被活活打昏在地。直到以华国锋同志为首的党中央一举粉碎"四人帮"以后，儿童文学才慢慢苏醒过来，得到了新生。

醒是醒过来了，但人还很虚弱。还有点"脑震荡"之类的后遗症吧。我们的

题解 本文选自《儿童文学研究》总第三辑，少年儿童出版社1980年版。文章认为开展"童心论"的讨论是非常有必要的。儿童文学是整个文学的一部分，既有文学的共性，也有自己的特点。强调"童心"就是强调儿童文学的特点，这是一个创作问题，而不是一个政治问题。只有深入研究儿童文学的特点，展开各抒己见的学术讨论，才能有助于正确理解儿童文学，提高儿童文学的质量，繁荣儿童文学。

责任是要让她更快地恢复健康,并且发展、壮大、成熟起来。这就有大量的工作放在我们面前。

所以我觉得作协儿童文学组今天发起对"童心论"的讨论,是一件十分有益的工作。我认为这次讨论,首先应当肃清林彪、"四人帮"极左路线的流毒,拨乱反正,把那些无限上纲的、诬陷不实的、断章取义的、颠倒黑白的……种种帽子、棍子、辫子,来个彻底的清除,把有关"童心论"的各种论点,实事求是地整理出来,还它一个真面目,为政治上受到迫害的同志平反昭雪,澄清事实,解除顾虑,消除余悸,然后才能真正进行实事求是的学术讨论。

在儿童文学的共产主义教育方向的大前提之下,儿童文学作家是否需要一颗"童心"?是否要用儿童的思想感情去感受?儿童文学要不要提倡"儿童情趣"?……这一些都是创作思想,或者创作方法的问题,我觉得,总的是一个"儿童文学特点"的问题。今天,非常有必要把它弄弄清楚。这对繁荣儿童文学很有好处。我们的儿童文学是整个文学的一部分,她既有一般文学的共性,也有自己的特性。儿童文学的特性是由它的特定读者对象所决定的。既然儿童文学的读者对象是儿童,为了使儿童文学作品具有更大的感染力,发挥更大的教育意义,也就必然存在着一个如何使儿童喜闻乐见的问题,这就必须研究掌握儿童的生理、心理状况,深入儿童的生活实际,充分了解他们的思想感情、兴趣爱好等等,使作品从内容到形式,从故事到语言,都能为儿童所接受、所喜爱。古今中外的优秀儿童文学作品,没有一部不是儿童喜闻乐见的。如果儿童看不懂,不爱看,那末即使思想性多么强,文学性多么高,也不能算是优秀的儿童文学作品。所以,深入研究儿童文学的特点,正确理解儿童文学特点,对于繁荣儿童文学创作,提高儿童文学质量,是很重要的。五十年代到六十年代初期,文艺界比较重视儿童文学特点的研究,《文艺报》等刊物都发表过这方面的评介、体会文章。在作家中讨论儿童文学特点,也蔚然成风。我记得严文井同志在1954—1955年《儿童文学选》的《序言》中,就曾重点谈到"怎样正确地理解少年儿童文学的特点"问题,他的论述不但在当时给我很多教益,就是到今天也记忆颇深。当时出现了一大批富有儿童文学特点,为小读者喜闻乐见的作品,象张天翼的《罗文应的故事》、《宝葫芦的秘密》,徐光耀的《小兵张嘎》,柯岩的《"小兵"的故事》等等,至今仍为广大小读者所喜爱。可是以后呢,随着批判"童心论",批判"儿童情趣"等等,儿童文学创作中强调儿童文学特点的各种论点都遭到"牵连",不敢再谈,我们的儿童文学就越来越"成人化",越来越"严肃",儿童形象越来越象"干部",大道理越来越多,其结果是儿童喜闻乐见的作品越来越少。

林彪、"四人帮"扼杀儿童文学，其手法之一就是完全否定儿童文学特点。他们断章取义、偷换概念，不许人们提到儿童文学特点。即使你明明是在坚持儿童文学的共产主义教育方向的前提下，来谈谈儿童文学创作中的某些问题，例如当说明儿童文学不要成人化时，强调一下"作者要用儿童的心灵去感受"，而林彪"四人帮"在"批判"时却割去了前提，歪曲成为"只要儿童的心灵，不要无产阶级的阶级性，也不要工农兵的思想感情"，这样一来就显得你的论点很荒唐可笑了。这种"批判"与"讨论"真是哭笑不得，必然造成大家只敢谈一些冠冕堂皇的大道理，不敢谈"儿童特点"，不敢谈具体创作体会的沉闷局面。于是作品也就千篇一律，除了捉特务，还是捉特务。以后更发展到了儿童文学也要大写"走资派"的地步。其结果是取消了儿童文学。这种流毒必须彻底肃清，儿童文学的特点必须大谈特谈。儿童文学领域多么需要一个各抒己见的生动局面呵！

　　通过对"童心论"的讨论，进一步解放思想，在儿童文学领域内拨乱反正，必然有助于正确理解儿童文学特点，从而促进儿童文学的繁荣发展，为我们的少年儿童提供更多更好的精神食粮。

1979，6，24，上海

"童心论"辨析

蒋 风

一

儿童文学要不要有儿童特点?

这本来是一个不成问题的问题。

研究任何事物既要看到它的共性,更要探索它的个性。因为"无个性即无共性"。我们研究儿童文学也一样,既要看到它和一般文学的共性,也要研究它自己本身的运动形式,研究它的特殊矛盾,研究它不同于一般文学的特殊点。

毛泽东同志说:"共产党员如果真想做宣传,……就要想一想自己的文章、演说、谈话、写字是给什么人看,给什么人听的,否则就等于下决心不要人看,不要人听。"①

儿童文学的工作对象是广大少年儿童。要很好完成它的教育任务,也就先得认真地了解少年儿童的特点,研究它的对象的要求、兴趣、爱好、接受能力等。不同年龄的儿童,他们的爱好、兴趣、接受能力也有差别。例如学龄前期的幼儿,他们的生活经验还很有限,还不大了解甚至完全不了解我们生活的这个世界是什么模样和性质,可是又迫切地希望认识这个五光十色的世界。因此,给幼儿创作读物,必须真实地表现现实生活,帮助他们认识周围的事物,讲述最简单的又能为他们容易接受的生活真理,发展他们的语言,扩大他们的视野。作品要力求

题解 本文选自《儿童文学研究》总第四辑,少年儿童出版社1980年版。文章对"童心论"进行了多个角度的辨析。首先,剥离了陈伯吹儿童文学创作中的"童心"观念与杜威教育理念中的"儿童本位论"的联系;其次,从儿童思维特点以及情感需要等角度论证陈伯吹的"童心"说法是基本符合儿童心理学的;最后,强调讨论儿童文学的特殊性必须在"共产主义教育方向性"的大前提下进行。如果否定"儿童文学是培养共产主义接班人"这个大前提来谈论儿童的思维、心理和情感特点以及儿童文学的特点,就会陷入"儿童本位论"的泥沼。

① 毛泽东:《反对党八股》。

篇幅简短,故事性强,结构单纯,想象丰富,形象鲜明具体,语言简洁明快,富有韵律和节奏感。学龄初期的儿童,已能较好地辨认他们周围的世界,他们向往遥远的事物,那些他们还不知道但是竭力想了解的东西,如天上的星星,人造卫星,宇宙飞船以及制造和乘坐飞船的人等,都感到极大的兴趣。他们已不像幼儿阶段那样热衷于听动物故事,认为这类以动物为主角的故事里所讲的事情都是假的,而是对人发生了兴趣;尤其是人们如何征服大自然的事。他们迫切希望通过作品了解人与自然的斗争以及人与人之间的相互关系。因此,对学龄初期的儿童,不仅要给他们介绍自然科学知识,还要给他们阐明社会关系,帮助分清爱憎、辨明是非。扩大他们的眼界,满足他们的求知欲。在艺术表现上要求形式多样,题材广阔,形象鲜明,语言生动,情节曲折,构思新颖。学龄后期的青少年则对国内外的大事已感到强烈的兴趣,关注着世界上的每一重大的事态,容易接受社会的影响初步产生独立见解,形成意志和性格。因此就要求少年儿童文学作品更广泛、更深刻的描写社会和自然,塑造各种典型形象,以丰富的生产斗争、阶级斗争和科学实验的知识武装他们的头脑,帮助他们进一步明辨是非,分清敌友。帮助他们逐渐形成辩证唯物主义世界观和革命人生观的初步基础。

由此可见,不同年龄阶段的儿童各有其特点,也各有其对文学的特殊要求。(而且这些特点和要求也不是一成不变的。而是随着时代的发展而不断演变发展的。)因此,儿童文学应该有它本身的特点,是毫无疑问的。它的特点就决定于它的教育任务和它的工作对象。假如,儿童文学没有儿童特点,那就不是儿童文学了。

可是,有一个时期,有人却把儿童文学特点与"童心论"等同起来,又把"童心论"与资产阶级"儿童本位论"划上等号。于是一提儿童文学特点,就判定为提倡"童心论",又给"童心论"戴上"儿童本位论"的帽子。到了"文化大革命"期间,更是无限上纲,扣上"反动"、"反革命"的罪名。因此,在儿童文学领域内,造成极大的思想混乱。搞儿童文学创作的不敢再写了,怕被戴上"童心论"的帽子批判;搞儿童文学理论的不敢再研究了,怕被当作宣扬"儿童本位论"的罪魁祸首。人人有些胆寒,个个有点余悸。在儿童文学这个小百花园内,草木枯萎,百卉凋零。这实际上是否定儿童文学,扼杀儿童文学。

在儿童文学要不要有儿童特点这个不成问题的问题上所造成的思想混乱,就是从批判"童心论"后形成的。今天如果再不加澄清,这就不能不阻碍儿童文学的繁荣和发展。要澄清儿童文学中的许多是非问题,首先得从"童心论"问题上来个百家争鸣,才能得到解决。

二

什么是"童心论"？

六十年代在我国儿童文学战线上发起的那场对"童心论"的批判，是以陈伯吹先生的论点为箭靶子的。在陈伯吹先生的一系列儿童文学论文中，确实提过从事儿童文学创作必须具备一颗"童心"，站在"儿童的立场"上，"从儿童的角度出发"，"以儿童的心灵去体会"。而且还强调要求"儿童本位"一些。[①] 但是，陈伯吹先生所提的"童心"是否就是"童心论"？是否就是"儿童本位论"？他的论点与"儿童本位论"有些什么联系，又有没有区别呢？

"儿童本位论"渊源于"儿童中心主义"。它的老祖宗是美国实用主义教育创始人约翰·杜威。他认为，"儿童的世界是一个具有他们个人兴趣的人的世界，而不是一个事实和规律的世界。儿童世界的主要特征，不是什么与外界事物相符合这个意义的真理，而是感情和同情"。因此在"整个教育过程中，儿童是起点，是中心，而且是目的"。学校应该是"一个小型的社会，一个雏型的社会"。他认为"在学校里，儿童的生活成为决定一切的目的。凡促进儿童成长的必要措施都集中在这个方面"。因此，"学校科目相互联系的真正中心，不是科学，不是文学，不是历史，不是地理，而是儿童本身的社会活动"。他说："这是一种变革，这是一种革命，这是和哥白尼把天文学的中心转移到太阳一样的那种革命。这里，儿童变成了太阳，而教育的一切措施则围绕着他转动，儿童是中心，教育的措施便围绕他而转动起来。"他认为，教育"对儿童永远不是从外面灌进去"的，"它包含着心理的积极开展，它包括着从心理内部开始的有机的同化作用。毫不夸张地说，我们必须站在儿童的立场上，并且以儿童为自己的出发点。"[②]

骤看起来，陈伯吹先生的"童心"和杜威的"儿童中心主义"，很有些相似的地方。他们运用了相似的语言，都认为要"站在儿童的立场上"，"以儿童为出发点"，要从儿童本位着想。但是，要是认真地把陈伯吹先生的立论和杜威所宣扬的那一套作些分析比较，他们之间还是有本质的区别的。

杜威的教育理论是否还有可以借鉴的东西，不属本文探讨的范围，不拟加以评述。他是美国垄断资产阶级利益的代言人，是实用主义教育思想的创始人，也

---

① 陈伯吹：《儿童文学简论》。
② 杜威：《明日之学校》、《学校与社会》。

是实用主义哲学最有影响的代表人物。他的实用主义教育思想是资本主义发展到帝国主义阶段的产物,完全是为了适应垄断资本主义发展的需要而出现的。则是尽人皆知的事实。十九世纪末,二十世纪初,美国资本主义急剧发展到了帝国主义阶段,由于垄断资产阶级对工人阶级的剥削日益残酷,周期性的经济危机不断出现,濒临于崩溃的边缘。同时,马列主义在全世界广泛传播,工人阶级和人民革命力量迅速壮大,阶级斗争日趋尖锐激烈,在这种形势下,美国垄断资产阶级已感到极大的威胁,迫切需要一种思想武器,用来传播改良主义,借以欺骗人民大众,麻痹他们的斗志。于是杜威的实用主义应运而生。杜威就以垄断资本主义制度的辩护士面貌出现。他在哲学上,声嘶力竭地宣扬主观唯心主义经验论,说什么"存在即被经验","有效即真理",把经验看成有机体和环境的相互作用的统一体,否认经验是客观现实的反映,认为只要对自己有价值的便是真理。这实质上就是只要对资产阶级有用的,符合资产阶级利益的都可奉为真理。这就从根本上否定社会实践是检验真理的标准。在社会政治观点上,他从实用主义哲学观点出发,主张"渐变",反对"突变",主张用"智慧的方法",代替"暴力的方法",主张点滴的改良以缓和阶级矛盾,竭力鼓吹"民主主义",宣扬阶级调和。他认为这样才能使"共同参与的事业范围扩大和个人各种能力的自由发展"。在主观唯心主义的经验论和资产阶级改良主义的调和论的基础上,他提出了"教育即生活","学校即社会","儿童中心主义"等一系列的教育观点,形成一套反动的实用主义教育思想体系。杜威就把教育作为调和阶级矛盾、"稳定"资本主义统治的必要工具。他说"学校对于社会全体福利的效用和警察及消防队一样",它甚至可以起着"法律"和"刑罚"所不能起的作用,"凡是出于法律的强制或刑罚的胁迫……而得到的改造,都是暂时的",而"教育在形成社会意识的过程中,起着一种调和作用,而这种社会意识的个人活动的调和作用,是社会改造的唯一真正的方法"[①]。从杜威全部著作的字里行间看,可以清楚地看出他所卖力鼓吹的实用主义教育观,是为了迎合垄断资本主义的需要的。他的所谓"民主主义教育",不过是资产阶级专政的工具而已。而他所宣扬的"儿童中心论",正是他实用主义哲学观点和社会政治观点在教育思想上的体现。

  我们再细读一下陈伯吹先生的著作。他所说的"童心",要不是断章取义地

[①] 杜威:《经验主义与教育》、《哲学的改造》、《自由与文化》、《自由主义与社会行动》、《明日之学校》、《我的教育信条》。

寻章摘句的话,在他一系列有关儿童文学的论文中,他曾经一再强调儿童文学"要担负起教育的任务,贯彻党所指示的教育政策,经常地密切配合国家教育机关和学校、家庭对这基础阶段的教育所提出来的要求——培养社会主义新人"。他认为"儿童文学的特殊性是在于具有教育的方向性",要"根据共产主义教育的目的和内容,用丰富多彩的人物形象,用艺术风趣的文学语言,来揭示他们的精神世界和反映他们的生活。同时也就在这艺术的生活图景中,教会少年儿童如何对待生活,如何培养自己的道德和人生观,同时也传达了科学知识"①。显然,陈伯吹先生所提倡的从事儿童文学工作要具备一颗童心,是立足于儿童文学应担负培养社会主义新人的任务这一基础上的,显然他所指的"童心",仅仅是完成儿童文学任务的手段,而不是目的;是出发点,而不是归宿。因此,陈伯吹先生所提的"童心",跟杜威迎合垄断资产阶级所需要而兜售的"儿童中心主义",有着质的区别。何况,陈伯吹先生自己从不承认他提倡过"童心论"。过去有人不加分析地硬把他作为"童心论"与杜威的"儿童本位论"等同起来狠加批评,是不够公平的。

那末,"童心论"从何而来的呢?有人认为"童心论"是"批"出来的。

三

让我们再进一步看看陈伯吹先生说的"童心",究竟有没有正确、合理的成分?在什么前提下强调"童心"才是正确的?

所谓"童心论",它的核心论点是要求儿童文学工作者要"从儿童的角度出发,以儿童的耳朵去听,以儿童的眼睛去看,特别以儿童的心灵去体会"。换言之,就是要细细揣摹儿童的心理,研究儿童心理,理解儿童心理。从事儿童文学创作或理论研究,在共产主义教育方向这个大前提下,强调要照顾儿童年龄的心理特点,就是为了更好地发挥儿童文学这个工具的教育作用。我想这是必要的。因为,儿童从出生到成年,他们的身体和心理都有一个发展的过程,这个过程又有着不同的阶段,在各个发展阶段上都存在着矛盾的特殊性。这是科学,不容否定。我们要运用儿童文学来教育孩子们,就不能不认真地考虑儿童的心理特点。

儿童心理关系到很多方面,试从几个主要的方面谈谈它与儿童文学特点之

---

① 陈伯吹:《儿童文学简论》。

间的关系,并联系"童心论"分别作点辨析。

  从简单到复杂,从现象到本质。从感性认识到理性认识,这是人们认识事物的普遍规律。但是由于儿童身心发育还不成熟,知识和经验都还很有限,世界观也未形成。因此,在认识事物的过程中,儿童就有不同于成年人的特点。例如,学龄前的幼龄儿童,对周围事物的认识,是从感觉和知觉开始的。他们往往是直觉的,引起他们注意的,一般都是事物的外表,而不是事物的本质。学龄初期的儿童就能初步地通过自己逐步扩大的经验和知识,掌握一些简单的概念,但仍带有很大的具体形象性。学龄中期的儿童以至学龄后期的青少年,在他们掌握的概念中,直观的、外表的特征的成分逐渐减少,抽象的、本质的特征的成分就逐渐加多。显然,儿童思维的发展,具有从具体形象思维为主要形式逐步向以抽象逻辑思维为主要形式过渡这一特点。如果"童心"所指的"从儿童观点出发",是指的要掌握儿童思维这一规律,"用儿童心灵去体会",我想还是合理的,也是必要的。因为,作者掌握儿童思维发展的规律,就可以根据不同的儿童年龄特点从事创作。比方为学前幼儿提供的文学作品,就需要描绘那最具体,最形象的事物,用最简单明了的方式,巧妙地揭示那些在他们还完全不了解的事物。例如,鲁兵为幼儿写的诗《大力士》中,就非常具体形象地描画了锻工的劳动:

    做个"鸡蛋卷",
    做个"面包圈",
    在我们锻工手里,
    铁块好像面团。

这样描绘是符合幼儿一般多运用感觉进行思考的特点的。这是否也是作者"从儿童的角度出发","以儿童的眼睛去看"的结果呢?实践证明这样写,才是幼儿看得懂,喜欢看的作品,当然还得配上色彩鲜明的图画。

  随着儿童年龄的增长,儿童思维的发展,经历着一个从具体到抽象,从不完善到完善,从低级到高级的过程。为孩子们提供的文艺作品,也要根据儿童这一思维发展的规律进行创作。但总的说,儿童文学作品所描绘的,都应该比成人读物具有更鲜明的形象、色彩和声音,才能引起孩子们的注意,唤起他们的求知欲和探究心以及迫切地要认识、了解事物本质的愿望。这种心理因素上的差别,随着儿童年龄的不断增长,进入青少年期,才逐渐缩小以至消灭。

别林斯基在他著名的论文《两本书》中,论及儿童需要什么样的文学作品时说:"儿童不需要辩证的结论和逻辑一贯性的证明;他需要形象、色彩和声音。"这意见至今仍值得我们儿童文学工作者重视。从这一点看,"以儿童的心灵去体会",掌握儿童思维发展规律从事儿童文学创作,也是有其合理的成分的。

如上所述,年龄较小的儿童认识事物往往是感知的。在感知材料基础上创造出新事物的形象,就是想象。

想象,是一种心理现象,它在人们认识客观改造世界的过程中起着重要的作用。但儿童的想象也有它不同于成人的特点。例如,幼儿迫切地希望了解他周围的世界,不仅想了解一切,而且往往按照自己的心意去了解一切,理解一切,但他的知识和生活经验还很有限,因此产生了一种缺少根据的幻想。这种出神入化的幻想,就成为儿童心理的特征之一。他们把一页纸片丢进水里,可以把它当作一只"大船",也可以把一支竹竿当作"马"来骑。孩子们的想象力极富生动性。这种想象力如能加以正确的引导,就能开拓儿童的创造力。列宁指出,幻想"这种才能是极其可贵的。有人认为,只有诗人才需要幻想,这是没有理由的,这是愚蠢的偏见!甚至在数学上也是需要幻想的,甚至没有它就不可能发明微积分。幻想是极其可贵的品质。"①

懂得想象和幻想在儿童心理发展上的意义和作用,就便于我们更好地认识童话这种文学样式在儿童文学中不可忽视的地位。在"四害"横行那些年,把所有的童话都当作"童心论"的标本而加以砍伐,固然十分荒谬,在批判"童心论"时,把所有那些童话中描述"善良的国王"、"英勇的王子"、"美丽的公主"、"忠诚的将相",都说成是在向少年儿童灌输着"压迫有理"、"剥削有功"的反动思想;把童话中的魔法、幻术,看作向少年儿童劝诱着忍耐、虔诚、坐等救世主;把童话中写到公主与牧人的恋爱,渔童与仙女联姻,王子与猎人的友谊,统统斥之为鼓吹阶级调和、合二为一的超阶级的反动理论,都该"枪毙",也是十分武断的。因为,童话这种样式,由于它非常符合儿童富于幻想的心理特征,已经在儿童文学中占有十分巩固的地位。过去如此,今天如此,将来恐怕也会如此。问题不在于这种文学样式有否存在价值,而在于如何使它更富有时代精神,便于它更好地完成对孩子们进行共产主义教育的光荣任务。至于童话中出现什么样的人物和故事情节,当然应由主题的需要和传统的艺术手法及习惯来决定:派什么角色当主角,编织什么样的故事,我认为是次要的,

---

① 《列宁全集》第33卷第282页。

主要的还是要看它有没有背离共产主义教育的方向性。如果陈伯吹先生向少儿读物编辑们提出"能够'儿童本位'一些,可能发掘出来的作品会更加多一些"①的呼吁,其中也包括童话;要"作家生活当中寻找童话的材料,往往是从自己本时代的立场来理解各种幻想的题材的,通过新奇、幽默、明朗愉快的艺术手法,自然而巧妙地和现实结合起来……对小读者们打开眼界,扩大视野,大大地发展了他们的想象力,同时灌输自然科学知识和进行社会的思想教育,让他们在不知不觉中接受下来"②。也是为了童话能够引人入胜地回答儿童急切希望了解的问题,我想也是符合儿童心理的。何况陈伯吹先生还明确指出要作家"从自己本时代的立场来理解各种幻想的题材",也就是利用符合时代要求的幻想去教育儿童。今天说来,就是用符合儿童心理的方法对孩子们进行共产主义教育。这是正确的,也是必要的。

陈伯吹先生认为"从来的儿童文学作品,真正能够捉住了儿童的心灵,体会了儿童的思想和感情,运用了儿童的观点和语言表达出来,写成富有儿童的幻想和情趣,并且显示儿童的智慧和创造的作品"③才是优秀的作品。这段论述,不仅牵涉到儿童心理的想象因素,也触及另一个重要的心理因素——情感。

在心理的发展过程中,情感也是有年龄特征的。在幼儿时期,情感非常单纯,往往是无意识的,主要是由自己某些愉快或不愉快的感觉引起。随着儿童的生活面扩大,儿童的感情就会越来越复杂,越来越成为有意识的,并与广阔的社会密切联系着。在孩子们的成长过程中,由于教育和别的因素影响下,他们的情感逐渐跟自己头脑里形成的概念联系起来,一天比一天丰富、深刻,越来越带社会性。当他们开始与人们发生社会关系,就明显地表现出爱憎的感情,迫切地希望了解谁是好人,谁是坏人。因此,陈伯吹先生认为:"利用童话作品(其他作品也一样)进行教育,决不能是头痛医头,脚痛医脚,而是要在总的思想品质上提高,才能解决问题。"④我认为也是有道理的。因为,孩子们随着年龄的增长,他们所了解的社会现象的意义,社会现象的因果关系及其内在的联系日渐增多后,就形成了儿童的道德观念。不从总的思想品质上对他们进行教育,是很难收到预期的效果的。

但是,在年龄比较幼小的儿童,一般说还不可能自觉地遵守道德的规范,往

---

① 陈伯吹:《儿童文学简论》第5页。
② 陈伯吹:《作家与儿童文学》第16页。
③ 陈伯吹:《作家与儿童文学》第77—78页。
④ 陈伯吹:《儿童文学简论》第74页。

往是以敏锐的眼光注视着成年人的言行,把成年人当作自己模仿的榜样。他们是在不知不觉地摹仿周围人的行为生活来安排他们的行为和生活的。尤其是成年人的形象,在他们心目中有着不可动摇的地位。从这一点看,陈伯吹先生把儿童文学看成是"主要写儿童"的"文学",认为写了成年人,小读者读起来"不亲切",会"产生高不可攀的感觉"[①]。虽不排斥成人形象于儿童文学之外,但"儿童文学是主要写儿童的"提法,从儿童心理的需要看,是片面的。要是有人因此理解成把是否在作品中塑造儿童形象作为区别儿童文学与一般文学的界限,那更是荒谬的。

年幼儿童的行为准则,不是应该不应该,而是愉快不愉快,有没有兴趣。从这一角度看,陈伯吹先生认为"……要知道童话所给的艺术快乐愈多,童话所起的教育作用愈大"[②]也是有道理的。因为"只有当孩子们因作品的艺术兴趣,诱发了内心的快乐和共鸣,纵声地大笑,或者是会心地微笑的时候,才能敞开了心门让作品中的教育意义得到畅通无阻地登堂入室,发生深刻的作用"[③]。陈伯吹先生从情感这一心理因素,说明儿童文学作品要以情感人,这是符合艺术的规律的。要是我们的儿童文学作品板起面孔说教,而孩子们又还不能很好了解作者所宣讲的这些道德教训的深刻意义,他们往往是从平时的切身体会,感到大人板起脸要自己遵守这些教训中所体验的不舒服和不愉快的感觉,他们就不会喜爱这些教训。所以,那些板起面孔说教的作品,或是拖上一个道德教训尾巴的作品,往往得不到小读者的欢迎。这个教训倒是值得我们儿童文学作者吸取的。

当然,不同个性的儿童,对一部作品会有不同的反映和要求。但从心理学的角度看,首先表现一个人的个性特征的,往往就是他们的兴趣和爱好。而儿童的兴趣和爱好,也与成年人有别。

个性的完美发展,要以很大的兴趣广度为前提。要是没有这种兴趣广度,那么就不可能有丰富的精神生活。儿童文学作品就要以丰富多彩的多样化的主题和题材,来培养孩子们广泛的兴趣。可是,陈伯吹先生认为"成年人的生活天地壮阔,社会关系复杂,环境事物多种多样,因而题材内容可能会使儿童难于接受"[④]。这样势必把孩子们围于一个儿童的小天地里,怎么能打开他们的眼界

---

① 陈伯吹:《儿童文学简论》第27页。
② 陈伯吹:《儿童文学简论》第127页。
③ 陈伯吹:《作家与儿童文学》第80页。
④ 陈伯吹:《儿童文学简论》第29页。

呢？要使孩子们的个性得到完美的发展,就要像马克思所说的"人类的一切东西,对我都不是陌生的"。儿童文学就要把培养儿童的广阔的兴趣和爱好,当作自己的任务之一。因为儿童文学作品如能自觉地承担这一任务,对于儿童获得知识,开扩眼界以及丰富他们的精神生活,都是一种重要的推动力。因此,要是把儿童文学的主题和题材,局限在儿童的小天地里,那就真正变成了"儿童本位论"了。

前些年,由于批"童心论",批"儿童情趣",尤其是在林彪"四人帮"推行文化专制主义的那些岁月里,什么文学作品都要求按"三突出"的原则如法炮制,文学创作变成了死板的"模式"。在儿童文学领域内,谁也不敢提儿童文学特点,更不敢说儿童情趣,结果"儿童文学作品",实际上是一些思想僵化,题材狭窄,形式单调,语言干瘪的干巴巴的东西,又怎么能引起儿童的广阔的兴趣和爱好呢？

从上述儿童心理的感觉、知觉、想象、情感、兴趣、爱好等因素看,儿童在成长过程中的各个年龄阶段,他们的生理和心理是有它不同于成年人的特征的。儿童文学作者要使自己的创作受到孩子们欢迎,并起到它应有的教育作用,就得深入地了解儿童,掌握儿童心理,这是不可或缺的基本功。

当然,我们也不能把儿童年龄的心理特征,看成是一成不变的东西。它是随着历史条件,社会制度和教育要求,随着生活实践的变革而不断地发展变化着的。谁要否认这一点,谁就成了以唯心主义的"本能论"为基础的"儿童中心论"者。但是,当年被当作倡导"童心论"的代表人物的陈伯吹先生认为,"正确的儿童年龄特征,是在系统的理论知识联系着工作实际,在生活实践中认识、分析、综合概括出来的"。他说:"科学的儿童年龄特征,和资产阶级的所谓儿童年龄特征,既无共同之处,也不是共同的语言。"因为,"他们的儿童年龄特征,首先抽去了它的阶级内容,剩下了的仅仅是年龄阶段的外在的躯壳,是一个抽象的、不科学的东西"。他认为,"在儿童文学研究上,特别是在创作上,儿童年龄特征只是一个良好的根据和出发点,决不是唯一的根据和出发点。它可以、而且能够帮助,甚至于指导,对于儿童文学的理论和创作,使做好研究和写好作品提供了条件和可能性。所以,它只是研究和创作上的一个良好的参考条件,不起主导的、决定的作用"[1]。这里说得非常明白,儿童年龄心理特征,即儿童特点,仅是儿童文学研究和创作的一个良好的参考条件,他并没有把儿童的年龄特点强调到

---

[1] 陈伯吹:《试谈儿童文学特点》。

决定一切的程度,把儿童当作"太阳"一样的"中心",也没有把儿童文学的特点强调到神秘化的程度。因此,若是只从他著作中抓住片言只语,就把他所提的"童心"和杜威的"儿童本位论"等同起来,判定他是从"儿童本位论"出发,把儿童特点强调得决定一切,从中贩卖资产阶级的黑货,从而否定艺术对政治的从属关系,看来是过于武断的。至于批判他"没有儿童文学特点,就不成其儿童文学"的论点是"胡说",则是批判者自己无知。

四

从上述对"童心论"的辨析,可以把我的看法归纳成以下几点:

(一)"童心"说与"儿童本位论"的根本区别,在于立场不同。"儿童本位论"者从迎合垄断资产阶级需要出发,宣扬杜威的实用主义教育思想,其目的力图使年青一代脱离现实,脱离革命斗争,用空想和幻想的烟幕蒙蔽他们,使他们看不见现实的生活,以便培养资产阶级的接班人。而陈伯吹先生说的"童心",虽用了某些相似的语言,也有一些值得商榷的观点,但出发点还是为了掌握儿童心理,更好地发挥儿童文学在培养共产主义事业接班人中的战斗作用,与"儿童本位论"有本质的区别。

(二)关于"童心"的说法从儿童心理的角度分析,虽有个别值得商榷的论点,但它基本上是符合儿童心理科学的。

(三)科学地评价"童心论"的是非,应该重视"实践是检验真理的标准"。通过这许多年来的实践证明,任何忽视儿童心理特征,任何否定儿童文学特点的观点,都是错误的。当然,如果把儿童年龄的心理特征和儿童文学特点夸大到决定一切的观点,那就真的成了"儿童本位论"了。

(四)"童心论"是不是对,从根本上说,就在于是否把"共产主义教育方向性"当作大前提,这也是它和"儿童本位论"的界限。因为,我们社会主义儿童文学的根本任务是培养共产主义事业的接班人,任何离开这个大前提的论点都是错误的。如果否定这个大前提来强调儿童年龄的心理特征和儿童文学特点,那就会陷入"儿童本位论"的泥淖。

(五)因此,我认为,在强调儿童文学的共产主义教育方向性的大前提下,从儿童的心理出发,"以儿童的耳朵去听,以儿童的眼睛去看,特别以儿童的心灵去体会",才能写出受到孩子们热烈欢迎的好作品来,是有道理的,也是合乎规律的。当然,儿童文学作家是儿童的教育者,当他跟孩子们站在一起的时候,不能忘了自己所担负的培养无产阶级接班人的光荣任务,应该比儿童站得高,看得远,才能更好地引导孩子们朝着共产主义的伟大目标奋勇前进。

最近,学习了茅盾同志关于"过去对于'童心论'的批评也该以争鸣的方法进一步深入探索。要看看资产阶级学者的儿童心理学是否还有合理的核心,不要一棍子打倒"①的宝贵意见,除了儿童心理学不只是资产阶级学者的,也有我们社会主义儿童心理学这一不同看法外,我认为茅盾同志的意见提得既及时又必要。因此,不揣浅陋,就从儿童心理的角度,谈谈自己对儿童文学特点的看法,并对"童心论"作了一些辨析,以就正于关心儿童文学的同志们。

1979 年 4 月 20 日　浙江金华

---

① 茅盾:《中国儿童文学是大有希望的》(《人民日报》一九七九年三月二十六日)。

四、关于"儿童文学教育性"的讨论

教育儿童的文学

鲁 兵

儿童文学是教育儿童的文学。

我国社会主义建设跨进新的历史时期,我们的儿童文学必须坚持无产阶级的文艺路线,贯彻党的文艺方针和文艺政策,为实现新时期的总任务作出最大努力,这就是为教育培养德智体全面发展的新一代、造就四个现代化的生力军作出最大的努力。

在新的历史时期,儿童教育所应突出的是科学、民主和共产主义思想品德这三个内容。共产主义思想品德的教育,我们一向重视,而且卓有成效。我们都能想起 1963 年学习雷锋,不论在社会上还是在儿童中间,都出现了很好的风尚。可是这一教育中断了十年,共产主义的风尚在很大一批人,包括很大一批青少年中间,被贪图安逸、追求享受、讲究实惠、自私自利,以至尔虞我诈、为非作歹所代替。社会上的恶习影响了儿童,儿童带着这些恶习长大,又影响了社会。这是林彪、"四人帮"所造成的严重内伤。今天,加强共产主义思想品德的教育已成为实现安定团结、促进"四化"建设的一个先行的任务。

科学和民主,是"五四"运动所提出的民主革命的任务,六十年过去了,这一任务并没有完成,这是林彪、"四人帮"得以推行现代迷信,实行政治的和文化的专制主义的社会根源。历史的经验告诉我们,如果想在历史发展的过程中,略去

题解 本文原载《小百花》,少年报社 1979 年编印。文章认为,儿童文学是教育儿童的文学。这一论点包含了以下两个重要前提:中国儿童文学要服从社会主义儿童文学的特点;中国儿童文学必须服从文学的党性原则。在此基础上,处于新时期历史阶段的中国儿童文学要着重于现实题材,表现儿童的学校生活和家庭生活;要重视通过工农兵和知识分子等先进人物的形象来教育儿童;要重新认识山水花草和科学知识等题材对儿童的教育意义;要重视儿童文学的趣味性,使其更为自如地为教育性这一最终目的服务。

民主革命所应完成的科学和民主的任务,就来建设社会主义,这就像《百喻经》里的一个故事所说的,建造没有一层二层的三层楼。

全国科学大会之后,科学教育受到学校和社会的重视,许多科技工作者、科普作者和儿童文学作者,共同垦殖了荒芜十年之久的科学文艺这个园地,创作了大量的作品,受到儿童的欢迎。这些作品给儿童介绍了广泛的知识,激发了儿童学习科学的热情、献身科学的志气,同时以科学的认识论和方法论去影响他们。现在已有《我们爱科学》、《少年科学》和《少年科学画报》三个刊物,许多省市的出版社规划出版适合各个年龄阶段儿童阅读的知识丛书、知识画库,这是十分令人欢欣鼓舞的。

民主教育,在当前的儿童文学创作中还没有明显的反应。写学校生活,特别是写少先队生活的小说和诗歌很少很少。少先队是对儿童进行共产主义教育的组织,这种教育的一个十分重要的内容,就是让儿童在自己的实际生活中接受民主精神的熏陶,让他们从小学习按照民主集中制的原则,自己管理自己,教育自己,解决自己学习和生活中的问题,关心集体,尊重群众,善于独立思考,敢于大胆创造。这是一个共产主义者所必不可少的。少先队组织恢复以来,在很短的时间里就开展了丰富多彩生龙活虎的活动。儿童文学作者到学校里去,到儿童中去,写新一代的实际生活,塑造新一代的典型形象,这已成为儿童文学创作的一个迫切任务。

下面,我来谈谈儿童文学的题材问题。

儿童文学的题材十分广阔,这是不待说的。那么是否一切题材都能为儿童文学所用呢?儿童文学在题材上是否有所选择,具有自己的特殊性呢?我以为,回答是肯定的。选择的依据就是儿童的年龄特点。社会生活错综复杂,讲给儿童听,他们或者一知半解,或者茫然不知所云。这类"对牛弹琴"的笑话,在"四人帮"横行时就闹了不少,给幼儿园的孩子讲"法家"故事就是一例。

我们都知道《诚实的列宁》这个有名的故事,幼儿园的孩子听得懂,喜欢听,因为这个故事里所讲的,就是他们在自己的生活里所遇到的事情。他们应当怎样对待这样的事情呢?他们从幼年的列宁那里找到了正确的答案。但是如果我们将《列宁在十月》的故事讲给他们听,要求他们了解这个故事的深刻内容,这显然就办不到了。我们必须从实际出发,从儿童年龄特点这个实际出发,来选择写作的题材。同时,还必须从儿童年龄特点这个实际出发,来考虑同一题材的选材角度。

在儿童文学的题材问题上,曾经讨论过着重写儿童生活,还是着重写工农兵生活的问题。

有的同志认为:写工农兵的方向是包括儿童文学在内的整个文学艺术的方向,儿童文学如果不是着重写工农兵生活和斗争,也就很难体现这一方向。

在学术上,不同的意见,不同的见解,开展讨论是正常的,也是必要的。但是这一讨论,未能展开,而且被压制下去了。有人说:主张儿童文学着重反映儿童生活是什么"儿童文学特殊论",是什么"排斥工农兵","背离了文艺的工农兵方向"。

儿童文学是文学,因此,它必须服从文学的党性原则,同时,还必须恪守文学自身的一般规律。这是共性。但是,它之所以称为儿童文学,就必然具有自己的特殊性。这正像儿童和成人一样有鼻子有眼,可是儿童的身材、体力、智力、心理,又有别于成人。说有特殊性,就是什么"特殊论",真是荒谬绝伦。"四人帮"在上海的一个分管文教的余党公然宣称:凡是儿童在看的电影,也就同时是儿童电影。于是将他自己插手炮制的毒草《春苗》硬塞进儿童电影周。按照他的说法,儿童看了《红岩》、《林海雪原》、《水浒》,这些作品也都同时是儿童小说了。这不仅否定了儿童文学的特殊性,而且否定了儿童文学的存在。"四人帮"抹煞儿童文学的特殊性,或者叫做儿童文学的特点,是有其险恶用心的。因为这一来,什么"尊法反儒"的题材,什么"反复辟"、"反倒退"、"反回潮"的题材,什么"限制资产阶级法权"的题材,以至什么"斗大走资派"的题材,就可以通行无阻地涌进儿童文学,为他们篡党夺权大造舆论。在"四人帮"的控制下,不是就有大批的这类所谓儿童文学作品出笼吗?

说儿童文学着重写儿童生活就是排斥工农兵,这是莫须有的。既然说的是"着重",也就说不上"排斥"。儿童文学需要写工农兵,需要写工农兵的英雄人物,以他们的形象去教育儿童。过去就出版过许多这样的儿童文学作品,比较而言,写兵的更多。在这些作品中,有的完全写的是兵,如《黄继光》、《邱少云》、《董存瑞》;有的写的是工农兵,其中也出现儿童形象,如《雷锋的故事》、《铁路老工人》。这些作品是否称得上儿童文学,关键在于它们是否具备儿童文学的特点。如果具备这种特点,那么就是当之无愧的儿童文学作品,如果相反,不具备这种特点,那么即使写的是儿童,也称不上是儿童文学作品。林黛玉进荣国府的时候才十三四岁,宝玉比她大一岁,如果生在现在,都在戴红领巾的年龄阶段。大概不会有人把《红楼梦》写宝玉黛玉之间的关系的章节,看作是儿童文学的。

我们再来看看反映儿童生活的,也就是以儿童生活为题材的作品。这些作品是否排斥了工农兵呢？我们知道，儿童是社会的儿童，他们生活在成人中间，而且是在成人的教育和影响下成长的。在家有父母，在校有师长，他们还接触到社会上的许多人。我们说的这个"成人"，在我们社会，最大多数是工农兵和知识分子。因此，反映儿童生活的作品，完全不写到工农兵和知识分子是不可思议的。我们可以指出大批反映儿童生活的作品来，它们不但同时写了工农兵和知识分子，而且工农兵和知识分子总是居于教育者的地位。在教育者中排斥知识分子，这是荒唐的。对儿童来说，天天接触的教育者是教师和少先队的辅导员。他们阅读文学作品也是在接受教育，所以作家当然也是教育者。他们和科学家见面，这时候，科学家的工作对象不是科研项目，而是儿童，教育儿童爱科学、学科学、用科学，所以科学家也是教育者。儿童出版社、儿童报刊的编辑，儿童艺术剧院的演员，少年宫和儿童图书馆的工作人员，都是儿童的教育者，都是"园丁"。

"篡改文艺的工农兵方向"，这个罪名看起来很吓人，其实不值一驳。毛主席指出："为什么人的问题，是一个根本的问题，原则的问题。"我理解，文艺的工农兵方向的实质就在于文艺为人民大众的根本利益服务。为什么人和写什么人有一定的内在联系，但终究不是同一范畴的问题。如果单单从作品写什么人来判断作品为什么人，那么某些文艺现象就是不可理解的了。比如文艺有暴露敌人的任务，以敌人为主人公，甚至全场只见群魔乱舞的作品，也是应当允许存在的。那么我们应当怎样来看待这样的作品呢？按照"四人帮"那个怪论：为什么人就只能写什么人，写什么人也就是为什么人，那么现在一些揭批"四人帮"的漫画和相声，岂非成了为"四人帮"服务的文艺了吗？装腔作势、借以吓人的东西，总是站不住脚的。但在前几年，"四人帮"那一套也确实唬住了一些人，吓倒了一些人，以至现在还有些同志心有余悸。我们必须深入揭批"四人帮"，把他们那个"左派"的面具撕得一干二净，还其反革命的本来面目，这样才能使自己从他们设置的精神枷锁中完全解放出来。

我们历来认为，以老一辈革命家的光辉形象，以工农兵和知识分子中的先进人物和英雄人物的形象教育儿童，鼓舞儿童，是德育中的重要一课。在儿童文学这本特殊的"教科书"中，必须有这重要一课。回顾一下十七年的创作和出版工作，不正是这样做的吗？在"四人帮"横行的这十年，这类作品倒真是写不成，出不来了。老干部都成了"走资派"，工农兵中的英雄模范都成了"黑标兵"，还有什么可写的呢？至于写我们的老一辈革命家，更是"罪莫大焉"，"为老家伙评功摆好"，这还了得?！在文学中，也在儿童文学中，排斥工农兵的不是别人，正是

"四人帮"这伙阴谋家、野心家。粉碎"四人帮"以后,这重要一课才重新进入儿童文学,而且更被重视了。

在这类作品中,有的写到儿童,有的没有写到儿童,有的虽然以儿童为主人公,但是作者着重塑造的人物形象,作者用以教育小读者的人物形象却是工农兵。《雾都报童》是以报童罗川儿为主人公的一部儿童小说,作者在这部小说中不仅写了许多革命长辈,而且写了我们敬爱的周总理。十分明显,作者所着力刻画的是周总理的光辉形象。小读者当然会从罗川儿身上学到许多东西,但是更使他们受到教育的,无疑是周总理的大无畏的革命精神、高贵的思想品质、关怀下一代的高度责任感。这部小说为创作同类小说提供了一个很好的范例,同时为批判"四人帮"的反映儿童生活就是排斥工农兵的谬论,提供了一个有力的例证。

儿童文学应当重视以工农兵和知识分子的先进人物的形象教育和影响小读者,同时,我以为必须毫不含糊地指出,儿童文学应当着重反映儿童生活。儿童生活是我们整个社会生活中一个十分重要的,特别需要关注的部分,儿童文学不去着重反映,难道能要求成人文学去着重反映吗?儿童在他们的成长过程中,需要正确的、具有针对性的诱导。正因为如此,我们需要儿童文学。当然,我们也可以从成人生活中找到相应的题材,对儿童进行启发性的教育,比如用解放军遵守纪律的故事,教育儿童遵守纪律。但是我们无疑应当直接地反映儿童生活中的矛盾,用他们生活中的具有典型意义的题材写成作品,引导他们前进。积极反映儿童在党的教育和关怀下,好好学习,天天向上,朝气蓬勃,奋发有为,这应当是社会主义儿童文学的标志。

由于"四人帮"的干扰破坏,这许多年来反映儿童生活,特别是反映儿童的学习生活的作品奇缺。根据这实际情况,特别强调一下这一题材方面,更是十分必要的。

我们有不少儿童小说和故事,写的是小红军、小八路,这也属于儿童生活的题材。小读者在作品中看到和自己年龄相仿的小红军、小八路在长辈的教育和带领下,以惊人的毅力和勇敢,克服了重重艰难险阻,去争取胜利,他们是受到多大的鼓舞啊!这些小英雄由于年幼,缺乏斗争经验,也会有一些缺点,也可能犯一些错误,他们怎样在克服缺点改正错误的过程中成长的,这对小读者也是很有教育意义的。这些小英雄是小读者的榜样。小读者在这些榜样面前,一定会思考:自己应当怎样对待今天的学习和明天的工作,应当怎样时刻准备着为实现共产主义事业献身,应当怎样在新的长征中开创新的英雄业绩。

  当然,更值得我们注意和重视的,应当是现实的题材,儿童的学校生活,少先队生活,以至家庭生活方面的题材。儿童在成长过程中有许多问题:如何树立革命理想,如何端正学习态度,如何建立师生之间的正确关系,如何适当安排生活,既勤奋学习,又注重体格锻炼和文化娱乐……如此等等,要求在儿童文学中得到积极的充分的反映,使小读者从同辈人中找到榜样,或者得到鉴戒。

  幼儿园的小娃娃,他们的生活接触面是比较狭窄的。从家庭到幼儿园,这还是他们第一次进入集体生活。因此,在描绘幼儿生活的许多画册中,我们见到的常常是一些细小的事情。这在成人眼中,甚至在小学生眼中,也可能是微不足道的。但是我们说,这些细小的事情,对幼儿来说是很重要的,是幼儿教育所不可忽视的。爱清洁,有礼貌,如果说是小事,也应该是小事不小。这关系到一个人,也关系到一个民族的文化教养的问题。一个孩子将自己心爱的玩具让给大伙儿一起玩,一个孩子将幼儿园里的布娃娃带回家去,用心地把破损的地方缝补好,再送回幼儿园,这都是集体主义思想的萌芽。他们当然做不出什么惊天动地的事来,但是这种萌芽不就十分可贵吗?我们不是可以从这幼小的萌芽去展望绿树成荫的情景吗?

  以上的这些意见,是就整个儿童文学而言的,是从儿童教育的需要提出的。至于作家要写什么,不写什么,多写什么,少写什么,这完全是他们自己的事情,不仅不应该加以限制,而且应该提倡"各显神通",这样才能使儿童文学丰富多彩。儿童文学的题材应当广泛多样,"古为今用"的方针同样适用于儿童文学。这在中外的儿童文学创作中都是常见的。许多著名的作家,选择了富有教育意义的民间故事,写成儿童文学作品。安徒生的《小克劳斯和大克劳斯》、普希金的《渔夫和金鱼》、阿·托尔斯泰的《大萝卜》、马尔夏克的《十二个月》,这样的例子,不胜枚举。张天翼的《大灰狼》、阮章竞的《金色的海螺》,也都取材于民间故事。我们按照今天的教育要求,选择民间故事,或者历史故事的题材,来进行再创作,突出我们今天所需要表现的主题思想,或者赋予这些题材以新的思想意义,这有利于丰富我们的儿童文学,对儿童来说,也是具有教育意义的。最近重新发表了《不怕鬼的故事》的序言。《不怕鬼的故事》就是一本很有意义的书。少年儿童出版社出版了一本《打虎的故事》,这本书的主题思想和《不怕鬼的故事》完全一致,教育儿童不怕虎,敢于打虎,善于打虎。这些古老的故事,经过编写,汇编在一起,它们的思想意义就远远超过了原作了。儿童除了在动物园是不可能见到老虎的,他们从这本书里见到各种各样的老虎,从那些打虎英雄身上学到"打虎精神",用以对待学习工作中的困难,这不是很好吗?

我们也还不能忘记山水花草之类的题材。1957年,少儿出版社出版了郭风的《蒲公英和虹》,可是不久就受到了批判。书小罪名大,什么"风花雪月"呀,"小资产阶级情调"呀,"引导儿童脱离政治"呀,这种批判显然是没有道理的。作家用生动细腻的笔触,描绘了大自然中的一山一水、一草一木,对于培养儿童的高尚的情操、激发儿童热爱祖国、热爱生活,是有积极作用的。现在游记太少,游记要写祖国的社会主义建设,也要写祖国的大好河山和名胜古迹。可以这样说,长期以来,由于缺乏必要的教育,我们的年幼一代对于我们伟大的祖国了解得太少了,对于我们的祖先所创造的灿烂文化了解得太少了,甚至一无所知。其结果,不少保存了千百年的名胜古迹,建筑、雕塑、绘画方面的精品,在"扫四旧"中遭到破坏。当然,我们是没有理由去责备那些无知的青年人的。爱国主义哪里来?没有对祖国的一山一水、一草一木的热爱,没有对祖国长期积累起来的文化艺术的热爱,那么爱国主义只能是一个空洞的名词。儿童文学应该从各个角度来培养儿童的爱国主义。

这里特别需要谈一谈科学知识的题材问题。运用文艺形式传播科学知识,这已经成为独树一帜的门类,即科学文艺。

科学文艺是科学和文学的结合,科学知识的丰富内容和文学的多样形式的结合。科学文艺的任务是普及科学,在传播科学知识的同时,以科学的世界观,即辩证唯物主义的世界观去影响读者。因此,科学文艺的本质是科学,它是文艺化的科学。高尔基写过一篇《儿童文学的"主题论"》。当时,科学文艺还没有发展成为像今天这样的一个独立的门类,他从儿童教育的需要出发,将儿童文学的题材扩展到科学领域,这是具有远见的。他在这篇文章中提出的题材,至今还有参考价值。他所开列的题材是:地球、空气、水、植物、动物、人类怎样出现在地球上,人类怎么会知道思考,人类怎样取火,人类怎样使劳动和生活变得容易起来,科学的奇迹、思想与事业,关于未来的技术,人类为什么和怎样编故事,宗教是什么和为什么产生了这家伙,科学使人变成巨人,两种自然,等等。鲁迅也非常重视科学文艺。他在给颜黎民的信中说:"但我的意思,是以为你们不要专门看文学,关于科学的书(自然是写得有趣而容易懂的)以及游记之类,也应该看看的。"前面提到鲁迅翻译的《月界旅行》和《海底旅行》就是科学文艺。

科学文艺将一些抽象的概念变成具体的形象,将一些枯燥呆板的事物说得生动有趣,将一些深奥难懂的道理说得浅显明白,不仅说现在,而且说未来,既尊重事物发展的客观规律,又富有合理的想象和幻想。它不只告诉儿童"是什么",也不只是给儿童解答"为什么",而是为儿童开拓一个让他们自己去思考和探索的广阔天地。它培养儿童对科学知识科学技术的浓厚兴趣和钻研精神,教育儿童敢想、敢干、敢于攀登高峰、敢于创造奇迹,不但为实现四个现代化打好坚实的知识基础,而且为实现这个宏伟目标做好充分的思想准备。科学文艺的作家应当重视使自己的作品既有正确的科学内容,又包含一定的思想内容,写得生动有趣,切合不同年龄儿童的需要和口味。

儿童文学特点问题。

我想,首先应当谈谈社会主义儿童文学的特点,也就是区别于封建社会的儿童文学、区别于资产阶级的儿童文学。我们的社会主义儿童文学所应具备的特点是什么呢?

属于不同的阶级,处于不同的时代,儿童文学无疑各具特点,我们的社会主义儿童文学,它的方向、性质、任务,直至它的主题、题材等方面的特点,前面已经谈到了。这里,我想谈的是它的阶级的和时代的风格。无产阶级是人类历史上最先进的阶级,社会主义是人类历史上最光辉的事业。因此,我们的儿童文学应当具有这样一个总的风格:明朗、乐观、生龙活虎、朝气蓬勃、富有革命精神和革命理想。不同的作家在艺术上必然具有不同的风格,但是只要他们具有先进的世界观,并且忠实地反映现实生活,揭示其本质,那么他们的作品就一定会显示出这样的总的风格来。因为这是我国社会主义生活和我国人民群众(包括儿童在内)的精神面貌的反映。在我们的社会,也会有困难和挫折、冤屈和不幸,也会有怵目惊心的阴暗面,甚至深重的灾难。如"四害"横行之时,国民经济濒于崩溃,革命事业面临夭折,人民群众陷入沉重的忧虑之中,但还是深信无产阶级必将取得胜利,并且有千千万万人以不同的形式同"四人帮"进行了英勇的斗争。

我们应当给儿童以快乐的诗、有趣的故事、充满欢乐的戏剧和电影、富有积极向上的幻想的童话……我们许多优秀的儿童文学作品无不具有明朗的色彩和欢腾的气氛。这样的作品,有力地激发儿童的积极性、主动性、创造性,帮助儿童树立克服困难的勇气和信心,使他们从小就学会昂首阔步地前进。

那么我们又应该怎样对待那些暴露旧社会的罪恶的题材和反映艰苦的甚至残酷的斗争历程的题材呢?我们当然不会将这些题材写得使儿童看了哈哈大笑,但是我们确实需要注意不要将这些题材写得使儿童看了感到消沉或者恐惧。违反历史真实的生活去臆造"光明的尾巴",这是不好的,让儿童去承担悲惨的故事结局,这也是不适宜的。我们在暴露黑暗的过程中,应当着力去表现人民不甘屈辱,勇于斗争,表现他们对于美好生活的向往。

有的描写革命斗争的作品,为了表现革命战士的英勇不屈和敌人的野蛮残酷,有意无意地夸大了敌人的力量,各种刑具都搬上来了,赤裸裸地描写血肉模糊的场景,其结果如何呢?恰恰与作家的意愿相反,倒是引起儿童的恐惧心理。在这个问题上,高尔基有一段话说得很好:"我确信,应当惹人发笑地向孩子们讲述克虏伯和天生的黑暗的罪行,必须引起他们对犯罪行为的出乎本心的卑视和厌恶,而不是恐惧。阶级仇恨心的培养必须基于对敌人像对低级生物那样出于本心的憎恶,而不是基于面对敌人卑鄙无耻及其残暴行为的力量而激起恐惧心理。"许多揭批"四人帮"的漫画和相声,确实"惹人发笑"。但在另一些作品如《刘文学》、《张高谦》中,如果将敌人写得"惹人发笑",就可能破坏作品的气氛。反映革命斗争的作品,需要饱和着革命乐观主义精神和革命浪漫主义精神,这是由无产阶级革命的性质和前途所决定的,也是儿童教育的要求。这些作品应当着重引导儿童鄙视敌人、蔑视敌人、藐视敌人,而对于革命力量的发展,则怀有充分的信心,在革命运动处于十分艰苦的岁月里,瞻望革命胜利的曙光,这样才能取得良好的教育效果。

那么,儿童文学有别于一般的文学,又有些什么特点呢?

儿童文学是以儿童为读者对象的。教育儿童的文学,应当遵循党的教育方针,具有教育的针对性。它在艺术上的特点当然还是儿童特点的反映,在儿童成长的各个不同年龄阶段中的一般的、典型的、本质的心理特征的反映。这种心理特征是生理的现象,同时也带有社会的色彩。生活在不同的社会和时代,出身于不同的阶级、阶层和家庭,接受不同的教育,那么同一年龄的儿童,其心理特征也会有所差别。只看生理的因素,全然不问社会的因素,笼统地说儿童具有一颗"童心",这是不全面的。

从事儿童文学创作的同志,要使自己的作品受到儿童们欢迎,能够感染他们的感情,影响他们的思想,从而充分发挥作品的教育作用,也就是说,写出名副其实的儿童文学作品来,就必须了解并熟悉自己的教育对象。也可以说,儿童文学作家应当"心中有儿童"。这句话曾经受到批判。批判家们说:"你心中还有党吗?"好像人的心只能装一样东西。有了这个,就不可能有那个。"心中有儿童",显然是说要很好掌握儿童的心理特征。这件事情做起来要花工夫,但也不是难得不得了,那些把故事讲得娓娓动听的奶奶和姥姥,可以说在实际上掌握了儿童心理特征。

我们说的儿童,包括三四岁的幼儿到十三四岁的少年。人在这十年中变化很大,幼儿刚刚离开妈妈的怀抱,可以说是乳臭未干,而少年再往前迈一步,就是青年了。幼儿还不识字,给他们阅读的书是以图画为主的,而少年已经能啃大部头的小说了。因此,我们很难笼统地列出一些儿童文学特点。因为幼儿还只能接受主题单一、人物较少、情节较简单的故事。少年就不同了,他们热衷于曲折离奇的故事。这种差别,不仅仅表现在作品的篇幅之大小,容量之多少,程度之深浅,同时表现在题材、形式、构思、语言等各方面。将供少年阅读的作品,篇幅缩短一点,文字改浅一点,就当作供幼儿阅读的作品,这是不行的。有的同志提出这样的意见,将我们现在所说的儿童文学一分为三:幼儿文学、儿童文学、少年文学,再来探讨它们的特点。这个意见是可取的,如果要将儿童文学特点作为一个专题来研究,就得这么办。

但是,幼儿文学、儿童文学、少年文学,终究还有其共同之处,也就是说,儿童文学有其带普遍性的一些特点。这里就谈谈这方面的问题。

儿童模仿性很强,或者说,儿童的可塑性很大,却又缺乏足够的辨别是非的能力。古人说的"近朱者赤,近墨者黑",这在儿童尤其是这样。我们要利用儿童的模仿性,加以积极的引导,同时又不能不注意到他们缺乏辨别能力的弱点,力求避免可能产生的副作用。我们在生活中常常见到有的儿童模仿电影中坏人的语言和动作,这就提醒我们不可掉以轻心。

我们在儿童文学作品中,应当努力塑造足以为儿童楷模的人物形象,用他们的先进思想、高尚的情操,去影响儿童。当然,这样的人物形象必须从实际生活中来。有的同志将儿童写成老气横秋、专门教训别人的"小干部",甚至是"一贯正确"的"小圣人"。这样的作品不但不能感动人,而且只会令人反感。

儿童文学要有讽刺。教育儿童应该怎样做,同教育儿童不应该怎样做,这是同一事物的两个侧面,是对立的统一。在一个反映儿童生活的作品中,作者在表扬一些儿童时,不可避免地要批评到另一些儿童。就以那些作为榜样的儿童来说,他们也有一个成长和发展的过程,他们并非"生而知之",并非"一贯正确",并非"完人"。

讽刺小说,讽刺诗,相声,都是大受儿童欢迎的。儿童有弱点,有缺点,也会犯错误,需要批评,也可以讽刺,讽刺也是批评,是批评的一种方法。不过不能忘记,批评也好,讽刺也好,要有一个正确的出发点,都是为了帮助儿童进步,既要掌握分寸,又要注意方式。讽刺性的作品常常引人发笑,但决不是耻笑,而是使小读者在笑声中有所省悟,感到作品向他们提出的是善意的忠告,从而自觉地克服类似的缺点,改正类似的错误,或者警惕这种缺点错误,也是"有则改之,无则加勉"吧。

主题和形象的鲜明性是儿童文学的又一特点。

文艺区别于科学,就在于它是通过形象来反映生活,揭示生活的本质的,是让读者和观众通过形象来接受作品的主题思想的。没有形象,就没有文艺,当然也就没有儿童文学。

儿童需要"形象、色彩和声音",这是说儿童认识事物依赖于形象。儿童的年龄越小,这种依赖性就越大,这也是从儿童的心理特征而来的。儿童小说需要和戏剧一样富有动作性,更多地以动作来表现人物的性格和心理活动。儿童诗需要更多的"比"、"兴",以加强形象性。供幼儿阅读的作品更需要形象性。幼儿是依靠图画以及老师和父母的讲解来了解作品的内容的。即使是一二年级的儿童,也还离不开图画。所以给这一部分儿童阅读的读物,或以图画为主,或图文并茂。山区的孩子没有见过海,平原的孩子没有见过山,要给他们说清楚山是怎样的,海是怎样的,这很不容易。要是画给他们看,又说给他们听,他们就能获得比较具体的印象。

儿童文学需要形象,而且需要鲜明的形象。形象的鲜明是为了使作品的主题鲜明,为了使儿童更好地把握作品的主题思想。

儿童由于智力的局限,也由于生活经验和思想水平的局限,他们对于客观事物的认识,往往停留于表象,比较简单,比较肤浅,比如他们简单地用"好人"和"坏人"来区分人,就是一例。他们阅读文学作品也是这样,还不善于通过繁复的艺术形象去理解作品的主题思想。儿童还有这样的一个特点,他们的兴趣、他们的注意力往往集中在故事情节上。他们可以把一个作品的故事情节说得头头是道,把某些细节描写复述得完整无缺,可是对作品的主题思想则不甚了解。小孩子看大作品,看那些成人看的小说,这种情况就更突出。很厚的一本书,哗哗地翻过去,很快就看完了,他们对作品的思想意义理解了多少,从作品中接受了多少教育,无论如何不及成人读者。一个九岁的小朋友看了电影《红楼梦》,写了一篇日记说:宝玉和黛玉"他们俩都不信封建迷信。大官僚有时叫宝玉读封建的书,宝玉不高兴读,大官僚就打他大板。别人都不同情他,都叫他好好读书,只有黛玉同情他"。后面讲到宝玉哭灵、做和尚,日记的最后一句是:"这说明封建家庭很不好。"我看这个小朋友已经是很不错了。我们不能因为儿童没有能够深刻理解这部电影的思想内容去责怪电影的编导,去责怪小说作者曹雪芹,因为《红楼梦》不是给儿童看的。

我们为儿童写的作品,就必须使儿童看得懂,看得津津有味,而且能够理解作品的主题思想,注意到儿童文学特别要求主题的鲜明性和形象的鲜明性。那种认为儿童文学是简单一些的文学,因而人物形象的刻画可以粗糙一些的看法,显然是错误的。但是我们又必须看到,在人物形象的刻画上,其细致深刻的程度,儿童文学毕竟和成人文学有很大的差别。儿童文学不可能像《红楼梦》那样,通过繁复的事件,去精雕细刻人物的性格和内心世界。复杂的性格,繁杂的内心活动和思想冲突,都是儿童还不容易理解的。儿童文学,不论是写儿童还是写成人,更需要用简练、明快、生动的线条去勾画其形象,简而不陋,浅而不薄,同样栩栩如生。要求形象鲜明,不等于在人物身上贴标签。这种贴标签的做法确实是有的,这个孩子诚实,那个孩子勇敢,第三个顽皮,第四个粗野……这些孩子不是活生生的有血有肉的形象,只不过是"诚实"、"勇敢"、"顽皮"、"粗野"这些概念的图解而已。要求主题鲜明,不等于借用作品中的人物的嘴巴来讲道理,把作品的主题思想讲得明明白白。这样的作品是感动不了人的,也许可以这样说,它不是一篇文学作品,而是一篇演讲。

最后谈谈趣味性的问题。趣味性是儿童文学必不可少的一个特点。成人文学不需要趣味性吗?要!那么儿童文学就更加需要趣味性了。

但是这个趣味性命运不佳,1957年以来多次受到折磨和凌辱。到了"四人帮"控制文艺的时候,就更不得了,被说成是资产阶级的东西,是什么"资产阶级趣味性"。直到现在,趣味性才恢复了名誉。

给儿童讲故事的同志一定体会到,尽管儿童非常喜欢听故事,但是要使儿童全神贯注地听完你的故事,也并不是一件容易的事。他们有时会凭空提出一些题外的问题来打断你的讲述,有时干脆被周围的事物吸引过去了。儿童好动,他们的注意力还不易持久地集中在一件事物上。这就更加要求儿童文学作品写得生动有趣,引人入胜。儿童爱听故事而不爱听说理,就因为故事有趣,而说理则往往是枯燥无味的。对幼儿来说,那些有趣的故事,即使已经听过几遍,也还愿意再听,简直是不厌其烦。相反,有的故事虽然新鲜,可是写得比较枯燥,他们就不大乐意听下去了。儿童为听有趣的故事而围到你的身边来,你就通过有趣的故事使他们在欢乐中接受教育,这是作家与读者的关系,创作与欣赏的关系,教育和娱乐的关系。我们来看看儿童阅读情况,也正是这样。有的作品,他们像跳栏那样,一段段跳着看,有趣的段落就看,无趣的段落,对不起,就略过去了。可见儿童自己就是有所选择的。

明朝有位冬烘先生吕得胜,也还知道给儿童阅读的东西,要使他们"乐闻而易晓"。我们应当比冬烘先生高明一些吧。

趣味性不但应该服从于思想内容,而且应该和思想内容水乳交融,渗透于整个作品之中,在情节、结构、语言、表现手法等各方面表现出来。我们不能将趣味性当作一种外加的东西。蹩脚的厨师只懂得加味精,其实味精加得再多,也不是好菜,只能使人倒胃。成功的儿童小说和儿童戏剧往往是开门见山,一开头就提出矛盾,使小读者产生了解矛盾的发展和解决的浓厚兴趣。童话则以它的奇特的幻想引起小读者的兴趣。儿童文学的这一特点,在我国古典小说和戏曲以及民间童话中有着优良的传统,儿童所感兴趣的正是那种富有传奇性和喜剧性的作品。平淡无奇的故事,平铺直叙的叙述,是儿童难于接受的,冗长的、繁杂的、死气沉沉的人物性格描写和环境描写,更使儿童感到头疼。生动,有趣,幽默,大大地增强了儿童文学作品的艺术魅力,同时也有助于培养儿童的乐观主义精神。

儿童文学的理论研究工作中断已久,前几年泛滥于儿童文学阵地的是什么"主题先行"、"触及时事"、"三突出"创作模式。有抵制的,有怀疑的,当然也有信以为真、奉为至宝的。思想搞乱了,理论搞乱了。"一家作主"的结果是十年空白。揭批"四人帮"的战斗在继续,文艺战线、儿童文学战线,肃清"四人帮"的流毒的斗争在继续。将前几年批判所谓"右倾翻案"、诬陷中央领导同志的作品加以改头换面,当作批判"四人帮"的作品,在粉碎"四人帮"后近两年的今天,居然还能出笼。脱离实际生活的公式化、说空话、说大话、说假话的作品,还是有所见。这都说明我们同"四人帮"的斗争是长期的,说明儿童文学的理论工作负有重大的责任。我们希望同志们参加到儿童文学的创作队伍中来,也希望同志们关心儿童文学理论工作,参加到儿童文学的理论队伍中来。

也谈儿童文学和教育

子 扬

儿童文学与教育关系之密切,大概很少有人怀疑了。数十年前所谓"无意思之意思"的说法,现在也很少有人信奉。但二者的关系如何,是主从?是对头?是朋友?却是仁者见仁,智者见智。近几年,随着创作渐趋繁荣,思想渐趋活跃,各种议论也多起来。本文就目前议论比较热烈的一些问题,也谈一点看法,就教于儿童文学和儿童教育的行家。

一、儿童文学能否说是教育的工具?

《辞海》在"儿童文学"这条词目中说:儿童文学"是向少年儿童进行思想教育、知识教育的重要工具之一"。

前年出版的两种儿童文学概论,也持这种观点。湖南少年儿童出版社出版的《概论》中有一章节的小标题即是:"儿童文学是教育儿童的有力工具。"四川少年儿童出版社出版的《概论》中也说:"世界各国都一样,只有社会精神文明发展到一定阶段,儿童教育需要用儿童文学来作为教育儿童的工具时,儿童文学才应运而生,从文学中派生出来,成为一个独立的门类。"此外,在一些儿童文学家的论著中,也时有"儿童文学是教育工具"的论述出现。这种说法,过去三十年来似乎是理所当然的。但近几年来,随着对于文学功能的讨论的深入,对这种说法持有异议的人渐渐地多起来,原来持有这种观点的人,也有改变了看法的。

这种说法是否确切呢?

题解 本文选自《儿童文学研究》总第十六辑,少年儿童出版社1984年版。作者子扬是少年儿童出版社编辑朱彦的笔名。文章针对当时儿童文学界出现的"教育性与文学性"之争的现象,对儿童文学与教育的关系进行了辨析。文章认为,一方面,虽然儿童文学与教育的关系非常密切,但把儿童文学直接视作教育的工具这一理念是有害的;另一方面,如果为了抵制儿童文学的工具化,而把儿童文学与教育对立起来,这种观念也同样是错误且有害的。儿童文学中的教育性与文学性应该彼此合作,探索兼具认识作用、美感作用和娱乐作用的教育性。

教育和文学是两个不同的概念。就以《辞海》为例，它对教育的解释是："按照一定的目的要求，对受教育的德育、智育、体育诸方面施以影响的一种有计划的活动。"而对文学的解释是："现代专指用语言塑造形象的反映社会生活，表达作者思想感情的艺术，故又称语言艺术。"可见，教育和文学是两个既有关联而又不能混同的概念。它们同属意识形态领域，又都为一定社会的经济基础服务。教育可以运用文学艺术作为施教的内容，就像它对受教育者施以政治、经济、哲学、自然科学诸方面的教育内容一样。我们能不能把政治、经济、哲学、自然科学和文学艺术都说成是"教育工具"呢？所以，把文学的一个门类"儿童文学"说成是教育的工具，显然是不科学、不贴切的。

把"儿童文学"当作教育工具，在实际上也是有害的。过去三十多年来儿童文学的历史，有很多深刻的教训，"工具"说带来的后果，也是一个方面。

我们的教育方针，是根据政治经济的要求，为实现教育目的所规定的教育工作的总方向。这在原则上和文学为人民为社会主义服务的方向是一致的。但是，它们又有各自的特性，离开了这些特性，就会发生问题。把儿童文学当作教育工具，使它离开了文学的特性，这就要求作者不是从社会生活出发，而是从一定的思想和规定的主题出发进行创作，这就造成了文学创作中"主题先行"的现象。轻则造成了炮制文学，使作品流于公式化、概念化或标语口号式倾向；重则为一些狭隘的教育观点所左右，成了贯彻错误教育思想的附属品。实践证明，这一类作品是没有生命力的。

这种观点的发展，导致了要求儿童文学配合政治运动、配合学校教育的狭隘见解。要求配合，而且是直接的及时的配合，儿童文学就成了现炒现卖的东西。例如五十年代曾出现了以"除四害"为名，把童话创作中的麻雀、老鼠形象清除得一干二净；"大跃进"时，强调快速创作、快速出书，根据主观臆想，任意炮制，出现了大量粗制滥造的作品；十年动乱中，儿童文学成了地道的"工具"，"四人帮"批"修正主义教育路线"，就有《钟声》《金色的朝晖》等出现，斗"党内走资本主义道路的当权派"，就有《小伟造反》等出现，至于这是什么样的工具，就不言自明了。历史的教训，不能不引为前车之鉴。

那么，儿童文学是否允许一些根据政治形势和教育要求创作的作品呢？我以为，作为创作的一个方面，有一些也是正常的。例如利用报告文学、科学文艺、活报剧、朗诵诗等等文艺轻骑形式写成作品，无疑也能作为一种宣传教育工具发挥应有的作用；在学校教育中，也需要针对孩子们的思想实际，创作一些短小精悍的作品。年龄越小的孩子，这种需要就更多一些。不过，这类作品也要尽可能从生活出发,采用孩子们喜闻乐见的艺术形式,使小读者乐意接受。大教育家陶行知,生前就大量写作了这类作品。

二、儿童文学跟教育是否是对立的?

和上面的那种说法相反,前几年有人提出:"我们要对教育部门,那些公公婆婆们对我们的各种禁令、各种限制采取抵抗,简直要采取革命,否则少儿文学不得翻身。"这个观点在近年来又有了发展。在一次创作座谈会上,有人就提出:"文艺要新,教育最怕新,而现在的儿童文学是跟着教育转。""为什么作品中受欢迎的学生,在学校现实生活中往往不受欢迎;而在学校中受欢迎的学生,在儿童文学中往往不受欢迎呢?其中很大一部分原因是某些教师头脑当中有些东西不符合时代的潮流,学生中有些新的、有棱角的东西常常被磨掉。"因而也有人提出把"敢于向旧的教育思想、传统观念、习惯势力挑战",作为儿童文学提高的标志之一。

儿童文学固然不能说成是教育的工具,但把它跟教育对立起来的说法,却是不足取的。

什么是"新"?人们总是把新鲜的美好的,向前发展的事物,谓之"新"。何以唯"文艺要新",而"教育最怕新"呢?显然不符合实际。

在文艺创作中,从来就有着真与假、美与丑、新与旧的差别,在文艺观点上,还存在着正确与错误、全面与片面、辩证法与形而上学的分歧。有些自以为"新"的东西,也许正是沉渣泛起。教育也同样存在着这种现象。近几年来,在教育战线上涌现了一大批热心改革的有识之士,他们坚持社会主义的教育方针,为加速培养四化建设人才呕心沥血;教师也越来越受到人们的尊敬,那些鄙薄教育工作、损害教师尊严的现象,受到了批评和谴责。在教育受到社会重视并取得很大发展的情况下,也必然会出现这样和那样的问题。以学校生活为题材的儿童文学作品,同时应热烈赞扬教育战线的新人新事,批评那些落后守旧不合乎社会主义教育方针的现象。儿童文学在反映孩子生活时涉及教育上的一些问题,只要内容适合给孩子,又能为小读者所理解,这样的作品是应当受到欢迎的。

近几年,在教师队伍中出现了一批儿童文学作家,他们长于描写学校中发生的人和事,也涉及社会生活中的多方面问题。在他们的作品中,塑造了一些优秀的教师和学生的形象,也揭露和批评了一些与四化建设格格不入的社会现象和错误的教育思想。这些作品,往往人物形象鲜明,生活气息浓烈,语言生动活泼,反映的社会生活有一定的广度和深度。比起过去二三十年来的同类题材作品，有了长足的进步。就我所读过的一些作品，如毛志成的《对门儿》，夏有志的《啊，宝石》，欧阳逸冰的《闪烁吧，繁星》，罗辰生的《没有歌声的春天》，都是些值得称道的好作品。《少年文艺》编辑部重视教师作者的创作，召开了教师作者创作座谈会，出版了教师作者专辑。读了这些作品，赞叹我们的儿童文学创作，因为出现了这些教师作者，才能把我们的孩子生活写得如此丰富多彩，生动活泼。作者们既是教育学生的老师，又是为陶冶孩子心灵而进行创作的作家，较之五十年代有数的几位教师作家来说，今天这支队伍壮大了！这可以说是新时期儿童文学作者队伍的一大特点。

当然，就多数教师作者来说，他们也有自身的弱点。正像《少年文艺》的教师作者座谈会所指出的："教师长期生活在少年朋友中间，能比较敏锐地捕捉他们的思想实际，写出具有一定思想意义的作品来。这是众所周知的教师作者的'长处'。但由于教师的职业习惯，往往较多地从单纯的'教育'或'问题'出发构思作品，便在一定程度上削弱以至影响了作品的文学性。这便是教师作者的'短处'。"这就需要他们加强文学修养，提高思想和艺术水平。

近几年教师创作的可喜成绩，使我们得到这样的启示：一、儿童文学作者队伍的发展，学校教师是一个重要方面；他们熟悉孩子，懂得教育，如具备了文学创作条件，就能写出好作品来。二、儿童文学工作者除了深入社会生活的各个方面，还必须向教师作者们学习，深入孩子的生活，刘厚明的《绿色钱包》、任大霖的《喀戎在挣扎》、邱勋的《三色圆珠笔》等优秀作品的产生，都是作者们深入生活的结果。老作家如袁静，中青年作家如李仁晓、陈丽、郑春华等经常到孩子们中间去，使他们得到了取之不尽的创作源泉。从这里，我们可以看到，儿童文学和教育，不仅没有对立起来，恰恰相反，关系密切得很哩！

尽管儿童文学和教育的方向是一致的，二者在做法上却常常发生矛盾，这也是客观事实。文学和教育有联系，也有差别，所以儿童文学作者和教育工作者常常从不同的角度考虑问题，有时也各有一定的片面性。前面所谈到的把儿童文学当作教育工具的说法，在教育部门很有影响。除此，教育部门有些人对文学特性缺乏了解，对儿童文学提出不恰当的要求和批评。我们通常可以听到这样的批评，例如把作品中批判的东西当作作品宣扬的东西，这就使作者感到啼笑皆非；对作品中富于生活气息或富于幻想的描写，常常简单地用"说明了什么"加以责难；要求作品纯而又纯，无视社会生活和孩子生活的实际；对文学作品的副作用，不是通过阅读指导，引导孩子正确对待，而是以点概面，全盘否定一些有积极意义的作品;还有夸大副作用的现象;等等。对于这些片面的观点,可以通过具体作品的分析讨论,加以纠正;另一方面,也应要求教育工作者提高自己的文学素养和鉴赏能力,开展正确的文艺批评。

这种片面性同样存在于儿童文学工作中。有些作家和编辑往往不顾社会效果,不顾作品副作用的严重性,不顾读者对象的年龄特点,我行我素,自我陶醉在个人的小天地里。这也是一种不负责任的表现。

在儿童文学中不仅出现了上述与教育相对立的观点,而且还出现了这样的作品。前面说到,近几年的儿童文学创作,有些也触及社会生活和教育工作上的一些问题,只要这些作品的主调是好的,那也无可非议。但是,确也有极少数的作品,把教育工作当作批判对象,抹杀了是非界线。例如有这样一个短篇小说,描写了一个凡事都有"独立见解"的小主人公。老师表扬了一个不会游泳却跳水救人的孩子,他却说"舍己而不能救人没有必要";班里的集体活动,他不愿参加,在"全民文明礼貌月"的服务活动中,他可以擅自跑掉;参观雨花台群雕时,他的作文可以不顾老师的要求,只谈技巧,不谈内容;等等。他常爱说的一句话是:"我的脑袋又不是长在别人的肩膀上。"

培养孩子具有独立思考能力并非坏事。教育的责任就是帮助孩子渐渐地成长为一个具有独立思考能力,善辨真伪善恶,明白原则是非,有觉悟有文化的人。对于孩子来说,并非天生就具备这种能力的,越是年幼的孩子,这种能力越差。如果一个孩子自娘胎里就得到了这种本领,然后带着这种本领到学校里去跟老师唱对台戏,这恐怕是近乎荒唐的事情了。

这样一篇内容不那么恰当的作品,却得到某些评论的喝采,并把作品中的小主人公形象推崇为八十年代少年的典型。其实,这样的人物倒跟七十年代前期某些炮制文学中的少年形象颇为相似。如果用这个小主人公的形象去影响我们的下一代,那会出现什么结果呢?

孙犁曾在《关于儿童文学》一文中说:"一切儿童文学作品,不能违背社会主义时代的总的教育要求,不能不着重表现社会主义时代生活中的主导方面。"并说:"我们写成一篇作品以后,也应该全面地考虑一下它在教育方面产生的效果。"贺宜也不止一次地谈到:"儿童文学有个教育性问题,较之成人文学更重要。""不要把教育性和文学性对立起来。"我赞成这两位老作家的说法。

教育工作本身有正确与错误,革新和保守的矛盾,儿童文学也同样存在这个问题。所以,儿童文学作者不要把自己看作唯一正确的代表,包打天下。恰恰相反,儿童文学作者应当和教育工作者齐心合力,为培养下一代健康成长,作出努力。诚如邓小平同志在第四次文代会上的祝辞所说:"文艺工作者要同教育工作者、理论工作者、新闻工作者、政治工作者以及其他有关同志相互合作,在意识形态领域中,同各种妨害四个现代化的思想习惯进行长期的、有效的斗争。"

三、怎样理解儿童文学的教育作用?

关于儿童文学的教育作用,可以讨论的问题很多。如教育作用表现在哪些方面,包含哪些内容,"正面教育"的提法是否恰当,等等。这里仅就对儿童文学教育作用的理解,谈一点看法。

过去有一个时期,对于"教育作用"的理解是很狭隘的,如把教育作用看作是思想品德教育。甚至对儿童文学读物的分类,也用什么思想品德教育、回忆对比教育、革命传统教育、儿童共产主义运动教育等等名目,把儿童文学的一些体裁和题材,都排斥在外,这就很不恰当。

近几年,不少同志对此提出了新的有益的见解。陈子君在《如何理解儿童文学的功能》一文中说:"多年以来,我们对儿童文学功能的理解是很不全面的。过去单说'教育作用'……所以近几年来理论界对文学艺术功能的提法,已经从一条变成了三条,即:教育作用,认识作用,审美作用。这就比较全面和贴切得多了。"除此,有人提出增加"娱乐作用"一条;也有人提出化为五条。

就文学功能来说,单说教育作用是不够的。再加上认识作用和审美作用,就比较全面。除此,文学还有些别的作用,如文学在社会经济变革和政治斗争中的影响,文学作品在哲学和历史研究上的价值,等等。这些问题,难以用"教育作用"来概括,否则容易把复杂的文学现象简单化了,对文学的创作和研究都是不利的。

但是,儿童文学的读者对象是孩子。对孩子们来说,是否可以把认识作用、美感作用、娱乐作用等都跟教育联系起来呢?有些谈论儿童文学教育作用的文章,常常把思想、品德、知识、认识、美感、娱乐等作用,都看作是教育作用。如思想教育、品德教育、知识教育、认识教育、寓教育于娱乐中等等。这样的说法,看来也未尝不可。

关于文学功能的讨论,是一个专题,越出了本文的范围,这里就不再赘述了。

1983 年 11 月 16 日

儿童文学与儿童教育

陈伯吹

文学的使命,在于"文以载道"。所谓"道",即是思想——人的先进思想,指引、促使与鼓舞人们积极向上,怀着崇高的理想,望着灿烂的远景,迈进,迈进,再迈进!攀登,攀登,再攀登!作出与人为善,有益于社会的那种涵有建设性、示范性的精神产物——文学作品。它歌唱着、赞美着人类幸福生活的"极乐世界"。

什么是文学?这就是它的"主题歌"。

当然,为了让人们在辨别、比较、选择的角度上,有所借鉴,有所警惕,有所反思,有所憬悟,因而也在作品中揭露社会那黑暗的一面,批判个人那腐朽的一角,这不仅是必要的,而且作品在描绘整个事态的全景与全过程中,往往是避免不了的;只是轻重有致,主次分明。这样写,也是为了"团结人民,教育人民"。所以,作品的基调应该是健康的,主旋律是向着光明的——当一场暴风雨过去了,可不是,天空将更加清朗明净,人们将更加精神抖擞!

文学就是在这样不断地改善人类生活,推动时代前进,达到真、善、美的理想世界的境地。这个终极目标!

文学作品何以能具有动风雨,泣鬼神,改造世界,造福人类的如此巨大的能量?这是因为作家的作品,不是来自静坐臆想,面壁杜撰,近视地只着眼于四周那些鸡毛蒜皮般的事儿,乃至于自身狭窄心胸里的疙瘩;而是来自人民勤劳勇敢的生活,伟大的阶级斗争实践与征服自然的雄心壮志,以及作家注视着自身所处的社会环境,积累起生活的体验,跳动着时代的脉搏,领略那世界的风貌,从而有所触动,有所察觉,既日有所思,又夜有所想,然后情不自禁地执着生花妙笔,娓

题解 本文原载《儿童文学研究》1988 年第 1 期。文章从"文以载道"和"儿童文学是文学"为立论的大前提与小前提,提出了"儿童文学的实质就是教育儿童的文学"这一观点。与此同时,本文还强调了儿童文学与成人文学之间共享的艺术普遍原则和彼此之间的差异性。从普遍原则的角度出发,儿童文学首先要在字词、段落以及谋篇布局等艺术层面上具有美学高度;从差异性角度出发,儿童文学要呈现自身的特殊性,要充分考虑读者对象的年龄特征。只有同时符合了以上两个标准,儿童文学才能收获"又甜又美的教育效果"。

娓动听地如话家常,曲折有致地恍入桃源,饶有情趣地似登险峰,胸襟舒畅地扬帆大海似的描写那人间又惊又喜的生活事迹,塑造那出类拔萃的典型人物,以此感染人,熏陶人。读者将被动地如见其人,如闻其声,如睹其事,因而激动,赞叹,信服,起到了坐而思,立而行,不知不觉地接受那文学的教育作用,从而毅然地身体力行。

所有世界文学宝库中灿灿闪光的名著,总是引人入胜,发人深思,从而一代又一代地传诵不绝:施耐庵的《水浒传》,曹雪芹的《红楼梦》,鲁迅的《阿Q正传》,雨果的《悲惨世界》,狄更斯的《艰难时世》,斯陀的《汤姆叔叔的茅屋》,霍桑的《红字》,哈代的《德伯家的苔丝》,高尔基的《母亲》等等,难道这些不是真凭实据吗?证据还不够充分吗?

如果文学界中人看不到一点——文学对人的潜在的巨大影响与作用,那他还是站在文学宫门外的门外汉,是南郭先生的好伙伴。如果看到了这一点,那就要在下笔时考虑到对读者负责,对社会负责,不能只满足于自我情感的抒发,自我艺术的陶醉,更不能自高自大,旁若无人,只自我意识地"我要写什么就写什么"!

问题得进一步说:从文学派生出来的,它与文学既有共同的一性,又自有其独特的特殊性的儿童文学,从它的宏观方面说来,难道不也应该是这样的吗?尤其在教育作用这一文学的基点上,由于读者对象的客观原因,要求得更加严肃认真,强劲有力;而且对年龄愈小的小读者,愈要求完善的美好的正面教育。

可不是,百事头难,要"慎始"嘛!先入为主了,就难以变革过来——躺在锅子里的烧饼待要翻过来已经焦了。

儿童文学创作,从它的微观方面来说,首先着眼于题材内容,它是否为哪个年龄阶段(或者说哪个学年级别)的读者的学习生活所需要,有针对性地、顺流而下地予以启发和指导,这就要潜心研究少年儿童的好奇、求知、喜动、模仿、爱美等等的心理活动,然后作者心中有数,怎样摇笔逗引他们浓厚的阅读兴趣,丰富他们的生活知识,扩展他们的世界视野,……如同对"饥思食,渴思饮"的人,及时地提供富有营养价值的精美的食饵与饮料。

当他们从儿童时代步入少年时代,追求着美好形象的欣赏和学习,向往着新奇事物的侦探和冒险,进而对社会人事的关心与评价,对自然现象的观察与思索……诸如此类在生活上、学习上所产生的一系列的问题,作家应以高度的责任感,在儿童文学创作的作品中,使用巧妙高明的艺术手腕,循循善诱,谆谆教诲,进行形象性的阐说,趣味性的引导,真挚性的感化,将有关思想品质教育的、科技知识教育的、革命传统教育的、欣赏审美教育的等等主题与题材,如何各自水乳交融般地融解在高度的艺术之中,通过艺术的构思,艺术的语言,然后如水就下,倾注在聪明而又敏感的小脑袋瓜里,逐渐地,逐渐地,吸收凝炼,在他们长身体,长知识,长思想的成长道路上,树立起革命的科学的世界观,成为有理想、有道德、有文化、有纪律的建设四个现代化的可靠的接班人。

儿童文学就是要符合儿童的年龄特征,适应儿童的心理活动,满足儿童的愿望与要求,扶助儿童学习上的进步……除此以外,还必须收获社会的效益。

要不是这样,人类在精神文明领域中,何用文学为?而从文学派生出来的儿童文学,起什么作用?目的何在?价值又在哪里?

在这儿:能不能说文学是文学,教育是教育,彼此风马牛不相及也?能不能说文学作品,特别是儿童文学作品不容许教育性的存在?能不能说文学作品涵有了教育性,就会束缚了、破坏了文学的艺术性,致使作家把作品写得干巴巴,枯竭乏味,甚至陷入公式化、概念化的死胡同中去?……

提出这一系列问题来是好的,真理将愈辩愈明。归根到底,问题在于"文学究竟为什么"。尽管文学与教育,在精神文明世界中分属两个范畴,但是如果打个"跛了脚的"譬喻来说,如同长在人体上的手和足,名义上是分别为上肢和下肢,实际在行动上随时随地协同一致,相辅相成的。所以从广义过火点儿来说,似乎也可以这么理解:"文学即教育",特别在儿童文学的实质性上透视,就是如此。试问:都德的《最后一课》与《柏林之围》,难道不是爱国主义教育的一课吗?契诃夫的《困》与《万卡》,难道不是为拯救苦难儿童教育的一课吗?盖达尔的《远方》与《铁木儿和他的伙伴们》,难道不都是革命斗争教育的一课吗?凡尔纳的《轻气球上五星期》与《格兰特船长的儿女们》,难道不也是科学知识教育的一课吗?……如许著名作家的名作,都隐藏强烈的教育意义,它们毫没有写得枯燥乏味。正相反,受到了举世读者的传诵与赞赏,如果抽掉了教育性,就成为虚有其表的美丽的外壳了,说实在,也就是《封神榜》中所说的"无心菜",没有"灵魂"的作品!但是,"作家是人类的灵魂工程师",作家的作品能没有教育涵义吗?

列夫·托尔斯泰这位大作家,只需一提起他的大名,就会让读者联想起他的杰作《战争与和平》、《安娜·卡列尼娜》、《复活》;但是,请不要忘记,他老人家却把为孩子们编写的《儿童故事读本》(其中有《三只熊》、《拔萝卜》等等),认为胜过被世界读者所公认的杰作更为优异而乐此不倦。"知子莫如父",这不是值得文学界再思三思,重视更重视吗?并且不能不向这位伟大的作家致以由衷的敬意:他不把儿童文学作品看作是文坛上的一种"次货"。

问题的另一端是:"作家为什么要写作品?"岂不是"情动于中,而形于言",有感而发,诉诸于人民,绝不是写来自我欣赏,自我陶醉,顶上了"作家"光荣的名义,骄傲自满,仿佛人家都是"阿斗",有眼识不了泰山似的,要是真的这样,而又不愿藏拙,将作品发表在书刊上,公诸于众,传诸于世,那就会触动影响人家,产生某种效果:是要鼓励人关心公益,奋发有为,为人民服务呢?还是孤芳自赏,一切无所谓,一切漠不关心,有意无意地朦胧爱情,模糊恶行,败坏风气?一条界线,两股道儿,作家写什么?为什么写?怎么样写?这是十分严峻的课题,特别是对从事儿童文学的作家,其严峻的程度十倍百倍于成人文学。此无他,由于儿童年龄特征的原因,必须让入世未久,见识尚浅,阅历较差,而可塑性则大,作家应"如履薄冰,如临深渊"样地小心翼翼,谨慎地挥动彩笔,务使天真烂漫,活泼轻信的小读者,获得开卷有益的佳果——又甜又美的教育效果。

儿童文学既然是文学,那么,一切文学创作的原理原则,应完全适用于儿童文学,促使它写成不折不扣的文学的作品。至于两者间所有的差异性,那只在于读者的对象不同,因而在宏观的原则性的一致下,在微观上要求实事求是,可以由它自己内在的情况而运用不同的生活题材,写作的方式、方法。一般来说:作品的用字、遣词、造句,要照顾到小读者的文化程度,多斟酌,多推敲,既要写得语言优美,又要写得深入浅出地易于理解;既要具有社会的现实意义,却又要有生动活泼的想象,甚至带点儿神秘性的幻想;情节既要贴近生活,散发浓重的生活气息,又要不写得平铺直叙,而是曲径通幽,峰峦迭起;为了让小读者感到作品有亲切感,人物最好是个小主人公,但也不排除出现成年人的形象,既可以全部是儿童,也可以全部是成人,更可以儿童和成人同台演出,一切应以作品的主题、情节为依归;结尾尽可能地来个可喜的成功的胜利的结局,让小读者在欢乐中"水到渠成"地愉快地接受教育。

教育家兼文学家的马卡连柯,在谈论"儿童文学"的时候,曾经谈到关于"主题"的话,说什么"对我们来讲最重要和最激动人心的是:保卫祖国,培养干部,爱国主义,社会主义建设,各民族的友谊,劳动人民的幸福,警惕性和对敌斗争,斯达汉诺夫运动……"乍看起来,这些主题和题材,与成人文学一般无二。但是这位写过名篇《教育诗》和《塔上旗》的作家,却早就说过了"当我们考虑'儿童文学'这一个词是和一系列年龄的标准相联系的时候,这个问题就显得特别尖锐了,适合于八岁儿童看的文学作品是一回事,而适合于十六岁的又是另一回事"。

这两段话里显示了儿童文学自身的特殊性,也即是关于年龄阶段的特征问题,低年级的动物故事与高年级的科学故事,各有它们的对象。但问题不全在于主题与题材上,关键不在于写什么,还在于怎么样写。这就关系到作为作家,他是否在具有深度的生活,广度的知识之外,还具有"读书破万卷,下笔如有神"的文艺修养功夫。《五年计划的故事》的工程师作家伊林,能写好《浪费的悲剧》这一章节,也就证实了这一点。

革命新时期的祖国,正在全力进行四个现代化的建设;而"科学现代化",是不是可以说是重要的一个环节,工业、农业、国防都要现代化,那就不能不依靠先进的科学技术。而大量的科学建设工程,需要大批的科学技术人才,共同担负起这个空前的重大的历史任务。领导同志已经说过:"电子计算机要从娃娃学起。"这句语重心长的话,无异是一记响亮的警钟,声闻遐迩。对作家来说,八十年代的创作任务,能置儿童文学领域里的科学文艺作品于创作意图之外吗?

在文学史中,科学文艺作品的创作历史虽然不算长,然而百年多来,也成绩斐然,大有可观。在我们国内,就有高士其的《菌儿自传》,严阵的《荒漠奇踪》,郑文光的《地球的镜象》,叶永烈的《光荣的石油一家》,嵇鸿的《动脑筋童话》,鲁克的《小鳗游大海》,朱新望的《小狐狸花背》,等等,已经逐步地在形成一支有力的队伍了,这在儿童文学园地里是一朵新花,同时也是一朵鲜花。

至于在国外,这方面起步较早,且不说法国凡尔纳的一大套五十七本的科学幻想小说,伊林的科学故事,法布尔的《昆虫记》,丹麦爱华尔特的《两条腿》、《老柳树》和《十二姐妹》;加拿大西顿的《狼王洛皮》、《春田狐》和《贫民窟里的猫》;英国吉卜林的《丛莽记》和《如此故事》,韦尔斯的《隐身人》;日本椋鸠什的《两只大雕》、《山大王》和《野兽岛》;岩崎京子的《养蜂娃》;苏联在这方面有更多更好的作品;伊林的科学故事与科学散文,在世界上早有定评;瑞特珂夫的《怎样捕捉小人儿》,普里希文的《太阳的宝库》、玛明·西比利亚克的《小天鹅》,比安基的《小狗出猎》和《苍蝇要一条长尾巴》……

这儿不能尽举,但要博览参考,并资学习借鉴,肯定能后来居上的,我们的作家们最好要与科学家做好朋友,彼此相得益彰,科学文艺作品一定会繁荣起来,这不仅是儿童文学天地里的一条大道,也是祖国建设的迫切要求,培养千百万的建设人才。

如今天朗气清,风光大好,我们"万马奔腾,并驾齐驱",前程是远大的。这是国家大事中的一件大事!

五、"本质论"与"建构论"

现代性中的"儿童话语"
——从中国现代儿童文学的起源谈起

杜传坤

追问儿童文学的起源问题,不仅意味着追问儿童文学是怎样作为一个思想文化"事件"发生的,而且也意味着追问儿童的身份是如何在儿童文学的书写方式中成为可能的。一方面,儿童文学里鲜活的儿童形象为儿童提供了一个可以"想象"的童年,它构成了追求的意义;另一方面,作为成人"为了"儿童的书写,儿童文学建构了它所指向的那个特定的读者群体,从而使儿童成为一种可以被成人摆置、引导、塑造的弱文化群体,对儿童文学的文化社会学分析由此具有了教育学的意义。

一、有没有儿童:被遮蔽的儿童文学"起源"

既往对儿童文学起源的探究,倾向于将儿童文学的产生定格于某一"时期"。新时期以来,关于中国儿童文学的"发生论"主要有四种观点:"晚清"说、"清末民初"说、"五四"说和"古已有之"说。[①] 但究其实际,诸观点背后的理念支撑皆是一种自觉或不自觉的"现代性"意识,即先有了儿童,才有了为儿童的

题解 本文原载《学前教育研究》2010年第1期。文章从新时期以来四种关于"中国儿童文学起源说"入手,探讨了此四种学说背后的文化运作逻辑。文章认为,目前存在的诸观点皆是从"现代性"的内部看问题,无论是其思路还是其本质都遮蔽了儿童文学的起源。如果从现代性的外部来看中国现代儿童文学的起源,那么,儿童这一概念只是立法者的"文化想象"、成人世界的"他者"。儿童文学本身则是现代性中"儿童"的一种生产与建构方式。

① 韩进.十年来关于"中国儿童文学发生"之论争.文艺报,1993,(11).

写作。正是这种意识对儿童文学的起源造成了遮蔽。事实上,儿童文学本身就是现代性中"儿童"的一种生产与建构方式,儿童是立法者的一种文化想象,是成人世界的一个"他者"。

中国儿童文学发生论的四种说法虽表面看起来有诸多差异,但其本质上没有什么差别。说古代没有"儿童文学"(作品、样式或门类)和赞同"古已有之",其实都是用"现代性"儿童概念、儿童文学概念进行衡量得出的结论。前者首先确认古代没有现代儿童观,自然没有现代儿童文学,甚至断定"非现代"的儿童文学根本就不是儿童文学。持"古代观"的论者在这一点上虽更为隐蔽,其实标准一样。他们视五四以来被发现的"儿童"为一种客观性的超历史存在,理所当然认为这一"儿童"自古代就存在着,从而顺理成章地谈论"古代儿童的文学"问题。他们在谈"古代儿童"时,其实是在谈与成人世界"分割"之后的现代儿童"在古代"。他们把古代的歌谣、传说、神话等视为"儿童文学",其依据往往是这些作品为当时的儿童所喜欢和接受。这其实是忘记了当时的听众或读者是不分年龄大小的,这些内容是"成人"与"儿童"所共同享有的,只有在今天,这些内容才大体上被划归到"儿童文学"的门下。总之,它们都不反对中国古代有许多适合儿童听或读的"文学",尽管有的称为"文学作品",有的叫做"文学读物",还有的只承认是"文学要素";它们也都承认中国儿童文学到五四时期才成为"现代的",只不过有的说"完成了现代化转变",有的说"走向自觉",还有的说是"现代儿童文学的开端"。而所有这些说法的背后,都有一种"现代性"的标准意识在支撑,即儿童文学的产生是因为"发现"了儿童,这种发现只能是现代意义上的,儿童一旦被发现,一种为了儿童而自觉创作的文学便应运而生。

由于内涵或所指的一致性,以及思维方式的一致性,从根本上讲这些观点之间构不成真正的"论争"。支撑这种"一致性"的理论假设,很大程度上是一种自觉或不自觉的"现代性"意识。在现代性的视野中,在有儿童文学之前必须先有儿童——儿童具有主体性,有不同于成人的独特需要和兴趣,不只是成人的预备或缩小的成人,尤其是儿童具有独特的文学需要和审美兴趣,成人应予以尊重和满足。然而事实上,中国直到近现代社会以前,这样的儿童是不曾存在过的。日本学者柄古行人把曾经是不存在的东西使之成为不证自明的、仿佛从前就有了的东西这样一种颠倒,称为"风景的发现"。[①] 此后,人们便觉得"风景"好像是存在于外部的、普遍的客观之物,对这种客观存在进行质疑是相当困难的。这种情

---

① (日)柄古行人.日本现代文学的起源.赵京华译.北京:生活·读书·新知书店,2003:10。

况同样可以用来说明儿童的发现过程。"儿童"也是一个"风景",也是通过某种"颠倒"而被发现的。但当儿童作为一种事实存在于面前时,我们便觉得儿童作为客观的存在是不证自明的,因此儿童文学的起源很容易被掩盖起来。可以说,不同年龄的人本来只有年幼与年长之分,可一旦将两者相隔离,确立一个明确的儿童期或童年期,年龄便具有了超越生物学之外的意义,即儿童是什么,在什么年龄阶段通常做什么和应该做什么,主要是人们的一种假设或想象,是由一定历史时期的社会文化理念所塑造和建构的。① 儿童既然是现代性视野中发现的一种"风景",那么"儿童文学"也只能是一种"风景"。作为"儿童"的儿童在某个时期之前是不存在的,那么为了儿童而特别制作的文学此前也是不曾有过的。

事实上无论中国还是西方,在儿童这一"风景"被发现之前的"儿童文学前史"都主要包括两个分支:"专为儿童或少年所写的题材,但不是故事;以及故事,但并不专为儿童写的。"② 但是,人们很难割断将今天的观念适用于过去的惯性,总是习惯于"以今衡古",即运用现代性的透视法对过去的儿童文学进行重构。实际上可以说,谈论"风景"以前的风景时,是通过已有的"风景"概念来观察的,就如同传统的观点是欧洲现代性的一个发明,后者需要一种被标示为静止的文化,从而将自己界定为不断前进的,由此现代"发明"了传统。对于儿童的"发现"亦是借助"风景"的颠倒完成的:③ 并非是先发现了现实中的真的儿童,而后才有在文学中对于真正之儿童的描写,而是先有一种想象中的儿童,比如卢梭为了看到人类社会现实基础的真正知识,而在方法论上假设了"自然人"的存在,恰恰是在此基础上我们才进而发现了现实中的儿童,所谓真的、现实中的儿童就是通过这一内在的颠倒被发现的。因此,以是否发现了"真正的儿童"作为标准,评判儿童文学的发生是不能从本质上考察这个"起源"的,从此观点出发不但不能弄清颠倒的性质,反而进一步掩盖了这个颠倒。

这种很难被察觉的"现代性"意识形态对儿童文学的发生造成了"遮蔽":"现代文学一旦确立了自身,其'起源'便被忘却。忘却的结果就使得人们相信这一文学的基本观念具有历史普遍性,这一普遍性也就获得了不证自明的霸权地位,由此排斥任何'非现代性'的事物,却能对任何前现代的事物进行肆意的分割、颠倒和重组。"④ 中国现代儿童文学的确立也体现了这一特点。它在"发

---

① 杜传坤.建构的"儿童"——试论教育对儿童年龄特征的建构.学前教育研究,2009,(3)。
② (英)约翰·洛威·汤森.英语儿童文学史纲.谢瑶玲译.台北:天卫文化图书有限公司,2003:11。
③ (日)柄古行人.日本现代文学的起源.赵京华译.北京:生活·读书·新知书店,2003:111。
④ (日)柄古行人.日本现代文学的起源.赵京华译.北京:生活·读书·新知书店,2003:封底页。

现"儿童的同时,也"遮蔽"了儿童。正如"启蒙的辩证法"一样,启蒙本是以理性反对神话,最终启蒙自身变成了新的神话。"现代性"视野中的儿童遮蔽了"非现代性"视野中的儿童,从而使"某种意义上"的儿童成为"宛若"超历史的永恒意义上的儿童那般。儿童文学和儿童一样,都是一种"风景",是被文化建构出来的,是社会意识形态的一部分。在此"文化建构"之前,儿童这一"风景"是不曾存在的,自然也没有"儿童"的文学。然而,意识到"儿童"或"童年"的存在,并不必然就有"儿童的文学"。历史表明,童年概念产生之后的某些时期里,人们并不一定认为孩子需要一种特别的文学。为了发现儿童文学就不能不先发现"文学",而福柯等人早已论证"文学"的成立在西洋不过是 19 世纪后期的事情,对于后发外源型的中国文学来说,其现代化的起源应从这一时期之后寻找,中国儿童文学亦然。

概而言之,有关儿童文学起源的各家之言,皆是从现代性的"内部"看儿童文学的现代性起源。现代性本是一种具有丰富历史背景的现象,然而在它之外却往往看不到任何东西,因而不能够使现代性这一现象自身相对化或对象化。现代性提供了一个理解非现代性诸生活形态的参考框架,然而与此同时,"没有一种来自外部的观察视角可以提供理解现代性自身的参考框架。在某种意义上,在所有那些观点当中的现代性,都是自我指涉(self-referential)和自我确证(self-validating)的"[①]。因此,我们需要一种反思的智慧,从而跳出现代性看儿童文学的现代性起源。

二、对儿童的"想象":现代儿童文学的真实起源

对儿童文学起源"元研究"的意义并不在于考察儿童文学究竟起源于哪一个"时期",而是意在探究为什么有此"起源"。这也就是说问题的关键并不在于儿童文学究竟是起源于"晚清""清末民初"或"五四",问题的关键在于所有这些对"时期"的不同理解,都根本地指向一个共同的"计划",即儿童文学是建构儿童意义的成人的自觉书写。其实并非自然意义上的"儿童"为儿童文学提供了一种价值尺度,恰恰相反,正是"儿童文学"建构了"儿童",儿童由此才得以获得其社会文化地位。"儿童"只是立法者的一种文化想象,这恰恰是一个"儿童"产生的现代性问题。

---

① (英)齐格蒙·鲍曼.立法者与阐释者.洪涛译.上海:上海人民出版社,2000:156。

儿童文学的作者在社会身份上是"知识分子"。一个需要重视的事实在于：为什么研究者倾向于将儿童文学的产生定格为"晚清"之后，因为正是在晚清之后，一个中国知识分子群体开始从封建贵族制的破裂即原初的理性统一体的瓦解中产生出来。正是这一批小说家、诗人、艺术家、新闻记者、科学家及其他公众人物构成了儿童文学写作的主体。他们都试图通过对"未来国民"的价值构想来干预政治与社会变革过程，并以此作为其道德责任和共同权利。这批中国最早产生的知识分子正是"儿童"这一重要的"受教育者"、社会之未来构成的立法者。他们之所以都毫无例外地关注"儿童"，是因为他们真正关心的是为国家政策的制定提供有效的指导；他们之所以有所不同地侧重儿童的科学形象、道德形象、审美形象，是因为他们对未来世界的预言和社会变革理解不同。可以说，儿童文学家作为知识分子，正是通过对"儿童"的立法来争夺他们所处的那个时代以及未来时代的话语权的。在齐格蒙·鲍曼看来，这是一种现代性所特有的"权力/知识"共生现象。

鲍曼认为，现代性表现为对秩序的一种永无止境的建构。秩序是一项任务，也是一种实践，同时也是对生活状态的反省、维持和培育，这种理念是现代性内在所固有的。晚清之后，中国社会面临前所未有之重大变局，传统与现代之争、东西文化之争造成了传统价值秩序的断裂、混乱。为了避开混乱，"格网"式的分类统治成为现代性追求的目标。在对社会成员管理时，最简便易行的实践就是"打烙印"。正是在这种精神背景下，儿童才被认同为"不会阅读的人"或"不成熟的人"。儿童因为被认同才获得其社会身份，而其社会身份一旦确立，马上就被置于知识分子所构筑的庞大的社会权力网络之中——只有满足了国家与社会需要的"儿童"才有可能获得认同。因此，成为"儿童"就意味着获得监视，也就必然要求为儿童立法的那些人（比如儿童文学专家、教育专家、心理专家）从事一门专业的技术监督任务。在这一监督中，一种社会无意识逐渐得以形成——儿童具有内在的不完美性、有欠缺，为了能够在未来的成人世界里生存，儿童必须习得成人为其规定的知识、道德与审美能力，而这些能力可通过儿童文学作品中儿童的知识形象（"小科学家"）、道德形象（"小英雄"）与审美形象（"小野蛮"）得到最为生动的表达。

晚清之前，"儿童"只是自然意义上的，在源远流长的农业文明里，老年人永远是社会的财富，他们因为拥有丰富的社会生活实践经验而得到重视。在中国社会逐步走向现代化之后，儿童也就逐渐由自然成长走向自觉建构。这个过程也正是现代性的展开过程——从荒野文化走向园艺文化。欧内斯特·盖尔纳曾经说过:"荒野文化(wild culture)中的人一代又一代地复制着自身,无需有意识的计划、管理、监督或专门的供给。"① 也正是从这个时候开始,知识分子对于儿童教育的"园丁"角色意识开始确立。"园丁"不像传统社会的"看守人"那样相信人的"自然状态",而是将自然状态看成是贫乏的甚至是邪恶的东西,因此以理智的方式对儿童进行"立法"就变得非常必要。自此,儿童才成为"儿童",才成为近现代教育学意义上的"儿童"——一个脱离了自然状态、有规定的社会存在,而所有这一切,只有通过训练有素的专家才是可能的。

所以,从根源上说这是现代性开展的结果。现代性的展开需要专家通过权力与知识的共生重新配置社会资源,儿童只不过是这一社会资源重新配置的必备一环而已。他们只有通过国家塑造的方式才能成为社会整体建构的有益部分。与传统社会听命于儿童的自然成长不同,现代性中的教育意味着塑造人类(当然主要是塑造儿童)。这是立法者的全部责任与信仰所在。专家提出教育理想,即对儿童的期望,而教育理想则意味着国家有权利、有义务塑造国民,指导国民行为。因此所谓对儿童的期望,说到底也就是对儿童的监督与管理,儿童的教育实践也就是管理儿童的实践。从晚清到五四,伴随着传统荒野文化的淡出是启蒙者对"文化的发现":知识分子对民族积弱危亡之根源的探索历程,历经器物层面到制度层面最终确定为文化层面的原因,从而发起改造国民性之文化运动,从教育救国到文学救国,儿童文学作家以儿童文学书写的方式改造国民素质、为儿童立法的管理实践也日趋自觉。同样是在现代性的视野中,"过去——现在——未来"这一线性时间观得以确立。现代性相信,通过一种对当前事件结局的控制、组织,对时间进行一种趋前性投射,可以规划某种未来。② 在中国儿童文学史上,也正是在晚清,儿童第一次以"未来之国民"的艺术形象进入文学领域,开始了人们基于未来规划构建的、对于儿童的控制和组织。儿童文学由此已经不再是一种单纯的艺术写作形式,而是在国家与社会改革的宏观背景下对儿童的未来国民身份提出要求并进行精巧设计的文学,其实质是指向一种政治实践。

事实上,这也是文学自身的特点所决定的。文学从来都是时代精神的形象表达。在"文以载道"这种艺术创作原则的指导之下,文学的趣味和艺术形象总是它所处的那个时代各种话语权力博弈的场域和成就。在现代性发轫之初的"晚清"之后,儿童之所以被自觉地通过儿童文学作品得以规定,正是由于儿童

---

① (英)齐格蒙·鲍曼.立法者与阐释者.洪涛译.上海:上海人民出版社,2000:67。
② (英)阿雷恩·鲍尔德温等.文化研究导论.陶东风等译.北京:高等教育出版社,2007:211-219。

文学本身就是社会—文化建构的结果,儿童文学之作为儿童文学,乃是因它对于"儿童"的想象与立法。而儿童文学作品中不同的儿童形象构造,在本质上体现了知识分子对于未来世界的话语争夺,儿童由此成为"意象性"的存在:并没有一个本质上不多不少恰恰是"儿童"的那种"儿童","儿童"之产生只是出于现代性刚刚展开时的那种"必须"。时代需要儿童,未来需要儿童,这才是儿童之所以产生的最深刻的原因。儿童文学则成为时代需要怎样的儿童、未来需要怎样的儿童这一方案的最生动的承载方式。学校教育在现代性中的使命则是将那种时代需要的儿童的样式、未来需要的儿童的样式视为是可预订的、可制作的,并付诸实施。当然学校教育不可能不参与到对儿童的建构中来,但学校教育的建构是对儿童的"可教育性"的建构。在某种意义上可以说,由于学校教育固有的教育对象的有限性,儿童文学的社会影响力显然要大得多。因为儿童文学不仅塑造了有关儿童形象及其童年的艺术想象,也塑造了成人对于儿童需要的集体无意识。而一旦"儿童"进入学校教育领域——一个全景监视的场域,"儿童"被成批量地"制作"出来,这又是儿童文学的艺术影响力所万万不及的。但不可否认的是,儿童之形象与生产,都是出于现代性中立法者的"共谋"。

三、儿童的"他者化"生存:现代儿童文学发生与发展的结果

无论是中国儿童文学发生的"晚清说""清末民初说""五四说",还是"古已有之说",儿童文学发生的根本证据都在于儿童文学是为业已存在的"儿童"的书写,即儿童文学是"为了"儿童的文学书写。这一证据的虚妄性在于它遮蔽了现代性中知识分子对儿童的"立法",但这一证据的真实性却在于它透露出了立法者的一种别有用心,即儿童文学是为了儿童、用于儿童的政治—文化要求的文学显现。这样一来,儿童就不再是构成世界(本质上是成人眼中的"世界")的有机组成部分或者说最有潜力、最有生命力的部分,而是一个成人世界不得不面对的"他者"。所谓为了儿童的书写,也就是为了一个"他者"的书写。

儿童在传统社会里曾被认为是"小大人",他长成一个"大人"仅仅是一个生理成熟的自然过程,他与"成人"没有什么本质的区别。然而,在中国现代性产生的那个时代,儿童的"本质"特征被创制出来,儿童被认为是与成人截然有别的存在者。为了使这个不同于成人的儿童长大以后能够适应成人世界的需要(当然包括社会改革与未来世界的需要),成人就必须通过教育或教养的方式克服儿童的自然成长,他必须在一定的教育目的指导之下,成为业已被立法者所构

想的未来公民。在成为"成人"之前,儿童与成人世界的生活规范格格不入。而为了能够成为"成人",儿童这个成人世界的"他者"就不得不接受成人世界的监督、引导。可以理解的是,为什么儿童文学的主要创作队伍都是成人——那些曾经的"儿童"。

哲学家鲍曼认为,现代不得不是伦理的时代,否则就不称其为现代性了。儿童文学所创制的所有艺术形象都不可避免地具有伦理特征,无论是知识形象、道德形象还是审美形象,它可以不是道德的,但不能不是伦理的。伦理是普遍性的,道德是个体性的。伦理是确定性的、客观性的,道德是不确定性的、主观性的。在现代性中,伦理(ethic)先于道德(moral)。源于现代性对于普遍性与确定性的寻求,现代伦理建立了一种超越于个体自由意志的普遍担当。黑格尔在区分伦理与道德的时候曾经指出:在个体主观性之外还有一个由无数个体构成的共同体,这个共同体对于个体来说是一个作为"他者"的伦理实体。这样,在现代性中,儿童的道德选择必须基于那个普遍的伦理共同体。而对那个普遍的伦理共同体来说,儿童正是一个未曾接受这一伦理规定性的"他者"。正是在这一意义上,儿童文学可以宣称其本质是"为了他者"的写作。

"为了他者"(for)的道德不同于"与他者共在"(being with)的道德。"共在"(being with)是对称的,而"为他者而存在"(being for)很明显是非对称的。"为他者而存在"使参加者变得不平等,它通过将我的位置从对他者可能采取的所有立场的依赖性中解放出来,从而给予我的位置以特权。知识分子因此成为教育者,儿童却被规定为"受教育者"。立法者为"他者"而存在,"他者"则必须接受立法者对他的规训。"向……负责"不同于"为……负责"。"为……负责"是对他者的健康和尊严负责,"向……负责"则是向规则、规则的制定者和规则的守护者负责。立法者为"他者"存在,儿童(即"受教育者")向立法者负责,这差不多是教育现代性的全部秘密所在。作为"受教育者",儿童受教育的目的也是为了培育与发展他的"他者性",即儿童并没有作为主体对自己的道德选择承担责任的能力,他只能通过把"向他者负责"作为个体主体性建构与显现的金规,以调和他与成人世界之间的冲突。虽然把儿童作为"他者",但成人对于儿童的教育并非试图在"他者"的镜像中看到自己,而是成人已经把儿童文学的镜式本质暴露无遗——他希望儿童通过儿童文学的镜式本质看到"儿童"自身。成人通过儿童文学不仅"想象"儿童,也建构了儿童对其自身的"想象"。

现代性中的中国儿童文学"为了儿童"而写作的宣称不是谎言,但胜似谎言。说它不是谎言,一则因为它的确坦白了它的伦理现代性,即作为那个"受教育者"的他者必须克服其自然属性,以向立法者对其本质的规定负责;二则因为它所谓"为了"儿童的确赤裸裸地表明了"儿童"与成人的不同,成人不可能将儿童视为他的"共在",而只能将其视为改造对象。说它是个谎言,因为它"为了他者"而写作的良苦用心在某种意义上只是对于儿童的一种意志强加。与其说是"为了他者",不如说是为了自身;与其说是对业已存在的具有本质规定性的儿童的承认,不如说是对尚未具有本质规定性的儿童的剥夺。成人将这种剥夺视为自然,因为成人(特别是其中的知识分子)天生是立法者,而儿童天生适于被立法强制。现代性儿童文学就处于这样一种矛盾且挣扎着的境遇之中,自它产生的那一刻起,这种矛盾与生俱来。

现代性中儿童文学书写具有难以割舍的符号暴力特征,虽然这种符号暴力仅仅是为了达到成人对于儿童的控制,从而达到世界秩序的完美,但从一开始,这种符号暴力就在分类学意义上将成人与儿童"非此即彼"地区分开来。所谓成人对于儿童的立法说到底也就是成人对于儿童的"同化",但正是这种现代性矛盾的存在使这种"同化"只能是一种不彻底的同化,因为儿童文学要"同化"儿童,才有所谓"为了儿童"的写作;因为它只是"为了儿童"而不是与"儿童"共在,所以儿童文学对于儿童的"同化"也就只能是有限的。所以在这里,现代性中的儿童文学表现出一种两重性:一方面它为知识分子、专家对于儿童的立法创造了空间及其表现形式,为教师在教育过程中的权威提供了合法化依据;另一方面,它也为儿童对专家有限能力的同化提出了批判的可能与契机。由此可以理解,在现代性中,教师是教育过程的中心,而到了后现代哲学那里,中心发生了"哥白尼式的革命"——儿童成为教育过程的中心,教师不得不从现代性中的"立法者"走向后现代性中的"阐释者"。

值得一提的是,现代性中的儿童文学无论如何(当然不是独自地)还是建构了教育世界的稳定性以及儿童生活世界的普遍伦理性,虽然这一世界的建构在当下流行的后现代哲学中广受质疑;而后现代性中的儿童文学生产在解构了成人对于儿童的立法之时,也剥夺了儿童的可教育性。这种两难其实已经建基于现代性不可克服的矛盾之中。由此在某种意义上,我们可以说后现代性是现代性的未完成状态。即便在后现代视野中,"儿童"话语之争仍将延续下去。此时,所谓儿童文学的起源已经不再是一个有关历史时期的划分问题,而在于区分一种态度或者说区分一种"计划"。

尊重"本质",慎作"建构"

——兼及杜传坤《中国现代儿童文学史论》

刘绪源

从上个世纪末始,国内有几位搞文艺理论的教授,受了西方后现代派的影响,也鼓吹起"建构论"来。这是用以反对"本质论"的建构论。在他们眼里,过去的绝大部分经典理论成果,都属"本质论"。甚至不光是理论,文学、民族、人,都有既定的"本质",因而无一不在"解构"之列。他们认为,所有这一切都是文化的产物,而文化本身是由人建构的,所以就可以解构,也可以由他们这些后来者来重新建构。

这种建构论有一个好处,就是打破了原有理论的凝固性,一切都可批评,也可以推翻,从而使过去的很多定论能够融入新的生机;同时还有一个好处,就是打破了既有理论的权威性,一个新人要提出新的论点,再也不用战战兢兢,因为谁都可以建构,现在还谁怕谁?

可是,它也带来了致命的缺陷,那就是再也没有什么可以值得相信的东西了,再也没有稳定性的东西了,一切都是人为,一切都是随时可融化的冰山,一切都可轻易取代……这样,人和理论,都处于一种失重状态,令人感到了"难以承受之轻"。

这就不得不问:这种"建构论",真有存在的理由吗?

我思考的结论是:有存在理由,但须有一前提,即在"本质论"的基础上存在。因为,离开了本质论,建构论就是无本之木;同理,离开了建构论,本质论就是无源之水。建构论只能是对本质论的补充、修订或补正,当然偶尔也会有革命

题解 本文原载《文艺报》2010年9月3日。文章对中国学界在20世纪末至21世纪前十年间出现的"建构论"思潮提出了审慎的质疑。文章指出,"建构论"并不是新鲜事物,而是20世纪初那些激进思潮的遗存。文章认为,"本质论"是"建构论"的基础,"建构论"不可能彻底抹去它自己的基底。中国现代儿童文学史上的诸多失败,其重要原因之一就是用建构的方式去否定传统,否定儿童的本质和儿童文学的本质。

性的重建,但从根本上说,不可能取代本质论。

且看看中国式建构论的理论来源。陶东风教授通过自己的译著《文化研究导论》介绍说:取代本质主义的最好方法是社会建构主义者的解释。典型的建构主义观点可以用西蒙娜·德·波伏娃的话总结如下:"女人不是生为女人的,女人是变成女人的。"

法国存在主义的文化批判理论是建构论者的重要资源之一。以萨特式的名言为例:"存在先于本质。"这是说,本质不是先验的,是由存在决定的,是由人在存在中的选择决定的。其实,萨特本人的存在主义名作《肮脏的手》也并非凭空"建构",无论是出场时那位政治经验丰富、在人情上略显冷漠却充满魅力的贺德雷,还有那位背叛了富裕家庭、天真单纯、充满热情的少年雨果,都是血肉丰满的人,他们有自己的性格,有自己的"本质"。可见,他们最后的建构,不是在一张白纸上作画,而只是在已有本质上的再建构。也就是说,建构是一个持续的过程,一个不断增补的过程;而本质,是一个递进的过程,一个开放的过程,但新的本质只能在原有的基础上改造,不太可能横空出世。

所以,离开了本质论的建构论,和离开了建构论的本质论,是永远纠缠不清的。前者不可能成立,后者不可能发展。建构论和本质论,合则两立,分则俱伤。这二者之间的那么多争论,其实恰如"先有鸡"与"先有蛋"之争。

之所以会有以上的思考,是因为在儿童文学界,这样的建构论也渐渐多起来了。有的论者提出儿童文学不存在审美本质,本质无非是人为建构的。而一些把儿童文学引向说教、引向浅薄搞笑、引向粗制滥造的所谓理论,也堂而皇之登堂入室,理由即理论无非建构,谁都可以建构。这使我发现,离开了对本质的认真探寻,只一味强调建构,这其实是一种理论的虚无主义,在表面的民主狂欢之中,最后将走入自我覆没。

此中,还有一部写得很用力的学术专著——杜传坤的《中国现代儿童文学史论》(中国社会科学出版社2009年11月出版),也在一定程度上信奉了建构论。作者认为:"儿童文学的产生不是先有儿童,才有为了儿童的写作,而儿童文学本身就是现代性中'儿童'的一种生产与建构方式。""换言之,儿童文学对自己参与儿童身份的制造这点尚不自知。我们的儿童文学史的书写恰恰忽略了它对其'起源'的考察。为此,重写儿童文学史势在必行。"这里的"重写",亦即"建构"。书中举出大量的例证,证明了中国现代儿童文学确是在不同时期竭力"建构"不同的儿童形象,"从'小国民'到'小野蛮'再到'小英雄'、'小主人'的角色置换,这些关于'国家本位'、'儿童本位'、'社会本位'、'革命本位'儿童文学的话语转换,不仅体现着儿童文学与其所处文化语境之间关系的变迁,儿童文学也事实地参与了对儿童的建构……"这些未必不是事实,作者在材料的收集与整理上所下的功夫是相当扎实,也很显才华的。然而,这时,我们如果不是一把推开本质论,而是更谨慎地对待既有的关于儿童本质和儿童文学本质的文化积累,那我们就不难发现,现代中国的许多"建构",其实恰恰是人为的、失败的、背离儿童特性与文学特性的,是从主观意愿出发的,是经不起时间考验的。所以,这位年轻作者在经历了繁复的论证和思考之后,终于在书末说:"儿童文学话语的使命或宿命可能就在于:于有限的'建构'中追求一种永无止境的'确定性'。"我想,这是她终于还是看到了"建构"是有限的,而理论不能不追求事物本质的确定性吧。

在认真的理论思考中,终于发现了这种建构论的局限性,这是令人欣喜的,这样的发现和反思在一些堪称伟大的理论家身上也曾出现过。尼尔·波兹曼就是一例。他曾经坚信"发明儿童"的理论(发明即"建构"),从而得出了童年正在消失的结论;然而在他的名著《童年的消逝》问世十二年后,他发现,童年并未消失——儿童本身正是抵抗这种消失的力量。这说明了什么呢?这说明关于儿童天性的本质论还是存在的,这存在是不以人的意志为转移的。这也说明当年以卢梭为代表的"发现儿童"的理论是无法推倒的(推倒即"解构"),它也未被新理论的建构所取代。我想,晚年的波兹曼还是想通了这一点的。这也使我想到了"一吨教育比不上一两遗传"的名言。教育当然是建构,但儿童并不是你要怎样建构就会如何成长的,每一个教师和家长对此都会有切身体会。一切空头或过头的理论在真实的儿童面前都不能不碰壁。

儿童文学的产生是不是先有儿童,才有为儿童的文学?当然是,我想这是确定无疑的。或者说,这是应当如此的。不以此规律行事的创作不是没有,但不足为信,不必取以为证。原因无他:儿童是第一性的,儿童文学是第二性的;同理,文学是第一性的,文学史和文学理论是第二性的。在文学产生以前写文学史或设计文学理论,无疑是不可想象的事。儿童文学面对的儿童是一种真实的存在,他们的天性,或曰"本质",是每一个作家理论家不可忽略的,虽然这也是过去的文化的产物,离不开过去时代的漫长的"建构",但它们已然存在了,就像贺德雷和雨果已经有了自己的性格一样,你不可能跳过这强大的事实。除此之外,既有的世界儿童文学的优秀传统也是一种真实的存在,它们经过了严酷的人性和时间的考验,这也是作家理论家们不可忽略的。中国现代儿童文学史上的那些失败的教训,正是忽略了这种对于儿童和儿童文学传统的理解和尊重,而以为自己是新时代的骄子,以为当下的人为的建构即可取代一切。历史已经对此作出了否定。这也就是实践的检验。也可以说,这正是建构论离弃了本质论后的必然结果。

一个非常有趣的现象是:为什么源于西方后现代理论的建构主义理论,用以审视中国现代儿童文学中的很多现象,竟会那么合拍?你看,"小国民""小英雄""小主人","国家本位""社会本位""革命本位"……不是一次次都在"建构"吗?这一点都不奇怪。因为,后现代理论也好,中国现代的激进文艺理论也好,其实出于同一源头,用的是同一思维方式,那是一种想从根本上否定既有文化成果的思维,是今天新生的创作和理论将取代过去的一切的思维,亦即"我花开后百花杀"的思维,它们对于十九世纪及更早的人类优秀文化成果缺乏根本的尊重,而这些成果其实是不应也不可能被抹杀的。这都是二十世纪激进思潮的遗存,虽然我们是在讨论文学或儿童文学问题,但其实已经接触到了上一世纪的许多根本的教训。只有谦虚地承认既有的"本质",充分尊重人性的和文学的传统,在本质论的基础上尝试新的建构,我想,我们才有可能达到新的境界。举例而言,同样产生于上世纪的皮亚杰的建构主义与结构主义相结合的论说,就充满新意而又站得住脚,不存在上述种种非学术化倾向。我们何不再读读他的《结构主义》《发生认识论原理》等书?

1928年11月,居住北京的周作人在认真观察了辛亥革命与"五四"以来的种种变局后,写下了著名的《闭户读书论》,他在文中说道:

> 浅学者流妄生分别,或以二十世纪,或以北伐成功,或以农军起事划分时期,以为从此是另一世界,将大有改变,与以前绝对不同,仿佛是旧人霎时死绝,新人自天落下,自地涌出,或从空桑中跳出来,完全是两种生物的样子;此正是不学之过也。

说这话时,激进思潮正在向全球弥漫。这话中的冷静和智慧,对于刚刚经历了动荡的二十世纪的我们,尤其对热衷提倡建构论者(我指的是离弃了本质论的那种提倡),是否可引作反思时的参考呢?

告别"本质论"

——《故乡是一段岁月》前言

吴其南

这是一本论文集。在此之前,我出过两个集子,一是1994年在甘肃少儿出版社出版的《代际冲突与文化选择》,主要收从20世纪80年代初到90年代初的论文;另一是2001年在吉林人民出版社出版的《现实 文本 文本间性》,主要收从20世纪90年代初到新世纪初的论文。这次收的主要是新世纪10年的论文,合起来,这些年的论文大体就这些。本集论文分四辑。第一辑是一般理论,第二辑是作家作品论,第三辑是几篇成人文学评论,第四辑主要是一篇与个人生活道路有关的访谈。论文大部分都是在刊物上发表过的。为尊重历史,此次选入,除校正个别文字,一般未作改动。题名《故乡是一段岁月》,一是集中有这样一篇论文,偷懒,现成拿来作了书名;二是人们常常将童年比做精神的故乡,本集论文多是关于童年、儿童、儿童文学的,用以作书名,想也不算特别地离题。

以上说及的时间只是一个大致的划分,其中也有些和这种划分不一致的地方。其中最明显的就是这次选在第一辑中的《写给春天的文学》。这是我第一篇公开发表的论文,刊载在1983年第3期的《浙江师范学院学报》上。当时的反映还可以,选入当年儿童文学论文选,还得过儿童文学研究会的一个什么奖。但1994、2001年编论文集的时候,我都有意地将其忽略了。忽略的原因,可能不止一个,现在能回忆起的,可能主要是和编集子时的认识不一致。

我"文革"结束后重回大学读书并改行学习中国文学时,文艺界盛行本质

题解 本文选自吴其南的《故乡是一段岁月》,阳光出版社2012年版。文章以回顾、梳理作者自身从20世纪80年代到2012年这三十余年间的学术历程的方式,对主导20世纪中国儿童文学研究的"本质论"进行了反思与清算。文章认为,从后现代、建构的观点看世界,世界不再被理解为一个客观的、不以人的意志为转移的世界,而是一个话语的世界,话语的边界就是世界的边界。所以,把儿童文学作为一个整体,作为一个客观的认识对象,层层抽象,最后得出儿童文学的美学特征,这样的思维方式具有明显的缺陷;把儿童文学的特点归因为题材和读者,忽略文学的社会意识形态性和创作者的主观性,是一种本末倒置。

论,即认为"真理只有一个,而究竟谁发现了真理,不依靠主观的夸张,而依靠客观的实践"。认识的过程就是实践、认识、再实践、再认识,无限循环以至于无穷,总之是像砸核桃一样,找出现象后面作为本质的那个东西。我的《写给春天的文学》便是按此方法写成的。具体地说,就是将儿童文学作为一个整体,作为一个客观的认识对象,层层抽象,最后得出儿童文学的美学特征,一二三四,科学客观。这有些接近自然科学的研究方法。一般认为,自然科学是讲究拉开认识者与认识对象的距离,将"客观性"作为认识的基本原则的。可在社会科学中,认识者和认识对象是"自我相关"的,认识对象影响认识者,认识者也影响认识对象,或者说,是将自己"烙印"于对象,是对象向"我"生成。我看到的是我想看到的,我从对象身上取出来的东西是我放进去的东西,对象是被"发明"的。于是,认识的纯客观性被颠覆被消解了。这种认识观念现在也被推广到自然科学研究,有人就认为,数学公式也是被"发明"的,几何公理也是被"发明"的。这样一来,整个认识都有主客交融、物我互动的性质,原来那种本质论的、从对象身上抽取本质特征的方法之缺陷也就明显地显现出来了。

《写给春天的文学》在方法论上还有一个缺陷,就是简单化地过分地将儿童文学的特点归因于题材和读者。先说儿童文学的美学特征是天真、明朗,然后说,所以天真明朗,是因为儿童天真明朗,儿童生活天真明朗。这里包含两层含义。一是就描写对象说的,儿童、儿童生活的天真明朗作为作品的题材、描写对象影响到作品。这虽不全面但包含了合理性。另一是就读者对象说的。儿童喜欢天真明朗,投射到作品上,使作品变得天真明朗。这也包含了合理性,但也不全面。读者能影响到作品,但作品毕竟是作家创造的。读者的需求只有反映到作家那儿、被作家意识到并表现于文本,才能成为文本呈现出来的特征。可在当时,儿童文学中盛行一种儿童读者决定儿童文学特征的认识;儿童思维是具体的,所以儿童文学应该是形象、直观的;儿童喜欢听故事,所以儿童文学要有故事性,如此等等,推广开去,儿童生活是天真明朗的,儿童文学也应该是天真明朗的了。这种思维方法的简单在于其忽视了文学是一种社会意识形态、是创作者思想情感的表现这一基本事实。正如佩里·诺德曼说的,儿童文学是一个成人自我满足的寓言。不是主要从社会、从成人作家的角度而是主要从题材、读者的角度认识儿童文学,以为儿童文学的特点主要是儿童生活、儿童读者兴趣决定的,是一种本末倒置。

本质论并不是一种全无合理性的认识方法。正因为其有某种合理性,所以才影响深远,运用普及,从中走出来也特别地艰难。我在1994、2001年编论文集时忽略《写给春天的文学》只是一种感觉。但毛泽东曾说:"感觉到的东西我们不一定立即认识它,只有认识了的东西我们才能深刻地感觉它。"世纪之交,建构论、后现代主义已经被广泛地介绍到国内并运用于中国的文学批评,但自己因为受习惯思维的影响,一叶障目,不见泰山,对这些极重要的理论、思维方法视而不见、听而不闻,错过了许多很重要的学习机会。而且,就是有所意会,在旧轨道上生活惯了,改起来也十分的难。在2001年出版的《童话的诗学》中,引了尼采"现实只是一种美学现象"的话,具体论述中也想摈弃本质论,但现在回过头来看,本质论的影响依然随处可见。2004年出版一本属于成人文学的理论著作《〈围城〉修辞论》,是自己从本质论文学观走向修辞论文学观的重要一步。也是在写作这本书的过程中,逐渐体会到,旧体系的栅栏无论怎样坚固,其内部已开始腐朽,外面的曙光已经照射进来,崩溃是迟早的事情。庆幸的是,进入新世纪以后,自己一直在这条路上走着。特别是刚刚完成的《20世纪中国儿童文学的文化阐释》,不将20世纪的儿童文学看做一种有目的的线性发展,而是看做不同文化思潮的矛盾、冲突、融合,一种空间性的建构和解构、疏离和整合,存在就是过程,过程就是世界,自己觉得认识上还是有些提高的。

或许就是立足于这样的认识,我不同意20世纪80年代以来的儿童文学理论没有进步的看法。恰恰相反,我觉得,在世纪之交,中国的儿童文学理论正在发生转折性的变化。中国儿童文学曾经有过理论,并一度走在创作的前面,那就是周作人等在五四前后张扬的"复演说"和"儿童本位论",但不久后即被阶级斗争理论绑架,直到80年代后才稍显复苏。复苏后的儿童文学理论没有太跳出周作人的藩篱,主要在浪漫主义的文学观念里想象儿童和儿童文学,回归自然,回归乡村,回归儿童,回归未开化半开化的乡野人,同时也回归人的潜意识,用荒野文化来校正园艺文化。作为一种源远流长的想象儿童想象世界的方式,这种建构儿童和儿童文学的方式无疑有巨大的合理性,代表着20世纪儿童文学想象的最高水平。但是,这种想象同样是从本质论出发的,即将自己的想象、建构看做是终极的存在,以为只有这种想象才是最正确的想象。这样,在将儿童文学向前大大推进一步的同时,又堵塞了另外的想象、建构儿童和儿童文学的道路。在世纪之交,儿童文学理论的转折性变化就是逐渐疏离这种文学观,从后现代的、建构的观点看世界,世界不再被理解为一个客观的不以人的意志为转移的世界而是一个话语的世界,话语的边界就是世界的边界。集中体现这一文学观念的,一是一些国外的儿童文学理论的引入,一是一些在这一观念下出现的理论专著和文章。在这一过程中,特别值得关注的是一些青年学者的出现,如张嘉骅、徐兰君、杜传坤等,虽然他们至今的专著、论文不多,社会的关注度也不够,但假以时日,一定是中国儿童文学理论的中坚力量。

回到前面提出的问题:为什么前两次编论文集未收《写给春天的文学》这次却收了？前两次感觉到论文中的本质论,想逃避它但又未能完全挣脱它,想以忽略的方法拉开与它的距离,但这恰反映了它对自己影响的存在。现在,虽然仍不敢说已完全挣脱本质论,但毕竟能较为坦然地面对本质论和曾经信仰本质论的自己了。我不知道别人是否有过和我类似的感觉,只知自己是这么走过来的。这就是生活,这就是人生,没有绝对的开头,也没有绝对的结尾,一切都是中间物。不管有未在世界即话语的建构中留下自己的声音,我们都实实在在地存在过。留在这部论文集中可能只是一个在新旧之间徘徊、挣扎的身影,但多少也折射出一些历史前进的足音,如此,这本论文集是自己告别"本质论"的记录,也是自己告别"本质论"的一个纪念。

2012 年 3 月 20 日

"反本质论"的学术后果

——对中国儿童文学史重大问题的辨析

朱自强

一、"反本质论"语汇:是否"更具吸引力"

反本质论是近年来儿童文学学术界出现的最为重要的学术动向。反本质论者针对20世纪的儿童文学理论批评进行了整体性批判,显示了一种与本质论研究彻底决裂的姿态。吴其南在《20世纪中国儿童文学的文化阐释》一书中认为,以往的儿童文学"这些批评所持的大多都是本质论的文学观,认为现实有某种客观本质,文学就是对这种本质的探知和反映;儿童有某种与生俱来的'天性',儿童文学就是这种'天性'的反映和适应,批评于是就成了对这种反映和适应的检验和评价。这种文学观、批评观不仅不能深入地理解文学,还使批评失去其独立的存在价值"[①]。谭旭东在《童年再现与儿童文学重构——电子媒介时代的童年与儿童文学》一书中指出:"长期以来,儿童文学理论是'本质主义'的探讨,理论界反复在围绕着'儿童文学是什么'作定义上的争论,从现代儿童文学史上关于'鸟言兽语'的论争,到当代儿童文学对'童心论'的论争,对儿童文学是否为教育主义文学的论争,以及到最近有人对'规范论'的所谓质疑等等,都反映出儿童文学理论还在基本问题上缺乏明晰的认识,陷入了本质主义的

题解 本文原载《中国海洋大学学报》(社会科学版)2013年第5期。文章对中国儿童文学研究界在2012年前后出现的学术新动向"反本质论"的诸多观点进行了审视和"观测"。文章把讨论的范围限定在具体学术操作的效果层面,悬置了关于"本质"的理论论证。文章认为,"反本质论"者针对20世纪的中国儿童文学理论批评进行了整体性批判,显示了一种彻底决裂的姿态。但从目前持"反本质论"学者的具体表现来看,其研究已经出现了较大面积的学术失范、失据的状况。而这一状况的出现,既与他们的"反本质论"的立场直接相关,也与他们盲目接受西方后现代理论中的激进的"解构"理论相关。

[①] 吴其南.二十世纪中国儿童文学的文化阐释[M].北京:中国社会科学出版社,2012:6.

困窘。"① 杜传坤在《中国现代儿童文学史论》一书中认为:"联系当代儿童文学的现状,走出本质论的樊笼亦属必要。对当代儿童文学的发展而言,五四儿童本位的文学话语是救赎,也是枷锁……'儿童性'与'文学性'抑或'儿童本位'似乎成了儿童文学理论批评与创作的一个难以逾越的迷障。如同启蒙的辩证法,启蒙以理性颠覆神话,最后却使自身成为一种超历史的神话,五四文学的启蒙由反对'文以载道'最终走向'载新道'。儿童本位的儿童观与儿童文学观,同样走入了这样一个本质论的封闭话语空间。"②

现代社会以及人类的思维方式和精神结构正在发生重大的变化,某些后现代思想理论就是对这一变化的一种十分重要的反应。后现代理论关注、阐释的问题,是人的自身的问题,对于知识分子,对于学术研究者,更是必须面对的问题。从某种意义、某些方面来看,后现代理论是揭示人的思维和认识的局限和盲点的理论。与这一理论"对话",有助于我们看清既有理论(包括自身的理论)的局限性。不过,如同"现代性是一种双重现象"(吉登斯语)一样,后现代主义理论也存在着很多的悖论。对此,我们同样应有清醒的认识。

自后现代主义理论出现以来,在哲学、文学、文化领域,出现了反本质论,特别是反本质主义的思潮。上述儿童文学领域里的反本质论的声音,明显是对后现代理论的一种回应。我认为,对反本质论者的本质论批判,需要展开富于学理的深入讨论,这是儿童文学学科的学术深化的一个契机。

本文的题目给反本质论加了引号,意在表示针对的是儿童文学领域的具体的反本质论学术表现,而不是一种泛指。探讨反本质论问题,我在方法上借鉴的同样是后现代理论,即后现代哲学家理查德·罗蒂的实用主义"真理"观。罗蒂在建立实用主义"真理"观的哲学方法时说:"从我提出的哲学观点来看,哲学家不应该被要求用论证来驳倒(例如)真理的符应理论或'实在的内在本性'概念。"③ "这种哲学并不一件一件地做、或一个概念接着一个概念地分析、或一个论题接着一个论题检查,相反地,其做法是全体论式的和实证主义式的。……为了遵守我自己的戒条,我将不提出论证来反驳我想取代的语汇。相反地,我将试着说明我所赞同的语汇如何可以用来描述一些课题,使其看起来更具吸引

---

① 谭旭东.童年再现与儿童文学重构——电子媒介时代的童年与儿童文学[M].哈尔滨:黑龙江少年儿童出版社,2009:149.
② 杜传坤.中国现代儿童文学史论[M].北京:中国社会科学出版社,2009:340-341.
③ (美)理查德·罗蒂.偶然、反讽与团结[M].北京:商务印书馆,2003:18.

力。"[①] 这里,我想借用罗蒂的方法,在质疑儿童文学领域的反本质论时,并不进行理论上的论证式的反驳,而是仔细考察吴其南等学者用他们"所赞同的语汇"(反本质论)"来描述一些课题"时,其表现出的效果是否"看起来更具吸引力"。也就是说,本文只对反本质论者的学术"描述"进行回应,本文所做的回应主要不是一种论证,而是一种实证主义式的观测。本文把讨论仅限定在反本质论的吴其南等学者的具体学术操作的效果层面,而并不对本质论和反本质论作孰是孰非的理论论证。如果"反本质论"是一个工具,我不去就应不应该使用这一工具作理论判断,而是对这一工具实际使用起来的效果进行具体考察。

我想先拿出结论:从目前反本质论学者的具体表现来看,其研究已经出现了较大面积的学术失范、学术失据的状况,而这一状况的出现,就与他们反本质论的立场直接相关。对本质论当然可以质疑和反对,但是,像目前这样的方式的否定,其学术研究产生的更多的是负面学术效果。对这一情形如果不及时给予指出,并且做出认真的反思,将可能出现更加令人担心的学术后果。

以吴其南为代表的反本质论者的主要错误有两点。一是把"世界"与"真理"弄混淆了,把"事实"与"观念"弄混淆了,进而出现了对文学史的"事实"进行随意"建构"的倾向。二是因为反对事物具有本质,所以放弃了阐释本质时所应该具有的凝视、谛视、审视这三重目光。本文在讨论反本质论者的这两个失误时,主要围绕他们在中国儿童文学史的重大问题上发表的观点进行实证性描述并辨析这些重大问题。

二、"儿童本位论":推演自"儿童中心主义"

以吴其南为代表的反本质论者在借鉴后现代理论,这一积极的反思姿态无疑值得肯定,但是,在接受的效果上,他们对后现代理论的理解常常是相当夹生的,有时是走了样的。

反本质的后现代哲学家理查德·罗蒂指出:"我们必须区分'世界存在那里'(the world is out there)和'真理存在那里'(truth is out there)这两种主张。'世界存在那里'、'世界不是我们所创造的',是说依一般常识,空间和时间中的大部分东西,都是人类心灵状态以外的原因所造成的结果。'真理不存在那

[①] (美)理查德·罗蒂.偶然、反讽与团结[M].北京:商务印书馆,2003:19.

里'，只是说如果没有语句，就没有真理；语句是人类语言的元素；而人类语言是人类所创造的东西。"①

反本质主义(与反本质论有区别)的西方后现代哲学，是针对"真理"即观念来讨论的，而并不否认"事实"("世界")的存在，甚至，也不否认"本性"的存在。但是，吴其南等反本质论者没有区分出"世界存在那里"与"真理存在那里"的区别。反本质论者也不理解人类的语言，特别是学术语言也存在着创造"真理"(观念)和陈述"世界"(事实)这两种语言。创造"真理"的语言是主观的，可是陈述"世界"(事实)的语言则具有客观性，也就是说，研究者对主观的观念可以创造(建构)，但是，对客观的事实却不能创造(建构)，而只能发现(陈述)。

比如，周作人有没有接受杜威的"儿童中心主义"并把它转述为"儿童本位论"，这不是"真理"，有待研究者去"创造"("制造")，而是"世界"即客观存在的事实。正是这个事实，有待研究者去"发现"。"发现"就要有行动、有过程，最为重要的是要有证明。哥伦布发现新大陆，必须有美洲大陆这个"世界""存在那里"。同样道理，研究者如果发现周作人接受了杜威的儿童中心主义并把它转述为儿童本位论，必须有"事实"("世界")"存在那里"。这个"事实"就存在于那个时代的历史文献资料之中。

可是，对这样一个儿童文学史上的重大问题，吴其南等学者是怎样进行研究的呢？

吴其南说："杜威的儿童本位论主要是一种教育—教学理论，在五四时的中国，经过周作人、胡适等鼓吹推演，与文化人类学、'复演说'相融合，才变成一种儿童文学理论。"②(本文的重点号均为本文作者所加)谭旭东说："众所周知，'儿童本位论'是周作人等在借用杜威实用主义教育观的基础上提出来的，其原意是'儿童中心主义'……"③我反复审读了《20世纪中国儿童文学的文化阐释》一书，非但没有找到吴其南介绍周作人、胡适"鼓吹推演"杜威的所谓"儿童本位论"的只言片语(谭旭东的著作亦是如此)，却看到了这样的话："谁将杜威的儿童中心主义译为儿童本位论，谁将儿童本位论引入儿童文学是一个需要进一步考证的问题。"④这句话里，隐蔽着一个言语的误导——"进一步"一语会使读者产生已经有人作过考证的错觉。但是，据我所见，虽然此前有几位学者提出过诸

---

① (美)理查德·罗蒂.偶然、反讽与团结[M].北京:商务印书馆,2003:13.
② 吴其南.二十世纪中国儿童文学的文化阐释[M].北京:中国社会科学出版社,2012:79.
③ 谭旭东.寻找批评的空间[M].哈尔滨:黑龙江教育出版社,2007:31.
④ 吴其南.二十世纪中国儿童文学的文化阐释[M].北京:中国社会科学出版社,2012:79.

如周作人的儿童本位论,是杜威的儿童中心主义的中国表述一类观点,但是,没有任何人曾对"谁将杜威的儿童中心主义译为儿童本位论,谁将儿童本位论引入儿童文学"这一假设做过任何考证,所以"进一步"实在无从谈起。可是,连吴其南自己在前面都承认"谁将儿童本位论引入儿童文学"是一个"需要""考证"的问题,怎么写到后面,没有作一字一句的"考证",就变成了信誓旦旦的"经过周作人、胡适等鼓吹推演""变成一种儿童文学理论"了呢?对一个重大的文学史事实,是不能这样凭空"建构"的。

要证明这件事是否存在,其实方法并不复杂,那就是在周作人的全部著作中去查找,因为这么重大的儿童文学理论,周作人在建构的过程中,如果是"推演"自杜威的"儿童中心主义",如果是"鼓吹"过杜威的"儿童中心主义",必然会在文献中留下许多证据。但是,我查找之后的结果是,对杜威的"儿童中心主义",周作人从来没有"鼓吹"过,更谈不到"推演"过,连一字一句都没有。

周作人在《苦茶——周作人回想录》一书里,对自己的学术领域(周氏自称为"杂学")如数家珍地进行了详细梳理。周作人说:"一九四四年从四月到七月,写了一篇《我的杂学》,共有二十节,这是一种关于读书的回忆,把我平常所觉得有兴趣以及自以为有点懂得的事物,简单的记录下来。"① 按照常理,如果教育学理论是周氏"觉得有兴趣以及自以为有点懂得的事物",当不会列出十八项之多的"杂学",还没有将其包容进去,须知周作人是有教育经历和教育情结的。

对给予自己思想和学术以重要影响的人物,周作人在著述中总是大谈特谈,不厌其烦,比如对霭里斯,对斯坦利·霍尔等人,都明确表示自己的佩服,承认受其影响,并介绍、引用其理论观点。对霭里斯,周作人是反复赞美,反复介绍、引用其观点。周作人也对教育家有兴趣,他曾经怀着赞许,介绍福禄培尔、蒙台梭利等人。但是,对于杜威的儿童中心主义理论,周作人从来不置一词。在回想录里,他专门谈"儿童文学",历数生物学、人类学、儿童学对自己的影响,而杜威的儿童中心主义踪影全无。对杜威这个人,周作人似乎也是不以为然,未予赞赏的。查《周作人散文全集》,周作人共有七篇文章提到杜威。我们列举几篇,看看周作人对杜威的态度。

《"大人之危害"及其他》(1924年):"这位梵志泰翁无论怎么样了不得,我

---

① 周作人.苦茶——周作人回想录[M].兰州:敦煌文艺出版社,1995:523.

想未必能及释迦文佛,要说他的讲演于将来中国的生活会有什么影响,我实在不能附和,——我悬揣这个结果,不过送一个字,刊几篇文章,先农坛真光剧场看几回热闹,素菜馆洋书铺多一点生意罢了,随后大家送他上车完事,与杜威、罗素(杜里舒不必提了)走后一样。"①可见周作人对杜威来华讲演"于将来中国的生活会有什么影响"是颇为怀疑的。有这样的怀疑,他当然不会去"鼓吹推演"杜威的理论。

《关于文学之诸问题》(1932年):"自古代的希腊到现在,自亚力士多德的哲学,以至詹姆斯和杜威的实验哲学,派别很多很多,其中谁是谁非,是没有法子断定的,到了宗教问题尤甚。"②很明显,周作人对杜威的实验主义哲学,不想作是非上的评价。

《太戈尔的生日》(1950年):"五四以后,所谓新文化运动正在进行,有一个时期盛行讲学,聘请欧美学者,来北京公开讲演。最初记得是杜威,因为是胡适博士的老师,所以颇有号召的力量,讲演时大概是座上常满,讲演录笔记下来出单行本,似乎也销得不少。其次来的是罗素,他的专门是数理哲学,无法通俗,但是他爱谈社会问题,又对于中国事情很有兴趣,这一方面的话大家都还爱听,讲演的成绩很是不错。随后的一个是杜里舒,在我们旁观的看去,有点近于强弩之末了……可是这时斜刺里出来一个脚色,想不到的收了效果,此人非别,即是印度诗人太戈尔。这些时候我都在北京,可是实在懒惰得很,这些学者诗人的尊容我都没有见过,只听见说太翁的道貌非常清高,又有诗哲戴了印度帽,配得更是好看。"③周作人自愿做个"旁观的",既不去听杜威的讲演,也没有去见杜威(以周作人与胡适的密切关系,应该很容易)。他说是因为"懒惰",这是客气话,其实是因为没有兴趣吧。

《笨贼与民谣》(1951年):"报纸上的文章总不免有错字,看别人的文章或者囫囵读过去,若是自己的一看就明白的显出来了。那《笨贼》里上边说的是胡佛,末后却又提起杜威来,我看了不禁暗叫惭愧,原来这是自己搞坏的。因为最初我错记了那说话的是杜威,写好之后才想起那是胡佛之误,随手改正了两处,第三处却疏忽过去,以致又钻出杜威来,弄得牛头不对马嘴了。"④《笨贼》一文,是周作人嘲讽胡佛的,说他美化美国对朝鲜、中国的侵略,但美化得很笨,是"笨

---

① 周作人."大人之危害"及其他[A].周作人散文全集:第3卷[M].南宁:广西师范大学出版社,2009.
② 周作人.关于文学之诸问题[A].周作人散文全集:第6卷[M].南宁:广西师范大学出版社,2009.
③ 周作人.太戈尔的生日[A].周作人散文全集:第10卷[M].南宁:广西师范大学出版社,2009.
④ 周作人.笨贼与民谣[A].周作人散文全集:第11卷[M].南宁:广西师范大学出版社,2009.

贼"。问题的关键在于,周作人最初竟然把这"笨贼"的话,安到了杜威的头上,可见他对杜威也不会有什么好感。

从常识常理来考虑,如果连周作人自己都十分看重的儿童本位论是从杜威那里"推演"而来的,当不会说起杜威是上述那种态度。除了有人能证明,周作人是想有意掩盖这一事实。

从时间上看,周作人的儿童本位理论其实萌生甚早。1913年,他就在《儿童研究导言》一文说:"世俗不察,对于儿童久多误解,以为小儿者大人之具体而微者也,凡大人所能知能行者,小儿当无不能之,但其量差耳。"① 这已经有了1920年在《儿童的文学》中的表述("以前的人对于儿童多不能正当理解,不是将他当作缩小的成人,那'圣经贤传'尽量的灌下去,便将他看作不完全的小人,说小孩懂得什么,一笔抹杀,不去理他。")的前半部分。1914年,他在《玩具研究一》一文提出:"故选择玩具,当折其中,既以儿童趣味为本位,而又求不背于美之标准。"② 同年在《学校成绩展览会意见书》中,提出审查儿童绘画作品的标准:"故今对于征集成绩品之希望,在于保存本真,以儿童为本位,而本会审查之标准,即依此而行之。勉在体会儿童之知能,予以相当之赏识。"③ 同年在《小学校成绩展览会杂记》中说:"今倘于此不以儿童为本位,非执著于实利,则偏主于风雅,如此制作,纵至精美,亦犹匠人之几案,画工之丹青,于艺术教育之的去之已远。"④ 这都是明确提出了以儿童为本位这一艺术和教育的思想,其立场和逻辑与9年后说的"儿童的文学只是儿童本位的,此外更没有什么标准"⑤如出一辙。我认为,探究儿童文学的儿童本位论的缘起,应该从这里开始辨析,而不是像吴其南那样,认为"真正的儿童本位论是从杜威的教育理论,特别是他的'儿童中心主义'的引进开始的。"⑥

在周作人的儿童本位论与杜威的儿童中心主义的关系处理上,吴其南以及其他一些学者的问题在于,他们一方面望文生义,将"儿童本位"等同于"儿童中心",一方面运用自己的思考,在杜威的儿童中心主义这一教育理论与以周作人为代表的儿童本位论这一儿童文学理论之间建立了某种联系,然后就把自己的思想逻辑和学术想象当成了历史的事实,忽略了作为一个文学史的事实,是需要对其进行细致的考证性、实证性研究的。

---

①②③④⑤ 周作人著,刘绪源辑笺.周作人论儿童文学[M].北京:海豚出版社,2012.
⑥ 吴其南.二十世纪中国儿童文学的文化阐释[M].北京:中国社会科学出版社,2012:78.

三、"儿童本位论"与"儿童中心主义":
何为中国儿童文学发展的主轴

因为虚构了周作人的儿童本位论"推演"自杜威的儿童中心主义这么重大的文学史"事实",在《20世纪中国儿童文学的文化阐释》一书中,吴其南大大改写了,或者"重绘"了中国儿童文学史的"地图"——在他的笔下,成为百年中国儿童文学发展主轴的不是周作人原创的"儿童本位论"这一儿童文学理论,反而是杜威的"儿童中心主义"这一儿童教育教学理论。

吴其南说:"'儿童本位论'主要是一种教育理论,它更多谈'儿童',谈儿童与成人的区别及儿童独特的精神需要。"[①]"在20世纪儿童文学中,儿童本位论是一个影响最为深广的观念。……可以说,在整个20世纪中国儿童文学的发展中,无论是理论、创作还是出版,或明或暗都有儿童本位论的影子,这并非偶然,因为它所涉及的问题确实关系到儿童文学的一些最本质的方面。"[②]谭旭东说:"众所周知,'儿童本位论'是周作人等在借用杜威实用主义教育观的基础上提出来的,其原意是'儿童中心主义',它促动了儿童教育的现代化,但在解读儿童文学本体审美特征方面是乏力的。至少以'儿童本位论'是无法区别儿童教育与儿童文学的,而且'儿童本位论'直接导致了中国现代当代儿童文学创作的教育主义倾向。"[③]

吴其南和谭旭东都认为对20世纪中国儿童文学是"一个影响最为深广的观念"的"儿童本位论"是一种教育理论。这是对20世纪中国儿童文学的性质和走向的根本性误判。简要地说,周作人的儿童本位论不是一种教育理论,而是一种文学理论、文化批判理论,对20世纪中国儿童文学影响深远的不是"推演"自教育理论的儿童本位论,而是具有本土原创性的儿童本位论。

当吴其南说"'儿童本位论'主要是一种教育理论"的时候,他恐怕完全没有关注到周作人在《苦茶——周作人回想录》中说过的话:"以前的人对于儿童多不能正当理解,不是将他当作小型的成人,期望他少年老成,便将他看作不完全的小人,说小孩懂得什么,一笔抹杀,不去理他。现在才知道儿童在生理心理上虽然和大人有些不同,但他仍是完整的个人,有他自己内外两面的生活。这是我

---

① 吴其南.二十世纪中国儿童文学的文化阐释[M].北京:中国社会科学出版社,2012:82.
② 吴其南.二十世纪中国儿童文学的文化阐释[M].北京:中国社会科学出版社,2012:77.
③ 谭旭东.寻找批评的空间[M].哈尔滨:黑龙江教育出版社,2007:31.

们从儿童学所得来的一点常识,假如要说救救孩子,大概都应以此为出发点的。"①

从这段话可以清楚地了解到,周作人的儿童本位的儿童观是"救救孩子"的出发点。但是,杜威的儿童中心主义则不是为了救救孩子,而是倡导教育教学的中心不在学科(教师、教材),而在儿童。两者完全处于不同的思想维度。

周作人的儿童本位论主要是一种文化批判理论,是一种思想革命,它的核心是反对封建文化中的成人对儿童的压迫,为儿童争得做人的权利,争得拥有属于自己的文学的权利。周作人所拥有的历史、所处的时代和社会,与杜威所拥有的历史、所处的时代和社会有根本的不同,因此,周作人的儿童本位论与杜威的儿童中心主义自然有着不同的诉求。

周作人在思考儿童文学的教育功能时,从一开始就保持着文学的主体性意识。他在作于1912年、发表于1913年的《童话研究》一文中早就说:"盖凡欲以童话为教育者,当勿忘童话为物亦艺术之一,其作用之范围,当比论他艺术而断之,其与教本,区以别矣。故童话者,其能在表见,所希在享受,撄激心灵,令起追求以上遂也。是余效益,皆为副支,本末失正,斯昧其义。"②(本文重点号均为本文作者所加)"凡欲以童话为教育者,当勿忘童话为物亦艺术之一",这是周作人从文学的立场出发,对教育者的一个警示。所以,吴其南、谭旭东说以周作人为代表的儿童本位论是一种教育理论(哪怕是在最初),是完全不符合周作人自己的论述的。至于谭旭东说周作人的"'儿童本位论'直接导致了中国现代当代儿童文学创作的教育主义倾向",更是全无根据的。哪怕对周作人的儿童文学观稍作了解,都应该知道,恰恰是周作人的"儿童本位论"蕴含着警惕、批判儿童文学中的教训主义和教育主义的思想基因,恰恰是周作人秉持"儿童本位论",一直不遗余力地批判着"中国现代当代儿童文学创作的教育主义倾向"。这种坚守文学主体性的批判,在周作人的儿童文学研究里,随处可见,不知吴其南、谭旭东为何却没有看到。

为了证明对儿童文学理论发生核心性、主体性影响的是周作人的儿童本位论,而不是杜威的教育理论的儿童中心主义(即吴其南表述的"杜威的儿童本位论"),我们回到这两种理论都发生过深刻影响的20世纪20年代初这一历史场景,就中国第一部《儿童文学概论》对这两种理论的接受状况,作一具体的、实证

---

① 周作人.苦茶——周作人回想录[M].兰州:敦煌文艺出版社,1995:539.
② 周作人著,刘绪源辑笺.周作人论儿童文学[M].北京:海豚出版社,2012.

性的考察。

1923年9月,魏寿镛、周侯于①的《儿童文学概论》由上海商务印书馆出版,这是最靠近儿童本位论和儿童中心主义发生影响的那个历史时代的理论著作。考察两位教育界作者在这部著作中,对儿童文学的儿童本位论和儿童教育的儿童中心主义的不同的接受状态,有助于我们认清历史的真相。

在《儿童文学概论》一书的第一章"什么叫做儿童文学"里,魏寿镛、周侯于论述说:"儿童文学就是用儿童本位组成的文学,由儿童的感官,可以直接诉于他精神的堂奥的。"②而此语来自郭沫若的《儿童文学的管见》一文的这段话:"儿童文学,无论采取何种形式(童话、童谣、剧曲),是用儿童本位的文字,由儿童的感官以直诉于其精神堂奥……"③两位作者在论述"儿童自己需要文学"时说:"因为这几年的生活,一方面固然是成人生活的准备,一方面自有独立生活的意义和价值。决不能把人生的全生活,指定哪一截是真正的生活;他一世的生长,成熟,老死的生活,都是真正的生活。"④这一段文字则取自周作人的《儿童的文学》一文:"儿童期的二十几年的生活,一面固然是成人生活的准备,但一面也自有独立的意义和价值;因为全生活只是一个生长,我们不能指定哪一截的时期,是真正的生活。我以为顺应生活各期,——生长,成熟,老死,都是真正的生活。"⑤两位作者还论述说:"儿童是人的一期,等于人类学的原人一期,因为人类的'个体发生'和'系统发生'相似,'胚胎时代'经过'生物进化'的过程,'儿童时代'经过'文明发达'的过程。所以'儿童学'的事项,可以借'人类学'来证明。"⑥这句话也是来自周作人的《儿童的文学》一文:"照进化说讲来,人类的个体发生原来和系统发生的程序相同:胚胎时代经过生物进化的历程,儿童时代又经过文明发达的历程;所以儿童学(Paidologie)上的许多事项,可以借了人类学(Anthropologie)上的事项来作说明。"⑦

从上述比较来看,魏寿镛、周侯于对周作人和郭沫若的儿童本位的儿童文学观是照单全收的。更为重要的是,他们所接受的都是周作人和郭沫若论述儿

---

① 该书著者,封面写作"魏寿镛周侯予","著者的声明"的落款和版权页均写作"魏寿镛周侯于"。
② 魏寿镛,周侯于.儿童文学概论[M].上海:商务印书馆,1923:10.
③ 郭沫若:《儿童文学的管见》,原载于在上海《民铎》月刊第2卷第4期,1921年1月15日。见盛巽昌、朱守芬编:《郭沫若和儿童文学》,少年儿童出版社1990年12月第1版。
④ 魏寿镛,周侯于.儿童文学概论[M].上海:商务印书馆,1923:12.
⑤ 周作人.儿童的文学[J].新青年,1920,(第八卷第四号)。
⑥ 魏寿镛,周侯于.儿童文学概论[M].上海:商务印书馆,1923:12.
⑦ 周作人.儿童的文学[J].新青年,1920,(第八卷第四号)。

文学本体问题以及论述儿童文学成立的依据时的主张,并且将其作为自己的儿童文学观的立论根基。顺便说一句,周作人、郭沫若都留学日本,他们使用的"儿童本位"的"本位"一词,应该来自日语语汇,而不是"儿童中心主义"的"中心"一词的翻译。

魏寿镛、周侯于的《儿童文学概论》也引用了杜威的一些观点。"儿童生活自己需要文学;那么教育儿童的人,当然有用儿童文学的需要。教育是什么? 杜威博士说:'教育是生活。'教育材料是什么? 便是儿童生活需要的东西。"①这是借用杜威的观点,是为了论述儿童文学产生了之后,如何在儿童教育上将其加以运用。"旧教学法失败,新教学法产生。现在的教学法,是完全以儿童为本位;用什么教材,怎样教法,完全看儿童需要——内外生活——而定。所以杜威博士说:'教育是生活'。生活是有目的的,须等儿童完了目的,那么方才可以教学。这种方法,便是现在最通行的'设计教学法'。"②这是第六章"儿童文学的教学法"中的一段文字,它还是引用杜威的"教育是生活"的主张,来探讨"教学法"的。在探讨如何体味儿童文学的时候,《儿童文学概论》提出了"表演"法,并引用了杜威的一句话:"用演戏方法,帮助学科,最明显的利益,是有兴趣,……"③这完全是在处理儿童文学的教学问题。

事实已经很清楚了。在这部教育工作者撰写的儿童文学理论著作中,与杜威的儿童中心主义相比,还是中国的儿童本位论发挥着更为根本的作用。杜威对《儿童文学概论》的影响基本是限于儿童文学的教育学的应用范畴,而没有在儿童文学本体理论层面发生什么影响。严格说来,杜威的儿童中心主义并没有转化为儿童文学理论。而20世纪的中国儿童文学历史进程中,儿童文学的教学问题,主要属于小学教育学科的问题,更是无法作为主轴来推动儿童文学创作和研究。

四、"儿童本位论":是否"真正的启蒙主义"

由于把儿童本位论当成一种教育理论,吴其南自然不会把儿童本位论放在整个中国现代文学的格局中,作为现代文学的思想革命的一环来加以认识和把握。但是,"五四时期的新文学是包括儿童文学在内的。在五四新文学的整体中,儿童文学是有机组成部分。甚至可以这样说,最能显示五四新文学的'新'

---

① 魏寿镛,周侯于.儿童文学概论[M].上海:商务印书馆,1923:14.
② 魏寿镛,周侯于.儿童文学概论[M].上海:商务印书馆,1923:54.
③ 魏寿镛,周侯于.儿童文学概论[M].上海:商务印书馆,1923:63.

质的,也许当推'儿童'的发现和'儿童的文学'的发现。"①

吴其南说:"……专指意义上的启蒙,即人文主义与封建主义的冲突,人的个性的觉醒,属于思想革命的较深层次,儿童文学的内容较为清浅,思想情感不十分分化,适合表现具有普遍意义的内容而非较深的更具个性化的内容,在一个启蒙思想不是普遍受到推崇而是遭受到压抑、打击的环境里,往往更难表现出来。这样,一个看起来与儿童生活距离很近的文化思潮却在20世纪儿童文学很少得到表现和关注,也就不难理解了。"②吴其南甚至认为:"20世纪中国文化经历了三次启蒙高潮。……前两次,从戊戌维新到五四新文化运动,中国儿童文学尚处在草创阶段,启蒙作为一种文化思潮不可能在儿童文学中有多大的表现,……只有新时期、80年代的新启蒙,才在儿童文学内部产生影响,出现真正的启蒙主义的儿童文学。"③"儿童文学的内容较为清浅,思想情感不十分分化",在这里,吴其南再一次流露出他贬抑儿童文学的价值观。由于看不到儿童文学的现代性价值,他忽略了五四启蒙运动时期,位于思想革命的最高处的周作人,在儿童文学领域以"儿童本位论"所进行的最为彻底的现代性启蒙。

在2012年第一届中美儿童文学高端论坛上,我发表了论文《"儿童的发现":周作人的"人的文学"的思想源头》,指出:"以往的现代文学研究在阐释周作人的《人的文学》一文时,往往细读不够,从而将'人的文学'所指之'人'作笼统的理解,即把周作人所要解决的'人的问题'里的'人'理解为整体的人类。可是,我在剖析《人的文学》的思想论述逻辑之后,却发现了一个颇有意味、耐人寻思的现象——'人的问题'里的'人',主要的并非指整体的人类,而是指的'儿童'和'妇女',并不包括'男人'在内。在《人的文学》里,周作人的'人'的概念,除了对整体的'人'的论述,还具体地把'人'区分为'儿童'与'父母'、'妇女'与'男人'两类对应的人。周作人就是在这对应的两类人的关系中,思考他的'人的文学'的道德问题的。周作人要解放的主要是儿童和妇女,而不是男人。《人的文学》的这一核心的论述逻辑,也是思想逻辑,体现出周作人的现代思想的独特性以及'国民性'批判的独特性。""其实,在《人的文学》一文中,周作人所主张的'人'的文学,首先和主要是为儿童和妇女争得做人的权利的文学,男人('神圣的''父与夫')的权利,已经是'神圣的'了,一时还用不着帮他们去争。由此可见,在提出并思考'人的文学'这个问题上,作为思想家,周作人表现出了其反

---

① 朱自强.中国儿童文学与现代化进程[M].杭州:浙江少年儿童出版社,2000:153-154.
②③ 吴其南.二十世纪中国儿童文学的文化阐释[M].北京:中国社会科学出版社,2012:166-167.

封建的现代思想的十分独特的一面。"在《人的文学》发表两年后撰写的《儿童的文学》一文,其实是周作人在《人的文学》中表述的一个方面的启蒙思想,在儿童文学领域里的再一次具体呈现。

周作人此后发表的《儿童的书》、《关于儿童的书》、《〈长之文学论文集〉跋》等文章对抹杀儿童、教训儿童的成人本位思想的批判,都是深刻的思想启蒙,是吴其南所说的"专指意义上的启蒙,即人文主义与封建主义的冲突"。周作人的这些"思想革命"的文字,对规划中国儿童文学的发展方向至为重要。

吴其南认为"只有新时期、80年代"才"出现真正的启蒙主义的儿童文学",其阅读历史的目光显然是被蒙蔽着的。造成这种被遮蔽的原因之一,就是对整体的历史事实,比如对周作人的"人的文学"的理念,对周作人儿童本位的儿童文学思想的全部面貌,没有进行凝视、谛视和审视,因而对于周作人作为思想家的资质不能作出辨识和体认。

五、结语:走出当下"反本质论"的误区

上文考察、描述了吴其南等学者在中国儿童文学史的重大问题的研究上出现的失误。其实,吴其南的《20世纪中国儿童文学的文化阐释》,在很多地方都存在着学术知识上的错误。比如——

吴其南说:"周作人等谈儿童文学,一再引述麦克林托(冬)《小说的童年》中的一段话:'据麦克林托说,儿童的想象力如被迫压,他将失去一切的兴味,变成枯燥的唯物的人;但如果被放纵,又变成梦想家,他们的心力都不中用了。……'"[①]事实是,《小说的童年》根本不是麦克林托(冬)写的,而是麦扣洛克写的。吴其南的破碎化的信息恐怕来自误读周作人的著述。周作人在《苦茶——周作人回想录》中说:"麦扣洛克称其书曰《小说之童年》,即以民间故事为初民之小说,……"而上述"据麦克林托说"云云,则出自周作人的《儿童的文学》一文。其实,周作人在书中、文中都列出了这两个人的英文名字,麦扣洛克是"Macculloch",麦克林托是"P.L.Maclintock",哪里是一个人。还有,周作人在《儿童的文学》里明明讲过,麦克林托写有《小学校里的文学》这样名称的书,说明文学在小学教育上的价值,吴其南却把麦克林托的讲小学校文学教育的观点,安到了讲"民间故事为初民之小说"的《小说之童年》的身上,这也是一种非逻辑

---

① 吴其南.二十世纪中国儿童文学的文化阐释[M].北京:中国社会科学出版社,2012:94.

的凭空臆想。

吴其南说:周作人"……还写了《古童话释义》、《童话略论》等论文,理论基础便是麦克林冬的《小说的童年》、安德鲁·朗等人的文化人类学理论,但多是经日本中转并经柳田国男等人改造过的。"① 说周作人读的麦扣洛克(根本不是麦克林冬)的《小说之童年》和安德鲁·朗等人的文化人类学理论,"多是经日本中转并经柳田国男等人改造过的",这又是凭着对周作人的著述的一点不确的印象,而臆想出来的"事实"。但这凭空臆想实在事关重大,因为他把周作人的直接来自英文原著的神话学、文化人类学的第一手理论资源,说成了是来自日文的二手货。

吴其南说:"20年代,小说研究会还掀起一个所谓的'儿童运动'。"② 短短一句话连续出现两个错误。中国儿童文学的发生期曾有一个儿童文学运动。对这一重要的文学史现象,作为文学研究会主要成员的朱自清在1929年有过辨识。他在于清华大学编写的《中国新文学研究纲要》里,在介绍文学研究会时,特别列出了"儿童文学运动"这一章节的提要。可见,吴其南把文学研究会和儿童文学运动都搞错了。再比如,吴其南说,"弗洛伊德将人格看作包含了自我、本我、超我的动力系统……"③ 介绍弗洛伊德的人格结构理论,应该按照这一理论的结构层次,先说"本我"、次说"自我",再说"超我",随意颠倒次序,显然是学术上的不严谨。

在辨析了反本质论者在中国儿童文学史的重大问题研究上的学术失据之后,又指出其在学术知识上频繁出现错误,我是想凸显:反本质论者出现如此性质的错误,出现如此数量的错误,不会是偶然和孤立的现象。我认为,犯这样的错误,与他们盲目地接受西方后现代理论中激进的"解构"理论,进而采取盲目的反本质论的学术态度直接相关。从吴其南等学者的研究的负面学术效果来看,他们的"反本质论"已经陷入了误区,目前还不是一个值得"赞同的语汇","反本质论"作为一项工具,使用起来效果不彰,与本质论研究相比,远远没有做到"看起来更具吸引力"。

目前的儿童文学领域里的"反本质论"研究造成的学术后果令人担忧,亟待反思。我想郑重倡议,不管是"反本质论"研究,还是"本质论"研究,都要在自己的学术语言里,把"世界"与"真理"、"事实"与"观念"区分清楚,进而都不要放弃凝视、谛视、审视研究对象这三重学术目光。我深信,拥有这三重目光的学术研究,才会持续不断地给儿童文学的学科发展带来学术的增值。

---

① 吴其南.二十世纪中国儿童文学的文化阐释[M].北京:中国社会科学出版社,2012:46.
② 吴其南.二十世纪中国儿童文学的文化阐释[M].北京:中国社会科学出版社,2012:41.
③ 吴其南.二十世纪中国儿童文学的文化阐释[M].北京:中国社会科学出版社,2012:99.

第九辑
儿童文学会议

导语

　　进入20世纪80年代以后,儿童文学日益受到来自政府文化部门、出版社等多种社会组织机构的重视,大型的儿童文学会议也随之出现。集结来自全国甚至亚洲不同地域的新老作家和理论批评工作者进行面对面的创作经验讨论与交流,这无疑对繁荣中国儿童文学的创作、推动中国儿童文学的发展有着重要的意义。这一板块收录的文献记录了改革开放以来召开过的若干次具有较大影响力的儿童文学会议。这组文献涵盖了不同的主办单位——文化部、中国作家协会、出版社以及高校,从而呈现出参与到中国当代儿童文学发展进程中的创作与研究力量组合概况;同时,这组文献还包括了各种形式——会议纪要、侧记、主题演讲以及访谈,从而呈现出中国当代儿童文学会议的不同侧面和特色。

孩子们翘着小脑袋在盼望

——儿童文学创作座谈会侧记

简 新

虽然是风扫残叶、霜凝层瓦的江南初冬季节,虽然那塞外北国、西藏高原的来客是带着朔风飞雪赶到上海的,儿童文学创作座谈会却开得生机勃发,骀荡舒畅,好象到了春暖花开时候。

一九七九年十二月一日到十日,十天的会期是这样短促,亏得小组会套着大组交流会的安排是紧凑而有节奏的。近五十位专业的、业余的儿童文学作家,和茅盾同志抱着同样欣喜和切望的心情欢呼着:"少儿文学的春天到来了!"畅谈了精辟的见解,宝贵的心得。陈伯吹同志发自肺腑的一声声"亲爱的同志们"的呼唤,拨动了来自天南地北的作家们的心弦。解放思想,交流经验,还有那随着会议的进展而越来越浓郁强烈的同志情谊,使得座谈会在短暂的时间内结出了丰硕的果实,好比童话中奇妙的聚宝盆,霎时间放出了闪动的光。

这次胜会,还只是一场小满的"夏收"。无量数的更加光彩夺目的珍奇瑰宝,将会在今后川流不息地涌现。

"小儿科"有着强大的吸引力

儿童文学在社会上被有些人目为"小儿科",他们听到某一位作家在为儿童写作时,便不无惋惜地说:"哎,你搞那个干什么!"

题解 本文选自《儿童文学研究》总第四辑,少年儿童出版社 1980 年版。1979 年 12 月 1 日至 10 日,少年儿童出版社举办了一次较大规模的儿童文学创作座谈会。文章既介绍了此次座谈会的主要内容、主旨精神,也特别介绍了共青团中央和上海宣传部等组织领导机构对此次座谈会的关心与支持。同时,文章还介绍了参加座谈会和以书信方式参与座谈会的许多著名作家,如茅盾、冰心、严文井、秦兆阳、贺宜、李心田、秦牧、袁静、刘绍棠、邓友梅、刘真等。

然而,在关心祖国未来的花朵的广大作家中间,儿童文学对于他们却有着一股强大的吸引力。他们"衣带渐宽终不悔,为伊消得人憔悴";儿童文学创作的荣枯消长,成了他们生活中喜、怒、哀、乐的一部分。

高龄的茅盾、冰心,以及严文井同志,体弱事烦,又未学得孙悟空的分身法,却忘不了要给这次座谈会来个"即席发言",他们的书面发言稿先期赶到上海。秦兆阳同志、贺宜同志因病不能赴会,也写来了书面发言。严文井同志在给本社的来信中还恳切地写道:"如果不是我这个身体不争气,说什么也得去上海一趟。"

《闪闪的红星》作者李心田同志,刚刚开好全国文代会回到济南,一个戏正等着他去修改,领导上问他能不能去上海,他说:"我一定去参加。"吴梦起同志也刚从外地出差回到自己的单位,却又怀着特别亲切的感情,马不停蹄地赶来上海赴会。

著名作家秦牧,在他那精彩的演说的开头,特地专门列举了具体的数字,强烈地提出了改变少儿读物供不应求、改变社会上不重视少儿工作的状况,他说:"对儿童的不重视,也是封建影响的一个方面。"他对于儿童文学创作队伍的发展壮大,寄予极大的希望,说,安徒生写了一百六十多个童话,在世界上发生了那么大的影响,"我们也应有我们的新时代的安徒生"!

著名作家袁静同志,因为有事,会前讲明要中途回程,后来却坚持到底,在会上作了长篇发言,整个会议期间手不离笔,空白稿纸一添再添。她不仅呼吁作家们多为儿童创作,还准备继续做好少先队的辅导员工作,分出时间组织和培养儿童文学创作队伍。

座谈会开到第七天,高潮已经到来,天风激浪,波澜迭起,开拓了思想交流的新天地。这天下午,刘绍棠、邓友梅、刘真、张弦等同志,在江苏参加了座谈会后,和王若望同志联袂出席了正在进行着的大组交流,使会议气氛达到了空前的热烈。他们一来到就发言。刘绍棠同志谈了文学的任务就是改造国民性;文学艺术的功能是美育和给人以美的欣赏。邓友梅同志谈的是:儿童文学应该讲无产阶级的实话,不讲假话;树立儿童的自信心、自豪感而不是自卑感;教育儿童互相友好和尊重而不是互相搏斗残杀,更不是欺凌弱者。刘真、王若望同志也作了精彩的发言。为孩子们翻译了不少优秀的外国儿童文学作品的任溶溶同志,介绍了外国儿童文学的概况,谈了借鉴外国的问题。他们的讲话博得了满场掌声。他们讲的都是儿童文学的家常话,在重重叠叠挤满了与会者的大厅里,仿佛吹起一阵阵清新鲜美的风。

这样看起来,"小儿科"并不小,吸引着作家们的那股力量是多么充沛而且强劲啊!

悠长而深远的甘霖水

一个小小的座谈会,赢得作家们如此热情的关心和支持,也不是少年儿童出版社的同志施出了什么魔法,而是因为,儿童文学正象刘真同志那美妙的小说集名字《长长的流水》那样,是潺潺地流在少年儿童心灵中永不干涸的一股甘霖水。

秦牧在少年时期,曾侨居新加坡,那时就读到了冰心的作品。那秀丽宛转而又真挚动人的诗文,久久萦绕秦牧心头,不能忘怀。如今,秦牧同志已经六十多岁,自己也成了著名作家,对于灌溉过他的心灵的冰心同志,一直抱着莫大的敬意。前些时候,秦牧碰到了冰心,还这样敬重地问:"我叫您阿姨好,还是叫您大姐好?"

无独有偶。在因病不能赴会的谢璞同志寄来的书面发言中,一开头就这样说道:"童年时代,冰心同志的《寄小读者》给我留下极深刻的印象。这次在北京参加第四次文代会,偶尔买到了《冰心选集》,我如获至宝。说也巧,买到书这一天,偶尔的机缘,握到了冰心同志写作《寄小读者》的温暖的手,我感到无限的欣慰,象孩子一般欢喜。……"

想来,当冰心同志听到这些话的时候,一定会感到比给她戴上她当之无愧的桂冠,还要觉得高兴吧?

袁静同志是一位白发苍苍的老奶奶了,却还深深地记得:当她八、九岁在张家口读小学时,偶然有一次,哥哥给她买了一本《小朋友》,她反反复复不知读了多少遍,里面的一首儿歌,经过五十多年的悠长岁月,她还能滚瓜烂熟地背诵出来。

同样,到会的同志几乎每个人都举得出许多类似的实例。

儿童文学作为精神食粮给予少年儿童巨大的影响,是那么悠长而深远,使作家们受到莫大的鼓舞,不由得感到肩上的责任是多么重大。

开阔了视野 思索了问题

与会的作家们,对于这次座谈会充分发扬民主,解放思想,畅所欲言的风气,感到亲切,感到兴奋。

要在短短的几天中,把会上提出来的十来个大大小小问题谈清楚,那是办不到的。同志们的反映是:通过交流以后,视野开阔了,思想丰富了,思索的问题多了;如果原来还存在禁锢着的思想的话,现在已经打开了一个门。

长期从事儿童文学创作和编辑的作家任大星,听了秦牧的关于作品一定要新要奇的一番话以后,连声说:"好极了,非常精彩,启发很大。"原来他和任大霖事先准备好的发言稿中,就有着这方面的切身体会,同调相应,欣喜的心情可以想见。

吴梦起同志有一本稿,过去编辑跟他商量过,他踌躇着还没有动手修改,通过交流以后他说:"现在,应该怎么改心里有点数了。"

讨论的时候,同志们各抒己见,观点有统一的地方,也有分歧的地方。大家无比憎恨"四人帮"时期的"一言堂",在讨论中既求同,又存异。讨论进行得很热烈,逸趣横生。当谈到能否写少男少女间朦胧的爱情问题时,俞天白同志主张可以写,认为这不能理解为阿飞搞"拉三"、动物的本能,而是少年萌生阶段的真实的健康的情谊;当然写时要加以引导。胡景芳同志说,作为当过老师的作者,我不主张学生谈恋爱,而应该提倡写革命的友谊,真诚的友情和高尚的情操。中学生主要精力要放在学习上。李心田同志认为,少年谈恋爱不是不可以写,问题是这样写了有什么教育意义?要考虑我国人口的现状,要提倡晚婚、节育。我们不能直接配合政策,但也不能违背政策。我曾经构思了短篇小说《竹马》,写成了自己又否定了。在市劳改局工作的何哲身同志说:这几天在这里开会,心里却惦记着还未处理完的案件。目前许多青少年从拉兹和丽达、唐伯虎和秋香、魔鬼胡安等身上吸收了消极的东西;对青少年如不正确引导,就会走向反面。有人说爱情是永恒的主题,儿童文学怎么写,效果如何,很值得研究。何公超同志风趣地说,我们连"五爱"都来不及写,再写爱情,不是变成"六爱"了吗?

同志们说,有这样那样的分歧不要紧,让大家用实践来检验自己的观点,相信终有一天,经过明辨是非、取长补短,使问题得到解决。

"我看到了新的生命"

二日上午,作家们来到上海市少年宫参观访问。

在各个活动室里,孩子们稚嫩的童声合唱、天真的舞姿、动人的民间乐曲、细致的绘画、刺绣和严谨的科技制作,充分反映了新中国少年儿童的幸福生活。专门和犯罪分子"打交道"的何哲身同志感慨地说:"呀,我这是从阴暗面走到光明中来了。"李心田同志静静地聆听孩子们的琴声,深情地注视着制作科技作品的小手。他说:"看了这些,我看到了新的生命。"他又深长地说:"这里条件多好,广大农村的孩子还没有这样好的条件——他们连看电影也靠沾部队的光。而将来'四化'还得靠广大农村的孩子。"

戏剧室里的孩子们为作家们朗诵了诗歌:

> ……
> 写吧,请您多多地写,
> 我们要读的书有千种万种,
> 写吧,请您快快地写,
> 我们都翘着小脑袋在盼望。……

作家们被一一介绍给小读者们:《雾都报童》的作者陆扬烈、《矿山风云》的作者李学诗、《高高的苗岭》的作者叶辛、《微山湖上》的作者邱勋,……当孩子们知道赵燕翼伯伯也写童话时,就欢叫:"噢,童话!童话!"

此时,孩子们和作家之间感情非常炽烈,达到了高潮。

孩子们听说段斌同志既会写作又是电影演员时,就象一群小鸟似的围着他,要他表演节目。段斌同志表演了一个拥抱"小淘气"的"小品"。孩子们还要他再来一个,他又表演了一个小魔术。当孩子们发现上了当,笑嚷着,还不想"饶"他。

袁静同志来到乒乓室中,脱去外衣,操起球拍就和一位三年级的小学生对打起来。打了好几盘,兴犹未尽,又与这次座谈会中年纪最小的作者程玮比赛起来,最后竟以十一比四击败了轻巧灵活的小程。

在"勇敢者的道路"上,这些年龄比孩子们大两倍、三倍、四倍的作家们,也精神抖擞地走独木桥、过浪木……张士敏同志其实有一颗"顽皮"的童心,他和俞天白同志拉着绳索攀登了悬崖,又踏着在长期的海洋生活中练就的、一般人所不会的特殊步伐过了浪木,还手拉铁吊圈,悬空滑过去。……

同志的深情厚谊

短短的几天相聚,不认识的,建立了友谊;原来认识的,情谊更深了。

曾得到茅盾同志赞扬的童话《五个女儿》的作者赵燕翼同志,看到曾得过奖的童话电影《神笔马良》的作者洪汛涛同志,格外高兴,挥笔赠诗一首:

> 一别故人后,
> 十载又登楼。
> 小斋仍旧貌,
> 书生早白头。
> 老眼常含笑,
> 童心不识愁。
> 潇洒挥"神笔",
> 喜交"考卷"优。

二日下午参观鲁迅纪念馆时,一些遭受"四人帮"迫害,多年未见面的老朋友、作者与编辑,自动组合留影。昔日文学讲习所的学员任大霖、张友德、胡景芳,今日又得相聚,他们高兴地在鲁迅墓前合影。说来也巧,参加这次座谈会的山东籍同志特别多,七八位山东"老乡"也一起上了镜头。

领导的热情关怀

上海举行儿童文学创作的盛会,在人们的记忆中还是从来没有过的事。中共上海市委、市文联、作协分会、出版局,都热诚地关心和支持。市委副书记、宣传部长陈沂同志还亲自到会,作了重要讲话。

陈沂同志在座谈会结束时的讲话中,颇有感触地说:"我们这些人都是从儿童长大的,我们都有儿童时代。回顾一下我们自己的儿童时代,从军阀混战、蒋介石统治、抗日战争、解放战争到新中国建立,是怎么过来的?我们的经历,是中国革命发展的一部历史。看看现在的儿童的状况,我们更有责任去努力创作,教育孩子,把孩子吸引到新的历史任务中来。"

他分析了我们的青少年状况,并谈到了社会上青少年的犯罪问题,指出:"说到这个问题,作家的责任就更大了。你搞儿童文学,就要去接触这些问题,把他们的思想拉过来。儿童文学就是要灌呀,打针一样的打进去呀,管你愿不愿接受,都得给你灌进去。不光是儿童文学,也包括儿童教育。"他还说:"儿童文学创作要符合社会的现实,要有真实的内容。这就对作家提出一个深入生活的问题。作家生活枯竭了,作家的生命也就萎缩了。袁静同志六十多岁了,还在到处跑呢!我们如不能长期深入一个地方,就是走马看花,甚至游山玩水也是需要的,司马迁不就是走遍了祖国的名山大川,才写出了《史记》吗?"他并鼓励大家说:"安徒生童话、《表》,张天翼、严文井写的儿童文学作品,在历史上起了一定的作用,在新的历史时期,希望有更多的儿童文学作品来发挥新的历史作用。"

上海市出版局负责人马飞海、李信、宋原放等同志,市文联负责人锺望阳同志和作家峻青同志也多次参加了会,并和作者们亲切交谈,鼓励和支持儿童文学创作。报纸、电台、电视台还及时宣传了这个会议。

生活在招手

晃眼之间,同志们就要分别了。"生活在招手,作家们该怎么办?"这是大家共同在想着的一个问题。

赵燕翼同志这样对出版社的同志说:"感激不尽,感激不尽,……二三年内一定给少年儿童们写一个好的中篇。"

李心田同志已经写出了《闪闪的红星》、《两个小八路》、《跳动的火焰》,他打算再写一本反映社会主义时期少年儿童生活的小说。这样,革命以来四个时期的儿童形象他都写了,将来老了回首往事,也算是对儿童文学尽了自己的绵薄。

《燃烧的圣火》作者奚立华同志这样说:"从前当我是少先队员的时候,读了《古丽雅的道路》、《卓娅和舒拉的故事》、《刘胡兰》等,有着非常强烈的学英雄、保卫胜利果实、建设幸福生活的愿望。我打算把那时期的少先队员的生活写两个小中篇,让现在的孩子们看看我们当时是怎样树立革命理想,并为实现它而一步一步地去做的。"

……

共同的目标鼓舞着作家们。闭幕会上,辽宁的胡景芳同志和上海年轻的王小鹰同志说得好:儿童文学创作座谈会,如一股春风打开了心灵的窗子;在有经验的老前辈带领下,我们决心当一名儿童文学创作大军中的小卒,在儿童文学这条"长长的流水"中挥桨奋勇前进!

亲爱的同志们,为着繁荣儿童文学,让我们团结起来努力干吧!

为创造更多的儿童文学精品开拓前进

——全国儿童文学创作会议开幕词

束沛德

全国儿童文学创作会议现在开幕了。首先,我代表文化部、中国作家协会向出席这次会议的儿童文学作家、评论家、编辑、出版工作者表示热烈的欢迎!向全国所有在儿童文学园地里辛勤耕耘的园丁们致以亲切的问候和崇高的敬意!向热心支持这次会议的山东省、烟台市的各级领导和同志们表示深切的感谢!

由文化部、中国作家协会联合召开这样全国范围的儿童文学创作会议,建国以来还是第一次。参加这次会议的有来自全国各地的近二百位有代表性的老、中、青作家、评论家和编辑,可说是儿童文学战线群英毕至。这么多作家欢聚一堂,共议繁荣儿童文学创作、更好地为三亿多少年儿童服务的大事,是我国儿童文学界前所未有的一次盛会。全国政协副主席、全国妇联主席康克清同志、儿童文学老前辈叶圣陶、冰心及著名作家严文井等同志为会议写来贺词,表达了他们关心儿童文学事业的满腔热忱,我谨代表到会的同志向他们表示由衷的感谢和美好的祝愿!

我们这次会议是在六届全国人大四次会议闭幕后不久召开的。这次人代会通过的"七五"计划,为我们描绘了今后五年建设和改革的宏伟蓝图,制定了两个文明建设一起抓的雄图大略。赵紫阳总理在《关于第七个五年计划的报告》中又一次明确指出:"思想文化工作部门及其广大工作人员,在建设精神文明中担负着特别重要的历史使命。""希望广大思想文化工作者,都能够坚持为人民服务、为社会主义服务的方向,坚持把社会效益放在首位,联系群众,深入生活,

---

题解 本文选自《儿童文学研究》总第二十六辑,少年儿童出版社1987年版。文章首先点明了此次会议召开的时代背景:全国人大六届四次会议通过了"七五"计划,"两个文明一起抓"成为一项重要的发展战略与方针。继而阐释了此次大会将要讨论的主要议题:儿童文学创作如何更好地反映我们伟大的时代,塑造更多闪耀时代光彩的、能够鼓舞少年儿童奋发向上的人物形象?儿童文学创作如何更好地遵循自身的艺术规律,在继承优秀传统的基础上不断创新?如何进一步提高儿童文学创作队伍的思想、业务素质,从而提高中国儿童文学作品的质量?等等。

勇于开拓创新,为人民提供更多更好的精神产品,以丰富和提高人们的文化素养和精神境界,培育人们高尚的道德情操、生活情趣和健康的审美观念,激励人民满腔热情地献身四化建设。"党和人民对思想文化工作者的这些要求和期望,我们儿童文学作家理应在自己的创作活动中认真贯彻、落实。我们这次会议的主旨就是要进一步落实中央关于把少年儿童工作提到战略地位的号召,更好地发挥儿童文学在加强社会主义精神文明建设、培育一代"四有"新人中的作用,增强作家的社会责任感,努力提高儿童文学创作的思想、艺术水平,为广大少年儿童提供丰富优质的精神食粮。

儿童文学是我国社会主义文学的一个重要组成部分。在新的历史时期,儿童文学同文学其他各个门类一样,取得了明显的、长足的进展,呈现出一派前所未有的创作活跃、人才辈出的喜人景象;儿童文学理论批评也在开拓中不断前进。

我们已经形成一支相当可观的、富有朝气和活力的儿童文学创作队伍。现在中国作家协会会员中以从事儿童文学为主的约有一百五十人;加上各地分会会员,总数就上千了。如果再算上分布在各条战线、还没有加入作协的业余儿童文学作者,就组成了一支为数三千左右的庞大队伍。这支队伍在三中全会路线指引和党的文艺方针鼓舞下,逐步摆脱了"左"的思想桎梏和旧的清规戒律的束缚,在儿童文学观念上有所开拓和更新,对儿童文学的功能有了更为开阔的理解,思想日益活跃,创作热情高涨。老一辈作家壮心不已,笔力犹健,努力为儿童文学这个百花园锦上添花,继续以自己的心血浇灌祖国的花朵。中年作家思想、艺术上日趋成熟,他们勤耕细耘,不断有新作佳构问世。特别令人高兴的是儿童文学战线上一支生气勃勃的新军崛起,他们思想活跃,视野开阔,敢于探索,勇于创新,是我国社会主义儿童文学更大繁荣的希望所在。

我们高兴地看到,在新时期,儿童文学的各种体裁、样式,包括小说、诗歌、童话、寓言、散文、传记、报告文学、科学文艺、剧本、影视文学等,都出现了一批深受小读者喜爱的优秀作品。整个创作呈现一种开拓、创新、多样化的发展势头,显示出了若干引人注目的特色,这表现在:进一步拓展了创作题材,注意把儿童生活同成人生活、广阔的社会生活联系起来描绘;坚持从生活出发,多层次、多色调地刻画新时期少年儿童的性格,着力表现巨大现实变革在孩子心灵上的投影;更加重视文学艺术的特征和儿童文学自身的艺术规律,注重以情感人;打破某些陈旧的创作模式和框架,探索、追求符合当代少年儿童审美情趣、欣赏习惯的新的表现手法、形式和技巧。儿童文学创作上的这些新进展、新收获,是值得重视和赞许的。

当然,对于已经取得的成就,没有丝毫足以自满的理由。我们要清醒地看到,同伟大时代的前进步伐和历史赋予我们的崇高使命相比,同广大少年儿童多方面的精神需求相比,我们儿童文学创作的思想、艺术质量还很不相称,在紧扣时代脉搏,切近现实生活,反映少年儿童心声,塑造当代少年新人形象,探求艺术形式、表现手法的新和美方面还有不小的差距。思想、艺术上出类拔萃,能够深深打动孩子心灵,在新时期少年儿童一代中具有广泛、深刻影响的力作、精品还是太少了。正因为如此,我们认为,儿童文学界最迫切的任务是要在提高作品的质量上下功夫,争取儿童文学创作的思想水平、艺术水平有一个新的突破,创造出更多的优良精美的作品,满足亿万小读者多方面、不同层次的精神需要。

我想,围绕着如何进一步提高儿童文学创作质量这个主题,我们这次会议可以把讨论的重点放在以下三个方面:

一、儿童文学创作如何更好地反映我们伟大的时代、增强时代特色,塑造更多闪耀时代光彩的、能够鼓舞少年儿童奋发向上的人物形象?

二、儿童文学创作如何更好地遵循自身的艺术规律,在思想、艺术上创新?如何看待创新与时代、创新与传统的关系?

三、提高儿童文学创作质量的关键何在?如何进一步提高儿童文学创作队伍的思想、业务素质?

我们处于建设四化、振兴中华的历史新时期。按照教育面向现代化、面向世界、面向未来的方针,党和人民要求把少年儿童培养成为具有开拓性、创造性素质的建设者,成为有理想、有道德、有文化、有纪律的一代社会主义新人。我们的儿童文学作家应当更加明确、深刻地意识到自己肩负的加强精神文明建设、培育一代"四有"新人、提高中华民族素质的历史责任,充分而完美地体现伟大时代对未来一代的期望和要求,真实而生动地反映新时期少年儿童丰富多彩的生活,鲜明而丰满地塑造当代少年儿童新人的性格,勇敢而执着地探求为孩子们喜闻乐见的新的形式、风格,是摆在儿童文学作家面前的光荣而艰巨的任务,也是提高儿童文学创作质量题中应有之义。我们的儿童文学理应通过生动感人的艺术形象给少年儿童以爱国主义、集体主义、社会主义、共产主义思想的熏陶和启迪;但又不能把儿童文学的社会功能理解得过于狭隘,有利于净化心灵、陶冶性情、开阔视野、启迪智慧的,都应当得到肯定和鼓励。我们提倡和鼓励作家更多地关注现实变革,更充分地反映伟大时代面貌和孩子的心声,着力塑造新时期少年儿童新人的典型形象。同时,又要坚持百花齐放,提倡题材、主题、人物、形式的多样化。各种题材、体裁、样式,古代历史题材或革命历史题材,动物小说或科幻小说,童话或寓言,等等,在儿童文学领域中都应当有作家自由驰骋笔墨的广阔天地。我们期望这样的作品也力求投射以鲜明的时代光彩。

时代在前进,生活在发展,小读者的审美趣味、欣赏习惯也在发展变化。面对大变革的时代,面对小读者不同层次的审美需要,儿童文学在内容和形式上要不断有所创新和突破。创新,标新立异,首先要在思想内容上推陈出新,标社会主义之新,也就是要更好地表现新的时代特色。我们生活在一个瞬息万变、日新月异的时代。在时代激流的涌动、荡涤下,少年儿童的精神面貌、心理状况已经发生了新的、深刻的变化。思想活跃,眼界开阔,上进心强,求知欲盛,善于独立思考,勇于探索创造,对四化大业充满激情和幻想,已经成为当代少年儿童生活、思想感情的主旋律。同时,又不能忽略十年动乱和当前社会的不正之风在孩子心灵上投下的阴影。力求把对当代少年儿童独特心理的把握与色彩斑驳的现实变革的生活图景统一起来,这样写出的作品就会富有更加浓郁的时代特色。儿童文学的艺术创新,既要继承和发扬我们民族文学的优秀传统,又要借鉴、吸取外国文学的优秀成果。这种继承和借鉴,目的是为了更好地表现新的时代、新的生活,创造出为中国当代少年儿童所喜闻乐见的作品。从儿童文学的创作现状来看,开拓、创新的精神似嫌不足。我们要热情鼓励、支持儿童文学作家一切大胆的、有益的探索和创新。各种表现手法、风格,传统的写实手法或西方现代主义手法,富于哲理或长于抒情,编织故事或追求意境,恢宏庄重或幽默诙谐:在儿童文学中都可以探索、尝试。要进一步创造一种有利于艺术探索创新的和谐融洽、活泼宽松的环境和气氛。当然,吸收、利用中国古代或外国文学中的某些表现手法、形式和技巧,决不能生吞活剥,盲目照搬,而是要从所表现的生活内容出发,咀嚼、消化、融会贯通,化为自己的血肉,力求与中国当代少年儿童的思想感情、心理特点、欣赏习惯相沟通、相适合。

要提高儿童文学创作的质量,必须提高儿童文学创作队伍的政治素质、思想素质和业务素质;而提高队伍素质的根本途径在于加强马克思主义的理论武装,深入人民群众生活。胡耀邦同志不久前在谈到提高干部素质时,曾提出了"一要向上攀登,二要向下深入"的要求,希望干部"从两个方面下功夫,一要干部掌握马克思主义理论,以及现代的科学技术知识和经营管理知识,二要干部熟谙我国国情、本省省情,努力实践,取得比较丰富的实际工作经验"。这些期望和要求同样适用于儿童文学队伍。我们的儿童文学作家应当更加自觉、认真地学习马克思列宁主义,使自己的思想更加活跃,更加开阔,具有对新事物的敏感,并能够站在时代的、历史的高度,深刻认识概括当代生活的伟大变革;同时,应当积极、热情地投身于四化建设和改革洪流,投身于生动活泼的儿童世界,在群众生活这个大课堂里,不断地充实、提高自己,进一步了解、熟悉新时期的少年儿童,洞察和把握生活变革中少年儿童的内心世界。为了提高队伍的业务素质,儿童文学作家,特别是中青年作家,还要丰富各方面的知识,学习历史、经济、科学知识,学习美学、社会学、教育学、心理学等等,努力提高自己的文化素养和艺术功力。只有在思想、生活、艺术三方面下苦功夫,才有可能成为儿童文学的大手笔,创造出无愧于伟大时代、为广大少年儿童喜闻乐见的艺术精品来。

我们这次创作会议,是儿童文学界难得的一次相互切磋、交流经验的聚会,也是关系今后儿童文学创作繁荣和提高的一次重要集会。为了开好这次会议,我们提出三点希望:一是要抓住会议的主题,围绕讨论的重点,集中探讨、研究如何提高儿童文学创作质量的问题。座谈讨论一定要从实际出发,紧密联系儿童文学创作的现状,尽量避免泛泛而谈。我们热忱欢迎到会的同志提出关于改进和加强儿童文学工作的意见和建议,会议将安排一定的时间认真听取大家的意见,只是希望不要过早地转入实际工作和具体问题的议论,以免冲淡了会议的主题。二是要树立正常的、自由的、生动活泼的讨论和争鸣的风气,要有在真理面前人人平等的精神。希望大家各抒己见,畅所欲言,有了不同看法和意见,可以展开和风细雨的、充分说理的论争。我们都要有倾听不同意见、相反意见的气度和雅量。三是要以团结为重。青年作家要尊重老作家的劳绩和贡献,老作家则要考虑青年作家的特点和长处,互敬互爱,取长补短。希望这次会议通过相互之间的接触和了解,能够进一步增进和加强儿童文学界的团结。让我们如巴老所期望的:"大家团结起来在创作实践上争长短、比高低吧。"

同志们,我们从事的是关系培养一代"四有"新人、提高中华民族精神素质的崇高事业。为了民族的振兴,为了祖国的未来,我们一定要更加勇敢地探索,更加勤奋地创造,写出更多的儿童文学精品,为把我国儿童文学创作提到新的、更高的水平而开拓前进!

一九八六年五月六日

在全国儿童文学创作会议开幕式上的讲话

王　蒙

同志们，我很高兴有机会来参加这样一个儿童文学的盛会。我讲三个问题。

第一个问题是儿童文学与我们的未来。大家知道，我们的国家正处在一个非常重要的发展的时期，我们的改革引起了全世界的注目，正像胡耀邦同志在接见外宾的时候讲的，现在社会主义国家的改革已经成为世界性的一个潮流。我个人是把我们从事的改革看作一个非常漫长的历史过程。这里面所讲的还不仅仅是从七十年代末期在农村进行的家庭承包为主要标志的农业改革以及在一九八四年中央通过了决定的关于城市的经济体制的改革。我想，看待我们国家的改革还要和我们整个国家的历史，特别是近百年来，我们国家、人民、社会的中坚、精华、先进分子为救国救民所做的努力联系起来，就是说，我们的改革是整个的一个再造中华的历史进程的组成部分。一个具有非常古老的文明和悠久的历史发展的相当完善却又同时停滞了几千年之久的这样一个封闭的国家，要把她改变成为一个现代化的、开放的，能够自立于世界民族之林的具有先进的科学技术、先进的文化，具有一种如我们所说的高度民主、高度文明的国家，这样一个努力，并不是从我们这一代人才开始的，也不是从近几年才开始的。实际上应该说从一八四〇年鸦片战争以后，我们这个国家一些先进的人物就已经在作这一篇文章，就在解决这样的一个历史的课题，并为这个付出了不知多少代价。当然，很多时候，这样一个历史使命的解决，它是以一种对抗的形式，暴力革命的形式，流血牺牲、武装斗争的形式来进行的，因为不通过武装斗争就无法推倒中国人民

题解　本文选自《儿童文学研究》总第二十六辑，少年儿童出版社1987年版。文章围绕"儿童文学与我们的未来""为儿童提供一个理想的精神世界"和"专心致志地创造新的作品"这三个问题，对中国儿童文学创作提出了展望。文章指出，当下中国的改革是百年来再造中华文明历史进程的一个部分，它是一项长期的事业，需要几代人的不断努力。从这点上讲，儿童文学能够通过富有感染力的文学作品培养未来中国新主人的一种勇敢、自信和开放的精神，一种更文明、更有公共责任感的素养，一种独立思考、判断和创造的能力。文章还指出，儿童文学要能提供儿童一个理想的精神世界。它的教育性并不是一种肤浅、狭隘的说教，而是体现在语言、情节、情感等诸种层面的文学性当中的。对于儿童文学作家来说，无论观念、潮流怎样变迁，生活的积累和学习的积累仍是创作一部好作品的关键之道。

头上的三座大山,使我们国家的任何变革成为不可能,戊戌变法的失败已经证明了这一点。但是事实又证明,仅仅靠这种疾风暴雨式的阶级斗争也不能完全解决这样的一个历史性的任务,在我们经过了这一番疾风暴雨式的阶级斗争,推翻了三座大山,使人民取得政权之后,你再是斗斗斗,再是不断地搞对抗性、用解决对抗性矛盾的方法来解决社会矛盾,并不能使国家前进,甚至导致后退。所以我们需要在新的形势下,自上而下地有条不紊地在党的领导下来进行一系列的改革,这个改革的目的,和我们的已经是好几代人的、他们所向往的那样一个总的目标是一致的。就是要使这样一个文明古国,既是文明古国又是泱泱大国,又是一个贫穷、落后、衰弱、受欺负、挨打、被轻视、被污辱的这样一个国家,能够振兴起来,能够兴旺起来,能够先进起来。这是一个漫长的过程,只有把这个过程和我们的整个历史使命联系起来,对于改革我们才能一不急躁,二不动摇。中国已经为国家振兴奋斗好几代了,还要继续奋斗下去。一时的挫折或一时的混乱算不了什么,这样一个整个历史进程是无法扭转也无法制止的,一时出现倒退,它还是要发展,还是要前进。

但是也不会出现奇迹,人们以为一改革就马上出现奇迹,这是不现实的。解放以后几十年了,建设上最重要的教训,就是急躁。因为大家怕了,老想找一个什么"窍门儿",老想找一个什么非同寻常的、甚至于带点"邪"的方法,三步并成两步,两步并成一步,十年的事半年干完,我们老有这样一种心态。最危险的就是"大跃进"的时候,当时就是讲,人好像是原子,"大跃进"就是用总路线把人的"原子核"里面的中子给释放出来,然后产生撞击,产生爆炸,全国都成了原子弹了,都爆炸了,那么就可以三年超英,五年超美,五年以后就可以居世界第一了。为了这样一个目的就不惜把锅也砸了,都拿去炼钢。当时我也是信了的,虽然彼时是处在逆境,我感觉就是处在逆境也值,如果五年就超过美国了,再多划二百万右派也可以;如果划右派可以超过美国的话,这也是一个贡献,也是应该付出的代价。事实证明:欲速则不达。用这种方法没有实现预定的目标。改革也是一样,改革是好的,但是把改革当成一种"窍门儿",把改革当成一种可以速胜的、可以很简单地达到目的,一下子就变了样儿的,也不实际。改革的艰巨,首先不在于先进技术的引进,这个引进一般地说还是比较容易的,特别是那些先进的工具、生活资料,没有什么阻力。彩电比黑白电视好,这些在农民里头也没有什么怀疑,也用不着展开大辩论,他只要有钱,他愿意买彩电,洗衣机也不错。化肥一开始农民不大习惯,很快也就习惯了。在这些方面人们比较容易接受。体制的改革就困难得多,因为平均主义、大锅饭、铁饭碗,不是一天两天形成的。形成以后,它达到了一种平衡,虽然你也不太舒服,我也不太舒服,但互相看着也都不大眼红,也没有什么特别的不服气的地方,而当你试图改变这种大锅饭的状况的时候,所产生出来的这种新的矛盾,这种新的心理的不平衡是普遍的,甚至在个别单位,个别的时候,能够造成这样,就是你改变了大锅饭还不如搞大锅饭的时候的劳动纪律好。大家都骂大锅饭,但是一旦实际改变大锅饭却很不容易。这样的例子是很多的。十个人,每人早晨两碗稀粥,大家没有什么意见,觉得也很公道,很合理;十个人根据贡献,有人有一个馒头,有人有半个馒头,有人不但没有半个馒头,粥也给他减了一碗,这十个人很快就会打了起来,这十个人你就没法管了。所以这个体制的改革就要困难得多。人们的精神状态的改变,人们深层的文化心理状态的改变,人们的习惯势力的改变,那就比具体的管理制度的改变,要更加困难。

所以我一上来讲了半天改革,我想说我们的儿童文学在培养一代新人方面,特别是在改变我们未来国家新主人的心理状态,他们的精神面貌,他们的气质——现在的新词儿也较多,有的说所谓素质,我不知这词儿用的对不对,姑且用这个词儿——在改造和提高我们民族的素质方面,我们的儿童文学有着重要的意义。当然总括起来,就是邓小平同志讲的,要培养有理想、有纪律、有道德、有文化的新一代。我觉得我们的儿童文学,从文学创作来说,我特别希望能够强调三个方面,就是在影响儿童,培养儿童,造就、感染儿童方面。

第一就是培养一种勇敢的、自信的和开放的性格。因为长期的封建社会小农经济、小生产经济,它比较强调的是封建的家长制、等级制,小生产者的一种鼠目寸光的、自给自足的心理,这种东西从小就有影响,我们有一些孩子从小受到多种的影响,他就不敢很坦率地表达自己的喜、怒、哀、乐,他不能够做到敢想敢干;所谓敢哭敢笑,他做不到。我们的很多文化的习惯、心理,都造成这个东西。我看鲁迅先生写的《从孩子的照相说起》,我就觉得这个问题现在也没有解决。崇洋媚外自然是不好的,那么除了物质条件的原因以外,其中也还有一个原因,我们有时候在大街上也好,或者在一些活动中,你看到那些外国人一个个都是趾高气扬的,自我感觉良好,挺胸腆肚,声音洪亮,动作也很大方。我们有一些自己的同志呢,却显出一种小心翼翼、手足无措,有时候也是点头哈腰的、退缩躲藏的。为什么?这就是咱们东方式的美德,什么事你也不能往前拱,你往前一拱,周围许多人就对你印象不好。进一个门,我们也得互相让半天,"您先请、您先请"。外国人他不讲那一套,人家扬长而入。他老显得自我感觉比你良好,其实他究竟良好到什么程度,也不见得。鲁迅早就说到过这方面,他是看中国的孩子和日本的孩子照的相,他感喟,为什么中国的孩子就是这样呢?现在连小学里都有这种情景,到了搞鉴定的时候,谁也不给谁提意见,为什么呢?就是别得罪人,从八、七岁他就得到一种熏陶,就是不要得罪人,什么事都是你好我好,大家都能够凑合过去,就可以了。说一句话,做一件事情都要左顾右盼,穿一件衣服也是左顾右盼,同学穿了没有?同学穿了我就可以穿;人家穿没穿?人家都没穿,我就不要穿。你看,就是这样的一些性格,这样一些东西。当然我也不是那个意思,说外国人一切都好,但是至少我们可以研究一下,就是我们的性格,能不能再勇敢一点,更自信一点,更开放一点。再比如说,同样是夸奖,外国人要是接受了夸奖,他很高兴,表示谢谢;说你这篇文章写得真好,这个外国人就会很高兴,表示谢谢;说你这件衣服真漂亮,他也会说谢谢;如果夸一个女孩子,你长得真漂亮,她也会说:谢谢。可是我们的习惯呢?要说:你的文章写得真好,他就回答:"哪里,哪里,我胡写,胡写八写。"说你这件衣服可真好看,他说:"谁知道在哪儿买的,我才不管那个呢。"如果一个女孩子你要随便夸她漂亮,那要小心一点,弄不好的话,她要认为你别有用心。到底哪种感情更自然一点?是受到了夸奖表示高兴更自然一点呢?还是受到了夸奖就惶恐无地,就面红耳赤更自然一点呢?我们都是搞创作的,我在这里漫谈,也不是绝对的否定一些东西,但是我们总应该培养我们的新的一代人,更勇敢、更自信、更开放。

  第二个就是我们要培养我们的新的一代更文明、更富有责任感。特别是对于公共利益的责任感,就是我们整个一代新人的文明的程度,包括谈吐、举止。比如我所讲的那一些事,本来可以不那么谦虚的,他却又那么"谦虚",本来可以谦虚一点的,他又一点都不谦虚。我刚才讲的进门,互相让半天,这是为什么呢?因为他要考虑对方的年龄职务,要考虑对方的专业造诣的成就和社会地位。有许多这种东西的考虑,那就得让半天;但是要是谁都不认识谁了,他又缺少另一面。这也就是一种文明,一种对集体利益对社会利益的责任感。我在北京生活,有时候也和孩子发生冲突,和一些不认识的孩子发生冲突。北京好不容易修起一些草坪来,我们过去对绿化的理解也比较简单,只知道种树是绿化,不知道种草也是绿化,特别是城市里头有几个大草坪,那实在是太好了,我们没有那么大的草坪,只有一些小的,所谓"掌大"的草坪,结果孩子在上头连踩带压,有时候只需走两步路,但他不,他一定要走草坪,一定要用他的"铁蹄"践踏这草坪,甚至在草坪上踢足球,结果弄得草根都翻出来,尘土飞扬。对于这,他倒没有一点谦虚,没有一点克制,一点都不脸红。你说他:"你真聪明呀,功课真好。"他倒脸红了;而破坏公用财物,他一点也不脸红,早在戊戌变法的时候,中国有一个思想家谭嗣同,他就提出,说中国人太讲究私德了,反倒不注意公德。天地君亲师,在家里是孝子,在老师那里是俯首帖耳的学生,在朋友面前他也很讲义气,但是在公共利益面前,在他不认识的人前面,他是很野蛮的。

三,我想特别应该强调一种创造性。想象力和判断力就是要让孩子从小敢于提出一些自己的思想,敢于判断一件事情的是非,不要把一件东西都是用灌输的方法、用已经形成的、现成的结论的方法来告诉孩子,我们要相信孩子是能判断的,虽然孩子的判断与成人的判断力那是不能相比了,但是他从小已经在学会判断,你跟他说的话哪些是比较准确,是符合事实的,哪些是你故意吓他的,他从小已经是在判断。敢于讨论问题敢于提出自己的不同意见,有自己多种多样的想象、幻想,这样的话,他将来长大了以后,他对于处理任何事情,也都能够有充足的想象力,他不是死板一棵树上吊死,总是能够想出许多方案来从里面选择最佳方案。昨天我们跟几位儿童文学作家闲聊的时候,他们就举了这么一个例子,说有一篇作品,描写一个人很有点儿好学的精神,他就是坐在汽车上也还是拿着书看,教育部门就认为这样的作品不能够选入课本,为什么不能呢?因为从生理卫生的角度上,坐在车上看书那是我们要反对的,要保护儿童的视力。你要是从保护视力的角度上,那我们的一大批包括古代的故事全部得作废,映雪读书的、用烛读书的,全都要作废,高尔基的读书方法也不例外。我这样设想,比如说有这么一篇文章,我们边让孩子读,让孩子看,同时老师告诉他,说读书刻苦的精神很好,但坐在公共汽车上读书这实在不是一个好办法,因为车晃动,损伤眼睛。我觉得我们的儿童是能够理解的,也是可以接受的。并不是说每一个东西都是你给他学了,你给他讲了,他只看着那个办就完了。我们应该多有几手,还可以有分析、有评论,甚至还可以让小孩子们来讨论。创造力、想象力、判断力,当然也包括在他考虑各种问题的时候,还有一个更广阔的思想驰骋的天地。我想如果我们的儿童精神食粮中,有更多地鼓舞他们勇敢向上、开拓创造、树立文明、有责任感等的这样一些东西,从长远来说,实际上关系到我们国家改革的成败。因为你仅仅引进了技术、改变了体制,但如果人的精神面貌不改变,仍然是一种保守、狭隘、随波逐流、鼠目寸光的话,那么,好的机器到了你手里也用不好;好的制度到了你那里,也可以把它搞坏。世界上没有任何事情是万能的。技术不是万能的,体制也不是万能的。所以,从这个意义上说,儿童文学肩负着改造和提高我们民族素质的更大的责任和使命,对于我们国家的未来是有重大意义的。

第二个问题,我想谈一谈为儿童提供一个理想的精神世界。

少年儿童的思想是最活跃的。他们不仅仅生活在自己的现实世界里,上学、放学、吃饭,城市的孩子还要打酱油买醋、替爸爸退换酒瓶;农村的孩子还要打柴、放羊、喂猪。除了这些日常生活外,还有很强烈的精神要求,还有很多的疑问、很多的幻想、很多的向往。而我们的儿童文学的任务,一般都是提供精神食粮。精神食粮这个提法是完全正确的。但我觉得它还不仅仅是食粮,不是说光给他拿到嘴边,让他吃下去,或者拿到眼前,叫他看看,通过眼睛吸收进去就完了。好的儿童文学作品实际上给孩子们提供了一个世界。在这个世界里,孩子好奇心求知欲得到了一定程度的满足,他们那种纯洁地对待父母、兄弟姐妹,对待师长,对待自己的故乡,对待自己国家的爱,在这个世界里,可以得到相当程度地表达。而他们的某些属于儿童的寂寞和苦闷也可以在这个世界里得到排遣和安慰。

这里牵涉到一个问题,就是儿童文学的教育性和文学性的问题。我觉得这两者应该是非常统一的。一种严肃的和高尚的文学性本身就是极富有教育意义的,这个教育意义是全面的。不仅仅是作品最后所归结出来的某一个道德教训是教育意义。比如说我们讲一个《狼来了》的故事。狼来了,狼来了,狼没有来,后来真地来了,别人就不去援救他了。这个故事告诉我们不要讲谎话,虽然很简单,给人的印象可太深了。我小时候受这个故事影响就非常深。我感觉到确实不应该说谎话,说了谎话,等狼真来了,谁也不管你了。多可怜呀,那个孩子太可怜了。我一直觉得这是个残酷的结尾。当然这是一种教育。结论是教育。整个文学本身都是教育。

首先文学语言对孩子就是一个很好的教育。通畅的、美丽的、精巧的、形象的语言本身就能提高人们的情操。我们现在讲的"五讲四美"里还有一条,叫做"语言美"。所谓落后的、愚昧的、自私的、野蛮的人,他就不掌握好的语言,他就不掌握那些礼貌的、文明的、高尚的、美好的语言。这不是教育吗?没有好的语言,能有好的儿童文学吗?而这些好的语言不就是教育吗?一个精巧的故事,这个故事的起、承、转、合,趣味性是一种教育,好的情操也是一种教育。离开了作品整体的文学性,儿童文学的教育性也就变成了一种狭隘的概念。教育性没有办法离开整体的文学性。

记得我上小学的时候,有篇课文是叶圣陶先生写的《小蚬回家去了》,我特别喜欢这篇课文。那里边讲了多少教育的东西?什么都没有讲。就是说买了一只小蚬,看它还是活着的,想到它妈妈一定很想它,于是孩子们就把它放回水里,小蚬回家了。那时我读到这篇文章的结尾,就有一种雀跃之感。那个《狼来了》的故事,我就觉得很残酷,而这个故事我就觉得非常温暖。保护生命,也是一种教育。那种枪杀白天鹅等等一类极端野蛮的事情就会少一些。教育应该搞得非常高明。根据我的体会,孩子也害怕那种很浅薄的说教,大人、青年不愿意接受,孩子也不愿意接受那种耳提面命式的说教。

来到烟台后我很感慨,前几天台湾有一名飞机驾驶员把华航一架波音747运货飞机,开到了广州白云机场。我们发表的公告是:驾驶员要求在大陆定居,通知台湾方面,可以派人到北京民航来商量飞机怎么处理,货物及另外几名驾驶员怎么处理,其它什么话都没说。我觉得如果说这是教育的话,那么这个教育大极了,高明极了。我们可以有另外的一种办法,这是一个很好的机会,过去也发生过中国大陆的飞行员跑到那边去的,还正憋着气呢。我们当然可以大加宣传,这个驾驶员由于认识到祖国社会主义建设欣欣向荣,前程似锦,而台湾社会黑暗独裁,不满于蒋帮的统治,弃暗投明,欣然来到了祖国的神州大地等等,可以大讲一通。但这些东西没有讲,事情本身就都有了。这个比任何宣传都有力。他的飞机来了,这不是假的。而我们又那么大度,那么仁至义尽,站得是那么高。欢迎他来大陆定居,广东省的领导同志接见他、招待他。同时又通知台湾方面:你们愿意领飞机可以领。当时我想到,我们这些写小说的人,包括我自己,能不能从关于对台湾飞机的公告上,学得机智一点。不要最后搞得我们的小说比民航局的公告还没有味道。你看,给台湾华航的公告多有味道,多有余味,可供咀嚼,而我们的文学作品却没有余味。

反过来说,我们给儿童提供的精神上可自由驰骋的世界,本身就是为教育儿童,就是一种升华、一种引导、一种凝聚、一种慰安、一种美化和净化。这个世界既不是脱离儿童时代生活的,也不是沉浮于儿童时代的生活的;既不是脱离开现实的,又不是现实的照搬。尽管它不如现实那么具体,但是它能更好地满足儿童的想象力、儿童的爱心、儿童的热情、儿童的单纯、儿童活跃的幻想。我们可以设想一下,在很多出身于城市有文化家庭的孩子中,他除了从小生活在父母兄弟姐妹之间以外,也还生活在白雪公主、小矮人、狼外婆、小木偶以及孙敬修故事里讲的那些人物、那些事件中,农村的孩子也许这些接触得少一些,但至少他也知道一些民间故事。他有自己的一个精神世界。我们提供这样一个精神世界的目的是要给他更多的东西,给他在现实生活中还没有完全得到的,或者是虽然得到了,还没有完全意识到它的可贵、它的价值的东西。因此,这不是简单的事情。从这个角度来看,争论的问题也就比较容易解决了。什么东西可以写,什么东西不能写,关键还在于你写的目的是什么。

写作的目的是给予一种升华、一种输导,还是实录呢?这是任何一个高尚的、严肃的作家必然会涉及到的。生活必然会给自己提出任务。我们要根据现实生活来提供给儿童们一个精神能够得到自由驰骋、满足的世界。我们要让孩子们的头脑除了有白雪公主、小矮人、小木偶,除了有王二小、刘文学以外,还要给他们提供今天的新的世界、新的形象。

这里我顺便提一下科幻文艺的问题。这是一个引起很大争论的问题。我个人主张对科幻文艺还可以宽一点。有的科幻文艺属于科普读物,其目的是为了普及科学知识。还有些科幻文艺,不能通过它普及多少科学知识,但能发展某种幻想。你说是想入非非、胡思乱想,这也有可能,但是你要想把儿童的想入非非、胡思乱想的东西全去掉,那么有些正常的、好的想象也会受到挫折。像武侠小说里写的有些东西对男孩子就是有吸引力。我们可以不断地给他们讲:这是假的,大家不要相信,也不要结伙去少林寺,或者上武当山,这种宣传什么时候都是需要的。但另一方面,孩子们对这些又有一定的兴趣,不管什么时代、什么社会都一定会有的。问题就在于有这些幻想作品的同时,又要有所分析。可以让幻想的作品照常写。另外,老师也好、评论也好,又要指出这是幻想,至少目前还做不到。这种东西多了,也是培养一种判断力。一九八〇年我在香港住过几天,当时那里是气功热,练扎枪、扎肚子、练手掌砍砖头。大家都说香港是资本主义社会,但他们是很注意保护儿童的。他们在电视里播气功的同时,就像我们加广告一样,但不是广告,每隔十分钟就播一次,主要是对儿童讲的,刚才练的那些都是真的,不过,是经过特殊训练的,一般的孩子没有经过特殊训练,你们千万不要去练;你们练的话,要出事。这样反复强调,然后接着让你看。这就很好,既允许你看,又告诉你自己不要练,这是很危险很危险的事情。这个世界是复杂的,我不想参与科幻小说的讨论。这种所谓胡思乱想的小说,其价值到底怎么样?多大多小,是不是应该批评,这些我都不想参加。你要问我,我认为可以宽一点,可以试验一下,但是你也要允许大家批评,不能光有你们那一手。还得允许评论家有一手,允许评论家说:这个作品不好,大家不要看。评论家是可以这样说的。

我要讲的第三点是专心致志地创造新的作品。

这是因为解放三十多年来我国的文学艺术事业发展是不平静的,是曲折的,中间的问题很多。这几年情况比较好,但各种说法争论也不少。因此,一些搞文艺的同志常常花费相当多的精力和脑筋来分析一下动态。要想法摸一点什么精神,摸一点什么消息。谁谁对那个作品是不是说了什么话,谁谁对另一个作品是不是又说了什么什么话。我个人的意见就是对这些东西可以少管一点。因为事实已经证明从党的十一届三中全会以来,我国的文艺政策是稳定的、也是全面的,是没有发生大的变动的,也不需要时时调整。文艺政策正像其它政策一样。一年老是在不断地调整就会让人不放心了。我们可以从政策条文上,从中央领导同志的历次讲话上,从一些重要的会议文件上来加以领会。简单地说,近七、八年来有几条都是非常明确的。

第一条就是我们的文艺从来都没有像现在这样活跃过。我们的社会、国家、党也从来没有停止过鼓励我们的作家解放思想、探索创新、发挥个人高度的创造性,也就是社会主义的创作自由。尽管具体说法、提法可能有调整、有改变,但是总的精神是贯穿在这里的,这几年当中没有发生变化。我们不应该怀疑鼓励文艺创作、鼓励健康的创作自由、鼓励作家创造性劳动的这样一个方针。

其次,这些年来,我们的党中央,我们的国家也从来没有停止过号召作家深入现实生活、反映我们伟大的时代,为四化事业提供一种助力,注意社会效益。如果有人以为我们的文艺可以停止这方面的要求,可以停止这方面的号召,也是想入非非。就是讲创作自由也是没有停止过。我们的文艺还是要为社会主义服务的,还是要为社会主义现代化起推动作用的。

第三,我们也从来没有停止过对于好的作品的表扬和鼓励,和对于不健康作品的批评,而这种批评又都适可而止。我们可以比较一下,从一九四九年起到一九六六年"文化大革命"前的十七年,文艺界的气氛、状况从来没有像现在这么风和日丽。刚解放时还没有搞什么运动,后来,今天批《我们夫妇之间》,过两天批《关连长》,再过两天又批《我们的力量是无敌的》。那时我们的批评就不知比现在要厉害多少,从来没有中断过。到了反胡风反右时,当然更不要说了,搞文艺工作就跟踩着地雷一样,不知道什么时候脚下就爆炸。现在呢,从粉碎"四人帮"到现在十年了,从三中全会到现在快八年了,这八年当中出现过这样的事情吗?设想一下,我们的文艺可以不批评,什么事都可以不批评,这是不合实际的。把批评夸大也是不对的,都是适可而止的,所以我觉得现在的政策,现在的气氛对于创作是很有利的。要有一定的政策和一定的环境,但是也不能把自己的希望只是寄托在政策和环境上,因为这种政策和环境虽然与创作是很重要的,但是它不是一个立竿见影的直接的关系。中外的文学史上,那些伟大的作品的出现,是不是都是由于当时的政策落实好所出现的呢?屈原是因为落实政策而出现的吗?曹雪芹是因为号召创作自由而写出《红楼梦》来的吗?托尔斯泰是由于他评了高职称才写出他的三部长篇小说来的吗?当然托尔斯泰的职称压根就不低,他是贵族。我讲这个话的意思决不是对作家们的利益表示冷淡,不关心,不是这个意思。我们现在有许多作家,特别有很多儿童文学作家处境还很差,住房的问题、工资的问题、待遇的问题、夫妻两地分居的问题,有妻子在农村没有城市户口,这些问题还都很多。还有的地方还根本不承认作家是知识分子的,因为作家没有职称。读了作家的书,研究作家的作品的人可以当博士,但是那个作家本人、他的妻子和儿女农村户口都解决不了,这些也有。从作协来说,还是尽了自己的力量,在做这个工作,这是另外一方面的问题,解决各种合理要求,以及我们应该向中央,向各级党委提出要求,更加关心、爱护作家,为作家创造更好的工作条件,这是没有疑问的。但是刚才说的意思就是作家本身还是要把注意力,把精力集中在安心的、专心致志的长期的艰苦的艺术劳动上来。有了环境,有了气氛,有了空气,以至于有了职称,都很好,所有这些都不能代替作家自己的艰苦的、长期的、专心致志的创造性的劳动。第二点意思就是说,要用我们的实际成果,来唤起社会的重视,这也是目前一个很突出的问题。因为往往一谈到儿童文学工作,首先一个问题就是说不重视,这个各个部门、各个地方也都存在,但是具体的做起来,当然也有它的困难。现在我们国家经济建设的任务这么繁重,你要求那个省市委讨论你的儿童文学问题,当然也有一些地方是这样做了,但是你作为一个普遍的要求,他有一定困难。所以我们除了有这个要求,我们该呼吁也可以呼吁,该造气氛也可以造气氛,但是,更主要的是通过我们的成果,我们自己劳动的成果提出更高质量的儿童文艺作品来。拿给儿童看的电影来说吧,你要多几部《小兵张嘎》,那是给儿童看,完全没有错,但实际上成人也被它的艺术力量所征服,所感动了。第三个我说专心致志地搞创作,也还有一个意思,就是攀登艺术高峰是没有捷径的。因为这几年新的口号、新的名词、新的旗号、新的试验非常多,这是极好的现象,但是真正杰出的作品的出现,往往不是在一种热热闹闹的、大哄大嗡的情绪里面,这样一种空气里,因为文学作品是要一个字一个字的写,一个字一个字磨的,只靠通过一个或某一种观念的引进,或许通过某一个新的口号的提出就可以达到高峰,这是不可能的。一个新的口号的提出,某种观念的借鉴,引进它至多只不过是攀登高峰的时候帮助我们增加一个选择的可能。大家都在一条道上,它告诉你,这边还有一条路。这条路到底怎么样谁也不敢说,它只增加一条选择的可能,并不能代替攀登,不管什么样的路,都需要攀登,绝对没有这样的路,说你走在那路上就跟乘车一样的,可以不费力。包括突破禁区的方法,用任何方法都不能代替攀登,你是大胆也好,新鲜也好,这些对于作家的胆识当然都是非常重要的,但是它们都不能代替对艺术高峰的这种艰苦的攀登,都不能代替生活的积累,学习的积累,都不能代替艰苦卓绝的艺术劳动。

最后,我再一次对我们儿童文学界的这次盛会表示祝贺。希望这次会议以后,我们的儿童文学也不仅仅是文学界,通过文学推动戏剧、美术、影视各个方面的门类,能够给儿童创造更好的一种文化的园地,文化的食粮,精神的世界。

一九八六年五月六日

全国儿童文学理论座谈会纪实

会议秘书组

一

1984年6月16日至29日，文化部在石家庄召开了全国儿童文学理论座谈会。这是建国以来第一次召开的全国性儿童文学理论工作会议，也是我国儿童文学界大家期待已久的一次会议。参加这次会议的代表共六十四人，他们是来自全国各省、市、自治区的儿童文学理论家、作家和编辑。还有各出版社和有关单位的代表十四人和河北省儿童文学讲习班的学员六十五人列席了会议。会议代表中有十二人应邀向河北省儿童文学讲习班做了学术报告。中国作家协会书记处书记、著名老作家、翻译家叶君健同志和著名儿童文学老作家、理论家陈伯吹同志出席了座谈会并讲了话。陈伯吹同志并自始至终参加了会议讨论。

座谈会由文化部少儿文艺司司长、全国少儿文化艺术委员会秘书长罗英同志和少儿司文艺研究室主任陈子君同志主持。文化部党组成员、文化部顾问、全国少年儿童文化艺术委员会主任林默涵同志出席了闭幕式，仔细地听了大家在讨论中的发言，与代表们进行了亲切的会见，并向会议作了报告。罗英同志做了总结发言。

座谈会得到河北省党、政领导和省直有关单位的热情支持。河北省副省长、省少儿工作委员会主任王祖武同志出席开幕式和闭幕式并讲了话；省人大常委会副主任韩启民、省政协副主席徐瑞林、省委第一书记高扬、省委宣传部副部长

题解 本文选自陈子君编选《儿童文学探讨》，河北少年儿童出版社1991年版。1984年6月，文化部在河北石家庄召开中华人民共和国成立以来第一次全国性儿童文学理论工作会议。本纪要记录了此次会议的诸多议题：儿童文学中的教育性、童话的时代特色以及幻想与现实的关系、新时代中的儿童精神需要，等等。纪要指出，虽然进入20世纪80年代以来，我国儿童文学创作和出版有了长足的进步，但仍旧与三亿多少年儿童的实际需要、急剧变革的时代要求存在较大的差距。切实提高儿童文学作品的质量，改变儿童文学创作中普遍存在的"公式化""概念化"弊端是未来儿童文学发展的着力点。

郑西廷、省文联主席徐光耀、省妇联副主任于爱凤、省文化厅副厅长张瑞安等同志也出席了开幕式或闭幕式。

二

自1981年党中央书记处发出"全党全社会都来关心少年儿童的健康成长"的号召以后,由于各级党政领导和社会各界的重视,给我国儿童文学的创作出版事业创造了极为有利的发展条件,形势非常喜人。在三四年中,各省、市、自治区人民出版社普建了少儿读物编辑室,专业的少儿出版社由原来的两个增加到十五个。少儿读物编辑由原来的二百人发展到一千人以上。儿童文学作者队伍已发展到近三千人,其中,在省以上报刊发表过有一定影响作品的骨干作者有一千人左右,骨干和一般作者都比1978年有了成十倍的增长。儿童读物的品种和数量逐年大幅度增加,1983年达到三千九百多种,七亿二千多万册,比1978年增加了十多倍,质量也普遍有了提高。出现了一批比较优秀的作品和比较有发展前途的中青年作家。儿童文学理论也开始活跃起来。专业的儿童文学理论丛刊《儿童文学研究》自1979年复刊以来已出刊十六辑,发表了三百多篇论文。全国各出版社已出版了十多本儿童文学论文集和两本儿童文学概论。儿童文学理论批评和研究在拨乱反正,清除"左"的影响,促进儿童文学创作遵循艺术规律,和提高作品的思想艺术质量方面,发挥着日益重要的作用。

总的看来,我国儿童文学的创作和批评研究近几年来取得的成绩都是非常显著的。但是与三亿多少年儿童读者的实际需要和急剧变革的时代向我们提出的要求相比,又还存在着很大的差距。特别是,儿童文学作品的思想艺术质量虽然已经比过去有了提高,但仍然远不能令人满意。具体地说,还很少塑造出具有时代精神的鲜明而丰满的艺术形象,还没有出现多少像海娃、嘎子、潘冬子等那样能够深入孩子心灵的有血有肉的典型人物。不少作品仍是从图解政治概念出发,或从某种教育意念出发,去编造故事进行简单化的说教,因而作品公式化、概念化和直、白、浅、露的现象仍较严重。一个时期以来,对于如何提高创作质量的问题,许多同志都在进行探索,但并未找到大家都能接受的比较一致和比较准确的答案。在一些问题上还存在着较大的认识上的分歧和思想上的混乱。这就在客观上突出了加强儿童文学理论批评、研究和指导的重要性和迫切性。召开这次会议的目的,就是要交流情况,交流经验,探讨问题,力求在儿童文学理论研究方面取得若干新的进展,促进儿童文学创作质量进一步提高。与会同志一致认为,这次会议的召开是非常必要和比较及时的。它必将对我国儿童文学的发展产生深远的影响。

三

这次会议共收到论文二十多篇,围绕如何进一步提高儿童文学创作质量的中心,涉及了一系列理论问题和实践问题。为了使会议开得更有成效,会议着重讨论了以下四个方面的问题:第一,儿童文学的特点和文学的一般规律的关系;第二,儿童文学和教育的关系;第三,八十年代少年儿童的特点和如何塑造新的人物形象;第四,童话的时代特色及幻想和现实的结合问题。会议领导并提出三点希望:第一,希望这次会议开成一个解放思想,活跃思想的会议。儿童文学理论也和其他事物一样,在飞速发展的时代,需要在继承传统的优秀遗产的基础上大胆创新,要有胆识,敢破敢立,勇于攀登,为建立我们自己的具有中国特色的社会主义儿童文学理论体系作出贡献;第二,希望这次会议开成一个真正做到在学术上百家争鸣,畅所欲言,各抒己见,在思想上讲团结友好,互敬互爱的会议,为树立理论批评和研究中的新风尚做出贡献;第三,希望充分发挥大家的智慧,共同来开好这次会议。由于召开儿童文学理论会议还是第一次,缺乏经验,希望大家随时提出建设性的意见和建议。实践结果证明,这次会议已经达到了上述要求,取得了预期的比较满意的效果。会议共分四个小组,开了十四次小组会,组织了十次大会交流,有四十四人次在大会上做了专题发言。无论是大会或小会,大家都比较充分地亮明了自己的观点。既有比较一致的意见,又有不尽相同以至完全相反的意见;既坚持了实事求是的科学态度,讲真理不讲面子,有争论,有交锋,又互相尊重,互相爱护,不讲伤感情的话,创造了一种以文会友、以诚相见的团结友好的气氛。

四

在讨论过程中,大家对目前儿童文学作品质量不能令人满意的原因进行了分析。有的认为,主要是没有解决好文艺和生活的关系问题,不熟悉当代少年儿童的兴趣、爱好和性格特点。不少人是靠调动自己的童年生活和头脑中原有的五六十年代少年儿童的形象来表现今天的少年儿童,因此,作品中出现的往往是八十年代的生活背景,五十年代的人物形象,明显地缺乏时代感。有的认为,儿童文学质量上不去的原因,主要是由于过分和不恰当地强调了儿童文学特点,从而忽视了它作为文学所应遵循的普遍规律;过分和不适当地强调了儿童文学的教育作用,而忽视了儿童文学的文学特性。在儿童文学创作中,思想和艺术,教育和文学,往往形成了两张皮,不能达到高度的统一。也有人认为,妨碍儿童文学发展的原因是既忽视了儿童文学作为文学的共性,又忽视了儿童文学的特性即个性,致使不少作品既缺乏艺术形象又缺乏儿童情趣。还有人认为,儿童文学质量上不去的原因在于,儿童文学工作者(包括作家,编辑和理论工作者)忽视了儿童文学的边缘性学科的特点,不重视对教育学、心理学、社会学、文化学、美学等等的学习与研究,因而作品缺乏对人物内心世界的细腻刻划,缺乏反映生活的深度,缺乏美学的追求。

与会者通过大会小会反复讨论,就一些主要问题取得了比较一致的意见:

关于儿童文学特点与文学的一般规律的关系问题,不少同志认为,儿童文学是整个文学的一个有机组成部分,同一般文学一样,是用语言塑造形象以反映社会生活、表达作者思想感情的艺术。但由于它的读者对象不同,又具有不同于一般文学的特点,而成为文学中的一个相对独立的门类。儿童文学的特点是由儿童的心理、生理特点决定的,不同年龄阶段的儿童,身心发展不同;在不同的社会发展阶段,儿童的年龄特征也在发展变化之中。社会矛盾和社会生活的变化,也促使少年儿童的特点随之发生变化。由于优生和现代科学所从事的智力开发,由于社会环境和家庭结构的变化,即使同样是社会主义阶段,五十年代和八十年代儿童年龄特点的表征,甚至内容也有差异。作为一个儿童文学工作者,应当认真地了解他的工作对象的特点,根据当前少年儿童的兴趣、爱好、理解和接受能力来进行创作。过于浅露和过于深奥都不能满足和适应少年儿童的阅读要求。在这个问题上,还要注意儿童心理上的一种"儿童反儿童化"的倾向,也就是说,儿童总是要求阅读比他们自己水平高一些的作品。

在过去,由于"左"的文艺、教育思想的影响和不能历史地、恰当地估计发展变化着的少年儿童特点,以及过分和不恰当地强调儿童文学特点从而忽视作为文学的共同规律的表现,主要有以下几种:第一,认为搞儿童文学就是为孩子编故事,在许多作者当中出现了不重视深入生活以至脱离生活瞎编故事的现象;第二,许多作者认为儿童文学的重要特点就是要故事性强,于是便片面追求离奇曲折的故事情节,以情节取胜,而忽视人物形象的塑造,忽视应有的美学追求;第三,过分和不恰当地强调儿童文学的教育作用,出现了不少从概念出发去编故事说明问题的缺乏艺术的艺术作品;第四,由于不恰当地估价少年儿童的接受能力,出现了许多不能真实地反映现实生活的过甜和过于净化的作品,以及忽视儿童文学的认识作用等等。长期以来,以上种种脱离艺术创作的共同规律的现象,却被加上一顶所谓的"儿童文学特点"的保护伞而加以掩盖,反过来成为提高儿童文学创作质量的严重障碍。不应当容许这种障碍继续存在。

关于儿童文学和教育的关系,到会者一致认为,我们社会主义儿童文学的共产主义教育的方向性,是绝对不能怀疑和动摇的。一切文学作品都要反映作者对某种事物的一定的倾向性,要对读者产生一定的思想、感情或情绪上的影响,这种影响就是教育性。所以,没有教育性的文学作品实际是不存在的。但是,资产阶级的文艺家不肯承认这一点,而无产阶级则公开宣布自己的文艺是要教育人的。少年儿童正在成长时期,艺术形象感人的作品对他们思想、性格、意志和情操的形成有着深远的影响。因此我们社会主义的儿童文学把教育少年儿童一代作为自己的战略性使命,作为建设社会主义精神文明的一个重要组成部分,这是理所当然的事。有些同志否定儿童文学要有教育作用,并认为我们儿童文学的质量上不去,主要原因就是过分强调了教育作用。这种观点是站不住脚的。但是儿童文学到底需要什么样的教育作用和怎样实现这种教育作用,也确实需要进一步加以研究。

许多同志认为,儿童文学要有教育作用是没有疑问的,但过去长期以来把儿童文学说成是"教育儿童的文学"和"教育的工具",这种提法有较大的弊病。主要的是把儿童文学的教育作用孤立起来强调,既不能说清楚文学艺术的全部功能,也不能把艺术的教育和一般意义上的教育加以准确的区别,因而容易忽视艺术的特点,妨碍艺术质量的提高。实际上,"教育儿童的文学"和"教育的工具"这两个口号是在五十年代受了"左"的影响而提出来的,因此今后不宜再重复使用。有的同志认为,"教育作用"实际上也就包括了"认识作用"、"审美作用",因此文学的功能只提"教育"也不是不可以。但是多数同志认为,文学的四个功能固然不是相互孤立的,而是有着相互渗透和相互包含的部分,但也决不能相互代替。因此社会上那种主张只提"教育作用"或者只提"审美作用"的意见都是不能接受的。

许多同志还认为,过去的问题还在于对"教育"和"教育作用"的理解上。长期以来,由于"左"的影响,许多人对"教育"理解得十分狭窄,"教育"往往成了"教训"和"说教"的同义语。而"教育作用"又往往被看作仅仅是指政治思想和品德方面的作用。这样,许多作者在进行创作时,就常常忽视了艺术的客观规律,不是从生活出发,从审美的角度去提炼主题,创造人物形象,而是从概念或

"问题"出发去抓取题材,结构作品,甚至纯粹是为了图解某种思想而写作。这就不能不影响作品的艺术质量。因此,必须继续清除"左"的影响,在"儿童文学首先是文学"这个前提下去体现其教育作用。儿童文学的教育不是一般的教育,而是通过艺术形象去潜移默化地影响读者的思想感情,给予某种启示,从而实现其教育作用和认识作用。有的同志认为,只有着眼于提高儿童文学的文学素质,着眼于对生活的深刻认识和反映,努力追求作品的艺术魅力,才能实现包括教育作用在内的广泛的社会功能,帮助我们的下一代树立共产主义的世界观和人生观,成为建设新世界的主人。

谈到八十年代少年儿童特点,大家一致认为,新的时代向儿童文学提出了新的要求,那就是:反映新的生活,塑造新的典型人物的形象,表现新的教育思想和新的伦理、道德观念。

三中全会以来,随着党的工作重点的转移,全国人民正在为实现社会主义的四个现代化而斗争。这一斗争具有迎接世界性的第三次工业革命的挑战的性质,具有进行广泛而深刻的变革的意义。时代的需要和生活的实际都已表明,今天的少年儿童的思想和性格正在发生重大的变化,并且还将发生更大的变化。他们思维活跃,性格开朗,视野开阔,富于幻想,勇于拼搏,其实质是,正在从"大锅饭型"朝着"开创型"或"进攻型"的方向转变。这是一种划时代的转变。我们的儿童文学应当适应并促进这种转变。

有的同志认为,应该从创作的角度,结合如何塑造新时期少年儿童形象这一课题来研究当代少年儿童的特点。新时期的少年儿童,物质生活上一般都比较优越,精神上也有着许多新的好的因素,但也存在着不少精神上的冲突和负担,主要的是:第一,他们受到了社会上冲破禁锢、解放思想的影响,同时也受了西方的某些影响。要求摆脱陈旧观念的束缚、独立思考、拼搏精神与家庭、学校和社会某些传统的旧的观念的冲突。今天孩子们头脑里并不是只有欢乐,而是往往"焦灼多于从容";第二,少年儿童的上进心、不甘落后与处在被冷落的境地的冲突。他们的自尊心和向上精神与家庭和社会上某些封建思想残余对他们的压制的冲突。孩子们某些灵魂上的痛苦是成年的人们很难想象的;第三,独生子女养尊处优与面临的"大锅饭吃不成了"的冲突。许多孩子缺乏"竞争"的意识,但又不以主观意志为转移地正在逐渐受到竞争的挑战;第四,新旧是非观、道德观、善恶观的冲突。在家庭中受到的教育是要诚实、谦虚、让人,到社会上就碰壁。从小伙伴那里受到的影响似乎在社会上更适用些。不少孩子自己本身就是一个优劣杂陈的相当复杂的人。由此看来,今天的儿童文学作品,不接触社会矛盾是不行的，不贯穿变革精神是不行的，内容过于单纯和净化也是不行的。在这些问题上，我们儿童文学的某些传统的观念已经不能适应新的时代的需要。

有的同志还认为，作家最根本的使命的是：塑造中华民族的崭新性格。对于儿童文学作家来说，责任尤其重大。因为孩子是民族的未来，儿童文学作家是未来民族性格的塑造者。当年鲁迅所批评的我们民族的种种劣根性，并没有由于社会主义制度的建立而完全消失。相反，至今仍在我们的生活中相当多地存在，以至严重地影响着我们的教育思想。用这种思想来教育下一代，不能培养出适应新的工业革命的时代需要的人才。我们要振兴中华，就必须培养"开创型"和"进攻型"的人才。这也可以说是一个民族意识问题。我们只有加强了这种民族意识，才能使儿童文学发生质的变化。能够站到这个高度，我们就有希望看到一大批新的艺术形象出现在儿童文学领域里。也就可能为儿童文学开拓出一个更加广阔的生活领域和艺术领域，并出现具有高度和力度的作品。

关于童话的时代特色及幻想和现实的关系，大家一致认为，任何国家和民族的优秀童话，都无不在一定程度上反映了这个国家和民族某一时代人民的生活和思想。我们今天创作的童话，更应当有鲜明的时代特色。近几年来，我国的童话创作是有成绩的，不仅数量较多，也出现了一些较好的作品。但是，无论从时代的要求或广大读者的希望来说，也都还存在不少的问题。比如，有些童话缺乏幻想，有些幻想又太玄，有着很大的随意性；表现形式和手法也比较老套；有些童话不够美，甚至于过多地渲染不健康的脏话，在小读者中产生不好的影响。题材面也较窄，比较多的是写孩子们身上的缺点。在学习和借鉴西方经验方面，出现了过多的模仿，而成为不中不西，或者干脆全是洋化了的东西，甚至连主人公的名字都是洋化的。这些情况都应当引起注意。

不少同志提出，应多写具有中国民族特色的童话。所谓民族特色，并不能仅仅理解为写民间故事和民间童话，而是要反映中华民族的民族特点，这包括主题、题材、人物、情节、结构和语言等等，都要民族化。在强调民族化的同时，还要强调现代化，也就是说，童话要充分反映我们这个时代的生活，包括少年儿童的生活。外国有阿童木、米老鼠、圣诞老人等，这代表他们的民族特色。我们也应该有中国自己的阿童木、米老鼠和圣诞老人。孙悟空、猪八戒、哪吒、马良等形象已经在我国少年儿童中产生了深刻的影响，我们应当利用这些形象（当然还可创造一些新的形象）创作出更多的民族化的优秀童话来。

对于幻想是童话的根本特征以及幻想需要植根于现实，大家的意见是比较一致的。认为童话作家也要很好地深入生活，深入到少年儿童当中去，深入到社会生活的各个方面和各个角落去。那种认为童话作家不需要深入生活,坐在屋子里就可以随便编出好童话来的想法是有害的。

许多同志认为,要认真注意童话的逻辑性、物性。所谓逻辑性就是合情合理,合乎逻辑。物性是逻辑性的一部分。童话如果不讲物性,不合乎逻辑,就必然是凭空虚构。不少童话的毛病,正是在于幻想和现实的关系处理得不好,缺乏逻辑性。有的同志还认为,童话也要考虑到社会效果。这有社会性和自然性两个方面。比如,如果社会上在宣传灭鼠,你在童话中写了老鼠捉猫就不行。要提倡多写一点社会题材的童话,以告诉少年儿童应当怎样认识社会。童话的题材面应开阔些,不要只写对少年儿童进行教训式的童话,还要提倡写不同风格的童话,写科学童话。

五

参加会议的同志对今后如何进一步加强儿童文学理论工作,提出了许多宝贵的意见和建议。其中主要的有创办儿童文学评论刊物和加强儿童文学理论队伍的组织建设问题。林默涵同志认真地听取了这些意见和建议,并表示热情的支持。文化部少儿司将在今后与有关部门协商,采取措施逐步促其实现。

1984 年 6 月 30 日

为亚洲儿童文学贡献一场思想的盛宴

——访第十届亚洲儿童文学大会组委会负责人方卫平

刘秀娟

10月16日至19日,第十届亚洲儿童文学大会在浙江师范大学召开。作为大会的第一个"整数年",选择在中国的浙江师大召开,似乎有点"回家"的意味:大会的发起人之一蒋风教授曾担任浙江师大的校长。位于金华的浙江师大也是中国儿童文学研究具有标识性的重镇之一:1979年,浙江师大在全国高校中第一个恢复了儿童文学选修课,成立了第一家儿童文学研究机构,招收了第一名儿童文学硕士研究生,在新时期中国高校儿童文学学科建设史上取得了毋庸置疑的先发优势和开创性地位。

中国拥有亚洲最大的儿童文学读者群和作家群,少儿出版正处于上升态势。加强国际交流,缩短与发达国家的差距,将更多优秀本土作品推介出去,是当下中国儿童文学的重要诉求。这种情境之下,大会的召开更加引人瞩目。为此,记者采访了此届大会组委会负责人、浙江师范大学儿童文化研究院院长方卫平。

记　者:据我了解,亚洲儿童文学大会的影响越来越大,正在越出亚洲、产生世界性的影响。这个组织缘何而来?这一届是怎样"落户"浙江师大的?

方卫平:1990年,韩国儿童文学学者李在彻教授准备在首尔组织召开韩日儿童文学讨论会时,邀请浙江师大蒋风教授以观察员身份出席会议。蒋风当即去函建议,何不将它开成东亚儿童文学讨论会或亚洲儿童文学大会。这个建议被采纳了。韩方又重发通知,将韩日儿童文学讨论会扩展为亚洲儿童文学大会,并于1990年8月在首尔举办了第一届大会(当时并未标明为第一届)。此后,每

题解　本文原载《文艺报》2010年10月18日。文章以对话访谈的形式简要介绍了亚洲儿童文学大会的历史缘起以及第十届亚洲儿童文学大会的主题——"世界儿童文学视野下的亚洲儿童文学":以亚洲的视点和经验,来观察世界儿童文学背景中的亚洲儿童文学历史和现状,思考全球化语境下亚洲各国和地区儿童文学的美学和文化特质,想象亚洲儿童文学发展的趋向和未来。本访谈还论及中国儿童文学和研究的现状与未来:中国拥有亚洲最大的读者群和作家群,但中国儿童文学也并不是一个自足的概念,而是向着时间与空间开放的概念,也是一个需要不断被重新发现的概念。

两年(偶有三年)举办一次,这一会议架构被延续至今。20年来,亚洲儿童文学大会由韩国、日本、中国大陆、台湾地区的有关单位轮流主办,成为亚洲儿童文学界的一件盛事。

此前,亚洲儿童文学大会在中国大陆已经举办了两届,即1995年11月在上海举办的第三届大会和2002年8月在大连举办的第六届大会。

按照各个分会轮流主办的惯例,第十届亚洲儿童文学大会由中国大陆主办。两年前,在第九届亚洲儿童文学大会上,由于蒋风的提议,加上各国各地区与会代表的积极支持,会议最终一致赞成并确定由浙江师大主办本届大会。

记　者:这次在浙江师大举办的第十届亚洲儿童文学大会有哪些突出的特色?

方卫平:每届大会都有自己所关注和设定的主题。就本届大会而言,我认为,随着亚洲儿童文学与其他各大洲儿童文学接触、交流的愈益频繁和密切,这种交流所构建起来的二者之间的文学、文化关系也变得日益丰富和复杂。今天也许已经不存在一个完全封闭、自足的"亚洲儿童文学"的概念,谈论亚洲儿童文学的历史、现状和未来,也早已不是一种封闭和孤立的文学判断和描述,而必然要与它所置身其中的世界儿童文学的大背景融合在一起。因此,第十届亚洲儿童文学大会将主题设定为"世界儿童文学视野下的亚洲儿童文学"——以亚洲的视点和经验,来观察世界儿童文学背景中的亚洲儿童文学历史和现状,思考全球化语境下亚洲各国和地区儿童文学的美学和文化特质,想象亚洲儿童文学发展的趋向和未来,是举办本届亚洲儿童文学大会的意义之所在。

本次大会的前期学术准备工作是较为充分的。大会共收到了来自中国以及日本、韩国、伊朗等国家的专业人士提交的大批论文,经评审,共有55篇论文被大会接受。大会论文集在会前已由外语教学与研究出版社正式精装出版。会议手册以中、日、韩三种文字分为三册,分别印制。配合会议的隆重举办,我们还与浙江师大美术学院合作,举办了儿童画大赛及画展;与浙江师大幼儿园合作,在开幕式上穿插了小朋友的文艺表演。会议期间还将组织与会者考察俞源村、郭洞村等古村落,以让代表们感受大会举办地金华市深厚独特的历史文化积淀和特色。

记　者:从会议收到的论文看,最受学者们关注的话题有哪些?

方卫平:本届大会最关注的话题,一是亚洲的立场和东方的视角;二是在新的时代文化条件下,儿童文学生存与发展所面临的新的课题和挑战;三是各国各地区儿童文学创作、研究、交流之历史与现状的描述、比较和探讨;四是儿童文学发展愿景、趋势的分析和预测。

从总体上看,这些论文或以全球的眼光、东方的视角、比较的方法考察亚洲儿童文学的历史、现状以及不同文化背景下儿童文学之间的传播与相互影响,或以一个国家一个地区的儿童文学创作、研究的发展为对象进行梳理和勾勒;或聚集于专题性的理论探讨,或侧重特定文体的美学思考……当这些观察、思考、分析、判断等聚集在第十届亚洲儿童文学大会论文集内的时候,我相信,我们已经为亚洲儿童文学界的又一次盛会和儿童文学学术嘉年华找到了一个最好的理由和注解。

记　者:您在近期的一些文章中,多次提及要"重新发现中国儿童文学",这其中的要义是什么？作为这次会议的筹办方,您希望如何向各国的来宾们推介、展示中国的儿童文学？

方卫平:有关中国儿童文学发展的各种历史叙事和理论勾勒已经不少,其中一些观点和判断的价值也是显而易见的。但是我依然认为,我们有足够的理由和必要秉持自身的人文情怀和审美理念,从散落在中国儿童文学历史长河和阅读记忆里的文本存在中,去重新勾勒、编织现代汉语儿童文学的历史脉络和艺术模样。我们也许会发现,在既有勾勒所提供的"历史叙事"和艺术眼光之外,中国儿童文学还可以被描画、呈现为另外一些可能的艺术风貌。"重新发现中国儿童文学"的要义,即是以今天的眼光和判断力,重新勾勒和评价中国儿童文学发展的历史与美学。

亚洲儿童文学大会也是有关国家和地区儿童文学界人士交流沟通的平台。本次大会除了会上会下的专业交流之外,还将在会场举办有关出版社的儿童文学书展,组织与会嘉宾参观浙江师大国际儿童文学馆、台湾儿童读物资料中心等。

吹响繁荣儿童文学的集结号

——全国儿童文学创作出版座谈会

李墨波

为了学习贯彻习近平总书记系列重要讲话精神,着眼满足少年儿童阅读需要,繁荣儿童文学创作,研究如何更好地推动多出精品、多出人才,为少年儿童提供最好的精神食粮,7月9日至10日,由中央宣传部和中国作家协会联合举办的"全国儿童文学创作出版座谈会"在京召开。会议由中国作家协会党组书记、副主席钱小芊主持,中国作家协会主席铁凝,中宣部副部长庹震,国家新闻出版广电总局党组成员、副局长吴尚之出席会议并讲话,中国作家协会副主席李敬泽作会议总结。共青团中央、教育部、国家新闻出版广电总局等有关部门负责同志,百余位儿童文学作家、评论家和29家专业少儿出版单位主要负责人参加会议。

在两天时间里,与会代表就繁荣儿童文学创作的相关问题进行了充分研究和讨论,深入分析儿童文学面临的新形势、新课题、新任务,认真探讨了新的历史条件下儿童文学创作与出版的新常态、新问题,讨论深入广泛,形成共识。

这次会议是第一次由中宣部和中国作协共同召开的关于儿童文学创作出版的全国性会议,大家认为,这充分体现了党和国家对儿童文学事业的重视。从作家、评论家到出版社工作者,会议覆盖了儿童文学生产传播的全过程,从80多岁的老作家到"80后"的文学新人,老将新秀,济济一堂。很多与会的作家、评论家、出版家高兴地说,此次会议吹响了繁荣儿童文学的集结号,必将有力推动儿童文学的繁荣发展,开启一个全新的儿童文学时代。

题解 本文原载《文艺报》2015年7月15日,是对2015年7月9日至10日在北京召开的"全国儿童文学创作出版座谈会"的回顾与记录。文章围绕这次座谈会的主题"回应时代变化,描绘中国式童年"记录了一系列比较有代表性的发言。这些发言既涉及儿童文学写作的传统议题,又提出了一些新的课题。比如,写作者要尊重儿童的心理,要从中国的现实生活出发,要对当代感官欲望文化和庸俗化倾向保持必要警惕和批判精神等。

回应时代变化，描绘中国式童年

面对飞速发展变化的当下生活，面对多元化的中国式童年，儿童文学作家应该紧跟时代潮流，回应时代变化，深入少儿生活，讲好中国故事。

生活才是文学创作的灵感源泉。作家只有真正地深入孩子们的生活，才有可能创作出真诚的打动孩子们的作品，才能使作品既有独特性又不至于陷入表面和肤浅的危险，从而有效地避免概念化、模式化和虚假化。张锦贻说，作家要写出好作品，最关键要做到这一点，"作家必须要深入生活，真正地理解儿童，体验他们的心理状态"。牧铃认为儿童文学要提高质量，作家一定要深入生活，"我从14岁上山下乡，一直生活在农村。我主要写大自然，写农村儿童的成长，创作题材从来没有枯竭过"。

面对中国式童年的多元和复杂，中国的儿童文学作家要能够穿越一般言说和简单概念的遮蔽，真正抵达中国儿童生活的真相。对于中国儿童文学作家而言，写作的资源不在远方，就在自己的脚下，应该忠实于中国经验，把焦点对准中国的孩子和孩子们沸腾的生活，而不要一味模仿借鉴国外的作品。徐德霞说，当下一些儿童文学作家"洋化"严重，他们的作品模仿西方奇幻、想象类作品，对中国儿童的现实生活关注不够。对于作家来说，儿童文学是民族精神塑造者，不能一味跟风、模仿外国流行的儿童文学作品。冰波认为，实际上西方很多畅销的作品存在概念化倾向，应该注意中西方思维方式的差异形成的各自不同的儿童文学风格，而不能一味模仿。

儿童文学要能真正回应时代的变化，回应儿童提出和面临的种种问题。汪玥含以青春文学创作为例，认为作家应该适当抛弃轻飘、无根以及没有对人生和青春进行过深刻、痛苦等真实体验和思考的题材，应当更多地沉静下来，关注当下孩子们在青春期所遇到的重大问题、重大主题，甚至无法逾越的一切困境，让他们在遇到这些巨大问题时在书中可以寻求启迪，对他们的成长给予真正的帮助。

对于一些儿童文学作家创作不接地气、文本苍白、生命力不强的原因，徐鲁认为是作家的价值观出了问题，比如自我矮化，在游戏精神的影响下渐趋娱乐化等。"儿童文学的成功，不能只看畅销，而是要在书里让人看到崇高情怀、艺术之美，归根到底还是要扎根于我国儿童的现实生活进行表达。"

儿童文学作家要真正走进孩子们的世界中去，掌握孩子的语言，了解孩子的思维,熟悉孩子的生活,这都是儿童文学作家的基本功。萧萍提出,儿童文学作家需要捍卫原创力,用艺术行动体现文化创新。作家要不断冲破自己的书斋,从狭小单一的舞台走向更广阔的"玩的空间"、儿童创意的大空间,努力创作出真正接地气的作品。作为一个儿童文学作家,踏踏实实扎根生活,诚诚恳恳接地气地创作,为成长中的孩子们提供有营养的精神食粮,激发他们内心的想象力和正能量,是时代赋予我们的艺术使命。只有这样,"中国梦"才不是一句空话,我们的文化创新也才有可依附的土壤。

坚守精神高地,打造儿童文学精品

应该看到的是,儿童文学在取得长足发展的同时,也伴随着一系列问题,当下的儿童文学市场,在市场不断做大、童书出版极大丰富的同时,也弥漫着一股浮躁的风气。中国的儿童文学创作和出版需要摒弃浮躁的心态,真正慢下来,守护纯文学的阵地,用优质的童书搭建起少年儿童的精神家园。儿童文学作家要坚持一种朝向经典的写作,注重作品的思想性和艺术性,努力从高原迈向高峰。

梅子涵一直在提倡"慢写作"、"慢出版"的概念,"对作家来说,每天要有自己的阅读生活,而且要读比自己好的东西。要反省、反观,每天照照镜子。因为要认识自己的记忆、认识自己的生活,这是很难的事情,不慢下来,根本做不到"。陈晖说,现在的儿童文学作家,可以慢下来、少写,怀抱着战战兢兢的心态,这样才能写出精品,写出个人的代表作、时代的代表作。

"要正确认识儿童文学的思想性、深刻性同孩子理解力之间的矛盾。"刘东认为,不能简单地因为孩子理解力不足而降低自己写作的思想性。最重要的是要写出真正优秀的作品,只要孩子能记住你的作品,他们最终将在未来的某一天领悟。陆梅说,当下罗列生活的作品太多了,不能打动人。儿童文学写作也要有难度,有思想,有想象力。文学中的现实不同于表层生活,因此如何对接和寻找文学中的现实变得非常重要。

商业化时代的产业化出版对儿童文学是双刃剑,既是机遇也是挑战,如何在市场化的过程中坚持儿童文学的思想性和艺术性,坚持儿童文学的责任意识和社会担当,是每个儿童文学工作者都需要面对的问题。儿童文学作家应该增强社会责任感和使命感,要旗帜鲜明地反对庸俗、低俗现象。

董宏猷说,"儿童文学"作为一个纯粹的文学概念,它首先是"文学",是"人类精神的火炬",是灵魂生活的母体。但是很长一段时间以来,儿童文学的概念是被压制的,市场排在第一位,审美、艺术的标准排到第二位,我们很多时候只看"孩子喜欢",因此导致片面追求发行量。这样的做法不利于青年作家的成长,一个作家如果天天去看风向标,就很难有自己的定力和追求。好的儿童文学作家应该把自己真正的特点、追求与孩子们的生活结合在一个点上,这样才能形成自己的个性。

实际上,打造儿童文学精品,需要从作家到批评家再到出版社,多方努力,共同实现。很多出版人提出,少儿出版应当坚守精神高地,担当责任,努力打造体现人民心声和时代风貌的精品力作,要加大对盗版、伪书、跟风出版等现象的打击力度,净化少儿出版环境。从作家到出版社都要自律,要始终坚持把社会效益放在首位,认真严肃地考虑作品和图书的内容质量、艺术质量、编校质量和社会效益。

王泳波说,无论是少儿的创作还是出版,都要在社会效益、精神层面、价值观层面有更多的引领性。出版社应强调儿童文学的社会效应,不能让儿童文学成为逐利的工具。要从国家层面、行业层面,最大程度地保护原创性。无论出版社还是作家,都要对自身有约束。

加强儿童文学评论,坚持说真话、讲道理

文学评论是文学创作的镜子和良药,儿童文学创作的繁荣,离不开儿童文学评论的健康发展。

谈到儿童文学评论的重要性,韩进说,在儿童阅读者与成年人生产者之外,特别需要独立的批评家肩负起家长、老师、鉴赏家的责任,对以创作与出版为中心的儿童文学现象给予及时的评价批评,把优秀的儿童文学作品推荐给市场与儿童,让儿童在"有趣""有益"的阅读中,接受文学的滋养,打下精神的底色,养成健全的人格,塑造美好的人生。周晴说,儿童文学创作需要一种批评的眼光介入。如果能够做到"批评前移",也就是在作品正式推出之前,就能有评论的、理论的声音介入,为作者的写作提供建议和参考,将会弥补很多创作缺陷,打造更多精品力作。

儿童文学评论要坚持说真话,讲道理,贴近生活,紧跟时代,努力追踪和研究当前的儿童文学创作态势,研究儿童文学创作的成就和不足,推动儿童文学创作和理论建设的健康发展。

李利芳发言的题目是"儿童文学批评的中国问题意识"。她的思考基于改

变儿童文学批评薄弱的现状,呼应学界的"失语"忧虑与"重建"呼声,同时也基于儿童文学批评价值体系的建构需求。"我们的儿童文学批评需要建立起自身的价值体系。这个价值体系是中国的,它生长于历史的与现在的中国,它的问题视域是中国的童年,中国儿童的精神健康,关乎中国的未来发展。"崔昕平认为儿童文学评论需要建立具有主体性的批评话语体系,要强调以"中国话语"在评论中进行阐释,不断加强儿童文学的学科建设,不能仅仅满足于时效性的短期效果,而要追求一种长期效应。

文艺评论应该增强针对性,对于当下火热的文学现场真正提出自己的真知灼见。徐妍认为,新世纪中国儿童文学批评,需要在文学场域中重新辨析它的含义,通过对童趣与伪童趣、儿童文学与伪儿童文学的辨析,以审美本质论的批评内核,发现并推动原创优秀的儿童文学。

在当下环境中,文学评论家应该加强自律,抵制低俗,保持文艺评论的底线和良知,坚持公信力,弘扬正能量,营造良好的批评氛围,形成健康的批评风气。方卫平说,"一个时代文学批评的任务,是由这个时代人的真正需要决定的,儿童文学也是如此","当大量儿童读物开始过多地受到感官欲望的支配甚至走向不同程度的庸俗化时,儿童文学批评要做的就是倡导儿童文学的高级文化精神,抵抗儿童文学的庸俗化"。

第十辑
儿童文学媒介与传播

导语

进入20世纪90年代以来,文学界对传播与传播媒介的重视与日俱增,儿童文学也不例外。这一板块收录的文献旨在比较全面地呈现七十年来中国当代儿童文学发展所依赖的各种媒介形式与传播方式:从传统的报纸杂志和书籍到新兴的多媒体,从课堂内的语文教学、阅读到课堂外的童书阅读推广,等等,从而显示出一系列影响中国当代儿童文学发展进程的力量。透过这组文献我们可以看到,20世纪50年代创刊的《儿童文学研究》和《少年文艺》等刊物见证了中国当代儿童文学的早期历程;20世纪八九十年代的《儿童文学选刊》以及大型系列丛书见证了中国当代儿童文学在"新时期"以后的改革面貌。除此之外,语文教材的编写、网络写作的崛起、儿童阅读推广运动以及儿童文学奖项的设置与评奖方式等,都在这个媒介融合时代成为深度介入中国当代儿童文学发展的重要组成力量。

《儿童文学研究》发刊词

儿童文学已经从旧时代的冷遇和被玷污的不幸遭遇中解放出来了。它不再是作为少数有钱家庭中子女的消闲品,也不再是被利用来欺骗和麻痹幼小者的心灵,为反动统治者培养未来的驯顺奴隶的邪恶工具了。相反,在我们这个新的社会里,儿童文学摆脱了旧日的噩梦,洗去了蒙受的尘污,勇敢地肩负起它理应担负的光荣严肃的使命,——为了培养教育社会主义新一代而斗争。

在我们党的领导下,十年来,儿童文学有了蓬勃的发展。我们的儿童文学有了适应时代的新的发展,它不但包括小说、散文、诗歌、童话、寓言、民间故事、传记、戏剧、图画故事,而且还产生了一些完全新的儿童文学样式,——例如特写、科学文艺、曲艺、电影文学剧本等,其中有些在过去是一直被看作不登大雅之堂的,或者从来也没人敢尝试列入儿童文学范围之内去。这样,就大大扩展了儿童文学的艺术领域,并且加重了它的任务。儿童文学已经证明自己能够担负这种光荣任务并且很好地完成它。十年来出现了不少深受广大少年儿童读者喜爱的作品,其中有些在思想性和艺术性方面达到了相当的高度,在小读者中间起了广泛的良好的影响。这就是最好的证明。

我们有了一支儿童文学的创作队伍,其中出现了很多为少年儿童们所熟悉的新作者的名字。

我们有了两个专业的少年儿童出版社,——儿童文艺读物是它们的主要出版物。许多地方出版社也出版了不少的儿童文学作品。

然而,尽管我们的儿童文学工作有了很大的成绩,仍然应该坦率地承认:在整个文艺工作中,儿童文学还是较为薄弱的环节。儿童文学创作不论在数量或

题解 本文选自《儿童文学研究》总第一辑,少年儿童出版社1959年版。《儿童文学研究》是中华人民共和国成立以来的第一本研究、评论儿童文学的专刊。由少年儿童出版社作为内部刊物于1957年1月创刊,1959年正式出版发行。本文是1959年的发刊词,阐明了儿童文学在新时代的根本任务——为培养教育社会主义新一代而斗争;阐明了创办本刊物的目的——更快、更健全地发展和繁荣新中国儿童文学创作。同时,本文还说明了办刊方针:搭建一个交流、探讨儿童文学创作的经验与问题,对儿童文学作品进行评论,以及普及基本儿童文学知识的平台。

质量上,都还远不能满足广大小读者的要求。这样,就不能不要求儿童文学在前进的道路上加快它的脚步。

为了更快地更健全地发展和繁荣儿童文学创作,及时开展儿童文学理论及评论的工作,将发生良好的作用。近几年来,全国各大报刊,特别是一些重要的文艺刊物上,在发表一些带有提倡、示范性质的儿童文学创作的同时,也曾经做了一些儿童文学理论及评论工作。这种工作在交流儿童文学的创作经验,指导儿童文学创作方面,有重要的意义。但是,由于各报刊本身工作任务及客观条件的限制,不可能在这方面给予更大更多的注意,来适应儿童文学创作发展的需要,满足广大儿童文学爱好者的要求。因此,编辑及出版一些儿童文学理论评论的专书和刊物(不论是定期或不定期的),就更加迫切需要了。

正是为了这个原因,《儿童文学研究》出版了。

《儿童文学研究》与其说是专门进行理论研究的学术性刊物,不如说是一个交流儿童文学创作经验,探讨儿童文学创作问题,评论优秀的或者存在缺点的儿童文学作品,介绍一些有关儿童文学基本知识的文艺知识读物,更为确切。

我们,《儿童文学研究》编辑部,认识到这一工作的意义,并且认识到自己责任的重大。我们一定用最大努力来办好这个刊物,以满足读者们的要求。但是,由于目前国内从事儿童文学理论研究的人还非常少,特别是我们编辑人员本身业务水平很低,经验很不足,显而易见,摆在我们面前的任务是艰巨的,困难是很多的。因此,我们恳切要求全国各地的文艺理论批评家和作家同志们尤其是儿童文学作家们,大力支持我们。为了我们的孩子们,你们一定不会吝惜你们宝贵的时间,为这个刊物写一点文章,这将为儿童文学理论、评论工作的开展起促进和推动的作用。我们也热诚地希望所有爱好儿童文学的同志和读者同志们,积极写稿,并随时提出对刊物的意见和要求,帮助我们改进工作,以逐步提高刊物的水平,更好地满足读者的需要。

让我们本着促进和繁荣儿童文学事业的良好愿望,发扬实事求是的科学研究精神,为新中国儿童文学理论研究的初步建设工作而共同努力吧!

回顾与展望

——祝贺《少年文艺》创刊三十周年

李楚城

创业维艰

新中国诞生不久,少年儿童出版社于一九五二年年底宣布成立了。

出版社成立前一个月,我由华东新闻出版局调来参加筹建工作。出版社的人员主要是从商务印书馆、中华书局、新儿童书店等几个单位合并来的。共有四十多人,编辑干部约占半数。

出版社成立之后,出版了一份给小学低年级儿童看的刊物《小朋友》(它原先由中华书局出版,这次合并时转来的)。另外,中国福利会出版了给小学中年级儿童看的《儿童时代》。当时在全国范围内,还没有一本以少年读者为对象的文艺刊物。对于我们这样大的国家,怎么也说不过去。为了改变这个不合理的状况,出版社一成立,就考虑创办《少年文艺》。

但是心有余而力不足。当时社内的文学编辑和美术编辑一共只有二十来人,已经建立了中国文学、外国文学、知识读物三个图书编辑室,一个美术编辑室和《小朋友》编辑室,人员十分紧张,再要抽出人来创办新的刊物,确实很难办到。然而,想到我国有成亿的少年读者,他们连一份文艺刊物都没有,大家都深感歉疚。作为全国唯一的儿童读物专业出版社,出版这样一本刊物是责无旁贷的!

题解 本文选自《儿童文学研究》总第十二辑,少年儿童出版社1983年版。文章回顾了《少年文艺》创刊时的种种困难,这份刊物三十年来所走过的曲折历程和进入"新时期"后的繁荣景象。文章特别提到了《少年文艺》的编辑方针:"以广大少年群众为对象的纯文艺刊物。它的目的,是用文艺的各种形式,反映少年群众的现实生活及学习情况,并通过这些,培养他们新的道德品质,丰富其一般的知识。"正是这一编辑方针使这份刊物自创刊以来就一直受到"左"的文艺思潮的冲击。

一九五三年三月,社长郭云同志一天对我说:"华东新闻出版局已经批准《少年文艺》创刊,并且希望能够在七月出版,向党的生日献礼。现在决定由你来筹办。"

"还有谁?"我问。

"没有了,就你一个。"他斩钉截铁地说,"不过这是暂时的。听说有位女青年可能从四川调来,一来就给少年文艺。"

我不禁苦笑了。就我孤家寡人一个,六月里就要把稿子发齐,这不是糠里榨油吗!他大概看出了我的心思,鼓励我说:"什么事都是逼出来的。大胆干吧,边干边创造条件。万事起头难,只要打开了局面,往后就比较好办了。我们正在积极物色干部,幼师附小的施雁冰、杭州的任大霖,都在设法联系。"

这时我想起了家乡一句俗话:"眼怕手不怕。"世界上有许多事情,看起来很困难,真正动手去干,办法也就有了。于是心一横,就把任务接受了下来。

解放前我做过几年报社的编辑、记者,却从来没有编过文学刊物。现在是儿童文学战线上的新兵,刚到出版社两三个月,真是人地生疏,情况不明。也许正因为不知河水的深浅,所以也就大着胆子跳下去了。

为了争取《少年文艺》在七月如期出版,我就单枪匹马地干了起来。开座谈会、写约稿信、拆信封、审稿、画样,全都得干。我从来没感到过时间是如此珍贵,巴不得一天有四十八小时。

过了一个来月,四川那位女青年果然调来了。她叫钱景文。一见面,就感到她身上蕴藏着很高的工作热情,性格明快,朝气蓬勃。她一来就承担了很大一部分编辑工作。我们一直合作得很好。也许是因为她年轻,所以没有精神负担,不管什么作家名人,她都敢碰,跟人家泡蘑菇。刘大杰教授是个忙人,可是被她缠牢不放,很受感动,一口气写了两篇稿子,向少年读者介绍我国古代的伟大诗人屈原和杜甫,分别发表在《少年文艺》创刊号和十一月号上。时隔十余年,刘大杰先生一次见到我,还问起这位"小辫子",对她的工作热情大加赞扬。

创业毕竟是艰难的。我们人手少,缺乏经验,工作忙乱不堪,整天都为能否按时发稿犯愁。刊物没有出版,多数作者不知道它,所以收到的来稿很少。有时因为稿子被否定了,钱景文急得眼圈儿都红了。只有邮递员能不断给我们带来希望和信心。每到傍晚,我们就瞪大眼睛等待着他们到来。

我们一边拆信封,一边笑着喊"上帝保佑"。一发现好的稿子,就禁不住兴奋地叫起来,那种欢乐的心情是难以形容的。远在云南边境的部队作者白桦,给我们寄来了小说《金河两岸的歌声》,一看可用,我们来不及登记就加工发画,把它发表在创刊号上。

由于我们得到了全国各地儿童文学工作者的支持和鼓励——纷纷来信告诉我们写作计划,提出建议和希望,我们的信心和勇气增强了。特别使我们激动的,是宋庆龄副主席根据我们的请求,几天之内就给我们寄来发刊词《让鲜花开遍这块园地》,还亲笔题书了《少年文艺》这个刊名。她在发刊词中对刊物提出了殷切的希望:

> 《少年文艺》出版了。这样就在少年们的心灵中开辟了一个园地。作家们将要在这儿栽培出鲜花来,让少年们生活得更美好,更丰富,更有教养,更有充沛的精力和坚强的信心准备参加祖国的建设事业。
>
> 我希望《少年文艺》成为这样一个园地:这里将盛开着和平的花朵,健康的、乐观的少年们在这里游玩,他们从这里增加了克服困难的勇气,并且准备着为了保卫和平、建设美好的未来贡献所有的力量。

宋庆龄副主席对刊物的热情关怀使我们受到很大鼓舞。我们加倍努力地工作,来实现她对刊物提出的希望。

经过几个月的奋战,《少年文艺》创刊号终于按期于一九五三年七月二十五日出版了。当我们从印刷厂取回散发着油墨香气的样书时,我体会到了生活的幸福和乐趣。《少年文艺》是个呱呱坠地的婴儿,各方面都显得那么稚嫩。但是我们相信,有广大儿童文学工作者对它的辛勤培育,它一定会迅速地茁壮成长起来。

这年九月,任大星同志从杭州调到少年文艺来了,同时还调来了一位女青年陆佩芬同志,我们的队伍壮大了一倍。少年文艺的编辑工作开始走上了正轨。

道路曲折

《少年文艺》一开始筹备,我们就反复酝酿:它应该办成什么样的刊物。为了明确地解决这个问题,我们召开座谈会,进行个别访问,听取各方面的意见。

在从事实际教育工作的教师、少先队辅导员中间,多数同志主张它是学校教育的工具,要紧密地为教育工作服务。具体地说,它应该是对少年进行政治思想工作,表扬先进,克服不良倾向的武器。每一期刊物都要结合少年的思想实际,有鲜明的针对性和明确的中心,使之成为少先队工作的教材。而在儿童文学工作者中间,则有较多的同志坚持刊物的文艺性。它是盛开着儿童文学鲜艳花朵的园地,它肩负着培养儿童文学队伍,发展儿童文学创作,教育少年读者的光荣任务。它是通过具有深刻思想内容和较强艺术感染力的文学作品,打动读者,达到滋润心灵,培养美好情操的目的。它应该和当时出版的《中学生》、《新少年报》等有明确的分工,有鲜明的区别。

经过研究,我们接受了后一种意见。宋庆龄副主席的发刊词,也给我们提出了明确的编辑方针。

于是,从创刊号开始,我们就在《稿约》中公开申明:"本刊是以广大少年群众为对象的纯文艺刊物。它的目的,是用文艺的各种形式,反映少年群众的现实生活及学习情况,并通过这些,培养他们新的道德品质,丰富其一般的知识。"并且在实际工作中贯彻了这个原则。我们注意了文艺形式的多样性和题材的广泛性,注意了儿童文学的特点,努力提高刊物的质量。

后来接替我主持少年文艺工作的任大霖同志,积极坚持了这个方针。为了使刊物具有儿童文学的鲜明特色,他在编辑部提出了"亲切、新鲜、多样、有趣"的选稿标准。

在这个方针的指导下,《少年文艺》出现了一批在少年读者中具有广泛影响的作品,如《端午忆童年》《换了人间》《省城来的新同学》等等。通过刊物,不仅团结了一批老作家,还发现和积极联系了一批很有才华的文学新人,有好多同志现在已成了全国知名的作家,其中有几位的处女作当初就是由《少年文艺》发表的。

由于我们的文学素养不够,编辑工作能力不强,同时也由于儿童文学创作实际水平的限制,刊物的质量还不能适应读者的需要,但我们总是朝这个方向去努力的。

可是在《少年文艺》的编辑方针问题上,一直存在着尖锐的斗争。几乎从刊物一问世,就不断受到来自"左"的文艺思潮的冲击。编辑人员屡次受到严厉批判,《少年文艺》两度被迫停刊。它走过的是一条崎岖曲折的道路。

《少年文艺》创刊号是一九五三年七月下旬出版的。八月间,就有一家报纸批评它没有发表配合"八一"建军节的文章。从这时起,就有了一条不成文的规定:凡是革命节日,刊物都必须在显要地位发表应景文章进行"配合",而不管这种文章读者是否感兴趣,否则就是脱离政治。很快,这条规定就扩大为适用于一切政治运动、国际国内的重大事件、当前的中心工作等等。这叫做紧密配合政治。于是,编辑不得不违背自己的意愿,花费很大精力去突击组织这类作品。虽然明知道小读者对它们是"过目即忘"的,但是刊物却要经常为之花去很大篇幅。

尽管如此,到了反右运动后期掀起的业务思想批判运动中,《少年文艺》依然被作为重点对象,受到了严厉批判,并且被扣上了"资产阶级政治方向"的帽子,宣布停刊。

这次运动是通过大鸣大放大字报的方式进行的。谁都有权利在大字报上宣布某一个作品为大毒草,而不容别人申辩。一张几百字的大字报,可以一下子宣判几篇小说的死刑。被冰心同志赞为从学校生活特殊方面取材有出色之处的佳作《省城里来的新同学》,就在这时被运用一种古怪的逻辑打成了大毒草:美化了城市孩子,丑化了(?)农村孩子,城市里是资产阶级,农村里是贫下中农,因此作品是美化资产阶级,丑化贫下中农。它的作者陈炎荣同志,竟被迫写文章进行了公开检查。

这种蛮横的行为都是用最华丽的革命词藻装扮起来的,因此具有压倒一切的气势。在运动中冲锋陷阵的多半是编辑工作的局外人,平时埋头苦干的编辑同志则感到人人自危。

经过这次全面检查,断定《少年文艺》的编辑指导思想是资产阶级思想(《稿约》中的"纯文艺刊物"就是例证);作者路线是专家路线;发表的作品是毒草丛生。有关编辑人员受到了批判以至处分,刊物宣布停刊也是理所当然的了。

在确认纠正资产阶级出书方向的政治目标已经达到之后,停刊半年多的《少年文艺》被允许复刊。它以通俗政治读物的面貌重新出现在少年读者面前。少年们喜爱的童话、民间故事、漫画、讽刺小品、抒情散文等样式绝迹了,政治评论、政治朗诵诗占据了重要地位。小说的主人公主要是工农兵,题材须是重大的。当前的中心工作,如人民公社、大炼钢铁、除四害、大办食堂、爱国卫生、技术革新、大办民兵师以及国际重大事件,都必须组织文章配合,缺一不可。能够保留下来的专栏只剩下少年习作园地——"金色的草地",而且安排在刊物的末尾。结果许多小读者反映:"拿到《少年文艺》都是从后面往前看的。"正如茅盾同志所尖锐地指出的那样:"政治挂了帅,艺术脱了班;故事公式化,人物概念化,文字干巴巴。"(《六〇年少年儿童文学漫谈》)《少年文艺》受到了某些领导的赞许,少年读者却日益不满。编辑处于苦恼与彷徨之中,他们整天辛勤工作,去组织连自己都不想看的稿子。他们幻想着,是否有一天能够按照自己的心愿编出文艺性的刊物来呢?

往后,政治运动依然连绵不绝,文艺批判愈演愈烈,儿童文学的路子也越走越仄,《少年文艺》也越来越难办了。不久又爆发了史无前例的"文化大革命",《少年文艺》也在劫难逃,被当作修正主义黑货于一九六六年七月"彻底砸烂"了!

前程似锦

"野火烧不尽,春风吹又生。""四人帮"被剪除之后,儿童文学复苏了,《少年文艺》也获得了新生命。它以崭新的姿态,与阔别多年的少年读者重逢了。

党的十一届三中全会,带来了儿童文学的春天。被十年的冰雪风霜严酷摧残的儿童文学百花园,枯根残枝又萌发新芽,迅速呈现出枝叶葳蕤、蓓蕾满园的一派喜人景象。儿童文学出现了空前的大好形势,《少年文艺》进入了黄金时代。

党发动的思想解放运动,打破了极"左"文艺思潮的桎梏,儿童文学工作者从多年来的思想禁锢中挣脱出来,《少年文艺》的编辑终于能遵循儿童文学的艺术规律,按照自己的意愿来编好刊物了,这正是大家多少年来所梦寐以求而不可得的啊!

复刊以来的《少年文艺》较之过去,显得生气勃勃,成为一本名副其实的具有儿童文学特点的文学刊物。几年之内,陆续发表了一批好作品,在广大读者中引起了热烈的反响,如《我的第一个老师》《谁是未来的中队长》《勇气》《少奇爷爷,原谅我吧》等。小说、童话、诗歌、散文、报告文学各个门类,都有佳作不断出现。刊物与生活、与读者的联系大大加强了,因此它在塑造新人,建设社会主义精神文明的伟大事业中,发挥了重要作用。这是值得庆贺的。

特别令人高兴的是,《少年文艺》的作者队伍壮大起来了。不仅有老一辈作家的新作,有中年作家的作品,而且涌现了一批文学新秀,他们给刊物带来了新的希望。队伍的不断扩展,是办好刊物的坚实基础。现在全党都在加强少年儿童工作,在这大好形势下,相信会有更多的文学新人,参加到儿童文学创作队伍中来。

转眼之间,《少年文艺》已经创刊三十周年了。虽然它几经曲折,备尝艰辛,但还是坚强地成长起来了。

和《少年文艺》一起成长的是它广大的少年读者。早期《少年文艺》的读者,而今已进入中年。他们分布全国各地的各条战线上,成为建设四化的生力军(其中就有活跃在我国文坛上的令人侧目的新秀)。他们的子女,现在又成为

《少年文艺》的新一代小读者。《少年文艺》一代又一代小读者的思想品德的成长,都在不同程度上受到过它的感染和启发,得到过它的帮助,想到这些,实在是令人快慰的。

和《少年文艺》一起成长的是它广大的作者。《少年文艺》创刊的时候,我国的儿童文学队伍还没有很好组织起来,势孤力薄,寥若晨星。后来少年儿童报刊增加了,吸引了不少初学写作者参加到这个队伍里来。他们经过刻苦努力,很快成长起来,有许多人现在已经成为我国文学队伍中的有生力量。其中有王立信、王路遥、胡景芳、葛翠琳、孟左恭、张抗抗、金振林等许多同志。在美术作者中,缪印堂、秦大虎等同志,他们的作品当初是作为少年习作发表的,而今他们已成为很有影响的画家了。可以想见,今天《少年文艺》联系的大量初学写作的作者中,必将有更多的同志参加到我国社会主义文学大军中来。

和《少年文艺》一起成长的还有它的编辑人员。三十年来先后参加过《少年文艺》编辑工作的共有三十三位同志。其中的绝大多数,当年二十来岁的小青年、小辫子,现在都年过半百了。经过多年的实际工作锻炼,都已成长为少儿社经验丰富的编辑骨干,如施雁冰、任大霖、任大星、洪汛涛、圣野、郑马、朱彦、沈碧娟、钱景文、刘崇善、高逸、黄亦波、朱铭善、胡绳美,以及郁青、杜风、陆品山、石志明、刘东远、修孟千、苏茹、刘文颉等同志,其中如任氏兄弟等坚持业余创作三十年,同时又成为儿童文学作家;而当时的美术编辑林曦明同志,经过多年锤炼,他的国画已形成自己的独特风格。

在多年的实际工作中,编辑部曾经逐步建立了一整套工作制度。如联系读者的制度(每个编辑固定联系一个班级,定期下去和小读者交朋友,听取意见);联系作者的制度(建立作者登记卡,全面了解作者写作情况,定期和作者联系);编辑审稿制度等等。它们保证了编辑工作的顺利进行,并不断提高工作效率和质量。据说经过十年动乱,有些已经自动废弃了,这是很可惜的,这也是我们编辑工作中积累起来的宝贵经验啊!

我离开《少年文艺》已经多年了。但我对它一直保持着一种特殊的感情。我是它的忠实读者,也决心在自己的工作岗位上为它作出微薄的贡献。我高兴地看到,宋庆龄同志当年对《少年文艺》提出的殷切期望,而今已经得以实现。在这个已是蓓蕾满枝的小百花园里,定将绽放出色彩缤纷、沁人心肺的满园奇葩来。

不管是主观力量或是客观条件,现在都比过去优越得多。我国儿童文学的春天已经到来。阳光灿烂,前程似锦。我充满信心,期待着《少年文艺》不断出现我们时代新少年的光辉形象,带领广大少年读者一同前进!

窗口·桥梁·苗圃

——对《儿童文学评论》专版的期望

束沛德

跨进 1987 年的门槛,我们欣喜地看到,扩充版面后的《文艺报》怀着对未来一代的挚爱和关切,推出了一个《儿童文学评论》专版。这是儿童文学界企盼已久的一块园地。我相信,它的问世,将会使一向显得较为沉寂、冷清的儿童文学论坛,增添几分热气和活力。祝愿这个新生儿茁壮成长,长命百岁!

我希望通过《儿童文学评论》这个小小的窗口,能够约略地窥见到当前儿童文学创作发展的大趋势。这个专版要力求同当代中国儿童文学的创作实际贴得更紧些,既要有对个别作家、单篇作品的分析和评价,也要有对儿童文学现状、创作思潮、作家群体的宏观、综合考察和研究;既要满腔热情地介绍创作新成果,鼓励作家多样化的艺术探索和追求,也要实事求是地揭示整个创作或某个作家、作品的弱点和不足。要在每期八九千字的有限篇幅里,尽可能多地容纳关于儿童文学的新信息。让我们和编者通力合作,力求把评论文章搞得短些再短些,更加精练简约些。

我也希望《儿童文学评论》能够架起一座沟通作者和读者心灵的桥。儿童文学评论要同小读者贴得更近些。从事儿童文学研究、评论的同志要同小读者交朋友,了解、熟悉在时代大潮涌动下少年儿童的生活、心理、审美情趣、欣赏习惯。下笔为文的时候,胸中要有三亿六千万,要充分尊重并细心研究来自小读者的信息反馈,帮助作者更好地了解、把握不同年龄、不同层次的小读者的精神需求、阅读心理。这样,我们的评论才能更好地联结作者和小读者的心,从而推动作者搞出更多的、足以牵动亿万孩子心灵的、为他们所喜闻乐见的名篇佳构。

题解 本文原载《文艺报》1987 年 1 月 24 日。1987 年,《文艺报》扩版并推出《儿童文学评论》专版,成为继《儿童文学研究》后第二个中国儿童文学的专业平台。文章对这个平台的建设提出了三个主要愿景:成为窥见当前儿童文学创作发展大趋势的窗口;成为一座沟通作者和读者心灵的桥梁;成为培育儿童文学评论这株幼芽成材的苗圃。

我还希望《儿童文学评论》能够成为培育儿童文学评论幼芽成材的苗圃。目前儿童文学评论队伍极其薄弱。我们固然期望有更多的成人文学评论家关注儿童文学,但更寄希望于熟悉儿童而又酷爱文学的学校教师、少先队辅导员、师范大学生、研究生和少年儿童报刊编辑。热切期望在他们中间涌现出一批有志于从事儿童文学评论的新人。《儿童文学评论》要热情扶持、辛勤浇灌这些新苗,为它们长成参天大树提供足够的空气、阳光、水分和肥料。如果我们能从这个专版的版面上经常看到一些陌生的新人显露身手,而他们又都是对生活、对孩子充满着爱,具有开放眼光、探索精神的话,那么,儿童文学评论这条平静的小溪流,就会日益喧闹欢腾起来。

当然,活跃儿童文学评论,单靠《文艺报》这么一个专版是不够的。多么希望全国唯一的《儿童文学研究》丛刊能办得更好,并尽量缩短出书周期;同时殷切期待着更多的文艺评论刊物和报纸文艺版来关注儿童文学,为儿童文学的研究、评论提供发表园地。让我们同心协力、千方百计地来加强儿童文学的理论建设,在生动活泼的自由讨论和争鸣中,开拓儿童文学评论的新天地,以推动新时期的儿童文学走向更加繁荣,更加成熟。

1987.1.1

编辑余墨:《儿童文学选刊》编者的话、编者按语掇拾

周 晓

《儿童文学选刊》编辑过程中,为表达编刊意图,并对新的创作现象以及富有思想艺术特色的佳构和新人新作及时作出反应,主要约请评论家著文,编辑成员(包括我本人)也动手撰稿,还不时由我以编者的话和编者按语的形式发言。

【1981年第1期(创刊号)《发刊的话》】

《儿童文学选刊》,这个专事当代儿童文学创作荟萃工作的刊物,今天和读者见面了。

近年来,尤其是去年举行的全国第二次少年儿童文艺创作评奖以来,儿童文学创作出现了一些值得注目的进展;虽然,和当前整个社会主义文学艺术蓬勃发展的形势相比,儿童文学创作还显得不是很活跃,但毕竟产生了若干可喜的变化:题材和主题比较明显地扩大了,在人物塑造上,读者们可以看到少年儿童和其他人物的较为多彩多姿的形象和较为丰富的心灵了。应该说,这是使人高兴的事。

儿童文学刊物现在日渐增多,各地文艺杂志和各种报纸发表的儿童文学作品也逐渐多起来。这说明儿童文学的进一步发展正在酝酿中。办一个选刊,一方面,使儿童文学创作有一个交流的园地,另一方面,也可以使广大读者能以较少的时间集中读到各地发表的儿童文学佳作,这是客观的需要。希望通过作品

题解 本文分别原载《儿童文学选刊》1981年第1期、1982年第1期、1984年第1期、1985年第1期、1985年第2期、1985年第4期、1986年第2期、1987年第1期、1987年第4期、1989年第3期、1994年第3期。文章以把多期"编者按语"集结成束的方式记录了中国儿童文学从1981年到1994年间的一些重要艺术探索实践。《我要我的雕刻刀》《祭蛇》《今夜月儿明》《鱼幻》《独船》等作品,见证了20世纪80年代至90年代中国当代儿童文学艺术的探索历程。1994年第3期的按语则预示了中国儿童文学在21世纪新的着力点:在对民族文化传统的继承中创新。

选刊,在加速当前儿童文学创作的发展与革新上,在满足读者的需求上,能贡献我们的微力。

本刊将坚持百花齐放的方针,选载各地报刊近期内发表的各种体裁儿童文学中较优秀的作品,着重选刊开拓题材新领域,主题思想有新意,风格、手法独特,有儿童特点的作品。在选刊具有较高思想艺术质量的作品同时,对一些虽还不够成熟但有某种艺术特色的作品,我们也将适当选载。

为了表示对文学新人的支持,本期优先选编近年来崭露头角的部分儿童文学中、青年作者的创作。这批作品颇富新鲜的气息。第二期则将侧重于选刊几位著名作家新近为孩子们写的作品,和几位儿童文学老作者的新创作。儿童文学中的新气象,目前较集中地表现在短篇创作中,本刊将努力反映和促进这种创新趋向的发展。我们还热切地期望有使人一新耳目的中长篇作品出世。对于优异的或比较优异的中篇新作,本刊也将乐于腾出篇幅介绍给更多的少年读者。

做好作品选刊的工作,需要深湛的眼光。我们深感眼力不够,因此十分渴望得到作家、评论家、读者和编辑同行们的大力支持,诸如经常向我们推荐作品,不断提出宝贵的批评和建议,以帮助我们把选刊办好。

1981 年春节

【1982 年第 1 期《编者的话》】

在儿童文学界日见增多的刊物中,本刊算得是一个新的品种;而比起其他同类型创作荟萃性选刊来,我们是后起者,十分缺乏经验,刊物的影响也很有限。本刊创刊之初,是以提供创作交流园地、促进儿童文学的繁荣发展,以及满足广大读者集中阅读优秀作品的需求,作为自己的任务的。现在虽已出满一年四期,我们认为刊物仍处于初创阶段,无论编辑和出版,各方面还不理想。不过,从笔谈会、座谈会和作者、读者的来信看,大家对本刊的宗旨是赞同的。作家们和众多读者的热情勉励,使我们由衷地感动,也使我们受到许多教益,深感如何把《儿童文学选刊》办得富有自己的特点,真正切合儿童文学界、儿童文学爱好者以及部分少年读者的需要,还有一个继续摸索和实践的过程。

目前本刊正在进行调查研究,力图在今后的编辑工作中能有所改进。总的说,既是"选刊",就要努力提高对于作品"选"的质量;措施之一,是加强"选"的群众性。我们充分意识到,仅仅依靠少数人编选是不行的。为此,我们将和所有全国性的和各地有广泛影响的少年儿童文艺报刊建立更密切的联系,争取这些报刊编辑部对我们工作的指导和协助。

我们的儿童文学,关系着三亿少年儿童的健康成长,它应该是具有最广泛的群众性的事业。为了社会主义新时期儿童文学进一步的繁荣发展,为了使本刊在这一事业中能起应有的哪怕是微末的作用,我们渴望支持,渴望帮助——这就是新的一年本刊首期刊物发排时编辑人员的共同心情。

本期除组织了"本刊创刊一周年笔谈会"外,还摘要刊登了部分作者、读者的来信。笔谈会和来信所表达的意见和建议,对于我们,是鼓舞,是激励,更是鞭策;其可行者,本刊有的已着手改进(如今年将再组织一二次笔谈会,邀请作家、评论家们谈创作;下期起将刊出"报刊儿童文学作品选目"等),有的则将在今后逐步付诸实施。

【1984 年第 1 期《编者的话》】

应读者要求,本刊在出版三周年之际,从季刊改为双月刊;为便利读者订阅,发行方式也改为由邮局发行。改刊后的第一期现在呈献在读者面前了。

1982年"六一"前夕,叶君健同志在英文《中国日报》上撰文说:《儿童文学选刊》"是儿童文学发展到新阶段的产物"。可以说,本刊是应运而生——应新时期社会主义儿童文学的新发展之运而诞生的。三年来,承儿童文学界老一辈作家和中青年作家、评论家、各兄弟报刊和广大读者(包括许多少年读者)的热情帮助与支持,使本刊得以为促进儿童文学的进一步发展繁荣贡献微力。

本刊改版后将保持作为儿童文学创作交流园地的特色,并将在内容的丰富多样和作品选刊的及时性上力求改进,以满足儿童文学工作者、习作者、爱好者、青少年工作者、教育工作者及少年读者等多方面读者的需要。

编完本期刊物,我们为选入了茹志鹃、刘绍棠同志为孩子们写的两篇颇为耐读的小说而高兴;我们也以十分欣喜的心情把一批青年新作者的佳作介绍给读者,其中写《这就是咱们中国》的田志友和写《撵走的和撵不走的》的鱼在洋,还只有十九岁、二十岁。有老中年作家的奋发创作,和年轻新作者的成批涌现,中国儿童文学是大有希望的!

本刊"笔谈会"以发表佳作评介和创作谈为主,也适当刊载若干争鸣文章。

这个专栏过去曾就《新星女队一号》发表过见解不一致的短文，近两期我们又腾出篇幅对《我要我的雕刻刀》《祭蛇》的评价开展论辩、批评。我们认为这样的讨论是有益的。当然，"笔谈会"的篇幅很有限，不可能针对某一篇作品充分展开讨论（那是理论刊物的任务），只能择要发表若干不同的观点和意见，起一点活跃儿童文学理论批评的作用。

【1985年第1期《编者的话》】

作为儿童文学界创作交流的园地，作为广大读者集中赏览儿童文学佳作的窗口，本刊创刊已经四个年头了。在新的一年里，本刊的编辑工作将作哪些改进呢？

我们仍将以认真慎审的态度选载优秀的和有特色的作品，特别以更大的热情向读者推荐思想与艺术有所突破和创新之作，及时地向读者推出堪予注目的新人新作；为此，将采取以下措施：和以醒目篇幅选载作品相配合，特设"本期佳作选评"和"新人新作选评"栏，进一步加强和发扬本刊"笔谈会"创作短评和创作谈的特色。

我们曾经在"笔谈会"的有限篇幅中开展了关于《新星女队一号》《祭蛇》《我要我的雕刻刀》等几篇作品的讨论，受到读者和儿童文学界的欢迎和好评。近几期关于《今夜月儿明》的争鸣更引起社会各界的广泛关注，这场讨论已于本期告一段落。今后我们仍将注意发表对作品持有不同观点、见解新鲜、言之成理的论辩性短文，以期继续活跃儿童文学界的创作思想。

从符合新时期历史发展的角度和儿童文学本身发展的角度鉴别和选载作品，以宏观的眼光迅速地为读者作认识儿童文学发展新貌的"导游"，这些做好了，无疑是为读者提供了我国儿童文学领域内最大的信息。本刊以此自励自勉。此外，我们还计划从下半年起刊登有关儿童文学创作、出版和活动的短讯，以扩大本刊的信息内容。

【1985年第2期选载小说《独船》
编者按语，最短的一则按语】

《独船》是独特的，无论思想与艺术都是独特的。我们期待这样独特的佳作已经很久了。

【1985年第4期《编者的话》】

常新港的名字已经为很多读者所熟悉。本刊曾于去年第一期和今年第二期分别选载过他的小说《回来吧,伙伴》和《独船》。这位在北大荒长大的青年作者一经加入到儿童小说创作队伍中来,即首开以悲剧来处理今日少年儿童生活题材之先河。对于他的作品,尤其对于《独船》,据我们所知,儿童文学界的反应是并不一致的。本期我们同时选载了他的两篇新作,这两篇小说虽然不属于悲剧,但依然保持了作者独特的风格,独特的审美感受和艺术表现。我们把它们推荐给读者,是希望引起更多的专门家和读者对这位崭露头角的青年作者的作品的注意、评论和研究。儿童文学要取得飞跃式的发展和繁荣,既需要有一大批勇敢、执著的艺术追求者,也需要有一股热烈、活跃的学术空气。

当代儿童文学的创作路子应该越走越宽广,题材、风格应该多样化,欢快、明朗或深沉、低回等不同的格调,新的创作方法的尝试,等等,都应该得到鼓励、支持和帮助。我们不仅应当满足不同年龄孩子的阅读需要,还应当满足不同层次的少年读者多种多样的精神需求。衷心希望我们的儿童文学界在不断开拓、进取中真正迎来创作的黄金时代!

【1986年第2期《编者的话》】

在贵阳花溪举办的全国儿童文学创作座谈会发言选录,本期已续载完毕。此次座谈会,本刊及贵州人民出版社共同酝酿一年有余,筹备三个月之久。会议的成功——探讨的广泛深入,气氛的坦诚和谐,真正做到畅所欲言、求同存异——使与会者都感到欣慰。

此次座谈会的召开正当其时。去年,我国儿童文学创作呈现了多样化和创新的良好趋势,这在小说和童话创作上尤其明显。座谈中,无论是新的创作问题的提出,不同见解的阐述发挥,一些分歧观点的渐趋于一致,或者有一些仍然只能"各行其是",这一切无一不是创作思想与创作实践都趋于活跃的反映。儿童文学特别需要形成"八仙过海,各显神通"的兴旺景象。我们希望这次以讨论小说创作为主的座谈会,能有助于各种样式儿童文学创作多样化和创新势头的发展。创造新时期社会主义儿童文学无愧于时代的繁荣局面,无疑是当前我们每一个儿童文学工作者共同的光荣使命。

本期较集中地选载了去年秋冬之间各报刊发表的小说佳作（尚有几篇因篇幅关系将载于下期），作品题材和风格的多彩多姿，可以为上面所说的一些话作证。使人高兴的是，读者已颇为熟悉的中青年作家高春丽、程玮，其新作较之她们以往的作品都有所超越；舒婷的《飞翔的灵魂》和香港周蜜的《周末奇遇记》，可看作是诗小说和童话小说。此外作者队伍中又出现了不少陌生的名字（包括年仅十六七岁的少年作者），这些都是使人鼓舞的现象。

【1987年第1期为设"探索性作品栏"选载《鱼幻》等小说编者按语】

本期起增设"探索性作品"栏。

探索、创新，原本均为文艺创作题中应有之义，所谓"创作贵在创新"便是，探索亦然。而近年来常见的探索性作品的提法，显然是狭义上的运用，指当前生活观念和文学观念更新过程中作家在作品思想与艺术上变化幅度较大的追求，带有实验的性质。本刊这个栏目也指此。

本刊此举旨在引起读者对儿童文学创作中探索性作品的注意，以及对这些作品成败得失的评论。欢迎儿童文学工作者、读者来稿、来信发表阅读所感，我们将择要刊载，或以综述形式刊载，或转奉作者参考。

【1987年第4期《编者的话》】

《现代童话创作漫谈》已经连续四期，共发表了十九位同志的文章。本刊组织这场讨论，正是希望给予新时期的童话创作以更多的关注，促进创作繁荣和理论研究上百家争鸣的风气。至此，我们高兴地看到，无论是"热闹的滑稽体"，还是"典雅的抒情体"，都正在成为童话界热烈谈论的话题；或褒或贬，或喜欢或不喜欢，各抒己见，议论风生。创作的活跃，带来了理论研究的活跃；而理论研究的活跃，又必将进而推动创作的繁荣。这是好现象。自然，这场讨论方兴未艾，还有待进一步深入，但囿于本刊的性质和篇幅，至此暂告段落之际，除衷心感谢所有关心童话创作的同志的热心支持外，我们殷切期待更多的童话作家、理论工作者进而作专题性研究，也期盼着有关部门在条件成熟的时候组织专门的研讨会。可以相信，在老、中、青三代童话作家和理论家的齐心协力下，童话创作和理论全面繁荣的前景已并非只是个遥远的美好的愿望了！

从今年开始,本刊增设了"探索性作品"栏。第一期曾发表了《鱼幻》等四篇作品。我们同样欣喜地看到,这块新辟的小小园地,已引起了儿童文学界的注意。本期发表四篇短文。以后我们还将继续发表这类作品和有关评论。创新和探索需要鼓励,对其成败得失更欢迎评说和争鸣。

【1989 年第 3 期《编者的话》】

本刊创刊初年,曾利用有限的评论篇幅,尝试发表宏观考察性文章,如对 1980、1981 年童话和小说创作的概评——陈伯吹:《灿烂的童话创作前途》,周晓:《儿童文学的报春燕》(均见本刊 1981 年第 4 期);去年于第 4 期刊发曾镇南的《闪动着时代光影的童心世界》(1987 年《全国优秀儿童小说选》代序)一文时,更期望有设置专栏之举。现在,曹文轩、洪汛涛应邀特撰的两篇文章,本刊正式以"年度创作论评"栏刊布。

从最近的儿童文学论坛,人们看到了一种使人惊喜的变化:酣畅无忌地作一家言,终于开始蔚然成风。我们颇感欣慰的是,曹、洪两位的评论,便都是直抒个人所见所感之作;倘连同本期"佳作选评"栏所载唐代凌文一并审视,对若干文艺现象的评价判断,读者不难从中看出见仁见智的诸多不同乃至相互抵牾之处来。相对于往昔大一统的或曰单一的儿童文学理论与评论,这无疑是值得大书一笔的弥足珍贵的进步。

对创作的多种见解、多种评价以至多种倡导,现在已被认为是正常的、健康的,愈来愈成为儿童文学界朋友们的共识。我们衷心祝愿这股良好的势头能持续地发展,使理论批评真正成为推动和促进儿童文学创作兴旺繁荣的富有活力的一翼。

【1994 年第 3 期选载童话《仙笔王良》
编者按语,是最长的一则按语】

米星如这个名字,在儿童文学界鲜为人知,任何典籍史料,乃至儿童文学史、童话史均未见著录。不久之前,米星如的童话,终于"出土文物"式地被"发掘"出来——在有关专家的指点、帮助下,少年儿童出版社从尘封已久的二三十年代书刊中发现了他的作品,并惊讶于他的既善于继承又勇于创造的艺术精神,遂决定辑集出版;现已重新面世的是编入《童年文库》的《仙笔王良》一书,出版说明中郑重地称誉米星如为"中国童话的先驱者之一"。据悉《黑衣公主——米星如童话选》也已在排校中。此举诚为幸事。

米星如的童话,其初期作品多数如《仙笔王良》一般,满溢着中国民间故事和古代传奇色彩;后期作品风格遽变,可称为创作童话,如写于上海抗战炮火声中的寓言式的《光与暗》,情感澎湃、笔调激越。米星如曾在救济总署等机构供职,四十年代末移居海外,后病殁于美国。生卒年月不详。

对于湮没达半个多世纪之久的中国童话早期的开创性佳作,相信读者必有阅读与研讨的兴趣,本刊特选载米星如不同意韵的代表作两篇于本期卷首。

《儿童文学选刊》十二年

周 晓

一

八十年代初,出版社一度实行给予编辑人员每年一定期限的进修假制度。我首次获得此项难得的假期时兴高采烈。当时我对儿童文学的发展状况颇有研讨的兴趣,此前已就创作中存在的问题方面在《人民日报》和《文艺报》上发表了两篇文章,很想就成就方面也试着作一番论评。于是,按计划开始在家读作品和写作。不料闭门不出仅一周,我忽然不得不匆匆回出版社上班,投入了一项紧张的工作中去。其时为1980年岁末。

事情是这样的:鉴于全国儿童文学创作已从"文革"浩劫所造成的废墟上复苏,并已进入起步发展阶段,任大霖同志提议我社创办一份名为《儿童文学选刊》的新刊物,并向当时的社长陈向明同志和文艺编辑室主任施雁冰同志建议,由我担任责任编辑并负责筹备工作。这将是继天津《小说月报》、北京《小说选刊》之后国内第三家创作荟萃型刊物。我十分乐意受命筹办这份新期刊。中止进修假(其后再也未能获此"享受")诚为可惜,但天降"小"任于斯人,是更值得庆幸的事:我依稀感到,这将是一份在儿童文学界大有发挥余地的刊物。因此,对于这项工作,我是全身心投入的。

拟订新刊物的宗旨、方针,是和调查研究同时开始的。当时百废待兴,在新时期文学"井喷"式的发展势头推动下,少年儿童文学报刊也如雨后春笋般涌

题解 本文原载《儿童文学选刊》1993年第1期。文章以主编的身份回顾了《儿童文学选刊》从1980年岁末的创刊筹备起至1992年这12年间所走过的历程,包括:创刊的缘由和方针、历任编辑的更迭、所举办的笔会和研讨等。文章指出,正是《儿童文学选刊》独树一帜的办刊方针和历任编辑严谨务实的工作,使《儿童文学选刊》在创刊3年后成为"中国儿童文学的窗口",有力助推了中国儿童文学的艺术探索与创新实践,其影响遍及海内外。

现,全国性和各地有一定影响的少儿报刊不下二三十种。办一个选刊,及时集纳散见于众多报刊上的各种样式的儿童文学佳作,向读者提供集中阅读、赏览的方便,是切合时宜的。不过,这里有一个读者对象问题。无疑《儿童文学选刊》必需"老少咸宜",但仍应确定:以少年读者为主,抑或以成人读者为主?在一次征求意见的座谈会上,作家任溶溶先生说,似乎毋需再办一个以孩子为服务对象的刊物,在上海,给不同年龄层次的少年儿童看的报刊,可以说已经"配套成龙";他主张新创办的选刊,可考虑办成供儿童文学工作者阅读的刊物,印数不求多,但求在推动儿童文学创作的繁荣发展方面起作用。听取了种种意见,又经过出版社由社、室两级领导的充分研究,终于定下了下述原则:在为读者提供集中阅读的便利的前提下,《儿童文学选刊》应该及时反映新时期儿童文学发展的面貌,主要供儿童文学工作者、习作者、爱好者阅读,同时兼顾少年读者的需要。并决定:先作为季刊出版,于适当时机改为双月刊;"选刊"由任大霖终审,实即第一任主编。

转眼便是1981年新春,距作为季刊应于三月间创刊只有两个多月时间。在这短促的筹备期间,几乎无所谓节假日,记得《发刊的话》就是在春节的爆竹声中赶写的。当时,在文艺编辑室可谓群策群力,除指定朱家栋、廖励平两位以部分精力协助我工作以外,室内多数编辑也都挤时间参与阅读1980年一年间的儿童文学报刊,做最初的作品筛选工作。记得创刊号上的一组诗歌,就是当时在文艺编辑室工作的黎焕颐同志选的。这种工作方式,继续到这年冬天青年编辑周基亭同志调来,才算有了相对固定的编辑人手;而正式成为一个编辑组,则是两年后郑开慧同志调入之后的事。

创刊号比预定出版期晚了半个多月,于四月出版。当时上海排版印刷全面紧张,《儿童文学选刊》创刊第一年的四期刊物不得不远赴重庆排印;这一年,我和姜英(当时文艺室副主任、"选刊"复审)以及周基亭同志,都曾仆仆于沪渝道上。

据传,《儿童文学选刊》创刊号问世后,一位兄弟出版社负责人击桌叹曰:"我们也议论过办这份刊物的事,可是光是议而不行!上海却一下子办起来了!"

《儿童文学选刊》从倡议到出刊,时间不足五个月。议而决,决而行,这大约可算得是少年儿童出版社的一个传统风格吧。

二

不能说《儿童文学选刊》以成人读者为主兼顾少年读者的方针是惟一正确

的方针。倘颠倒过来,以孩子为主要服务对象,是完全可以办成另外一份面貌不同的选刊的。不过,在实际工作过程中,我们很快发现了以前者为方针的一个明显的好处:我们这样做,避免了和兄弟少儿报刊争夺读者(八十年代中期曾经发生过众多文学期刊和选刊类刊物尖锐激烈的纷争,前者为稳住自己的读者、保持印数,而对后者实施种种限制);不仅避免了,还得到兄弟报刊的支持,他们以有作品被选载为荣。我们和他们之间是一种"相得益彰"的关系,一直保持着良好的联系。

顾名思义,选刊的主要工作在于选,这主要取决于选者的眼力——以敏锐审视创作发展的眼光衡量作品,以及相应的艺术鉴赏力;同时,不讲情面也至关重要。我不敢说我们《儿童文学选刊》是最不讲"照顾"的刊物,但不讲照顾确是我们选作品的一条重要准则。出于种种原因取稿时有所照顾,这在一般文学报刊是难免的,但《儿童文学选刊》倘也讲照顾,就不成其为选刊了。这一点,已成为编辑们的共识,宁可开罪于某些作者,我们对此始终信守不渝。倘说《儿童文学选刊》具有一定的权威性,我想这便是原因之一。

《儿童文学选刊》创刊一周年时,作家张微在一篇文章中写下以下一段话:"……《儿童文学选刊》应运而生,几期下来,编辑者目光四射,能够以有限的篇幅,把儿童文学创作发展上之'一斑'提供给我们窥探,确实是下了一番功夫的……刊物到手以后,我总要一篇篇仔细阅读,看看想想,揣摩别家的长处,内省自己的缺陷。"这,与其说是对《儿童文学选刊》工作的肯定、鼓励,不如说是对刊物提出了严格的要求,是热切的期待。每一次忆起这段话,我总仿佛看到作家们殷殷的目光,工作时,手里的笔也变得沉重起来……

在整个《儿童文学选刊》的工作中,有一点不妨着重说一下。于推崇中老年作家佳作的同时,刊物确是给新人新作以更多的关注和扶持。我们选载了一批又一批新作者的优秀的或有新意、有特色的作品,并分别辅以评论、讨论、创作谈等等推介的形式,使这些新人在儿童文学界充分地"亮相",为他们创造更多的发挥创作才能的机会。打个比方,如果说新人佳作在刊物上初次揭载,这刊物无异于是把这位新作者扶上马,而《儿童文学选刊》的选载推介,则是催马扬鞭,使之奋蹄奔腾。常常有这样的情况:某一新人的作品一经重点选载,约稿便纷至沓来。有人说,倘作品屡经《儿童文学选刊》选载和评论,其作者便似乎具有了某种"身份"。有些地区甚至以此作为一些作者晋升职称、聘为专业创作人员,以至列为地区政协委员的依据之一。倘说这只是少数的并不普遍的个例,那么,因选载而大大增强从事儿童文学的信心,因奋发而在创作上卓有建树,这样的作者却是为数颇多的。

《儿童文学选刊》作为季刊刊行三年之后,在基本上形成了被称为"中国儿童文学的窗口",是一份"有活力有个性"的刊物之后,于1984年起改为双月刊。由于任大霖同志请假专事创作,刊物的终审也改由姜英同志继任。

三

依据以成人读者为主兼顾少年读者的既定方针,我们便可以在儿童文学创作发展过程中的探索创新方面,予以较多的注视并给予及时的反应,从而在创作的突破与进一步的发展上,发挥较为特殊的作用。

就认识较为明确和影响也较为明显而言,这是从1983年注意选载有争议的作品,和突出编排思想上或艺术上较为特异的作品开始的。与选载作品同时,在"笔谈会"极有限的篇幅中,发表针对具体的作品如《祭蛇》《我要我的雕刻刀》《今夜月儿明》《独船》《鱼幻》《黑发》《长河一少年》《六年级大逃亡》等的论辩短文,也组织过《现代童话创作漫谈》这样持续多期的讨论,上述言论文章所占篇幅不多,却愈来愈引起儿童文学界朋友们的瞩目。《儿童文学》主编王一地同志一次说:"我每收到《儿童文学选刊》,总是立即先翻至卷末,浏览'笔谈会'上的争鸣文章,然后再读其他。"至1987年,遂改设"探索与争鸣"栏,专事选载探索性(也称实验性)作品及其论争短稿。

在这方面,我想坦率地说,对于《儿童文学选刊》的以上做法,这在评价上是有歧见的,在儿童文学界(包括出版社内部),甚至于可以说是褒贬殊异。褒之者极而言之曰,《儿童文学选刊》领导儿童文学创作新潮流;贬之者云,《儿童文学选刊》将儿童文学创作引入歧途,"导向"有问题。这里,我不想作任何说明和辩解,我只想说,路既已这么走过来了,《儿童文学选刊》在推动新时期儿童文学创作的嬗变出新上所起的正面的和负面的作用,还是留待读者、作家和文学史家们去评说吧。

《儿童文学选刊》登载的评论与作家谈创作的文章,数量有限,但其被引用、被论及的频率,却仅次于专业的理论刊物《儿童文学研究》。《儿童文学选刊》早期曾尝试发表对年度创作作宏观考察式的评论,1988年正式设"年度创作论评"专栏,以补"佳作选评"、"新人新作选评"只能作单篇作品评论的不足,约请作家评论家纵论一年间的创作,酣畅无忌地作一家之言。这些较有分量的评论已达十余篇,论及小说、童话、诗歌、报告文学等主要样式。此举虽非首创,但逐年坚持并对众多作者具有较普遍的启发作用,以及在文化积累方面具有某种文献意义,却属鲜见。

四

已经过去多年,八十年代上期,有两次创作座谈活动至今仍为与会者所怀念。1983年5月,在江苏省委宣传部和江阴市委、江苏省作家协会、江苏少年儿童出版社的支持下,《儿童文学选刊》在江阴市邀请江苏一批中青年儿童小说作家举行座谈,意图是为江苏儿童文学创作十分活跃的可喜现象推波助澜,并借以影响全国的创作。1985年是观念更新和创作均更趋活跃的一年,是年十一月,《儿童文学选刊》与贵州人民出版社联合于贵阳花溪召开创作座谈会,十七个省市的四十余位作家(大部分为青年作家)出席。当时任贵州省委书记的胡锦涛同志,特意拨冗会见与会作家并出席座谈,发表了《浇灌与扶持》的热情讲话(《贵州日报》和《儿童文学选刊》均分别发表,《文学报》予以报导)。这两次规模不同的会议,会前我们都进行了细致的准备,会议日程分别为三至四天,而用于座谈研讨的时间都达到四至五个半天,是两次认真而又气氛活跃的座谈活动。两次会后,我们又迅速在《儿童文学选刊》上发表了主要发言的摘要(有些发言后来不断为研究者所引用)。不少当时尚属初露头角、现今已相当知名的青年作家,还常常以怀念之情谈起当年的初度欢聚和坦诚切磋。

近几年,由于各地创作研讨活动已趋频繁,也由于人手不足,《儿童文学选刊》未再组织此类活动。最近的一次活动是十年刊庆。1990年11月13日,为纪念《儿童文学选刊》创刊十周年,我们在青草葱绿、嫩竹苍翠的出版社大草坪,举行了一次别开生面的招待会;是时丽日中天,莅沪参加'90上海儿童文学研讨会的来自全国各地及日本、德国的作家、出版家一百余人,在温暖的秋阳下,出席了刊庆活动。中外嘉宾云集,《儿童文学选刊》"三生有幸"。招待会独特、隆重而欢快、简朴,洋溢着亲切、热烈的气氛。

凡座谈、研讨或纪念活动,都精心策划、认真举办,这大约也可算是少年儿童出版社的又一传统风格吧。

至创刊十周年时,《儿童文学选刊》编辑力量已有较大变化。这之前,施雁冰同志被聘任为主编,我为副主编,负责终审工作;因出版社聘任郑开慧同志为文艺编辑室主任、周基亭同志为总编助理及《巨人》编辑室主任,他们已先后调离;现在作为编辑工作主力的是青年编辑王蒔骏和郑春华同志。①

五

如今,《儿童文学选刊》又长两岁;创刊十二年,弹指一挥间。

近两三年的刊物面貌有所刷新,薄弱环节如低幼文学、童年文学和诗歌等的选载有所加强,版面较前有了一些变化。但不如人意处尚多,如言论时断时续,编排章法有时不够精细,刊物印刷质量则始终是一个有待改进的问题,等等。

《儿童文学选刊》业已拥有一批为数可观的读者,作为"中国儿童文学的窗口",其影响已及于海内外。有一些作品由于《儿童文学选刊》的介绍而得以在台湾等地转载。不少海内外的研究文章以《儿童文学选刊》对作品的选载作为评论的依据。我读到一些纵论中国当代儿童文学发展的论文,尤其是最近读到的一种《中国当代儿童文学史》,我发现这些论文和专著,所论新时期以来的作家作品,竟大半属于"选刊"选载的范围之内。对此,我一则以喜一则以忧。所喜自不待言,这是《儿童文学选刊》具有一定权威性的又一证明;然而,过分的信任每每使人担忧,进而还不能不使人深感肩上担子的沉重。毫无疑问,在今后《儿童文学选刊》的作品编选和言论工作中,我们只有更加殚精竭虑、兢兢业业,而决不能掉以轻心、草率从事!

当前,在九十年代改革开放新形势下,面对市场经济大潮,刊物应如何既维持和发扬固有特色,又如何以开拓的精神扩大读者面,增加信息量,适应更广大读者多方面的需求?我们将在调查研究过程中逐步改进,并酝酿对整个工作做相应调整。因此,我们热诚欢迎新老读者向我们提出宝贵的意见和建议。

《儿童文学选刊》十二岁了。回顾以往,为的是策励将来,我们理应更加努力!

1992 年 12 月

---

① 1993 年笔者调任主编。1995 年青年女作家秦文君调入编辑部,任副主编。1996 年冬笔者退休,秦文君继任主编。——笔者补注。

新中国少儿期刊五十年

吴乐平

一、新中国50年来的少儿期刊

新中国出版天空中,少儿期刊始终是耀眼的繁星。少儿期刊作为少儿出版工作中的重要组成部分,建国以来,一直受到党和国家的高度重视。在整个出版工作中处于十分重要的地位。全国解放不久,伴随着新中国建设和发展的步伐,少儿期刊事业开始起步。这个时期,一批深受少年儿童欢迎和喜爱的刊物相继创办和恢复出版。如1950年由中国少年儿童出版社首先恢复出版了于1930年上海开明书店创办的《中学生》杂志,揭开了新中国少儿期刊发展的序幕。以后,又陆续有《小朋友》在原中华书局1922年创办的基础上复刊。《儿童时代》由中国福利会重新创办。《新儿童》杂志由广东省团委接办并改名为《少先队员》,成为我国最早的少先队队刊之一。在东北、西南也同时有共青团东北工委于1950年在沈阳创办的《好孩子》、共青团西南工委在重庆创办的《红领巾》等刊物问世。新中国的少儿期刊开始走向健康发展的轨道。随后,在北京、上海等地又有《少年文艺》、《我们爱科学》、《儿童文学》等著名少儿期刊出现。少儿期刊阵容逐渐壮大,并且有了一定规模的发展,在全国小读者中引起较大的反响。

这个时期的少儿期刊,在对全国少年儿童进行社会主义教育和革命传统教育等方面发挥了重要作用,反映了新中国少年儿童的精神面貌。其中特别是对小英雄刘文学、龙梅、玉荣、张高谦等一批当时的优秀少年典型的宣传,鼓舞和激

题解 本文原载《编辑学刊》1999年第3期。文章对中华人民共和国成立50年来少儿期刊的总体面貌和发展变化进行了概览式描述。文章整理出一份有开创性意义的少儿期刊名录,梳理了它们的创刊时间、历史渊源以及主办单位等相关信息。另外,本文还认为"始终坚持正确的舆论导向,始终坚持质量第一,教育第一"是中华人民共和国成立50年来少儿期刊的办刊经验。目前存在着"部分少儿期刊主旋律不够鲜明有力,整体质量不平衡,市场、读者、内容定位失衡"等不足亟需进一步改进。

励了一代少年儿童,在他们心灵上打下深深的烙印,促进了少年儿童的全面发展。这个时期的少儿期刊,从品种结构上看,多系综合性少先队队刊和纯文学、科学性期刊;从读者对象的年龄区分上看,比较含糊,从小学到中学都包容在一本期刊里面。从数量上看,全国仅有13种,显得比较单薄;从办刊人员组成上看,专职较少,兼职较多,还未形成自己的独立阵容和体系。更重要的是,期刊登载的内容存在很多问题。主要是受"左"的思潮影响和当时政治环境的制约,刊物说教气氛比较浓厚,少儿期刊的特点不够鲜明,缺乏形象感染力,因而在很大程度上削弱了少儿期刊应有的功能。到了1966年以后,由于"文革"的爆发,在十年时间内,几乎所有的少儿期刊都被迫停刊。少儿期刊园地一片荒芜。直至进入70年代以后,才有了几份少儿期刊出现。如北京创办的《北京儿童》、《北京少年》和武汉出版的《武汉儿童》等杂志。这时的少儿期刊政治气氛浓,导向严重失误,办刊方式也极其单调。犹如沙漠中的小苗,成长十分困难,发挥的作用也不大。

少儿期刊的真正繁荣、发展和兴旺是从1978年以后开始的。其标志是1978年的庐山全国少儿读物出版工作座谈会。会后,一大批少儿期刊如雨后春笋般涌现。这一时期,我国少儿期刊无论是在数量上还是品种上,都大大超过前两个阶段。新创刊的少儿期刊大体可分为四类:文学类期刊、知识类期刊、综合类期刊和教学辅导类期刊。进入90年代以后,又出现了一批独具特色的动画类期刊。从1977年到1979年,全国新创办少儿期刊7家,恢复出版了一批旧的少儿期刊。1980年到1989年,全国新创办少儿期刊54家;1990年到1998年,全国新创办少儿期刊45家。这样,目前我国总共有少儿期刊126家,此外还有100多种面向中小学生的教学辅导类期刊。直接从事少儿期刊编辑出版工作的专职人员多达600余人。少儿期刊开始真正成为一支蔚为壮观的出版方面军。这一时期,全国少儿期刊的门类齐全、品种丰富、服务对象广泛精细、社会效益和经济效益明显。少儿期刊几乎涵盖了少儿生活的各个领域,刊物遍布全国各省、市、自治区,许多少数民族地区也出版了用本民族文字印制的少儿期刊。如内蒙古的《纳荷芽》、新疆的《雏鹰》和吉林的《朝鲜族中学生》等。全国少儿期刊发行量年均高达1.9亿册,平均每种发行14万册。全国少儿期刊发行量在百万册以上的有5种,如湖北的《小学生天地》、浙江的《中学生天地》、广东的《第二课堂》和《少先队员》等,都名列全国期刊过百万大户名册,其中不少期刊进入全国优秀期刊行列(如《中学生》等)和全国百种重点社科期刊行列(如《小朋友》、《巨人》、《中国卡通》、《小学生天地》等)。全国有近十几种少儿期刊期发行量在50

万—100万之间。少儿期刊的年总盈利为2800万元。特别值得一提的是不少少儿期刊还出现集团化发展的趋势。可以毫无愧色地说,少儿期刊无论是社会效益还是经济效益都创造了新中国有史以来最好的纪录,都值得在新中国的出版史册上大书一笔。少儿期刊已经进入蓬勃发展的最好历史时期。

二、新中国50年少儿期刊的主要经验

回顾新中国50年来的少儿期刊,在其发展过程中给我们以许多宝贵的启示:少儿期刊是少儿读物中的一个重要门类,它具有贴近少年儿童、内容丰富多彩、形式灵活多样、编排新颖别致、风格异彩纷呈等特点,因而受到广大少年儿童的喜爱和欢迎,成为孩子们不可缺少的精神食粮。正因为如此,党和国家把少儿期刊的出版工作提到事关民族素质的战略高度。党的三代领导核心都曾对少儿读物出版工作提出明确要求和殷切期望。50年代,新中国建设百废待兴,身为国家领袖的毛泽东虽然公务繁忙,但仍然关心新中国少年儿童的健康成长,关心少儿读物出版的状况。1955年8月,中共中央书记处第一办公室编印的《情况简报》第334号上,刊登《儿童读物奇缺,有关部门重视不够》的材料,毛泽东阅后亲笔批示,将简报转给当时的中央有关部门,请他们设法解决。毛泽东同志还多次为少儿报刊题名或题词,以此来关心包括少儿期刊在内的少儿读物的健康发展。邓小平同志在建立和领导实践有中国特色的社会主义理论的伟大活动中,非常关心和重视少年儿童的成长,多次强调少儿读物出版工作要为培育"四有"新人、搞好社会主义精神文明建设服务。党的第三代领导核心江泽民同志更是一贯关心重视少儿出版,指出此事关系青少年的成长,关系中华民族素质的提高。江总书记在1996年"六一"前夕题词:"出版更多优秀作品,鼓舞少年儿童奋发向上。"根据江总书记的指示,中央宣传思想工作领导小组把少儿读物出版与电影、长篇小说这"三大件"作为一个系统工程来统一规划,大力推进。各级党委和政府也给予少儿期刊一些优惠政策,支持少儿期刊的改革和发展。在几次报刊业治理工作中,不少行业或门类的报刊都有所减少,而少儿期刊不仅巩固了阵地,而且数量上还有发展。少儿期刊在创办过程中,始终坚持正确的舆论导向,始终坚持质量第一,教育第一。在办刊实际中,注重针对性,强调少儿特点,定位日益准确,结构逐步优化。尤其注重刊物个性和特色的形成,在发展中日益成熟。相对于50年代、60年代我国少儿期刊内容大多为综合性的,读者年龄段区分不够严格的情况,80年代和90年代的我国少儿期刊更加注重刊物的

个性、读者选择和形象定位；少儿期刊在外包装和编校质量方面也有革命性变化。一些刊物可以同发达国家的同类刊物相媲美；所办刊物对培育一代新人起到春风化雨的作用，成为孕育跨世纪人才的大课堂。少儿期刊在适应读者要求，做好两个效益的有机结合上，也明显走在一些成人期刊的前面。多数少儿期刊的经济状况令人乐观。我国126家少儿期刊仅有10家亏损，只占总数的8%，而且这10家少儿期刊还有不少是新创办的尚未打开局面，运作几年后仍然有望扭转亏损状况。此外，少儿期刊还不断发掘其存在功能，办刊方式和手段也趋于现代化、多样化。所有这些，均构成我国当代少儿期刊一道道亮丽的风景线。

三、我国少儿期刊存在的问题和发展建议

半个世纪的漫长道路，新中国的少儿期刊留下辉煌的足迹。但是，也存在一些问题和不足，主要是：一是部分少儿期刊主旋律不够鲜明有力。这反映在一些少儿期刊对国家大事和党的工作大局报道的分量不足，或者是对小读者对国家大事的关注点研究不够，因此报道的力度不大。特别是表现主旋律的优秀作品数量较少，影响不大。二是少儿期刊整体质量不平衡。在几百种少儿期刊中，真正有分量、有影响的优秀期刊或名牌期刊不多。不少少儿期刊在栏目、题材或者表现形式上风格相似，缺乏特色。一些少儿期刊缺乏时代特征和对当代少儿的准确了解与把握。三是少儿期刊的形象定位及结构失衡。我国现有的126种少儿期刊（不含教辅类期刊）中，科技、科普类期刊仅有十来种，不到10%的比例。现有少儿期刊中，专门为农村小读者办的期刊一份都没有。两亿多农村孩子被置于少儿期刊市场之外。其余一些专门知识的如电脑、体育、军事、旅游的少儿期刊也极少。而现有期刊中，综合性的占了一半以上，特别是学习辅导类的刊物过多，内容重复，与其他刊物之间的比例失调，从长远看，影响了人类文化的传播、交流和提高，也造成巨大的资源浪费。四是动画类期刊虽然经1995年中宣部和国家新闻传播署联合启动了"5155"工程以后，有了较大的发展，但从根本上来说，仍未改变我国儿童期刊受日本、韩国和港澳台地区动画读物影响的局面。与国际先进水平相比，差距还不小。目前有的五家少儿卡通期刊大多还是亏损经营，有待于在办刊过程中不断形成特色，培育市场，尽快摆脱模仿的痕迹。五是少儿期刊的外部环境和市场培育还存在相当多的问题。诸如少儿期刊在社会地位上不及成人刊物高，少儿期刊传播尚未引起有关部门的足够重视。少儿期刊工作者在政治上、经济上、工作上的待遇有待提高。在一些期刊的评奖工作

中,少儿期刊被忽略的现象时有发生。在发行市场上,一些单位或部门划地为牢,大搞地方保护,或利用行政手段开展不公平竞争,造成少儿期刊市场发展的不完善和失衡。上述这些,应当引起足够的重视和改进。

展望我国少儿期刊的发展前景,可谓任重道远。摆在少儿期刊工作者面前的历史课题是:坚持正确的舆论导向、全面提高期刊质量、深入研究办刊规律、不断扩大规模经营、造就合格的编辑出版队伍、营造良好社会环境,更好地为三亿多少年儿童服务。为此,我们要:(1)坚持党和国家的教育方针和出版方针,当前尤其要以素质教育为基本导向,以育人为宗旨,配合国家"跨世纪素质教育工程"为全面提高国民素质和民族创新能力服务。(2)要在办刊中坚持创新,树立精品意识,不断提高期刊质量。少儿期刊工作者要在现有基础上努力把自己的刊物办成精品,在定位准确,导向正确,生动有趣,不断变革,严格校对,印制精美和扩大发行上狠下功夫。(3)要深入研究办刊规律,提高从业人员的素质,在办刊过程中勤于思考,掌握少儿期刊的办刊规律,真正按照少儿年龄特征、理解能力和阅读兴趣去办刊。(4)要以创新的意识不断开拓少儿期刊产业。要使多数少儿期刊在改革内部管理体制和经营机制的基础上,尽快走上自收资支、自主经营、自我发展的良性循环道路。要加快经济增长方式的转变,切实提高集约化水平,走集团化方针的路子。这是少儿期刊走向新的繁荣的有效途径。我国现有少儿期刊中,有相当一批是属于出版系统和教育系统主办,发展集团经营,应当有一定条件。例如,中国少年儿童出版社所办的7个少儿期刊,年总利润近300万元,上海少年儿童出版社所办的10个少儿期刊,年总利润超过700万元,湖南教育报刊社所办的6个少儿期刊,年总利润在一千万元上下,充分展示了集团化办刊的巨大优势。(5)要努力培育高素质的少儿期刊编辑出版队伍。要按照江总书记提出的政治强、业务精、纪律严、作风正的要求,运用各种方法和途径,不断提高少儿期刊编辑出版人员的政治、业务素质。1998年中国少儿报刊工作者协会首次在全国范围内评出优秀少儿报刊工作者。中宣部和国家新闻出版署也已同意,在"中国期刊奖"这一期刊界的最高评奖项目中,设立"少儿期刊奖"分项,以表彰先进,倡导争优。在全国百家重点社科期刊建设工程中,也将专设少儿期刊为一个单独类别。少儿期刊应当抓紧这些机会,努力完善自身。(6)要下功夫解决"少儿期刊成人化"问题。这是少儿期刊长期以来没有解决好的问题。一方面,在内容上,许多少儿期刊不适合少儿阅读,在形式上也远离孩子。少儿期刊回归孩子,这是在世纪和下世纪初少儿期刊出版必须研究的重要课题。研究当今少儿期刊的新特征、新形态、新规律,寻找切入当代少儿心扉的时代亮点,是当代少儿期刊生存发展的重要基础。少儿期刊应当以此作为长期追求的目标。另一方面,知识经济的发展也对少儿期刊提出了新的要求,多媒体时代的来临更是使少儿期刊面临严峻的挑战。所有这些,都值得少儿期刊办刊人的研究和关注。

总之,新中国少儿期刊的50年,是值得回味和总结的50年,是激励少儿期刊工作者不断探索和前进的50年。面对新世纪,我国少儿期刊一定会以新的姿态,昂首阔步,努力开拓,以新的工作局面迎接新中国下一个更加辉煌的50年的到来。

加油啊,网络"童话族"

杨火虫

作为新兴的"第四媒体"(与报刊、广播、电视并列),电脑网络以其便捷性与交互性吸引着越来越多的人加入。作为与童年相伴的恩物、让成人回归天性的载体——童话与人类可谓如影随形,但凡人迹所至的地方,就会有童话的存在。如此,童话在网络上安营扎寨自然顺理成章了。于是,在网络中以童话为中介进行交往、交流的人群——我们不妨称之为网络"童话族"——便应运而生了,虽然目前它的数量还很小。

自童话摆脱了"口口相传"的传播阶段后,媒体就成了"童话生态"中最重要的一环。与其说媒体是一种传播工具,不如说它是人与人交往的社会关系的一种组织形式,它所起的作用并不仅仅限于传播,它还会对童话思潮、童话作家的成长、读者的培养与引导、作家与读者的交流甚至童话创作的走向产生重要的影响,有时甚至是决定性的影响。电脑网络在组织人与人交往的社会关系时,已经显现出与传统媒体不同的特质。这种新的特质将会对"童话生态"产生什么样的影响,以及怎样更充分、合理地运用它,将是我们研究的课题。而在所有的社会关系中,人都是其中最重要的因素。所以对网络"童话族"的分析与研究应该是进入这一课题的必经途径。

本文便试图从对网络"童话族"的分析与研究入手,展望与评估电脑网络即将对"童话生态"产生的影响,探讨一下我们应该采取的策略与规划。

题解 本文原载《中国儿童文学》2001年第4期。文章聚焦了随着互联网的兴起而出现的儿童文学新的创作与传播方式,以及一群在互联网上比较活跃的参与者。文章认为,网络"童话族"的兴起将对既有的"童话生态"产生多方面的影响。首先,童话将迈向真正的读者时代。长期被"文人童话"所忽略、贬抑的一些品质如类型化、平面化和大众价值观等将再次盛行。其次,童话的创作将形成一种阶梯状的、包容性较强的动态平衡系统。最后,儿童文学的出版发现将回归企业化本质,儿童文学批评将向"智库"转型。

一、网络"童话族"的史前构成

网际交往采取的是一种虚拟的形式,匿名与隐身是寻常事情,变形、一人化身为数人与数人化身为一个也是常见的情形,所以要对号入座是不可能的。但根据其在网络上的表现,依然可以大致分出几类来。

1. 在网络上建有自己小屋的"斑竹"

这一群大部分都是绝对的专业人士,有童话作家、童话编辑及研究人员。这一群人少得可怜,据笔者的粗略统计,目前大概只有以下几人:

"郑渊洁网站"的郑渊洁;"童话网"的杨楠;"童话城堡"的庄大伟;"杨鹏幻想工作室"与"杨鹏幻想空间"的杨鹏;"童话镇"的李志伟;"幻想中国"的张弘;"外星男孩"的萧裛;"太阳鸟的童话屋"的杨小彤;"自在小逃子"的陶春生等。

也有少量的纯粹的爱好者,如"郭楚海网站"的郭楚海;"谢鑫童话站"的谢鑫;"静心阅读地带"的Alland等。

2. 经常在网络上发表言论的"网虫"

以上的童话主页大部分都建有论坛、BBS风格的留言簿、聊天室或单纯的留言簿,这种场所培养起来了一群经常发言的"网虫"。这一群当然要大得多,它又可以分为几类:

(a) 身兼"网虫"的"斑竹"。如李志伟经常化名为"快刀小李",张弘化名为"兔子",杨楠化名为"yn99",萧裛化名为"如梦令",杨小彤化名为"太阳鸟",陶春生化名"小逃子"等等,在自己或别人的论坛里发言;

(b) 作家、编辑、研究者中的"网虫"。他们中有用真名的,有用笔名的,也有用化名的。如周锐、冰波、fxl(范锡林)、"老茧大哥"(简平)、"射天狼"、"不见不散"(李学斌)、"引见另"(殷健灵)、萧萍、"小蛮子"(饶雪漫)、陶野、郭英州、书呆子、杨火虫等;

以上两类网虫因为身份公开或相对公开,多是进行朋友之间的问候与交流;同时,因为有其他媒体作为园地,所以很少长篇大论,发表起言论来自然比较本色一些,不会太激烈,多是随想随说,随意了些,零散了些,但也不时会跳出灵感和智慧的火花。

如果说这类网虫比较充分地体现了网络的便捷性(无远弗届,即时沟通)的话,下面一类"网虫"则充分地体现了网络的另一特性:交互性(开放、平等)。

(c) 隐身网虫。这类网虫中很有可能也有上述两类人,同时还有一些至今无名的"未来英雄"、正在求学的学子、大批童话读者……网络的开放与平等使他们拥有了在传统媒体中还未拥有的权利,与名家有同样的话语权;同时,他们全都是匿名发表意见,类似黑衣蒙面的侠客,让人难辨真身。正因为如此,他们发表起意见来自然会无所顾忌、酣畅淋漓,而其中又不乏高人,所以往往能一针见血指陈现状中存在的弊端和缺陷,至少也会出现不同的声音,所以经常会引起争论,让界内人士多个思考的角度。如经常扔出重型"炸弹"的"大嘴鸦"、"不见不散"、"清平"、"红蜻蜓"、"松下酷呆子"、"迈考·夹克衫",还有"王顾左右"、"九尾狐"、"射天狼"、"dudu"、"大锅饭"、"了了"、"小鱼儿"、"紫藤"、"风水老头"、"臭臭"、"忌康雪糕"等人。虽然有时言论会出格,但无疑,是他们为童话界增添了生气与活力。

3."沉默的大多数"

用"来无踪,去无影"来描述这群人最合适不过。他们人数众多,但大都"只动眼,不动口",是"沉默的大多数"。

不要小看这群人,正如在现实中一样,他们虽然看起来只是"受众",却不是被动的,他们手中有选择权,他们手中掌握着一个童话网站的生杀大权:点击率;而且他们也会直接对其他媒体中童话的生存与发展起着重大的影响。这是最需要童话创作、出版、理论界研究的一群。

当然,也有不那么沉默的。不少家长以自己孩子的名字命名创建了不少网站,如豆豆心灵童话、秋天里的童话、漠漠的童话世界等等,大都以他们喜欢的童话作为主要内容。虽然对于童话界来说他们仍属于"沉默的大多数",但他们显然已不满足于沉默了,他们要用自己的行动来表明自己的喜好。

需要强调的是,在网络媒体尚未上升为主流媒体的时候,他们的影响力尚未真正体现出来,容易被忽视。

更需要指出的是,由于网络基础设施的薄弱、童话界从业人员知识储备的局限及惰性等原因,童话网络化的进程已远远落在了其他行业的后面,只是到了1999年、2000年,在国内的互联网运动进行得如火如荼的时候,童话才开始在网络领域出场。直到现在,网络童话仍处在崎岖艰难、刀耕火种的史前时期。所以,这个时期的网络"童话族",还只能算是一种史前构成,其真正的面目仍未显露出来。

二、网络"童话族"对"童话生态"的影响

目前,网络还只是新兴的"第四媒体","网络童话族"还处在史前时期,其成

员的角色、功能与他们在现实生活中的角色、功能交融混杂,有时甚至被支配、覆盖,很难理清,所以只能以"斑竹"、"网虫"、"沉默的大多数"等粗疏的线条将他们简单勾勒出来,这种情况下,具体讨论网络"童话族"对"童话生态"的影响,只能是雾里看花,无法得出正确的结论。

但这不能成为暂时搁置估价网络"童话族"对"童话生态"的影响的理由。相反,未雨绸缪的冲动与对未来"童话生态"尽可能合理布局的渴求,使得这种估价显得更加迫切起来,因为这种估价很有可能会影响人们对网络"童话族"的角色、功能进行正确的评估、体认,进而依据自身的兴趣爱好及能力特点进行正确的选择,少走弯路,减少"童话生态"转型期的混乱与无序。

1. 网络"童话族"的分化与整合

目前的"童话生态"可谓到了山穷水复的窘境,计划经济色彩浓重的创、编、发、评、读体制越来越不适应由需求者主导的市场,于是开始有人逃离:读者、作者、评论者、编辑……

他们是对新兴媒体最为敏感的一群,同时也是这一体制的不满者,这就是现阶段的网络童话族的大部分成员,正是他们之间的互动,构成了目前网络"童话生态"的雏形,即所谓未来"童话生态"的史前状态。

但考察、研究网络"童话族",眼光绝不能仅仅局限在它的史前构成状态上。网络所具有的巨大优势使得它的发展一日千里,"速度趋向于无限快,成本趋向于无限小","24小时在线"已成大势所趋。由此观之,网络"童话族"将是一个无限扩张的群体,以至于说它最终将等同于现实生活"童话族"——即它本身就是"童话生态"的全部——都不为过。可以预言的是,网络对人才配置的法则将越来越明显地影响到童话界从业人员的构成与分布,网络"童话族"必将经历一个分化与整合的过程,"童话生态"也将随之重新布局。

因此,估价网络"童话族"对"童话生态"的影响时,绝不能仅仅把它视为一个特殊群体,从长远看,它应该是我们借以窥见未来"全豹"的"一斑"。从这个意义上说,估价网络"童话族"对"童话生态"的影响,是在预见未来"童话生态"的运转规律。

如前所述,网络"童话族"的分化与整合与"童话生态"的重新布局是一个互动过程,那么我们也不可能在这一小节里对网络"童话族"的分化与整合作出完整的描述与预测,而只能在论述"童话生态"的重新布局的过程中更详尽地体现出来。

2. 迈向真正的读者时代

童话(乃至整个儿童文学)是一个读者因素至为重要的品种,但到目前为止,回顾创作、编发、批评、评奖与读者的沟通交流,状况实在不能说是让人满意。

相比较之下,作者与读者的联络最为密切,但大多也只是通过下面几个渠道:从子女身上获得反馈、定期或不定期地在幼儿园和中小学蹲点观摩、与读者通信通电话、通过读者调查获得信息等。这些手段至今为止应当说都还是有效的,但因它们各自的缺陷,使得作者获得的信息要么不全面不具代表性,要么不够迅捷及时,要么零乱模糊,从而使它们的有效性大大打了折扣。编、发、评等方面与读者的沟通就更加困难。

而在网络时代,这种沟通则是大大地方便而及时了。网页的点击率、读者在留言板上的留言、与读者的 E-mail 来往、在聊天室里直接与读者进行的聊天、再也不会耗时耗力耗资的读者调查,都使童话的制作与传播者直接而便捷地面对着整个读者群,整体而全面的阅读趣味及其走向能够迅速而直接地反映在读者的反馈意见、建议、要求中,成为童话制作、传播的重要依据与参考。据笔者了解,在触网较早的童话作家中,已有不少人开始将读者的反馈意见作为调整自己的创作计划的重要依据,如李志伟、张弘等人。可以相信,这样做的作家将会越来越多,而且必然会扩展延伸到出版社、批评者及评奖团体。

同时,家长、老师、书店等传统中介会被摆脱,成人儿童观、购买力等藩篱将被拆除,童话作品将直接呈现在读者面前,从而使少年儿童拥有了前所未有的自由自主的选择权,少年儿童个人的阅读冲动与爱好成了童话被点击与阅读的决定性力量。如上所述,这些读者在网上基本上属于"沉默的大多数",但可以肯定,他们手中握有让童话制作与传播者们敬畏的"尚方宝剑"。

这些都决定了童话必然地要迈向真正的读者时代。

可以预言,在网络的参与下,童话即将恢复到它的"大众文学"的本来面目,"民间"将再次成为直接推动童话发展的源头活水,长期被"文人童话"所忽略、贬抑的一些品质如类型化、平面化、大众价值观等将再次盛行。

3. 多元并存与成长阶梯

童话读者的需求也是千差万别的,不同的生命阶段、文学层次当然会有不同的口味,所以理想的"童话生态"应该是一种阶梯状的动态系统。

但在传统媒体社会里,却无法在动态中维持这个系统的平衡。因为传统媒体是一种资源紧缺型的媒体,你占有的多必然意味着我占有的少。当严肃文学、精英文学盛行的时候,大众文学的生存空间就会被崇高的目的而压缩甚至贬斥；相反，大众文学的盛行也给我们带来一幅令人悲观的情景，它不仅会大肆地掠夺、挤压着严肃文学、精英文学的生存空间，还会同化更多的人群，使他们的阅读口味快餐化、雷同化（读者可以选择一种文学，但文学也会在一定程度上造就读者）。

与此不同，随着硬件建设的完善与宽带的拓展，网络媒体将是一种接近于可无限延伸的资源富裕型的媒体，这使它具有了巨大的包容性。正是这种包容性，使得未来建立在网络基础上的"童话生态"将会成为一个多元并存、环环相扣、动态平衡的成长阶梯：

童话将不仅可以是纯文学的，也可以成为融汇科幻、侦探、武侠、卡通甚至电子游戏等大众口味的品种。既然读者掌握着"尚方宝剑"，那么，读者的需求肯定就会成为大部分童话制作与传播者敬畏的法宝；相应地，那些能够成功满足读者需求的童话制作与传播者，也就自然而然地会成为读者们追逐的偶像与明星。这一点，与纸媒时代相似，总是那些最成功的童话制作与传播者会吸引大部分的注意力。因此，昔日的偶像与明星们将无须担心，他们已提前领取了网络时代的通行证；也正因为这一点，或许他们会取得比以前更辉煌的业绩，郑渊洁童话网站的访问量大大超过其他所有童话网站访问量的总和即是一个明证；

目前薄弱的婴幼儿文学将会获得以前不曾有过的广阔生存空间。这样不仅可以使婴幼儿们得到难得的文学享受，使这个生命阶段过得更充实；同时也可以为更高的文学熏陶、陶冶提供准备；

成长文学将成为一种贯串整个生命过程的文学，而不仅仅局限在青少年阶段；

严肃文学、精英文学生存的机率也将大大提高；

童话理论与批评也将摆脱局促的生存空间，获得畅所欲言的场所；

作为生命阶段、文学层次这些阶梯之间的过渡与衔接，童话阅读的引导机制、经验交流机制也将伴随着这些阶梯的存在而建立起来……

在这种"童话生态"中，多元并存的文学状态必然地会培养出多元并存的文学口味、多元并存的网络"童话族"；反过来，这又会更加巩固多元并存的"童话生态"。

这将是一个可持续发展的良性生态。

4. 后来者：成长环境得天独厚

传统媒体是一种紧缺型的资源，资源的占有依靠的是实力与惯性，有时甚至是人际资源占有的一种延伸，后来者往往会被忽视、挤压，而当他们终于"多年的媳妇熬成婆"后,又会对新的后来者形成忽视与挤压。网络的开发性与平等性却使得后来者与名家、权威们站在了同一起跑线上,只要有实力,就会有话语权,就会被大家认可。有一个现成的例子:郭楚海从来就没有在现有报纸杂志上发表过童话,他的名字别说对于普通读者,即使对于儿童文学界的专业人员而言也是相当陌生的;但现在不同了,他建立了自己的童话主页,马上就拥有了自己的读者,据说有家香港的出版社通过网络了解了他,正准备出他的两本童话集呢。

在传统媒体时代,作家群是一个突出的现象,即使是现在,我们也常常会看到"东北小虎队""上海少女队""江苏作家群""湖南作家群"之类的称呼。为什么? 据笔者的理解,作家的成长离不开相互的交流与切磋,相互的借鉴与批评,在作家群中,无论经验还是教训,都是共享的,这对于后来者的成长绝对是大大有益的。传统媒体时代,只有相同的地域才会拥有这样的机会;而在网络时代,任何个人都可以把所有的作家都集中在自己的电脑中、书房里,与所有的名家权威比邻而居。这无疑会加快与提高后来者成才的速度与机率。

对于后来者,这可真是一个得天独厚的成长环境。

这将大大提高"童话生态"的新陈代谢,对于"童话生态"的优化与提升是一个相当积极的因素。

5. 出版发行:回归企业本质

出版部门、发行部门从本质上讲都是以利润为根本的,而提高利润的途径有两个:一是"开源",这只能在了解市场需求、提升商品质量与服务中来寻得;二是"节流",即在各个环节节约成本,堵塞利润流失的漏洞。

而网络作为一种新型的工作平台与操作工具,恰恰在这两方面有着巨大的优越性。

现阶段,出版社选题的论证与制订基本上是靠编辑对市场的了解与预测,大多属于个人行为,且信息的数量与质量都很难尽如人意,其结果的完整性与科学性自然会大打折扣,选题质量自然也就难如人意了。而在网络时代,各类原始信息如读者的愿望与渴求、同类书的销售业绩、畅销书排行榜等等都会方便而快捷地呈现在编辑面前,供其整理分析;更便捷的是,编辑可直接调用各类研究机构、分析人员的分析研究结果。这样,出版社的选题便可与读者的需求直接挂上了钩,减少了出书的盲目性;更聪明的出版人则可以在这些原始信息与分析研究结果中发现、预测下一阶段的热点,早一步酝酿规划,甚而引导市场的发展,"开源"自不在话下。

传统的信息收集与分析方式还会带来更严重的后果。选题的低水平重复固然是其弊病之一,但更重要的是,由于市场分析与预测结果的不准确,出书时机、印刷数量、发行策略的制订也就很难准确:本来并不适应市场需求的选题可能会由于误判而投入过多的宣传资金,印刷量超过需求,造成不必要的浪费;也有可能很好的选题却重视不够,投入不够,印刷量不够而错过创造利润的最佳时机。按需印制是出版发行部门一直梦寐以求的目标。网络为这个目标的实现提供了可能,网上征订方便快捷,一个选题印不印、印多少都有了可靠的数字依据。

可以说,网络既为出版发行提出了回归企业本质的要求,也为它们回归企业本质提供了可行的途径。

从这一点上说,网络既为"童话生态"减少了不必要的中介,也为必要的中介提高了效率。

6. 理论批评:向"智库"转型

只要不是自大狂的作家,都需要从别人的角度来审视自己的创作,从中获得收益,无论在纸质媒体时代还是在网络媒体时代。且不论是否能促进童话创作的发展,即使排除这一目标,仅仅把童话作为形而上的思考对象,仅仅作为一种研究与学问,童话理论与批评也自有它的存在理由。

正像我们前面预测过的一样,网络也为它提供了生存的空间。目前在各个童话网站的论坛上,都可见到它的踪影。王顾左右的《童话是给大人看还是给小孩看?》、大嘴鸦的"大嘴鸦放火"系列及《"少年小说":自立门户如何?》、快刀小李的《童话路在何方》等帖子都引起了热烈的响应与讨论。最新引起关注的一篇帖子是大嘴鸦的《欺负人到家——说说兔子的童话》(正文名为《"空墙"·"金胡子"·"骑扫帚"——张弘童话的局限与可能》,2001年4月30日发表于"幻想中国"的论坛"中国有约")。据笔者看,这是一篇言辞犀利、说话坦率、直陈缺陷却论证平实、以理服人的文章,引来不少童话创作者的热烈响应。一位化名为"fxl"的作家更直接指出:多一些这样的评论文章,肯定会大大有益于创作。这值得我们深思。也就是说,童话评论并不是创作可有可无的附属物,人们厌恶的只是棒子手与吹鼓手,而不是真正的童话评论。

无论是纸质媒体时代还是网络媒体时代,一直都存在着对童话理论批评的需求:作家需要它来改进和提升自己的创作;出版者需要它在作品的海洋中大浪淘金;读者需要它来作为阅读的引导……

网络童话理论批评者不依附于任何单位与团体,且大多以匿名身份发言,至少在目前状况下不谋求任何金钱名誉上的回报,所以他们的发言不会囿于任何意识形态,不必考虑人情往来,不会计较于个人得失,而只对自己感兴趣的话题发言,可以毫无顾忌地表达出自己的喜好、意见和判断,更容易击中评论目标的要害。

目前的网络童话评论,只是由少数热心而不计名利的人在支撑着,无法壮大;而一旦收费技术解决了,或者有可靠的资金来源,它立刻就可以吸引众多有志者与有为者的加入,成为三百六十行中的一行。

而且随着"童话生态"的进一步成熟,市场需求的增加与多样化,它的功能将不会仅仅局限于理论与批评,读者调查、市场预测等等,都会成为它的经营业务,最终,它必将逐步转型,就像目前各领域中独立运营的咨询与研究机构一样,成为童话界的"智库"。

三、不足与对策:培养媒体意识

既然目前的网络"童话生态"尚处于拓荒的史前时期,当然就不能用我们预测的理想状态去苛求它,但存在的问题却是不容忽视的。

第一,各童话网站的访问量奇小("郑渊洁网站"除外)。这无须笔者饶舌,看看它们的计数器就知道了。

第二,蓬头垢面者多。页面的制作就不去讲了,我们毕竟不是专业人员;更新却是一个不能不提的大问题。页面的更新其实就像人每天需要洗脸一样重要,天天一副老面孔,只能说是蓬头垢面。第一天访问这样,无所谓;第二天还这样,可以体谅;第三天还这样,有点烦;第四天呢?……读者只能怫然而去,时间再长一些,在读者的收藏夹里就没有它的位置了。看看吧,"太阳鸟儿童文学沙龙"曾有一段时间好几个月没有更新(近期经过几次改版以后表现相当不错),"外星男孩"也是一个多月才更新一次,张弘也"惭愧"地自述还没有众网虫们去她家的次数多……

第三,悄然失踪者渐渐增多。上一个问题之后,就发生了这个问题,"童话镇"曾经消失了数日,"太阳鸟的童话屋"也已不见踪影,"童话城堡"经常上不去……

第四,相互之间联络甚少,更别说协作了,"童话网""童话城堡""幻想中国"则是连链接都不做!

这说明了什么?

童话在社会中的边缘地位当然是一个原因,但有一个问题我们更不可忽视:

我们的媒体意识太差了!

(网络的)媒体意识是什么?

最本质的一点也是总原则应当是"抢夺眼球"。即使不能做到吸引所有人的眼球,也要以特色吸引固定群落。

它最基本的要求是,页面赏心悦目,光鲜而人性化,适合目标人群,内容时常(假设做不到每天的话)更新,不落后于潮流;再高一点的要求是有特色,有看点,不一定要"人有我有",但一定要"我有人没有",万花争妍不能缺我这一枝;更高的要求是本身就像万花筒,林林总总,一览无余,又有高度,又有深度,一览众山小,"黄山看后不登岳"、"除却巫山不是云"。

包装不可少,"酒香也怕巷子深"。定位要清晰,然后按定位精心包装,包装语言要到位,说到目标人群的心坎处。

无限链接,四通八达,神游无滞。这也是网络最让人心仪之处,走到你这里是个死胡同,岂不令人败兴!这要求我们要各处为自己做链接(最起码在几大门户那里要登记自己的门牌号),也要在自己的小屋里开出通向别人家的路,而且是越多越好。

让访问者有自由表达意见的地方,且意见反馈、交流便利快捷,这是网络媒体比其它媒体优越之处。这样,BBS、留言板固必不可少,聊天室看来也是不可或缺的;对各种意见(只要不是黄、赌、毒)版主不要横加干涉,更不必限于专业,海阔天空、酸甜苦辣,能让自己的家变成大家喜欢待的地方,岂不快哉!

……

其实,相对于现实生活中的童话从业人员来讲,这批最早的网络"童话族"的媒体意识应该来说是很强的了。还有太多的作家、编辑、理论批评者、读者还没有触网,甚至根本就没有接触过电脑。网络的基础设施建设的不健全、费用的昂贵,就像一道深深的鸿沟阻碍着中国童话的网络化进程,网络"童话生态"的真正建立还有很长的路要走,更遑论网络媒体意识!

说这么多,有点儿鞭打快牛的意思。但童话网络化的进程已然开始,而且这是一个不可逆转的大趋势,真正热爱童话的人必须认识到这一点,并积极地投身于其中,未雨绸缪,任重道远。

加油啊,网络"童话族"!

儿童文学推广的现状及相关策略

陈 晖

儿童文学推广,主要是指面对儿童读者、宣传儿童文学作家作品、推动儿童开展儿童文学作品阅读的活动。早在20世纪70年代,国际上就已将儿童文学"发展自己机构的设施的能力",作为判断一个国家儿童文学是否成熟的尺度,而这些包括"出版社、剧场、图书馆、巡回故事员、评论员、期刊、图书周、展览会、奖金"在内的机构和设施,主要从事的工作是儿童文学推广。考察我国的儿童文学推广,我们会发现:我们的出版社、期刊、图书周、展览会、奖金,已有了相当的规模;而我们的儿童剧场、儿童图书馆,数量少,活动开展不充分;我们目前还没有直接面对儿童的巡回故事员和评论员。从总体上说,中国儿童文学推广和现状不够理想,专业的儿童文学推广人员,为儿童组织的、专门的儿童文学推广活动,都明显不足。

中国儿童文学推广不足的主要成因

一、中国儿童文学的"非儿童本位"倾向

中国儿童文学对推广的忽略从根本上说是对儿童读者的一种忽略。或者,中国儿童文学推广活动的不足本身也是中国儿童文学"非儿童本位"倾向的一种反映。

中国儿童文学的"非儿童本位"在创作上就有鲜明体现。理论界一直有模糊儿童文学与成人文学界限的主张,伴随少年文学的兴盛,儿童文学的内容和形式趋向成人化的程度不断加深,与少年文学的"丰收"形成对比的是童年期文学

题解 本文原载《中国少儿出版》2002年第4期。文章对中国儿童文学推广的现状进行了总体观察,认为中国儿童文学的推广还存在许多不足之处:既缺少专业的推广人员,也缺少专门针对儿童的阅读推广活动。这种不理想的现状对儿童文学的阅读效应、创作队伍的发展都有着负面的影响。究其原因,本文认为,中国儿童文学界存在着创作、评论、评奖等多层面的"非儿童本位"倾向。同时,儿童读物现行的出版、发行体制不够商业化,从而缺少推广的经济推动力。为了改变这种现状,本文倡导建立商业性质的儿童读物推广机构、大力推进儿童文学的文化推广、培养从事儿童文学推广的人力资源。

的"歉收",后者显然更要求儿童特征。当儿童文学主要通过向成人文学领域拓展表现空间来提升艺术品质,必然走向成人化。成人化在一定程度上会影响儿童对作品的阅读,造成儿童读者对儿童文学的疏离。相应的作品即使进行推广,也不会收到好的效果。

在儿童文学研究和评论方面,"非儿童本位"倾向也较为突出。我们推出儿童文学新作,一般不通过媒体向儿童直接宣传,多数在儿童文学界内发布消息,通常召开同行参加的作家作品研讨会,而不是面向儿童的作品发布会。作家对儿童文学作品的评介,除了少量鉴赏、点评类文章,很少能够在提供给儿童阅读的报纸杂志上见到,像近年受到关注的作家梅子涵、彭懿的"子涵讲童书"、"魔幻教室"等专栏,只刊登于业界报纸版面。本来这些指导儿童阅读的文章,特别具有儿童文学普及、推广作用,现在除非结集出版,儿童读者基本没有可能读到。我们的儿童文学评奖基本是由成人主持、参与,很少能集合广大儿童读者的意见,成人视角、成人标准在所难免,从部分获奖儿童文学作品的"叫好不叫座"中,可以看到成人评价体系和儿童评价体系的明显分离。中国儿童文学的研究,主要偏重于作品的文本研究和作家的风格研究,读物接受的研究更多停留在理论层面,与推广密切相关的读者阅读调查研究,不仅不被理论界重视,获得的研究成果也没有起到干预、指导创作的作用。

儿童文学界至今还没有给予儿童文学推广以应有的地位。其实,中国的儿童文学作家、评论家、研究者,都在不同程度地参与了一些面向读者的儿童文学推广活动,像座谈会、讲座、签名售书等,但一直没有形成合力和系统工程。我们还没有建立推广儿童文学的工作机制、统一组织和规划全国的儿童文学推广活动,类似国外推行的"儿童文学阅读计划"。因为重视程度不够,相关的理论研究也没有开展。新近出版的《中国儿童文学五人谈》,几位学者讨论当前儿童文学创作、研究,有针对性提出和探讨了中国儿童文学的诸多症结问题,却没有专门关注儿童文学推广。

虽然不能把是否重视儿童文学推广与是否重视儿童读者等同起来,但两者之间应该有密切的关系。对中国儿童文学来说,回归儿童本位,可以先从广泛开展直接面向儿童的儿童文学推广做起。

二、儿童读物现行的出版、发行体制

中国儿童文学界较少直接参与儿童文学推广,可能有一个潜在的原因,他们更多将儿童文学推广看做商业活动,至少和出版利润有关的活动。比如儿童文学研究者、评论者就一直努力捍卫"纯学术"研究和批评,特别不愿意成为"出版社的政宣组和广告公司"。读物的推广的确具有一定的商业性,它能够引导图书消费,间接带来出版利润。其实,中国儿童文学推广的不足,不是其商业性太强的缘故,而恰恰是其商业性太弱造成的,与出版业对推广的商业驱动不够有关。而出版方过低的儿童文学推广需求则源自中国现行的出版发行制度和发行模式。

在过去相当长的一段时间内,儿童读物的发行主要走政府和教育机构的"官方途径",特别是教育类读物,也包括儿童文学读物。在操作上,出版社在讨论选题时往往把文学读物的"滞销"预计在内,会调配部分来自教育类读物的利润,填补文学读物的利润缺损。在大部分出版社,文学作品的定位是社会效益,走精品路线、追求艺术品位或争取获奖。当出版机构出版文学读物,习惯于"贴补",不计较亏损,基本放弃出版利润的获取时,面向读者进行市场推广的必要性自然降低了许多。

实施教育减负后,政府和教育机构不再直接参与教育类读物发行,各出版机构有了更多的压力。出版社除了继续谋求和学校的合作,主要依托大型图书看样订货会,或沿原有的新华书店渠道发行,或以折扣方式运作各级发行商自办发行。出版社的新举措包括通过专家和媒体进行市场推广,却没有启动直接面向儿童读者的"销售"推广。其中的原因可能是出版机构缺乏相关的专业人员,也没有"直销产品"的许可。前面已经提到,这种广告性质的宣传实际上是被儿童文学业界人士抵制的,同时因为阵地的限制,由传媒发布出来的信息也不能直接到达儿童读物的消费群体——即便是儿童的家长也难以接收到。应该说,哪怕是儿童文学读物的广告市场,现在也没有真正形成。

单从商业角度说,儿童文学推广最大受益者是出版机构,在经济利益驱动一切的商品社会中,推广活动当然有赖于商家的启动。作为商家,一旦它们认识到或被迫认识到启动儿童文学推广的商业前景和必要性,它们就将参与相关活动。未来几年,随着中国加入WTO,儿童读物出版会进一步对外开放,大量涌入的引进版图书会使出版业面临更大的生存压力,可以预见,出版机构必将越来越多地进入儿童读物推广。

儿童文学推广不足的相关影响

一、儿童文学推广与儿童文学的阅读效应

目前,中国儿童自主阅读中的缺失和偏废日益严重,有媒体披露,记者最近走访过北京市的一些小学,发现多数小朋友"对《蜡笔小新》、《樱桃小丸子》等非常熟悉,但是对'正统儿童文学'知之甚少"。他们认为现在的许多儿童文学作品"想象力不够"、"故事虚假"、"干巴巴的"、"太弱智"。20世纪90年代的中国有不少优秀的儿童文学作品问世,像曹文轩、秦文君、张之路、周锐等作家的小说和童话,还有收入"大幻想文学"等书系的、多种具有探索性的新锐作品,既有较高艺术水准,也有较强的可读性;20世纪90年代我们还出版了"国际安徒生奖获奖作家书系"、"纽伯瑞儿童文学奖丛书"等相当数量从国外翻译、引进的世界儿童文学佳作。阅读、了解儿童文学的读者不应该得出这样的片面的印象和结论。儿童读者的调查结果从一个侧面说明了,大多数儿童没有真正介入儿童文学作品的阅读,中国儿童文学的阅读效应没有很好地实现。

对阅读效应不佳的问题,儿童文学界给予过充分关注,但偏重于从作品内容形式作出检讨,归之于内容的艰涩或艺术的前卫,一直没有在儿童文学推广的欠缺方面找原因。

事实上,进入到"e时代"、读图时代之后,儿童的阅读已经完全不同于过去。对现在的儿童来说,经典的阅读,文本的阅读,已失去了过往一直拥有的吸引力和感召力,不仅儿童阅读习惯需要特别的培养,儿童的阅读活动也非常依赖成人的组织,推动和指导。当代哪怕最优秀的儿童文学作品,已不能再期待单纯凭借作品自身的资质就能"不胫而走",而需要通过专业的儿童文学推广,才能广泛地被儿童接受。众所周知,"哈利·波特"的风靡,媒体的造势和炒作起了很大作用。可以下结论,未来儿童文学阅读效应的实现,将越来越依靠儿童文学推广。

二、儿童文学的阅读效应与儿童文学的创作、出版

图书成为商品后,市场效益与读者的阅读效应直接联系,阅读效应的实现成为出版流程顺畅运转的重要环节。儿童文学读物因为没有教育读物的"升学附加值",创作、出版更多依赖读者的阅读效应。理想的阅读效应会使儿童文学沿着"读者需求——出版机构出版——作家创作——读者需求"的走向良性互动,不良的阅读效应,会造成"读者流失——出版萎缩——创作沉寂——读者流失"恶性循环。长期以来,儿童文学类读物的出版和创作一直受到了来自市场的制约和影响。中国现在超过30家儿童读物的专业出版机构,每年出版的纯文学作品、特别是原创作品数量十分有限,出版社对于不具备成熟市场的文学新作相当审慎,更愿意选择出版读者市场相对稳定的、出版社称之为"常销书"的各种文学经典,甚至是重复出版经典改编本以减低市场风险。缺少了出版方的有效激励和扶持,作家特别是新人作家和创作积极性和创作活力势必受抑。

在明确了儿童文学的推广、阅读效应、读者市场、出版、创作之间的密切关系之后,我们也就能够深刻认识到儿童文学的推广不足对儿童文学长远的消极影响,进而从儿童文学发展和进步的高度关注、重视儿童文学的推广。

未来儿童文学推广可能建立的机制和实施策略

一、建立商业性质的儿童读物推广机构

伴随着教育、出版的改革和发展,在市场需求的刺激下,中国专门从事儿童读物的推广机构将应运而生,专业化儿童文学推广会由此起步。它们极有可能从各家出版机构的市场发行部门衍生出来,逐步脱离特定的出版机构,成为专业从事儿童读物营销的经济实体。它们应具有以下的特征:

(一)采取商业运作模式,进行市场推广

推广机构不管冠以什么样的名称,从事的主要经营业务应该是包含儿童文学在内的儿童读物商业推广,通过开展各种形式的活动,促进儿童读物的销售。无论是否代理某特定出版机构的业务,它应该部分或完全获得对推销读物的独立选择权。它的商业利润不直接来自读者消费群体,而来自出版方原属于分销商的折扣或发行费用,还会视具体情况给予读者一定幅度的优惠,读者的利益不会受到影响。这种"直销"会在一定程度上冲击新华书店原有的发行业务和发行模式,必然将书店也导入儿童文学的市场推广。

(二)公正性和专业信誉

为了保证赢得市场份额和商业利润,儿童读物推广机构会高度重视所推荐读物品质和质量,并尽可能使它的推广具有较高专业水准,因为推广方式越贴近儿童读者、越灵活多样,推广的效果就越理想。重视品牌、有信誉的推广公司所进行的儿童文学推广,会建立在对儿童文学作品独有的艺术形态和美学标准作准确定位的基础上,会立足于推介本国的也包括国际的最优秀儿童文学作品。这样也就能保证商业性的儿童文学推广,对儿童文学来说,有更深远的价值和意义——促进儿童文学创作和出版的繁荣。

(三)运作方式

在运作上,儿童读物推广机构应谋求与儿童读物的文化推广机构的合作。当然,它们不能再像过去那样与教育机构、学校直接合作,但可以通过经济赞助,参与或介入其他机构开展的活动,还可以借鉴其他文化推广活动的工作模式,开展自主业务,比如租用公共场所办展销会,成立网站、读者俱乐部,发布、派送信息和广告,举办免费的阅读指导讲座,聘请业务员进行入户直销等。儿童阅读推广机构还可以量身制定相应的推广计划、向出版机构反馈需求信息,逐步参与出版方的选题策划和论证。

二、儿童文学的文化推广

显然,儿童文学的推广不能完全依赖商业性的儿童读物推广机构,社会还需要进一步动员力量、完善机制,大力推进儿童文学的文化推广。一些儿童工作机构和文化机构应发挥主导作用。

(一)儿童图书机构和设施

目前,各省市都建立了专门的儿童图书馆,儿童活动中心、少年宫都有儿童阅览室,图书室等设施,除借阅图书,这些场所都有一些传统的儿童文学活动,如举办讲座或培训班、文学社团活动、进行读书比赛、办专刊等。受经费、场地等条件的限制,这些活动都有不定期、小规模的特点,活动形式也比较单调,同时不具有广泛性和普及性,广大的农村儿童基本没有参与的机会。经费的解决途径主要靠政府增加财政拨款,或争取社会力量的支持,在发掘自身的潜力、丰富活动的内容和形式等方面,这些机构还有很多工作可以做,比如,通过流动的图书车,图书馆可以更广泛、更直接面向乡村、社区和学校的儿童开放。

(二)儿童文学工作机构

儿童文学工作机构应该成为儿童文学推广的重要组织者,它们不仅具有自身的专业优势,在整合儿童文学的人力物力,协调创作、出版、宣传方面也非常便利,儿童文学工作机构还有其他机构所不具有的号召力,组织儿童文学创作的竞赛或评奖活动、开展全国范围甚至国际合作的儿童文学推广。包括"图书周""巡回故事员""故事妈妈"在内的儿童文学推广活动,可以由儿童文学机构统一安排、实施和运作。

(三)传媒

商业推广和文化推广都离不开传媒的参与。媒体在影响力、园地、联系读者、进行相关市场调查、发布图书信息、反馈信息方面,有其他机构不具有的优长。作为各机构的阵地和工具,传媒将在儿童文学推广的各环节、各领域发挥作用。应该特别注意调动那些直接服务于儿童的媒体,像电视台、电台、报纸、杂志,最大限度利用、借助其在儿童中的感召力,进行儿童文学的推广和普及。

(四)学校

学校不再充当读物的发行渠道后,介入带有商业性的儿童文学推广会特别慎重,但学校会自觉承担儿童文学的文化推广责任。现在,各中小学都在全面推行素质教育、改革基础教育,实施新的语文课程标准后,儿童文学已全面进入小学语文课堂教学和课外阅读,教师完全可以结合其本职工作进行儿童文学推广。随着教师在儿童文学推广上发挥越来越突出的作用,教师将面临自身儿童文学修养不足的问题,这也是学校能否在儿童文学推广方面有所作为的关键。应优先考虑教师接受儿童文学的专业辅导和培训。

儿童文学的商业推广与儿童文学的文化推广很难截然分开,但就文化推广而言,其目的、任务和承担的责任与商业推广还是有本质的不同。也许,商业推广应该尽可能包含文化推广的内容,儿童文学的文化推广却应该尽量排除商业性,如果渗透过多的商业因素,文化推广是无法完成特有的使命的。

三、培养从事儿童文学推广的人力资源

要开展专业的儿童文学推广,必须有专业化、职业化的人力资源。专业化是指其从业人员必须有专业的儿童文学素养,比如,应该对儿童文学的概念、特点、功能、意义有准确的理念;对中外优秀儿童文学作家作品有系统的了解和感知;对儿童文学作品思想艺术价值有个性化的体验,并能够与儿童进行阅读感受的沟通和交流。根据需要,一些推广人员还应具备儿童心理学的知识。职业化是指要培养从事儿童文学推广职业的人员,并对他们的工作进行职业化的培训、评估和管理。

众多从事儿童文学的专业人士,包括作家、评论家和研究者必然加入儿童文学推广工作,儿童文学的商业推广和文化推广都将依赖他们的参与。推广的专业化和职业化会大幅度增加他们与儿童直接交流的机会,对于他们来说,收获是双重的,他们的作品走向了儿童,他们的创作和研究也走向了儿童。而走向儿童,是儿童文学发展的必由之路。

网络儿童文学的正负文化价值透视

侯 颖

网络儿童文学这个概念的界定现在似乎还没有统一的说法,就我们的理解,网络儿童文学似乎应该包括以下三种形态:第一种,儿童文学网站将中外传统儿童文学经典作品在网络上登录出来,供读者阅读、欣赏和评论;第二种,当代儿童文学写手乃至作家们将自己已经写作完成并发表在正式儿童文学刊物上的作品登录在网上,供读者阅读、欣赏和评论;第三种,当下一些作家或爱好者将自己的儿童文学作品首先在网络上原创发表出来,供读者阅读、欣赏和评论,便于自己快速听取读者与受众的反馈意见,从而,使自己极大缩短了获取读者反馈意见的时间和修改的周期,乃至有的作品在网络上发表三五分钟之后便可获得相应的反馈意见,这些作者中的部分人不仅有文字稿,还有画片、插图乃至 flash 动画和影视视频的制作相配合,试图通过此种方式吸引读者眼球,以达到通过现代技术领先于文化竞争市场的目的。本文拟以网络后童话写作这一网络儿童文学的典型代表作品进行教育性与反教育性的正负文化价值的辩证思索,并试图深入到中国文化的深层,以透视出网络儿童文学作家的创作心态,分析出他们创作的优长与不足,以此为网络儿童文学的健康、持续与稳定的发展,做一点基本的文化上的梳理与铺路的工作。

净土坚守的尴尬 首先,这些作家作品中的优秀之作是极具文学性和教育性的,同时又能辅之以娱乐性与审美性,确乎是网络时代儿童文学佳作的代表。这类作品虽少,但由于其有超凡的艺术魅力,而给人过目不忘的深刻印象,在成

题解 本文原载《文艺争鸣》2007年第6期。文章首先对"网络儿童文学"的形态进行了初步分类,进而从文化价值的角度,通过对某些具有典型代表性的网络儿童文学作品的具体分析来透视网络儿童文学存在的一些普遍现象。文章认为,网络儿童文学的发展提供给了儿童一些兼具娱乐性、审美性和教育性的优秀作品,与此同时,网络儿童文学中的"浪漫传奇的娱乐姿态""叙传式悲剧审美姿态"和"童言无忌式的无礼姿态",构成了可以被称之为"媚俗的时尚"这样一种负面价值导向。

人读者的世界里确乎有着更强大的影响。比如濛濛和小筱小筱的《想吃熊猫到兔子的饭店》,讲述了一个维护自然、保护动物的故事,由于人类对熊猫等动物的猎杀和肆意残害,导致兔子们的义愤,促使颇有侠义心肠的兔子群起而攻击人类。小说采用了拟人化手法,对愚昧无知、纵欲无度和贪口腹之欲的人类进行了酣畅淋漓的讽刺,乐感和悲感相互渗合并渗透于字里行间。令我们慨叹小作者纯净的内心世界,他们在以自己的纯净的心笔勾画着心中的一方净土。从本质上说,这个故事不但具有人道主义的关怀,而且具备世界主义的关怀,因为它关涉了包括人类在内的所有生灵的生命生存关怀。

再比如小碗的《是谁邮给了我一只象》,亦是一篇人道主义与世界主义关怀兼具的佳作。话说由于人类野蛮砍伐森林、猎杀大象并获取象牙,促使象妈妈担心自己孩子未来的生存,在自己生命的最后时期,象妈妈知道远方有个好心的姑娘叫阿熏,于是将自己的孩子小象打包邮到阿熏家里,让她帮忙照顾,虽然阿熏对照顾小象有些不大在行,但她还是全力以赴、竭尽所能。这样的作品确乎充满了智慧的因子,通过人们愚昧行为造成的可怕后果,来起到发人深省的教育意义,加上带有某种未来幻想的成分,其文学性、审美性、娱乐性与教育性融合得近乎完美。

但这类努力维护心中净土、勿使沾惹尘埃的优秀作品毕竟相对较少,不足以代表网络儿童文学的大气候与滚滚主潮,且这些优秀佳篇中精华与糟粕同在,促使我们梳理和分析网络儿童文学文化价值与内涵的工作变得尤为重要。更不容忽视的是,由于"网络后童话写作"的这部分优秀佳篇深受小读者喜爱,其糟粕与精华的文化强势影响会同样强大,因此,不可不重视,也不能不关注这部分作品的文化梳理工作。

媚俗的时尚 当下,在网络儿童文学中,各种童话作品或在浪漫传奇的演绎中,或在悲剧的抒写中,或在"无忌"的童言中,或在冷静的叙事中,演绎着色彩斑斓的多元图景。透过重重的迷雾与斑斓的色彩,其核心精神似乎一反中国儿童文学传统以教育性为核心,以此向外衍发出审美性与娱乐性的文化价值取向,而是以反教育性为导向,给予中国孩子的是一个另类的世界。这无疑给我们教育根本的儿童文化领域敲响了一记"万不要走错路"的警钟。

那么,在网络信息通讯技术异常发达的今天,人们的心态也异常浮躁、生存环境异常喧嚣的当下,这些反教育性因子对孩子们究竟意味着什么?限于篇幅,本文所要透视的网络儿童文学姿态只从中择取了以下4种:

一、浪漫传奇的娱乐姿态

这部分作品似以娱人娱己为主要目的,带有空灵之美与奇特曼妙的想象,但却似乎是由于对现实观察与思考不足所带来的突兀式的浪漫传奇,这构成了"网络后童话写作"的一种主要潮流与姿态。比如疾走考拉的《入梦羊》,这部作品写了一个想离开现实世界到梦国去的女孩,通过数羊,并与第 107 只羊对视,最后与第 107 只羊互换了身体而常驻梦国。在梦国,她真心思念起现实世界,因为梦虽美,但永远无法触及、无法拥有自己的所爱。所以,她体悟到"梦国再美丽,我也会更加幸福于每个醒来的清晨,比梦乡更迷人的是真实的生活"①。整个故事充满了空灵之美与曼妙的想象,同时也形象地表达了作者对梦与现实的思考,如果从纯艺术价值上来衡量无疑这是篇上佳之作。而从教育价值这个角度来看,斩获却会有所降低。我们在这种作者所渲染的空灵曼妙的气息里,难以切实感受到作者对梦与现实思考的根基,从而,很容易就将作者诉诸读者的人生领悟如虚幻般轻弃,这样的接受效果似乎与作者娱乐化的创作初衷有一定的关联。

当然,她们的作品中没有以拼杀和征服为标志的男性儿童作家印记,但其至阴至柔的柔弱与缠绵有时虽无爱情之名,却有着爱情的情感心理状态之实,这也是我们的隐忧所在。比如:小碗的《小巫婆的故事》确乎凄楚动人,小巫婆因为对王子的爱,而颇具自我牺牲精神。可见,作家自己首先建立起理性精神的重要,特别是建立起以智慧为皈依的意志品质体系尤为重要。当然,我们也不能说儿童文学的全部指归就在于理性、智慧与品德的教育,但作为儿童文学作家,应该有这种"虽不能至、心向往之"的较高的精神追求与道德责任。儿童文学教育如果不能为理性精神和以智慧为皈依的意志品质教育体系建立做有力助缘的话,那么,这样儿童文学的负面价值定会在审美想象等教育旗帜下彰显出来。

我们都不想让自己的孩子沉溺于妄念与无根的幻想之中,不想让孩子以失之理性与智慧的眼光情绪化地来看待这个世界。儿童文学的存心长善、知性养性的救失、动心忍性的意志培养、寡欲淡泊的人格养成、知耻改过的勇气造就,这都是作家应给予孩子的,如果儿童文学不能为这些意志品质的铸就提供强大的

---

① 疾走考拉:《"e 蜘蛛丛书"·入梦羊》,中国福利会出版社 2005 年 12 月第 1 版。

助力,至少不应该先培养孩子们的妄想性情感和欲望型想象,即使这些情感与想象确实令人眩目与眩惑。

事实上,我们认为,儿童文学的理性精神的建立和以智慧为皈依的教育的最后完成,主要是通过家庭教育中的文化经典的教育和父母对经典演绎的言传身教来完成,而后才是父母为之拣择的文学、音乐、美术和书法等审美教育作补充似较为妥当。

二、叙传式悲剧审美姿态

"网络后童话写作"存在着一种准叙传式的贵族化悲剧,这种悲剧的效果能令成人都为之动容,其美学效果令人称道,但由于对个性化自由写作的追求,有使儿童陷入是非善恶混淆乃至易位的泥淖中的嫌疑,因为,毕竟儿童文学从根本上还是良心的事业,所以,建议作家在这一点上应慎之又慎。比如:小碗的童话《我的小鲸,永不沉没》中讲述了生活在鲸背上的人鱼族,他们都长着美丽优雅的鱼尾。其中一个叫陶子的女孩,她出生时就畸形的鱼尾。因此,她受到人鱼族其他成员的歧视,她为此难过和自卑。可是,有一天,老天让充满爱心的陶子获得了一颗生命的种子。她将种子放在自己的衣兜里,在外仔细缝好,并每天让它接受阳光呵护、风儿抚临与雨露的滋润,终使这小生命得以孕育和诞生。当这个小生命小鲸第一次叫陶子"妈妈"的时候,陶子是何等的欢跃与幸福啊!但小鲸出生后三十天就生病了,小鲸拼尽最后一丝力气将陶子带到了传说中的陆地,只活了四十天的小鲸自己却沉入大海,而陶子最终获得了人生命的依托——陆地,这也是因为小鲸的存在和帮助才使她获得了新生与人生的新感悟。陶子在心里高声呼喊:"小鲸,你在妈妈心里,永不沉没。"① 无疑,这是生命感悟的悲剧,因作者那充满爱心的情感诠释,使这个故事弥漫着凄楚之美与真诚之爱。个人凄惨的境遇,给人以启迪和思考,并促使人们对生命的价值与意义有了新的领悟。无疑,作者运用了转移与变形的笔法,但我们还是看到了这种叙传式的痕迹。实际上,青少年读者往往感受不到生命的苦难与阵痛,而能感到的与可能效仿的恰恰是那种传奇的现实经历。

作者小碗在给竖琴天使的信《谢谢你喜欢我的童话》中说:"过于善良便可

---

① 小碗:《"e蜘蛛丛书"·谁的心里藏着谁·我的小鲸,永不沉没》,中国福利会出版社2005年12月第1版。

能软弱,而一颗真的充满爱的心要能做出一些事情来,一定要有力量,我现在正在努力使自己变得更有力量,这样才爱得更智慧,生活得也更好。"①诚然,作者也意识到仁、勇、智三者一而三、三而一的关系,实际上作者的感悟早在中国传统文化典籍《大学》里就已经阐释透彻,这个道理可以指导、印证我们从事各项事业,包括童话的创作,而我们绝大部分的"网络后童话作家"大都是凭一时之灵感、灵动之想象、创作之冲动与充沛之情感来创作。她们对于生活中那些真正属于平民的苦难和人生路上的苦难却没有深刻的体验,加之没有高度智慧文化的引领与提升,这都决定了"网络后童话写作"的贵族化倾向与悲剧精神根本的滑落。

三、"童言"无忌式的无礼姿态

这种"童言"无忌式的无礼姿态具体表现为:作品情感动人有余,文化底蕴不足;清澈坦率有余,含蓄蕴藉不足;无忌式"童言"有余,礼仪之美不足。比如童话《两只鱼的故事》中有这样一段:

> 小鱼也看到他了,很热情地打了个招呼:"嗨,老头鱼,你好啊?""嗯?这只鱼吓了一跳,我有这么老吗?她居然叫我老头鱼?他很生气地说:"你好没有礼貌啊,我还很年轻呢,怎么能叫我老头呢?"小鱼哦了一声,装作明白了的样子,重新打招呼说:"你好啊,老爷爷鱼。"他气得咬牙切齿。小鱼嘻嘻笑着说:"再敢提意见,就叫你老不死的鱼。试试哦。"他没办法……②

无疑,篇中的小鱼连基本做人或做"鱼"的礼貌都谈不上,那就更不用说什么礼仪之美了,再加上作家潜在欣赏态度的描绘,我们可以了解到文本具有某些媚俗的价值取向。这媚俗形态的成因是作家的文化底蕴与礼仪有待于进一步提高?还是作家在市场经济的强势之下所做出无奈之举?我们认为,无疑后者的可能性更大,这种潜在欣赏态度及其文化底蕴状态衍生到他们的具体创作中,还会有种情感紊乱心理状态存在。比如:《装象》中是"我"让爸爸装象,"我"装爸爸的妈妈等,角色互换让人感觉"我"对爸爸的感觉很奇异,不仅仅是父女之间

---

①② 小碗:《"e蜘蛛丛书"·谁的心里藏着谁·谢谢你喜欢我的童话》,中国福利会出版社2005年12月第1版。

的感觉,还有天真无邪的朋友间的感觉,和角色互换之后微妙感觉。这些微妙情感确乎令我们动容,但动容之余总感觉有种种缺憾,这些缺憾促使笔者真情感动之后,感到了人与人之间礼仪的消失与距离的消泯,人与人之间微妙过界的情感,致使读者在面红耳赤之余,在记忆里只留下了一个复杂变化的情感轨迹,而没有留下更有益的文化上的深度智慧启示、心灵净化与升华以及持久的感动与震撼。

综上所述,当下网络儿童文学确实取得了一定的成绩,比如:具有娱乐性、审美性与教育性结合较为完美的佳作,并以真情动人,为我们开拓出一片心灵的净土,从而让人眼前一亮。但由于很多作品从最初的心灵追求,到最后公开发行而对销量的追求,于是有了作家心态的转化,表现在文本上有了喧嚣热闹好看和充满曼妙想象的呈现,但这些表面的好看由于文本深度智慧和教育因子的缺乏,导致了作品思想教育价值的降低,事实上也使作品的艺术价值停留在浅薄的表面,而使这些作品常常成为好看的空洞或唯美的花瓶,这似乎已经形成了我们当下网络传媒时代的一个时尚的潮流,势必难以阻挡。而且这些作品也没有给我们塑造出理想人性的中国儿童文学的人物形象,似乎还存在着传统文化底蕴不足的嫌疑。当然,我们相信,网络儿童文学作家有能力来弥补这些缺憾,使他们的童话作品既有高度智慧的教育性又有极具审美高度的娱乐性,可以达到贺拉斯所推崇的"寓教于乐"。如果我们的作家就只能以激情和各种奇特复杂的故事动人,以浪漫传奇和曼妙奢华的想象让我们晕眩和迷惑,以对西方童话的模仿与追随来获得网友的支持和点击,这样的写作永远不会成为大气的写作,且终有黔驴技穷的一天。

论国内外儿童文学评奖与图书馆系统的关系

齐童巍

一

2007年,英国权威儿童文学奖卡内基奖和凯特·格林威奖分别迎来了其正式颁奖70周年和50周年的纪念日。和中国很多的儿童文学奖相比,这两个奖项有一个很大的特色就是:奖项的提名过程中,是从图书馆馆员那里获得信息的,而不是由出版商提交参赛作品;另外在评奖过程中,也充分地体现了图书馆馆员的参与。这也为我们提供了思考世界范围内儿童文学奖评奖方法的一个角度,去考察儿童文学奖与读者接受,儿童文学奖与图书馆、图书馆协会、图书馆馆员之间的关系。

卡内基奖和凯特·格林威奖是英国两个历史比较悠久的儿童文学奖,分别创立于1936年和1955年。

卡内基奖是为了纪念伟大的苏格兰慈善家安德鲁·卡内基(Andrew Carnegie, 1835—1919)而由英国的图书馆协会设立的。卡内基从小得益于在图书馆的经历,让他树立了"把自己所有的财富都用于建立免费图书馆"的信念;他一生中在英语世界创建了2800家图书馆,超过一半的英国图书馆下设有"卡内基图书馆"这样的一个部门。可以说从卡内基奖一开始的设立,就与图书馆有了不解的渊源。

凯特·格林威奖同样由英国的图书馆协会设立,用19世纪儿童插图画家和设计家凯特·格林威(Kate Greenaway)的名字命名。

题解 本文原载《中国儿童文学》2008年第1期。文章从奖项的设置机构、评委的组成比例、评奖规则等方面考察了英美两国儿童文学评奖与图书馆系统的紧密联系,并与中国儿童文学评奖机制进行了比较。文章认为,虽然两套评奖机制各有其优势与弊端,但中国儿童文学在评奖、阅读推广过程中还需不断强化、突出图书馆的中介与桥梁作用。

从 2002 年开始,这两个奖项都由英国的图书馆与专业信息协会颁发,这个机构是由原来的图书馆协会和科学信息协会合并而成,是一个为图书馆馆员和信息管理人员服务的专业机构,由来自于工商业、教育、中央和地方政府、健康机构、志愿服务部门、公共图书馆的 24000 名成员组成。

每年十一月,图书馆与专业信息协会开始这两个奖项的提名,针对的是前一年中出版的书籍,通过网络和书面两种方式进行。图书馆与专业信息协会主办的杂志《图书馆与信息公报》也刊载提名表格,同时接受电话提名。在这个阶段,图书馆与专业信息协会的个体成员们提交他们的提名,可以通过地方当局进行个体提名,也可以通过协会的地区分支和专门部门表达意见。在这个程序中,每年一般都会有 40 到 50 个书目进入提名。

卡内基奖和凯特·格林威奖的评选过程由图书馆与专业信息协会的一个专门的国际团队青年图书馆组织负责,这个团队自身有 3000 名成员,又从这些成员中产生 12 名成员形成这两个奖项的联合评委会。

在提名结果出来之后,12 名成员组成卡内基奖和凯特·格林威奖的联合评委会对每一个书目进行阅读和评估,由他们负责评定候选人名单。一个供最后挑选用的候选人名单将在次年四月中旬出炉。最后,由联合评委会确定最终获奖名单,并在六月份隆重的颁奖典礼上公布。

二

无论从提名、评奖的过程以及评奖的机构几个方面来看,卡内基奖和凯特·格林威奖都体现了浓厚的图书馆特色。颁发这两个奖项的图书馆与专业信息协会由创立这两个奖项的图书馆协会演变而来,在信息化的背景下,改组成了一个兼具信息化的组织,这也与图书馆的发展趋势相一致。

进入 21 世纪,各种各样的数字图书馆和数据库蓬勃兴起,网络得到了更多、更快的普及,书籍的传播和阅读也更多地受到信息化的影响。图书馆协会做这样的改组,其实也体现了卡内基奖和凯特·格林威奖在应对时代变迁的过程中,保持了与图书馆的一贯关系,并得到了同步发展。

把目光投射到同属英语系的国家美国,在美国最具盛名的两个儿童文学奖是纽伯瑞奖和凯迪克奖,分别创立于 1921 年和 1937 年,现在均由美国图书馆协会的分支机构美国儿童图书馆服务联合会颁发。

纽伯瑞奖颁发给上一年度最杰出的作家,凯迪克奖颁发给上一年度最优秀的图画书插图画家。凯迪克奖和英国的凯特·格林威奖以及国际安徒生奖的插图奖一起被称为国际三大图画书大奖。

美国儿童图书馆服务联合会的核心目标是：通过图书馆为儿童创造一个更好的未来，当然也把这一目标体现在了日常活动之中，也体现在了纽伯瑞奖和凯迪克奖的评奖过程当中。

美国儿童图书馆服务联合会主办的各个儿童文学奖，参与评奖方法比较简单，每个人都可以向美国儿童图书馆服务联合会，以及当年的评委会主任、评委直接寄送作品参与评奖。但是，评选必须符合这样一些标准：奖项颁发给过去一年中对美国文学贡献最大的用英语为儿童出版作品的作者；对于作品的特征没有绝对限制，但是必须是原创性的作品，有具体的书名；作者必须是美国公民或者美国常住居民。同时，美国儿童图书馆服务联合会特别注明评委会需要始终牢记在心的是，奖项颁发的依据是作品是否具有良好的文学品质和是否能够成为给孩子们的优质礼物，而不是把奖项颁发给那些好教诲的文字，或者只是流行的作品。参评的条件是比较宽泛的，但是评选的过程依然十分强调和注重文学作品本身的质量和魅力。

在评委方面，在美国儿童图书馆服务联合会公布的15人组成的2008年纽伯瑞奖评委会中，有7人是直接来自图书馆的，1人是来自大学的科研人员，4人来自其他教育阶段的学校，另外2人来自媒体，1人是社会人士。同样由15人组成的2008年凯迪克奖评委会中，有12人来自图书馆系统，2人为编辑，1人来自大学。

这较之前文提及的2007卡内基奖和凯特·格林威奖的联合评委会，两者有很大的共同之处。

2007年卡内基奖和凯特·格林威奖的联合评委会由12人组成，其中有10人来自图书馆，1人来自大学，1人有着15年的图书馆员工作经历并正在另外的服务机构中服务于图书馆，具有图书馆员身份的评委比例与2008年纽伯瑞奖评委会和凯迪克奖评委会基本一致。

可以说，在英美这几个主要的儿童文学奖的评奖过程和评委会的组成人员中，都充分地体现了图书馆馆员的作用和影响，成为评价作品的另外一个角度。当然，也应该看到，在英美两国各种种类繁多的儿童文学类奖项当中，也还存在着其他各种评奖方式，有提倡儿童在评奖过程中的直接参与的，也有重视出版商的推荐的等等。

三

我国主要的儿童文学奖有：中国作家协会主办的全国优秀儿童文学奖、以宋庆龄基金会为主主办的宋庆龄儿童文学奖等等。

全国优秀儿童文学奖是中国国内评奖范围比较广，历史比较悠久的儿童文学奖，该奖评选工作由全国优秀儿童文学奖评奖委员会承担，评奖委员会由儿童文学界有影响的作家、理论家、评论家、编辑家组成，每一届评委会成员的组成应有更新，更新名额不少于评委总数的1/2。在13人组成的第六届（2001—2003）儿童文学奖评委中，有4人是来自大学的评论家，1人为官方官员，其他8人均为各专业机构的编辑和评论家。

根据《"宋庆龄儿童文学奖"评选章程》，宋庆龄儿童文学奖评审委员会由儿童文学作家与评论家及儿童教育、社会工作者组成，负责参评作品的评审工作。2002年，第六届宋庆龄儿童文学奖评选中，在推荐的基础上，由北京大学、北京师范大学硕士生、博士生组成初评读书班，确定了42部篇目入围复评；在13人复评委员会中，有7人来自研究机构，其余6人为作家和编辑。

和前文中论述的卡内基奖、凯特·格林威奖、纽伯瑞奖和凯迪克奖等历史比较悠久的奖项相比较，中国的儿童文学评奖有自己的优势，也有值得改进的地方。

儿童文学奖评委会	图书馆系统	科研机构（评论家）	其他教育阶段的学校	媒体（编辑、作家）	社会	官员	合计
2007年卡内基奖、凯特·格林威奖联合评委会（英国）	10	1	0	0	1	0	12
2008年纽伯瑞奖评委会（美国）	7	1	4	2	1	0	15
2008年凯迪克奖评委会（美国）	12	1	0	2	0	0	15
第六届（2001—2003）儿童文学奖（中国）	0	6	0	6	0	1	13
第六届宋庆龄儿童文学奖（2002年，中国）	0	7	0	6	0	0	13

根据表格中的数据以及上文的论述,可以看到世界范围内存在着各种各样的儿童文学的评奖方式,英美主流儿童文学奖和我国的各种儿童文学奖项在评奖方式上有着其自身的特色和优点。

首先,英美两国的各种儿童文学奖中,部分主流的儿童文学奖和图书馆系统有着紧密的关系。在我国,两个全国性的权威儿童文学奖最近一次评奖的评委几乎全部都由专业的评论家和资深作家组成;而在参赛作品的推荐过程中,也不接受个人的自荐,均须得到出版社等等专业单位的推荐。这一点是与西方部分主流儿童文学奖的评奖方式有所不同的。

第二,我国没有出现由图书馆馆员如此广泛参与的儿童文学奖,图书馆馆员尤其是儿童图书馆馆员的作用尚未在儿童文学的评奖中得到充分发挥。

在国外则不同,有大量的儿童图书馆和儿童图书馆馆员参与到儿童的阅读进程中;写作《欢欣岁月》的李利安·史密斯女士就是其中比较著名的一位。李利安·史密斯女士早年接受了儿童图书馆馆员的专业训练,1912年受聘为加拿大多伦多市立图书馆儿童部主任。在随后的岁月里,她把图书馆书架里她认为不适合儿童看的书全部抛弃,当书架空出来时,又一一慎重地选择好书将书架填满。李利安·史密斯女士全身心地致力于儿童图书馆事业和儿童阅读指导方面的工作,直至退休,极大地促进了加拿大儿童图书馆事业的发展;同时,李利安·史密斯女士还撰写了被称为20世纪儿童文学理论著作"双璧"之一的《欢欣岁月》,这本书既是李利安·史密斯女士在儿童文学专业领域的杰出成果,也可以被看成一个有着儿童图书馆馆员身份的女性对全世界孩子的一份充满母爱的馈赠。

正是在有着无数像李利安·史密斯女士一般,如此优秀儿童图书馆馆员的文化土壤当中,才能够出现像卡内基奖、凯特·格林威奖、纽伯瑞奖和凯迪克奖,这样一些图书馆馆员如此广泛参与的儿童文学奖。

联合国教科文组织在《公共图书馆宣言(1994)》中将图书馆馆员称为"读者和资源之间的桥梁"是不无道理的,宣言也强调了对图书馆馆员进行职前和在职的培训。因此,如何在儿童图书馆事业的发展中强调和发挥好图书馆员的作用,显得至关重要;同时,让优秀的儿童图书馆馆员参与到儿童文学的评奖中来,无疑也有利于中国儿童文学奖项自身的完善和发展。

第三,图书馆学会的作用也没有体现在我国儿童文学评奖的过程中。

在新中国成立以前,1925年曾经出现过中华图书馆协会,这个现代图书馆专业学术团体宗旨是:"研究图书馆学术,发展图书馆事业,并谋图书馆之协助",第一任董事部部长为梁启超。该协会设有分类、编目、索引、出版、图书馆教育、图书馆建筑等专门委员会。

新中国成立后,中国图书馆学会在几十年的过程中已经得到了很大的发展,以图书馆行业管理、当好政府参谋和推动图书馆事业发展为出发点,在学术研究、教育培训、馆际协作、编辑出版、行业服务、倡导阅读等方面发挥越来越大的作用。这也与我国儿童图书馆的发展现状相关。经过建国将近60年,改革开放近30年的发展,我国公共文化投入不断增加,公共文化服务体系正在建立,但是还有不尽完善的地方。十七大指出要"深化文化体制改革,完善扶持公益性文化事业","坚持把发展公益性文化事业作为保障人民基本文化权益的主要途径"。图书馆学会作为图书馆这项公益性文化事业的专业社会组织,理应在繁荣我国公益性文化事业的过程中发挥应有的作用。

推广、普及阅读的工作是图书馆学会义不容辞的责任,当然这当中也包括了儿童文学的推广、儿童阅读的普及。而图书馆学会对儿童文学评奖积极参与,不啻是一种良好的方法,对引导、促进儿童阅读,推动阅读普及工作向未来发展,都有着很大的意义。

第四,我国法律体系中尚欠缺《图书馆法》和各类图书馆标准。从完善中国特色社会主义法律体系的角度来看,图书馆这一公共文化服务体系的发展和繁荣缺乏国家完善的法律和制度的保障。这突出体现了文化体制创新和文化制度完善的重要性和迫切性。我国必须尽快制定《图书馆法》和各类图书馆标准,并且在制定过程中,必须把图书馆系统对儿童服务的职责写入其中;也可以积极鼓励图书馆系统参与儿童文学奖项评选。

在本文的考察中,英、美两国几个主要儿童文学奖的评奖方法为我们提供了考察了中国儿童文学评奖的一个外来尺度。比较异同,改进不足之处,发扬自己的长处,有利于我国各类儿童文学奖项健康、有序、科学地发展。

释放与规约

——对"人教版"小学语文教材的思考

陈恩黎

随着新课程理念的推广,如何使儿童文学有机地融入小学语文课程,改变长期以来小学语文教育工具化的单向价值取向已经成为教育界关注的一个话题。人民教育出版社出版发行的《义务教育课程标准实验教科书·语文》(下文简称"人教版")就是根据教育部制定的《全日制义务教育语文课程标准(实验稿)》所编写,这套教材在注重文学性与传达人文精神等方面都有了很大程度的加强。不过,因为历史的惯性,教科书与文学的关系依旧在很多地方呈现出某种疏离与对抗。本文试以"如何面对文学名著"和"如何面对童话"两个角度来具体分析这一疏离的某些症候。

如何面对文学名著?

在中国语文教材中,《火烧云》可以说是一篇经历了不同时代考验的经典性课文,它选自现代文学名著《呼兰河传》。但是,当我们把课文与原著加以比较阅读后,会发现其中存在着诸多值得深入思考的东西。

比较一:

> 喂猪的老头儿在墙根靠着,笑盈盈地看着他的两头小白猪变成小金猪了。他刚想说:"你们也变了……"旁边走来个乘凉的人对他说:"您老人家

题解　本文选自《中国儿童文化》第五辑,浙江少年儿童出版社 2009 年出版。文章聚焦了由人民教育出版社在 21 世纪初年所出版的 12 册《义务教育课程标准实验教科书·语文》及其配套教师用书,通过"如何面对文学名著"和"如何面对童话"两个议题对此套语文教材中的文本进行了由点到面的深度分析。文章认为,虽然目前的教材在注重文学性与传达人文精神等方面有了很大程度的加强,但"重规约轻释放"仍是其总体理念。正是这一理念,使此套语文教材存在着对文学的疏离与对象的悖论性现象。而如何在规约与释放之间找到一条平衡的路径,则是未来小学语文教材改革亟需努力的方向。

必要高寿,您老是金胡子了。"

——《火烧云》(四年级上册)

喂猪的老头子,往墙根上靠,他笑盈盈地看着他的两匹小白猪,变成小金猪了,他刚想说:

"他妈的,你们也变了……"

他的旁边走来了一个乘凉的人,那人说:"你老人家必要高寿,你老是金胡子了。"

——《呼兰河传》(萧红)

比较二:

看的人正在寻找马尾巴,那匹马变模糊了。　　——《火烧云》
看的人,正在寻找马尾巴的时候,那马就变靡了。　——《呼兰河传》

比较三:

接着又来了一头大狮子,跟庙门前的石头狮子一模一样,也那么大,也那样蹲着,很威武很镇静地蹲着。可是一转眼就变了,再也找不着了。

——《火烧云》

又找到了一个大狮子,和娘娘庙门前的大石头狮子一模一样的,也是那么大,也是那样蹲着,很威武的,很镇静地蹲着,它表示着蔑视一切的样子,似乎眼睛连什么也不睬,看着看着地,一不谨慎,同时又看到了别一个什么。这时候,可就麻烦了,人的眼睛不能同时又看东,又看西。这样子会活活把那个大狮子糟蹋了。一转眼,一低头,那天空的东西就变了。若是再找,怕是看瞎了眼睛也找不到了。

——《呼兰河传》

借助以上三组比较,我们首先可以得出结论:课文《火烧云》不是选自而是改编自《呼兰河传》。但是,在教科书以及配套的教师用书中,我们找不到任何明确的说明或解释。这一看似技术性的疏忽其实透露出教科书惯有的"中心"思维,即,教科书是标准的制定者,先于它而存在的各种文本只是等待被标准化的素材,并不具有独立性或完整性。

那么,被标准化后的文本与原生态文本之间又有哪些差异呢？我们还是以上述三组比较为样本:

萧红的《呼兰河传》之所以成为现代文学名著,其关键原因就在于"一段一段的述说,被有意模糊了散文与小说的界限,理念的隐退带来的是文学直觉的充分还原,复沓的文句充满诗意和回溯之美"[1]。确实,在本文所引用的几个小段落中,我们明显能够感受到上述风格的存在。但是,课文却把那些诗化的短句视为需要改变的东西:

"喂猪的老头子,往墙根上靠,他笑盈盈地看着他的两匹小白猪,变成小金猪了",改成"喂猪的老头儿在墙根靠着,笑盈盈地看着他的两头小白猪变成小金猪了"。

"看的人,正在寻找马尾巴的时候"改成"看的人正在寻找马尾巴"。

在句读的转换、删减之间,游走在文体边缘的、独一无二的《呼兰河传》就这样变成了一篇可以被仿制的"非常优美的写景之作"[2]。既然是"非常优美的写景之作",那么一些看似偏离写景的文字也应该删去,这样才符合写景的标准。正是这种逻辑的运行,才出现了第三组比较中的现象——大规模地删去那些孩子气的唠叨。与此同时,课文把"又找到了一个大狮子"改成"又来了一头大狮子",修正了原著中不规范的量词,也把孩子主动想象火烧云改为被动接受。在这一删一改之间,原著中童年视角带来的活泼与新鲜的文风均遭到了很大程度的消解,并造成了改编后的文本儿童主体的缺位。

我们知道,《呼兰河传》是萧红在她孤苦生命的最后阶段所写下的文字,"以上我所写的并没有什么幽美的故事,只因他们充满我幼年的记忆,忘却不了,难以忘却,就记在这里了"[3]。在这种抚慰心灵的童年回忆性书写中,萧红面对的是她真实的,也是回不去的童年和故乡。她眷恋着它们,无论是美丽的还是并不美丽的,即使是那一声"他妈的"也显得生气勃勃。在这里,粗俗的字眼并不意指着(signifiaient)什么,但却指示着(signalaient)什么。[4] 教科书显然无法接受语言如此繁复的传达功能,它要在课文中行使一种语言的纯洁伦理,于是,温文尔雅的礼貌用语"您老人家"替代了粗俗的"他妈的",以不容置疑的清道夫姿态完成了对一篇"优美的写景之作"的建构工程。

---

[1] 吴福辉:《呼兰河传》导言,《呼兰河传·小城三月》第3页,复旦大学出版社2004版。
[2] 《教师教学用书·语文·四年级·上册》第20页,人民教育出版社2004年版。
[3] 萧红:《呼兰河传·小城三月》第181页,复旦大学出版社2004年版。
[4] 罗兰·巴尔特:《写作的零度》第9页,中国人民大学出版社2008年版。

《火烧云》与《呼兰河传》的对比分析揭示了教科书在面对文学名著时的矛盾心态:语文与文学的天然联系使得前者无法放弃对后者的介绍与教学,但前者的标准化操作模式又无法包容后者无边无际的生长状态。于是,教科书中充满了大量走样的文学作品成为当下中国小学语文教学的常态。综观"人教版"十二册语文教科书,绝大部分的作品都经过改动,而改动最大的篇目恰恰就是那些文学名著,比如:根据《一千零一夜》改编的《渔夫的故事》、根据王尔德《自私的巨人》改编的《巨人的花园》等,它们都与原著的故事以及涵义存在着巨大的差异。

如果说改编的积极意义是带来教科书确定无疑的权威性以及教学与评估等一系列标准化操作的便利与统一,那么,改编的消极意义则是关闭了通向真实生活与文学的大门。课文就像一朵完美、精致的绢花,虽然出自人们对美的善意,却终究是假的。

其实,教科书的这种矛盾状态根源于成人教育者的童年观:把儿童的脆弱、无知、纯洁等属性视作童年生命绝对的、全部的存在方式,忽视童年生命的自主性以及复杂性,从而不敢向儿童显现一个虽然不太美丽却是真实存在的世界。生物学告诉我们,人体在一个绝对无菌的环境中生活无益于自身免疫力的生长。同样,人的道德也只有经历善恶考验后才能真正成长。因此,向儿童彻底关闭真实世界的大门无助于教育最终目的的实现。

基于上述思考,教科书有必要调整面对文学名著的方式,创建一种既适应教学规范又包容原生态文学的理想模式。比如,试着在教师参考用书中收入原著的文字,并详细说明修改的理由;或者试着在课文中保留原著的面貌,而在教师参考用书中指导教师该如何应对原著那些"逃逸规范"的细节与文字。如此,它也许将引导教师激发学生提出真正的问题。

如何面对童话?

《鹿和狼的故事》是六年级上册中的一篇选读课文,它讲述了美国总统西奥多·罗斯福的一项错误决策导致一场生态灾难的事件。课文的结尾部分这样分析罗斯福出错的原因:"在任何一个民族,凡是以动物为题材的童话,狼几乎永远担着一个欺负弱小的恶名。如,中国'大灰狼'的故事和西方'小红帽'的故事。而鹿则几乎总是美丽、善良的化身。狼是凶残的,所以要消灭;鹿是善良的,所以要保护。罗斯福保护鹿群的政策,就是根据这种习惯的看法和童话的原则制定的。"

尽管我们丝毫不怀疑《鹿和狼的故事》在环保意识传达方面的积极意义,但当作者以不容置疑的态度把童话置于科学的对立面并让其承担一个国家政府决策失误的责任时,我们不得不指出,语文教科书对这篇课文的选用足以颠覆一种人文的信念。

现实有两个层面——物质和心灵,它们遵循各自迥然不同的表达逻辑,又以微妙的方式形成互动和结盟。可以这么说,科学属于物质世界,童话属于心灵世界,它们在可见的层面上是不能用同一种思维模式加以通约的。《鹿和狼的故事》其问题就在于用科学的标准衡量童话的象征意义,构成了物质至上的霸权。

语文教科书出现上述现象决不仅仅是偶然的选择所导致,它的背后隐藏着一个需要我们深入思考的问题:在技术理性张扬的时代,童话何为?

关于童话,安徒生曾经这样写道:"童话是一个最老的人,不过她的样子却显得最年轻。""童话和诗,它们像同一材料织成的两段布,可以随便在什么地方躺下来。""最奇异的童话是从真实的生活里产生出来的。"[①] 这位天才的童话诗人在寥寥数语之间就揭示出古老的童话之所以能永远年轻的秘密:它和诗歌一样扎根于历史与现实,并指向人的内心世界。这个世界并不随人类日新月异的科技进步而改变其幽深的面貌,每一个不同时代的生命在其成长过程中总会遇到相似的障碍、痛苦与幸福。从现代心理学的角度而言,古老童话的想象力是一个奇异的源泉。"我们的想象力越丰富,就越能产生更多的想象,越少拘泥于某个固定的世界观,于是我们就更有可能改变我们的生活,改变我们自己。"[②]

也就是说,在技术理性张扬的时代,童话决不仅仅是一种古老的文体,也决不仅仅是娱乐或教化儿童的手段,它还守护着人类在精神维度的梦想与信念。显然,目前的语文教科书对童话的终极意义以及对建构人文精神底蕴的重要性还缺乏足够的认识,这一局限性的表现有以下几个方面:

首先,综观十二册语文书,童话在每一册中的分布大致如下:一年级上册(5篇)、一年级下册(18篇)、二年级上册(13篇)、二年级下册(3篇)、三年级上册(5篇)、三年级下册(2篇)、四年级上册(5篇)、四年级下册(0篇)、五年级上册(0篇)、五年级下册(0篇)、六年级上册(0篇)、六年级下册(1篇)。六年级下册出现的仅有一篇童话是《卖火柴的小女孩》,它和《凡卡》、《鲁滨孙漂流记》、《汤姆·索亚历险记》三篇小说一起共同组成了一个名著单元。尤其值得注意

---

① 安徒生:《安徒生童话全集》,清华大学出版社1999年版。
② 维蕾娜·卡斯特:《成功解读童话》第3页,上海人民出版社2003年版。

的是,在《教师教学用书》中,编者这样解读《卖火柴的小女孩》:"写实和写虚交替进行,美丽的幻象和残酷的现实更替出现。""本文教学的难点是,如何让今天中国的小孩子体会到当年小女孩的生活情境。"① 显然,编者已经把安徒生根据一幅图画而想象的故事最大程度地赋予了它在物质世界的真实性。因此,我们有理由认为,六年级下册语文书中并没有一篇真正意义上的童话。根据上述观察,童话在教科书中基本被视为一种低年级小学生阅读的文体,渐渐成长的孩子似乎应该自然地远离它。

其次,从对童话的篇目安排上看,文本的具体深度没有得到有序呈现。比如,四年级上册第二单元收入四篇童话,分别为《巨人的花园》、《幸福是什么》、《去年的树》、《小木偶的故事》,它们的深度并不在同一个层次上——《小木偶的故事》清浅活泼、寓意直白,不妨进入二年级上册的课文行列;《去年的树》是日本作家新美南吉的童话代表作之一,它以天真的叙述传达出隽永的诗意,适合在二年级下册出现;《幸福是什么》虽然篇幅比较长,但故事结构有着民间童话的素朴与简单,能够被三年级学生接受;而《巨人的花园》因为作者特殊的美学理念与信仰背景,如果在课文中保持原著的本真面貌,那么这篇课文应收在六年级的课文中。

我们知道,优秀的儿童文学作品都会在文本中蕴涵不同的表达层面,这些深浅不一的内容或意蕴将在孩子成长的岁月里渐渐释放出来。越是优秀的童话作用于人心的时间越长久,上文所举例的《去年的树》就是这样一个完美体现儿童文学即时性与历时性的文本,它如同一粒能长成大树的种子,需要及早被埋在天真的心田里。当然,埋下种子并不意味着必须催其开花结果。如果文本中有些内容超越了孩子此时的理解力,教学参考书就应指导教师采取"悬置"的方式,而不必一味追求"透彻"。

第三,虽然低年级教科书中三十余篇童话在题材与主题上有着比较丰富的表现,但它们在总体上缺少像《去年的树》这样即时性与历时性完美结合的文本。童话在低年级教科书中承担了各种功能:介绍科普知识、进行行为规范教育、传播环保理念等等,教化的痕迹在很大程度上遮蔽了审美的愉悦。也许我们可以这样理解,童话之所以在低年级教科书中相对密集地出现,是因为这是一种合用的教育工具,而对童话的这种工具性理解正是导致课文中具有历时性价值的、可以让人一辈子回味的童话如此稀少的原因之一。

---

① 《教师教学用书·语文·六年级·下册》,第 145 页,人民教育出版社 2006 年版。

第四,从时间角度而言,教科书中的经典童话似乎意味着"很久很久以前":两百年前的安徒生、一百多年前的王尔德、近一百年前的新美南吉……在课文中,我们难觅世界级的当代童话名家的身影,如,E.B.怀特、阿诺德·洛贝尔、米切尔·恩德等等。课文对"古典"的偏爱,也许可以归结为理念的保守,这保守不仅在时间上表现出滞后性,而且还在文本的风格选择上呈现单一化:课文中的童话均倾向于优美、安静,散发着浓郁的阴性气质。其实,在童话的世界中,既有甜蜜、安静的优美,也有狂野的想象和壮阔的崇高,比如,林格伦、达尔等作家的作品都呈现出一种阳刚的精神气质,但这一气质在课文中被刻意隐匿了。其内在原因是不言而喻的,童话要行使一种规范的职能,而狂野的童话显然将给规范带来操作与评价的困难。

综合以上分析,本文认为,目前的教科书在面对童话时在根本上还是把它视作了一种教育的临时性工具,而不是关注心灵成长、抚慰成长之痛的文学。所以,《鹿和狼的故事》在六年级课文中的出现是语文最终向工具理性致敬并回归的一个必然结局。

透过上文所讨论的"如何面对文学名著"、"如何面对童话"这两个文本层面的问题,我们可以看到"人教版"小学语文教科书的总体理念:重规约轻释放。也许,正是这一理念造成语文教科书与文学的某种疏离与对抗。而如何在规约与释放之间找到一条平衡的路径,则是我们未来努力的方向。

出版的力量

——从三套丛书看出版对中国儿童文学的推动

孙建江

在百年中国儿童文学的发展进程中,改革开放这三十年无论从哪方面说都值得大书特书。三十年之于百年,不仅是自然时段的延续,更是一个特殊时代标本的呈现。三十年,中国儿童文学与整个中国文学一样,经历了从封闭、单一到开放、多元的历史转折。三十年,中国儿童文学基本上完成了从"文学教育"到"艺术实验"、从"艺术实验"到"儿童本位"的转变。三十年,中国儿童文学变得更好看耐看,变得更接近现代意义上的儿童文学了。

中国儿童文学这三十年来的发展,可以从不同的维度给予总结,可以从创作的维度给予总结,可以从批评的维度给予总结,也可以从创作和批评以外的维度给予总结——这方面,我以为,出版的维度无论如何是不能忽视的。

创作和出版,是一种彼此依存、又十分奇妙的关系。很多时候,出版只是创作的一种呈现,作家的创作成果交由出版社出版而已。这个时候,出版是被动的。但有的时候,出版又会显示出强大引领性和主导性。它可以有效地聚合起充沛的创作资源,集中呈现将要出现而未出现的创作景观和潮流。而这个时候,出版的作用就不再是被动的了。

创作和出版关系的奇妙性还在于:有的时候,出版行为(选题、内容、愿景)本身很有意义,但它们对创作并不起什么实际的推动作用。这样的出版行为对创作来说,自然称不上是有效的出版行为。有的时候,出版行为本身并没有伴随着口号和宣言,但却实实在在促就了创作的繁荣和发展。

题解 本文原载《出版广角》2009年第9期。文章以改革开放30年来的三套丛书为例,探讨了出版对儿童文学发展的实际推动力。文章认为,考察儿童文学的维度是多元的,其中出版的维度不容忽视。1989年至1995年的"中华当代长篇少年小说创作丛书"(1989—1995)、1993年至2008年的"中国幽默儿童文学创作丛书"(1993—2008)和"大幻想丛书"(1998—1999)都成为中国当代儿童文学史上的标志物,其中的很多作品都成为新时期儿童文学无法绕开的存在。文章指出,在当下市场经济制约下的出版大环境中,"高品质的儿童文学图书如何寻找市场的突破口,这是所有少儿出版从业者必须面对的问题"。

因此，考察出版之于创作的意义，不是看发表了什么宣言，提出了什么口号，安排了什么与之相配的会议，而是看对创作实际起到过什么真正的推动作用。

三十年来，对儿童文学创作起到重要推动作用的出版行为不少。本文讨论的是其中最具代表性的三套丛书的出版。

第一套丛书：中华当代长篇少年小说创作丛书
（1989—1995）

这套丛书由江苏少年儿童出版社 1989 年底推出第一种，此后陆续推出，至 1995 年，共推出 18 种，是上个世纪九十年代中期之前规模最大的一套原创儿童文学丛书。

很多时候，历史会特别垂青第一个吃螃蟹的人——特别是，当这个第一个吃螃蟹人的行为暗合了时代的发展需求。九十年代初中期，历史把这份垂青给了"中华当代长篇少年小说创作丛书"。

也许有人并不认为这套丛书有什么价值，而且，以今天的眼光看这套丛书的选题含量似也不高。它并没有什么特别的地方，仅仅是一个文体分类丛书而已。但这恰恰反映了转型初期"粗放型"的文化特质。

其实，只要了解当时的出版大环境，我们就不难发现这套丛书对于儿童文学创作的意义。

说这套丛书属文体分类丛书自然是不错的。但要知道，在中国少儿出版史上，还不曾有人以文体分类形式如此大规模地出版过儿童文学原创丛书。二十世纪初，商务印书馆出版了孙毓修编译的、冠名"童话"的丛书，但囿于当时对童话的理解，这套丛书实际上是不分文体的儿童读物丛书。所收作品，主体部分是外国儿童读物的编译，少量为中国历史故事的改写，均非原创新作。当代的少儿出版，当然出版过儿童文学丛书，但那大多为不分文体的作品集丛书，或者某位著名作家的系列文集，而且是旧作结集出版。

再有就是，这套丛书是中国少儿出版史上第一套以中青年作家为主体的长篇原创丛书。这一点绝对不能忽视，因为这是一种新的代际传承观念转变的标志。在这套丛书中，除了一两位老作家，其余清一色系当时最为活跃的中青年作家：张微、夏有志、沈石溪、杨福庆、金曾豪、程玮、赵立中、黄世衡、秦文君、左泓、曹文轩、陈丹燕、董宏猷、常新港、张之路、班马……这些作家中，有不少如今已成为中国儿童文学的中流砥柱。

在二十世纪八十年代末九十年代初,上述这些中青作家创作的作品主要的发表园地是报纸和刊物,有机会出书的人不多,即使作品有幸出版,大多也是中短篇集子。但事实上,这些作者无论是中年,还是青年,都被"文革"整整耽搁了十年,十年的磨难,使他们积攒了丰富的人生历练和创作冲动。这一次可以直接出书,而且是全面展示自己创作才华的长篇少年小说创作,其刺激和冲动可想而知。

于是,中国儿童文学界积压了十年的文学理想开始齐集性地喷发了。

在编辑策略上,这套丛书呈一种开放的态势。每本书的勒口上赫然透露着重要信息:第一辑书名和作者名,第二辑书名和作者名,第三辑书名和作者名……这有强烈的暗示性。其暗示性在于:收入丛书的作者几乎是从未出版过长篇的中青年作者,他们能出书,只要有实力我也能出书。这对有志于长篇少年小说创作的众多中青年作者的诱惑力是巨大的,而且这个暗示长达六年之久。

还有一点不能不说,这套丛书除了平装本,居然还有羡煞不知多少中青年作者的精装本。作品能出版精装本,这在今天看来已算不上是什么特别稀罕的事情。但在当年绝对不是件普通事件。因为在当时,别说中青年作者,就是著名老作家,也没几人可以享受"精装"的待遇。"精装"在当时实际上就是一种符号,就是一种级别、身份和创作地位的象征。不难想象这对初出茅庐、还不太有名的中青作者有着怎样的吸引力。

老实说,在那个特殊时期,无论是谁,无论是名牌大社还是无名小社,谁率先推出此等规模的丛书,谁就能聚合起当时中国最优秀的一批中青年作家,谁就能成功。这是时代使然。

"中华当代长篇少年小说创作丛书"推出后的几年内,苏少社又陆续推出了"中华当代童话新作丛书"、"中华当代科幻小说丛书"、"中华当代儿童文学理论丛书"等三套丛书。一时间,聚集起了一批中青年儿童文学作家和中青年儿童文学理论家,儿童文学图书的出版掀起了一个小高潮。

当然,出版的推动,说到底只是一种外力的作用。如果作者本身没有创作冲动,没有足够的积累,没有强烈的倾诉愿望,一句话,没有内在的动力,所有外力都白搭。但这套丛书的出版躬逢其时,它在中国儿童文学作者最需要外力推动的时候及时出现了。我理解这就是出版的力量。

丛书中的不少作品如今已成了中国当代儿童文学史上绕不过去的存在。比如,《一个女孩》(陈丹燕)、《山羊不吃天堂草》(曹文轩)、《六年级大逃亡》(班马)、《少女的红发卡》(程玮)、《孤女俱乐部》(秦文君)、《坎坷学校》(张之路)、

《一只猎雕的遭遇》（沈石溪）、《十四岁的森林》（董宏猷）等等。丛书的整体质量由此可见一斑。

但是我们也必须说,这套丛书的推出在当时也有一定的便利条件,那就是当时整个中国出版尚处于从计划经济向市场经济转型的思想启蒙阶段,还没有真正有经济效益的硬性指标要求。只要出版社有庞大的教材教辅出版利润支撑,出版几套很可能亏本的儿童文学丛书是绝对没有问题的。

经济压力不大,也不能不说是这套丛书出版得以持续六年的一个重要原因。这套丛书除其中几种连印若干次,印到了数万册,绝大多数印数在几千册,有的作品首印仅一两千册。从投入产出比例看,显然入不敷出。

随着市场化的日益深入,出版社经济效益日益凸显,儿童文学图书在少儿出版中的地位日渐衰微。像苏少社那样不论经济效益,大规模地推出儿童文学创作丛书的出版行为已绝无可能重现了。

但是时代的脚步并没有停歇。无论你愿意还是不愿意,儿童文学的创作,都必然要与市场经济制约下的少儿出版紧密联系在一起。

第二套丛书：中国幽默儿童文学创作丛书
（1993—2008）

"中国幽默儿童文学创作丛书"由浙江少年儿童出版社 1993 年开始推出,首批推出五种,至 2008 年,已持续出版十五年,推出作品六十余种。目前,仍在继续往下出版。这是中国持续出版时间最长、持续影响力最大的一套原创儿童文学丛书。

这套书的出版是一个奇迹,而这套书能从 1993 年持续出版到今天（2008年）更是一个奇迹。

解读这个奇迹的发生,我以为必须从中国儿童文学的整体结构、人们的观念变革和市场经济制约下的少儿出版三方面着手进行。

近百年来,中国儿童文学出现过许多精品力作,也产生过许多重要的创作类别。比如,以写实为主要特征的创作类别,以讽刺为主要特征的创作类别,以反思为主要特征的创作类别,以抒情为主要特征的创作类别等等。但却迟迟没有出现以幽默为主要特征的、让人们普遍认可接受的创作类别。这不能不说是中国儿童文学整体结构上的一种缺失。尽管在中国儿童文学史上出现过一些长于表现作品幽默特质的杰出人物。比如二十世纪三四十年代的张天翼、五六十年代的任溶溶。但他们这方面的努力并未得到人们应有的肯定、重视和推崇,以至他们纵然天分极高,也只能"戴着镣铐跳舞",在有限的空间里做有限的文章。他们这方面的努力迟迟未能形成一种群体优势,成为一种潮流。

这种整体结构上的缺失,当然与中国的文化传统有关。中国是一个有着"诗教"传统的国度。强调"文以载道",注重文学的教化功能。这本身并没有什么错。任何文学作品都有教化作用。但当"文以载道"观被绝对化、单一化、片面化后,往往会演变成为凌驾于艺术之上的教化诉求。这种情形在二十世纪六七十年代的"文革"期间发展为极致。这显然与"文以载道"观之本意"道"必须通达"文"传递的要旨是相背离的,也是与文学创作原则不相符的。在这样的文艺观的影响下,人们自然对幽默避而远之。认为幽默缺乏教化性,没有直接的教育目的,甚至把幽默等同于轻浮、轻飘、轻佻,或干脆等同于有害。

而改革开放最重要的意义首先是人们观念的变革。进入新时期后,人们的思想空前活跃,拨乱反正,实事求是。人们不再视幽默为可怕的禁地,不再视幽默为创作的包袱。社会对幽默的评价日渐积极正常,幽默彰显的恰恰是中国儿童乐观、豁达、勇于并善于面对困难的精神气度。

这是"中国幽默儿童文学创作丛书"能够问世并持续出版至今的最为重要的思想认识的前提。没有这一观念的改变,人们很难想象幽默儿童文学创作会在二十世纪九十年代初中期齐集性地出现,以至形成今天的创作潮流。

中国儿童文学需要幽默,中国儿童文学的全面发展离不开幽默儿童文学的参与,而幽默对于儿童读者来说具有天然的亲和力,幽默儿童文学图书的市场潜力正待开发。出版社把握住了这一时代需求和历史机遇。

于是,1993年"中国幽默儿童文学创作丛书"应运而生。

该丛书首批推出张之路、周锐、葛冰、李建树和庄大伟等五位作家的五部作品,体裁涉及小说和童话,首印各七千余册。丛书推出后,获得了较好的社会反响。张之路的《有老鼠牌铅笔吗?》荣获中国作协第三届全国优秀儿童文学奖。

但是坦白说,丛书首批推出后并没有获得完全的成功,丛书迟迟没能获得市场的认可。而市场经济制约下的少儿出版如果其图书产品不能获得市场的认可,那么,再美好的文化理想和企图也是难以完整呈现的。

这就是我为什么要特别强调"市场经济制约下的少儿出版"的原因。出版是经济行为,经济行为有自己的经济运行规则;创作是精神劳作,精神劳作无须顾及经济运行规则,这也是少儿出版有效推动儿童文学创作最难把握的地方。虽然丛书获得了专家的肯定,但销售情况却不理想,叫好不叫座。

其实，九十年代中期正是儿童文学图书出版的低谷期。其时，许多少儿社的文学编辑室纷纷撤销或合并。儿童文学图书的出版普遍呈萧条态势。无独有偶，1993 年，秦文君具有幽默特质的长篇小说《男生贾里》在上海少年儿童出版社出版，印数仅两千册。这与若干年后该书风靡校园实有天壤之别。

1998 年，"中国幽默儿童文学创作丛书"第二批再次推出。如果说，1993 年推出第一批丛书还带有尝试的性质，那么五年后，推出第二批丛书则完全是信心满满，有备而来。这一次，一次性推出了任溶溶、孙幼军、高洪波、张之路、梅子涵、董宏猷、韩辉光、李建树、金曾豪、杨红樱、汤素兰、任哥舒等作家的十二部原创新作，体裁涉及小说、童话和诗歌。为一套并不为人看好的非主流丛书的创作聚集起了如此整齐的老中青作者出场阵容，这在当时可以说是绝无仅有的。或许，这本身就预示着什么？

为了把书做好，出版社这次从装帧设计到内文用纸都甚为讲究，还特别在每本书中大胆地附了四个页码的作家生活照。而在此之前，还不曾有什么儿童文学丛书敢如此"奢侈"地附上作家四个页码的生活照。这对作者和读者都有不小的吸引力。并且平装本和精装本同时推出。

果然，此次与上次五本书的命运有了很大的不同。这批书甫一面世，即好评如潮，荣获全国优秀少儿图书奖、冰心儿童图书奖、宋庆龄儿童文学奖、中国作协全国优秀儿童文学奖、文化部蒲公英奖金奖等奖。

然而，与上次五本书最大的不同还在于，这十二本书开始获得了市场的认可。丛书首印各一万册，面市不到半年，即开始重印，随后，连连重印。至 2003 年，单本最高印次达九刷，单本最高印量达五万余册。连两本诗集也连续印刷五次，各印到了两万五千册。十二本书的平均销量在四万册以上。2000 年，第一批五本书重版再印，市场亦开始接纳。新版首印各八千册后，两个月后即再印，此后连连重印，销量一路攀高。同样的五本书，七年前与七年后，市场的认可度已不可同日而语。这说明，在读者方面，阅读趋向的多元化已开始呈现；在出版方面，图书的市场化意义正日益凸显；在儿童文学创作方面，多样性写作已变得越来越重要。中国儿童文学开始进入了常态的发展。

自 2003 年起，丛书在原有的基础上，又做了进一步拓展，变原来的"面上铺开"为"深度发掘"。即选定某位作家，对其作品进行系列化开发。比如，任溶溶系列、周锐系列、董宏猷系列、秦文君系列、汤素兰系列、萧萍系列等等。这些系列推出后，效果甚好。单本多在四五万册以上，最高的单本已愈二十万册。由于建立起了良好的品牌形象，丛书的发展步入了良性循环。基本上，凡列入该系列的作品,都能获得社会和市场的认可。

"中国幽默儿童文学创作丛书"推出后,在中国引发了幽默儿童文学的创作潮流。如今,以"幽默"、"开心"(或相近意思)为特质的儿童文学原创图书或丛书已不计其数,数不胜数,幽默儿童文学成了众出版社竞相出版的对象。而这一切在九十年代初是难以想象的。

第三套丛书:大幻想丛书(1998—1999)

"大幻想丛书"由二十一世纪出版社1998年开始推出,第一辑推出作品七种,次年跟进第二辑,推出作品八种。两年时间共推出了作品十五种。虽然这套书的规模不算特别大,持续出版的时间也不长,但这套丛书对中国儿童文学的推动和影响力绝对不能低估。

中国儿童文学当然不乏幻想能力。即使是"写实的幻想"、"小说的幻想"、"小说童话"或"亦真亦幻",数十年前也已然存在。张天翼上个世纪五十年代创作的《宝葫芦的秘密》就采用了这种幻想的手法。但我们也不能不说,这方面的作品太少了。而且也一直没能形成创作的共识,更别说形成儿童文学创作的潮流了。

作为上个世纪初中期以来西方儿童文学界发展较快的一种创作类别,"幻想文学"的成果及其对读者的特殊的艺术魅力是毋庸置疑的。

八十年代初,陈丹燕写过一篇论文叫《让生活扑进童话——西方现代童话创作的一个新倾向》。这篇论文以《小王子》《夏洛的网》《蟋蟀在时报广场》《小老鼠斯图亚特》《奇怪的大鸡蛋》《雄师·女巫和衣橱》等大量的西方儿童文学为例,论述了"写实"大量介入"幻想"的童话的可能性和可行性。陈丹燕论述的虽然是西方童话,但她的用意却也很明确,她希望我国也能有这种类型的作品出现。她在论文结尾时这样说:"让生活扑进童话,这散发着浓郁时代气息的创作倾向,也必然地会给我国的童话创作带来巨大的助力。"九十年代初,朱自强以"小说童话"来论述日本这类强调"写实"性的幻想性作品。后来朱自强把这类幻想性的作品改称为"幻想小说"。此后,是班马、彭懿两位对这类作品的大力倡导、呼吁和举荐。班马把这类作品的艺术特色归纳为"小说—童话互融",称之为"亦真亦幻";彭懿则干脆把这类作品叫做Fantasy,或幻想文学。

这是"大幻想丛书"出版前学术界对"幻想文学"的认知和研究的大致脉络。可以说,"幻想文学"在中国的出现是迟早的事,但以何种形式出现,是单品种出现,还是以丛书的面貌出现;何时出现,是九十年代末出现,还是新世纪初出现,这是完全不能预设的。这时,出版的力量就显现出来了。因为这时,唯有出版社可以组成起群体的力量并在规定时间内集中推出一批作品。

二十一世纪社正是在九十年代末这个时间点上敏锐地把握住了这一难得的机遇。他们果断采纳了班马有关出版"幻想文学"丛书的策划方案,一连推出了两辑十五本"大幻想丛书"。为出好这套丛书,二十一世纪社还专门举办了以"幻想文学"为中心议题的"跨世纪中国少年小说研讨会",以此为丛书的出版创造舆论氛围和热身。

巧的是,也是在这一时间段,浙少社正筹措重新再推"中国幽默儿童文学创作丛书"。中国少儿出版史上两套最重要的儿童文学丛书在同一时间段发力,实为一段佳话。其实,这一巧合正是进入市场经济后原创儿童文学图书开始觉醒的一个重要标志。进入二十一世纪后,原创儿童文学图书逐渐由原来的配角成为少儿图书市场的主角就是最好的证明。

"大幻想丛书"第一辑推出了班马、彭懿、秦文君、彭学军、韦伶、薛涛、张洁七位作家的七部原创作品,第二辑推出了张之路、彭懿、左泓、张品成、牧铃、殷健灵、魏海滨、戴臻八位作家的八部原创作品。十四位作家的十五部创作作品齐集性推出,这在当时的儿童文学界绝对是一件大事。

试想,如果没有出版社的参与,九十年代末中国儿童文学界就不可能齐集性地出现一批"幻想文学"作品,九十年代末中国儿童文学界也不可能出现一批"幻想文学"作品,我们今天的中国儿童文学也许就不是现在的模样了。在这个历史节点上,出版对创作的意义再次凸显了出来。

这套丛书第一辑七本1998年推出后,同年重印一次,第二辑1999年推出后,未再加印。具体印数不详(丛书版权页未标明印数)。不过从第二辑推出后未再重印这一情形看,市场的反映应该不是很理想。这多少有些遗憾。如果这套丛书的市场业绩良好,能持续出版若干年,其影响力显然会更大。但这就是历史,这就是市场经济制约下的少儿出版。谁也无法改变。

"大幻想丛书"的出版意义在于:第一,"幻想文学"在中国的出现有其必然性,出版社敏锐地把握住了这一机遇,让其很快成为现实。第二,丛书的出版对于总体偏重于写实主义的中国儿童文学是一种合理补充。第三,丛书的出版极大地推动了中国"幻想文学"的创作和发展。第四,丛书的出版表明中国儿童文学正以积极态势融入世界儿童文学的整体格局。第五,这套丛书没有完全为市场接受,这表明市场经济制约下的少儿出版有其特殊性。高品质的儿童文学图书如何寻找市场的突破口,这是所有少儿出版从业者必须面对的问题。

值得一提的是,"大幻想丛书"推出不久,J.K.罗琳创作的具有鲜明幻想特质的《哈利·波特》开始风靡全球,并登陆中国。但此时的中国的儿童文学界对"幻想文学"已不再陌生了。

如今,"幻想文学"创作已成为不少写作者的自觉选择。"幻想文学"作品不再零星散落,而是时时可见了。"幻想文学"业已成为中国儿童文学整体结构中不可或缺的组成部分。

这一切,"大幻想丛书"功不可没。

儿童文学创作离不开出版。

儿童文学的发展永远需要出版的积极介入。

童书业六十正年轻

——新中国少儿出版60年述评

海 飞

六十花甲,万象更新。新中国的少儿出版业与共和国同步,走过了60个春秋。60年来,新中国少儿出版在党和国家的高度重视下,得道多助,厚重发展,从无到有,从小到大,从弱到强,成为一个格局合理、体系完备、市场活跃的朝阳出版文化产业。60年来,少儿出版从短缺到繁荣,从简陋到精致,从封闭到开放,成为一个年出版1万多种少儿图书,260多种少儿报刊,年销售6亿多册少儿读物,销售额达40多亿人民币,拥有3.67亿未成年人读者群,与世界上50多个国家有着友好出版交往的少儿出版大国。

童书业六十正年轻。具有鲜明中国特色和时代特色的新中国少儿出版业,是绽放在共和国大地上一朵美丽的出版之花。

一、共和国初创与童书业起步

1949年10月1日,新中国的诞生使有着五千年历史的文明古国开始了崭新的历史篇章。百废待兴,百业待举。党和国家高度重视新中国出版事业的发展,共和国成立的第二个月,亦即1949年11月,国家就成立了出版总署,开始新中国出版业的起步、规划、发展。作为社会主义新中国出版业重要组成部分的新中国少儿出版,也开始了童书业的起步。

初创的共和国的家底非常薄弱,出版业在刚刚散去战争硝烟的废墟上起步。

题解 本文原载《编辑之友》2009年第10期。文章对中华人民共和国成立60年以来童书出版业所走过的历程进行总体回顾与描述。文章以"十七年""文革"和改革开放这三大历史时期为线,梳理了每个时期童书业的发展状况以及遭遇的困难,并记录了其中所出现的有代表性的出版物、有标志性的统计数据和重要的史料细节。文章指出,经过60年的努力,中国虽然已经成为少儿出版强国,但与亿万儿童读者的阅读需求相比,与竞争激烈的全球出版业相比,这个朝阳产业还有很长一段路要走。

解放初期,中国的出版中心在以上海为中心的江南地区,全国只有211家出版社,其中国营出版社27家,私营出版社184家,出版物品种少、质量差,远远不能满足翻身得解放、当家做主人的广大人民群众的需求。以少儿出版物为例,1950年全国出版的少儿读物仅有466种,总印数573万余册,其中种数的70%、印数的59%是私营出版社出版的。① 而且,当时全国6岁至15岁的少年儿童约1亿多,平均17个少年儿童读者才有1册少儿读物,呈现一种严重的缺书少刊的"书荒"现象。

新中国的出版业艰难起步,迎难而上。出版总署一手抓统一全国的新华书店,把解放区新华书店成功的发行渠道推广到全国;一手抓私营出版社的公私合营、国营出版社的新建,以及把中国的出版中心转移到首都北京。新中国的少儿出版也纳入到了这个进程中。1952年12月,新中国第一家专业少儿出版社——少年儿童出版社在上海成立。少年儿童出版社是以上海的新儿童书店为基础,吸收中华书局、商务印书馆和大东书局的儿童读物编辑出版部门参加,组建而成的一家公私合营性质的少儿社。1953年9月,中宣部召开了专门研究少儿读物出版工作的工作会议,会议要求青年出版社加强对少年儿童出版社的领导;要求少年儿童出版社提高少年儿童读物的出版品种和数量;要求出版总署采取措施,有步骤有计划地整顿改造私营出版业,并规划在一两年内将位于上海的少年儿童出版社迁到北京。1954年,全国基本完成了对私营少儿出版业的社会主义改造,新版再版少儿图书1260种,印行1369万册,其中国营出版社和公私合营出版社出版的品种数占60%,印数占80.4%。② 少年儿童的图书拥有量也有所提高,增加到平均5个小读者有1册图书。但全国少儿图书"奇缺"的现象依旧十分严重:一是书店里无少儿图书新书可购,流通的是新中国成立前的一些旧小说和武侠图书;二是投机商人开设地下书店、马路书摊,推销的是一些内容不健康、色情淫秽、凶杀格斗、低俗荒诞、误人子弟的有害读物;三是在为数极少的少儿图书中,存在着儿童文学图书少、知识性读物少、中低年级读物少、学龄前儿童读物更少的"四少现象";四是少年儿童读者最多的广大农村,几乎处于没有少年儿童课外读物的无书可读的"高度饥渴"状态。

新中国成立初期少年儿童读物严重缺乏的状况,不但引起党和国家各有关部门的重视,也引起了新中国成立毛泽东主席的高度重视。1955年8月,毛泽东主席先后两次就"少年儿童读物奇缺问题"作出批注、批示。1955年8月2

---

①② 方厚枢.中国当代出版史料文丛[M].北京:中国书籍出版社,2007.

日,中共中央书记处第一办公室编印的《情况简报》第334号上,刊载了《儿童读物奇缺,有关部门重视不够》的材料。材料中写道:"《中国少年报》最近召集有关部门座谈有关儿童读物问题,会上普遍反映儿童们迫切需要的作品和中国儿童文学奇缺。""旅大市共有就学儿童18万,但所有儿童图书馆和文化馆中只有4万多本儿童书籍。农村更少,据河北统计,平均1100多儿童才有一本儿童读物。由于儿童读物缺乏,孩子们便乱看别的书籍,并有的看反动、淫秽的书籍。"毛泽东主席在这段话旁批注"书少"。材料分析了"造成此种情况的主要原因",一是"不重视儿童读物的创作和供应"。比如,各地出版社都没有编儿童读物的干部,辽宁、天津出版社从来没有出版过儿童读物,计划里根本没有这一条;二是"一般作家不愿给儿童写东西"。比如,少年儿童出版社曾经给一位全国知名的大作家写过三封约稿信,皆无音讯。有些作家觉得搞儿童文学"糊不了口,出不了名"。毛泽东主席在这两项旁批注"无人编"。三是"全国多数书店不卖儿童读物"。比如,有的书店就认为,他们的服务对象"主要是工农兵","卖儿童读物赚钱少,影响利润",发行工作只停留在少数门市部,没有面向学校和孩子们。有的书店虽然也推销一些,但也不积极。四是"书价过高"。比如,一般儿童读物在一二角以上,有的翻译作品需七八角至一元,孩子们没钱买。毛泽东主席在"书价过高"旁批注"太贵"。五是"对儿童读物和成人读物的界限搞不清"。比如,许多书店就认为,成年人的通俗读物和"小人书"就是儿童读物。毛泽东主席不仅在《简报》上作了批注,而且于8月4日将《简报》批给时任中共中央副秘书长、国务院第二办公室主任的林枫:"此事请你注意,邀些有关的同志谈一下,设法解决。"①

毛泽东主席对少年儿童读物的亲切关注,对新中国成立初期的少儿出版形成了强大的推动力,共和国也迎来了第一个少儿出版的发展高潮。

1955年8月15日,团中央书记处向党中央呈报了《关于当前少年儿童读物奇缺问题的报告》,在汇报了河北、江苏、山东等地有关情况后,提出了"大力繁荣儿童文学创作"和"加强儿童读物出版力量"的措施。团中央决定在继续办好归属团中央管辖的在上海的少年儿童出版社、加强小学中年级及学前儿童读物出版外,在北京创办中国少年儿童出版社,加强小学高年级和初中学生读物的出版,并建议江苏、浙江、山东、河北等15个省、自治区的人民出版社设立儿童读物

---

① 毛泽东主席对儿童读物奇缺的批示[A].中国出版科学研究所,中央档案馆编.中华人民共和国出版史料(1955年)[C].北京:中国书籍出版社,2001.

编辑室,加强全国儿童读物的出版,同时还提出适当提高稿酬标准、加强发行和宣传工作、增设儿童阅读场所等建议。

毛泽东主席看了团中央书记处的报告后,再次作出重要指示,要求有关部门认真对待这一问题,迅速改进工作,大量地创作、出版、发行少年儿童读物。1955年8月27日,党中央批转了团中央的报告,要求全国有关方面积极地、有计划地改善少儿读物的写作、翻译、出版和发行工作。

1955年9月16日,党中央机关报《人民日报》发表了《大量创作、出版、发行少年儿童读物》的社论,为新中国童书业的起步鼓呼、造势。

1955年10月5日,国务院机构设置调整后负责管理出版的文化部党组,向党中央呈送报告,提出了加强少儿读物出版发行工作的四条改进措施:一是"大力增加少儿读物的品种和印数"。计划在以后两年中,品种逐年增加25%,印数逐年增加20%,稿酬从千字5元至15元提高到10元至30元(当时一般最高文字稿酬为25元),并支付印数稿酬。二是"增强少儿读物出版力量"。在成立中央级少年儿童出版社的同时,加强人民美术出版社、人民教育出版社、通俗读物出版社、音乐出版社等中央级出版社和上海新美术出版社的少儿读物出版。各地方出版社也要注意组织当地作家写作少儿读物,逐步建立少儿读物编辑室或编辑小组。三是"改进少儿读物的用纸和印刷质量,降低少儿读物定价"。给京沪两地少儿读物的印制尽可能提供较好的进口纸,并且从1956年起降低少儿读物印制中铅印每印张25%和彩印每印张16%—50%的印刷费用。1956年、1957年两年,这两项费用的预计价格亏损250万人民币,由出版事业利润内统一调剂。四是"采取多种措施,加强少儿读物的发行工作"。

1956年6月1日,团中央创办的中国少年儿童出版社在北京成立,社名由郭沫若题写。这是共和国的第二家专业少儿出版社,从此形成了"南有上少,北有中少"的少儿出版新格局,以及"科普读物找上少,思想教育读物找中少"的少儿读物内容新格局。

1960年2月26日,针对1957年至1959年3年中全国少儿读物的品种、质量和发展中的新问题,如三年出版了5937种少儿读物,总印数1.89亿册,虽然品种数量增加显著,但思想性、艺术性不高,知识读物缺乏,文学读物题材面窄,低年级和学龄前读物、画册少,农村少儿书少、印制质量差、图片不清等,文化部党组和共青团中央书记处联合向党中央呈送了《进一步改善少年儿童读物的报告》,提出了许多改进意见。1960年3月5日,党中央同意并向全国批转了这份报告。1960年至1965年,全国总出版数量较前几年有所减少,但少儿读物4967

种(其中新出 2394 种),总印数 2.73 亿册,少儿读物的出版质量有一定程度的提高。①

从 1949 年 10 月 1 日到 1965 年 12 月,新中国 17 年,共和国有了自己的少儿出版业。17 年间,全国共出版少年儿童读物 19671 种,其中新版 10723 种,总印数 6.71 亿册,总印张 10.48 亿印张。② 17 年间,全国涌现出了一批深受少年儿童读者欢迎的优秀儿童读物和作家。比如儿童文学读物中,有张天翼的《罗文应的故事》、《宝葫芦的秘密》,徐光耀的《小兵张嘎》,华山、刘继卤的《鸡毛信》,秦兆阳的《小燕子万里飞行记》,贺宜的《小公鸡历险记》,洪汛涛的《神笔马良》,孙幼军的《小布头奇遇记》,任德耀的《马兰花》等。低幼读物中,有张士杰的《渔童》,方慧珍、璐德的《小蝌蚪找妈妈》,张乐平的《三毛流浪记》、《三毛迎解放》等。科普读物中,有高士其的《细菌世界探险记》、《和传染病作斗争》;郭沫若作序,钱学森、李四光、竺可桢、茅以升、华罗庚等几十位著名科学家撰写的《科学家谈 21 世纪》等。

特别是 1960 年 7 月,上海的少年儿童出版社开始出版中国少儿科普读物的扛鼎之作《十万个为什么》。这套读物含数学、物理、化学、天文气象、动物、农业、地质矿物、生理卫生 8 个分册,用少年儿童最喜欢的问答式体例收集了 1484 个问题,集科普之大全,深入浅出,通俗易懂,成了一部新中国普及科学知识的畅销书、常销书,仅 1960 年 7 月至 1964 年 4 月,总发行 580 多万册,有 19 个省租型,并出版了蒙古族、维吾尔族、哈萨克族、朝鲜族等文版及盲文版,版权输出到越南、印尼等国。

白手起家,从无到有,从小到大,新中国的童书业,伴随着共和国初创的豪迈步伐,脚踏实地地起步了。

二、共和国"磨难"与童书业停步

世界上任何事物的发展都不是一帆风顺,都不是平平坦坦的。和共和国的发展经受磨难一样,新中国的童书业也经历了"文化大革命"的磨难。

1966 年,"文化大革命"开始。我国的少儿出版,并不因为其读物的表现形态是充满童心童趣的童话、儿歌等,其读者对象是天真烂漫的少年儿童而免于受冲击。"文化大革命"中,专业少儿出版社受冲击了,停业了;儿童文学作家、作者、画家受冲击了,被批判了,停写停画了;儿童读物编辑受冲击了,下放到"五

---

①② 方厚枢.中国当代出版史料文丛[M].北京:中国书籍出版社,2007.

"七"干校放牛种地去了,停止编辑了;国家图书馆、社会图书馆、学校图书馆受冲击了,许多图书被烧了,被封存了,被批判了,少年儿童无书可借,无书可读了;书店、书摊受冲击了,许多图书下架了,少儿读物几乎绝迹了,甚至于连学生小字典都买不到,无书可买了。据统计,1966年全国的少儿读物从1965年775种、8400万册直线下降到207种、2900万册;1967年至1969年的3年中,全国几乎无少儿读物出版和发行;1970年,出版了104种,其中有10个省市出版了《红小兵》之类的读物,其他多为"活学活用"和"样板戏"内容的连环画册,计86种;从1966年到1976年的10年,全国共计出版少儿读物4591种,其中新版3878种,总印数17.42亿册,这些打上鲜明"文化大革命"烙印的少儿读物,多是"红小兵"读物。

"红小兵"读物是一种被政治扭曲了的特定历史时期的少儿读物,它有三个显著特点:一是极端政治化,读物中充满政治术语、政治色彩、政治口号,如开篇就是"小造反"、"反潮流"、"批封资修"等;二是极端单一化。读物中只有政治读物,题材狭窄,体裁单调,少年儿童读者喜爱的童话、寓言几乎绝迹,科普读物也无处可寻,翻译引进的外国读物更是无书可陈;三是极端公式化。内容枯燥,文字呆板,千人一面,千口一腔,空话套话,穿靴戴帽。

"文化大革命"使刚刚起步的新中国童书业遭受极大的损失,童书业停步了,出现了新的严重的"书荒"。"文化大革命"后期,全国各地要求恢复童书业的呼声越来越强烈,党和国家重要领导人也择机给少儿出版予以了极大关注。1970年9月17日,周恩来总理召集国务院文化组、科教组和出版口负责人开会,对出版工作提出了意见,并针对小学生复课开学后连一本小字典也买不到的严重的"书荒"现实,指示科教组组织力量,修订《新华字典》,争取早日恢复出版发行。1971年2月11日,周恩来总理又一次召集出版口负责人开会,指出"青少年没有书看,新书要出,旧书也可选一点好的出版嘛!1971年再不出书就不像话了",并指示召开一次全国出版工作座谈会。1971年全国出版工作座谈会召开以后,根据"旧书也可选一点好的出版"的指示,被停业的中国青年出版社和中国少年儿童出版社的部分工作人员,奉命从"五七"干校回京,成立图书清理小组,着手清理"文化大革命"前出版的图书,准备重印。1972年3月,图书清理小组就青少年读物出版问题专访了胡耀邦同志。胡耀邦同志指出,青少年读物这也不让出,那也不让出,不按青少年的需要和特点出书,只能出"样板戏",将来回想这一段,"不只是犯错误,而是犯罪"!1975年10月,经邓小平、叶剑英、李先念等中央领导人的批示,中国青年出版社和中国少年儿童出版社开始恢复出版业务,全国各地方出版社也逐渐恢复少儿读物的出版业务。

"青山遮不住,毕竟东流去。"经过十年"文化大革命"停步的新中国童书业,又开始了新的发展进程。

三、共和国改革开放与童书业飞跃①

1978年,中国共产党召开了十一届三中全会,制定了以经济建设为中心的党的基本路线,共和国进入到一个全新的改革开放的历史时期。改革开放一声春雷,带来了我国童书业飞跃发展的春天,经历过新中国初创时期起步和"文化大革命"时期停步的少儿出版,开始了根本性的翻天覆地的变化。改革开放30多年来,中国少儿出版发生了四大变化。

变化一,中国少儿出版受到党和国家的高度重视和厚爱,成为得道多助、厚重发展的出版文化产业

"文化大革命"造成了童书"书荒"。1977年,有着两亿少年儿童读者的偌大中国,只出版了752种少儿读物。党和国家高度重视少儿出版,高度关注"文化大革命"后童书业的恢复和发展。

1978年5月初,"文化大革命"后恢复设置的国家出版局邀请北京、上海、广东等地出版社座谈少儿读物出版工作,对全国少儿出版中的问题进行梳理。1978年5月28日,国家出版局委托人民文学出版社在京召开少儿作家座谈会。全国妇联副主席康克清及中宣部、国家出版局等有关方面领导到会,叶圣陶、谢冰心、高士其、叶君健、管桦、柯岩、严文井等40多位著名作家、儿童文学翻译家、诗人应邀出席并发言,老作家张天翼在病榻上用左手写了书面发言。会议呼吁作家们打破精神枷锁,拿起笔来,为孩子写作,把孩子们从"书荒"中救出来。1978年10月11日至19日,国家出版局在江西庐山召开全国少年儿童出版工作座谈会。这次"庐山会议"是一次解放思想,拨乱反正,实事求是,勇闯禁区,迎接少儿读物出版春天的标志性会议。会议制订了1978年至1980年重点少儿读物的出版规划,提出了1979年"六一"儿童节前出版1000种少儿读物,三年内出版29套丛书的振奋人心的奋斗目标。在改革开放的推动下和全国少儿出版工作者的努力下,这一目标顺利实现。

在改革开放的历史进程中,党和国家的主要领导人高度重视和厚爱少儿出

---

① 中华人民共和国出版史料(1955年)[M].中国书籍出版社,2001.

版,成为中国少儿出版改革开放、繁荣发展的"第一推动力"。邓小平同志通过《中国少年报》为全国少年儿童题词:"希望全国的小朋友,立志做有理想、有道德、有知识、有体力的人,立志为人民作贡献,为祖国作贡献,为人类作贡献。"1995年8月28日,江泽民总书记致信上海美术电视制片厂,指出:"用优秀的作品鼓舞人,是文化战线的重要任务。少年儿童是中华民族的希望和未来。实现我国社会主义现代化建设第三步战略目标的历史重任,最终将落在这一代少年儿童身上。帮助他们从小树立起为中华民族全面振兴建功立业的远大志向,把他们培养成为有理想、有道德、有文化、有纪律的社会主义新人,是文艺工作者的历史责任。"1996年6月1日,江泽民总书记又为中国少年儿童出版社建社40周年题词:"出版更多优秀作品 鼓舞少年儿童奋发向上。"2001年11月4日,胡锦涛同志致信《中国少年报》,祝贺该报创刊50周年,信中说:"中国少年报作为少先队的队报,肩负着教育培养少年儿童的神圣职责。"希望该报"面向现代化,面向世界,面向未来,发扬创新求实的精神,进一步办出自己的特色和风格,努力帮助少年儿童树立远大理想,打好知识基础,培养优良品德,使中国少年报更好地成为党教育引导少年儿童的重要阵地,成为广大少年儿童的良师益友"。正是党和国家主要领导人的希望和关怀,使改革开放后的中国少儿出版充满着生机和活力。

中央有关部门把少儿读物与电影电视、长篇小说作为"三大件"来抓。中宣部和国家新闻出版署从1994年起连续5年每年召开一次少儿出版工作会议,从性质地位、出版理念、改革思路、重点工程、整体质量、面向农村等各个层面,为少儿出版定性、定位,凸显了少儿出版的重要地位。新闻出版署在制定和实施《"九五"国家重点图书出版规划》中,专门把少儿读物出版作为"需要特别重视的内容"的第5条、把少儿读物出版作为四个单列的子系统规划之一来规划。在被称为"1200工程"的国家"九五"规划的1200个项目中,列入少儿读物选题85种,占规划总数的7%。在国家"十五"规划和"十一五"规划中,少儿读物选题的比例更是不断增加。为了大力发展有中国特色的优秀儿童动画出版物,1996年6月24日,中宣部、新闻出版署启动了"中国儿童动画出版工程",亦即"5155工程",建立华东、华北、中南、东北、西部5个动画出版基地,出版15套重点大型系列动画图书,创办《中国卡通》等5种动画期刊,有力地推动了中国卡通读物的发展,并为21世纪初中国动漫的发展打下了基础。1996年10月,中宣部、新闻出版署联合主办了"中国少儿出版物成就展",29个展团、2万余种少儿读物,充分展示了我国改革开放以来少儿出版的丰硕成果,并为新世纪少儿出版业的发展描绘了灿烂的前景。

对少年儿童和少儿出版事业深深的厚爱和关注,是一个成熟的政党和一个负责任的大国的重要标志之一。正是这种厚爱和关注,使少儿出版在改革开放的30多年中凸显厚重,凸显活力,这也是我国少儿出版健康快速发展的根本基础。

变化二,中国少儿出版从小到大,从弱到强,成为格局合理、体系完备的出版文化产业

"南有上少,北有中少",这是改革开放之前我国专业少儿出版社的基本格局。2家专业少儿社,200多人的少儿出版专业编辑队伍,200多人的儿童文学作者队伍,编辑出版700多种少儿图书,当时的中国少儿出版,是纯粹的供不应求的小出版。

改革开放春风化雨,少儿出版如雨后春笋般茁壮成长。一大批地方专业少儿社在改革开放大潮中相继诞生,迅速崛起,并且拥有着美好向上的社名:如新蕾出版社、明天出版社、希望出版社、接力出版社、海燕出版社、未来出版社、晨光出版社、新世纪出版社、21世纪出版社、海豚出版社、童趣出版公司等。少儿出版社编辑、发行队伍和儿童文学创作队伍也在迅猛发展。到2008年,全国有34家专业少儿出版社,260多家少儿报刊社,6000多专业从业人员,5000多儿童文学作者和画家,分别比1977年增加17倍、30倍和25倍。同时,全国570多家出版社有521家设有少儿读物编辑部门。有的大学出版社还专门成立了儿童出版分社,如外语教学与研究出版社和东北师范大学出版社等。随着改革开放的不断深化,我国少儿出版体制机制正在发生深刻的变化:一是全国性的专业少儿出版分工已经被打破。1977年,专业少儿社出版的图书占全国少儿图书市场份额的74.6%,2007年则降到30.3%。二是全国少儿出版的体制机制变了。中国少年儿童出版社在2000年5月与中国少年报社实现了强强联合,组建了中国首家儿童传媒集团——中国少年儿童新闻出版总社;30多家地方少儿出版社也相继进入地方出版集团,走上集团化发展的轨道;浙江少年儿童出版社、接力出版社、辽宁少年儿童出版社等10多家专业少儿社实现了转企改制,探索产业化发展的新路;区域性合作"华东六少"崛起童书界。当今的中国,已经是一个年出版1万多种少儿图书,260多种少儿报刊,年销售6亿多册读物、销售额达40亿元,有着3.67亿未成年人读者市场的少儿出版大国。

少儿出版的蓬勃发展,也催生着少儿出版行业协会的发展。1986年,在新闻出版署的大力支持下,我国加入被誉为少儿出版界小联合国的国际儿童读物联盟(IBBY),并成立了国际儿童读物联盟中国分会(CBBY),开启了中国少儿出版对外交流的大门,由改革开放前的闭关锁国,发展到与全世界50多个国家和地区的600多家出版单位建立友好往来。1994年,在中国出版工作者协会的大力支持下,成立了中国版协少儿读物出版工作委员会(以下简称少读工委),少读工委以"联合、保护、协调、发展"为宗旨,每年召开一次主任会议和全国少儿出版社社长年会,传达贯彻党和国家的出版方针政策,研究讨论全国少儿出版的现状和发展方向;每年举行一次全国少儿出版社图书交易会,为专业少儿出版社打造一个展示出版成果、交流出版信息、开拓出版市场的平台;每年评选一次"中国少儿出版10件大事",真实记录中国少儿出版在改革开放中的发展进程。1997年7月1日,少读工委创办了一份综合性应用理论刊物《中国少儿出版》,努力宣传解读出版政策,探索提高少儿出版理论,交流传递少儿出版经验信息,推动加强少儿出版国际交往,团结凝聚少儿出版的作者、编辑、读者队伍,成了独树一帜的出版理论刊物。

改革开放30多年,中国的少儿出版从一棵出版小树苗,成长成为出版格局合理、出版体系完备的强势出版文化产业,"小儿科"成就了令人瞩目的大气候。

变化三,中国少儿出版从短缺到繁荣、从简陋到精致,成为市场活跃、名品荟萃的出版文化产业

改革开放30多年,少儿出版从短缺到繁荣,从简陋到精致,是整个出版界数量增长最快、品种增长最快、质量提升最快的出版门类之一。1977年,全国出版少年儿童读物752种,1979年上升到1100种,1980年为2400种,1989年为3598种,1991年达到4000种,1992年为4605种,1994年近6000种,2000年7004种,一路攀升。少儿读物告别了"站不起来、亮不起来"的简陋时代,不仅在国内书店里是最抢眼、最亮丽的一道风景线,而且在国际市场上也是独具中国特色、中国风格的一道风景线。以新闻出版总署最近公布的全国少儿读物出版情况看,2006年,全国出版少儿读物9376种(初版5630种)、印数19975万册、972961千印张,总定价179501万元;全国出版少儿期刊98种,平均期印数1116万册,每种期印数11.39万册,总印数22108万册,总印张605644千印张;全国少儿录音带1834种,1161.44万盒;全国少儿激光唱盘(CD)799种,464.63万张;全国少儿高密度激光唱盘(DVD—A)2种,5500张;全国少儿录像带6种,1.02万盒;全国少儿数码激光视盘(VCD)2231种,数量2464.82万张;全国高密度激光视盘(DVD—V)279种,631.81万张;全国少儿图书销售3.51亿册,34.1亿元;全国少儿读物出口67750种次,50.74万册,122.51万美元;全国少儿读物进口19646种次,32.52万册,241.43万美元。数字充分显示,我国的少儿读物市场已经呈现出品种齐全、应有尽有、质量良好、丰富多彩的繁荣局面,新中国成立初期17个儿童一册书的短缺出版时代一去不复返了,有的家庭也开始有了自己的儿童藏书了。

改革开放30多年,成就了一批优秀出版社、一批优秀少儿出版家、一批优秀儿童文学作家画家、一批优秀儿童读物。中国少年儿童出版社、少年儿童出版社、浙江少年儿童出版社、接力出版社等先后被评为全国优秀出版单位。有7名少儿出版人获中国"韬奋出版奖",20多名少儿出版人获全国百佳出版工作者,16名少儿出版社社长走上更重要的领导岗位,数百种少儿读物获中国图书三大奖,近千种少儿读物获全国优秀儿童文学奖。30多年来,爱国主义少儿图书光彩照人,中国少年儿童出版社出版的《共和国领袖故事》、《我们的母亲叫中国》、《中国20世纪三大伟人》,湖南少年儿童出版社出版的《中国革命史话》、《精神之火》,浙江少年儿童出版社出版的《中华英杰》,湖南少年儿童出版社出版的"赤子丛书",21世纪出版社出版的《光辉的旗帜》、《画说"资本论"》等,展现了少儿图书出版的主旋律,全国每年平均出版800多种套爱国主义图书,成了少年儿童爱国主义教育的"底气"。30多年来,我国原创儿童文学快速成长,力作丛生,名家层出。著名作家秦文君,潜心儿童文学创作25年,出版了40多部著作,计400多万字,先后50多次获各种图书奖,有10多部中长篇小说被改编成电影或电视剧,其中《男生贾里》出版10多年来,一版再版,畅销全国,累计印行了120万册。著名作家曹文轩,是北京大学的教授,几十年如一日坚守儿童文学的纯文学创作,坚持给儿童以"真善美"的文学熏陶,创作出了《草房子》、《山羊不吃天堂草》、《细米》、《青铜葵花》等一大批精品力作。著名作家张之路,写作30年,出书30部,并有10多部拍成了儿童电影和电视剧,他的《霹雳贝贝》、《第三军团》、《有老鼠牌铅笔吗?》等图书深受广大少年儿童喜欢。四川女作家杨红樱创作的"淘气包马小跳系列"、"笑猫日记系列",开创了中国儿童文学畅销书品牌。杨红樱的小说创作着眼儿童,贴近校园,以小学生为作品主角,基调幽默、快乐、轻松,使"淘气包马小跳"成了孩子们的"文学明星",《淘气包马小跳》印行1100万册,并被改编成卡通片话剧,法文版由菲利浦比基那出版社出版。同时,"马小跳"成了"网络明星",网上相关评论有130余万项,还有了马小跳的官方网站,是国内唯一的在销售册数和销售码洋上可以与"哈利·波特系列"一争高下的原创儿童文学。2008年,21世纪出版社完成了"童话大王"郑渊洁30年童话创作的大集结,实现了"皮皮鲁总动员系列"54册"整舰起航",累计销量达1050万册,销售码洋1.47亿元。湖北少年儿童出版社推出了"百年百部中国儿童文学经典书系",强势展示了中国本土优秀儿童文学精品。30多年来,我国的少儿科普读物也有长足的发展,在全国少儿图书选题中,科普图书的比例不断升高,如1996年占11%,2000年占21%,2006年占24%。被誉为"中国百科奇迹"的《中国少年儿童百科全书》,由浙江少年儿童出版社出版,7年重印20多次,连续4年名列全国10大畅销书之列,累计发行170多万套,总码洋超过1亿元。30多年来,我国的低幼读物和动漫读物蓬勃发展,改革开放带来的社会进步和经济发展,为精美的少儿低幼读物和相对现代化的动漫读物的发展带来了机遇,开辟了市场。图文并茂、制作精良的图画书和低幼期刊得到了变得富裕起来的家庭父母的青睐,成了亲子共读的首选。中国少年儿童新闻出版总社的《幼儿画报》,集结了高洪波、金波等全国最优秀的童话作家及最优秀的插图画家,推出一批深受儿童喜欢的"红袋鼠"等艺术形象,月期发行量高达130多万册。著名儿童插图画家吴带生被誉为"嘟嘟熊之父",他创作的憨态可掬、毛茸茸的"嘟嘟熊"以及他主编的《婴儿画报》及品牌化的《嘟嘟熊画报》,成了家长的育儿助手和广大儿童的启蒙读物。我国的动漫读物进入新世纪以来更是如鱼得水,迅速成长。10年来,国产原创动漫图书出版600多种,发行3345万多册,并涌现出了一大批深受少年儿童读者喜爱、富有中国特色的优秀作品,如《蓝猫》系列、《哪吒传奇》、《小鲤鱼历险记》、"虹猫蓝兔系列"、《喜羊羊和灰太狼》等,为丰富多彩的少儿出版业增添了新的色彩。

变化四,中国少儿出版从封闭到开放、从只有引进到开始输出,成为影响世界的出版文化产业

改革开放是我们党和国家的基本国策,改革开放是紧密相连的一个整体的两个方面。30多年来,我国的少儿出版一直坚持从改革中开放,在开放中改革,从封闭走向开放,从引进走向输出,成为具有一定国际影响力的大国形象的开放性出版文化产业。

改革开放30多年来,我国的少儿出版对外开放经历了三个时期。

第一个时期是1978年至1990年的"摸着石头过河"的初创期。1979年,中国少年儿童出版社与少年儿童出版社重新翻译出版了一些在"文化大革命"中被禁锢的国外优秀少儿图书,并尝试对外版权合作。少年儿童出版社的中国原创童话《宝船》等成了首批输出日本的少儿图书。1981年4月,少年儿童出版社组建了改革开放后首支出访团,与前南斯拉夫达成了合作出版《周恩来的故事》、《中国民间故事》等协议。紧接着,一些非少儿专业出版社也出版了一批国外优秀儿童读物和输出中国优秀儿童图书,如外文出版社的《叶圣陶童话选》被译成多种外国文字出版。同时,一些相关的对外合作交流活动也开始起步。1979年,在联合国教科文组织的亚洲文化中心举办的东京野间儿童画插图比赛中,我国送展的《三打白骨精》《小蝌蚪找妈妈》等少儿图书获奖。

第二个时期是从1991年《中华人民共和国著作权法》实施到1999年的发展期。1992年,我国成为《保护文学和艺术作品伯尔尼公约》与《世界版权公约》的成员国,我国的少儿出版也进入了一个更加开放和更加规范的国际化进程。从全国出版界看,1990年我国的版权引进图书不足1000种,而到2000年超过7000种。其中少儿图书的引进也由1990年的不足100种,增加到2000年的超过800种。在这一期间,我国少儿出版社大踏步走出国门,频频参加德国法兰克福书展、意大利博洛尼亚儿童书展等国际书展,并在北京先后举行了两次国际儿童书展。

第三个时期是进入21世纪后中国加入世界贸易组织、全方位与世界接轨带来的繁荣期。我国少儿出版迅速进入世界少儿出版圈,国际少儿出版商也高度重视中国这个巨大的童书市场,大量的国外优秀少儿读物和畅销书被引进国内,中国优秀少儿读物也开始走出国门,并且一些重要国际会议和活动也在中国举行。比如人民文学出版社引进了著名英国女作家罗琳女士风靡全球的畅销书"哈利·波特系列",连续27个月居全国销售排行榜榜首;中国少年儿童出版社引进比利时的《丁丁历险记》和瑞典的《林格伦作品集》两大系列,浙江少年儿童出版社引进了"冒险小虎队丛书",接力出版社引进了"鸡皮疙瘩系列"、"蓝精灵系列",河北少年儿童出版社引进了"国际安徒生文学奖书系",希望出版社引进了"史努比系列",21世纪出版社引进了"大幻想文学系列"等。2005年是丹麦著名作家安徒生诞辰200周年,据不完全统计,截至2005年,全国出版了200多种安徒生童话图书,发行量高达1000多万册。大批优秀少儿读物引进出版,成为21世纪初中国少儿图书市场一道亮丽的风景线,也使广大中国小读者与世界各国的小读者一起站在了同一阅读起跑线上。随着对外合作开放的不断深入,我国少儿图书也开始了走出国门的努力。30多年来,我国有2000多种少儿图书实现了海外版权输出,其中少年儿童出版社600多种,少年儿童出版社490多种,江苏少年儿童出版社460多种,浙江少年儿童出版社210多种。2007年,全国引进少儿图书近千种,输出600多种。同时,少儿图书对外开放正向着多元共赢的方向发展,如版权投入分成、合作出版投资分成、合作出版同持版权、合作出版系列开发、版权代理合作等,合作开放,百花齐放,多姿多彩。

中国少儿出版的飞速发展和中国少儿出版的大国地位,越来越受到全球的关注。1996年以来,国际儿童读物联盟(IBBY)的历任主席曾多次向中国分会提出,希望能在人口最多、儿童读者群最大的中国,举行一次国际儿童读物联盟世界大会。经过10年的准备,2006年9月20日至23日,国际儿童读物联盟(IBBY)第30届世界大会在中国澳门举行。大会的主题是"儿童文学与社会发展",9个分会场议题是"我们的文学—儿童论坛"、"国际少儿出版高峰论坛"、"儿童文学与道德规范"、"儿童文学与理想世界"、"儿童的自由与空间"、"儿童读物与多媒体时代"、"儿童绘本的发展趋势"、"哈利·波特现象的思考"、"弱势儿童的阅读"。来自54个国家的500多名代表出席会议。与大会同时进行的有"安徒生奖展览"、"IBBY荣誉名册展览"、"BIB布拉迪斯拉发少儿插图双年展"、"书籍为了非洲展"、"亚洲儿童图书展"、"中国少儿精品图书展"等10个展览。此次大会凸显了三个特色:一是儿童特色,首次开放儿童论坛,17名儿童走上IBBY大会讲坛,儿童自己主持,儿童自己演讲,开IBBY大会先河;二是亚洲特色,中国世界大会是继日本、印度之后第三次在亚洲举办的IBBY大会,为亚洲争光添彩;三是中国特色,让世界各国朋友对改革开放后的中国少儿读物有个面对面的直接接触。这次大会被誉为IBBY历史上"最成功"、最美妙"的一次大会,大大提升了中国少儿出版在全球的大国地位,也大大推动了中国少儿出版的国际化进程,是改革开放之后的中国真正走向少儿出版大国的重要标志。[①]

少儿出版,大路朝阳,童书业六十正年轻。新中国60年来,中国少儿出版取得了根本性的翻天覆地的变化,成了在全世界具有一定影响力的少儿出版大国。但是,还要清醒地看到,与时代迅猛发展的需要相比,与亿万少年儿童健康成长的阅读需求相比,与全球出版业激烈的市场竞争相比,中国的少儿出版业差距还很大。我国的少儿出版要站在时代新的起点上,高举中国特色社会主义伟大旗帜,继续深化改革,全力推进少儿出版的科学发展,全力推进少儿出版业的新繁荣;要实现传统纸媒体出版向现代多媒体出版的过渡;要培养和造就一支既具民族特色又有国际水平的儿童文学作家队伍和插图画家队伍;要有中国的安徒生、罗琳;要培养和造就一个讲政治、懂业务、懂市场、会经营、会管理、现代化素质高、国际交往能力强的新的少儿出版家群体;要努力编辑出版一批深受少年儿童读者喜爱、深受市场欢迎的精品读物、畅销读物、经典读物;要主动汇入世界少儿出版主流,让我们这个拥有灿烂文化和古文明的中国,拥有最大小读者群的发展中大国,真正成为少儿出版强国。

---

① 海飞:走向少儿出版大国——少儿出版改革开放30年的四大变化[J].中国少儿出版,2008(10):44-48.

文学的贡献

简 平

改革开放三十年来,少年儿童报刊事业得到巨大发展,同时,这也是"中国儿童文学发展最快、变化最大、成绩最著的时期"[①]。在三十年来的发展过程中,中国儿童文学的创作和理论研究经历了多次变化,激发了更多的想象力、拓展力和创造力,艺术水准达到了前所未有的高度。而上海少年儿童报刊的大规模发展,为缔造中国儿童文学在新时期的辉煌成就提供了最大的平台,少年儿童报刊对推进新时期中国儿童文学作出了积极的贡献。

一、《儿童文学选刊》:与新时期儿童文学同行

1978年,思想解放运动开启了中国社会的现代化进程。荒芜的文学园地在破冰期吹进了初春之风,儿童文学创作同样开始复苏。1978年10月,国家出版局、教育部、文化部、共青团中央、全国妇联、中国文联、中国作协、中国科协等联合在江西庐山召开全国少年儿童读物出版工作座谈会,这次会议拨乱反正,是新时期儿童文学创作与出版的转折点。

庐山会议促发了儿童文学创作和出版的爆发力,文学佳作不断涌现,少儿出版机构纷纷建立,少年儿童报刊和图书大量推出。1980年5月30日,第二次全国少年儿童文艺创作评奖授奖大会在北京人民大会堂隆重举行,对1954年第一次全国少年儿童文艺创作评奖以来的儿童文艺创作进行了回顾与总结,共有二

题解 本文节选自简平著《上海少年儿童报刊简史》,少年儿童出版社2010年版,此处标题为选编者所加。文章聚焦了上海儿童文学报刊出版事业在进入新时期以后的30年间所取得的一系列成绩。文章评述了《儿童文学选刊》《巨人》《少年日报》《故事大王》《童话报》《好儿童画报》《小青蛙报》《小朋友》《儿童时代》《少年文艺》和《哈哈画报》的定位、特色、影响力以及它们对原创中国儿童文学的推动作用。文章指出,上海儿童报刊的大规模发展,为缔造新时期中国儿童文学的辉煌成就提供了最大平台。

① 高洪波:《记录中国儿童文学不平凡的三十年》,载《改革开放三十年的中国儿童文学》,少年儿童出版社2008年10月出版。

百一十二件优秀作品获奖。宋庆龄在给大会发去的祝词中说:"今天,百花齐放的方针重新得到重视和贯彻,少年儿童文艺创作也随之繁荣起来了。"① 同年,中国作家协会建立儿童文学委员会,文化部成立少年儿童艺术委员会(第二年又专门设立了少年儿童文化艺术司),中国儿童文学迎来了真正的春天。

在这样的背景下,1981年3月,少年儿童出版社主办的《儿童文学选刊》应运而生。《儿童文学选刊》是在中国儿童文学创作重新崛起的关键时刻创办的,对于新时期儿童文学的发展和繁荣起到了推波助澜的重要作用。作为中国唯一的也是最权威的儿童文学选刊,该刊"精选各家报刊之佳作,提供读者赏览之便利"。该刊保存、勾勒了新时期儿童文学发展的概貌,反映了三十年来新时期儿童文学的前行历程,称得上是新时期中国儿童文学的缩影,是"中国儿童文学的窗口"②。

从1978年至2008年,新时期儿童文学与整个中国社会的发展进程紧密相连,经历了七十年代末的伤痕与反思,体验了八十年代的探索与亢奋,也感受了九十年代的失落与抗衡,现在则进入了二十一世纪开始后的多元与平稳。

七十年代末八十年代初,一批描述"文革"苦难的作品,冲破思想的禁锢,发出了振聋发聩的呐喊,如刘心武的小说《班主任》等,在读者中产生强烈的共鸣,也在社会上激起巨大反响。《儿童文学选刊》选登了一批被称之为"伤痕文学"的儿童小说,其中有黄蓓佳的《阿兔》、《小船,小船》,程远的《弯弯的小河》,郑开慧的《鲁鲁和弟弟的遭遇》,范锡林的《管书人》,萧育轩的《烛泪》等,既诉说了十年"文革"造成的灾难,也深刻揭示了这段历史对少年儿童心灵的摧残。"伤痕文学"很快便向深度发展到"反思文学",儿童"问题小说"形成一股创作潮流。该刊选登了王安忆的《谁是未来的中队长》,罗辰生的《吃拖拉机的故事》、《白脖儿》,刘厚明的《绿色钱包》、《黑箭》,吴若增的《打皇上》,程玮的《See You》等,作家借助小说艺术地表达对儿童教育现实和历史的思考,对社会不良风气、道德败落的批判与忧虑,其中的"问题"涉及到家庭、学校和社会。"问题小说"的深化和发展,促成了"新人小说"的崛起。该刊选登了夏有志的《彩霞》,庄之明的《新星女队一号》,刘健屏的《我要我的雕刻刀》等,这些小说力图塑造具有新时代特征的少年儿童形象,既有对"新质型"人物的描绘,也有对"扭曲型"、"受损型"人物的刻画。任大星的《三个铜板豆腐》,岑桑的《野孩子阿亭》,邱勋的《三

---

① 转引自尚民轩、陈明、刘家泉等:《宋庆龄年谱》,中国社会科学出版社1986年10月出版。
② 周晓:《〈儿童文学选刊〉十二年》,载《周晓评论选续编》,少年儿童出版社2004年7月出版。

色圆珠笔》,程乃珊的《欢乐女神的故事》,任大霖的《掇夜人的孩子》,陈模的《失去祖国的孩子》等,开拓了儿童文学的题材领域。

八十年代,儿童文学创作进入"井喷"式的高潮期,各种风格、各种流派精彩纷呈,热闹非凡。作家们以强烈的探索精神,对儿童文学的内容和形式进行了全方位的开拓。《儿童文学选刊》选发的作品记录了这段辉煌的时光——

小说方面:常新港的《独船》、《儿子、父亲、守林人》,透露了深沉的道德思考。曹文轩的《弓》、《古堡》、《第十一根红布条》,表现出凝重的对生活哲理的探索。丁阿虎的《今夜月儿明》、龙新华的《柳眉儿落了》,突破了儿童文学描写"朦胧爱"的禁区。秦文君的《少女罗薇》、《四弟的绿庄园》,陈丹燕的《上锁的抽屉》,韦伶的《出门》,刘健屏的《孤独的时候》,金曾豪的《小巷木屐声》,张之路的《理查三世》,关夕芝的《家庭教师日记》,曾小春的《空屋》,玉清的《小百合》,吕清温的《男孩女孩不等式》,韩辉光的《校园喜剧》,刘海栖的《男孩游戏》,白冰的《坟》,程玮的《今年流行黄裙子》,朱效文的《傍晚的天池山》等,都对青春期少男少女的内心世界作了细腻而深刻的开掘。梅子涵的《走在路上》、《双人茶座》,丁阿虎的《祭蛇》,鱼在洋的《迷人的声音》,班马的《鱼幻》,程玮的《白色的塔》等,都表现出创作中的"先锋派"姿态,叙事方式、结构形式、语言风格均发生了变化,使传统小说获得了新的发展空间。沈石溪的《退役军犬黄狐》,葛冰的《一只神奇的鹦鹉》,乌热尔图的《兔褐马》等,表现出"动物小说"的异军突起。

童话方面:韩静霆的《棋盘国的"小卒"》,孙幼军的《小狗的小房子》,洪汛涛的《狼毫笔的来历》,陈伯吹的《骆驼寻宝记》,宗璞的《冰的画》,任溶溶的《奶奶的怪耳朵》,何公超的《斯芬克司和中国少年》,金近的《爷爷讲的故事》,周锐的《勇敢理发店》,冰波的《窗下的树皮小屋》,包蕾的《三个和尚》,彭懿的《女孩子城来了大盗贼》,葛翠琳的《飞来的梦》,张秋生的《一串快乐的音符》,方轶群的《小伙伴和月亮》,马及时的《林中雨》,方崇智的《理想和种子》等,体现出题材、风格的拓展性和多样化,精彩纷呈。

儿童诗方面:黎焕颐的《小花》,圣野的《竹林奇遇》、《妹妹的梦》,金波的《林中月夜》,鲁风的《老鼠嫁女》,佟希仁的《山泉》,季振邦的《关于友谊》,田地的《我爱我的祖国》,郑春华的《圆圆和圈圈》,田晓菲的《绿叶上的小诗》,郑马的《我不照》,张继楼的《海边拾贝》,柯岩的《雨》,梁芒的《看海的日子》,樊发稼的《花,一簇簇开了》,林染的《这世界真大》,高洪波的《我喜欢你,狐狸》,徐鲁的《早安,朋友》,周基亭的《我寄走一封沉甸甸的信》,薛卫民的《少年期》,邱易东的《走出栅栏》等,以摇曳多姿的笔触描绘了少年儿童的生活和精神面貌。

散文方面:陈益的《十八双鞋》,沈虎根的《光亮》,李凤杰的《哥哥的梦》,乔传藻的《醉麂》,秦牧的《落花寻果录》,陈丹燕的《中国少女》、《我的手风琴伙伴》,叶至善的《一只窝囊的大老虎》,吴然的《爸爸的相册》,东达的《心声》,徐鲁的《网思想的小鱼》,施雁冰的《喜庆宴会》,郭风的《松坊村纪事》等,都是精品之作。

幼儿文学方面:鲁兵的《小猪奴尼》,李其美的《鸟树》,杨冶军的《小火炉》,林颂英的《像谁》,黄衣青的《踢球》,武玉桂的《小乌龟找工作》,杨楠的《小狐狸上学》,沈百英的《六个矮儿子》,常瑞的《西瓜房子》,冰波的《梨子提琴》等,充满童趣。

报告文学方面:李楚城的《生活的斗士》,谷应的《他们都是小英雄》,孙云晓的《穿猎装的小指挥》,刘保法的《迷恋》,庄大伟的《出路》,张成新的《"老汪"才七岁》,秦文君的《失群的中学生》等,这些作品都引起了社会反响。

1988年4月,由中国作家协会主办的首届全国优秀儿童文学奖揭晓;同年,陈伯吹于1981年设立的儿童文学园丁奖改为陈伯吹儿童文学奖;之前的1986年,宋庆龄儿童文学奖设立;1990年,冰心文学奖(包括冰心儿童图书奖、冰心儿童文学新作奖)创设。这些中国儿童文学的重要奖项,无疑推动了新时期中国儿童文学的发展。这些奖项中的获奖作品,许多曾被《儿童文学选刊》收入或介绍。

九十年代,中国社会结构发生变化,计划经济向市场经济转型,并迅速融入经济全球化,在汹涌的经济大潮面前,中国儿童文学与整个文学事业一样,受到极大的挑战;但是,这同样也是机遇。市场和经济的考量促使儿童文学创作更加注重原创性,而中长篇作品的崛起正顺应了时代和读者阅读的新潮流和新需求。中长篇作品在市场上得到欢迎,给中国儿童文学创作提供了新的发展空间,"幻想文学"、"幽默文学"等纷纷登场,呈现出多样化的创作局面,使中国儿童文学在市场化的影响下获得了一次新的发展。九十年代中国儿童文学的重要标志,便是长篇小说的兴起,因而被称之为"长篇小说的时代"。这期间,《儿童文学选刊》选载或介绍了曹文轩的《曹房子》、秦文君的《男生贾里》和《女生贾梅》、梅子涵的《女儿的故事》、董宏猷的《一百个中国孩子的梦》、张之路的《第三军团》、班马的《六年级大逃亡》、程玮的《少女的红发卡》、沈石溪的《一只猎雕的遭遇》、彭懿的《半夜别开窗》、郁秀的《花季·雨季》、黄蓓佳的《我要做好孩子》、刘先平的《呦呦鹿鸣》、杨红樱的《女生日记》等诸多重要的长篇小说,这些作品走向当代少年儿童的内心世界,表现一代新人多姿多彩、健康向上的生命气象与精神成长。

除了长篇小说,《儿童文学选刊》还选载了众多九十年代优秀的儿童文学作品。郑开慧的《旋转的城堡》,胡廷楣的《棋童》,张品成的《园丁》,简平的《回归》,左泓的《告别夏天》,老臣的《盲琴》,彭学军的《北宋浮桥》,常星儿的《一个普通孩子的一九七一年》,李学斌的《走出麦地》,谢倩霓的《日子》,张洁的《月光下》,王蒔骏的《海豚少年》,葛竞的《鱼缸里的生物课》,汤素兰的《红鞋子》,张锦江的《一个站着死的孩子》,庞敏的《流浪和流浪的人》,北董的《远去的十字架》,赵丽宏的《青春和天籁》,萧萍的《维也纳森林的故事》,陆梅的《海子的故事》,周晴的《汪强其人》,杲向真的《七个太阳》,卓列兵的《绿太阳》,吴怡的《打电话》,王铨美的《可爱的家》,王一梅的《书本里的蚂蚁》,陆弘的《上学路上》,殷健灵的《答案》,朱效文的《受伤的男孩》,李东华的《你使我忽然沉默,哥哥》,孙毅的《小胖墩告状》等,这些作品都给读者留下了难以忘怀的印象。

《儿童文学选刊》一直注重理论研究,发表过一批重要的文学批评和理论研究文章,其组织的"现代童话创作漫谈"、"年度创作论评"等,都为儿童文学界所瞩目,"由于其创作和理论的天然结合、及时传布,反映儿童文学创作和理论的动态信息,其功不可没"[①]。

二、《巨人》:最可宝贵的文学的坚守

由少年儿童出版社于1981年1月创办的《巨人》,被誉为中国儿童文学界的《收获》,这本大型儿童文学杂志的命运几乎与中国儿童文学在新时期的历程相一致。《巨人》是在新时期儿童文学的崛起时刻诞生的,经八十年代"井喷"之后,儿童文学创作趋于平静,《巨人》随之在1987年停刊。九十年代初,儿童文学在与市场经济接轨引发的社会嬗变中,由挑战看到了机遇,跃跃欲试。依据儿童文学发展的需要,依据少年儿童阅读和成长的需要,《巨人》于1991年复刊。九十年代中期,中长篇儿童文学异军突起,且显示出相当旺盛的生命力,《巨人》因此在1995年由季刊改为双月刊。以后,在持续的社会转型期,传统文学出现弱化态势,由此导致《巨人》在2002年底第二次停刊。但《巨人》发表的众多的中长篇儿童文学作品,是新时期中国儿童文学的重要收获,为新时期中国儿童文学的复兴与繁荣作出了特殊贡献,因此,人们一直难以释怀,每次停刊之后,从儿

---

① 竺洪波:《新时期中国儿童文学理论景观》,载《智慧的觉醒》,少年儿童出版社1997年11月出版。

童文学界、出版界、教育界、新闻界到普通读者,要求继续出版《巨人》的呼声连绵不绝。中国儿童文学在新世纪以多元和平稳的姿态回归应有的轨道,出版机构也认识到在市场经济中的文化担当的责任,《巨人》遂在2006年以年刊的方式再度"起死回生"。《巨人》所表现出的对文学的坚守极其可贵,其几沉几浮,在中国儿童文学史上成为一个意义深远的"文化现象"。

《巨人》坚持文学性、时代性、可读性的编辑方针,以大型期刊的容量,持续性、密集型地推出中长篇童话、小说、报告文学、散文、戏剧、诗歌等作品,顺应时代和读者阅读的新潮流和新需求,直接带动起中长篇作品创作的空前活跃,涌现了一大批中长篇佳作,这不仅拓展了中国儿童文学的艺术容量,更加丰富了艺术表现手段,而且为中国儿童文学的长期发展与繁荣奠定了坚实的战略性基础。秦文君《男生贾里》、梅子涵《女儿的故事》、孙云晓《金猴小队》、任大星《男孩的心情女孩的歌》、郑春华《紫罗兰幼儿园》、吴梦起《老鼠看下棋》、金波《春的消息》、朱效文《洪荒少年》、沈石溪《当你跃入太阳的运行轨道》、郑开慧《横祸飞来》、彭学军《你是我的妹》和《长发飘零的日子》、东达《红蜘蛛化石》、周晴和周桥《点名册上的黑三角》、殷健灵《纸人》、张洁《亲亲我的木栅栏》、简平《父亲》和《水波无痕》、魏滨海《沈家花园之谜》、常新港《我的经历,你的故事》、任哥舒《阳刚之美》、张旻《成长是多么不容易》、乐渭琦《晚妹风·九月雨》……这些儿童文学的精品力作,都是首发在《巨人》上的。1993年,《巨人》推出"巨人丛书",共出版十辑,计七十四种图书,成为我国规模最大的儿童文学原创系列丛书之一。"巨人丛书"不仅开中国原创儿童文学中长篇作品丛书出版之先河,还为中国儿童文学保存了一批丰硕的创作成果。

1994年,少年儿童出版社设立巨人中长篇儿童文学奖,这个旨在鼓励和推动中长篇儿童文学创作的权威性专业奖项的设立,对中国儿童文学产生了重要影响,促进了中长篇创作数量和质量的共同提高。至2000年,巨人中长篇儿童文学奖共颁发三届。第一届获奖者和获奖作品是:秦文君《男生贾里》、李子玉《古猿人北征》、项小米《小轮和海》、沈石溪《残狼灰满》、范锡林《秘道》、孙因《恶梦》、李小海《最后一个地球人》。第二届获奖者和获奖作品是:秦文君《宝贝当家》、梅子涵《女儿的故事》、赵立中《缭乱青春》、朱效文《青春的螺旋》、崔晓勇《半个太阳爬上来》、张品成《赤色小子》。第三届获奖者和获奖作品是:张品成《北斗当空》、刘兴诗《祖母绿女神》、简平《五天半的战争》、殷健灵《青春密码》、缪忆纬《平安夜,圣诞夜》、张弘《飞翔的天堂鸟》。这些获奖作品代表了国内中长篇儿童文学创作的较高水准,题材广泛,风格多样,兼具思想性、艺术性和可读性。巨人中长篇儿童文学奖的创设,还扩大了中国儿童文学在整个社会上的影响力,进一步巩固了上海作为中国儿童文学重镇的地位。

《巨人》现任主编周晴,执行主编谢倩霓。张洁也曾担任过执行主编。

三、《少年日报》:小百花和紫风铃

《少年日报》历来重视发表儿童文学作品,1978年推出的"小百花"和后来中学版推出的"紫风铃",是上海少年儿童报纸中最出色的文学副刊,在全国都有很大的影响力,为我国新时期儿童文学的繁荣和发展,作出了重要贡献。

1979年,《少年日报》设立"文革"后全国第一个儿童文学奖——"小百花奖",由此在全国开启了儿童文学评奖。① "小百花奖"的设立,对鼓励更多的作家加入儿童文学创作起到了促进作用,杜宣、哈华、菡子、秦牧、浩然、黎汝清、李心田、郭风、任大霖、包蕾、贺宜、刘心武、王安忆、秦文君、梅子涵、陈丹燕、程玮等老中青作家纷纷发表作品。

"小百花"的阅读对象为小学生,长期以来形成了亲切、活泼的风格,充满童趣。"紫风铃"的读者对象则是初中生,因而表现出张扬青春、张扬个性的特色。

多年以来,"小百花"和"紫风铃"刊发了大量优秀的儿童文学作品,其中有:任溶溶的儿童诗《我们班里的"嘴巴"》,任大星的小说《作弊》、童话《热心的象哥哥》,樊发稼的儿童诗《啊,大森林》、散文《童年回声》,李仁晓的童话《张不开嘴巴的风筝》、小说《英雄》,嵇鸿的童话《泥姑娘》、小说《红腰带姑娘》,朱述新的散文诗《在花的草原上》,于之的童话诗《用耳朵走路》,程逸汝的儿童诗《争气》,周锐的童话《今天不一样》,圣野的儿童诗《礼物》,孙毅的相声《到底找谁》、《不是编出来的故事》,黄修纪的小说《蓝蓝的天空》,刘保法的童话《袋鼠妈妈当招待》,金波的儿童诗《小树谣曲》、散文诗《小小的希望》,施雁冰的小说《鸦鸦》、《受伤的天鹅》,黄衣青的童话《白猫说"瞎话"》,洪敬业的散文《卖栀子花的男孩》、《半枚纪念章》,李仁晓和黄修纪的故事《奇探阿朋》,简平的小说《海贝贝》、散文《五月的风筝》,徐建华的散文《小河,流淌在记忆里》,杜晓峰的散文《宁静》等。

"小百花"和"紫风铃"团结了一大批优秀的儿童文学作家,并且在培养新人和推广少年儿童文学阅读方面,成绩卓著。黄修纪和唐小峰先后担任"小百花"主编。

---

① 高洪波主编:《改革开放三十年的中国儿童文学》,少年儿童出版社2008年10月出版。

四、《故事大王》：给文学再添翅膀

《故事大王》是少年儿童出版社主办的一本定位于通俗儿童文学的文学类期刊，力主以精彩的故事、轻松的阅读，让孩子缓解课业的压力，同时在阅读中获得教益。如果说像《少年文艺》这样的纯文学报刊是喜欢文学的孩子所读的，那么，《故事大王》则凡是孩子都能读，都爱读，因为所有的孩子都喜欢读故事。从这个意义上说，《故事大王》是给文学增添了翅膀，使儿童文学获得更为广泛的读者。

《故事大王》创刊时，邀请陈伯吹、鲁兵等儿童文学作家，张瑞芳、乔奇等表演艺术家担任顾问，将文学与艺术的元素纳入故事中。该刊现任顾问为于漪、叶辛、刘兰芳、任溶溶、张瑞芳、何承伟、余培侠、余鹤仙、陈醇、段镇、施雁冰、姜昆、夏秀蓉、鞠萍（2009年）。《故事大王》发表的故事讲究情节生动、饱含趣味；故事情节的演进曲折而避免繁复，悬念设置自然而不牵强；不排除搞笑但不流于庸俗，轻松有趣；强调时代气息和亲和力。由于内容丰富生动，《故事大王》长期以来一直受到广大小读者的青睐，使刊物始终保持一个庞大的读者基数，因而适应了市场的需求。

《故事大王》同样吸引了一大批儿童文学作家为其撰稿，创作出一批优秀作品，其中有：唐麒《瘫孩子打猎》、邬盛林《牛娃子画账》、彭瑞高《球鞋的故事》、沙叶新和江嘉华《尊严》、秦文君《猫妹小秧秧》、戎林《这里有水鬼》、颜煦之《故事大王遇险记》、周锐《梦游的朋友》、郑渊洁《真假米老鼠》、张秋生《"笑笑"牌童话衬衫》、刘保法《发霉的生日蛋糕》、庄大伟《紧急呼救》、陈丹燕《通向月亮的高塔》、伍美珍《苦恼的爸爸》、吴天《迷途》、简平《一头撞上星探》、倪树根《自私鬼丁小明》、张婴音《想见爸爸太难》、沈石溪《老象恩仇记》、梁泊《母豹阿里》、吕清温《狼王》、北董《老妪和皇帝》、李志伟《最高机密》、戴臻《侦探小说家和小偷》、范锡林《秘谱》、李少白《睡眠储蓄》、杨鹏《时间为我停止》、车培晶《冰狼》、萧袤《魔术师巴特》、王志冲《难不倒的皮匠师傅》等。

从1984年开始，《故事大王》举办"全国故事大王选拔赛"，具有相当的影响力。第九届大赛还开设了"故事论坛"，邀请作家、艺术家和学者从理论高度探讨故事艺术的内涵及其发展。《故事大王》以自己的努力，在市场上开创了有别于成人故事的少年儿童故事形式，并拓展了儿童文学的空间。

《故事大王》现有栏目:校园碰碰车、生活万花筒、传说·掌故·典藏、童话城堡、动物世界、小故事家、最漫画、小熊柏迪、大王聊天室、科幻迷宫、外来风、故事列车、智慧林、鬼才俱乐部等。朱彦、沈振明曾任主编,蔡体荣曾任副主编,陈苏曾任执行主编。现任主编秦文君,执行主编刘以浦。

五、《童话报》:童话复苏和振兴的标示

1985年5月7日,由少年报社主办的《童话报》在中国儿童文学全面复苏的背景下应运而生。陈伯吹在《努力促进童话创作的发展》(代创刊词)中说该报的创办是"乘着建设四化、振兴中华的东风",揭示了当时欣欣向荣的时代背景。

《童话报》是全国唯一的一份童话类报纸,其创刊对于童话的复苏和振兴具有标示性意义。新时期是中国当代儿童文学的黄金期,同样也是童话创作的黄金期,童话作为中国儿童文学中最早出现和成熟的品种之一,呈现出旺盛的生命活力。老、中、青三代同堂的作家队伍形成了特别雄厚的创作力量,而且难能可贵地都表现出对童话艺术求新求变的孜孜追求。《童话报》以开放的胸襟成为各种风格、各种流派的童话的展示舞台,成为中国儿童文学一道百花齐放的景观。宗璞、葛翠琳等为代表的"抒情派",冰波、金逸铭等为代表的"唯美派",郑渊洁、彭懿、周锐等为代表的"热闹派"等等,构成了新时期童话创作多元化的艺术格局。

《童话报》发表了大量优秀的童话作品,其中有吴梦起《亚历山大不愿吃煎饼》,樊发稼《小黑的奇遇》、《小溪》,葛翠琳《铜镜》,金波《两只棉手套》、《自己的声音》,张秋生《九十九年烦恼和一年快乐》、《象先生客厅里的画》,郑渊洁《偷梁换柱的模特》,包蕾《鼠母三迁》,李仁晓《虎皮、猫皮和司令服》、《饿鼠胖猪和长毛狗》,彭懿《恐怖炸弹和时间罐头》,黄庆云《朱先生的宠物》,黄修纪《奇怪的士兵》、《爆破手》,周锐《超级纪念品》、《一塌糊涂专栏》,孙毅《美丽的狐狸》,庄大伟《皮皮逃学记》,程逸如《青烟》,方轶群《小猴阿三开裁缝铺子》,戴臻《谁是木偶人》,倪树根《巨人的故事》,袁静《月牙河里的小蝌蚪》,范锡林《装呼噜的袋子》,周基亭《卡卡的遭遇》,冰波《机器人的惩罚》,洪敬业《会发响声的气球》,朱效文《敏豪生作客》,张弘《新镇长和他的禁令》、《年轻的老茶壶》,野军《小木偶的泪》,郑春华《小姑娘似的云》,戎林《青山上有一座白塔》,卓列兵《小石块远行》,沈石溪《一代天骄》,徐建华《桃花》,杨楠《魔力唱盘》,李志伟《天上掉下小天使》,顾琳敏《电池小五流浪记》,安武林《老巫婆的小木屋》,刘兴诗《小河里的

老妖精》,保冬妮《琴键上的小旅鼠》,车培晶《老好邮差》,孙文圣《亮晶晶的眼珠》,杜晓峰《回到奥克玛》等等。叶圣陶将1929年继《稻草人》之后写的第二篇童话《傻子》重新修改,发表在1985年10月22日的《童话报》上。任大霖在1994年8月22日的《童话报》上发表的《河马先生的熟食店》,是他生前写的最后的作品。《童话报》创设的"金翅奖"影响广泛,1988年,诸志祥在《童话报》连载《黑猫警长新故事》,获得当年"金翅奖",根据这部系列作品改编的电视动画片《黑猫警长》风靡一时,是我国长篇电视动画片的发轫之作之一。

《童话报》周期短、容量大,易于普及和推广,因此迅速拥有了广大的读者群;创刊当年,还与上海电视台联合举办"未来大童话家动画征文比赛"等赛事,在社会上产生了很大的影响。1999年3月31日,《童话报》在出版第426期后终刊。《童话报》推动了新时期童话创作的繁荣和成熟,"在中国童话史上,是耀眼的一笔"①。

六、《好儿童画报》、《小青蛙报》:幼儿文学的推动者

新时期儿童文学的一大特征,是幼儿文学的繁荣与发展。从总体上说,由于"创作和批评的主流偏重于儿童文学特征相对模糊的少年文学,而忽视甚至轻视儿童文学特征最为鲜明的幼儿文学"②,导致幼儿文学在很长时间里没有得到应有的重视,从而使儿童文学一个数目庞大的低幼儿童读者群缺少文学的滋养。《好儿童画报》和《小青蛙报》,是新时期幼儿文学的倡导者和推动者。

由少年报社主办的《好儿童画报》针对低幼儿童的特点,以童话、儿童诗和生活故事为主,发表了许多适合低幼孩子阅读的作品,其中有任溶溶的儿童诗《爸爸的补充》,圣野的儿童诗《雷公公和啄木鸟》、《寻找》,葛翠琳的童话《聪明的小龟》,鲁风的儿童诗《变的故事》,程逸汝的童话《海上球赛》、儿童诗《春天的第一朵花》,方轶群的童话《大象博士聘请助手》,刘保法的童话《四十九只风筝和四十九只纸船》,林颂英的童话《挂风铃的小屋》、《老虎爱吃"兔子脚爪"》,施雁冰的童话《西西的报复》,黄衣青的童话《小青蛙和老奶奶》、《电铃"叮当叮当"响》,徐建华的童话《桃花飞满天》,野军的童话《大猫》等。这些作品浅显生动,富有儿童趣味。

---

① 葛翠琳:《曾相聚精灵世界》,载《两棵互相惦念的树》,华东师范大学出版社2007年11月出版。
② 朱自强:《新世纪以来中国新原创图画书的萌动》,载《改革开放三十年的中国儿童文学》,少年儿童出版社2008年10月出版。

少年儿童出版社创办的《小青蛙报》(初创时名《幼儿文学》报),是中国第一份专门刊发幼儿文学的报纸,面向幼儿园和小学低年级的读者,它最大的特点是内容丰富有趣,儿歌、童话、故事与游戏、卡通等形式相结合,图文并茂,令小读者爱不释手,蔺力的《会打喷嚏的帽子》,李仁晓的《狗一狗二和变色龙》,陈苗海的《咪咪小的猴子》,刘以浦的《金皇冠鸟窝》,谢华的《岩石上的小蝌蚪》,任霞苓的《妈妈你别害怕》,季颖的《青蛙卖泥塘》,金建华的《豆子纽扣》,王蔚的《绳儿是一条好蛇》等,都是出色的佳作。

《小青蛙报》通过举办"小青蛙讲故事"比赛,一方面扩大该报在全国的影响,另一方面为小读者提供展示才能的舞台。"小青蛙讲故事"活动已成为上海的一项品牌文学活动。《小青蛙报》团结和培养了一批幼儿文学作家,发表了大量优秀作品,张秋生的童话专栏"巫婆幼儿园"和谢倩霓的故事专栏"家有'谢天谢地'"等,很受小读者的欢迎。

《好儿童画报》、《小青蛙报》以及其他低幼报刊的共同努力,推动了上海幼儿文学的发展,并为"幼儿文学奖"的评选做了作品准备。"幼儿文学奖"是上海市作家协会和上海文学发展基金会于1998年设立的专业奖项,旨在团结广大作家,扶携新人新作,促进幼儿文学的繁荣和进步。

《好儿童画报》现有上半月刊《好儿童画报0—8岁》和下半月刊《好儿童画报·芝麻开门》。《好儿童画报0—8岁》主要栏目有:大声读出来、排排坐听故事、变变狗、游戏反斗城、快乐幼儿园、妈妈讲故事等。现任总编辑杜晓峰,执行主编谭杨红。《好儿童画报·芝麻开门》主要栏目有:伊丫故事城堡、芝麻书屋、Milky-Zone、鸿世界、魔法师的实验室等。现任主编叶凤春。

《小青蛙报》现有栏目:呱呱讲、呱呱唱、小小作家、小小画家、绕来绕去小迷宫、脏东东大宝典等。现任主编唐兵,执行主编朱丽蓉。

七、《小朋友》、《儿童时代》、《少年文艺》:新世纪的新贡献

作为老牌儿童文学名刊,《小朋友》、《儿童时代》、《少年文艺》在进入新世纪之后,对儿童文学作出了新的贡献。

2000年11月,在二十世纪的最后一个暮秋,梅子涵、方卫平、朱自强、彭懿和曹文轩等五位儿童文学作家、学者,在天津就二十一世纪的中国儿童文学走向进行了一次著名的"五人谈"。梅子涵在谈话中指出,这么多年来,真正给低年级小学生读的儿童文学作品给忽略、遗忘掉了,而"这部分文学是儿童文学非常

基础,非常重要的"①。

新世纪以来,《小朋友》在这方面做了大量富有成效的工作,该刊针对幼童的特征,以生动、优美、浅显的童话、儿童诗等文学作品展开启蒙和认知教育,同时辅以多姿多彩的美术形式,表现出富有特殊色彩的趣味性、艺术性和知识性。《影子去上学》(许廷旺文/潘坚图)、《猴子抓乌鸦》(编编文/雨青图)、《卡子婆婆》(北董文/钦吟之图)、《CINEMA》(任溶溶文/陈舒图)、《不吃苹果的苹果奶牛》(俞愉文/刘倩图)、《花园里的蜗牛》(伟康文/雨青图)、《猴王斗虎》(伟伟文/龚燕翎图)、《小巫婆的红斗篷》(倪纪元文/徐开云图)、《超级飞机》(金志强文/顾燕华图)、《加加的兔子》(倪元文/王茁茁图)、《咕噜冒险记》(王晓明文/王晓明图)、《妈妈,我来给您看病》(魏捷文/陈舒图)、《鱼的队伍》(歆意文/苏达图)、《偶数小姐和奇数先生》(张元芳文/徐开云图)、《毛驴拉车》(程逸汝文/陈舒图)等,这些作品亲切、自然,充满温馨。

《小朋友》现有上半月刊《小朋友·童话+幽默》和下半月刊《小朋友·动脑+动手》。上半月刊《小朋友·童话+幽默》主要栏目有:故事王中王、我读我成长、动物小秘密、童话城堡、快乐儿童诗、字典故事、晴天小地图、谜语故事等。下半月刊《小朋友·动脑+动手》主要栏目有:手工坊、小巧手、头脑对对碰、数字乐园、益智大观园、黑皮便利店等。现任主编唐兵,执行主编朱丽蓉。

2005年6月2日,《文艺报》发表了曹文轩的《文学应给孩子什么?》,在这篇文章中,曹文轩以全球眼光、全球意识,站在人类精神的高度,解读二十一世纪儿童文学的意义和价值,他指出:"儿童文学的使命在于为人类提供良好的人性基础。"这既是前瞻性的,又是从中国历史的经验教训和当今世界人类面临的困境与挑战出发的,有着深刻的思想内涵。

新世纪的《儿童时代》,正反映了中国儿童文学这样的创作主潮,通过文学作品彰扬人类共通的美好的人性。读梅子涵的《侦察鬼》、彭学军的《我叫单单单》、杨红樱的《制造现场效果》、周锐的《月亮上找到你的笑》、萧萍的《新年明信片》、简平的《七月》、周晴的《插嘴大王》、伍美珍的《猪——你生日快乐》、王蔚的《丢失的星期天》、萧袤的《%先生和Π小姐》、杨鹏的《耳朵出逃》、孙卫卫的《对手是老师》、肖定丽的《河马的蓝宝石戒指》、冰波的《新式闹钟》、郁雨君的《把爸爸寄出去》、谢芳群的《水果的一家》、魏捷的《慢吞吞,慢吞吞走在街上》、北董的《吃信的小妖精》、柳文耀的《别,别动!它还活着!》、王轶美的《永远》、殷

---

① 梅子涵等:《中国儿童文学五人谈》,新蕾出版社2001年9月出版。

健灵的《一只蝈蝈的老去》等,都会感到有股特别美好的溪水从内心淌过,荡涤着心灵。

《儿童时代》现有《儿童时代》、《儿童时代·快乐苗苗》、《儿童时代·幸福宝宝》。《儿童时代》主要栏目有:101个拐弯、讲不完的故事、爱念诗的星星、快乐阅读、心理魔法室、蓝月亮吧、到处乱走、神探小子、神秘魔方、降落伞等。《儿童时代·快乐苗苗》主要栏目有:有魔力的故事、苗苗吹牛报、幻想号热气球、天真的童诗、麻雀作文、大侦探来了、总动员、能看一万次的书等。《儿童时代·幸福宝宝》主要栏目有:念儿歌认生字、经典故事、亲子共读、童话小屋、知识课堂、宝宝在长大、迷宫大王、我最精彩等。现任总编辑顾琳敏,副总编辑陈苏,执行主编曹颖,执行副主编魏捷。

王泉根在2008年第5期《当代文坛》发表的《新世纪中国儿童文学创作症候分析》一文中,考察了进入新世纪后的中国儿童文学创作情况,根据本土原创儿童文学的生产已呈现"东风压倒西风"之势,更年轻的一代作家正在崛起,适应不同年龄段的幼儿文学、童年文学、少年文学的齐头并进,各种创作风格百花争艳、现实主义一元独尊的局面正被扭转等发展态势,认为"一个多元文化背景下的新世纪多元共生的儿童文学新格局正在形成"。

统观新世纪的《少年文艺》,儿童文学真正回到了文学版图之中,各种题材、各种样式、各种体裁、各种风格应有尽有,让读者真切感受到百花齐放的鲜活的时空。《少年文艺》发表了大量优秀作品,并获得众多重要的奖项,为新世纪中国儿童文学再立新功。下列作品构成了儿童文学园地里百花盛开的景致——小说:刘心武《喊山》,张之路《蟋蟀也服兴奋剂》,金曾豪《沙堆》,杨鹏《少年机器战警》,殷健灵《画框里的猫》,三三《一只与肖恩同岁的鸡》,李凤杰《一声叹息》,彭学军《哥哥在电TI里》,邓湘子《到爷爷家去》,林彦《点点的一棵树》,饶雪漫《假如深海鱼流泪》,周锐《怎样打官司》,黄磊《寻找那根水晶羽毛》,杨玉祥《蛟龙与蛟虫》,王巨成《今天我们去看桃花》,王勇英《是我,不是你》,张晖月《青春散场》,常新港《伤心草坡巷病院》,韩青辰《纯洁》,马昇嘉《第二次痛哭》,范锡林《游梦街》,章红《对艾琳达的陪伴》,戴紫袅《义卖会上的女孩们》,风华正茂《暑假末的故事汇》,翌平《黑带》,徐玲《前不见古人,后不见来者》,陈梦莹《妈妈的辫子》,古兰《原来爱情那么伤》,沈石溪《菩萨看得见的》,黄韵文《泪水滑过绿松石》,老臣《远行的鸟群》,罗聪《送书去天堂》,张弘《玫瑰方》;童话:萧袤《梦星》,王一梅《小米粒和糖巫婆》,肖定丽《奇异的碎蓝花布袋》,李志伟《寻仙悬疑》,汤素兰《月亮花》,毛芦芦《一树花开》,周洋《午夜的邮递员》,曾维惠

《海边的小木屋》,路燕《珊瑚海小镇》,铁剑仙《凰鸟》;散文:张品成《童年琐忆》,邓一光《母亲的巴掌》,汤汤《落英》,肖复兴《鲱鱼头》,刘泽安《喊山》,牧笛《一个人,静静地想念外公》,吴然《高黎贡山的声音》,任大星《旧事重提》,殷明华《山中往事》,张铮《年十七八》,王晓俭《发财梦》,张锦江《有一只蛐蛐儿不会叫》;儿童诗:魏捷《一千零一个雨点》,李东华《四季即景》,蓝莓儿《一个女生的日记》,曹丽莉《窗外的春天》,任溶溶《同学》,佟希仁《春天是山里的小姑娘》,冬婴《课本外的蓝天》,王忠范《青春雨》,王蓓《一份检查》,王立宪《这一片草原》,李德民《三月的这场雪》;纪实文学:海儿《父子悲情》,简平《走过独木桥之后》,邱易东《陌生爸爸那可怕的眼睛》,胡磅《网络中的潘多拉魔盒》,阿呆《感恩的寻找》等。

《少年文艺》现有《少年文艺》和下半月刊《少年文艺·阅读前线》。《少年文艺》主要栏目有:野百合也有春天、青春叙事曲、动感地带、故事连环、文学散步、米色诗笺、新芽等。现任主编周基亭、周晴,执行主编任哥舒。《少年文艺·阅读前线》主要栏目有:爆笑一刻、心香奶茶、丝路花雨、小王子星球、经典嚼读、疑云密布、花香花语等。现任主编周晴,执行主编肖东。

新世纪十年"儿童阅读运动"综论

王泉根

"儿童阅读运动"是新世纪以来引人瞩目的社会文化现象,这一运动从民间起步,官方给力,全社会参与,已成为方兴未艾的全民阅读活动的重要组成部分,既受益于全民阅读、服从于全民阅读,又有其自身的独特性与差异性。考察新世纪以来的儿童阅读运动,无论对于深化全民阅读、提升民族未来一代的精气神,都有着积极的现实意义与文化价值。

一、儿童阅读的关键词

(一)何为"儿童阅读"

在解析"儿童阅读"之前,首先应界定什么是儿童?

说起儿童,人们的第一反应就是小朋友、小学生、小孩子。这当然没有错,但不全面。科学的具有世界性意义的"儿童",出自1989年11月20日第44届联合国大会通过的《联合国儿童权利公约》,该公约明确规定:"儿童系指18岁以下的任何人。"1990年8月29日,我国政府签署了该公约。1991年9月4日第七届全国人大常委会第21次会议通过的《中华人民共和国未成年人保护法》规定:"未成年人是指未满18周岁的公民。"由此可见,儿童即是指现代社会中18岁以下的未成年人。现代社会的极大多数儿童(未成年人)都在学校接受教育,因而18岁以下的儿童也就是广大中小学生。

明确了"儿童"的概念,我们再来解析儿童阅读就有了一个阅读年龄段的界

题解 本文原载《学术界》2011年第6期。文章综合考察了21世纪最初十年中国的儿童阅读推广实践。文章从"何为儿童阅读""儿童阅读的核心与难点"等理论性议题入手,分析了近十年来儿童阅读活动兴盛的多重原因,也罗列了新世纪儿童阅读的各种形式。文章指出,制约儿童阅读运动发展的瓶颈是教育部的学科设置出现偏差,没有给予儿童文学应有的学科地位,导致目前在职的绝大部分中小学语文教师不知儿童文学为何物,更谈不上具备儿童阅读指导的专业知识和技能了。

定：儿童阅读是指 18 岁以下的未成年人的阅读活动，主要是指在校中小学生的阅读。具体地说，儿童阅读是指从少年儿童的年龄特征、思维特征、社会化特征出发，选择、供应适合于不同年龄阶段少年儿童阅读需要的读物并指导他们如何阅读的一种读书方法与策略。

儿童阅读有广义、狭义之分。广义的儿童阅读包括学校内外、课堂内外的一切阅读活动，因而中小学生的课堂教学、教科书学习，都属于儿童阅读。狭义的儿童阅读则专指课外阅读，即不包括课堂教学，事实上我们现在开展的儿童阅读推广活动所指的正是课外阅读。当然，课堂教学与课外阅读两者之间有着密切关联，手心手背，相辅相成，课外阅读往往成为课堂教学的有机延伸与重要补充。但是，课堂教学与课外阅读毕竟不是一回事，其重要区别在于：课堂教学有强制性，有教学大纲的规定，有时间的保证，有专门的阅读对象（教科书）与考核办法（考试）；而课外阅读虽有要求但不强制，虽有各种愿景但无大纲规定，虽有弹性的课外时间但不一定有保证，虽有阅读对象（课外读物）与要求但与考试无关。因而课外阅读从整体上说是一种自由的、开放的、形式各异、方法多样的阅读活动。由于受应试教学和高考指挥棒的影响，实际上进入初中特别是高中阶段的中学生，课外阅读的内容主要是围绕着课堂教学与升学考试进行的。因而纵观当今儿童阅读活动的现状，儿童阅读实际是指以在校小学生课外阅读为主体的活动，各地开展的书香校园、书香童年、作家进校园、阅读节等活动，也主要集中在小学校园。因而新世纪以来的儿童阅读运动，主要是指在校小学生的课外阅读活动。

（二）儿童阅读的核心与难点

儿童阅读的核心与难点是"选书目"（开列推荐阅读书目）。自古以来，选书目（含篇目）一直是读书人最重要也是最困难的事，自然也是读书人关切的焦点，其根子盖因人生有涯而书海无涯。中国古代读书人选书目（含篇目）最成功者首推孔子。据《史记》等书记载，孔子选编删订了我国最早的诗歌总集《诗经》，并整理删订包括《诗经》在内的"六经"（尽管近人存疑，但在没有更具说服力的证据出现之前，人们只能采纳《史记》等的说法），成为中国文化经典，惠泽数千年的读书人。孔子之后选书目（含篇目）获得极大成功者有三：一是南朝梁代昭明太子萧统选择编定的《昭明文选》，二是清代蘅塘退士孙洙选编的《唐诗三百首》，三是清代吴楚材、吴调侯选编的《古文观止》。晚清张之洞的《书目答问》开列的书目曾产生很大影响，民国初期章太炎、胡适等，也曾为当时的读书人选择开列过书目，成为一时之选。

新世纪以来的全民阅读包括儿童阅读,为世人关切的核心与难点,依然还是选书目(含篇目)。从一定意义上说,国家新闻出版总署等评选的国家级"图书三大奖"(中国出版政府奖、中华优秀出版物奖、"五个一工程"奖)以及"向青少年推荐百种优秀图书"、"'三个一百'原创出版工程"等产生的书目,均可视为"选书目"的国家行为。新世纪儿童阅读运动中,大家讨论最多、期待最大、争议最烈的问题之一也是"选书目"。或有人力推外国童书尤其是图画书,或有人倡导亲近母语阅读本国精品童书,或有人自编教本,其背后纠结的正是一个"选书目"问题。

儿童阅读中的"选书目",牵一发而动全身,我曾在《新世纪中国分级阅读的观察和思考》[①]一文中论析过这个问题,我的观点是:

儿童阅读的核心和难点是"选书目",具体地说涉及三个方面:一是选什么?二是怎么选?三是由谁来选?

"选什么?"是儿童阅读的理念,与儿童阅读工作者(阅读组织者、推广人、教师等)的儿童观、儿童文学观、儿童教育观紧密相关。现代社会要求儿童阅读工作者应当站在尊重、保护儿童应有的生存、发展的权利的立场,站在儿童本位的立场,从儿童精神生命健康成长出发,真心实意地为儿童服务,为人类下一代效力。

"怎么选?"是儿童阅读的方法。要求儿童阅读工作者必须具备儿童心理、儿童教育、儿童文学、儿童出版以至儿童文化的相关知识结构,必须熟悉和了解当前中外儿童文学、儿童读物的出版现状与基本书目,必须懂得如何按照不同年龄阶段少年儿童的阅读心理、接受能力,为他们选择、配置相应的书目。

"由谁来选?"这实际上涉及儿童阅读的公信力、权威性与专业性。儿童阅读是一项服务全社会的公益文化事业,不是谁想选就可以选的。儿童阅读工作者必须具有相应的资质,除了具有有关儿童心理、儿童教育、儿童文学、儿童出版等的专业知识外,还必须具有社会责任性与文化担当意识,具有高雅的文学修养与尽可能多的知识储备,具有公正心与服务精神。他们是儿童阅读的点灯人而不是点钱人,是儿童"精神成人"的引领者而不是糊弄者。

(三)儿童阅读的黄金定律

儿童阅读有一条黄金定律,即"什么年龄段的孩子看什么书"。

如上所说,儿童系指18岁以下的任何人。儿童读物(童书)的接受对象是

---

① 王泉根:《新世纪中国分级阅读的思考与对策》,《中国图书评论》2009年第9期。

包括了从学龄前的幼儿(3—6岁)到13—16岁的少年乃至17—18岁的"准青年"。由于各个年龄阶段的孩子的身心特征、思维特征、社会化特征的不同,因而对各自所需的读物在题材内容、艺术形式、表现手法等方面有着明显的差异,因而儿童读物(童书)必须适应各个年龄阶段的少年儿童主体结构的同化机能,必须在各个方面契合"阶段性"读者对象的接受心理与领悟力。据此,儿童读物(童书)从少年儿童年龄特征的差异性出发,将其区分为:为幼儿园小朋友服务的幼年读物、为小学生年龄段服务的童年读物、为中学生年龄段服务的少年读物三个层次,这三类读物各自具有鲜明的文本个性与独特的价值期待。

现在社会上对儿童阅读存在一个误区:生怕自己的孩子长不大、吃亏,人家做什么、上什么补习班,也一味跟进;再一个误区是只准孩子在课外看教辅书,与提高考试、作文成绩有关的书,而把孩子们最喜欢阅读的儿童文学图书视为闲书、无用书。这实在是极大的误解。我坚定地认为:儿童阅读推广一定要遵循"什么年龄段的孩子看什么书"这一循序渐进的基本原则。孩子的阅读不能急于求成,拔苗助长。孩子该做梦的时候就让他去做梦,该看童话故事的时候就让他去看好了。须知自己的孩子是会长大的,不可能永远停留在童年阶段,过了这个年龄段,他自然会放弃《淘气包马小跳》,放弃《格林童话》,转而去看其他适读的作品,甚至去看鲁迅和莎士比亚的作品以及《红楼梦》、《战争与和平》等。儿童阅读的第一要义是要让他们喜欢,喜欢了以后,才能养成阅读的习惯,养成了喜欢阅读的好习惯就什么都好办了。所谓教育,实际上就是养成好习惯的"养成教育"。养成好习惯,受益一辈子。我们应在如何养成孩子喜欢书、喜欢阅读的好习惯上下功夫、做文章。儿童的阅读一定要实事求是、科学办事,一定要从孩子的实际与特征出发,应当对那种功利主义、拔苗助长的现象加以警惕。[①]

二、儿童阅读读什么

阅读是一种精神活动,广义的阅读泛指一切接受外部事物刺激并同化于自身心智的精神活动过程,包括读书、读图、读视频、读影视、读信息。我们现在进行的全民阅读包括儿童阅读,实际上是指狭义的阅读,即传统意义上的平面纸媒阅读——读书。因之儿童阅读是指儿童的图书阅读活动。

---

① 李节:《儿童文学:写给有童心的人》,《语文建设》2010年第2期。

儿童阅读读什么？也就是到底有哪些适合儿童阅读的图书（童书）。从阅读实际与出版品种考察，我们可以将儿童阅读的图书分为以下八个种类：

第一类是思想品德教育与励志类读物。这是帮助少年儿童实现社会化过程，建立正确的价值观、人生观、道德观、审美观的图书，包括爱国主义、精神文明、素质教育等读物。有关激励青少年儿童励志成长、发愤成才的读物，如名人传记、英模故事、心理修养、人生历练等也属于这一范畴。如张海迪的《我的祖国》、李长之的《孔子的故事》、引进版美国的《假如给我三天光明》等。

第二类是传播人文历史知识与艺术修养的读物。这类读物重在少年儿童人文精神与高雅素养的养成，开阔视野，陶冶情操，包括人与社会、人与自然、人与世界、人与自我的关系，有关人文、历史、艺术（音体美）、审美，以及生态文明等方面的读物，均属于这一范畴。如苏叔阳的《我们的母亲叫中国》、林汉达的《上下五千年》、丰子恺的《少年音乐和美术故事》、肖复兴的《音乐漂流瓶》、引进版英国的《我的野生动物朋友》等。

第三类是科普、科学、科技知识读物。这类读物着眼在少年儿童的科学文明与科学思维，养成他们热爱科学、崇尚知识、追求真理、面向未来的精神。除了传授、普及科学知识的读物以外，其他如军事知识、地理旅行、探险寻秘等读物，以及偏重自然科学知识的"百科全书"也属于这一范畴。如《叶永烈讲述科学家的故事》、刘兴诗的《讲给孩子的中国地理》、位梦华的《独闯北极》、引进版美国的《万物简史》等。

第四类是中学生文学读物，即以中学生年龄段为对象的少年文学读物。中学生正处于青春激情岁月，处于从幼稚向成熟转型的过渡时期，因而中学生文学读物总是特别关注少男少女的校园现实生活与内心情感世界，有关青春、校园、成长、时尚是这类文学锁定的目标，主要文体有少年小说、青春文学、成长小说等。如曹文轩的《草房子》、秦文君的《男生贾里全传》、张之路的《非法智慧》、郁秀的《花季·雨季》、引进版美国的《麦田里的守望者》等。

第五类是小学生文学读物，即以小学生年龄段为对象的童年文学读物。一方面，小学生还没应试教学的压力，因而是儿童文学的核心读者群体；但另一方面，小学生的自主阅读与中学生相比，还没有进入自主反思与评判的层次，因而小学文学既是儿童文学的核心出版物，但其"度"也最难把握，最难写。小学生文学读物的创作基调应阳光、健朗、向上，特别强调故事性、可读性，注重快乐、幽默、幻想、探险、寻秘、游戏等艺术元素，在引人入胜的故事情节中机智地融入易于为小学生理解接受的立人、做事、为学的人生道理。主要文体有童话、儿童小说、动物小说、幻想文学等。如张天翼的《宝葫芦的秘密》、杨红樱的《淘气包马小跳》《笑猫日记》、黄蓓佳的《我要做好孩子》、沈石溪的《狼王梦》、引进版英国的《哈利·波特》等。

第六类是传统经典名著少儿版读物。一般而言,传统经典名著属于成人读物,无论是作品的题材内容、人物形象、审美取向与阅读难易度都是指向成人而非儿童。但由于这类读物家喻户晓,文学性、可读性极强,而且必定是今之儿童成人后的必读作品,而那些智慧早熟、悟性较强的孩子也必然会提前阅读,于是这就有将传统经典名著改制成适合儿童阅读接受的"少儿版"之必要。其方法或是约请经验丰富的作家直接改写,既忠实原著,又具有儿童的"适读性"。如中国少年儿童出版社出版的金波改写的《红楼梦》、高洪波改写的《水浒传》、白冰改写的《西游记》等;或为小读者量身定做,在经典名著的版式、插图、装帧、设计、难字注音、篇幅大小等方面进行全面整合包装,以使符合儿童阅读需要。书市上这方面的"少儿版"品种较多。传说经典名著"少儿版",还有另一类古代儒家蒙学经典,如《三字经》、《弟子规》、《千家诗》等,通过注释、白话翻译、导读、插图等形式,古为今用,同样成为今天重要的儿童读物。

第七类是儿童启蒙读物,以学前期的低幼儿童为对象。可以分为两类启蒙:一是认知启蒙,向小小孩传授最基本、最简单、最实用的一般知识的读物,如识字卡片、看图识字、智力开发、由图向文过渡的"桥梁书"等;二是文学启蒙,这有儿歌童谣、幼儿诗、低幼童话故事等幼儿文学作品。如《365夜儿歌》、郑春华的《大头儿子和小头爸爸》、苏梅的《恐龙妈妈藏蛋》、引进版桥梁书英国的《不一样的卡梅拉》等。

第八类是现在比较流行的儿童图画书和卡通读物,阅读对象主要是幼儿园小朋友与小学低年级学生。这类读物因其视觉化的艺术特征、用连续性的艺术画面讲述故事的表演手段而深受孩子喜爱。现在书店热销的主要是引进版图画书和卡通读物,如何打造我们民族自己的本土原创图画与卡通读物,已成为新世纪少儿读物出版的重要发展方向。这类读物如张乐平的《三毛流浪记》、詹同的《猪八戒吃西瓜》、保冬妮的原创图画书"虎年贺岁"系列、引进版美国的《花婆婆》等。

需要指出的是,以上八类读物中,文学读物虽只是其中的一部分,但却是整个儿童读物中最重要、最核心、最具审美价值与人文内涵的读物。一方面,文学作为最古老的审美方式,是最具原创意义和基础意义的艺术,因而文学是一切艺术的母体,往往成为其他艺术门类如影视、戏剧、图画书以及电子传媒等的直接文本资源或改编对象;另一方面,思想品德、文史知识和自然科普科技读物等,为适应少年儿童的阅读接受心理,也往往要借用文学手段,采取"文学性"的叙述方式,以增强可读性。"文学性"几乎成为衡量一切叙事艺术的通约。从少年儿童的阅读现状考察,儿童文学已成为当下儿童读物出版的最大生长点。

三、拉动新世纪儿童阅读的多重因素

具有 5000 年悠久历史的中华民族历来重视儿童阅读。"建国君民,教学为先""十年树木,百年树人""耕读传家""有教无类""忠厚传家久,诗书济世长",一直是我们这个民族的优良传统。虽然在当代中国也曾出现过"读书无用""读书越多越反动"的非常时期,但那毕竟是逆流而非正道。进入 21 世纪以来,尽管有这样那样消解阅读的因素,但儿童阅读却一直做得有声有色,终成气候。促进新世纪儿童阅读运动不断向前推进的因素是多方面的,既有阅读运动的外部因素,也有自身的积极实践。

(一)国外儿童阅读活动的影响

当今世界已是信息网络化、交通立体化的地球村,国外儿童阅读的经验与做法通过各种渠道影响着中国。1967 年 4 月 2 日,国际儿童读物联盟(IBBY)把安徒生出生的日子(4 月 2 日)确定为"国际儿童读书日"。40 多年间,国际儿童读物联盟每年都确定一个主题,在世界儿童中开展读书活动。"书之光""书籍是昨天的故事和明天的秘密""书籍是和平的太阳""书籍是黑暗中的萤火虫""书籍是我富有魔力的眼睛"等图书日主题,促进了不同国家、不同民族、不同肤色的儿童阅读。为了推进中国的儿童阅读,2007 年 3 月 23 日,由教育部基础教育司和团中央少年部共同支持,中国儿童读物促进会(也是国际儿童读物联盟中国分会 CBBY)与首都图书馆(暨北京市少年儿童图书馆)共同主办的"共同架起儿童与图书的桥梁——纪念国际儿童图书节四十周年暨中国儿童阅读日系列活动"启动仪式在北京举行,会议宣布设立 4 月 2 日为"中国儿童阅读日"。

欧美发达国家普遍重视儿童阅读,有的国家还有立法保障。1995 年,美国政府倡导儿童读写运动。2001 年,布什总统提出了"不让一个孩子落伍"的中小学教育法案。"9·11"事件的早晨,布什总统正在佛罗里达一家小学参加阅读促进活动。英国自 1996 年 4 月开展"阅读是基础"运动以来,"早期阅读""每天增加 1 小时读写课程""打造一个举国皆是读书人的国度"的理念与做法,不断深入人心。日本在少年儿童中开展"每天晨读10分钟"的活动。以色列向少年儿童倡导三句话:"书本是甜的;知识和智慧是抢不走的;学者是最受尊敬的。" 1995年,意大利教育部宣布了一个"促进学生阅读计划"。俄罗斯学科模式的课外阅读指导富有成效,强调文学作品是课外阅读的主体,同时在语文课程中专门辟有课外阅读课。

国外的儿童阅读活动往往是政府教育工作的重头戏与不折不扣的"国家工程",政府提供足够的政策资源和公共服务,用以促进儿童阅读的发展。"他山之石,可以攻玉",这些成功做法显然可以作为我国儿童阅读的借鉴。

(二)"儿童读经活动"的推助

"儿童读经活动"系指有教师引导、有教材读本、有时间保障、引领组织少年儿童,主要是学龄初期(6—9岁)的儿童开展的阅读中国传统儒家经典与蒙学读物的活动,其中又以阅读《三字经》、《弟子规》、《论语》、《唐诗三百首》为中心。这一运动始于上个世纪90年代海峡对岸的台湾,以后扩及至东南亚华人社区,再进而影响到大陆沿海地区,并深入内地。

1994年,台湾台中师范大学王财贵教授首倡儿童读经,很快得到台湾社会的响应,读经之声遍地可闻。1997年10月,王财贵到海南岛进行了第一场大陆公开的读经演讲,以后又不断到各地演讲推广。儿童读经活动逐渐影响到大陆各地。1995年,由冰心、曹禺、夏衍、启功等9位德高望重的前辈,在第八届全国政协会议上提交《建立幼年古典学校的紧急呼吁》的提案,吁请从幼儿抓起重视传统典籍的教学。1998年6月,"中华古诗文经典诵读工程"正式在全国铺开,至2004年末,这一工程已经惠及全国30个省市5000多所学校的430万儿童。"读千古美文,做少年君子"的口号不断深入人心。如何评价读经运动,对此读书界与教育界自然有不同讨论。但这一活动的直接影响是促进了儿童阅读的深化与细化,致使现在国内已有相当数量的小学,将《三字经》、《弟子规》等传统读物引进了课堂教学,组织孩子进行背诵、朗诵比赛等活动。至于此类出版物,可谓"铺天盖地",各地书店到处可见。

(三)语文教学改革与书香校园建设

语文教学改革一直是我国教育界的课题,但其改革力度之大且引起全社会的高度关注,则是新世纪以来的事。其直接原因是从上个世纪末开始,语文教学受到了社会各界多方面的批评与讨论,其中论争的焦点问题是文学教育:"首先,在人的全面发展过程中,文学教育具有的和应该发挥的作用没有得到足够的重视;其次,在中小学的语文教学中,文学作品的教学内容少并且单一、陈旧";

再次"中小学语文教师文学素养低"。[①] 新世纪以来,中小学尤其是小学语文教学的改革极大地促进了儿童文学与儿童阅读运动,其直接成果是:

第一,加大了小学语文课本的文学性,将大量中外优秀儿童文学作品直接引进教科书。教育部公布的《九年义务教育全日制小学语文教学大纲》(2000年)明确规定:"低年级语文要注意儿童化","课文类型以童话、寓言、诗歌、故事为主。中高年级的课文题材、体裁、风格应该多样,要有一定数量的科普作品。"《大纲》中提到的课文类型,全是儿童文学的常见文体。据统计,现行人民教育出版社、北京师范大学出版社等编制的小学语文课文,80%以上均为儿童文学作品。金波、吴然、高洪波、沈石溪、曹文轩、杨红樱等儿童文学名家之作,均被选入读本之中。

第二,加大了课外阅读的要求。《大纲》规定小学阶段课外阅读总量要达到145万字,其目的是培养学生"具有独立阅读的能力","学会运用多种阅读方法",为落实语文教改的精神,各地学校普遍加强了学生的课外阅读指导,"书香校园""书香童年""读书月""读书节"遍及无数校园。语文教学改革无疑极大地拉动了儿童阅读运动,给书香校园建设带来了蓬勃生机。

(四)网络时代家长更加注重孩子的图书阅读

身处网络、手机、游戏机、影视等多种传播手段的电子媒介时代,儿童接受知识的渠道变得多样化、快捷化,但同时也增大了风险。不良网站、暴力游戏、传媒陷阱等负面影响,使孩子的身心两面都受到伤害;而电子媒介的图像视觉化、直观性,则消解了传统图书阅读尤其是文学阅读给人的想象性与诗性。因而现在的家长普遍都不放心孩子过早接触网络,尤其是孩子一旦沉迷网络、游戏,更是焦虑揪心;但是家长只要看到孩子在那里安静地读书——不论读什么,则普遍放心。正因如此,家长自然更愿意支持孩子参加与阅读有关的活动,亲子共读,图画书阅读,带孩子逛书店、进图书馆,甚至双休日送孩子进作文培训班。凡此种种,自然推动了儿童阅读。

(五)出版社的图书营销与阅读推广

"多出书、出好书",这是出版系统的任务与追求。新世纪以来,全国各类出版社纷纷改制,由事业单位改为直接在市场经济大潮中摸爬滚打的企业公司。出版社为追求图书的社会效益与经济效益的最大化,自然特别重视儿童阅读活

[①] 王富仁、郑国民:《文艺学与中小学语文教学研究丛书》总序,见王泉根等著:《儿童文学与中小学语文教学》,广东教育出版社2006年。

动。现实资料显示,各地专业少儿出版社与非专业少儿出版社(如"中国童书联盟"),经常通过组织"作家进校园签名售书"、"读书征文大赛"、"读书网站"等形式,鼓励儿童阅读,拉动图书促销。

典型案例如二十一世纪出版社为推销本社的图画书,曾组织图画书推广人、儿童文学作家彭懿,在全国数十座城市上百所小学与幼儿园,做了上百场图画书的讲演与签售。又如湖北少年儿童出版社开展的《百年百部中国儿童文学经典书系》的阅读征文活动,湖南少年儿童出版社开展的《全球儿童文学典藏书系》"小书虫阅读"活动,外语教学与研究出版社为配合建国60年《中国儿童文学60周年典藏》举行的书香校园与绿色阅读活动等。显然这些阅读活动既为出版社带来了利益,同时也推动了儿童阅读的普及与深化。

四、新世纪儿童阅读的八种形式

新世纪以来多种形式的儿童阅读活动,犹如灿烂千阳,照亮了无数孩子的童年。据我的观察,新世纪行之有效、具有广泛影响的儿童阅读,主要有以下八种形式。

(一) 经典阅读

经典阅读是学校、家长、社会普遍看好与开展的阅读形式。虽然研判经典有时间的维度、价值的维度、审美的维度、语言的维度等多种标尺,对何为经典、哪些书可以作为经典向孩子推广,也见仁见智。但一般而言,那些已经为文化史、文学史所肯定,而又有专家学者在那里推荐的经典,学校、家长都会接受。事实上,新世纪以来的"经典阅读"也主要是由专家学者竭力加以倡导推广的,因而经典阅读可以视为是一种由上而下策划推动的精英阅读形式。

经典阅读的内容有两类:一是传统文化经典,主要是儒家蒙学读本,如《三字经》、《弟子规》、《千字文》、《论语》等;二是文学经典。这又可细分为两类,一类是经过挑选、改写的古典成人文学名著,如《西游记》、《水浒传》等;第二类是中外儿童文学经典名著,这在经典阅读中所占份额较大,也最易为孩子接受,如安徒生、格林、林格伦等的外国童话作品,叶圣陶、冰心、张天翼等的本国名家名作。湖北少年儿童出版社出版的《百年百部中国儿童文学经典书系》、湖南少年儿童出版社出版的《全球儿童文学典藏书系》中的不少作品,都曾被阅读推广人和专家教师用作"经典阅读",从而使中外儿童文学精品在中国孩子和学校、家长中作了一次卓有成效的普及。

(二) 早期阅读

早期阅读的年龄段是0—6岁的婴幼儿。所谓早期阅读,并非是要让婴幼儿也来阅读,而是指养成婴幼儿与阅读有关的行为与习惯,为孩子今后的学习打下良好的基础,这是一种终生养成的教育。早期阅读的重要性与作用主要包括:激发孩子的学习动机和阅读兴趣;提高孩子语言能力;发展孩子的智商;为孩子今后的学习与阅读预备技巧。

早期阅读是欧美发达国家早期教育的重点与焦点。新世纪以来,我国幼教界也以前所未有的热情关注和推广早期阅读教育理念,尤其是2001年教育部颁布实施的《幼儿园教育指导纲要(试行)》,第一次把幼儿早期阅读的要求纳入语言教育的目标体系,提出要"培养幼儿对生活中常见的简单标记和文字符号的兴趣;利用图书、绘画和其他多种方式,引发幼儿对书籍、阅读和书写的情趣,培养前阅读和前书写技能"。国内早期阅读现在已形成了公立、民办幼儿园与民营幼教公司(如北京的红黄蓝、鸿恩幼教等)等多渠道探索、推进的趋势,积累了不少经验,图画书的阅读是早期阅读的重要内容和手段。

(三) 图画书阅读

图画书是低幼儿童与学龄初期儿童的重要读物,英文叫"Picture Book",日本称为"绘本"。图画书不同于传统的连环画,图画书是绘画和语言相结合的一种特殊艺术形式,以图画为主,文字为辅,文字大都简短、浅近,有的图画书只有图而无文。图画书阅读是进入新世纪以后逐渐热络起来的,现在已有为数不少的幼儿园与小学,将图画书作为孩子们"初级阅读"的重要内容。如深圳后海小学从2004年起,将"图画书快乐阅读"纳入校本课程中,排入课表,每班每周一节,制定课程目标;同时还开办图画书课外阅读兴趣班、创作兴趣班,结合家长的亲子阅读,举办周末故事妈妈、故事天使和故事宝宝讲图画书活动;教师和孩子一起,运用参与式、交流式、互动式、拓展式等多种教学方式,鼓励孩子动手写、用笔画。

(四) 亲子阅读

亲子阅读(或称亲子共读)即家庭阅读。家庭是社会的细胞,是儿童生活、成长的摇篮与基础。儿童教育成功与否,在很大程度上取决于父母和孩子在家里是否建立起良好的亲子关系。亲子阅读是父母双亲或长辈陪同孩子一起读书,这种阅读方式对于发展儿童语言、培养和养成孩子的阅读兴趣与习惯、舒缓儿童心理压力等方面都有着重要作用。亲子阅读虽然以前也存在,但作为一种儿童阅读的重要方式,在全社会广泛倡导并加以指导,则是新世纪以来的事。

亲子阅读现在主要流行于都市中产阶层,特别是那些受过良好教育、有经济能力重视幼教的家庭。亲子阅读通常由妈妈担任阅读主角(爸爸缺席的现象较多),方式灵活多样,一般常见的有:大声给孩子朗读图书;每天睡前给孩子读一段连续性的故事(让孩子每天有期待、成习惯);一起翻看图画书,边看边讲;根据书中情节,和孩子一起做游戏、扮演角色;陪孩子一起看少儿电视节目,随时回答孩子提问并解释节目。

(五)班级阅读

语文教学改革促进了学校的阅读教学,"班级阅读"是阅读教学的重要形式,也是新世纪儿童阅读的重要成果。所谓班级阅读,是教师采用"班级读书会"的方式,布置全班同学在课外读完同一本书,然后在课内时间组织讨论,因而班级阅读是学生、教师、文本之间进行对话的过程。班级阅读有以下特点:一是阅读的书需要由教师慎重选择、比较,这就要求教师熟悉中外儿童文学名著与当今儿童文学创作态势;二是以长篇阅读为主。阅读长篇的好处是能使孩子的阅读时间"化零为整",在一个时期内集中精力读完一部作品,这样,一学期读完数部,日积月累,数年下来就很可观。在人生读书的黄金时代有十多部甚至数十部长篇文学名著打底子,对孩子显然是受益终生的。这种阅读方式与效果,自然大大优于无计划的即兴阅读、短平快的快餐阅读。三是教师要认真组织好班级阅读讨论,鼓励孩子们写读书心得,并将孩子们的讨论和书评结集成册,用以激发大家的阅读与写作热情。班级阅读现已作为一种成功的阅读经验得到推广。北京清华附小、江苏海门实验小学、重庆永川区汇龙小学等,在班级阅读方面都积累了成功经验。

(六)分级阅读

分级阅读在西方发达国家已有上百年的历史,我国是最近几年引进的,其重要事件是:2008年广东南方报传媒集团成立"南方分级阅读研究中心";2009、2010年,北京师范大学中国儿童文学研究中心与接力出版社连续召开两届全国性的分级阅读学术研讨会,接力出版社又成立了"接力分级阅读研究中心"。

所谓分级,实际上是指分年龄。分级阅读的基础与原因是图书的可读性与适读性问题。因为不是每种图书都是适合所有读者的,尤其是小读者,这就需要挑选、推荐那些具有可读性与适读性元素的图书。一切从儿童出发,一切从实际出发,这是分级阅读的出发点与归宿点。[①] 分级阅读是真正以儿童为中心的"儿

[①] 王泉根:《新世纪中国分级阅读的思考与对策》,《中国图书评论》2009年第9期。

童本位"的阅读行为,分级阅读观念在我国的推广与实践,是新世纪儿童阅读运动的进一步深化与细化,只有当儿童阅读真正从儿童阅读的个体出发、从儿童本位出发,儿童阅读才算落到了实处,阅读成效才能进一步彰显。国内现在分级阅读做得最有声势的是广东与北京。浙江少儿出版社等还不失时机地出版了各具特色的分级阅读图书。

(七)作家签售阅读

儿童文学作家进校园,与孩子们面对面地交流儿童文学,介绍阅读经验,这是儿童文学界的传统。以前主要是作家参与学校的少年队、夏令营活动以及少年宫活动。进入新世纪以来,作家直接配合出版社进校园签名售书;或配合书香校园建设,讲演自己学生时代的读书体验,同时也会推广自己的新书。"签售"、"走红"是近十来年的新词,都与"作家签售阅读"相关。杨红樱、金波、曹文轩、秦文君、张之路、沈石溪、周锐、伍美珍、郁雨君等深受孩子们喜爱的儿童文学畅销书作家,曾经无数次深入校园,足迹遍及大江南北,特别是江浙、广东一带。有的作家甚至一年会跑上几十所、上百所学校。作家进校园,与孩子们零距离、面对面地现身说法演讲儿童文学,交流阅读、写作经验,往往成为学校的一件大事。因有不少作家的作品曾被选入课本,他们已成了孩子们心目中的"明星",因而"作家签售阅读"自然会产生轰动性的效应,使孩子们终生难忘。但同时也要防止签售的商业化倾向。

(八)特色阅读

特色阅读是书香校园文化建设的重要举措,与校长的办学理念,或与这所学校拥有一位或几位特殊教师(本身是儿童文学作家、诗人)密切相关。经过积极实践,这些学校在儿童阅读方面走出了自己的新路,办成了类似"童话学校"、"儿童文学学校"等特色校园。

如重庆市永川区汇龙小学。该校从上个世纪90年代起就将儿童文学阅读引入语文教学与校园文化建设,进入新世纪进一步加大投入,特色更为明显。第一,该校在全国小学中最早实行"专职阅读教师的编制"(现有2名),用以指导和确保全校的儿童阅读,有时间,有校本教材(《儿童文学阅读与欣赏》低、中、高年级各一册,北京大学出版社,2006年),有导读与考核;同时还创办了专门刊登学生作品的《小汇龙》内部刊物,现已出版20期。第二,每年举办全校性的"儿童文学节",为期一周,届时全校上下都为儿童文学而忙碌欢庆。节日期间,邀请儿童作家、评论家进校园,开展学生阅读比赛、有奖征文、经典朗诵、图书交流等各类活动,使儿童文学渗透到每个孩子心中。第三,进行儿童阅读的教学考核、评估,不但由学校自评,还邀请重庆市教育主管部门与外地专家进行评估,找差距,立目标,不断改进和优化儿童阅读。汇龙小学以"阅读滋润童年",打造"儿童文学校园"为特色,成为全国首家儿童文学校园,曾获教育部重点课题"中小学生特色学校发展战略研究"一等奖,被中国宋庆龄基金会命名为"重庆乡村特色示范学校"、重庆市命名为"重庆市100所经典诵读实验学校"、重庆市作家协会命名为"儿童文学校园"。

特色阅读在各地学校都有成功案例,如浙江省上虞市金近小学的"素质教学童话化",河南省安阳市人民大道小学的"小学生主体性发展实验研究"的主体阅读活动,浙江省宁波市北仑港小学的"儿童诗教学与阅读"活动,广东省深圳市后海小学的"图画书教学与阅读"活动、福安学校的"古诗文读书导航"活动等。

五、儿童阅读运动的卓越推手

儿童阅读关乎儿童文化权益的保障,关乎民族的未来发展,因而引起全社会的广泛重视,现在主要由三种力量参与其中,即政府、教育文化机构与民间人士。政府重在给政策、给资金,如政府有关部门的专项赠书活动(包括农家书屋建设、向农民工子弟学校赠书等)、倡导儿童读书日与读书节、发布全民阅读及儿童阅读的调研蓝皮书等。教育文化机构的儿童阅读活动有:图书馆举办的儿童阅读活动与培训,学术机构研制推荐儿童阅读书目,出版社组织各类儿童阅读选题与推广活动等。民间人士的儿童阅读推广活动更具有灵活性、多样性,如图画书交流会、故事妈妈会、社区推广会、网络联谊会等。社会多种力量的参与,使新世纪儿童阅读运动得到了健康、深入的发展;而一批儿童阅读的卓越志愿者、推广人,一批执着儿童阅读研究与实践的教学机构的艰苦努力,则为这一运动提供了源头活水与多重资源。限于篇幅,本文择要介绍数例。

(一)朱永新与新阅读研究所

教育家朱永新教授十余年来坚持进行阅读书目的研制与推广工作。20世纪90年代末主编并出版了《新世纪教育文库》,分为小学、中学、大学、教师四个系列,每个系列一百种,旨在为学校阅读与儿童阅读探索新的阅读路径与读本。2006年,朱永新与他领导的新教育实验研究团队,开发了新教育实验"毛毛虫与蝴蝶"儿童文学书包(分低、中、高段三个书包,共计36种图书),受到了老师、家长特别是孩子们的普遍欢迎。2007年,由台湾慈济基金会资助200万元购买儿童文学书包15000套,发放到甘肃、内蒙古、青海、山西、北京的打工子弟学校及其他数百所学校,让孩子们分享到阅读一流童书的快乐。

2010年8月,朱永新在北京成立了国内第一家专门从事阅读研究与推广的机构——新阅读研究所,并于9月30日启动研制"中国小学生基础阅读书目"。该书目围绕中国儿童所必须树立的"核心价值观",研制30本基础图书与70种推荐图书的书目。2011年4月21日,已向全社会正式发布了"中国小学生基础阅读书目"。

(二)中国儿童阅读论坛

该论坛由江苏和北京一批儿童阅读的积极实践者、推广人所创办,核心人物是徐冬梅、王林、梅子涵等。每年在4月2日安徒生诞辰日(也是国际儿童读书日)与4月23日世界读书日之间举办,被称为"点灯人的聚会",参与者主要为开展儿童阅读的小学校长、幼儿园园长和小学语文教师。该论坛的口号是"我们都是点灯人",宗旨是为儿童阅读运动提供交流平台,促进对话。从2004年迄今,几乎年年举办,每届都有一个主题:

如第一届于2004年9月在江苏扬州举行,有11个省市500多人与会,首届论坛的重要收获是发表了《中国儿童阅读宣言和行动纲领》。第七届于2011年4月在江苏南京举行,本届论坛主推中国原创童书。探讨中国原创图画书的讲述、教学、赏析、整本书的阅读;班级读书会的朗读、诵读、吟诵,科学阅读的理念与方法等。

(三)南方分级阅读研究中心

该中心隶属于广东南方报业传媒集团。自2008年创设以来,主要致力于选编、出版儿童文学精品、均衡阅读、初中套书、红皮书和蓝皮书等儿童分级阅读丛书;曾在广东先后组织了"千万少年快乐阅读"、争当"阅读之星"、创建"书香校园"、"悦读地带走进校园"、"中澳儿童文学交流"等系列读书活动。其中"千万少年快乐阅读"活动已被列入《广东省建设文化强省规划纲要》,以"教孩子阅读,给孩子未来"为口号,为全省1700万少年儿童提供快乐阅读服务。南方分级阅读研究中心创办的"小伙伴网",是国内首个儿童阅读门户网站,2010年又推出了全国首个线上儿童阅读社区——"悦读森林",用以引导儿童多媒体阅读。

(四)三叶草故事家庭

"三叶草故事家庭"是一个致力于推进亲子阅读进入家庭的民间公益组织,

以北京、深圳为中心,现已涵盖全国两千余个家庭。"三叶草"取意于无处不生的三叶草,以"童心、爱心、慧心"作为故事家庭的核心价值,并以"我是一棵会阅读的草"构成"草籽"们共同的行为密码。三叶草故事家庭主要通过线上网站和线下举办的多种活动用以推进亲子阅读、家庭阅读、社区阅读。主要活动形式有:故事妈妈培训、专家阅读讲座、新书试读会、主题文化沙龙、年度讲述大赛、故事剧团等。三叶草志在"用这个世界最美丽的童话、最动人的故事滋润我们的孩子,柔软孩子的心灵,彰显孩子的灵性,放飞孩子的想象,呵护孩子的童真"。

(五)苏州"书香童年 阅读与写作"推广平台

这是苏州儿童文学作家苏梅和几位志同道合的作家、老师一起开展的儿童阅读推广平台。苏梅是一位成绩卓著的儿童文学作家,任职于苏州大学,曾兼任《小学生拼音报幼儿版》编辑部主任。她长年坚持到当地小学、幼儿园以及市图书馆"名家大讲堂"等进行"图画书阅读"、"亲子阅读"、"家庭阅读"等的公益讲座,并指导培训幼儿教师的儿童文学素养,还通过网络和家长、孩子们进行阅读交流。苏梅和朋友们始终把推荐中外优秀儿童文学作品作为重要工作,先后向孩子和家长们推荐导读中国作家协会"全国优秀儿童文学奖"的获奖作品、《百年百部中国儿童文学经典书系》、《中国儿童文学60周年典藏》、《国际大奖小说书系》等。正是由于苏梅等一批儿童阅读推广人的无私奉献,苏州以及各地的儿童阅读活动才能搞得有声有色,儿童文学经典名著才有可能得到全社会的普及推广。

六、突破制约儿童阅读运动发展的"瓶颈"

进入新世纪以来,以儿童文学阅读为中心的儿童阅读运动正在不断深入,并已成为全民阅读的重要组成部分,其意义与成绩有目共睹。但同时也存在着诸多问题需要我们切实探讨与应对。例如:1. 儿童阅读中的城乡之间、东西部之间、都市儿童与农村儿童及进城农民工子弟之间的阅读差异及阅读资源不公平的问题;2. 儿童文学创作出版中的同质化、低俗化、商业化倾向对儿童阅读的负面影响及其纠偏的紧迫性与复杂性;3. 儿童阅读中忽视民族与传统资源、一味叫好西方读物的现象及其如何正确评价中西儿童文学的问题;4. 儿童阅读与课堂教学、教科书之间的关系及其教育评价机制问题;5. 亲子阅读的重要作用与一般家长缺失儿童文学的基本知识问题;6. 儿童图书馆管理员儿童文学知识滞后不利于儿童阅读的问题;7. 尤为严重的是,由于教育部长期不重视师范院校儿童文学学科建设及基本上不开设儿童文学课程,致使我国广大中小学语文教师、幼儿园教师竟然不知道儿童文学为何物,在他们的知识结构中缺失儿童文学体系。

关于后一个问题,我认为已经成为制约新世纪儿童阅读运动发展的"瓶颈"。对此问题我一直忧心忡忡,"位卑不敢忘忧国",我曾在接受《语文建设》杂志记者采访时直言不讳地提出过如下批评与建言:①

"照理说,中小学语文教师、幼儿园教师,在他们的知识结构中应当有完整的儿童文学知识,包括如何向孩子们推荐、导读中外优秀儿童文学作品。但使人扼腕的是,我们99%的中小学语文教师、幼儿园教师竟然不知道儿童文学为何物,当然就谈不上如何向学生推荐、导读优秀儿童文学作品了。原因何在?原因是他们缺少儿童文学的知识结构。他们不是不需要这个知识结构,而是在他们读大学或大专的时候,学校没有提供给他们,压根儿就没有儿童文学课程。不要说一般高校毕业的,即使是最应开设儿童文学专业的中文专业、教育专业毕业生,也同样缺乏儿童文学的知识。据统计,在最需要开设儿童文学专业的师范院校中文系、教育系中,竟然95%以上都没有儿童文学课程。现在全国只有北师大、浙江师大等寥寥几所师范院校开设有儿童文学专业。这就是教育体制的问题,学科设置的问题。根子是,1997年国务院学位委员会办公室(也就是教育部下属的学位管理与研究生教育司,一个单位两块牌子)公布实施的《授予博士、硕士学位和培养研究生学科、专业目录》里面的'中国语言文学一级学科'下面,竟然没有儿童文学,所以实际上教育部在学科设置当中已经把儿童文学学科取消了。这样做的结果,自然是全中国的高校不会想到需要成立儿童文学教研室,更不会有专职教师,学生当然不可能会有儿童文学的知识结构了。正因如此,在全社会关心下一代、加强少年儿童精神文明建设的今天,实施儿童文学的社会化推广就显得更为迫切了。目前,儿童文学社会化推广的核心是中小学语文教师与幼儿园教师,希望他们通过补上儿童文学这一课,掌握相关的儿童文学知识,了解中外优秀儿童作品。所以首先要在学校里面推广儿童文学,然后才能向全社会推广。但这个工作难度实在太大了!不从根本上解决儿童文学学科应有的地位,教育部不将儿童文学增列为'中国语言文学一级学科'下面的二级学科,否则还是无济于事,广大语文教师还是缺失儿童文学,受直接影响的还是我们民族的下一代。为此,有关政协委员曾于2003、2007年两次作为全国政协提案,向

---

① 李节:《儿童文学:写给有童心的人》,《语文建设》2010年第2期。

教育部提出过要求,但至今还是不知下文如何。"

全民阅读与儿童阅读是建设和谐社会、实践科学发展观的民族大计与大事。我坚信,新世纪"儿童阅读运动"必将进一步得到长足发展。美好人生从幸福童年开始,幸福童年从快乐的儿童阅读开始。

青少年文学图书传播热点与正负效应分析

崔昕平

在青少年文化产品的生产领域,青少年图书作为传统纸质媒介的代表,始终是青少年接触的主要媒介之一。基于我国青少年文化教育观念的整体提升、青少年文化教育消费投入的不断加大,加之相对于电视、网络媒介而言,图书所具有的"绿色"优势,在网络媒体裹挟大众传播模式逐步更新的新媒体时代,青少年因其未成年人的年龄特征和师长们出于青少年心智成长与视力发育的要求,在面对诸多文化产品时仍然将图书作为了首选文化产品。青少年图书出版业也因此成为出版业界最具活力、也最具诱惑力的版块。

这导致青少年图书出版领域的竞争一步步加剧。硝烟弥漫的"畅销书"策划、规模浩大的"引进版"图书、另辟蹊径的青春文学"MOOK"图书和崭露头角的"网游"图书等等,都成为青少年图书出版炙手可热的焦点。

焦点背后,问题伴随而来,库存攀升、伪书现象、打榜图书品种单一、阅读推广成效不佳,等等。在问题面前,出版业对青少年图书出版的积极投入与评论界对青少年图书出版传播状况的普遍忧虑形成鲜明对比,进一步构成了深入分析青少年图书传播现状的迫切性,急需展开深入的分析与前瞻,调试观念,寻求对策。

一、"畅销书"系列及其正负效应

2002年初,"开卷"孙庆国提出,中国图书零售市场进入了畅销书时代。的

题解 本文原载《创作与评论》2013年6月号(下半月刊)。文章对进入21世纪以来的青少年图书出版市场的热点进行了梳理与归纳,总结出以下若干热点:"畅销书"系列、"引进版"图书、多媒互动图书和青春文学"MOOK"。文章指出,这些热点既是青少年图书出版炙手可热的焦点,也是评论界对青少年图书出版的普遍忧虑点。本文依次分析了上述焦点的正负效应后认为,我们需要关注市场经济体制与出版行为所承载的文化品质之间的关系,通过出版物这样的文化产品,正确引导青少年受众的阅读需求。

确如此,童书业正是在新世纪初滑入畅销书时代。在儿童读物市场上,连环画都曾经走过自己最辉煌的时代。世纪之交,前有政策力量的号召,后有市场利益的推动,一个曾经边缘的出版品种终于成为竞相追逐的新热点,这就是儿童文学畅销书。

自从2000年《哈利·波特》创下销售神话以来,儿童文学图书的市场就呈现出异常火爆的势头,超级畅销书的销售业绩令整个书业刮目相看。各种海外引进版儿童文学图书以几十万、上百万册的销量为出版社创造了巨额利润。

"哈利·波特"现象的出现,不仅让美国孩子重新爱上了阅读,也让中国的孩子爱上了儿童文学的阅读。儿童文学开始成为孩子们自主阅读取向中的"焦点",少儿类图书市场宣告进入了一个新时代。市场的对接,儿童文学读物出版蕴涵的商机,使得主流推动下的儿童文学创作获得了出版的支持。进入零零年代中期,童书业在经历了近3年的引进版图书主打畅销榜的局面后,终于呈现出本土原创作品的强劲打榜势头。吴尚之在《将少儿出版打造成建设出版强国的生力军》中提道:"2009年,销量在500万册以上的儿童畅销书超过10种,发行量50万册到100万册的有几十种,更出现了像《淘气包马小跳》这样累计销售超2000万册的超级畅销书。"杨红樱的作品将更多的孩子吸引到了本土儿童文学的阅读上,也将更多的出版人的关注点吸引到了本土儿童文学图书的出版上。

正如泰勒·考恩在《商业文化礼赞》中指出的:在文化领域中,市场机制的作用不仅仅是为顾客提供他们想要的东西。艺术的生产者和消费者之间构成了一种不断进行的对话结构,这种对话帮助双方决定自己需要什么。[1] 出版社越来越意识到发现和培育原创儿童文学图书精品对出版社将产生至关重要的经济价值,进而对原创儿童文学读物的创作与出版投入了越来越多的人力和物力。

自2004年以来,童书市场就此转入本土儿童文学飞速发展的时代,风格迥异、题材迥异、面向不同年龄段的儿童文学作品大量出版。一些过去的优秀本土儿童文学作品也被重新出版,并获得了儿童的认可与喜爱。应该说,随着少儿类畅销书"富矿"的不断被开发,青少年儿童文学创作也并逐步走向了丰富与多元。在本土儿童文学畅销书的进一步带动下,零零年代中期以来,一个异彩纷呈的儿童文学读物市场就此呈现。从开卷统计的数据来看,童书市场自2001年开始连续三年成长性低于整体的图书市场,而到2004年出现了14%左右的成长

---

[1] [美]泰勒·考恩:《商业文化礼赞》,商务印书馆2005年版,第31页。

速度,超过了整体图书市场的发展速度。① 这与童书领域涌现出的令成人书业咋舌的超级畅销书关系密切。2004年少儿图书零售市场调查显示,少儿文学增长率为121.17%②,为少儿图书各品种之首。之后,少儿文学版块逐步扩张,在童书版块中占据三分之一的巨大空间,至2012年,该比例已经达到40%。

"资本向高回报区涌动"的商业原则带来各种资本注入童书业,少儿畅销书成为众出版社趋之若鹜的对象,各种营销炒作令人眼花缭乱。一片繁荣的同时,也带来了跟风、同质化问题,畅销童书受到了质疑。

2010年以来,畅销书排行榜登榜作品变得日益集中。以开卷公司数据为例,2010年少儿类畅销书排行榜TOP30中:杨红樱的"笑猫日记"系列12种登榜;上海淘米网络科技有限公司的"赛尔号"网游图书4种登榜。其余登榜作品为沈石溪的"动物小说大王"书系、伍美珍的"阳光姐姐小书房"系列、《窗边的小豆豆》、《喜羊羊与灰太狼(电影连环画)》、《夏洛的网》、《草房子》、《女生日记》、《辫子姐姐心灵花园》、《三国演义(少年版)》、《英雄赛尔号——神秘的凶手》、《哈利·波特与死亡圣器》、《鲁滨逊漂流记(青少版)》。2011年的榜单中,杨红樱的"笑猫日记"系列仍保持12种登榜,托马斯·布热齐纳的"升级版冒险小虎队"系列5次登榜,其余登榜作品与2010年近似。2012年,雷欧幻像的"墨多多谜境冒险"系列共13种登榜;杨红樱的"笑猫日记"系列7种登榜;接下来是"植物大战僵尸"系列3种登榜,其余登榜作品与上面两年也基本一致。成系列的畅销书成为市场中最大的赢家。

考察儿童受众这个独特群体可以发现,儿童总是喜欢接受自己较为熟悉的东西。这一特点表现在购书上,则是对作家作品的忠诚度较高。一位作家的一部作品受到儿童喜爱,就基本意味着一段较长的时间内,该作家的一系列作品都将受到儿童喜爱。基于此种受众心态特点,童书呈现出纵向深入的特征,即一部作家的作品走红之后,就针对这位作家、这个内容做深度开发,不断推出后续的、与前面作品相呼应的新作品,以"系列"图书取得惊人的连续打榜效应。巨大而绵延的市场效应,使众多出版社越来越认识到,获得当红作家的版权,就将揭开一个开采不绝的富矿。

于是乎,童书作家的社会角色也跟随书业的市场化而被彻底改变。知名作家的版权被众多出版社争抢,2011年的选题综合统计显示,关于杨红樱的选题

---

① 蒋晞亮:《童书市场的现状和发展》,中国出版年鉴社2006年版,第450页。
② 侯颖:《中国原创少儿读物的出版困境》,中国少儿出版社2007年版,第25页。

高达108种,曹文轩的有64种,伍美珍的有52种,秦文君的有45种,沈石溪的有44种。同时,系列化的运作要求儿童文学作家不断推出新作。这一书业运作模式,为儿童文学创作者的创作环境和状态带来不小的冲击。新世纪初曾经受到抨击的"商业化"写作已然渗透于童书创作的实际走势之中。作家的"职业化"身份愈来愈明显。密集的稿约,使得作家的创作成为一个可以量化的生产流程,生产速度跟着出版社的一个又一个交稿期限而不断加快。而作家的精力被规定时间必须完成的"产量任务"压榨之外,时间也在被瓜分。面向市场的各项营销活动,使得更多的儿童文学作家必须兼具"明星偶像"的出席公众活动的能力,四处出席发布仪式、校园宣讲、促销签售。这样的偶像化运作,契合了当代大众传媒背景下信息传播的偶像化规律,尤其适合儿童忠诚于自己"偶像"的心理,巩固并提高了一些个人素质好、具有"偶像潜质"的作家的社会认知度,产生了良好的经济效益。这一现象也令过去曾经清冷孤独的写作职业变得热闹非凡。在这样热闹而高效的职业环境里,越来越多的儿童文学作家辞去了原有的工作,走上了职业化作家的道路。

但是,伴随着作家的职业化,担忧声普遍响起:过去一个作家要用一年甚至几年的时间写一本小说。而现在,一个作家一年要写几本甚至十几本小说,这样的巨大差异,即使将现代人类整体节奏加快、电子化写作效率提高、智商发达等因素折合进去,也仍然是一个令人担忧的现象。更甚的是,这一现象正在伴随着市场经济的脚步不可抑制地加速。作家能否静下心来写作,还有多少剩余的时间用于写作,成为普遍担忧的问题。

应该看到,畅销书本身就是出版业市场化、产业化的产物。畅销书的大量涌现,也是出版业走向繁荣的一个标志性产物。但是,各社趋之若鹜的"畅销书"运作,其实并不是一件容易的事情。逐热跟风,盲目追逐畅销书,不但在一定程度上扰乱了童书市场,成为带来童书业高开的出版物种数、低走的出版物印数和不断增长的库存局面的重要原因;而且扰乱了儿童文学创作的生态,也使得"畅销书"在商业含义之外,遭遇了诸多负面的评价。

二、"引进版"图书及其正负效应

自从2000年人民文学出版社引进超级畅销书《哈利·波特》以来,儿童文学图书"引进版"就变得日益丰富,2002年,接力出版社引进美国著名惊险小说作家R.L.斯坦的"鸡皮疙瘩"系列,浙江少年儿童出版社引进的奥地利冒险小说作家托马斯·布热齐纳的"冒险小虎队"系列纷纷闯入少儿类畅销榜并盘亘多个席位。到 2003 年,人民文学出版社引进的《哈利·波特》已创下了销售 400 多万册[①]的惊人业绩。译林出版社的《魔戒》也为该社创下了 2000 多万元码洋的利润[②]。海外引进版儿童文学图书以几十万、上百万册的销量为出版社创造了巨额利润。出于利益的诱惑,童书业掀起了继 20 世纪 80 年代以来的又一次引进大潮。少儿榜单上,引进版图书频频登榜。2001 年和 2002 年,开卷年度少儿类 TOP30 中的引进版品种均不超过 10 种。而发展到 2003 年,在少儿类畅销书榜 TOP10 中,除《中国少年儿童百科全书》以外,全部是引进版图书,在 TOP30 中,引进版品种更是占了 23 种。[③]"引进版"成为青少年图书产品生产中的重要着力点。海飞在专著《童书海论》中将少儿图书分为了 10 大类,其中将"少儿引进版图书"[④]单列一类,可见其在我国童书业中的受重视程度。

新世纪之初的引进大潮曾经令许多的学者、业界人士担忧:如此巨大的引进会对本土原创作品的创作与出版构成巨大压力和残酷的出版环境。但是,正是这样一些域外儿童文学作品突然间为我国儿童文学创作带来了另类的风范,儿童的狂热追捧更为儿童文学创作者带来了基于"儿童"的思索。贴近儿童心理的写作态度直指我国长期以来高高在上的成人本位。事实同时证明,种种关于引进版会进一步使本土儿童文学无法生存的担心是不必要的。引进版儿童文学图书所潜藏的巨大商机,激发了儿童文学读物的出版热情。引进版儿童文学对本土儿童文学不但没有构成压迫,反而使得越来越多的注意力被吸引到了儿童文学作品的创作与出版上,越来越多的童书工作者意识到了儿童读者的存在。一些有远见的出版社自此开始抓原创儿童文学读物的工程,发现培养新人,并冒着市场风险下大力气推出新作。童书出版人的文学情怀也终于在郁积了十几年之后,得到了施展的舞台,一批真正"儿童本位"的作品脱颖而出。来自出版界、来自理论界、来自政府,甚至来自小读者、来自本土作家各方的力量,以市场为扭结,形成了巨大的合力,推动了本土原创儿童文学全面开花的热闹景象。2004 年起,少儿图书市场"要畅销,靠引进"的局面已有了明显的改观,上榜的原创儿童作品越来越多,儿童文学、青春文学、动漫图书均成为原创儿童文学作品中的

---

① 杨雪梅:《版权贸易重塑中国出版格局》,中国出版年鉴社 2003 年版,第 144 页。
② 竺祖慈:《译林出版社版权引进工作回眸》,中国出版社 2003 年版,第 50 页。
③ 杨毅:《畅销书十年回顾:少儿,畅销书时代的先锋》,http://www.openbook.com.cn/,北京开卷信息技术有限公司 2010 年 6 月 3 日。
④ 海飞:《童书海论》,明天出版社 2001 年版,第 13—23 页。

畅销主力。

短短几年的时间,引进版热潮促成了大量国外优秀童书的密集呈现,带来了童书界做书观念的更新,童书制作水平的飞跃;引进版图书开拓了童书作家的创作思路,带动了幻想等类型作品的迅猛发展;引进版成为沟通世界儿童与世界童书业的使者,带动本土童书业与创造逐步与世界接轨;同时必须看到的是,大量的引进版童书虽然成就了不少出版社的销售业绩,但也存在不少问题。

引进版图书的同质化问题逐步显现。除了中国少年儿童新闻出版总社2012年引进出版"林格伦儿童文学全集"、明天出版社的《随风而来的玛丽阿姨》等一批经典儿童文学作品的引进之外,引进版文学类作品其实大多数是国外的"畅销书"。这些畅销书大都以"系列"的形式呈现,鲜明地体现出"类型化"写作的特征。类型化写作将指小说内部分成不同类别,不同类别遵守各自不同的创作原则与方法,表现内容与手法等方面均有一定的"套路",主要包括奇幻、恐怖、青春、历史、武侠、科幻、侦探、言情、官场、商战等多种类型。青少年图书出版市场中,奇幻、恐怖、青春等类型小说均已成为文学消费新的增长点。引进版畅销书诸如魔幻类的《哈利·波特》、恐怖类的"鸡皮疙瘩"系列、侦探类的《冒险小虎队》、青春类的《那小子真帅》等等,都在国内收获了不俗的销售业绩。

与西方以类型小说为主的成熟小说市场相比,中国的类型小说市场还远未形成气候,大量奇幻小说有明显的模仿《哈利·波特》《魔戒》的痕迹;带有本土特色的恐怖小说,如彭麟的《半夜别开窗》、张宝瑞的《一只绣花鞋》,还有蔡峻等创作的作品虽然赢得了读者的肯定,但是这种类型化创作中均存在题材老化、套路固定、逻辑不严密和想象力匮乏、缺乏思想承载等问题。但是,一个值得深思的现象是,对类型化写作,国内出版界、批评界对本土类型化作品和引进版类型化作品所持的批评态度是不尽相同的。青少年文学领域的本土类型化作品大多受到了否定或者漠视。而对引进版类型化畅销书的批评态度则相对宽容。引进版类型化小说的销量相较国内同类作品,更容易取得好的销售成绩。诚如李或在其论文中提出的两个让人困惑的问题:"第一,内地书难卖,市场饱和的结论从何而来?第二,为什么对外国图书的需求会如此之迫切?"这一不自觉形成的双重标准严重阻碍了我国类型化小说的发展,使其陷入一种又欲模仿又需防备批评的两难境地,导致引进版类型小说出版大行其道,本土类型化小说处于边缘地位,缺乏有效的理论研究与批评引导,创作发展缓慢,市场受阻。施行双重标准的后果是"白送给外人市场和利润,同时也因为优秀作品无法接续而破坏了国内同类型小说的销售市场"①。这对于我国类型化小说发展来说,是极为不利的。

三、多媒互动图书及其正负效应

在新世纪开卷少儿类畅销书排行榜上,一个现象引起人们高度关注。这就是影视与图书之间、网络与图书之间的互动所产生的巨大市场效应。年度榜单上,频频出现了影视同期书与网游图书的身影。

1. 影视同期书

世纪之交,影视与图书的互动产生的热效应不单单是成人书业的景观,它在影像时代逐渐延伸至童书出版领域。

在影视与图书这两种儿童接触频率最高的媒介之间"联姻",寻求二者之间的互动,成为童书业90年代末的一道新景观。童书出版领域已经出现了极具代表性和发行影响力的影视同期书。1999年,在中央电视台热播动画片《西游记》期间,中国少年儿童出版社与中央电视台合作出版了电视卡通系列丛书《西游记》;在上海电影制片厂拍摄的《宝莲灯》在全国上映期间,人民邮电出版社和童趣出版有限公司共同出版的系列卡通图书《宝莲灯》,市场反响强烈,深受小读者欢迎。进入新世纪,更多影视互动的"热效应"在童书业涌现。2003年"六·一"儿童节期间,中央电视台推出52集大型动画片《哪吒传奇》的同时,童趣出版有限公司、人民邮电出版社出版的"哪吒传奇"同名系列图书也同期推向市场。当年,该系列先期出版的前5种中有4种进入少儿畅销榜TOP10。2004年,该系列占据了年度少儿类畅销书排行榜TOP10中的9个席位。统计数据显示:"约有1600万中国儿童已经或正在阅读《哪吒传奇》系列图书,占中国大中城市3—14岁儿童人口数量的20%。"②业界评价为:"'哪吒'击败了洋小子哈利·波特"③。在2004年的少儿图书订货会上,影视动漫同期书与图画书同时成为童书市场的"新宠"。2005年之后,此类借助儿童影视动漫作品热播而畅销的影视同期书屡屡登上畅销书排行榜。2006年,伴随108集国产动画片《虹猫蓝兔七侠传》创下高收视率,安徽少年儿童出版社即跟进将《虹猫蓝兔七侠传》系列影视同期书推向市场。上市不到一年时间便突破1600多万册,形成一股强势的

---

① 李彧:《新世纪中国类型小说出版现状反思》,华中师范大学2006年硕士毕业论文。
② 《国内原创少儿图书很具市场空间》,《中华读书报》2004年5月31日。
③ 吴郑宏:《时尚低龄化——少儿出版的市场法宝》,中国少儿出版社2006年版,第49页。

"虹猫蓝兔"效应。近年来童趣出版有限公司出版的"喜羊羊与灰太狼"系列影视同期书,同样连续登上年度畅销榜单。一个又一个新的童书畅销纪录从影视同期书中诞生了。

影视互动的推动力,尤其是本土原创动画作品的成功,令童书业大受鼓舞。影视同期书的模式成为童书业重点关注的出版资源,同类题材的图书不断出现。影视同期书出版热显示了纸媒图书与其他媒体联姻的互动发展趋势。这类图书为我们呈现了一种新的、具有畅销实力的少儿类畅销书类型,感受到了图书市场与影视互动产生的巨大效应之余,更感受到了儿童购书的能力与图书消费的意向。即时性的、快餐型的东西也开始成为消费的主流之一。此后,或者是因为图书畅销,带动改编的影视作品热播;或者是影视作品的热播带动纸质媒体图书的畅销,纸质媒体与声光电媒体之间的互动产品越来越具有市场效力。多媒互动,相互借力,颇具声势。

但是,虽然影视同期书在新世纪屡屡创下惊人的销售数据,影视同期书本身存在的弱势十分明显。那就是文化价值含量与文化创新不足。目前的儿童影视互动图书产品多为从动画片中抓帧、加工后编辑出版的形式,借助影视与图书的互动,赢得短期的商业利益。此种图书,是纯粹以利益为出发点的出版行为,具有鲜明的消费性特征。畅销榜上靠影视互动带动的动漫图书,明显生命力不足,缺乏后劲。以"哪吒传奇"系列的畅销现象为例,虽然"哪吒传奇"系列图书曾经在 2004 年开卷少儿类畅销书排行榜上占据年度少儿类畅销书排行榜 TOP10 中的 9 个席位,但是到 2005 年就跌出了少儿类畅销书的 TOP100,并很快为市场淘汰。究其原因,就是动画片下线停播。这充分显示了影视同期书鲜明的"快餐"性质和依附于影视作品、缺乏独立文化意义的弱势。

因此,影视多媒互动的路径是必然的,但局限于影视同期书的出版形式显然是被动的、短效的。这其实关涉到我国动漫产业整体产业链延伸不足的问题,和对动漫产业链条上的第一个环节——动漫图书的重视度不够的问题。另外,多媒互动的影视同期书中还存在一个问题,就是针对低幼阶段儿童的影视动漫与图书的互动显得生动活泼,但是面向中、高年龄段的儿童的影视互动则显得极为匮乏。大量的、优质的儿童文学资源有待开发。

2. 网游图书

2010 年,配合儿童网络游戏"赛尔号"诞生的游戏工具书《赛尔号精灵集合大图鉴》、《赛尔号攻关秘籍》等和衍生故事书《英雄赛尔号——神秘的凶手》共计5本强势挺进开卷少儿类畅销书年度排行榜TOP30。我们看到了网络传播时代独有的产品正从上万种童书中悄然杀出。

伴随着多元的儿童网络游戏,儿童网游图书出版呈现出多点开花、多层兼顾的态势。到了2011年下半年,儿童网游文学图书在积聚了创意与实力之后异军突起,成为儿童图书销售市场的一匹"黑马",更形成了儿童文学阅读的又一"时尚"。一批传统儿童文学作家开始探索儿童网游文学创作。2011年,新世界出版社与淘米联合推出"功夫派"系列小说《功夫派》,邀请周锐担纲创作。江苏美术出版社与百田联合开发"奥拉星"《奥拉总动员》系列图书,邀请杨鹏担纲创作;又与淘米合作开发"小花仙"衍生童话故事书,邀请苏梅担纲创作。南京大学出版社与淘米签订合约,邀请李志伟担纲创作"赛尔号Ⅱ"系列文学图书。中国少年儿童新闻出版总社则与宝开网络游戏公司合作开发"植物大战僵尸",邀请金波、高洪波、白冰、葛冰、刘丙钧五位作家以游戏中的植物、僵尸和场景为素材编创低幼童话故事。

2011年末至2012年初,儿童网游衍生文学图书谢鑫创作的"洛克王国"衍生图书"洛克王国魔法侦探"系列、亚凰创作的"洛克王国"衍生图书"洛克王国探险笔记"系列、翟英琴创作的"植物大战僵尸"衍生图书"植物僵尸学校"系列、金波、高洪波、白冰、葛冰等创作的"植物大战僵尸武器秘密故事"系列均出现在少儿类畅销书月榜榜单上。2012年畅销榜TOP30中,盛大文学与浙江少年儿童出版社联合推出的全媒体儿童游戏故事书"墨多多谜境冒险系列-查理九世"系列13种图书同时入列。"植物大战僵尸"系列已经创造了上亿码洋的销售神话,"查理九世"系列已经彻底改写了少儿类畅销榜格局,网游互动书已成为少儿图书市场畅销书的一个重要来源。

对于儿童网游文学来讲,当下网游衍生文学图书成为少儿板块出版趋势之一的局面似乎可以预期,但是在热销的同时,我们必须看到该类文学存在的"先天"局限。正像杨鹏所指出的,该类文学具有明显的依附特点,缺乏自身的独立性。某种网游升温,则衍生网游文学升温;某种网游趋冷,则衍生网游文学趋冷。这正是我们在开卷畅销童书月度排行榜看到的景象:儿童网游文学往往能够迅速登上,又往往很快成为明日黄花。打榜的儿童网游文学图书每个月都以走马灯的速度变换着身影。真正具有独立文学价值和恒久魅力的作品尚未诞生。另一方面,在商业的催动下,网络衍生图书虽然刚刚诞生两三年时间,已经呈现出版本众多、争抢市场的趋势。乱象丛生与良莠不齐,依附于儿童网游的从属地位该如何寻求独立的文学品质,都是必须面对的问题。

四、青春文学"MOOK"及其正负效应

"MOOK"是一个组合单词,中文音译"慕客",它将杂志(Magazine)和书籍(Book)合在一起,形成"杂志书"概念,亦即图书杂志化。在我国青少年图书产品中,此类MOOK形式的图书诞生在青春文学之中,并且伴随着青春文学的升温而逐步确立其身份和地位。

当代青春文学热缘起于1996年,深圳高中女学生郁秀创作的长篇小说《花季·雨季》由海天出版社出版,一时间畅销大江南北,销量达100多万册,盗版本据说达200万册,被誉为上世纪90年代的"青春之歌"。该小说不但长期盘踞文学类图书排行榜,先后获得中宣部"五个一工程"奖和国家图书奖,还被改编成电影、电视剧、连环画,成为1996年度儿童文学创作出版的热点。这部图书不但在销售上创出了惊人的成绩,而且受到学界的大力赞赏,为儿童文学的创作打开了一扇别样的窗。作品站在当代少年本体的立场上书写青春成长,呈现两代人之间的思想反差,充满了时代气息,逼真展现了少年儿童的身心状态,也为成人展示了少年人在书写自己的青春故事方面的惊人才华。正是这样一部作品,使少年写作者受到众多出版社青睐。敏锐的出版人发现了儿童文学创作的"空白点"。其后,北京少儿出版社迅速推出由在校大中学生创作的20卷本《自画青春丛书》。之后以"青春"之类词汇冠名的儿童文学图书出版物层出不穷。虽然市场"催熟"了一批小作家,且多数昙花一现,但市场也的确为我们塑造了一批年轻的新生力量,比如韩寒、郭敬明、张悦然等。书业的市场运作,使这些充满才情的孩子得以突破成人作家的创作"特权",找到了自我施展的舞台。这样的作品也为成人儿童文学创作者呈现了一种本真、形成了一种对照,带来了诸多反思。面对这些少年写手,我们惊叹,在儿童文学创作领域困扰久矣的所谓"隔"与"不隔"的问题,所谓"成人"抒写"儿童"的"难度"问题,似乎忽然间变得没有了存在必要。众多的儿童自己来写自己,于是便写出了儿童自己爱看的、最"真"的作品。由此我们看到,发轫于郁秀《花季·雨季》的一股自我抒写的青春文学热潮,在出版利益的巨大刺激下,迅速发展。在网络将精英文学拉下神坛、"草根"作家遍布的年代里,儿童文学创作领域里的青少年作家也站了出来,亮出了令成人大吃一惊的少年才情。也正是他们,掀起了一场"80后"写作的狂潮,不但将成人作家神圣而高贵的"创作"拉下神坛,更最终将"青春文学"扯出少儿类图书范畴,自立山头,拓展了书业新世纪的又一片"青春文学"天地。这

也是图书市场步入细分时代带来的一个典型现象。

随后的几年间,青春文学大行其道,郭敬明等一大批少年写手开始充当青春文学的掌门人,拥有了成人作家无法比拟的巨大而忠实的粉丝群体和销售市场。韩寒的《三重门》发行三年,印刷达到45次,销量达100万册。仅2003年一年,郭敬明的四本书总销量已接近200万册。引进版青春文学也就此登陆。2004年,韩国青春写手可爱淘的《狼的诱惑》一上市便受到中学生的狂热追捧,其《那小子真帅》系列在中国市场的销售记录更是达到近百万册。2005年,接力出版社与《萌芽》签约,联合打造"萌芽书系",首批推出的是蔡骏的《地狱的第19层》和《荒村公寓》,"蔡骏心理悬疑小说"品牌迅速蹿红。业界评价,中国青春文学进入了"批量生产的梦工厂时代"[1]。

与此同时,上世纪90年代后期在我国悄然兴起"MOOK"形式吸引了感知敏锐的青春文学创作者。以郭敬明为代表的一批知名青春作家陆续转型为MOOK主编,带动青春文学MOOK以迅猛的态势入驻青少年图书市场。

2004年6月,郭敬明发起成立"岛工作室",与春风文艺出版社联手推出青春文学MOOK《岛》,每期销量达20万册。2006年,郭敬明又与长江文艺出版社共同推出《最小说》,每期的发行量飙升至50万册。此后,大批青春文学MOOK纷纷出现,如郭妮的《火星少女》,饶雪漫的《漫女生》《最女生》,张悦然的《鲤》,蔡骏的《悬疑志》等,加上韩寒的短暂的《独唱团》,几位最具人气的青春文学作家都卷入了MOOK旋风之中,其中《最小说》《鲤》《火星少女》《17》等还获得了刊号。2009年底,由同济大学文化批评研究所联合《怀尧访谈录》发起的"2008~2009年度中国出版机构暨文学刊物10强"评选中,郭敬明的《最小说》和张悦然的《鲤》均入选,其中《最小说》以6835票高登榜首,排名超过了《收获》《人民文学》《读者》等老牌文学刊物[2]。

青春文学MOOK的横空出世,为青少年图书生产带来了诸多启示。这批出自青少年之手的独特图书样式,在生产制作方面充分显示了青年人的时尚敏感与思维灵活性。首先,青春文学MOOK的定位呈现了鲜明的个性差异,各自坚守了独特的定位。比如郭敬明的《最小说》主要面向15~20岁的青少年,郭妮的《火星少女》则明确面向90后女生,张悦然的《鲤》走小众的文艺化路线,韩寒的《独唱团》则以特立独行的思想号称"不是纯粹的文学杂志,而是一本青年知识

---

[1] 陈苗苗:《出版文化视野下的中国当代儿童文学——以20世纪90年代末以来为个案》,北京师范大学2007年博士毕业论文。

[2] 黄逸秋:《青春文学MOOK及其对图书出版业的启示》,《出版发行研究》2010年第8期。

分子的读物"。这样潜心选定的定位,使得各类青春 MOOK 的销售彼此"井水不犯河水"。

其次,该类图书的运作充分显示了青少年主编们对营销手段与观念的得心应手。这些由畅销书变身的主编们大多采取了偶像化的包装,以前期的人气积累为售书保障。为了保持持续的市场号召力,这些 MOOK 都使出了"互动参与"的营销手段。比如《最女生》举办"最女生"海选,寻找"最具文艺特质的青春女孩"参与图书撰稿、编辑、出版;每期《最女生》还刊登青少年"书模"为小说量身拍摄图片。《最小说》则有自己的网络平台——新浪网读书频道的"郭敬明·最小说青春文学网上平台"。在多种媒体之间的互动与产业链的开发方面,MOOK 也走在了前列,如饶雪漫旗下的创意传播机构举办"漫女孩,最女生"选秀活动,同时开发徽章、手机链、T恤、书模签名照等周边产品进行销售。郭敬明团队则同时承接剧本创作,并在 2010 年推出《小时代 1.5 青木时代》等 4 部漫画作品,向漫画领域拓展。这些互动活动,一方面使青少年读者不再仅仅是文学作品的被动接受者,而且成了主动参与者。他们参与图书的设计与内容的选取,形成了一种交互式的双向推动生产模式;他们参与阅读兴趣相同的"群体"的交流,形成了一个个独具特色的亚文化交流圈,产生了个体的成就感与满足感。尤其是青春文学 MOOK 所形成的培育新人的机制,比如 2009 年《最小说》举办的"TheNext—文学之新"全国新人选拔赛,以 MOOK 为平台举办新人文学大赛,选拔出的新人在 MOOK 上连载作品,待取得一定知名度后再将作品结集出版。书刊互动的模式为培育文学新人创造了一个极佳的媒体平台。

虽然青春文学 MOOK 带动了大批爱好文学的青少年创作同龄人文学创作的热情,也拓展了图书出版业思路,但是其中存在的问题仍十分明显。首先即为其偶像化路径的过度包装和商业化运作的不断升级引发的担忧。其次,该类图书一味追求与迎合青少年品味的时尚、潮流的创作思路,和标榜自我、特立独行的叛逆思想,忽视了文学的独立的精神价值追求和对于青少年读者产生的影响。作为抒写青春的青春文学,"成长"理应成为其重要的表现内容。抒写"成长"带有很强的审美教育性,往往需要成人以亲身经历和切身体验凝结成文。而青春写手们缺乏成熟的世界观,往往会呈现出无病呻吟的情感与标新立异的表达,也往往无法承载引导青少年顺利度过青春期、健康成长的功能。

当下,传媒作为一种新型的权力所具有的"文化领导权"(孟繁华)已越来越直接地作用于文化生产。考察青少年文学图书在青少年群体中的传播现状,可从很大程度上反映出青少年身处的文化环境,反映出青少年文化的时代样貌。

面对童书传播的火热市场,面对网络带来的印刷业第三次革命,面对未成年人这样的特殊受众群体,我们更需关注市场经济体制与出版行为所承载的文化品质之间的关系,真正了解青少年受众,避免忽视青少年受众心理或迎合青少年受众趣味的两种不良趋向。并通过出版物这样的文化产品,正确引导青少年受众的阅读需求,发挥书籍的文化价值,实现青少年文学图书传播的理想状态。

第十一辑
儿童文学畅销书

导语

　　畅销书(bestsellers or fast-sellers)这个概念源自二十世纪初的美国图书市场。它的出现是大众商业文化在现代社会迅速崛起并扩张的一个明证。在表现样式不断变化但主题却相对固定的大众文化产业领域里,"畅销童书"始终是一个不可忽略的重要存在。它以占有可观的图书市场份额的方式参与了大众社会的文化建构。从二十世纪八十年代中后期开始,中国"畅销童书"的出版与写作伴随着商业文化的发展而日趋兴盛,并出现了"郑渊洁""杨红樱"等极具市场号召力与品牌效应的童书写作者。他们的写作既丰富了中国当代儿童文学的样貌,也挑战了中国当代儿童文学既有的价值评价标准。本辑所收录的文献记录了围绕这些现象所引发的不同有时甚至是针锋相对的批评声音。它们将与那些"畅销童书"一起为未来提供一份别具意味的时代文化样本。

期刊史上的童话:"《童话大王》现象"解析

徐 青

《童话大王》于1985年5月创刊,2005年的5月迎来了它二十周岁的生日。作为一本杂志,因为它的长寿,更因它的独特性——由儿童文学作家郑渊洁一人独立创作支撑其发展,它必将在期刊史上留下重重一笔。它为何由一个儿童文学作家支撑并保持活力、它对于中国儿童文学发展有什么启示。本文试图对该期刊进行分析。

一、时代孕育的期刊神话

《童话大王》杂志创刊的1985年正是各种思潮涌入,文坛百花齐放的年代。出版机构对于期刊出版的门槛也相较之前有了降低。处在包容性强、信息量大的文化中心北京,视野开阔的儿童文学作家郑渊洁很早就以创作出和世界接轨的作品为己任。正是这种强烈责任感以及自信,郑渊洁下定决心创办了《童话大王》。

该杂志的创办符合儿童文学期刊创办的传统,由青少年的主管机构——山西省共青团委主管,但又没有给予作家创作的固定方向,从而使作家拥有宽松的创作空间。郑渊洁一直都站在孩子的立场反映孩子的心声,打破儿童文学创作沉闷的现状,让人耳目一新。在敢于提出质疑、反思的文学话语环境下,郑渊洁的创作不啻于儿童文学界的"先锋小说"。他的早期作品放在现在来看,也许思想还不是那么"先锋"、语言也称不上"尖锐",但正是相对于那个时代的别致成

题解 本文原载《世界文学评论》2007年第1期。文章围绕《童话大王》的商业成功这一现象,从时代背景、刊物理念、出版营销策略、刊物外包装设计以及产品衍生等多种角度对"《童话大王》现象"进行了解析。文章认为,一本杂志,因为它的长寿,更因它的独特性,必将在期刊史上留下重重一笔。它给予儿童文学刊物的启示有:真正从儿童本位出发,敢于为儿童说话;作家要保持敏锐性,使作品内容与时代同步变化;走在媒体改革的前沿,适应时代的发展。

就了《童话大王》的独树一帜。

上世纪九十年代初兴起的交流热,将该杂志发展推向了高潮。1991年,台湾牛顿出版公司将郑渊洁童话引入了台湾,而且同样以月刊的形式发行。台湾繁体字版《童话大王》月刊在台湾抢滩登陆受到读者的欢迎。台湾媒体也对郑渊洁不吝赞扬。① 是《童话大王》创办的时代提供了它成功的必要因素,从而成就了它在期刊史上的神话。

二、期刊变革及其启示

一本期刊的魅力之一就是通过形式各样的文章和丰富的资讯吸引读者。《童话大王》的一个作家供稿模式在风格多样性上处在弱势。如果只是单纯的作品连载的话,对于读者来讲,时间久了会觉得乏味。期刊需要丰富的作品样式。《童话大王》用它的实践和创造性给同时代的儿童文学期刊提供了启示。

(一) 树立品牌意识,丰富中国本土童话形象。郑渊洁的童话创作,开发了几个系列。皮皮鲁、鲁西西、舒克、贝塔等人物作为各系列的主人公,开展不同的故事。郑渊洁的后期作品,如写给儿子的教科书里就是用这几个童话人物来串讲故事。这种强烈的品牌意识也是郑渊洁个人的一大特色,不仅仅是期刊内容本身,对他设计期刊有很大的影响。

(二) 栏目设置上,求新求变。郑渊洁的作品有一般意义上的童话(如《大灰狼罗克》系列),还有类似散文风格的小故事(如《小字头系列童话》)、个人自传式作品(如《第100个第一次》),同时他还创造了一种全新的作品样式《舒克舌战贝塔》,让舒克、贝塔两位以辩论的形式就当今社会现象发表看法。这些不同的作品本身就具备了设置为不同栏目的潜质。

根据这些不同作品的特点,栏目有"超级大餐"(主要刊载长篇)、餐后冰淇淋(主要刊载小短文、自传性杂文)、长寿面(重载几年前的经典作品)、网吧(以主持人鲁西西的身份回答网友和读者的提问,顺便也就社会现象发表看法,和《舌战》比较像,但没有固定的论辩主题)、玉液琼浆(郑渊洁作品精彩语言辑录,如"五十句教师禁语"等)、餐厅保安(刊登律师声明,警告盗版者)、美食外卖(《童话大王》杂志社以及郑渊洁的少儿公司的产品邮购信息)、生日宴会厅(向

---

① 郑渊洁在与台湾牛顿出版公司谈版权时提出,他的作品必须以月刊形式出专刊。台湾出版公司在惊讶后竟然同意了。台湾郑渊洁作品繁体字版《郑渊洁中篇童话选》月刊在台湾抢滩登陆,在台湾受到读者的欢迎,台湾媒介称:"郑的童话,连大人也为之抓狂。"

出刊当月过生日的《童话大王》读者送出祝福和生日礼物）。

（三）装帧、设计上，以奇取胜。2000年以前的《童话大王》在期刊的装帧、设计上很有"童话"色彩。到2000年，郑渊洁为了和变化了的刊物内容配合，换了美术编辑。除了《童话大王》杂志社从传统上还存在的编辑、排版等机制，从内容上说，它已经是一个作家的个人风格展示平台。在《童话大王》刊载全新幻想小说时，郑渊洁让电脑高手儿子设计封面、封底，利用电脑PS技术将动物与人体嫁接，观感上效果震撼。杂志封面的修改是《童话大王》的一种蜕变，也使杂志内容和外在达到了统一。而郑渊洁本人曾担任期刊的插图画作者。他那非常不专业的儿童式简笔画倒是还为期刊留下了一点童话式的幽默感。2004年下半年开始，期刊设置了新栏目，每期在封三、封底刊登郑渊洁的摄影作品。而封面则是郑渊洁和女儿郑亚飞的家庭生活照。这样的设计打出了温情牌，使得刊物给人以柔和的感觉。插图则全部交给6岁的女儿，亚飞的画不比父亲的"简笔画"差，还蕴涵了一个小读者对于作品阅读后的感受。

（四）销售方式上，多渠道发行。《童话大王》一度高达百万的发行量，它的发行和营销有一些很成功的经验：1. 发行事业步步为营、逐渐深入。创刊之初的《童话大王》的影响并不大，在1986年《中国出版年鉴》的"新期刊目录"里甚至没有《童话大王》的名字。但是《童话大王》占领了许多市场。除了与邮局合作，还通过郑渊洁少儿用品有限公司办理邮购发行。注重版权的郑渊洁聘请了专职律师打击盗版。这种窄而短的发行渠道虽有局限性，但它能更有针对性地找到目标读者。这是由郑渊洁作品的读者的确定性和集中性所决定的。对知识产权的保护，最终也是对作家权益和收入的保护。现在，郑渊洁又开办了自己的个人网站 www.zhyj.com，提供网上邮购服务。2. 建立读者俱乐部，拉近与读者的距离。作为《童话大王》的唯一撰稿人，如果不注意联系读者，很容易使杂志成为他一个人的天地。为避免这种情况，郑渊洁和《童话大王》身体力行，如上文提到的《舒克舌战贝塔》以及"网吧"栏目都是在回复读者来信，与读者进行交流。实际上，这样的一本个人作品月刊也很容易使得读者对郑渊洁本人产生个人崇拜，从对他作品的喜爱发展对这个人本身的喜爱。在郑渊洁的网站上设置了专门的读者论坛，为作家和读者的交流提供平台。在那个论坛上，有不少熟悉和了解郑渊洁作品的高手。他们甚至为各电视台做的郑渊洁专访提供了大量素材，还有人是画家、记者，为推广郑渊洁作品起到了重要作用。3. 开发周边产品。郑渊洁在《童话大王》拥有大批稳定的读者后，趁热打铁，成立了郑渊洁少儿用品有限公司，几乎使他童话作品的经济价值被开发到了极致。他将笔下的皮皮鲁、鲁西西、舒克、贝塔等童话形象注册商标,发挥其品牌价值。接连开发出系列产品,设计文具、服装、书籍等,虽然价格比同类产品高,但是还是受到他的忠实读者的欢迎。郑渊洁及其童话作品所具有的品牌效应形成了巨大感召力,不仅给他带来了巨大的商业利益,同时又促进了读者群的扩大和稳固。在米奇、维尼熊等迪斯尼品牌流行的今天,中国孩子也能骄傲地说自己拥有本土卡通人物的品牌。

从以上的分析来看,郑渊洁以一个全能文人的姿态出现,在《童话大王》这本期刊的发展上整合了包括出版、发行、运营模式等在内的各种要素,这才将其坚持了二十多年。据统计,现在《童话大王》的月发行量虽然没有顶峰时期的百万,但是也能平稳在 30 万册。这对于本土发行低迷的儿童文学刊物来说,不能不说是一个好的榜样。

三、矛盾消长中的《童话大王》

时代成就奇迹,时代让期刊变革。《童话大王》的发展也同样存在着许多的问题和矛盾。

从创作上,郑渊洁经历过一个瓶颈期。杂志风格一度改变,郑渊洁自己承认:"那种东西(指低幼童话作品——作者注)其实是最难写的,因为咱们毕竟是大人了,看一个事物都是大人的眼光。让他用儿童的眼光表述出来,我不是说不屑于写,是尝试了,确实写不出来。"(转引自李宏宇)他的新作品,应该算是幻想型青春文学,虽然幻想本身是儿童文学的特点之一,但他的这种幻想已经超越了一般儿童文学,是更适合青年阅读的作品。这种改变迎合了一批看着《童话大王》长大,年龄日益成熟的忠实读者,但是对于培养新读者却是极大的障碍。《今日说法》这样一档法律节目,甚至对于《童话大王》上世纪九十年代末的作品中包含的"少儿不宜"内容提出了批判[1]。所以杂志在那个时期开始了刊登旧作。直到 2004 年开始,重走童话之路。《今日说法》以及一些家长是从字面上看到了郑渊洁作品中出现了诸如"月经、痔疮"这类的所谓少儿不宜的词。但其实,从理性的角度来看,最关键的不在于让孩子们知道什么现象或是不知道什么,而在于帮助他们建立一套正确的价值判断体系。郑渊洁在这一点上并没有

---

[1] 2004 年的一期《今日说法》中一位家长认为郑渊洁在作品中常写到"月经、痔疮、各种生理知识",不放心让孩子单独阅读,不是可靠的儿童文学作品。这期节目引发的讨论给了郑渊洁很大打击。

与主流的伦理道德发生多少偏离,只不过很多表达方式看起来有点怪异甚至叛逆。

另一方面,新一轮杂志的百花齐放、网络的普及、电视的发展带走了部分读者。在几重压力之下,一本期刊怎样有所突破是一个问题。但是,从长远来看,这并不能引出《童话大王》将走下坡路这个结论。因为郑渊洁和《童话大王》杂志社面对这个时代、读者一直保持了变革。除了上文分析的各种对策,在内容上,自2004年底开始,《童话大王》开始刊登郑渊洁为儿子创作的十本教材,从杂志的外延上说,继续保持品牌观,顺应时代进行延展。他在其个人网站上开创TV秀《郑氏胡说》、又另创办画刊《皮皮鲁》每月发行。郑渊洁和他的团队一直都走在传媒变革前列。这种活力和创作能力在当代儿童文学作家中是很少见的。

《童话大王》在矛盾中生存,在不断化解压力中前进。它给予儿童文学刊物的启示至少有这样几点:1. 真正从儿童本位出发,敢于为孩子说话;2. 勇敢创新,顺应媒体改革,适应时代的发展;3. 保持作家敏锐性,使期刊和时代同步。从整个《童话大王》的发展看,郑渊洁是唯一的,《童话大王》短期内也是难以复制的。由另外一个作家独立支撑的《童话大王》还很难出现。当然,由于作家创作的局限,在作品的模式上存在一个套路,这个问题由于郑渊洁及其《童话大王》在栏目创新和作品形式上的革新暂时还没有突出出来。所以,《童话大王》的未来在相对的时间内还是光明的。我们期待《童话大王》再创辉煌,为中国本土儿童文学的发展贡献更多力量。

"杨红樱现象"的回顾与思考

刘绪源

"杨红樱现象"似乎已成为中国童书界乃至整个出版界的一个专用名词了。这主要是因为她的作品畅销,而又被批评界视为艺术质量不高,并由此引发了长时间的争论。争论的双方,仔细观察,不难发现,代表着出版界(具体说就是出杨红樱书的出版社)和文学界(主要是一群坚持儿童文学立场的作家和批评家)。因为这样的书在中国童书界还是一个新的现象,人们对它的认识需要一个过程,所以争论一直未显明朗。本文拟就此出版现象作一回顾,希望能看出端倪。

几年前的争端

最早对杨红樱的批评,也许出自阿甲发表于2004年8月25日《中华读书报》的《2004畅销童书过眼风云录》,是一种淡淡的点到即止的批评。文章在充分肯定《淘气包马小跳》的成功畅销,指出它在故事短小、插图丰富、贴近生活,并有浅浅的逗乐和轻微的教育意味之后,说了唯一的一句带有批评性的话:"虽然研究者或儿童文学爱好者可以从一些故事中轻易发现直接借鉴于其他经典儿童故事的段子。"同年9月22日的同一报纸,刊出了署名阿川的《原创童书真的没有一点独创性?》。凡涉猎过学术批评的人,都知道"说有易,说无难"。阿川将论争对象所说的"有"换成了全称的"无"。文中颇多"上纲上线"的话,最后将

题解 本文原载《博览群书》2009年第3期。文章梳理了自2004年至2009年间关于杨红樱畅销童书的一系列有代表性的声音和观点。文章指出,杨红樱畅销童书是中国童书界一个新的现象,对它的全面认识还需要一个较长的过程。但是,当下出版界与评论界存在着一种需要人们保持高度警惕的危险倾向,即以畅销作为衡量优秀童书的首要或者唯一的标准;把商业童书等同于优秀儿童文学作品向儿童推荐。文章认为,资本不但有扩张的本性,还有强烈的垄断欲望。试图以杨红樱童书的畅销来左右甚至绑架儿童文学批评,试图以杨红樱畅销童书来改变优秀儿童文学的评价体系,这些声音都是资本垄断欲望的具体表现。

阿甲的观点概括为"那就是国外的童书都比中国本土的强",又是个全称判断,又是"都"。收尾的一句话是:"妄自菲薄可以休矣。"2004年11月17日,阿甲在同一报纸发表《我们应当呼唤怎样的畅销童书》,他没有回应阿川文章中那些上纲上线的话,但具体举出了杨红樱"直接借鉴"《随风而来的玛丽阿姨》、《淘气包埃米尔》等经典童话的一些例子。

几乎在上述争论发生的同时,我写出了《试说杨红樱畅销的秘密》(刊2004年第4期《中国儿童文学》)。我在集中研读杨红樱作品后发现,她的创作严重缺乏文学性,但具备了一些搞笑故事特有的畅销因素(颇接近于《故事会》杂志中的笑话栏)。"这些故事从头至尾没有多少发展,除了马小跳年龄渐长,故事其实只有数量上的增加而已。""既然这是从文学中剥离出来的畅销书,它因甩脱文学的羁绊而更为畅销,如我们还硬要将其作为文学来评述,甚至要把它树为文学的样板,那就不仅无理,亦复可笑了。""打一个不伦的比喻,肯德基和麦当劳,够畅销了吧,但有谁会把最佳烹饪作品的桂冠,授给鸡柳汉堡或麦香鱼呢?这是两个向度上的追求。"

邱建果在2005年10月25日《文汇读书周报》发表了《杨红樱不必郁闷》,对杨红樱的畅销模式作了充分的肯定。他的结论是:"我认为创作界历来就存在两种写作,一种是经典式写作,一种是商业化写作。我把杨红樱的写作总体上归为后者。"

2005年11月29日《中华读书报》报道了北京一次会议上曹文轩的发言:"有些人批评杨红樱,说她的作品格调不高……我认为,当下阅读生态的失衡,责任不在杨红樱身上。作为一个写作者,她完全有权利进行这种形态的写作。我觉得需要检讨的不该是杨红樱,而应该是整个社会。"

2006年5月李学斌在《中华读书报》发表《"杨红樱"该不该挨骂?》,批评了我的上述文章和另一青年评论家陈恩黎的文章"都拿优秀、经典的儿童文学作品来对比杨红樱的创作"。他认为,对不同作品应有不同的评价标准,他提出有四种儿童文学:艺术的儿童文学、大众的儿童文学、商业的儿童文学和类型的儿童文学。而承认多元,正确归位,所有的纷争就可以"烟消云散"。

现在看来,我、邱建果、曹文轩、李学斌之间,有一点认识是相同的,即认为杨红樱作品无法与经典儿童文学相比(这正是我作对比和论证的目的);儿童文学界不必也不应对这样的作品"趋之若鹜"。至于将其归为哪一类,那还可作深入讨论(我觉得李学斌的四种分类还存在缠夹,如"类型"与"商业"、"大众"之间就有明显重叠)。当然,也有论者对杨红樱作出了极高评价,李学斌文中就引用了白冰的话:"'淘气包马小跳'系列是艺术含金量、文化含金量、市场含金量三者统一的优秀儿童文学原创作品。"白冰文章尚未见,权将此话聊备一格。

2004年底,由团中央等七部委联合发起"未成年人发展论坛",在上海分论坛的发言中,方卫平首次提出目前国内的儿童文学创作正处于低谷,我在发言中作了响应,并作出进一步的论证。许多媒体对此作了报道。12月26日《新民晚报》在"谈话"版刊出了会上发言,我名字下有这样的话:"儿童文学创作正处于近年来最低落的状态。儿童文学创作没有出现特别重要的作品,也没有多少新人涌现。少儿出版中的所谓畅销书,主要是两种:简单搞笑的系列书(如杨红樱的作品)或成套推出的'青春文学'(其实是写得相对干净的通俗软性读物),它们都不是真正的儿童文学。"

至2005年夏,情况仍未有根本的改变,童书出版物在上述两方面的跟风克隆有愈演愈烈之势。9月中旬,在上海的一次研讨会上,作家彭懿指出:"刚刚结束的少儿图书订货会上,一眼望去,花花绿绿的几乎全是杨红樱的书。""杨红樱的图书是畅销书,充其量只能是读物。我们不是要贬低杨红樱的书,但是,杨红樱几乎占了儿童文学作品的半壁江山,一个人的创作在整个中国儿童文学创作中占有如此地位,这到底是好事还是一种悲哀?"我则重述了半年多前的看法,认为"中国儿童文学目前已经陷入最低谷"。9月20日《新闻晨报》对此作了报道。

这些发言很快受到反击。在北京的一次会上,樊发稼"怒斥上海某些评论家无视儿童文学近些年来的进步,认为在他们眼中,国外月亮就是比中国圆,是自轻自贱"(见2005年11月29日《中华读书报》),并把他们称为根本不读作品却妄下结论的酷评家。12月20日《文艺报》发表李东华的文章《2005,儿童文学的新声音》,文章一开头就说了一段与樊发稼几乎一样的话:"2005年的儿童文学是沉稳的……不像一些不阅读儿童文学作品就敢妄下断言的酷评家所说的,我国儿童文学正处于低潮。"这很容易让人联想到一年以前,阿川在批驳阿甲时,一开头就说的话:"阿甲先生是'卖书人'、'爱书的读书人'、'阅读推广人',也许是平时事务太多,加之童书又是'相当初级的',阿甲先生没有时间细读,或者是不屑于细读,他对原创童书所作的评判在我看来显得轻率和不负责任……"值得想一想的是:为什么一有人提出批评,马上就要断言他是"根本不读作品"或"没有时间细读"?这样说有根据吗?难道读了作品就只能说好不能说坏,不能有与自己稍稍不同的见解?

关于童书评价体系的论争

2008年秋天,在北京师范大学召开了一个有关杨红樱作品的研读会。在所有新闻中突出报道的,多为浙江少儿出版社副社长郑重的发言。《中华读书报》10月15日头版,刊发了题为《杨红樱引发书业界反思童书评价体系》的会议新闻,主要内容是郑重和北师大教授王泉根对杨红樱的评价。报道中出现了一些很有趣的推论。比如,郑重说:"在职业的出版人看来,如果作品不具备内在的特质,即使花十倍以上的推广力量,也不可能获得畅销;即使内容尚可的作品,在推广上不惜血本可让其畅销三五月,但绝不可能像杨红樱作品那样,畅销三五年甚至整个2000年代。"于是他认为,"断言杨红樱的畅销仅是'商业化的畅销'这种说法是站不住脚的"。这就很奇怪,为什么畅销时间一长,性质就变了,就不能再说是"商业化的畅销"?商业化就只能"三五月"?这是不是受了中国图书大多短命的影响?事实上,畅销了几十年甚至几个世纪的商品有的是。就说咖啡吧,现在八十岁以上的人,有很多都能记得儿时听到过的麦氏咖啡"滴滴香浓,意犹未尽"的广告,半个多世纪过去了,难道这种咖啡已不是"商业化的畅销",而真的转化成伟大精神产品了?真正的畅销肯定要有"内在的特质",靠人为硬做出来当然不行,但这是什么特质?还不就是畅销的潜质,亦即商业化的特质吗?

当然,书业界有"畅销"和"长销"的说法,但概念的转换不能改变事物的性质。何况杨红樱的畅销纪录并不是指她哪一种书,而是她历年所写各种书的总和,所以,说"高产加畅销",也许更准确些。

王泉根教授说得更实在,他的开场白是一个实例:"前不久在江西南昌举行的全国少儿图书交易会上,一位民营书店经理说:'杨红樱三年不写书,我们卖什么?'"这太说明问题了:作者快写,出版社快出,零售商快卖,这不正是典型的商业行为吗?

应该说,杨红樱作品在商业上的成功,拉动了中国童书的出版和销售,这是一件大好事,零售商和出版社感谢她,更是无可非议。然而,因为她商业上的成功,就一定要"反思童书评价体系",要承认她的作品是"优秀的儿童文学",要文学批评界改变"评价标准",这就有些荒唐了。我甚至觉得,其荒唐程度不亚于一个人当了总统就一定要高等学府授予他名誉博士学衔。事实证明,这些出版者对于过去有的评论家(比如邱建果、李学斌等)把杨红樱定位于"商业化写作"

是并不满意的,它们真正的目的,就是要将其树为中国儿童文学的"样板"。

其实,商业上的成功,与作品文学性强不强,本来就是两回事。文学性要通过艺术分析来把握,商业成功要通过市场来把握。想通过市场来把握文学性,是不可能的。市场上畅销的书既有文学性强的,也有正好相反的,这一点也不奇怪。文学性并不是畅销的必要条件。所以,你可以怀疑批评家对作品的艺术分析有问题,但你还是要通过更有说服力的、更深入作品实际的艺术分析,来取代那种过时的不合理的批评,而不是借用市场上的成功来说事,更不能用零售商要货的话来取代艺术分析。对《哈利·波特》那样的作品何尝不是如此?谁也没有因为它的全球畅销就说它文学性强;我倒是写过赞扬它文学性的文章,我用的也还是艺术分析,并不与它的畅销混为一谈。但面对商业性和文学性都远不能和《哈利·波特》相比的杨红樱的书,出版者却提出了非分的要求。

郑重有这样一段话:"为什么在严肃的儿童文学评论体系指导下,作家们并没有写出很受欢迎的作品?而能让亿万小读者疯狂着迷的作品却恰恰受到主流评论界的批判?"这实在是很大的误解。批评家并不能指导创作,创作是作家的工作。批评总是第二性的,批评家的作用小得很,他只能在创作发生后,作一些分析而已,也许相当于化验师吧。通过投入的审美体验和艰苦的论证(其中包括对大量作品和过去的审美经验作细致比较),发现作品的美点和独创性,指出它艺术含量的高下,当然也可指出由艺术所表达的思想的含量,这就是他的工作。提醒一句,那些不以艺术分析为基础而经常下一些空洞的大结论的批评家,往往是可疑的;那些自以为是创作指导者而爱在作家面前指手画脚的批评家,更不要轻易去相信。或者也可以说,批评家相当于品酒师,你不能因为没有酿出好酒,就迁怒于品酒师的存在。你也不必因为品酒师说你的酒味不醇,就怒不可遏。他公布的不过是自己的研究成果,你完全可以设法把酒味搞得更好些。如果一桶酒卖得很好,而品酒师说不好,也不要一定以为是品酒师的错。他有自己的工作准则和工作尊严,他的工作具有独立的性质,他不是你的推销工具。很可能有些品酒师为生产商所买通,什么酒都说好,但这样的人总是长不了的,因为他已沦落为酒商的跟班。

既然有不同的打分,就有人爱判定对错。需要指出的是,这里有一种危险的倾向,就是现在的很多人,总以为市场是第一的,或唯一的:什么东西,市场好,一切好;与市场有矛盾,那一定是另一方的错。这种思路的实质,就是我们过去常常批评的"金钱至上"和"金钱万能"。上海作家孙颙在一次发言中说,现在对于金钱至上的批判太不够了,甚至还不如19世纪资本主义国家的作家们。这一提醒非常及时,简直可说是如雷棒喝。因为商业的需要,就希望文学批评能改变声音,这事实上是要将批评纳入整个商业运转中去(就像现在有的批评家正做的那样),这种非分之想正是金钱至上的典型表现。

"商业童书"的来临

我发现,在此之前,我们其实并没能对杨红樱的作品找到一个准确的定位。它代表着一个新的事物,这是随着书业的高度市场化,随着出版社的改制而到来的。它的最合适的名称,应该就是商业童书。

本来,儿童文学都是为儿童而创作的,是"为了儿童"的。在这一点上,大家的起点一致。市场经济到来了,整个社会结构出现了巨大的转变。在成人图书领域,出版了大量纯为盈利的商业性书籍;在舞台演出中,出现了大量奔着钱而来的商业性演出;在童书出版业,商业童书也悄悄萌生了。它以三阶段进入人们的视野:

第一阶段,在一些优秀儿童文学作品中,出现了畅销的因素,它们有很高的审美价值,作家也保持了自己的责任心,但市场和出版社很快发现了它们的商业价值,《男生贾里》《女生贾梅》就是这样的作品。

第二阶段,作家和出版者都开始以畅销为目的,采取了各种"走市场"的方式,但在作者们的心目中,仍丢不开对艺术性和审美价值的追求,也仍然保持了一定的责任心,所以作品常呈现矛盾和分裂的状况,水平参差不齐,畅销程度也受限制,曾经很活跃的"花衣裳"组合就是这样的作品。

第三阶段,作家和出版社密切配合,调动一切营销手段,从创作阶段起就进行包装,推出了一批艺术品质粗陋但轻松可读的书籍。所谓审美价值和责任心事实上已被扔在脑后,畅销和盈利成了主要目标。到这个时候,"商业童书"正式登场,杨红樱的"马小跳"系列是它出现的标志。杨红樱,成了中国商业童书的领跑者。

当然,商业童书并非全无艺术性可言,甚至,它也未必没有一点教育性。但在它们身上,艺术性和教育性,都成了商业的工具,都是作用于畅销的元素,而真正的目标是快速盈利。目标变了,整个性质也变了。

不妨作一类比:那些此伏彼起的商业性演出,难道没有一点艺术性可言?刘德华、费玉清、蔡琴的歌,有时艺术性还是很强的,甚至也有对人生的咏叹和规劝,但这并不能改变其商业演出的性质。杨红樱作品的艺术含量,与蔡琴、费玉清比一比,是更高呢,还是更低?每个人都可作出掂量。

对于商业童书,我们还来不及作出更多的研究。但至少有一点界限,可以先予划清,那就是:畅销,不等于文学性强,不等于艺术性强,更不等于思想性强,也不等于教育性强;只是它的"商业性"比较强,或非常强。

商业性的畅销有自己的必要条件,它往往形成这样几个特点:

它不能太有艺术上的追求;不能太有个性;不能太深;不能太新;要合于大众口味,要趋于"平均值";另外,成本不可太高(最好能快速成书,前一本销售势头刚过,下一本随即接上,就像一张接一张连续发传真似的)。

显然,在创作上,它与作家在审美价值上的追求走的不是一条道。其结果,使之更接近于电视剧,而不是电影——看电视剧可以不用心,可以吃零食并闲聊,可以分心开小差,甚至可以走开一会儿再接着看,它让更多的人轻松接受;但看多了电视剧的人,再看高质量的电影会很不习惯,以至于看不懂了。或者也可以说,它更接近于大众快餐,更像肯德基、麦当劳。

商业童书将会大量出现,甚至占领童书市场的大半个天下,这是不以人的意志为转移的。因为现在的出版社已是企业,企业是要经营的,资本总是要扩张的,这是它的本性。所以,多家出版社争出杨红樱或类似杨红樱的书,也是正常现象,是不必劝阻,也无法劝阻的。

但是,我们必须明白,这是商业行为,是盈利。出版者不必遮遮掩掩,也不可上欺下瞒,明明是迎合市场的快餐,却偏要自诩为"最佳烹饪作品"。出版社可以理直气壮挣钱,但要实事求是宣传。这是底线。

现在的问题是,政府部门、宣传机构、专业团体、研究者、专家、教授……对此也要有一个清醒的认识。我们再不可把商业童书误当作优秀文学作品推荐给我们的儿童了,儿童的读书时间非常有限,高品质的非营利性的儿童图书市场因受到商业童书的挤压正变得越来越小,我们所需要推荐和奖励的恰恰是那些非商业性的好书!在市场经济大潮的冲击下,真正优秀的中外儿童文学已暂时处于"弱势"的地位,我们不能不看到这一严峻的现实。对于"商业童书",如掉以轻心,早晚会有大的教训。

当然,商业童书拉动了图书市场,完成了利润指标,出版领导部门可从产业的角度予以表彰,税务系统也可作为纳税大户进行奖励;一旦它的格调过于低下,出现了类似"三聚氰胺"那样的有害成分,政府部门则应予以处罚或绳之以法。总之,要依法办事,决不能再将其商业上的拳头产品与文学艺术上的高端作品混为一谈了。

真正危险的,是资本不但有扩张的本性,还有强烈的垄断欲望。

在北师大的会上,几家出版杨红樱商业童书的企业已联起手来,除公布一些夸张的数据以说明杨的书占领市场份额之大,以对别的书籍和出版社形成威慑外,一个最突出的特点,就是呼吁批评界应该改变批评标准了。换言之,就是要以杨红樱的书作为评价一切儿童文学的基准,而其理由,就是畅销。

这里传达出的信息,是一个书业"托拉斯"的雏形已在蠢蠢欲动。托拉斯是"资本主义垄断组织形式之一,由许多生产同类商品或在生产上有密切关系的企业合并组成……托拉斯的成立,是为了垄断销售市场,争夺原料产地和投资范围,以获取高额垄断利润"。在我们还没有一部"反垄断法"的时候,必须警惕这种"垄断销售市场"的行为。因为它一旦形成,中国的童书市场事实上也就形同荒漠了。商业垄断与"四人帮"的文化专制主义具有同样的破坏力,它们最害怕的就是百花齐放。

郑重提出"反思童书评价体系"的命题(见 2008 年 10 月 15 日《中华读书报》)。事实上,所谓"严肃的儿童文学评论体系",虽不是一成不变的,却也不是能够轻易修改的。儿童文学评价体系的背后,是整个世界儿童文学史和无数优秀作品在作支撑。试问,杨红樱的那些商业童书真的足以推翻世界儿童文学史和无数已有的优秀创作吗?更大的问题出在对批评的定位上。本来批评是外在的声音,一如品酒师之于酒商的酒。但郑重以"小读者着迷"(其实也就是卖得好)为由质疑"评论体系",要让评论体系向卖得好的书靠拢。一旦评论真的不再以中外优秀儿童文学为基准而只以当下最畅销的书为基准了,那还会有别的声音吗?批评就变成了畅销书自己对自己的表扬和对异己者的讨伐。从此,"当下最畅销"的也就成了永远的霸主,这不就是垄断的形成吗?

从"商业童书"的悄悄产生,到人们还未对它有一个清醒的认识,却围绕它发生了种种争论,再到它迅速攫取出版资源,并一步步谋求垄断,这一切来得太快了!我们再也不能懵懵懂懂,不予认真对待了。

我们该怎样认识杨红樱

——兼与刘绪源同志商榷

乔世华

刘绪源《"杨红樱现象"的回顾与思考》(《博览群书》2009年第3期)在回顾了近几年关于杨红樱作品引发的种种争论后,对于此间暴露出的当下文学批评被纳入商业运转中的现象作当头棒喝,其中观点确实有振聋发聩、醒人耳目处。刘文对于杨红樱作品的评价是很明确的,即这是"商业童书",而且从出版界在对童书评价体系的反思和对于杨红樱的肯定评价中发现了"书业'托拉斯'的雏形已在蠢蠢欲动",看到商业童书正在"迅速攫取出版资源,并一步步谋求垄断"。这一观点不可谓不深刻,但未免笔走偏锋了。其中涉及的对杨红樱作品的评价诸如认为"她的创作严重缺乏文学性","是从文学中剥离出来的畅销书","杨红樱作品无法与经典儿童文学相比"等观点,我又实在不敢苟同,感觉着刘先生的结论下得太武断了。

作为家长,我早先也曾认为杨红樱作品的成功完全是商业运作的结果,所以当看到我的孩子以及她周围众多的小伙伴们非常喜欢杨红樱时是很不以为然的。但在后来为着给孩子讲故事,而拿起杨红樱的作品来认真阅读时,我发现我过去实在是误"读"了杨红樱,那些模仿她的跟风之作与她的作品的差距实在是太大了。我很认真地读过几乎杨红樱所有的重要作品——诸如她的科学童话、抒情童话(如《亲爱的笨笨猪》、《神秘的女老师》等)、校园小说《女生日记》、《男生日记》、《五·三班的坏小子》、《漂亮老师和坏小子》、《假小子戴安》以及迄今为止所出的《淘气包马小跳》系列20本和晚近创作的系列童话体小说《笑猫日

题解 本文原载《博览群书》2009年第6期。文章对刘绪源关于"杨红樱现象"的若干观点提出了一些修正意见。文章认为,刘绪源对"当下文学批评被纳入商业运转中的现象"作当头棒喝令人印象深刻。但是,刘绪源的文章并没有从分析杨红樱作品的内在特质入手来界定它的商业属性,因此缺乏有效的针对性。本文认为,杨红樱童书精准把握了这个时代儿童读者的阅读心理以及接受能力,它的畅销并非是商业运作的结果。因此,儿童文学评论界应从它的畅销中反省现行的批评标准是否存在着滞后于时代、是否忽略了儿童读者心理、是否滞后于作家的创作等诸多可能存在的不足。

记》8本,感觉杨红樱的童书写作很有思想内涵和艺术含量,无论是在思想性上还是艺术性上都很有可圈可点之处:其作品对于友谊、爱情、亲情、教育、责任等理念的巧妙而成功的表达和传达,令我深深佩服,这是真正做到了"寓教于乐"的;杨红樱兼具幽默、讽刺、抒情等多副笔墨,在写作中很好地把握了孩子的阅读心理,注意叙事节奏,在语言、动作的描写上生动洗练、立体动感,最好不过地以自己的作品说明了"儿童文学应该是浅语的艺术"这个道理。以上所说是完全忠实于我自己的阅读感受的。我由此感到杨红樱在当代实在是一个不容忽视的重量级儿童文学作家。至于杨红樱应该在文坛如何排名、居于文学史上什么样的位置,这不是本文所要讨论的问题,我本人也完全没有这个能力来做出预测。但我觉得如何看待杨红樱现象,这的确涉及如何认识新世纪中国儿童文学的价值承诺、审美嬗变与发展走向等一系列问题。也就由于此,我觉得有必要对一直以来存在着的非议杨红樱的声音加以反省。

刘绪源在文章中提到了杨红樱作品的"文学性"缺乏的问题。首先来看"文学性"这个概念,事实上,一直以来文学的边界都处在游移变化当中,新文体在不断产生,旧文体在不断消亡,非文学的因素时时在进入到文学中而使得原有的文学因素产生着新的变化。所以,用所谓"经典"文学或者昨天的文学来要求和考察今天的文学、用一种既定的"标准"、"框框"来衡量今天的文学、拿成人的审美趣味来规范儿童的审美趣味、拿既有的陈腐的儿童文学观念来指导和评价当下的儿童文学创作是不合时宜的、毫无意义的,也是没有任何效力的。这也许得用"一时代有一时代之文学"的观点来解释文学所发生的一切变化了。而且与此相应的恰好就是"一时代有一时代之读者"了。过去不是总有人习惯说"我们这一代是读着《青春之歌》、《红旗谱》、《创业史》、《三家巷》长大的"一类话吗?言下之意是比他们小的小字辈居然不看这些书了,而是投入到对别的作家作品的阅读中去了。依愚见,出现这种情形实在是很正常的。我本人在高校从事中国现当代文学的教学工作,就越来越感觉到今天的大学生已经对于我们文学史上奉为圭臬的一些作家作品明显不感兴趣了。时代接受环境不同了,我们也没有任何必要去"强迫"学生、孩子去认可我们所认可的作家作品,好恶着我们的好恶。

我们当然希望孩子生下来一会认字最好就直接徜徉在《西游记》、《红楼梦》、《荷马史诗》、《安娜·卡列尼娜》等经典文学的殿堂中。但我们又知道那是不可能的,孩子有孩子的年龄特点、心理特征,在他的年龄段里,他只能做他感兴趣的事情,阅读也是这样。所以,在对儿童文学作品进行评价时,是不能用成人文学作品的标准来衡量的,那样做显然有失公允。我自己也曾读过从前的某些所谓优秀儿童文学作品(包括刘绪源先生所认可的那些优秀儿童文学作品,恕不一一举出这些作家作品的名字),但连自己都感觉到有些作品成人气息太浓、语言太不灵活生动了,更不用说当下孩子们的阅读感受了。若是以成人文学的评判标准来看,这样的作品也许是优秀的,但是我们可曾考虑过,今天的儿童是否能够接受这样的作品呢?我就曾把这些成人认可了的所谓"经典"、"优秀"的儿童文学作品拿给我身边的孩子们阅读,他们却并不热心。新近由当当网联合百度贴吧、中国出版网等发起通过线上线下两种方式对中国青少年阅读真实状况进行的一项调查就表明:很多家庭的家长和孩子在阅读方面存在严重鸿沟,孩子喜欢的书籍很多不被家长看好,而家长推荐的书目令许多孩子味同嚼蜡(《大连日报》2009年4月25日B1版)。显然,今天的成人和儿童之间的阅读需求、意愿已经有着很大的差异了。我们的儿童文学作家没有理由再去漠视这种差异,继续关在象牙塔里我行我素地创作所谓"有很高的审美价值"(刘绪源语)的作品了。据我自己的观察,杨红樱作品能令小读者着迷,恰是因为她充分尊重了不同年龄段的孩子的阅读心理、认知程度、接受程度,在她的作品里,情商、智商、玩商被有机地融合组接在一起,孩子的心灵奥秘被有效而成功地破解了。杨红樱在孩子中间的"受宠",原因就在于她的作品充分满足了孩子们的期待视野,全面地适应了孩子的情绪、心理、趣味和接受水平,从而完全实现了"视界融合"。以《淘气包马小跳》来说,它就是专门给小学生写的。至于杨红樱的《女生日记》《男生日记》《假小子戴安》等则兼顾了初中生。换一个角度来看,孩子对杨红樱的着迷恰好说明了当下真正适合孩子阅读的文学读物不是太多,而是太少了。与此形成鲜明对比的是,还有众多的儿童文学作家仍然在忽视儿童读者的阅读心理和接受能力,"闭门造车",以致自己的作品常常会拒小读者于千里之外。

刘绪源在《"杨红樱现象"的回顾与思考》和他在此前发表的文章《批评能跟着畅销转吗》(《文汇读书周报》2008年10月24日3版)都曾以咖啡、肯德基、麦当劳、酒、烟草等的长时间的畅销来做比喻,用以说明杨红樱作品的畅销虽然是长时间的,但也仍然是"商业化的畅销",其内在特质仍然是商业化的特质。这种比方固然说理晓畅明白,但作者恰恰有一点忽视了,那就是咖啡、鸡柳汉堡、麦香鱼、酒、烟草完全都是作用于人感官的物质产品,它们的功效是不能与作用于人心灵的精神产品相提并论的,所以也就仍然不能解释杨红樱作品畅销的"内在的特质"了。而且自始至终,刘文并没有对杨红樱作品的"内在的特质"进行分析从而让人们意识到这是商业写作,反倒是始终围绕着外围——出版社和书店经营者对于杨红樱作品的种种评价——来大做文章。不必讳认,在对杨红樱作品的推介中肯定会存在着"炒作"行为(其实当下很多作品的上市都多多少少有着这样的背景),但我们能不能回到文学自身,把对杨红樱作品推广的外在商业行为和杨红樱的文学写作本身区别开来呢?窃以为只有这样,才能更好地说明问题。

不必讳认,杨红樱的作品质量并非居高不下的,其中也有着高下良莠之分。我一直怀疑刘绪源对杨红樱诸多作品的阅读仅限于《淘气包马小跳》系列早先出的几本,这个系列是从2004年开始推出的——刘绪源也正是在当年写下并发表了《试说杨红樱畅销的秘密》一文。其实在那几本之后,杨红樱的《淘气包马小跳》越写境界也越开阔,逐渐摆脱了刘绪源所说的杨红樱作品"具备了一些搞笑故事特有的畅销因素"的倾向。而且,我也并不认为这种所谓"搞笑故事"就没有了文学性。再者说,文学作品的畅销绝不是罪过,文学作品的"叫好"与"叫座"并不是始终矛盾着的。想当年,鲁迅、茅盾、巴金、老舍、曹禺的作品初问世时卖得也不坏,甚至他们有不少作品一时还有洛阳纸贵之势,到今天来说,他们的作品也还称得上是畅销书了,可今天有谁能就此否认他们的现代文学大师的地位呢?拿我前段时间看到的数据来说,巴金的《家》自1933年首次出版单行本至今总印数达到457万册,曹雪芹《红楼梦》印数有443万册,老舍《骆驼祥子》有406万册,鲁迅《呐喊》也有255万册(见《京江晚报》2008年10月17日B1版),这不恰好说明了经典与流行正是达到了高度的统一了吗?刘绪源对"小读者着迷"杨红樱作品的现象的认定是"其实也就是卖得好",其实,稍具备点常识的人都会知道,"小读者着迷"和"卖得好"这二者之间并不存在着必然联系。

批评家往往并不是好的预言家。这也是我——一个学习、教学文学史有些时日并对文学史研究有点爱好的普通读者的一点看法。犹记得上世纪80、90年代,有不少著名学者撰文细致分析沈从文、张爱玲如何如何只可能是末流小说家,或者顶多算得上是二流小说家,我也曾深深以他们的观点为是;但时至今日,从学界传出来的声音却是沈、张无愧于小说大师的称号。再如,西方不少作家如司汤达、卡夫卡、劳伦斯、乔伊斯、贝克特等或者生前文名寂寞或者作品屡遭非议不被认可,但在后来却或者都获得了世人的认同或者在文学史上拥有了一席之地。这也恰好说明了与这些大师同时代的批评家的缺席与失职。或者更进一步来说,批评家"走眼"的时候太多了,批评家的批评标准、评价体系往往严重滞后于作家的创作,所以也就会时常出现作家生前身后的冷遇热议等种种怪现象了。这也是文学史屡写屡新、文学史上对作家的评价潮起潮落的一个重要原因(当然也有时移世易、时异事殊等缘故)。所以,在今天出现呼吁"反思童书评价体系"的声音也是很正常的。我们不妨借此机会认真反省一下:在今天的童书评价体系乃至文学评价体系中,是不是存在着为着维护既定的文学秩序而漠视当下文学变化、无视文学天性的现象?也许批评家需要转变的首先是观念。

我也常常想,也许正是在对作家作品的各种"正读"、"误读"、"歪读"这几种力量的相互较力中,我们才能更好地廓清眼前的迷雾,更加逼近真实。

另一种规训

——作为教育故事的杨红樱童书

赵 霞

一

早期儿童文学诞生于社会对儿童实施规训的需求,直至今天,上述显在的教育意图仍然牢牢地寄居在这一文体之内。在此过程中,人们对于儿童规训本身的概念以及规训方式的理解也在发生变化。当既有的文学规训意识和话语越来越趋于消极和失效时,许多当代作家在致力于探寻通往积极意义上的儿童社会规训的另一种更合理也更有效的文学路径。

作为新世纪最具市场召唤力的畅销童书作家,杨红樱也是怀有上述追求的儿童文学写作者之一。她的那些通常被指认为娱乐童书的儿童文学作品,其精神上的终点其实并非娱乐,而是儿童的社会教化。它们参与书写着本土儿童文学的一种新的规训取向,它不是普通意义上的寓教于乐,而是试图从纯粹的童年趣味中探求文学教育的可能,尽管在杨红樱的作品中,这一探求并未完全成功。

提出这一点并非要为杨红樱的畅销童书写作进行辩护,而是期望从杨红樱儿童文学创作的文本现实出发,来揭示和描述其真实的文学面貌。我认为,对于杨红樱的大部分儿童文学作品来说,面朝儿童的教育关怀构成了运行在文本之下的一个驱动力量,它影响了这些童年故事的基本价值取向,也影响着作品中童

题解 本文原载《文艺争鸣》2012年第6期。文章从教育与规训的角度对杨红樱的畅销童书进行了深入解读。文章认为,对儿童的教育关怀是运行在杨红樱大部分作品中的一个基本动力,呼应了中国当代儿童在现代生活中的权力增殖,激发了儿童受众的积极共鸣,并在商业路径的配合下引发了一场规模空前的童书畅销潮流。但随着杨红樱童书的畅销,作家原先所致力于探求和表达的对于儿童教育规训的前卫理解,日渐退化为一种缺乏思想和艺术生气的训诫式教化,也耗尽了朴素的"为儿童写作"这一精神资源的潜力。文章最后指出,来自童书市场的接受热情常常会遮蔽中国当代儿童文学需要不断拓展与升华童年美学境界这一命题的必要性和迫切性。

年形象的塑造和呈现。在杨红樱的作品中,这一教育关怀表现为作家在充分认可童年独立的意志、权利、尊严等的基础上所提出的对于当代儿童社会规训方式的重新企划。参照世界范围内儿童文学的发展现状,这本来不是一个多么特殊的文学事件。但是,它恰好发生在当代中国儿童生活转型的关键时机,并呼应了当代儿童在现实生活中的权力增殖,由此激发起儿童受众的积极共鸣。在商业路径的配合下,它最终引发了一场规模空前的童书畅销潮流。

自杨红樱成为新世纪童书界炙手可热的畅销作家开始,对于这位童书作家的批评一直与其作品的畅销现实如影随形,而这些批评在很大程度上也是对于以杨红樱作品为主要代表的童书商业化现象的一种警惕和回应。在新世纪中国儿童文学的创作队伍中,杨红樱并不是一位新人,早在20世纪80年代、90年代,她就以小学语文教师的身份开始了持续的童话写作。她的第一部长篇童话小说《度假村里的猫儿狗儿》曾收入江苏少年儿童出版社的"中华当代童话新作丛书",于1993年11月出版。但这一时期,杨红樱的创作还没有引起儿童文学界的太多关注。直到新世纪初,她以"淘气包马小跳"系列为主要代表的儿童小说创作在市场所获得的巨大成功,忽然将她推上了童书行业的金字塔尖,作为儿童文学作家的杨红樱及其作品才真正成了一个引人注目的话题。杨红樱童书的持续畅销引发了市场对于杨红樱童书的某种"神话化"的过分尊崇,并由此催生了大量名义上的跟风作品。针对杨红樱的批评正产生于这一特定的童书创作和出版潮流之下,它包含了批评界对于商业运作过度介入童书领域的不满,以及对于由此而来的儿童文学美学生态失衡现象的忧虑。①

这一过程逐渐催生了对杨红樱童书的一种根深蒂固的看法,亦即杨红樱的儿童文学作品主要是娱乐化的童书,它缺乏严肃的文学性和思想性的基底。②上述看法导致了这样一个矛盾的现象:一方面,杨红樱的童书或许是新世纪以来拥有最为广大的儿童受众群体的本土儿童文学作品;另一方面,由于这些作品在评论界遭遇的诸多争议,它们又在很长一段时间里遭到主流童书推荐体系的疏远。2011年4月,杨红樱早期创作的短篇童话《寻找快活林》入选"中国小学生基础阅读书目"推荐书目;同年11月,作家在接受《羊城晚报》记者采访时就这

---

① 例如,2008年10月和11月,学者刘绪源先后发表《批评能跟着畅销转吗》、《杨红樱现象:商业童书和批评标准》两篇文章,针对市场对于杨红樱童书的艺术拔高以及商业童书的艺术垄断现象提出了尖锐的批评。这是儿童文学界对于杨红樱童书的具有代表性的批评声音。
② 《人民日报》对于2010年中国作家富豪榜的评点,即将包含杨红樱在内的前十位上榜者的作品与严肃文学划开界限,认为它们反映了当前中国阅读市场的"娱乐化、功利化倾向"。《人民日报》2010年11月16日。

一消息表示"我觉得有点意外,因为大多数书目都不选我的书,呵呵"。当记者就此追问"为什么很多书目都不选您的作品?一直以来,孩子们都很喜欢您的作品"时,她答道:"书目都是成人选的,每个人都有自己的尺度、自己的喜好。不管别人怎么评价我的作品,孩子的评价在我心中才是至高无上的……"[①]这一并非完全切题的回答,透露了杨红樱的童书在批评界的某种尴尬的接受现实,而这一现实与前面提到的看法之间又有着互为因果的内在关联。

但是,在我看来,杨红樱的许多童书不仅仅是娱乐性的,也包含了严肃的教育责任意识,就书中对童年生活所提出的诸多指导而言,她的不少作品读起来更像是教育故事。尤其在她的早期创作中,其试图改善童年现实的意图要远远大于其试图取悦童年心性的目的。甚至杨红樱的作品开始畅销的原因,首先也是由其特殊的教育意图促成的,而不是直接来源于它的娱乐性。毋宁说,这些作品之所以呈现出愉悦儿童读者的文学面孔,恰恰是由于受到作者教育观影响的缘故。从这个意义上来说,杨红樱并不是一个儿童文学传统的离经叛道者,而是这一传统的忠实维护者。与此前的许多童书作家相比,她的特殊之处仅仅在于,将长久以来过分向成人意志倾斜的教育规训的天平,朝着儿童的一面又加了一扳,而且扳得不轻。可以说,在一个富于童年转型意义的时代,正是杨红樱对于儿童教育的理解为其写作提供了重要的文化依托,进而成全了其童书的市场成功。因此,仅仅从商业化的角度来理解杨红樱的写作,是不够公正和全面的;同样,仅从商业营销的视角来理解这类童书的畅销,也是不够客观和完备的。

二

近三十年间的"应试教育"现实构成了新时期以来中国儿童最为普遍和基本的一个生活背景,也参与塑造着当代童年最为广泛、深刻的一种生存体验。与相近时期的许多中国儿童文学作家一样,杨红樱的不少童书都表达了对于这一日益畸变的儿童教育现象的批评。她出版于1998年的童话《那个骑轮箱来的蜜儿》(以下简称《蜜儿》),其中不少情节就是针对应试教育或应试教育的产物有感而发之作。故事中飘然而来的仙女蜜儿尽管是以保姆的身份出现在女孩孟小乔的世界里,但在称职的现实教育者缺席的情况下,这位多少模仿自英国作家特里弗丝笔下著名的女保姆玛丽·波平斯形象的女主角,恰恰扮演了一位理想的

---

① 《不要剥夺孩子阅读的自主权——著名儿童作家杨红樱访谈》,《羊城晚报》2011年8月14日。

代理教育者的角色。

这一教育者的身影几乎没有在 2000 年之后杨红樱的任何一部作品中缺席，它或者附着在特定的故事角色身上，或者以隐含作者的身份，支配着故事叙述和情感传达的基本精神走向。出版于 2000 年 7 月的《女生日记》，原本就是作家为自己成长中的女儿所写的一部生活和教育手札。小说借女生冉冬阳的家庭和校园生活故事来表现当代少年所面临的身心成长、亲情友情、青春期的朦胧感情、教育现实、社会环境等问题，既充分表达了对少年的理解，也为他们给出了诸多具有现实操作性的生活指导。这部作品以及其后出版的续集《男生日记》，都透着十分清新、正统的教育讯息。

应该说，在儿童文学界开始反思当代教育现实并致力于还原一种质朴、真诚的童年关怀的尝试中，杨红樱并不是最突出的一位儿童文学作家。在她之前，秦文君的《男生贾里》《女生贾梅》、黄蓓佳的《我要做好孩子》等作品，较早就已开始触及当代少年的各种真实、当下的教育和生活问题，并开始呼唤对于童年的尊重和理解。严格说来，《女生日记》在题材和风格上并没有比这些作品走得更远。

但随着写作的推进，杨红樱的笔法开始有所转侧。她出版于 2001 年的小说《五·三班的坏小子》，在故事风格上发生了一些微妙的变化。正如这部小说的标题所暗示的那样，作家开始有意在作品中制造和渲染一种属于当代少年的特殊的"坏"。尽管这里的"坏"仅仅是对儿童游戏天性的一种还原，在这一点上它仍然延续了《女生日记》的精神，但它对于"坏小子"的理直气壮的肯定，却直指与传统教育观念中的"好孩子"大相径庭的一种童年价值判断。

"坏小子"是"淘气包"的前奏，它传达了这样一种对于儿童教育的理解：在教育过程中，对于童年充沛的生命力、创造力的尊重比之对于形式化的教育规训的顺从具有更高的合法性。因此，就作为教育对象的儿童来说，暗藏叛逆之创造力的"坏"往往胜于循规蹈矩亦步亦趋的"好"，因为前者比后者更具有促进个体成长的潜能；而真正富于成效的儿童教育恰恰在于发现、发展和导引儿童的上述天性，从而促成一种更健全的儿童发展。这一观念既是《女生日记》中强调尊重童年的现代教育观的一种演进，也是以林格伦为代表的 20 世纪西方经典儿童文学童年观的一种影响映射。

而"坏小子"和"淘气包"正是杨红樱得以撼动儿童文学市场格局的标志性作品。对于大多数读者来说，以"马小跳"为代表的儿童游戏者也比以"冉冬阳"为代表的儿童成长者更体现了杨红樱儿童文学写作的独特性。在对于童年现实的积极判定上,"淘气包马小跳"系列比《五·三班的坏小子》走得更远。它不但肯定了儿童游戏天性的价值,而且肯定了与此相连的童年文化相对于成人文化的优势。整个"马小跳"系列是以这样一个富于隐喻内涵的故事作为开头的:马小跳在自己百日生辰宴上的一记愤怒的跳跃,启发了他的父亲马天笑长年以来"昏昏沉沉"的脑袋,让他成了一个成功的玩具设计师,从此改变了他平庸的命运。这一场景奠定了"马小跳"系列大部分作品的精神基调,它所凸显的是儿童相对于成人的某种文化优势。在这里,杨红樱此前小说中常见的处于上位的成人教育者似乎退隐了,取而代之的是由童年自行主导的一场自由的狂欢。

不过,尽管从"蜜儿"、"冉冬阳"到"坏小子"、"淘气包",作家所褒扬的儿童个体看似从符合传统规训要求的"好孩子"逐渐转向了逆传统而行的"坏孩子",但这些角色之间的童年价值距离并没有我们想象的那么大。如果说在《女生日记》等作品中,杨红樱已经表达了对于既有教育规训方式的问题式反思,那么她的那些以"坏小子"和"淘气包"为主角的故事,则更试图通过另一种迂回的路径,来探询对当代儿童实施教育规训更可行的方法。

三

杨红樱是一位对儿童教育怀有想法的作家。这些想法不但揉进了她笔下的儿童角色和童年生活中,也常常直接流露在这些作品的叙述文字中。在《蜜儿》的续集《神秘的女老师》(2004)中,作者借仙女教师蜜儿之口表达了对于儿童教育的诸多反思:"在学校,学习的目的应该是发现他们的潜能;行动的目的应该是发挥他们的潜能;教育的目的应该是鼓励他们善于运用他们的潜能。""为了分数和名次,一个个鲜活的生命把自己变成学习的机器……这是一群迷失了自己的孩子们。""也许有许多的父母都不明白,正因为他们的爱子心切,望子成龙,用拳拳爱心残忍地剥夺了属于孩子们的童年的欢乐。"

这并不是一些多么独特的教育见解,它们夹杂在儿童故事的片段之间,甚至还带上了某些阻滞行文的扭捏感,但它们的确以一种朴素、恳切的方式道出了当代中国儿童教育实践的一些基本问题以及它给儿童带来的身心压抑。因此,在《五·三班的坏小子》、"淘气包马小跳"等作品中,作家试图从以下两个基本方面来表现教育应有的精神:一是对于儿童自由的游戏天性的欣赏和肯定;二是对于儿童独立的情绪意志的尊重和理解。通过对"坏小子"、"淘气包"们的肯定,这些作品意在反拨现有儿童教育体制的偏颇,顺应、投合儿童的精神现实,以此来疏通阻塞严重的儿童规训事业的河道。

正是凭借着这样一种富于现实针对性的教育理解,杨红樱在她的儿童文学写作中打开了一个朝向儿童的世界,也打开了儿童对于这个世界的认可。例如,在《开甲壳虫车的女校长》("淘气包马小跳"系列)一书中,作家以一个虚构的故事表达了自己,也是孩子们对于学校教育的某种"理想国"式的期待。小说中的新校长欧阳雪针对既有教育体制作出的包括推迟学校作息表上的上学时间,增加体育、音乐、劳动等学生喜爱的课程,将课外生活和文化实践引入课堂,为家长开设周末课堂等一系列革新措施,其目的正是为了"把童年还给孩子"、"把快乐还给孩子"。这类作品中所表达的对于童年生活的理解和尊重,成为最常被儿童读者们所提及的阅读快感之一。

然而,对于"坏小子"、"淘气包"的所有鼓励乃至"纵容",虽然冲破了传统教育体制加诸儿童的精神重轭,却并未冒犯儿童教育规训的基本精神。相反地,故事里的这些孩子是在享受自由和快意的过程中,被慢慢地、也是自愿地导向规训的终点——杨红樱笔下的"坏小子"们,最终将成长为当代社会中更称职的"好孩子"。

作家借文学的想象表现了这一规训方式的完满成功。在《五·三班的坏小子》中,"坏小子"们所带来的重重麻烦被表现为了少年剩余精力的释放和创造力挥发的某种外化。它虽然时常搅乱正常的教育秩序,打破日常的教育规约,但并未对教育的规训要求构成丝毫内在的威胁。相反地,对于这种表面上的违规行为的许可恰恰换来了"坏小子"们对于隐在规训者的心甘情愿的接受。当然,这里的规训不再仅仅关乎狭隘的考试分数或抽象的学生守则,而是更多地指向儿童个体身心的合理发展。于是,在少年游戏者的嬉笑打闹之间,我们也看到了少年彼此之间真诚的理解、宽容、关怀和扶持,以及少年与教育者之间、与世界之间积极的互动。同样的策略也显现在了"马小跳"系列的后几部续集中。在《寻找大熊猫》、《巨人的城堡》、《超级市长》、《跳跳电视台》、《侦探小组在行动》、《小英雄和芭蕾公主》等续册中,作家并没有进一步加强渲染该系列前几册中形成的那种浓郁的童年游戏和娱乐氛围,而是试图将儿童从单纯的游戏欢乐中牵引出来,在童年与它周边的社会生活之间建立起丰富的、积极的关联,并鼓励童年凭借自己的力量参与和改造社会生活。毫无疑问,这是一种远比围绕着应试需求而展开的狭义教育更完整、更合理、更富于积极意义的童年规训。

不可否认,商业上的畅销直接导致了杨红樱文学声名的提升,但仅仅将这一提升归因于商业运作的元素,对于"一直说儿童文学的作家肩负着社会责任"的杨红樱来说,的确是一个不小的委屈。在一次访谈中,杨红樱这样表达了这份委屈的情绪:"在我的身上发生了两个误区。一个误区就是没有人去认真地读作品,只是说因为我的故事浅显搞笑,小孩子才喜欢。另一方面,出版社见到利益,就找一帮人,让他们照着杨红樱那样来,造成了大量跟风。大量的跟风作品充斥市场,结果所有的账都算到我身上。"①

杨红樱的委屈不是没有道理的。"马小跳"系列开始畅销之后出现的大量应市场需求而急就的类似作品,基本上缺乏杨红樱对于童年和儿童教育的那样一种严肃、负责的思考,以及对于儿童文学写作行为的责任意识。它们择取了杨红樱作品中最为吸引儿童读者的文化因素,亦即由开明的教育理念转化而来的对于童年生命和生活方式的积极认定,以及与此相连的童年幽默精神,但仅仅是在十分皮相的层面上沿用了对于儿童现实生活的喜剧式呈现,而并未有耐性地去琢磨和吸收其本源性的教育思考。如果说在新世纪畅销童书的市场狂欢中,杨红樱的畅销作品的确扮演了重要的启蒙角色,那么整个市场对于这些作品的精神根底的关注,则显然是缺乏的。以杨红樱为代表的新世纪童书畅销现象,其起点并不仅仅在于商业文化,也在于童书本身的思想和文化内涵。这或许是今天的畅销童书行业需要格外予以反思的。

四

可惜的是,随着作品畅销的继续,杨红樱并没有能够把这一创新的探求持续和深入下去。或者说,杨红樱本人也并没有意识到自我创作观念反思和深化的必要。从《女生日记》到"笑猫日记",作家对于儿童文学教育意义的理解始终停留在最初的层面上,也就是对于儿童生存现状的善意、朴素的同情、理解和关怀。在2000年以来各类报刊的大量访谈中,杨红樱的自我创作说明反复强调了这一点,但是这一单纯的观念本身并不足以驱动更深厚的文学写作。我们看到,"马小跳"系列的后期作品并没有显出比前期作品更令人兴奋的文学质素,它们总体上还停留在一种较为浅层的童年趣味和幽默上,而未能像"淘气包埃米尔"、"小淘气尼古拉"等经典儿童小说那样,进入到对于童年世界、成人世界以及社会人生的更为开阔、深刻、智慧的思考和表现中。

事实上,整个"马小跳"系列在观念和风格上并不是一以贯之的。该系列第

---

① 李节《"我的世界里只有孩子"——儿童文学作家杨红樱访谈》,《语文建设》2010年第5期。

一册《贪玩老爸》所使用的并非纯粹的儿童小说手法,它的不少片段其实是借天马行空的童话手法写成的。比如发生在马小跳一家和懂得报恩的"犟乌龟"之间的故事,以及马小跳吹着泡泡糖飘到天花板上的情节。严格说来,这本起始之作更像是童话和小说的一个奇特的混合。显然,杨红樱开始写作马小跳的故事时,还没有想到它后来会成为一个如此绵长的系列。因此,在写作之初,除了对于童年生命发自内心的肯定和欣赏之外,她还没有想好究竟应该把"马小跳"系列定位在一个什么样的文学风格上。在我看来,正是这样一种纯粹出于作家本人生命感悟的童年情怀,使得她在叙写"坏小子"和"淘气包"的故事时,能够较为自然地进入到童年生活的生动现实之中,并准确地把握和表现孩子独特的生命感觉。然而,当这种感悟在未经更深刻的自我反思和提升的情况下试图拓展自身,介入更广阔的社会现象呈现和社会教育话题时,它就很容易退化为一种面向童年的形式老旧的简单说教。比如出版于2009年以汶川地震为背景题材的《小英雄和芭蕾公主》("马小跳"系列)与《那个黑色的下午》("笑猫日记"系列),仅仅是将汶川地震中发生的各样事迹挪入小说和童话的叙述内容中,不但故事的文学性大为削弱,也带上了明显的牵强说教的痕迹。在这样一些作品中,作家对于儿童教育的理解退回到了她自己在此前的作品中曾经批判过的那个功利性的教育规训传统中。

  导致这一现象的原因,恰恰也在于作家本人的教育观念问题。我认为,杨红樱的童书创作包含了作家从身为母亲和儿童教育工作者的切身体验中获得的对于儿童教育精神的质朴而又珍贵的领悟,但这一领悟的深度始终是有限的。早在杨红樱开始专注于表现童年游戏天性的时候,这一问题就已经露出痕迹。以《五·三班的坏小子》为例,这部小说在书写了"坏小子"们的各种童年狂欢之后,是以一个充满传统教育规训意味的结局来收尾的,它集中表现了这样一个军训表演的场景:当经过军训磨砺的五·三班学生在"魔王"教官的口令声中齐刷刷地扑倒在泥泞的地上,又齐刷刷笔直地站起来时,与此相配合的是广播里"播音员满怀激情的声音":"这就是我们的钢铁战士,他们有不怕苦、不怕累、勇往直前的战斗精神,风雨算得了什么?满地的泥浆算得了什么……"随后,当瘦小的男生"豆芽儿"匍匐在泥泞的地上艰难地"在敌人的炮火中前进"时,"广播里又响起播音员满怀激情的声音:前进吧,勇敢地向前进!曙光就在前头,胜利在向你招手……"以一个彻底成功的军事规训场景来表现孩子们最后的成长,这其中充满了意味深长的内涵,它在形式上收编了此前所有的童年游戏,并明确宣告了作家的立场——所有的游戏都是一种教育的迂回,是为了把童年更顺利地带回到正统的规训目的之中。

相近时期出版的另一部以一年级男孩为主角的儿童小说《小男生杜歌飞》，在表现了主角杜歌飞的种种淘气行状之后，同样是以一个充满传统教育规训气息的"入队"仪式来表现他最后的成长：

> 还有三天才开元旦庆祝会。杜歌飞每天对着家里的穿衣镜，练行队礼。他把身体站得像小松树一样直，右手五指并拢，高高举过头顶："时刻准备着……"

有一天，杜歌飞看见镜子里那个行队礼的人，突然有了长大的感觉。

不难看出，无论军训还是队礼，都是一个具有高度隐喻性的身体和文化符号，它所对应的是一种以个体对于集体规则的完全服膺和顺从为终点的教育规训体系。而这正是杨红樱试图在其作品中加以批判的那个旧教育体制的根本特征。在这里，批判者与被批判方的区别仅仅在于，前者通过向童年许诺"自由"和"快乐"的方式，将这一强制的规训变成了一个自愿的过程。以此作为结局的小说手法意味着，作品中对于童年游戏的文化纵容仅仅承担着一种类似于兴奋剂的暂时调节作用，它最终的目的乃是为了更顺利地在儿童身上育成传统教育体制所要求的"驯顺的身体"（福柯语）。显然，仅仅以这样一种方式来理解和诠释儿童教育的目的，恰恰显示了作家本人教育思考的有限度。或者说，由于缺乏更为深厚宽广的历史、文化和生活理解的支撑，作家对于儿童成长的理解虽然在一定程度上超越了既有体制的规约，却远未能抵达童年和教育精神的深处。

当杨红樱专注于儿童校园生活内容的呈现时，她对于儿童教育现实的切身思考和对于童年心性的深入理解，在很大程度上掩盖和弥补了这一问题。然而，一旦她笔下的故事稍一脱出普通校园生活的范围，便很容易因其教育观的乏力而失去对故事文学性和思想性的驾驭。整个"马小跳"系列写到后来，当作家试图将针对儿童的规训导向更广阔的社会生活时，杨红樱对于自己作为儿童教育者的身份意识，就以一种不易觉察的方式越过了她对于自己作为儿童文学写作者的意识；而与此同时，她对于故事艺术本身的专注，也开始越来越让位于她对故事规训意义的关切。这导致了"马小跳"系列越写到后面，其文学性的浓度反而愈益稀释，后来以童话形式继续这一题材的"笑猫日记"系列，与杨红樱的早期童话相比，已经看不出文学层面的明显优势。在我看来，持续推动着"笑猫日记"畅销的主要因素不再是作品本身的新意，而是经由"马小跳"系列累积起来的庞大的固定受众和巨大的品牌效应。从近一两年间杨红樱出版的新作来看,由作家的名字所代表的符号资本仍然在持续上升,但其作品的文学和文化质量却在疾速下滑。在这个过程中,作家原先所致力于探求和表达的对于儿童教育规训的前位理解,也日渐退化成为一种缺乏思想和艺术生气的训诫式教化。

这是一个奇怪的悖论。杨红樱童书的文学突破是从她对于当代儿童教育的理解突破开始的,但这一教育意图又在一定程度上反过来阻碍了其文学探索的进一步展开。在新世纪初特定的童年文化环境下,一种朴素的开明教育观念为儿童文学的美学突破提供了特殊的文化支撑,但随着这类创作的不断展开,它也很快耗尽了其作为一种精神资源的潜力。如果这一观念本身不能借由与文学的结合得到新的拓展或升华,那么它也将无力再为文学带来新的艺术驱动力。而这种观念层面的拓展或升华,恰恰是杨红樱迄今为止的儿童文学写作所欠缺的,也是整个当代儿童文学界实现进一步的美学提升所亟需的。毫无疑问,来自童书市场的接受热情常常会遮蔽这一需求的必要性和迫切性,而穿越这遮蔽则需要比单纯的"为儿童写作"更高远的智慧。

儿童文学"系列化"有喜有忧

李东华

当下的儿童文学呈现出品牌化、系列化的趋向,杨红樱的"淘气包马小跳系列"、"笑猫日记系列",曹文轩的"丁丁当当系列"、"我的儿子皮卡系列",沈石溪的动物小说系列,汤素兰的"笨狼的故事系列"……这是"系列化"的写作和出版生成的值得珍视的成果。"系列化"被认为是儿童文学这些年来在市场上摸爬滚打探索出的行之有效的营销模式。这种模式深刻地影响了当下儿童文学的创作和出版。然而,也许我们应该看到这样一个事实——这些作家在品牌化之前,已经经历了漫长的艺术探索,已经是成熟作家,究竟是他们成就了"系列化",还是"系列化"成就了他们?只有认真地面对这个现实,我们才可能真正搞清楚"系列化"写作的策略是否适合所有的作家,适合作家(哪怕是成熟作家)所有的作品,尤其是它对年轻写作者的影响。

我们是把"系列化"当成一种自我克隆,还是把"系列化"当成是儿童文学这种文体从单纯走向繁复的一种努力?是一种单调的自我重复还是一种多维度的建构?朝向这两个不同方向的理解和努力,会极大地影响儿童文学现在和未来的创作格局、艺术水准和少年儿童的阅读取向,尤其是对文学新人的艺术选择和他们的文学前途,都会留下深深的印记。

"系列化"丰富了儿童文学写作

从根本上说,"系列化"是儿童文学这种文体自身发展的一种必然的结果,

题解 本文原载《人民日报(海外版)》2015年5月22日。文章对当下中国儿童文学的写作与出版出现的"系列化""品牌化"现象进行了点评。文章从儿童阅读接受心理的"简单化"倾向和当代儿童生活的"复杂化"现实之间的关系肯定了"系列化"写作与出版的积极意义。同时,文章也指出了当下中国儿童文学在追求"系列化"图书效应时所存在的问题:把"系列化"普遍化,从而很有可能导致"系列化"走向"简单化",使作家创作与儿童阅读之间形成相互下坠而不是相互提升的关系。

是儿童文学这种文体从简单走向复杂的一种艺术雄心的体现。当前少年儿童的生活比之儿童文学创始之初,不知道要丰富复杂了多少,你很难用一个孩子的生活经验来覆盖所有的孩子,你也很难从一个孩子的一个侧面来覆盖他所有的生活。但是,从儿童的阅读接受心理来说,线索、人物和情节相对单纯的作品依然更容易为他们所接受。时代迅猛发展之后,少年儿童自身的生活要求儿童文学作家们在艺术上更为丰饶和复杂,不能用一种单纯的平面的方式去反映,而应该立体地多侧面地去发掘他们的精神世界。他们渴望一种更为复杂的体量更大的文体的出现,但是,如前所述,他们的阅读习惯又使他们更倾向于一种浅语阅读,"系列化"正是可以平衡这样一种矛盾的合适的方式。从每一本来看,它篇幅适中,内容没有那么复杂艰涩,符合这个时代对于快速阅读的心理需求,然而众多的文本组合在一起,又满足了读者对于复杂性的一种渴望。成功的"系列化"作品可说是把"单纯"和"复杂"比较有效地结合在一起的一种文体。

当我们来考察《纳尼亚传奇》、《哈利·波特》等风靡世界的系列作品时,我们会发现,虽为系列作品,但每一本并非是对前一本的重复,它不是平面的铺排,而是立体的,每一本都构成了一个独立的侧面和维度,共同形成了一个浩瀚和复杂的艺术世界。这两个系列都是 7 本,而不是 70 本,证明严肃的"系列化"作品并非可以无限制地写下去,它的体积大小是由它本身的生活容量和思想容量决定的,而不完全是市场和读者决定的,否则这些书在数量上再增加一倍也照样有粉丝的追捧。

从上面可以看出,"系列化"的写作策略,不是一种偷懒的方式,不是一种注水式的摊大饼式的写作,相反,它恰恰是一个作家在艺术积累到一定程度后,能够驾驭一种更为宏阔的文体能力的体现。这也不难看出,那些真正在市场上立得住,在文学上也立得住的作家作品,是前面所提到的曹文轩、杨红樱、沈石溪、汤素兰等等这些本来就已经很成熟的作家,与其说是"系列化"成就了他们,不如说,他们的成功谕示了"系列化"写作,不应该是 1+1+1……=1 的模式,而应该是 1+1>2。

"系列化"有时是甜蜜的陷阱

中国式的"系列化"写作和出版的问题在于把它普遍化,尤其是因为"系列化"所带来的规模化更容易吸引读者的眼球,更容易带来利润,又反过来强化了这一倾向。浅薄的"系列化"可能走向的一个极端就是作者和读者的双重沉溺甚至沉沦,读者沉溺在一个熟悉的形象和模式里不可自拔,没有兴趣去接受多元的富有差异性的生机勃勃的艺术世界,不能专注于深度阅读。而沉迷于读者追捧的写作者,也会在名利双收中放弃更多的艺术上的探求,在自我重复中丧失艺术的创造力。尤其是对于一个刚刚开始创作的新人来说,市场化的巨大需求使他们不必像前辈那样经过一个艰苦的学艺期,他们可以一上手就选择"系列化",但是,这种市场的热情以及由此造就的神话,有时候是一种甜蜜的陷阱。它要求一个作家的自律性要更强。

中国本土的儿童文学创作最大的问题是"简单",在思想上和艺术上不够丰饶。从各种畅销书榜上可以看出,中国孩子阅读中的最大问题是喜欢"简单"。"简单"是拉拽着中国儿童文学创作和阅读难以自由飞翔的地心引力,而中国式的"系列化"写作和出版模式,可能会加剧这一倾向,从而使看上去非常生机勃勃的儿童文学"黄金"时代,却可能没有留下有重量的作品,这是这个时代的儿童文学作家和出版人需要应对的难题。儿童文学写作和阅读怎样才能形成相互提升而不是相互下坠的局面?认真地对待"系列化"这个看上去无往而不胜的出版利器,是大家努力的方向。

第十二辑
比较儿童文学与儿童文学国际化

导语

  作为一门学科而言,从 19 世纪以历史语言学的分支而出现的比较文学在经过两百年的复杂演变后正在经历又一次的重要范式转变;作为中国当代儿童文学研究的某一维度而言,比较的视野从 20 世纪 80 年代才开始建立,目前还处于徐徐展开之中。这一辑收录的文献,以曹文轩与诸多学者的学术研究,呈现了近四十年来中国当代比较儿童文学的累积与生长过程,也呈现了这一过程的某些主要特征。首先,中国当代比较儿童文学既注意到了外来儿童文学对原创儿童文学的深远影响,又侧重通过平行比对来探索本土儿童文学的精神特质;其次,中国当代比较儿童文学研究视角既有宏观层面的鸟瞰也有微观层面的文本聚焦;第三,中国当代比较儿童文学目前的聚焦点仍停留在双边关系、双边关系中的中西关系和中日关系,还未能把视野散射至一个更远的、更多边的疆域之中。

安徒生在中国

叶君健

童话作家安徒生,是今天在中国普遍受到读者喜爱的西方作家之一。他的童话,即在丹麦文中所谓的 Eventyr,以全集、选集、成年人版和幼儿版等形式出版的各种版本,其总印数近百万册,小孩子爱读,成年人和老年人也很欣赏。这些童话是一个多世纪以前写的,在今天社会主义的中国,居然受到如此众多的人的欢迎,这不能不说是一种很有意义的现象。

安徒生被介绍到中国来,是在本世纪二十年代初,那时正是中国新文学运动开始的时候。新文学运动又名"文学革命"。它是在当时政治思想和社会思想剧烈巨大变动的推动下产生的。当时中国正处于一种半封建、半殖民地的状态之下,内有军阀混战和封建买办官僚与地主阶级相结合所进行的对人民的残酷剥削,外有帝国主义粗暴的压迫和干涉;处于水深火热的中国人民正迫切地要求社会改革,甚至革命。作为中国人民先进部分的知识分子,便于一九一九年五月四日在首都北京举行了规模巨大的示威,强烈地表达出人民的这个要求。示威的表面动机是反对当时政府丧权辱国的外交,而实际意义却是更为深刻。那时列强正在凡尔赛宫重新布置第一次世界大战后的世界秩序。中国原是站在协约国一边,属于胜利者的行列。德国在战前曾经霸占了一些中国领土,如山东半岛,和攫取了一些特权。在处理战败的德国时,凡尔赛和约的缔造者,本应把这些领土还给中国,并撤销那些特权,但他们却在日本的压力之下,确定把它们转让给日本。这种无视中国人民的正当权益的行为,对中国人民当然是极大的侮辱。所以,当时的这个"五四"运动便逐渐发展成为对内反对腐败政府,对外抗

题解 本文原载《浙江师范大学学报》(儿童文学研究专辑)1986 年 11 月。此文是作者于 1985 年 8 月在德国奥德斯堡举行的 70 届国际世界语大会所举办的"会期大学"上所做的一篇报告。文章介绍了中国对安徒生的评价以及中国对外国文学遗产的态度和政策。文章指出,20 世纪初安徒生童话被译介到中国,虽然启迪了中国现代儿童文学的创作,但由于种种原因,他的作品并没有能广泛流传开来。直到 1953 年之后,随着新译本的出现,安徒生才受到了文学界的普遍重视。1958 年,中国第一部安徒生童话全集出版。安徒生童话遂为一代又一代的中国读者所熟知,并不断被赋予新的意义。

拒帝国主义压迫的巨大政治运动。它的口号是"民主"和"科学"。

在文学方面它则表现为"文学革命",这就是把文学从传统士大夫抒发私人情趣的旧框框里解脱出来,而把它引向现实的人生,作为表现人民疾苦和推动社会进步的一种力量。它最初的变化主要表现在文学表现形式的改革方面:人民的口语代替了旧式文人专用的文言文,西方文学的各种表现形式,如小说、诗歌、戏剧也被引进来采用。逐渐,内容也起了变化:社会问题成了作家主要关心的问题。我们现在所理解的儿童文学也是在这个背景下产生的。中国的儿童文学本来有很悠久的历史。它主要是以口传的形式,在奶奶、阿姨们中间扩散开来。但中国没有出现过一个贝洛尔或格林兄弟,因此这些口头儿童文学也没有被记载下来,作为一种书写的文学,它却一直没有太大的发展。这主要是由于在旧时代,儿童一开始识字就被迫读以孔教为中心的"四书五经",其目的是要把他们教养成为封建伦理和社会制度的卫道士。充满幻想的,以仙女、巫婆、王子和其它冒险故事为内容的童话,自然被认为是荒诞不经,根本不让孩子看,因此也就没有人记载这类作品,更谈不上创作儿童文学了。

只有到了五四新文学运动开始以后,儿童文学才被正式认为是文学的一个品种,才开始有作家尝试为儿童写作品。正如新文学的其它品种一样,新儿童文学也从外国儿童文学中吸取营养,从中得到借鉴。外国的儿童文学作品,特别是西方的,便开始被翻译过来。当然,安徒生是首先受到重视的,他的作品开始成为中国儿童的读物,也成为中国儿童文学作家的参考。译者大都是当时有影响的作家。但这些作品却都是从英文、法文或日文转译过来的,其忠实性,无论从内容或风格上讲,都受到了一定的局限。安徒生本来的面目自然也不能完全如实地反映出来。他虽然已经为中国的读者和文学界所知,但当时他的作品却并没有能广泛地流传开来。当然这也受到了当时中国社会实际情况的影响。

只有到了1953年,也就是社会主义的新中国成立四年以后,安徒生的作品才开始广泛地流传。新译本出现了,第一部是一个小本子:《没有画的画册》。它是直接从丹麦文译过来的。虽然它没有立即在小读者中引起太大的兴趣,但是却受到了文学界的重视。在这本小书中,中国文学界发现安徒生是个诗人。他在中国文学界的形象因而也起了变化:他那些"讲给小孩子听的故事",不仅充满了丰富的想象,而且还洋溢着极度敏感、天真而又沉思和颇具哲学意味的诗情。的确,新的中译本也是从这个角度译出来的。无论从风格、语言或意境方面讲,译者始终把他的作品当作诗来处理,这是对他的作品的一种新的认识和解释。在这个基础上,安徒生的作品便对中国的读者显出它异乎寻常的魅力。于是这些作品便按照它们原先发表的次序一本接着一本地在中国的书籍市场上出现了。

他早期的童话,也就是他1835年到1845年这10年间所写的童话,如《打火匣》、《豌豆上的公主》、《海的女儿》、《拇指姑娘》、《小克劳斯和大克劳斯》、《小意达的花儿》、《丑小鸭》、《白雪公主》、《皇帝的新装》、《夜莺》和《野天鹅》等,迷住了中国的幼小读者。他们在这些童话中发现了一个新天地,一个充满了幻想、诗情、温暖和人道的世界。他们天真无邪的心灵与故事中那些人物的脉搏以同样的节奏跳动,他们分担这些人物的喜怒哀乐,对他们的行为和命运时而感到同情,时而表示惋惜,时而觉得惊愕。他们真正进入了这些人物的感情和生活之中。但他们又不是和这些人物浑然一体,他们仍然能和这些人物保持一定的距离,对他们的善和恶作出一定的判断,而决定自己对他们的爱憎。换一句话说,他们在欣赏和接受这些作品的快感的同时,也从中受到了启发和教育。

中国新兴的儿童文学作家,把安徒生的童话当作借鉴,也是基于它们所具有的这些特点,评论家们也认为它们是具有欣赏价值很高的读物,适于今天中国儿童的消化能力。尽管从教育的意义上讲,这些儿童要被培养成为新的社会主义的接班人,有趣的是,他们发现安徒生的作品与这个目标也不相矛盾。所以在四、五年内,这些作品便以单行本的形式全部出齐。1958年便又以全集的形式在中国的书店出售,与世界其它古典名著并列——这也是中国第一部安徒生的童话全集,收集了他在这方面的全部作品,共168篇。接着,中国社会科学院的外国文学研究所又从中选出一部分,编了一个标准选集,收入该所编的《世界古典名著丛书》。至于其他以不同年龄读者为对象的各种选本,也相继不断问世。有不少的个别故事还被改编成为以一般群众为对象的"连环画",其印数之大,现在很难作出精确的估计。

安徒生的童话所反映的生活和思想内容,当然与他所处的时代是分不开的。要求从中找出与今天中国社会主义精神相适应的东西,看来是不实际的。但中国的读者和评论家却在这些作品中发现出某些素质,它们超越了时代,是永恒的,对今天中国的读者,特别是幼小读者,仍然具有启发的功能;对他们性格和情操的陶冶,也能发挥深刻的作用,与今天的社会主义精神并不相违背甚至还能起相辅相成的作用。以《海的女儿》这个故事为例,它的主人公是王子和一位实际上并不存在的海底公主。从表面上看,这个故事发生在一个远古时代,充满了封建气味,两位主人公也属于统治阶层,所处的生活环境与一般的群众有极大的悬殊,理应受到社会主义国家的读者的批判。

但中国的读者却在他们身上发现出不受时代和阶级观点影响的东西：人类优良的品质，特别是在那位海的女儿的身上。从故事情节本身来看，海的女儿的坎坷遭遇足以博得人们深切的同情，对于那些善感的小读者说来，甚至还可以勾出他们的眼泪。但中国的评论家认为，她感人的地方不在于她所受到的苦难，而在于她的顽强的追求——追求一个人类的不灭的灵魂。她这样做无疑是源于她对王子的爱，但中国读者对此却有不同的理解：她爱这个王子并不因为这个年轻人是出自皇族，而是因为他是文明和文化的化身。换一句话说，他是高等动物"人"的象征，代表作为"人"所应具有的特点，以区别于其它的动物，包括出身于水族的她的家族。因此她对"人"的灵魂的追求就具有比"爱"更深的意义了。通过她的这种追求，读者可以意识到做一个"人"之可贵。因而也体会到作为"人"，我们应该如何珍视自己在动物界中所具有的高等地位而争取在品德方面做一个与"人"的称号相称的——也就是一个有"灵魂"的人。这是中国读者在这篇优美的故事中所发现的真正主题。这个主题对我们今天的人类还有现实意义，对于正在建设社会主义、追求一个美好未来的中国人就更有意义了。

当然，海的女儿是海底动物。她不可能变成人，更不可能获得一个"人"的灵魂，因而她对王子的爱最后也以悲剧告终。她本来也可以改变自己的命运，再恢复她海底公主的形体，如果她接受祖母和姐妹们的忠告，在王子新婚之夜用尖刀刺进王子的心房，让他的血溅到自己的脚上，使自己的鱼尾复原。事实上她的祖母和姐妹们已经送给了她这把尖刀，但她拒绝这样做，而自己投入海水中去，变成泡沫。这种珍惜别人的幸福而不惜自己献身的牺牲精神，在今天社会主义的中国被普遍地视为一种高尚的品质，每个公民应当争取使它成为自己性格的一个组成部分。所以海的女儿的这种勇敢的行为对今天的中国青少年们有很大的启发意义。

这个例子也说明了，安徒生的童话在今天的中国并没有失去它们的时代意义。虽然它们已经是很老很老的了，但中国的读者仍然在其中发现出新意。安徒生有许多作品还洋溢着民主主义精神，歌颂社会进步，表彰那些对人类文明作出过贡献的人，倡导世界和平和人民之间的友谊，这些特点对中国今天的读者说来仍然起着鼓舞的作用，因而安徒生本人，在中国读者的感情中也显得非常亲切。中国现在正以全副精神进行现代化的建设，需要大量人才来使这个计划变为现实。学习知识是今天中国少年一个重要的任务，因此在他们中间学习空气非常浓厚。不少年轻人在自己的事业中争取攀登高峰，希望在人类各项知识领域里取得成就，为国家为人类作出贡献。但攀登高峰的道路从来都是不平坦的，上面免不了布有荆棘,尽管今天的中国社会在这方面提供了有利的条件。安徒生一篇不太被人注意的童话《光荣的荆棘路》已经在这方面提出了警告,但同时也对他们给予了热情的鼓励。中国的青少年在这个故事中发现了珍贵的信息,因而非常喜爱它。一个销行极广的刊物《青年文摘》转载了它,使它得以为更多的青少年所传诵,它也就成为许多青年集会上讨论的题目,因为它直接联系他们和他们国家所面临的实际问题。

上面所举的例子,足以说明为什么安徒生的童话在今天的中国仍拥有广大的读者和被评论家所称颂的原因。这当然不是说中国读者理解和解释安徒生的作品是从实用主义的角度出发。我们不要忘记,读者是把这些作品当做文学作品来阅读,而不是作为课本或教育材料。他们是以欣赏的心情去接触它们,从对它们的阅读中得到快感,受到感染,进入作品中去,从而从中获得教益。安徒生的作品是以情和艺术感动人,中国的读者也是从这个角度去读它的。此外,安徒生在他的作品中所表现出的他那特有的气质,他那天真朴素的激情和富于沉思的哲学脾性,也很适合中国读者的口胃,因而容易吸引他们。

也许是由于今天的中国,作为一个离开半封建、半殖民地的旧社会不是太远的发展中国家,所处的历史阶段与安徒生所处的时代距离还不是太悬殊,安徒生的童话中所反映的当时丹麦的社会生活和他本人对这种生活的看法,对中国今天的读者说来,仍然相当亲切。像《卖火柴的小女孩》、《单身汉的睡帽》和《柳树下的梦》这类安徒生在中年和晚年所写的作品,在中国的读者心中,倒好像是与昨天中国社会所发生的事情有类似的地方。特别是《卖火柴的小女孩》,它在中国的幼小读者中一直在引起强烈的反响,而成为一个家喻户晓的故事。中国的中央电视台曾把它编为电视剧在全国放映;北京的芭蕾舞学校也把它改编为芭蕾舞剧,在北京公演。在我动身到这里来的前一个月,我在我国南方湖南省的一个县图书馆参加了一个小学生的晚会。有一个小学生表演了《卖火柴的小女孩》这个故事。在结尾那儿,她根据她的理解给这个故事赋予了新意。她说:

> 瞧卖火柴小女孩的悲惨夭折,这是在我祖父那一代的孩子中常发生的事——祖父曾经不止一次给我讲过这样的事。很幸运,这样的事现在在我们中间没有了。但我们不要忘记,我们得好好读书,好好地学习知识,好叫我们将来能成为有用的人,把我们的国家建设得更富强,合理,叫这样悲惨的事永远也不要发生。

由此可见,安徒生的童话与中国儿童的生活、思想和愿望结合得很紧密。它们进入了今天中国青少年的感情与生活中去,因而与一般的外国童话不同,在中国的土壤上扎下了根。不仅如此,它们的影响也同样扩大到了中年人和老年人中间,有许多人从它们中找到不少值得在生活中深思、回味和受到启发的东西。这些东西有时只是用一句话或两句话表达出来,但可以深刻地留在人们的记忆中,长期不会忘记。这些警语般的词句,精炼地表达了安徒生对人生的观察和体会。它们也可以帮助人们更深切地了解安徒生和哺育他的国家和人民。这些警语式的话语和思想片段,在他的作品中可以说俯拾即是,随处可以找到。

如他写的第一篇童话《打火匣》,故事情节并不复杂,语言也很朴素,但其中却有许多语句闪烁着智慧的光芒和对人生的洞察力,耐人寻味。如出身低微、但曾经一度享受过豪华生活的那位士兵,花光了钱,"只剩下两个铜板了。因此他就不得不从那些漂亮的房间里搬出来,住到屋顶下的一间阁楼里去。同时他也只好自己擦自己的皮鞋,自己用缝纫针补自己的皮鞋了。他的朋友谁也不来看他了,因为走上去要爬很高的梯子"。在同一个故事里,他又用同样的寥寥几句,勾勒出那位皇后的能干:"不过皇后是一个非常聪明的女人。她不仅会坐四轮马车,她还能做些别的事。她取出一把金剪刀,把一块绸子剪成几片,缝了一个精致的小袋,在袋里装满了很细的荞麦粉。"就是在那个《卖火柴的小女孩》的悲惨的故事里,我们也可以发现同样使人啼笑皆非的描述,如:"那是一双非常大的拖鞋——那么大,她的妈妈一直在穿着。在她匆忙越过街道的时候,两辆马车飞快地闯过来,吓得她把鞋子都跑落了。有一只鞋她怎样也找不到,另一只又被一个男孩子捡起来抢跑了。他还说,等他将来有了孩子的时候,他可以把它当作一个摇篮使用。"

在另一个叫做《恋人》的故事里,一个陀螺对他正在追求中的"恋人"球儿吹嘘自己的出身华贵,他俩作了这样一段对话:

"不过我是桃花心木做的,而且还是市长亲自把我车出来的。他自己有一个车床,他做这种工作时感到极大的愉快。"

"我能相信这话吗?"球儿问。

"如果我撒谎,那么愿上帝不叫人来抽我!"陀螺回答说。

被人来抽,在陀螺看来,是它最大的光荣。如果不是出身高贵,他是没有资格来享受这种光荣的特权的。这种幽默感,这种自我嘲弄,与中国人的性格,几乎可以说有一种血缘关系。这种对我们人生尖刻而又温暖的评论,中国人能够充分欣赏,正如欣赏他们自己的某些荒唐和可笑的言行一样——事实上这也是一种哀而不伤的自我批评。

在他晚期一篇叫《幸运的贝尔》的自传性的作品中,安徒生对这篇故事的主人公贝尔在向"美"的追求取得了成就后死去时,作了这样的描述:"像索福克里斯在奥林匹亚竞技的时候一样,像多瓦尔生在剧院里听见的交响乐的时候一样……他心里一根动脉管爆炸了,像闪电似地,他在这儿的日子结束了——在人间的欢乐中,在完成了他对人间的任务以后,没有丝毫痛苦地结束了。他比成千上万的人都要幸运!"

这里所谈的是对"幸运"的理解——在人生的最后的一刻对这个常用词的理解。中国人的人生哲学虽然与西方不同,但他们在圆满地完成了人生应完成的任务后,而离开这个世界时所感到的满足,即所谓"安息",却与安徒生所指出的"幸运"感有很接近的地方。这是一种积极的人生态度,虽然它涉及到"死",它使人们有勇气正视人生和人生道路上的荆棘,坚定地、有信心地努力为完成人生所应完成的责任而前进。安徒生在他的作品里形象化地表达出这种人生的责任感,对今天中国的读者们仍有极大的感染力。我有一位从事科学的朋友,他每天在开始工作前,在吃早饭的时候,总要读一篇安徒生的童话,为他要进入这一天的工作作一种精神上的准备,同时取得投身工作的一种心境。这是每个今天的中国人在建设他们的国家,改变贫穷落后的面貌的过程中,都希望具有的一种心境。

安徒生就这样成为今天中国男女老少所喜爱的一个西方作家。他的童话作品,像许多中外古今优秀的文学作品一样,成了中国人民精神食粮的一个组成部分。它们适应了中国的环境,因而也无形中成了中国文学的一部分。对于中国的新兴的儿童文学家说来,这些童话在他们的创作中也起了应有的影响,正如其他外国人民所创造的文化成果在中国也同样起了它们应有的影响一样。有时这个影响还相当可观,在中国文化的发展史上起了关键的作用,如我在这篇报告开头所提到的新文学革命一样。这也证明一个事实,即世界上任何国家的人民在文化上所取得的成就,都是超越国界和时间的限制的。它们都是人类的共同财富,因而也理所当然地为全人类所享用,作为他们自己文化创造的营养和借鉴。

这就是今天中国人民对任何其他人民的创造所持有的态度。安徒生的作品在中国的广泛流传只不过是这方面的一个生动的说明,当然中国也不乏固步自封的顽固派,他们拒绝外来的东西,在不幸他们暂时取得了掌权地位的时候,他们甚至还可以搞一套闭关锁国的勾当,使中国与世界人民隔离开来,如在过去不太久的所谓"文化大革命"期间那样。但在历史的长河中,这只不过是一瞬间,迟早总会被推到历史的垃圾堆中去的,现在就是如此。我们的国家现在在有意识地推行开放政策,有意识地吸收外国人民在科技和文化方面的成就,使它们适应中国的环境和人民的需要,以推动国家在现代化的道路上前进。这将不仅有益于人民之间的交流、理解和合作,也有利于世界和平和整个人类文明的繁荣和发展。

(这篇文章原是作者1985年8月在西德奥格斯堡举行的70届国际世界语大会所举办的"会期大学"作的一篇报告。该会的参加者有两千多人,特约请了各学科的专家为大会作报告。这篇报告的目的是想说明中国对安徒生所作的、具有中国特色的评价以及中国对外国文学遗产的态度和政策,但它对于我们理解安徒生及其作品也有参考价值。)

中国和外国的灰姑娘

——中国古代有童话吗?

张锡昌

与世界童话大师安徒生同时代的德国格林兄弟,曾以他们的"灰姑娘"童话故事,吸引过世界各国的儿童与成人。近二百年来,差不多世界上所有国家都有"灰姑娘"的出版物。它还被拍成电影、电视,绘制成动画片,流传不衰。去年,香港儿童文艺协会还举办纪念格林兄弟二百周年诞辰大会,未知与会人士有否留意一项资料:比格林兄弟早一千多年的唐朝文学家段成式,在他撰写的《酉阳杂俎·支诺皋》一书中的"吴洞"篇,写的也是一个灰姑娘的故事。这里,"灰姑娘"的名字叫叶限,叶限是灰的意思。篇末说述故事者李士元为邕州人。邕州即今广西南宁,可能,这个故事是由南海传入中国的。可见,灰姑娘不只外国有,中国也早已有了。南海,指的是印度的佛经发源地。无论是外国的灰姑娘还是中国的灰姑娘,很可能源于印度的佛经故事。

"吴洞"的发现,增强了探究中国儿童文学宝库的兴趣。除了中国有灰姑娘外,也许还有别的外国有,中国也有的东西吗?于是,我涉足在伟大中华民族的卷帙浩繁的文学长河中,淘起古代童话的金沙来。《皇帝的新装》,是丹麦安徒生的杰作,然而,比安徒生早一千二百多年我国梁代慧皎所撰的《高僧传·鸠摩罗什》中,就有中国皇帝新装的童话故事。鸠摩罗什生于东晋建元二年(公元三四四年),这个故事是他的老师盘头达多说的,它原来也是一则印度佛经故事。据说,安徒生的《皇帝的新装》是汲取古代丹麦民间故事再创作的。它究竟同《高僧传》上这则故事有什么联系,还可以进一步去查证。

题解 本文原载香港《新晚报》1986年12月21日。文章主要发掘了中国古代典籍中的诸多传说故事,指出这些故事不但都与西方的"灰姑娘"等著名童话有着相似之处,而且出现的时间要早得多。文章因此认为:尽管"童话"这个称谓是在20世纪初才出现的,但中国古代也是有"童话"这个文学事实的。同时提出当今的儿童文学作家应在此基础上创作出具有我们民族特色的童话作品来。

十七世纪法国童话作家贝洛尔曾著有童话集《鹅妈妈的故事》,而《小红帽》是其中的名篇。然而,关于老虎外婆和狼外婆的故事,在我国古代早有口头流传了。在我国明朝黄承增撰写的《虎媪传》①中,就生动描述了老虎婆婆的故事,这要比《小红帽》早得多了。

《冷酷的心》,是十九世纪德国作家豪夫的童话名作,曾以它那奇巧的构思赢得广大读者的赞赏。但比豪夫早二百年的清代文学家蒲松龄在《聊斋志异》的"陆判"童话中就早已运用换心术手法。他描写了一个绿面赤须、相貌狞恶的陆判官,与书生朱某结为知己。陆判亲自到冥间的千万颗心中为朱某拣了一颗"慧心",让他热情帮助别人。当然,我还可以举出许多类似的例子。可见,在宣传介绍外国古典童话时,可不要忘了中国也有极为丰富的古代童话。

童话这个文学样式,在我国古代什么时候才有的呢?可以这样说,自人类有文明史以来,就有童话了。夏日里,孩子们在庭院里纳凉,围着母亲、老祖母听那些有趣的故事,这类故事有不少是口头流传的童话,又称"民间童话"。后来,专门从事文学创作的作家们给民间口头流传的童话进行加工,使它变得更加精致,更富于现代感,更完善,更美丽动人。童话,在当时并不只给孩子看的,人民的思想和生活、社会风俗和习惯都像四周事物反映在镜子里一样,也反映在他们的童话作品里。作家们借助童话的幻想这一特征,来表现真理,表现老百姓的机智、幽默,对改善生活和获得幸福的愿望,对一切善良人们的歌颂。这些,都是中国古代童话作品的丰富内涵。

有人认为"童话"这个名词是"五四"前后从日本传来的,中国的创作童话是从"五四"才开始的。这个提法太绝对。试想,空气是早就存在的,能否说,"空气"这个名词出现以后,地球上才有空气呢?我国有极为丰富的神话、传说、寓言、志怪和传奇故事,这里面就包含着一部分本来就应该属于童话这个范畴的文学作品。周作人说:"孙悟空出世却是童话无疑。"赵景深说:"凡童话都不必实有其事。他的流传范围极广,南边有一个童话,北边也有同样的童话。"其见解匪夷所思。中国古代确有不少童话,无论从题材、主题、人物、故事,还是细节、手法、结构、语言等各个方面,都有值得我们借鉴的地方。我国古籍先秦的《庄子》、《列子》、《谈苑》、《山海经》,唐朝的《南柯记》、《酉阳杂俎》、《搜神记》、《青琐高议》,宋朝的《夷坚志》、《玉壶清话》、《枫窗小牍》,元明的《古今谭概》、《中

---

① 《虎媪传》由黄之隽撰写,黄承增的《广虞初新志》辑录。——编者注

山狼传》、《镜花缘》,清朝的《聊斋志异》等无一不包含了精彩的古代创作童话。这些童话其多样的体裁、奇特的幻境、巧妙的拟人、新颖的人物,都是值得我们当今的儿童文学家们学习和借鉴的,在此基础上创作出具有我们民族特色的童话作品来。

是应该理直气壮地向世界上宣称中国有悠久童话历史的时候了。与此同时,我们的童话作家要熟悉生活,熟悉我们的孩子,在继承我国古代童话特有的传统形式和风格的基础上,创作出代表我们现代中国童话水平,能在世界上引起惊叹的具有民族特色的作品来,出现更多中国的安徒生,中国的格林兄弟。

中西流浪儿小说的发展和比较

周小波

1

自 16 世纪中期,西班牙首先出现了西方第一部以流浪汉为题材的小说《小癞子》(原名《托美思河的拉撒路》)以后,流浪汉文学一时风靡整个欧洲,对欧洲文学产生了极大的影响。为什么一部现在看来极其普通的中篇自传式小说在当时会有如此广泛的影响,以致形成后来的颇有声势的"流浪汉文学"呢?也许这与当时的时代文化背景不无关系。16 世纪中期的西班牙文坛十分盛行以英雄美人传奇为题材的"骑士小说",描写无敌勇士,无双佳人,悲欢离合的爱情故事。继"骑士小说"以后又盛行"田原小说",写的是牧童牧女谈情说爱。这些小说多少都有点超凡脱尘,远离现实社会。而《小癞子》不写传奇式的英雄美人,不写"田原牧歌"式的善男善女,却写了一个为社会所不容其生存的小流浪汉,开了以流浪汉作主人公的先例。小说在一定程度上展示了 16 世纪西班牙下层社会的众生相,并暴露了教会的丑恶。正因为它强烈的现实性和批判性,与骑士小说、田原小说的虚无主义形成了鲜明的反差,所以才在当时引起了如此的轰动,以致一度流浪汉文学成为一种时髦。

然而在成人文学的流浪汉小说淡漠下去之后,儿童文学以流浪儿为主人公的小说却在 19 世纪的欧洲盛行开来,直至延续到 20 世纪,仍有佳作问世,甚至对东方的儿童文学都产生了很大影响。为什么流浪儿小说能在 19 世纪和 20 世

题解　本文原载《浙江师范大学学报》(社会科学版)1988 年第 4 期。文章纵向梳理了中西流浪儿小说的发生与发展的大致脉络和重要作品,横向比较了中西流浪儿小说的异同。文章指出,流浪儿小说最早产生于 16 世纪的西班牙,盛行于 19 世纪的欧洲各国。在 20 世纪二三十年代,中国开始大量译介西方的流浪儿小说并渐渐有了自己的原创作品。20 世纪 50 年代,中国的流浪儿小说创作又受到了苏联文学的影响。文章还概括了中西流浪儿小说所共同秉承的批判现实主义的写作特点,侧重比较了两者所青睐的不同的情节模式以及原因。

纪的欧亚大陆盛行不衰？其中有多方面的原因：一是当时的欧亚大陆战乱频繁，社会极不安定，资本主义加紧压榨人民，广大劳动人民遭受深重灾难，生活极端贫困，造成大批无依无靠沦落街头的流浪儿，成为一大社会问题；二是19世纪欧洲文坛正值批判现实主义高潮，对现实社会极其敏锐的作家们不可能不关注到当时的这一社会痼疾，纷纷予以辛辣地揭示；三是流浪儿小说问世以来，一直受到广大少年儿童的喜爱，他们深深同情流浪儿悲凉凄惨的命运，也为坎坷、曲折的故事情节所吸引。正是这多方面的原因形成了流浪儿小说在儿童文学中的特殊地位。

2

狄更斯的《奥列佛·退斯特》可说是在西方儿童文学中最先开创了流浪儿题材的小说。这也是狄更斯的第一部伟大的社会小说。狄更斯自己声称该书是一本真实的"描写盗贼的小说"，描绘的是伦敦"底层"和伦敦"东头"贼窟"悲惨现实生活"的真实画图。小说着重描写了孤儿奥列佛曲折、痛苦的经历，真实地再现了英国"维多利亚盛世"时期，资产阶级一手制造的人间地狱——贼窟和贫民救济院的生活状况，揭示了资本主义社会的丑恶。同时，以同情和怜爱之笔刻划了奥列佛这个自小身陷贼窝、遭际悲惨，但本性善良、心地纯洁的小流浪儿形象。可以说狄更斯一涉足流浪儿小说，便将它的艺术性达到了相当高的水平。这与狄更斯本来就是一个伟大的批判现实主义的小说家分不开，他对造成流浪儿的悲惨命运的社会有一个十分清醒的认识，并以透彻的剖析将它淋漓尽致地展现。然而狄更斯这部小说的特点在于"仿照过去感伤主义小说的结局"——证明奥列佛原来出身在很好的家庭，给他一个争回遗产，遇到好人的美满结局。这不能不说是狄更斯思想的局限。他解决不了改变贫苦人民境遇的这一根本性的社会问题，所以只能出于自己良好的愿望，寻找一些巧合，制造一个"大团圆"的结局。然而，他的流浪儿小说的这一构局的开创却对西欧后来的流浪儿小说影响极大。

之后，法国作家艾·马洛的两部著名的流浪儿小说《苦儿流浪记》、《孤女投亲记》就几乎完全是依照狄更斯"巧合——大团圆"的结构模式构思的。《苦儿流浪记》写的是流浪儿雷米的故事。在雷米曲折、痛苦的流浪经历中，遇到了一个个严酷的社会问题：他的养父石匠被压伤，然而法律却保护不了他，反而保护了工头，使石匠最终死于贫病交加；卖艺人维达里无故被囚禁两个月，最后死于风雪严寒之中;花匠阿更为人正直厚道,却因还不起债而蹲监狱……。雷米在这些残酷的现实中漂泊长大,迫使他去思考,去向命运挑战,终于从一个怯弱的孩子锻炼成一个勇敢、坚毅的少年。尽管作者毫不隐瞒地揭示了资本主义社会黑暗的底层,揭示了劳动人民的悲苦与不平,然而他最终仍为小雷米设置了一个美满的结局,让他回到了富有的亲生母亲身边。他的姐妹篇《孤女投亲记》也同样脱离不了"巧合——大团圆"的结构公式。尽管广大底层劳动人民不可能都寄希望于美满的巧合来得到出路,但"大团圆"的结局却满足了关心小流浪儿命运的小读者善良的心愿。更何况,马洛的流浪儿小说情节丰富曲折,人物刻划相当成功,无论是小雷米,还是佩琳娜,都是极富个性的少年形象,深得小读者的喜爱。所以孩子们并不因为落于俗套的结构模式而厌弃他的流浪儿小说,反而大受欢迎,被列为世界儿童文学名著,在各国少年儿童中广泛流传。

在狄更斯开创了流浪儿题材的小说之后,英国文学界出现了不少追随者,其中格林伍德的《流浪儿》取得了突破性的成功。他的成功在于《流浪儿》摒弃了当时许多作者所热衷的"巧合——大团圆"的俗套,将流浪儿的悲剧命运真实地再现于读者面前,并为流浪儿探索了一条新的出路。格林伍德是个著名的记者,经常深入社会最下层。有一次,他甚至换上流浪汉的衣装混入流浪汉们的过夜处。就在这里,他亲身尝试到比最凄惨的伦敦贫民窟的非人生活还要难受的滋味:难于描述的肮脏和恶臭,难于置信的痛苦和折磨。他把他亲眼目睹的一切写成了耸人听闻的社会评述。《流浪儿》这部小说便是对这些社会评述更细致、深入的补充。《流浪儿》揭示的正是恶劣的生活境遇,走投无路的窘迫,把流浪儿小吉美推入了罪恶的泥坑,逼迫他去干犯罪的勾当。在经历了种种曲折痛苦的流浪生活之后,吉美终于脱离了罪恶的巢穴,进工厂当了自食其力的小工人。尽管这一结局仍体现出资本主义发展时期的局限性,但毕竟比之人为地制造一个"大团圆"的结局在当时社会来说显然要切合实际,也更具有普遍意义,加强了批判现实主义作品的深刻性。格林伍德的尝试可说是西方流浪儿小说的一大进步。

3

西方流浪儿小说在二三十年代被大量译介进我国,这些深刻的现实主义作品立刻引起了作家们的关注。当时最有影响的莫过于马洛的两部流浪儿小说,曾先后出版过多种译本,在小读者中享有广泛的影响。此外,狄更斯的《奥列佛·退斯特》(又译《雾都孤儿》)和格林伍德的《流浪儿》及佚名的《小癞子》都有一定影响。值得一提的还有意大利作家亚米契斯的《心》（又译《爱的教育》）中的一个短篇《万里寻母记》（曾出版过单行本），也颇受小读者青睐。可以说外国流浪儿小说的引进楔发了中国流浪儿小说的开创，而时代、社会又为作家们提供了这一题材的广阔的社会背景和素材。当时，半殖民地半封建的旧中国，帝国主义侵略，反动统治的腐败，导致农村破产、城市萧条，大批儿童流离失所，流浪儿已成为严重的社会问题。流浪儿痛苦、不幸的命运早已引起作家们深深的同情，流浪儿被社会扭曲了的形象引起了他们深深的忧虑与对黑暗社会的愤怒。这一切促使作家们竭力要表现这些苦难中的儿童，揭露旧中国摧残儿童的罪恶，同时也从另一方面反映了流浪儿的奋争、觉醒和新生。这可以说是我国流浪儿小说产生的内部因素。尽管中西流浪儿小说的社会背景有某些相似之处，流浪儿的悲苦命运也有相同之处，然而由于东西方文化的差异，作家世界观上的差异，所以在表现中自然呈现出各自不同的特色。

出现在30年代的沙汀的《码头上》可说是我国早期反映流浪儿生活的短篇小说之一。就像一幅素描，他描述了在码头上流浪的三个孩子一天的生活。实则上它只能算是以散文的笔法，勾勒出一幅简洁的生活在码头边的流浪儿的速写。这一点与西方流浪儿小说一问世便出现像狄更斯的《奥列佛·退斯特》这样的成熟之作是多么的不同，或许从这里可以说明我国儿童小说发展之迟缓。

之后，茅盾的《大鼻子的故事》可说是比较完整地刻划了流浪儿的形象和生活。他写了一个外号叫"大鼻子"的流浪儿的一段不平凡的经历。大鼻子从小失去双亲和家园，流落在上海的马路上。在生活的逼迫下，他沾染了不少恶习，在经历种种"冒险"之后，最后出于好奇和爱国心，走进了反对日本帝国主义的示威游行的行列中。这是一个既沾染了一些恶习，而又不失纯洁的城市流浪儿形象。《大鼻子的故事》概括了当时30年代国统区几十万流浪儿生活的缩影，具有相当的典型意义。

这以后，流浪儿小说开始盛行，出现了一系列描写流浪儿和孤儿题材的长篇小说，将流浪儿小说的创作推向高潮。如朱平君的《一个苦儿努力记》，张勉寅的《孤儿苦斗记》等，都是表现孤儿的苦难奋斗史，只是张勉寅的小说模仿西方味太浓，几乎成了马洛《苦儿流浪记》结构的翻板，因此削弱了它的艺术价值。值得一提的是贺宜的长篇小说《野小鬼》，可说是我国流浪儿小说的一个新开创。小说不仅细致地刻划了"野小鬼"——小土根艰难而又痛苦的身世，而且生动地描写了小土根历尽千辛万苦寻找抗日游击队，走上新生的曲折道路，小说的开创在于以现实主义的深刻笔触记录了抗日战争中千千万万流浪儿苦难生活的那一幕,为他们指明了一条走向革命的光明大道。比之西方流浪儿小说大都追求那种"巧合——大团圆"的人为虚构的结局似乎更切合中国当时的时代背景。然而由于《野小鬼》是贺宜早期创作的儿童小说,所以艺术上难免稚嫩和不成熟,但他为流浪儿小说所作的开创性努力是值得肯定的。

到了40年代中期黄谷柳的长篇小说《虾球传》可说是我国流浪儿小说在艺术上的升华。这是一部具有浓厚地方色彩和强烈生活气息的作品,比较成功地塑造了主人公虾球从流浪儿成长为革命战士的形象。作者自己曾有过一段曲折而辛酸的生活经历,在黑暗中探索着走向光明的道路,因此他对书中的背景、人物、生活都十分熟悉,所以写来特别真切。作者在虾球身上概括出了华南少年耿直、精明、勇敢、侠义的特点,也毫不隐讳地写出了虾球作为流浪儿在那黑暗社会中不可避免地所沾染的污秽。虾球的经历颇富传奇色彩,具有强烈的现实性。比之贺宜的《野小鬼》中对小土根的刻划,虾球这一形象的塑造显然成熟得多,尽管小土根和虾球有着颇为相似的经历,都曾历经磨难,沦落社会最底层,最后又都走上了光明之路。但虾球的形象不仅具有"这一群"流浪儿的一些普遍的特点,而且还是一个具有独特经历、有鲜明个性的"这一个"。作者在刻划他的个性中,生动地展示了虾球复杂的内心世界:他对母亲既恨又爱的那种难以割舍的感情;他对亚娣的那种朦胧的欲爱又不敢爱的微妙心理;对牛仔亲兄弟般的手足之情;对"鳄鱼头"的由忠义到仇恨的情感转变……都表现得细腻、逼真,着实让人感受到虾球活脱脱地存在。虾球可说是我国流浪儿形象最为成功的一个,完全可以与西方优秀的流浪儿形象相媲美。

由于造成大批流浪儿的社会背景相似,以及西方流浪儿小说对我国儿童文学的深刻影响,因此,我国现代流浪儿小说与西方现代流浪儿小说自然有许多相同之处:首先由于作家们都崇尚批判现实主义,因此这些小说对现实的揭露性,批判性都相当尖锐,都以犀厉的笔触揭示了产生流浪儿这一严重社会"痼疾"的罪恶的社会根源,同时以同情、怜爱的情调描述了流浪儿悲苦的命运,为下层劳苦人民的痛苦鸣不平。流浪儿遭受的磨难尽管不同,但他们都有一部辛酸的血泪史。中西作家所塑造的流浪儿在本质上都是纯洁、善良、富有正义之心的,尽管他们各有各的性格特点:小奥列佛倔强、任性;小雷米天真、活泼、顽强;大鼻子机灵、油滑;虾球精明、勇敢、侠义……正是黑社会的染缸将他们纯洁的心灵污染了,艰难的生活迫使他们走上了不同的犯罪道路。所以作者控诉的是当时那个罪恶的社会,也正由于他们的本性是善良诚实的,所以为他们的新生打下了良好的基础,一旦社会环境有了改变,他们便能很快地走上正路。这些几乎是中西作家在塑造流浪儿形象中共同所追求的。

但毕竟由于东西方社会、文化背景的差异,作家世界观上的差异,所以在作品中又必然带有各自的烙印。西方作家仿效狄更斯开创的"大团圆"式的结构特点,追求一个美满的结局。首先给主人公设置一个原先是上层阶级的家庭出身,由于种种原因走上了流浪的道路,然后在种种磨难中遇到了某些巧合,最终使他们意外地获得了幸福。所以西方流浪儿小说几乎从一开始就形成了这样一个模式:"坎坷——巧合——团圆",当然也有些作家试图突破这个框框,如格林伍德写的《流浪儿》等。形成这一创作模式的原因,一方面固然是受狄更斯的影响,但另一方面也由于作家世界观的局限,资本主义的社会制度使他们既难以寻到解决流浪儿出路的更好办法,而又不忍心使小读者善良美好的心愿得不到满足。无形中也就形成了这样一个结构模式。而中国现代流浪儿小说则似乎更追求让流浪儿在奋斗中寻求新生,与中华民族历来的刻苦奋斗的民族精神是一致的。朱平君在写《一个苦儿努力记》时就说,他要写的苦儿的成功并不是依靠祖上产业的助力而成功的,而是要凭着自己的努力获得的成功。在《野小鬼》、在《虾球传》中我们都不难看到这一思想的体现。当然并不是说西方小说中的流浪儿就没有努力奋斗了,巧合毕竟只是某个重要的转折因素,"大团圆"的结局也是靠他们千辛万苦的顽强努力而最终获得的。但过多人为的巧合毕竟相对削弱了作品的真实性和现实主义的批判性。假如从比较的角度给中国流浪儿小说列个结构模式,似可如此:"坎坷——奋斗——新生"。追求光明,获得新生,是中国现代进步的流浪儿小说的共同之处,也是时代、社会的烙印在作品中的真切反映。作家的责任在于唤起民众的觉醒,儿童文学更担负着教育广大少年儿童的要任,所以这样的作品在当时是十分富有时代意义的,比人为的巧合显然更具现实意义,也更符合当时中国的国情。从以上的分析我们不难看出,中国流浪儿小说尽管受西方流浪儿小说的深刻影响,但它们却是真正扎根于中国现实土壤的。

当然,我们不能不承认,由于中国儿童小说发展之迟缓,也由于政治观念过多地左右了作家们的创作,所以中国现代流浪儿小说比之西方现代流浪儿小说在总体艺术成就上显然差距很大,尽管有《虾球传》这样的优秀之作,但毕竟能留下的名篇为数太少。

4

新中国成立后,由于社会制度的变革,收容、教育、改造流浪儿成了一大社会任务,因此反映流浪儿生活的小说也有了相应的变化。50年代,我国流浪儿小说更多地是受苏联作家班台莱耶夫的流浪儿小说《表》的影响。《表》早在30年代就已由伟大的文学家鲁迅先生译介过来,当时《表》是作为表现苏维埃社会主义进步思想影响我国的。而真正对我国流浪儿小说产生影响的却是在50年代。因为《表》的时代和新生的苏维埃社会主义制度的背景正与我们那个时代、社会制度相近。《表》所反映的改造流浪儿的生活也与当时我国许多城市收留教养流浪儿的生活很相似。班台莱耶夫是苏联儿童文学奠基时期成名的作家之一。他写过多部反映流浪儿生活的作品,如与别雷赫合作的《陀斯妥耶夫斯基工读学校》、《照片》、《表》,以及长篇自传体小说《连卡·班台莱耶夫》(中译《辽恩卡流浪记》),这不仅是班台莱耶夫创作史上四块重要的里程碑之作,而且是苏联文坛上具有典范意义的流浪儿小说。对我国影响最深的还是他的代表作《表》。小说描写了一个父母双亡的流浪儿别其卡,因在闹市行窃遭到拘留。在拘留所里,一个偶然的机缘,他骗取了一个醉鬼的金表,但随后他被送进了教养院。围绕着金表,小说展开了别其卡在教养院所受到的教育、改造。几经波折,别其卡终于完成了思想的转变,把表主动交还了失主。《表》着重表现了流浪儿在新生的苏维埃社会主义制度下得到的改造,获得了新生,结束了痛苦、悲惨的流浪生活。这种叙写与班台莱耶夫之前的西方作家所描写的流浪儿生活显然形成了鲜明的对照:前者是表现流浪儿陷入罪恶泥坑的痛苦凄惨的流浪生活;而后者则是表现结束这一痛苦、凄惨的生活,走上了接受改造、为社会谋福利的新生活。所以后者实际上是对前者的补充,构成了流浪儿小说的整体性和系列性。此外,由于社会制度的改变,班台莱耶夫的流浪儿小说也已完全摆脱了西方现代流浪儿小说那种流行的结构模式,在内容的更新和艺术形式的多样化上开辟了新路。

50年代中国的流浪儿小说正是以苏维埃流浪儿小说为典范,续写了我国现代流浪儿小说的系列。其中最有代表性的要算袁静的中篇小说《小黑马的故事》,曾荣获全国第二次儿童文学优秀作品评选一等奖。小说以流浪儿小黑马为中心,写了正在改造中的流浪儿这一群体,通过小黑马的转变,写出了新社会改造教育流浪儿的成功。小黑马和一大群流浪孩子被政府收进收容所,送往正在开发中的荒凉的芦台国营农场,边学习、边劳动。小黑马一开始很不习惯劳动,偷懒、装病,偷吃伙房的猪肉,没想到弄假成真,真的大病一场。在病中他得到队长荣军刘德山无微不至的关心,使他大受感动,思想有了转变。然而他又经受不起坏伙伴的挑唆,出逃后再次流落街头,小黑马吃尽了苦头,才深感集体的温暖。当他再度随队长返回农场后,就起了质的变化,终于成长为国营农场优秀的一员。小黑马的转变是千千万万流浪儿在新社会获得新生的缩影。这部小说既可看作是对现代流浪儿小说的续写,也可看作是对当代儿童小说中改造犯罪青少年题材的开拓,或可以说是两种题材内容的转折点。

《小黑马的故事》发表后,有相当长一段时期极少有人涉足流浪儿这一题材,这当然主要是由于社会制度的改变,作家们把注意力集中到新生活的其它方面的缘故。直至新时期出现了张微的自传体中篇小说《天堂小五义》和萧育轩的长篇小说《乱世少年》,使流浪儿小说重又推出力作。与班台莱耶夫的《辽恩卡流浪记》相同的是,张微的《天堂小五义》也是写自己在旧社会成为流浪儿的亲身经历,但《辽恩卡流浪记》着重刻划一个流浪儿形象,而《天堂小五义》则展示了包括"我"在内的五个来自不同地方、性格迥异、结拜为兄弟的小流浪儿的悲剧命运,人物画廊颇为丰富,各具特色。

萧育轩的《乱世少年》别具一格。他写的是"文化大革命"这一特殊时期,在特定环境下所产生的流浪儿。少年马强出身于老干部家庭,自幼受过良好的教育,是个正直、富有理想的好少年。然而"文革"使他的家庭遭受厄运,他也无辜成了造反派通缉的罪犯。在被迫逃亡、流浪的日子里,马强经历了一番传奇式的冒险生涯,在社会的大动乱中逐渐成熟起来。显然,作者的用意并不在于描写"文革"时期的流浪儿奇特的经历,而是通过他们来对这一时期的社会生活作出广泛的描绘,表现在社会大动乱中正义与邪恶、美与丑之间的生死搏斗,从而对"文化大革命"予以彻底的否定。就此,我们不难看出我国流浪儿小说发展到80年代,就不光是对社会现象表层的揭示和印象化的描写,而是从更深层、更广博的历史角度、艺术角度揭示产生流浪儿的社会根源,以及社会对流浪儿的深刻影响,并对各类流浪儿形象加以细致的、富有个性化的刻划。从小说塑造人物的艺术特征看,与西方艺术大师们所塑造的各类出色的流浪儿形象比较已越来越不逊色。如果说张微的《天堂小五义》还留有西方流浪儿小说的一些刻痕的话,那末萧育轩的《乱世少年》就完全是一种全新式的描写。尽管他表现的是一个特定的时期,但那种对社会全景式的深刻的刻划,足以表明我国流浪儿小说在新时期所取得的突破性的进展,完全摆脱了西方流浪儿小说模式的影响。

我国流浪儿小说从30年代初问世以来,几乎贯穿了整个中国现、当代儿童小说。正如我国儿童小说的发展是相当曲折、滞重的,我国流浪儿小说的发展也相当艰难。这一点西方流浪儿小说的发展显然比我们优越得多,它的起点便相当高,兴盛期也较集中,且拥有那么多优秀的作家予以关注,所以给世界儿童文学留下了相当多的名篇,其影响遍及世界各国,从我国流浪儿小说的发展也可窥见这一影响的深刻性。

  流浪儿小说的产生具有一定的历史背景,特别是它的兴盛期更与社会背景息息相关。在我国现阶段虽然早已失去了产生大批流浪儿的社会土壤,但是否这一题材也就此失去了生命的光泽了呢?张微的《天堂小五义》、萧育轩的《乱世少年》作了成功的尝试。关键是从什么角度去剖析这一历史现象,艺术上的提高、创新,观念上的刻意求新,将会使流浪儿小说重放异彩。

中西儿童文学的比较

汤 锐

一、同构复演及潜在分野

没有哪一种文学比儿童文学更令人清楚地见到其与古代艺术之间的直接联系了。无论中国的还是西方的第一批儿童文学作品，往往取自上古神话或民间传说，或直录或改造，这最接近自然状态人生的文字，几乎还带有它所脱胎出来的原始艺术母体的一切痕迹。儿童文学是人类个体幼年时代的文学形式的综合文化载体，正如神话是人类种系幼年时代文学形式的综合文化载体。由于人类文明进化中的复演现象，它们负有相似性质的历史使命，即传达种族文化的基本要素；同时又由于人类生物进化的滞缓（现代人类所真正归属的智人种正处在亚种级生物进化尚未发生的阶段），种族的原始思维方式在个体早期认识建构中也发生着复演。这历史的、生理心理的双重复演使神话与儿童文学之间具有了某种程度的同构关系。这种同构复演主要体现在以下两个方面：一，如前所述，当儿童文学逐步获得独立的时期，总是首先大量取材于神话（或经民间流传、改造、派生出的传说），而作为幻想艺术的童话又总是先于其他体裁占据儿童文学的重要位置，这是外在的、形式方面的；二，神话作为一种综合文化信息体裁所负载的种族文化之"集体无意识"（文化基本要素经长期历史积淀而形成的普遍的社会文化心理）在儿童文学中的再现和延续，这是内在的。正是通过这种内在的同构复演，不同民族文化深处的精髓得以保存、传布、巩固和发展。

题解 本文原载《浙江师范大学学报》（社会科学版）1990年第4期。文章从远古时代的中西神话美学特征入手，宏观比较了中西儿童文学在根本精神气质和美学气质上的不同。文章认为，中国儿童文学着重在教化、伦理、群体以及理性等层面上书写故事，强调对儿童的道德培养和集体主义意识的塑造；西方儿童文学则着重于在个性、哲理和童真等层面上书写故事，其主流价值倾向经常表现为对自我的肯定、对个体情感的尊重以及对童真的哲学追问。

例如,在中国神话中,神祇的形象往往是朴素的、勤劳的农民英雄,如抡板斧开天辟地的盘古、用黄土造人的女娲、播五谷尝百草的炎帝等;神祇的形象又往往是某种伦理精神的化身,或仁慈(如女娲、炎帝、尧、舜),或坚毅勇敢(如刑天、后羿、夸父、精卫),或造福人类(如盘古、鲧、禹);神祇们又大都相貌十分丑陋甚至恐怖,带有明显的原始图腾记忆的色彩;同时神的形象、事迹仅具有固定职能和类型化的特征。总之从中国神话对神祇的塑造来看,体现出了浓厚的农业经济色彩、务实的社会观念、伦理至上的士大夫式人格理想及重质轻文、崇尚理性的美学价值观。而在古希腊罗马神话中,神祇的形象却多不具备劳动者特征,他们抚琴饮酒、消闲游猎、谈情说爱、生活优裕,充满贵族气息;他们常常是个人至上、追求享乐、七情六欲俱全、高尚与邪恶并存;同时这些神祇们大都形貌俊美、风度优雅。因此从古希腊罗马神话中所体现出的是鲜明的城邦经济特征、民主化的社会观念、追求个性自由和完美的人格理想及注重形式美和肯定人生欢愉的浪漫主义审美价值观。

正由于儿童文学在一切文学种类中最接近于人类童年时代的文学形态,最接近于民族原始的文化气质,更忠实地保存了本民族文化中的基本要素,因此中西神话中两种迥异的美学性格便奠定了中西儿童文学不同的生命轨迹和美学风貌。

二、教化与归真

在中西儿童文学的起源、独立和发展的过程中,曾有过交织在一起的多种内在动机。如西方17世纪末的"古今之争"引出了贝洛童话,18世纪的启蒙运动导致的教育改革又收获了《爱弥儿》、《泰勒马科斯历险记》等一批教育作品,接着爱国主义又带来了格林童话与豪夫童话,19世纪上半叶的浪漫主义运动则创造出以安徒生童话为代表的一大批儿童文学名作。这一过程在20世纪初的中国几乎重演了一遍,虽然短暂,但也有"五四"反封建的民主启蒙运动对儿童地位的发现和肯定,对旧教育体制的冲击,也有周作人、叶圣陶、赵景深等教育工作者对儿童文学的倡导和呼唤,也有郭沫若、冰心等深受浪漫主义熏陶的作家对儿童文学的笔耕建设。

但是上述几种历史力量对中西儿童文学所起作用的力度和方向并不完全一致。具体来看,中国的儿童文学更多地自觉负有初级教育的使命,这是它最初产生于小学校对白话文新教材的需求的时候就已注定,又为最初以小学教员身份进行儿童文学创作的人们所强化了的(当时研究儿童文学的权威人士周作人还特为此在北京孔德小学专门作了有关儿童文学在小学教材中之功用的演讲,将儿童文学干脆称作"小学校里的文学"),这最初的教育目的与中国传统的"树人"观念的融合,则对中国的儿童文学发生了长久而深刻的制约力。基于这种使命,中国的儿童文学便十分注重对儿童进行精神教化的功能,即通过道德评价的主题传递本民族的文化传统、传递本民族的人格理想。再进一步看,强调教化,并非儿童文学的发明,而是源自我们民族延续了数千年的文学传统。从《诗经》时代起(甚至可上溯至神话的时代),历代文人无不围绕文学的功能发表各种议论,诸如"兴、观、群、怨"(孔子)、"补短移化、助流政教"(司马迁)、"经夫妇、成孝敬、厚人伦、美教化、移风俗"(毛诗序)、"文以明道"(柳宗元)、"道者文之根本、文者道之枝叶"(朱熹)等观点,形成了中国文学特有的载道传统。在此传统导引之下,中国的儿童文学树人的使命自然是与生俱来,教化也自然成为其基本功能了,因此从20世纪20年代郭沫若的"儿童文学尤能于不知之间,引导儿童向上,启发其良知良能……是使儿童文学的提倡对于我国社会和国民,最是起死回春的特效药"(《儿童文学之管见》),和郑振铎的"儿童文学为传达道德训条和儿童期必要智识的最好的工具"(《儿童文学的教授法》),乃至60年代的"教育儿童的文学"和80年代的"重新塑造民族性格"等观点的变迁,无不是中国儿童文学内在的"树人"使命感和鲜明的教化动机在不同历史条件下的延伸和变奏。

西方儿童文学的内在动力则更多地来自资产阶级民主启蒙运动和浪漫主义思潮。18世纪的启蒙主义者(如卢梭)"发现"并肯定了儿童的独立人格,肯定了童年文学的地位与价值,而厌倦古典主义的繁复与做作的19世纪浪漫主义作家们又进一步将返朴归真的愿望转向儿童文学,作为未经雕琢的自然本身,纯洁天真的童年成为美的对象受到膜拜和讴歌。因此在西方儿童文学的基本观念中,儿童对文学的内在需要得到了普遍的重视,对儿童的挚爱及使之快乐的动机调动起作家们全部幽默和想象的才智,并使他们的作品充满了童真的气息。有大量例子证明那些一流的、亲切的、充满趣味和欢笑的作品往往并非诞生于教训的、改造的动机,其中包括安徒生童话,《阿丽思漫游奇境记》、《水孩子》、《宝岛》、《汤姆·索亚历险记》、《长袜子皮皮》等脍炙人口的世界儿童文学名著。正象《不列颠百科全书·儿童文学条》曾指出过的,西方的儿童文学虽然始终经历着说教与娱乐两种力量的矛盾交织,但是在其黄金时代,占了上风的显然是那些"目的是娱乐而非自我改造、是感情的抒发而非灌输知识"的作品。标榜"快乐"

的原则和返朴归真的内在动机,正是西方儿童文学与中国儿童文学在创作意向上的迥异之处。

三、伦理与哲理

如前所述,还在中国神话的时代,伦理至上的意识就已透过神祇们的形象清晰地表达出来了。在中华民族悠悠数千载的文化传递之中,伦理性成为我们文化的特征与遗产始终保存和延续至今,并仍深刻地左右着现代中国的文化发展与社会生活,儿童文学本身的文化复演性质使这种传递通过"树人"的使命体现出来。"树人"意味着树立理想人格,而伦理教导以促成道德的自我更新便是"树人"的具体内容了。一如古代传说中敦厚仁慈、躬行孝悌的尧舜被奉为历代圣贤的楷模,我们的儿童文学在半个多世纪中也始终在塑造集各种美德(热爱集体、助人为乐、尊长爱幼、谦虚谨慎、富于自我牺牲精神等)于一身的小英雄或正朝上述方向努力的好孩子的形象,尤其是后者,往往体现出某种自我克制的精神——克制不符合道德理想的欲望、克制不符合道德规范的行为,人物总是在个人欲望与利他主义之间徘徊和选择,总是在灵魂深处不断自我否定(自我批评),以实现道德的净化。

相对于中国儿童文学浓厚的伦理氛围,在西方儿童文学的精神空间中,道德评价与伦理启蒙往往并非重要。还在希腊神话的时代,关于诸神命运的种种描述就已远远超越了善恶伦理的辨析而具有鲜明的人本的、哲学的性质。这种源于古希腊的爱智精神及对人的关注,经过基督教神秘主义和中世纪玄思哲学的强化,在西方人的意识中便形成其特有的对人的本体和人生命运之类问题的普遍关注。这种意识通过启蒙主义者和浪漫派作家而渗透进西方儿童文学之中,便又形成了西方儿童文学人文色彩浓厚的、哲理性的精神特质。在19世纪,这种带人文色彩的哲理性的精神特质或表现为为了获得一个人的灵魂而不惜舍弃一切的精神追求(如"海的女儿"),或表现为肯定自我、独立奋斗以实现人生价值的不懈努力(如"丑小鸭"),或表现为对人之心灵与生存自由的醉心强调(如"汤姆·索亚"和"哈克贝利·费恩"),或表现为嘲弄贵族与王权的平民意识及追求理趣的爱智精神(如"阿丽思")等等。到20世纪中期,上述精神特质又在一个新的哲学层次上表现了出来,即儿童观乃至儿童文学观在一定程度上的哲学认同。现代哲学、人类学、心理学的发达使人们注意到,儿童作为人类的原始状态,作为联系个体与种族、成长与发展的文化实体,以及童年所具有的文明初级阶段之复演和某种特殊文化形态之复演的性质,对于人类的自我认识有着超时空的科学参照价值,"儿童"这一概念由此而具有了丰富的文化哲学涵义。所以在20世纪中后期的西方儿童文学中,常渗透着某种对人类生存现状的哲学象征和对现代少年精神生活的本体把握的创作图式。譬如在围绕"学会生存"这一时代主题而展开的三类作品中,第一类不同程度地从各个角度描绘了儿童或孤独、或忧郁的种种心理困惑,表现混沌而深刻的对本体生存状况的朦胧思索;第二类描写少年人面临来自社会的与家庭的、自然的挑战时积极进取的精神和坚定的个性;第三类表现成年人对少年儿童的抚慰、帮助和导引。其中尤以第一类作品明显地具有浓厚的存在主义哲学的色彩。

四、群体与个体

出于教化与树人的动机,中国儿童文学自然重视教导者——创作主体的群体代言人作用,重视创作过程中群体意识及规范意识的制约作用。如前所述,中国儿童文学有明确的功利性质,以传递本民族文化传统(载道)和塑造理想社会人格(树人)为坚定目标,以政治伦理型为主要精神特征,因此儿童文学的创作必定源自社会群体的需求,必定以表达某个时代、某个社会群体的理想为最高原则,作品从主题性质、题材范围、情节构思、人物塑造、语言表达等都有明确的规范,合乎伦理的范围。例如30年代的童话杰作《大林和小林》所表现的便是一种群体生活和阶级情感的展示,作者的创作激情主要地并非源自个人生活体验,而是来自对群体生活的洞察和领悟、来自某种理论信念和政治斗争需要的动机。新中国30年来的儿童文学创作实践,也大都着意表达某种属于社会理想范围内的伦理情感,即对新中国的建设人才所需具备的公认的道德品质进行赞美、对违背这种道德品质的行为或思想进行批评。重视群体原则的前提在一定程度上阻止了对规范之外的主体内在世界作深入开掘的可能性,创作主体情感的自觉性潜在地服从于某种外在的、实用性的要求,因而在中国的儿童文学创作中,审美的或精神的内在空间往往是平面的、单层次的和容易导向雷同化的。80年代以来,渗透着个性解放意识的"重新塑造民族性格"主题的倡导,使人们注意到塑造民族性格是通过塑造每个作为个体的儿童的个性来达成的,个体的自由而充分的发展便是群体发展的前提,同时创作主体的艺术个性也开始得以发展和发挥。然而,这种个体意识的增强仍然是以种族的命运、群体的和谐为基本出发点和归宿的,即个体发展的意义和终极目的不在个体的自我实现,而在于民族命运的保证(赶上并超过发达国家、实现民族利益的目标),因此个体意识的加入在丰富了儿童文学的表现领域的同时也增强着群体性的使命感。

对重视审美愉悦功能和倡扬人文精神的西方儿童文学来讲,个体性的原则显然是占上风的,在此原则之下,创作主体对人生的主观思考和体验支配着他的创作意向与过程,作者的内在情感则是重要的表现对象。譬如安徒生的童话,基本上回荡着一个感情的主旋律,即他本人毕生追求真理、追求爱情、渴望自我实现、热爱生活又屡遭坎坷的特定生活所积郁起来的浓烈的人道感情。重视个体原则带来了深入开掘创作主体内心世界、表现丰富艺术个性的极大可能性。即使是在20世纪中期的生存命题将儿童个体与种族群体不可避免地缚在一起、儿童文学在哲学化了的群体意识观照下揭示出丰富深刻的童年的文化哲学内涵的时候,这种创作的出发点及其归宿仍是基于儿童个体的生存现状,试图解决其生存的困惑、抚慰其生存的孤独感、帮助其学会适应复杂的环境和保持生存的勇气。

五、日神和酒神

由于传统导向和内在动机的差异,由于创作出发点、创作心理和审美视野的差异,便必然地形成了中西儿童文学在审美标准和美学风貌方面的鲜明差异。

中国儿童文学的审美标准突出地集中于一点,即"和谐"与"平衡"的观念——教育与审美的平衡(实际上偏重教育)、一般规范与创作个性的平衡(实际上偏重规范)、现实生活与幻想的平衡(实际上偏重现实)、平易与怪诞的平衡(实际上偏重平易)等等。在上述"和谐"或"平衡"背后,存在着深刻的历史渊源,即早在神话阶段就已奠定的崇高理性、重质轻文、以严肃的想象为载道服务的、又为我们民族的文学先祖精辟地阐述过且代代相传的美学尺度——"中庸":"喜怒哀乐之未发谓之中,发而皆中节谓之和。中也者,天下之大本也;和也者,天下之大道也。致中和,天地位焉,万物育焉"(《礼记·中庸》),孔子对此作过"乐而不淫,哀而不伤"、"思无邪"、"文质彬彬"等具体的阐释。这种美学尺度有力地制约着中国的儿童文学,使之在相当长的时期内强调表现一种有节制的社会性情感、避免流入神秘主义和纵欲的宣泄,强调想象的现实基础和符合"逻辑"规范,因此造就了大多数儿童文学作品端庄平实、温柔敦厚的美学风貌。

西方儿童文学的审美准则,显而易见与"中庸"的尺度相去甚远。希腊神话之崇尚自然、赞美生命、歌颂冒险、肯定人生欢娱感,早已将古地中海民族民主的、现世的、个体至上的、开放的、浪漫的骑士文化传统(或曰海盗文化传统)表达得淋漓尽致;18 世纪护卫童真、倡扬个性解放的启蒙主义者及 19 世纪讴歌天籁、偏爱神秘与怪异事物的浪漫作家们又将这种族的天性注入西方儿童文学之中,使之充满着荒诞离奇、或激情洋溢、或忧郁感伤、或热闹活泼等生动的气氛,象《敏豪森男爵》那样的吹牛故事,《阿丽思漫游奇境记》那样的荒诞想象,以及小木偶彼诺乔、汤姆和哈克的淘气历险,除了纵情大笑之外,几乎见不到丝毫的感情节制。这种审美个性的自由发挥,便造就了西方儿童文学富于幻想、感情奔放、异彩纷呈的美学风貌。

中日战争儿童文学比较

任大星

一、抗战儿童文学和反战儿童文学

新近从日本儿童文学界听说"战争儿童文学"一词,如果"战争儿童文学"指的是以战争为题材的儿童文学,那么在中国现代儿童文学史上就有很多"战争儿童文学"作品。但是,中国和日本使用的"战争儿童文学"一词却具有不同的指称含义,且带有不同的情感色彩。

据日本作家长谷川潮在《日本的战争儿童文学》一文中介绍:"在日本,从60年代前半期起就使用战争儿童文学这个名称。当初用这个名称,是指第二次世界大战日本战败以后的以实际战争为素材,从否定战争、谋求和平的立场来写的儿童文学。……在今天,'战争儿童文学'大致上被用来作为反战的儿童文学这种意义。因此,产生了一种意见,认为战争儿童文学是个'不确切的名称',应该称作'反战儿童文学'或'反战和平儿童文学'。"由此我们得知"战争儿童文学"这个名称,在60年代前半期的日本其含义并不像它的字面所示那样,泛指一切"以战争为题材的儿童文学",它有特定的含义,即以"九一八"事变开始到第二次世界大战结束的十五年间的战争生活为题材,从否定战争、谋求和平的立场来写的日本儿童文学。

我们知道在这场长达十五年的战争中,日本由一个侵略国而变为一个战败国。它的侵略使中国人民乃至亚洲人民遭受了巨大的苦难,同时,它挑起的战争

题解 本文原载《儿童文学研究》1996年第2期。文章首先辨析了"战争儿童文学"这个概念在中日两国语境中的不同内涵。在中国,这个概念指向"抗战";在日本,这个概念指向"反战"。虽然概念界定有所差异,但反对日本军国主义侵略的思想情感是相通的。文章还比较了中日两国战争儿童文学在题材以及艺术特色等方面的不同,列举了两国的优秀代表作。文章最后特别指出,"日本作家在创作中十分重视儿童读者的接受能力和艺术欣赏趣味,因而,作品的儿童特征很明显","这一艺术特点,很值得我国作家在儿童文学创作中借鉴"。

也使本国人民经历了长时间的恐惧和磨难。战争结束后,日本作家纷纷拿起笔来,描写战争期间日本民众的苦难生活,其否定战争、谋求和平的思想感情非常强烈。而在儿童文学领域,日本的儿童文学作家也创作了大量表现儿童在战争中的苦难生活的作品,并赋予"战争儿童文学"这一个含有特定意义的名称,加以研究、探讨和提倡。

在此需要说明的是,那场战争中中国作为一个被侵略的国家,其在反映战争生活的作品中所体现的思想感情就不可能仅仅和日本人一样只是否定战争、谋求和平,事实上每一个有良知的中国作家在作品中表现的首先是反抗侵略者、谋求祖国独立统一的思想感情,对中国人来说,反对战争和谋求和平的努力必然以反抗和战胜日本侵略者为先决条件。

因而,作为反战儿童文学的"战争儿童文学"这个名称,只适合于日本,并不适合于中国。适合于中国的应该是"抗战儿童文学"或"抗日战争儿童文学"这个名称。

本文以"战争儿童文学"立论,所谓"战争儿童文学",其含义指的只能是"以战争为题材的儿童文学"这一广泛的含义。其中当然也包括日本的反战儿童文学和中国的抗战儿童文学。

二、不同的战争生活状况产生不同题材的作品

综观古今中外的战争文学或战争儿童文学,在题材内容方面大致可分为两类:其一,直接写战争;其二,间接写战争,即写战争期间非战斗人员受战争影响的日常生活。当然,也有两者相互交错的作品。此外,由于现代战争往往具有立体化战争的性质,后方也成了前方,有时,写非战斗人员的日常生活也能成为直接写战争的作品。

一般来说,儿童文学作品的主人公自然是儿童,而儿童在战争中一般不大可能成为直接的战斗人员,因而,儿童文学直接写战争的作品按说不可能太多。但是,在我国的抗战儿童文学中,直接写战争的作品却为数不少,其中好些作品甚至还成了抗战儿童文学中最有代表性的优秀作品,如华山的中篇小说《鸡毛信》、王世镇的中篇小说《枪》、徐光耀的中篇小说《小兵张嘎》等等。这类直接写战争的儿童文学作品,或写抗日游击区的儿童为游击队站岗放哨,传递情报,或写抗日部队中的少年士兵在战斗中锻炼成长的经历等。总之,这类作品的主人公虽是孩子,他们却在成人的带领下直接参加了抗日前线的战斗,成了抗日战争

中的名副其实的小战士。因而,这类作品,堪称完全意义上的战争儿童文学。

在我国的抗战儿童文学中之所以会产生这种文学现象,那是由我国当时特定的历史条件决定的。我国长时期遭受日本的武装侵略,日本军队长时期侵占我国的大片领土,杀害非武装的民众,我国千百万的民众因此而家破人亡,这就使我国为数众多的儿童也直接身受战争之害。也正因为如此,在那场战争中,我国就只能实行全民抗战,有时候,甚至未成年的孩子也在各种可能的条件下直接参加了战斗。这就为作家们创作这类题材的作品,提供了实际生活的素材。这类作品在我国的抗战儿童文学中是意义重大的,因为它们从孩子身上体现了中华民族反抗外来侵略的光荣传统,对下一代的影响特别深远。

由于日本当时的历史条件与我国不同,日本的反战儿童文学中就不可能产生这类题材的作品,不可能产生这种文学现象。不过,到了太平洋战争的后期,日本军队节节败退,盟军在日本的冲绳岛登陆,开始在日本的国土上作战,后来,美国军队还在广岛和长崎各投下了一枚原子弹,这就使大批日本民众和儿童家破人亡,也直接遭受了惨重的战争之害。日本作家们取材于这方面的生活创作了很多儿童文学作品,这类作品也属于直接写战争的儿童文学。

在世界战争史上,日本是唯一遭受原子弹轰炸的国家。这是日本民族的大不幸。原子弹轰炸对无辜的日本民众和儿童造成了巨大灾难。世界上所有有良知的人们都怀着深切的同情。日本作家们以此为题材进行创作,在作品中描绘原子弹轰炸造成的惨状和它带给人们的灾难,让孩子们了解当时的实际情况,了解原子弹这一大规模杀伤武器的杀伤力和破坏力,这对于防止核战争,争取实现世界持久和平是有积极意义的。

三、两国作家在作品中反对日本军国主义侵略的思想感情应该是相通的

在那场战争中,尽管日本是侵略者,中国是被侵略者,两国当时的历史条件不同,但是,两国民众(包括儿童)都遭受了战争之害。那场战争是由日本军国主义者发动的,因而,日本军国主义者是造成两国民众(包括儿童)遭受战争之害的罪魁祸首。这一点,中日两国的作家应该是有共识的。

中国作家在抗战儿童文学中表现的思想感情,可以说,总是把斗争的矛头指向日本侵略者,也就是指向日本当时的军国主义统治者及其帮凶们,包括身为中国人的汉奸帮凶,而并不指向普通的日本人民,更不会指向普通的日本儿童。在

我国所有的抗战儿童文学作品中,都反映了这样的思想感情。其中有的作品还在表现抗日救国的思想感情的同时,表现了中国人民与普通的日本人民、中国儿童和日本儿童之间的友谊。叶圣陶的短篇小说《邻居》、刘厚明的短篇小说《我和一个日本孩子的故事》,就都是包含着这样内容的作品。

日本作家在反战儿童文学中表现的思想感情,就我已经读到的作品而言,也把控诉的矛头直接指向日本军国主义统治者及其帮凶们。四方晨的短篇小说《立正,巴利肯分队》、新川明的叙事诗《琉子的白旗》,就都是包含着这样的内容和思想感情的作品。至于写日本民众和儿童因受战争之害而吃苦受难的作品,为数就更多。我们还读到了描写战争期间日本人民对中国和中国人民的友好情谊的作品,如大江秀的短篇小说《龙大妈》。

由此,可作出这样的论断:有良知而且对儿童有爱心和责任感的作家,在取材于那场战争而为孩子们进行文学创作的时候,即使国籍不同,在战争中的地位不同,当时的生活状态也不同的情况下,其反对日本军国主义侵略的思想感情却是相通的。这种相通的思想感情,正是中日两国人民世代友好的基础。而且,尽管那场战争已成为半个世纪前的历史,但描写那场战争,让中日两国孩子在作品中感受这种相通的思想感情仍然是有深远意义的。

作家长谷川潮在《日本的战争儿童文学》一文中曾说:"……讲到被害与加害的事,必须更留意的是,提到日本儿童(乃至民众)的被害时,并不是说加害者是交战对方的中国和美国,加害者乃是日本军队和日本政府的责任者。"这一段话,充分体现了日本作家的这种思想感情。应该说,这也是评价日本反战儿童文学作品所表现的思想感情的一个重要标准。

四、两国作品的艺术特色

战争儿童文学是与非战争题材的儿童文学相对而言的。这类作品不同于其他儿童文学作品的特点便是题材。但题材上的特点不能也不应该改变其文学的特征,即文学的审美特征。衡量战争儿童文学作品的得失成败,也像衡量其他儿童文学作品一样,首先应该以审美价值为尺度,即是否能实现并满足儿童读者的艺术欣赏要求为标准。

在我国的抗战儿童文学作品中,像《鸡毛信》、《枪》、《小兵张嘎》等作品之所以能广受儿童读者的喜爱,以致成为这方面最有代表性的优秀作品,主要原因并不在于它们直接写战争,而在于它们艺术地表现了当时的战争生活。《鸡毛信》

描写抗日根据地的一个儿童团长为抗日部队传递情报的危险经历,情节跌宕起伏,悬念扣人心弦,而且又十分生动有趣。《枪》写的是一群儿童团员在战争生活中从羡慕有枪开始,继而希望有枪,以至冒险向敌人夺枪,因枪遇险,最后得到了枪却又把枪献给了抗日部队的过程,情节构思出奇制胜,孩子心理刻画得既逼真又富有表现力。《小兵张嘎》则把一个在抗日部队中锻炼成长的少年战士写得有血有肉,既调皮又可爱,形象鲜明生动。这三部作品在艺术表现手法上都以英雄主义色彩为基调,给人以乐观、愉快、精神振奋的感受。这一点,可以说是我国抗战儿童文学作品中的一个特色。

在我国间接写战争的战争儿童文学中,有些作品散发出独特的艺术魅力,如上面提到的短篇小说《邻居》和《我和一个日本孩子的故事》,就是在艺术上各具特色的作品。它们都以那场战争作为时代和社会背景,写的都是中国民众和日本侨居者之间的邻居关系,但取材角度和艺术表现手法却完全不同。《邻居》在短短六千余字的篇幅中,用亲切、委婉的语言,塑造了一群中国人和日本人的鲜明形象,包括不同性格的不同政治态度的中国人和日本人,作品既具有朴实的艺术美,又表现了中国人民抗日救亡的深沉情感。《我和一个日本孩子的故事》,以当时敌对国家孩子之间的纯朴友谊为主线,描绘了沦陷区孩子的生活面貌,处处充满了生动可信的细节描写和场景描写,最后孩子间的友谊成为悲剧,读来回味无穷,发人深省。

此外,在这类作品中,不能不论及的还有作家任大霖的系列短篇小说集《童年时代的朋友》。就以其中之一的《渡口》为例,艺术上的独特成就充分显示了作者的创作才华。《渡口》也取材于沦陷区孩子的苦难生活,写亲密无间的小哥儿俩由于生活的苦难而引起的一场感情波澜,以荒凉、僻静和充满悲怆气氛的渡口作为背景,通过情景交融的描写,使作品感情真挚,意境深远,饱含着令人动容的艺术感染力量。

上面列举的一些作品虽不全面,却可以说是我国抗战儿童文学中具有审美价值的上乘之作。但是,若从抗战儿童文学中的大多数作品来看,即以抗战儿童文学创作的总体状况而论,其强调作品的教育作用而忽视作品的审美作用的倾向是存在的。

就我所知,日本的儿童文学,素以富有人情味、乡土味、幻想色彩和童情童趣著称。在我读到的已被译为汉文的日本反战儿童文学作品中,也大都具有这样的艺术特色。上文提到过的《龙大妈》、《娃娃的屋子》,就是富有人情味和幻想色彩的优秀之作;《立正,巴利肯分队》以及作家壶井荣的长篇小说《二十四只眼睛》、作家立原石楠的短篇小说《漫长的女儿节》、作家长崎源之助的短篇小说《彦次》等等不少作品，都处处洋溢着童情童趣和乡土味，作品中的儿童形象跃然纸上，生活气息浓厚。尽管我读过的日本儿童文学还不多，但有一点已经给了我相当深刻的印象，那就是日本作家在创作中十分重视儿童读者的接受能力和艺术欣赏趣味，因而，作品的儿童特征很明显。童情童趣和幻想色彩就都是这一特征的体现。儿童文学毕竟是写给儿童阅读欣赏的文学，日本儿童文学（包括反战儿童文学）中的这一艺术特点，很值得我国作家在儿童文学创作中借鉴。

综上所述，中日两国的战争儿童文学无论是题材、内容还是形式都既有相通之处又有不同之处。通过这样的比较分析，对于中日两国作家相互沟通了解，增进友谊，不断提高两国儿童文学的创作艺术，都是很有意义的。

外国儿童文学在中国

张美妮

中国是一个具有悠远而丰富的文学传统的国家。但与世界其他国度相似,在进入儿童观发生彻底变革的近、现代社会之前,专门为少年儿童而写的文学作品极少。

19世纪末叶,西方人文主义思想传入中国,启蒙思想家、改良运动的先行者们致力于开发民智,关注儿童教育和儿童读物问题。梁启超、黄遵宪等亲自为儿童写作诗歌,外国儿童文学也开始译介进来,并很快形成热潮,当时出版的《小孩月报》(1875)、《蒙学报》(1897)、《童子世界》(1903)等儿童报刊,就常常登载格林兄弟、安徒生、王尔德等的童话和欧洲的寓言故事。

在晚清文坛上,有一位十分活跃的翻译家——上海人周桂笙(1862—1926),他精通英、法等外文,译著很多,其中相当部分是儿童文学。他于1903年出版的两卷译文集《新庵谐译》,上卷有《一千零一夜》的故事,下卷辑有《格林童话》中的《狼和七只小绵羊》(题为《狼羊复仇》)、《青蛙王子》(题为《蛤蟆太子》)以及伊索寓言、豪夫童话等十五篇作品。

在20世纪初,中国就已知晓安徒生这位童话大师了。1913年,周作人撰写了《丹麦诗人安兑尔然(安徒生)传》;1914年,著名诗人、语言学家刘半农译写了《皇帝的新装》(题为《洋迷小传》)。由于当时侧重于开发民智、促进启蒙,译介得更多的是张扬爱国思想和科学精神及激励少年勇于探索、奋力进取的小说,如法国都德的《最后一课》(题为《小子志之》),英国笛福的《鲁滨逊漂流记》、斯蒂文森的《金银岛》,还有倡导平等博爱的教育思想、教育方式,如法国卢梭的《爱弥尔》、意大利亚米契斯的《爱的教育》(题为《馨儿就学记》)等。对于"科学

题解 本文原载《中国图书评论》2000年第6期。文章以时间为线索,从19世纪末一路下溯至20世纪末,着重介绍了一系列外国优秀儿童文学作品的译介在中国儿童文学的百年发展历程中所起到的重要作用。文章指出,我国历来有向外国儿童文学借鉴的传统,随着21世纪的到来,中外儿童文学的交流无疑会更加活跃;随着中国儿童文学不断走向世界,也必定会给外国儿童文学带来有益的启示。

小说",更是大量引进,仅法国儒勒·凡尔纳的作品就出版了十余种,有时同一作品有几种译本,形成了"凡尔纳热"。鲁迅于1903年和1906年也亲手翻译、出版了《月界旅行》和《地底旅行》。

1909年,孙毓修主编的《童话》丛书开始出版。其中除中国的传说、寓言和历史故事外,还有大量的外国童话。《童话》丛书填补了中国从辛亥革命到1919年五四运动期间儿童文学的空白,成为当时儿童重要的精神食粮,它所移植的外国作品又为刚起步的中国现代儿童文学提供了借鉴。

五四运动以后,中国自觉的儿童文学诞生并迅速发展。由于古代儿童文学基础薄弱,而时代的需要迫切,因此,除了采集、发掘民间文学和改写传说读物,一条解决急需的快捷途径便是大量译介外国儿童文学。许多著名作家、学者如孙毓修、沈雁冰(茅盾)、郑振铎、顾均正、赵景深、陈伯吹等,甚至新文学的旗手鲁迅,都曾致力于翻译工作。

1922年,现代儿童文学史上最有影响的两份刊物——《儿童世界》和《小朋友》创刊,它们都把选译外国儿童文学作为自己的一部分内容。尤其是郑振铎主编的《儿童世界》周刊,几乎每期都有一篇外国童话或寓言故事。郑振铎不仅自己翻译外国作品,而且撰文介绍《印度寓言》、《莱辛寓言》、《列那狐的故事》。1925年,在安徒生诞生一百二十周年和逝世五十周年之际,大型刊物《小说月报》以整整两期的篇幅刊出"安徒生号"。郑振铎称道安徒生是"世界最伟大的童话作家","他的伟大就在于以他的童心和诗才开辟了一个童话的天地,给文学以一个新的式样"。他还详细地介绍了这位童话大师的作品,指出安徒生童话是"儿童最好的读物"。以后,他又主编出版了收有一百五十四篇作品的《安徒生童话全集》,使这些童话在中国广为传播。

外国儿童文学作品的译介促进了中国现代儿童文学的发展,一些名家、名作在中国更是影响深远。

叶圣陶是我国现代儿童文学的一位奠基者,他取材于中国儿童生活和社会现实、具有鲜明民族风格的童话,如鲁迅所说,"给中国童话开了一条自己创作的路"。叶圣陶之所以在自己的成人文学创作取得令人瞩目成就之时为孩子们写起童话来,据他说,是因为"五四前后,格林、安徒生、王尔德的童话陆续介绍过来",而当过十年小学教员的他"对这种适宜给儿童的文学形式当然会注意,于是有了自己来尝试的念头"。在创作时,他尤其注意借鉴安徒生,他早期作品中那满蕴诗意的形象和境界、奇幻瑰丽的想象以及寓理于情的格调,显然受到安徒生重视在童话中创造诗境的影响。

另一位著名童话作家严文井曾谈到他在高中时代初次接触安徒生《月的话》(《没有画的画帖》)、《夜莺》等作品时,心灵深受触动,不禁发出"童话,这是一种多么奇妙的文学形式啊,它竟能表达出那么多美和崇高的东西"的赞叹,他还说道:"应该说,安徒生给我很大的震动,他的书引起我对美和纯文学的兴趣。"当严文井踏上童话创作之路时,他宣称,他是"把童话当成一种诗体,一种献给儿童的特殊诗体"来写的。严文井以"深邃的哲理,浓郁的诗情"为特色的童话,受到国内外的推崇。

英国刘易斯·卡洛尔的《阿丽丝漫游奇境记》是风靡欧美的儿童文学经典之作。1922年,著名语言学家赵元任先生即用生动活泼的口语译介过来,并在译本序言中对它的意义和价值作了全面的评价:阿丽丝的形象在中国引起人们的极大兴趣。一些作家甚至用这一童话人物进行再创作。例如沈从文于1928年出版了《阿丽丝中国游记》,这也是中国的第一部长篇童话,他以阿丽丝和兔子约翰·傩喜相约游历中国,从而对中国的社会现实作了多方面的反映;1931年,陈伯吹又创作了《阿丽丝小姐》,这部长篇童话以阿丽丝梦中漫游昆虫世界的幻想情节去展现当时黑暗的社会。

另一部世界童话名著,意大利科洛迪的《木偶奇遇记》,由儿童文学翻译家徐调孚于1928年由英文本转译成中文,从此,不仅顽皮的木偶孩子匹诺曹的形象深入人心,也让我们见识到了与安徒生迥异的另一种童话风格。30年代初,张天翼发表了《大林和小林》、《秃秃大王》等长篇童话。这位作家善于将从现实生活中捕捉到的生动题材,以儿童的视角去表现,运用滑稽的手法构成一个个活泼诙谐的画面,通过丰富多彩的夸张,编织出荒诞怪异的情节,并赋以他们浓重的游戏性。这与他在继承民族优秀文学传统的同时又借鉴、汲取了西方童话之所长有密切关系。张天翼奠定了中国长篇童话创作的基础。

新中国成立后,国家的倡导和重视不仅使儿童文学创作生机勃勃,外国作品的翻译也十分繁荣,译作的出版一度甚至超过创作的数量。限于当时的历史条件,翻译的大多是苏联儿童文学,那些健康、催人向上的作品,曾伴随一代又一代少年儿童成长。

1956年,译文出版社出版了由著名作家、翻译家叶君健直接译自丹麦原文的《安徒生童话全集》。为了确切地传达出原作的精神和特点,叶君健40年代在英国剑桥大学从事研究时就专门学习了丹麦语,并利用假期到丹麦小住,熟悉当地人民的语言习俗,更好地体味安徒生童话的境界。他的译文优美,力求传达出原作的丹麦风味和语言格调。"叶译本"的出版使中国读者真正了解到安徒生童话丰富的内涵和独到的风格。

另一位作家、翻译家任溶溶在介绍外国儿童文学方面也做了大量工作。50年代初,任溶溶在少年儿童出版社主管外国儿童文学的编译,他不仅翻译了《马雅可夫斯基儿童诗集》、《俄罗斯民间故事》等许多作品,而且,在他的倡导下,少年儿童出版社从60年代起系统出版外国有代表性的儿童文学作品。他认为,这不仅给孩子们提供了精神食粮,也使儿童文学工作者得到借鉴。可惜这计划未能完全实现。

进入新时期,儿童文学创作又迎来了繁荣昌盛的春天,外国儿童文学的翻译出版又重新提到了议事日程上。先是旧译经修订重新出版,80年代以后,人们更将注意力投向现、当代作品的译介,如果检视一下,就可发现,近二十年来,英、法、德、意、美、日本诸国以及北欧、东欧、南美、非洲、亚洲,几乎全世界的优秀作品,都有中文译本。获国际安徒生奖的作家作品,从第一届(1956)英国的法吉恩起,也陆续翻译介绍。

介绍优秀的外国儿童文学,不仅给我国少年儿童打开了一扇洞悉世界的窗口,也让我国儿童文学作家、编辑、出版家看到各国儿童文学题材内容多姿多彩、艺术风格各异的作品,了解到当今世界儿童文学发展的潮流。优秀作家们尊重孩子、理解孩子心理,给孩子以快乐,将娱乐、认识、教化功能融于一体,张扬游戏精神与幽默意识的儿童文学观;当代世界儿童文学的代表、瑞典女作家林格伦笔下那些淘气、渴望自主自立、敢想敢为、富于幻想天性的儿童形象;德国伟大的儿童文学家凯斯特纳不断引导读者了解良知、家庭、友谊、自由、同情等人世间最美好的事物,坚信正义终将战胜邪恶的故事;美国著名散文家怀特将幻想直接引入生活的童话;等等,都使中国作家大大地开阔了视野、拓展了创作思路。中国新时期儿童文学的蓬勃发展、日新月异的面貌与善于从外国作品中汲取滋养有密切关系。

值得注意的是,近几年来,各出版社对出版外国儿童文学的热情更趋高涨,而且在规模化、系统化的基础上注意特色化,引进了不少国外优秀的作品。如中国少年儿童出版社推出了《"地球村"系列丛书》,已出版《安徒生童话故事全集》(4册)、《格林童话故事全集》(3册)、《纽伯瑞儿童文学奖丛书》(21种)以及《林格伦作品集》(4册);湖南少年儿童出版社引进了国际上流行的带有经典意义的作品,如英国儿童文学女作家波特的《小兔彼得系列故事》(24册)、法国"新教育运动"代表人物保尔·弗齐的"河狸画册"(10册)、保加利亚迪米特·伊求的幽默儿童文学《拉拉与我》(5册)、德国著名少年侦探小说家沃夫冈·埃克的"少年侦探小说系列"(6册);明天出版社出版了《漂流瓶丛书·凯斯特纳作品精华》(8种)……连地处边远的贵州教育出版社也出版了《加拿大儿童幻想电影故事》(8种,其中多是加拿大当今著名儿童文学家的作品)。特别值得高兴的是,河北少年儿童出版社推出了《国际安徒生奖获奖作家书系》26种,在介绍外国优秀儿童文学方面,规模之大,是我国首次。

我国历来有向外国儿童文学借鉴的传统,随着新世纪的降临,中外儿童文学的交流无疑会更加活跃,中国儿童文学的走向世界,也必定会给外国儿童文学以有益的启示。

曹文轩与中国儿童文学的国际化进程

赵 霞

在当代中国儿童文学界,曹文轩的名字已经成为一个独特的符号。这个符号有着多重解码的意味。对众多读者来说,它是一种纯美精致的童书艺术的代表;对市场而言,它是一个引人瞩目的畅销童话的象征;对于评论界,它又指向着一个言说不尽的理论和批评的课题。如果说这一切还不足以使这个名字在当代儿童文学作家群中显得足够独一无二的话,那么二〇一六年四月四日,当本届国际安徒生奖评委会主席在意大利博洛尼亚书展宣布曹文轩获得这一世界儿童文学的最高荣誉时,作为首位获此殊荣的中国作家,他的名字无疑将以一种更夺目的方式,被记录在当代儿童文学的历史上。

这是中国儿童文学第一次以这样的方式得到世界的注目。而当曹文轩获奖的消息在第一时间传来,它所激起的反响也超出了对于作家个人创作关注的层面。这些年来,身处"黄金时代"的中国儿童文学始终怀着"走出去"的焦虑,这是一种平衡域外影响的焦虑,也是一种自我艺术身份的焦虑。尽管近年中国儿童文学作家作品的对外译介不断,然而,真正在世界儿童文学的总体格局中赢得被称为"小诺贝尔奖"的国际安徒生奖,或许才是中国儿童文学对外身份的一次重要建构。因此,在这样一个时刻谈论曹文轩和他的创作,必定也离不开这一基本背景的思考:曹文轩的获奖对中国儿童文学意味着什么? 如何看待今天的中国儿童文学在其世界化进程中的位置?

题解 本文原载《当代作家评论》2016 年第 3 期。文章从文学审美和"文学场"的双重视角探讨了曹文轩获得国际安徒生奖的诸种原因以及对中国儿童文学的意义。文章认为,曹文轩的写作立场、风格兼具古典与先锋双重特性,并以多年稳定持续的产出成功建构了一个具有辨识度的文化符号。他的获奖是中国儿童文学多年来不断推进国际化的进程中一个重要节点。文章指出,在中国儿童文学的国际化进程中,曹文轩的获奖并非终点,而是下一段征途的开始:让中国的儿童文学作品在世界广大读者日常阅读生活中获得普遍的认可与接受,为世界儿童文学贡献一部或多部家喻户晓的作品。

一、古典的？先锋的？

就儿童文学的创作观念和总体风格而言，曹文轩毫无疑问是一位他本人所说的"古典主义者"①。这里的古典主义并非严格意义上的文学理论范畴，而是指他的作品在总体上呈现出一种端庄、优美、讲究的美学面貌，它既指向故事，也指向语言。由作家明确表述过的核心创作理念中，我们可以清晰地感受到这种古典趣味的统摄。从早期的"儿童文学作家是未来民族性格的塑造者"，到后来的"苦难"写作与"苦难"阅读，再到最近的"作家的记忆力比想象力更重要"，我们看到的是一位对写作行为本身怀有清醒认知和庄重期望的作家的身影。尤其是在一个成年人和孩子的生活都发生急剧变化的年代，曹文轩的创作以及他关于自我创作观念的表达，给人们留下一个强烈的印象：作家是想努力把今天的儿童读者拉回到关于生活、关于情感、关于存在之意义的某种永恒价值的发现和体认中。

他的一个标志性的艺术观念，即是"追随永恒"。这篇对于当前儿童文学创作中"追随当下"的现象、理论加以批判性解读的创作谈文章，其核心并非指责儿童文学对当下生活的趋附，而是追问和强调儿童文学书写童年生活背后更恒久的艺术价值和审美力量。"对那些自以为是知音、很随意地对今天的孩子的处境作是非判断、滥施同情而博一泡无谓的眼泪的做法，我一直不以为然。感动他们的，应是道义的力量、情感的力量、智慧的力量和美的力量，而这一切是永在的。我们何不这样问一问：当那个曾使现在的孩子感到痛苦的某种具体的处境明日不复存在了呢——肯定会消亡的——你的作品又将如何？还能继续感动后世吗？"他的结论异常素朴，"感动人的那些东西是千古不变的"，②儿童文学的写作最需要关注的，正是这具有永恒生命力的内核。

这个结论并不是作家个人的独到发现，它是文学艺术自古典时代以降的经典命题。然而，与此同时，我们或许也会想到美国学者马克·爱德蒙森所说，今天这个时代，"要想致力于保护已流行了相当时间的文学价值，或许是难上加难"③。从这个意义上说，曹文轩的写作姿态里似乎总包含了与流行中的某些时

---

① 曹文轩：《永远的古典（代后记）》，《红瓦》，第557页，北京，北京十月文艺出版社，1998。
② 曹文轩：《追随永恒（代跋）》，《草房子》，南京，江苏少年儿童出版社，1997。
③ 马克·爱德蒙森：《文学对抗哲学：从柏拉图到德里达》，王柏华、马晓冬译，第249页，北京，中央编译出版社，2000。

代风潮相抗衡的意味。例如,在这个或许是空前追逐当下片刻之欢娱的年代,他却在作品中倡导对一种"永恒"之美的追寻,倡导对过往生存"苦难"的书写和阅读,以及对逝去岁月和生活的深厚记忆。当今天的儿童文学终于卸下长期以来沉重的精神包袱,纵情奔向游戏和欢乐的福地时,他却要以"苦难"的议题来对抗儿童文学中流行的快乐主义:"几乎所有的人都认为,儿童文学是让儿童快乐的一种文学。我一开始就不赞成这种看法。快乐并不是一个人的最佳品质。并且,一味快乐,会使一个人滑向轻浮与轻飘,失去应有的庄严与深刻。傻乎乎地乐,不知人生苦难地咧开大嘴来笑,是不可能获得人生质量的。"①"儿童文学是给孩子带来快感的文学,这里的快感包括喜剧快感,也包括悲剧快感——后者在有些时候甚至比前者还要重要。"②谈及当代孩子的生存状况,他甚至胆敢提出这样的批评:"现在对孩子的痛苦是夸张的。"③"我们从没有看到过有一个人站出来对这个孩子承受苦难的能力进行哪怕一点点的反思。"④这一看来颇为冒犯现代儿童本位观的立场,批判的是当代童年生活精神中一个重要的缺陷,但又确乎透着些许严厉和严肃的责求——那也是属于古典美学的另一种气息。

曹文轩儿童文学写作中这种带着古典和传统意味的"向后转"的姿态,或许容易让人们忘了,二十世纪八十年代,当他以《古堡》等一批探索性作品成为新时期儿童文学艺术舞台上的聚焦点之一时,他在许多读者和批评人眼中,也是一位在创作观念、艺术探索等方面充满先锋精神的儿童文学作家。《古堡》中的两个男孩,为了探访神秘的山顶古堡,鼓足气力艰难地攀上峰顶,却发现根本没有什么古堡。这个短篇的情节架构、叙事方式、象征手法与蕴涵,以及它所传达出的对童年及其精神的文化解读,无不是对那个时代传统儿童小说美学的一种先锋式的探索和冲破。《第十一根红布条》中,那充满沧桑感的生活的质地,那带着悲剧感的沉重的死亡,还有那仿佛不是稚嫩的肩膀可以承载的情感的重量,一度不被认可为儿童小说合法的表现对象。当作家在儿童小说的创作中展开这些先锋性的探索时,他不仅是在尝试拓展儿童小说这一文体的艺术边界,也是在尝试拓展童年这一生命阶段的精神边界。

理解曹文轩与他的古典写作姿态,离不开对这一先锋性的关注。从上世纪

---

① 曹文轩:《写童书养精神》,《曹文轩儿童文学论集》,第 119 页,南昌,21 世纪出版社,1998。
② 曹文轩:《美丽的痛苦(代后记)》,《青铜葵花》,第 245 页,南京,江苏少年儿童出版社,2005。
③ 曹文轩、徐妍:《与一位古典风格的现代主义者对话》,方卫平主编:《中国儿童文化》第 1 辑,杭州,浙江少年儿童出版社,2004。
④ 曹文轩:《美丽的痛苦(代后记)》,《青铜葵花》,第 245 页,南京,江苏少年儿童出版社,2005。

八十年代到本世纪初,与其说曹文轩的写作从先锋转向了古典,不如说在这两个看似相对的艺术姿态里,包含了作家对儿童文学写作一以贯之的理解和坚持。在一个过于受到传统桎梏的时代探索"先锋"的意义,和在一个过于追求新潮的时代坚持"古典"的价值,两者源自同一种关切,即如何把我们孩子的生活和精神、进而把我们整个时代的生活和精神朝着更健康、更远大的方向推进而去。从这个意义上说,由时下流行的儿童文学艺术观念、创作风潮中背转身去的曹文轩,仍然扮演着中国儿童文学艺术前锋的角色。

作为儿童文学作家的曹文轩是幸运的。他的这种并不讨好流行趣味的写作,被今天的许多大小读者热情地接受了下来。代表作《草房子》自一九九七年初版以来,不断重版,至二〇一五年,总印数已逾千万册。这意味着,作家在写作中试图表现和传递的那些与童年有关的生活观念、精神方向等,正在一个数量庞大的儿童读者群落中发生直接的影响。因此,在博洛尼亚书展的 IBBY 新闻发布会上,我们听到了本届国际安徒生奖评委会对于曹文轩作品的如斯定位和褒奖:"曹文轩是一个了不起的典型。他让我们看到,优美的语言以及孩子如何勇于直面巨大艰难与困境的故事,能够赢得一大批儿童读者的热爱。"[1]考虑到国际安徒生奖评委阅读的通常"只是一个作者最重要的作品"[2],很难说曹文轩的整个艺术感觉和观念在其间是否得到了充分的传递,但评委会的评价和选择,无疑表达了对作家这一古典式的写作姿态与审美立场的认可。

二、作家、奖项与文化场

二〇〇四年,经国际儿童读物联盟中国分会(CBBY)提名,曹文轩曾作为中国作家代表参与当年国际安徒生奖作家奖的世界角逐。但与今年三月他杀入大奖短名单的消息传来时所激起的无限兴奋和想象相比,那一年的参奖几乎没有在评委席和公众领域激起多少波澜。尽管二〇一六年国际安徒生奖评委会高度赞扬的曹文轩的写作方式与艺术风格,在作家此时的创作中其实已经非常成熟。除《草房子》外,发表、出版于上世纪九十年代和本世纪初的《山羊不吃天堂草》《红门》《细米》《根鸟》等长篇儿童小说以及《甜橙树》等一批中短篇儿童小说,以其乡土性的童年题材、个性化的优美文风以及易于辨识的叙事调式,引起读者

---

[1] http://www.ecns.cn/2016/04-05/205382.shtml.
[2] 前任安徒生奖评委会主席玛利亚·耶稣·基尔答中国作家问,见《中国作家缘何无缘国际安徒生奖》,《中华读书报》2013 年 9 月 18 日。

和批评界广泛关注,也成就了曹文轩在中国当代儿童文学界的重要代表力和影响力。二〇〇二年,作家出版社出版了九卷本《曹文轩文集》。二〇〇四年,曹文轩的名字与来自多国 IBBY 分会的一大批提名儿童文学作家一样,悄然湮没在了当年国际安徒生奖的落选名单中。

那么,从二〇〇四到二〇一六,曹文轩的创作及其所处的那个文学场和文化场发生了哪些重要的变化?这些变化与曹文轩获得国际安徒生奖之间又有何种内外关联?在本届国际安徒生奖揭晓掀起的文化激情背后,这样的考察无疑会是一个有意思和有意义的话题。

这么多年来,曹文轩的创作似乎并不受到外界太多干扰,在风云变幻的商业童书时代,他始终保持着一种专注、勤奋、有条不紊的写作状态,其作品以稳定的节奏和品质出现在读者面前。近十年的时间里,引起读者和评论界关注的新作包括《青铜葵花》、"大王书"系列、"我的儿子皮卡"系列、"丁丁当当"系列、《火印》以及由他撰文的《羽毛》《夏天》等图画书。对于熟悉曹文轩此前作品的读者而言,其中的自我创作拓展意图显而易见:作品体裁方面,由儿童小说拓展至幻想小说、图画书;读者对象方面,由少年文学拓展至幼童文学("我的儿子皮卡"、图画书);写作题材方面,由标志性的乡土题材向着智障题材("丁丁当当")、战争题材(《火印》)等进一步开掘。但与此同时,在所有这些自我突破的创作尝试中,读者仍然清楚地看到了属于曹文轩的那种个性化的、独特的语言、叙事和思想的风貌。换言之,作家的文学思想、创作理念等在这样的突破和尝试中得到了更为丰富的演绎。我们会注意到,在目前两大国际儿童文学作家奖项——国际安徒生奖与林格伦纪念奖——的视野下,这种儿童文学创作的多面才华、贡献与影响,正是一位世界级儿童文学作家的重要特质。

与此同时,曹文轩在其自我创作观念的表述中,也开始突出一种更具世界性的"主题"意识。他在早年创作思想中提出过一个引人注目的观点:"儿童文学作家是未来民族性格的塑造者。"这一观点的思维和修辞方式带着它所属那个时代的文学话语特征。新世纪以来,他"将这个观念修正了一下",提出"儿童文学的使命在于为人类提供良好的人性基础"。[①] 从民族到人类,从性格塑造到人性基础,作家对于儿童文学及其艺术功能的理解与表述经历了重要的转化。在近年的创作谈、媒体采访和文学评论中,曹文轩不止一次提到了"故事是中国的,主题是人类的",其意图显然在于接通中国书写与世界文化、民族故事与人

---

① 曹文轩:《文学应给孩子什么》,《文艺报》2005 年 6 月 2 日第 4 版。

类精神的桥梁。

但所有这些朝向"世界性"的努力得以最终抵达其目标,还有一个基本的条件:它们需要以一种可见的方式进入世界儿童文学的视域与话域。众所周知,在中国儿童文学与世界相遇的道路上,一直横亘着一个最基础的障碍,即因语言、历史、文化等原因造成的中国与域外儿童文学,尤其是西方主流儿童文学界的长期隔阂。这显然不是作家个人的创作努力可以穿越的屏障,它需要的是一个包含儿童文学作家、出版人、批评家、传媒人以及各类相关文化机构在内的更大文化场的支持。

人们一定还记得二〇〇六年九月在中国澳门召开的世界儿童读物联盟(IBBY)第三十届世界大会。在中国儿童文学与世界同行集体相会的路上,这次会议的举办或可视作上述大文化场建构的起点。IBBY同时也是国际安徒生奖的设立和评审机构,为了配合大会的举办,其官方出版物《书鸟》杂志特别策划、出版了一辑介绍中国作家与插画家的专刊。会间,中国儿童文学作家、批评家、出版人的声音也借主场优势得到空前表达与关注。

如果说此次会上,来自世界各地的儿童文学人士还是怀着不无新奇的心情打量着中国儿童文学的陌生面孔,那么此后近十年间,随着中外儿童文学创作、出版和专业交流的迅速扩大加深,这种好奇的倾听正越来越发展为一种趋于常态的交流与合作。对中国儿童文学来说,一方面是被许多业内人士称为"黄金时代"的中国儿童文学蓬勃发展期的不断深化,另一方面则是国内儿童文学对外交流、译介和传播事业的持续推进。这一双重进程强有力地重塑着中国儿童文学的内外文化场。在内,受到市场、读者、批评的全面激励,中国儿童文学的艺术自信在不断得到培育;在外,得益于交流平台的拓展、专业合作的深化以及对外译介的加强,中国儿童文学的对外发声力以及它在世界儿童文学格局中的席次,也在不断得到关注。在此过程中,有关"中国儿童文学如何走出去"的思考和讨论日渐成为业界普遍关注的话题,并迅速转化为相应的实践努力。

回到国际安徒生奖的话题。虽然地域因素并不在安徒生奖的评审考虑之列,但从近年来中国当代儿童文学在它所代表语种范围内的庞大覆盖力和影响力来看,从它在世界童书领域日益得到关注的现实来看,某种程度上,国际安徒生奖太需要一个来自中国的名字了。二〇一五年四月,安徒生奖评委会吸收了首位中国评委,北京外国语大学教授吴青。虽然国内媒体并未过度渲染这一消息,但对于许多关心中国儿童文学的人而言,这无疑是一个引人遐想的火花。人们的联想更多地并非来自一位评委对奖项结果的可能影响,而是它所传递出的那个文化场讯号：在世界儿童文学的圆桌上，人们已经关注到了属于中国儿童文学的一席之位，现在，这个席位或许正期待着一位中国作家的莅临。

目前为止，曹文轩可能是中国当代儿童文学作家中最为深入地受到上述文化场浸润和塑造的一个中国形象。近十余年来，他既成了国内最重要的童书畅销作家之一，同时也成了中国儿童文学对外翻译和传播的重要作家对象。在近年博洛尼亚书展等全球性的国际交流平台上，曹文轩作为当代中国儿童文学代表作家的身份和形象得到了引人注目的塑造与凸显，其作品也在进一步走向国际化。除了代表作的持续外译输出，二〇一三年，他与巴西插画家罗杰·米罗合作创作的图画书《羽毛》在博洛尼亚书展专题活动中引起域外出版人关注，这一合作因二〇一四年罗杰·米罗获得国际安徒生奖插画家奖而更受瞩目。二〇一四年博洛尼亚书展上，他的智障题材儿童小说"丁丁当当"系列获得IBBY残障青少年优秀童书奖。二〇一六年四月，中国少年儿童出版社策划出版了《曹文轩作品精选集》（包括《草房子》《青铜葵花》《细米》三册），分别约请来自德国、西班牙和俄罗斯的当代童书插画家绘制插图。三位西方绘者的精美插图给这套中国乡土童年题材的作品带来了异域视觉解读与诠释的独特气息。在前述文化场的基本背景下，所有这些事件和因素有力地参与建构着一位日益国际化的当代中国优秀儿童文学作家的形象。

曹文轩本人在获奖后接受媒体采访，多次提到了自己立身于上的中国文化和中国文学的平台。他坦率地说，"我不可能出现在五十年代、六十年代，甚至不可能出现在七十年代"，当中国文学的大平台"升到了让世界可以看到的高度"，"其中一两个人，因为角度的原因让世界看到了他们的面孔，而我就是其中一个"，"我对这个平台要感恩，我要感谢中国文学界，中国儿童文学界的兄弟姐妹们"。[①] 这里面当然有作家的谦逊，但同时也道出了一种实情。近十余年来，中国儿童文学在其走向世界的路上迈进了一些重要的步伐。这种迈进是全方位的，从日益广泛的专业交流与机构合作到日益深入的对外译介和作品传播，它极大地促进了域外世界对中国儿童文学的基本认识，也极大地描深了中国儿童文学在世界版图上的基本轮廓。我们可以确定地说，没有这一整体平台和文化场的支撑，中国儿童文学作家抵达国际安徒生奖，还将有一段遥远的路程。

---

① http://blog.sina.com.cn/s/blog_4cee78b10102wehi.html.

三、走向经典的国际化

中国作家获得国际安徒生奖，对于这些年来承受着"走出去"的焦虑的原创儿童文学来说，无疑是一次文化自信的重要而及时的激励。根据相关报道，目前曹文轩的作品已被翻译成十四种语言出版，包括英、法、德、意、日、韩、希伯来语等，作品版权输出五十余个国家。对于当前中国的一些畅销儿童文学作家而言，这样的外译正在逐渐成为一种常态。

然而，在关于曹文轩作品外译的本土介绍和报道中，一些颇可玩味的细节被略过了。二〇〇六年，他的代表作《草房子》出版过两个英语译本，一是长河出版社（Long River Press）的版本，二是夏威夷大学出版社（University of Hawaii Press）的版本。值得注意的是这两个版本的性质。长河出版社是二〇〇二年中国外文局（现为中国国际出版集团）收购美国的中国书刊社后成立的一家出版社，也是中国在美国本土注册成立的首家出版机构，其宗旨是与"国内出版机构广泛合作，以多种形式向世界介绍中国，为真正实现中国出版'走出去'发挥作用"①。夏威夷大学出版社则是一家致力于促进和传播亚太地区文化的美国出版社，此版本是一个汉英对照的节选本。二书封面除了中英文书名，均印有中英文"文化中国"字样，显然都是一种中国立场的文化输出。

不过，二〇一五年，当曹文轩的《青铜葵花》由沃克出版公司（Walker Books）引进英文版权时，情形显然有了变化。沃克是国际知名的独立童书出版机构，旗下童书颇受市场和书评界关注。出版社方面为《青铜葵花》邀请的译者 Helen Wang 是一位经验丰富的中英翻译，曾英译马原、叶兆言、张辛欣、范小青等中国作家的作品。在沃克公司的网站上，可以搜索到《青铜葵花》英文版的资讯，简介中的作者部分已及时更新了曹文轩获国际安徒生奖的最新消息，简介后附有摘自英语报刊及网页的六句简短评论。笔者设法找到了这些评论摘录的原文。其中较长的两篇均与译者有关，分别发表在英国两家个人童书评论博客上。一是《青铜葵花》英译者的访谈（发表于 Playing By the Book），二是对《青铜葵花》的评论（发表于 A Year of Reading the World），系博主从译者处获知该书出版消息后所作。此外，"爱尔兰童书组织"（CBI）在其年度阅读指引和网站上介绍了这部作品，英国《独立报》二〇一五年圣诞推荐书目也提及本书，后文作者

---

① http://zqb.cyol.com/content/2006-09/01/content_1497456.html.

丹尼尔·哈恩(Daniel Hahn)是英国作家、编辑,《牛津儿童文学手册》的作者,同时也是一位翻译家。我们从中不难看到英语世界对《青铜葵花》这样一部中国儿童小说的关注。尽管篇幅都不长,但这些评论对于小说艺术面貌、美学风格等的把握保持着与中文原作的基本一致,文中提到的"悲剧"(tragedy)、"优美"(beauty of the writing)、"诗意"(lyrical)、人性(humanity)等特质,正是中国读者熟悉的曹文轩作品的艺术标签。同时,其关注也是多面的。比如,*A Year of Reading the World* 在将《青铜葵花》作为当月推荐童书进行评论时,不但介绍了作品的主要内容、风格、艺术长处,也谈到了其中的女性角色问题及其矛盾的话语方式导致的读者对象模糊问题。显然,这种建立在细致阅读基础上的真诚批评不是对作品的轻视,而恰是对它最大的尊重。

我们看到的是,中国原创儿童文学正在步入西方主流童书评论界的视野,尽管步伐缓慢,却令人鼓舞。它带来了中国儿童文学国际化进程中的某种质变,曹文轩获得国际安徒生奖,或许是这一质变发出的一个重要讯号。

然而,更理性地看,对于整个中国儿童文学的国际化进程而言,来自世界主流儿童文学出版机构与评论界的关注和接纳固然是一个飞跃性的跨步,但它仍是一个基础性的跨步。中国儿童文学要实现更高的国际化目标,还须经历后两个阶段的跨越:一是能否在全球儿童读者大众(包括一部分成人读者)的日常阅读生活中获得普遍的接受与认可,二是在此基础上,能否为世界儿童文学贡献一部或更多家喻户晓的经典作品。这两个问题是双位一体的。我们知道,儿童文学经典与成人文学的一个根本区别在于,任何儿童文学作品要真正进入世界经典的队列,在创作、出版、专业批评乃至文学奖项的环节之外,还须经过普通受众的通道。历史上,从来没有一部仅从批评的书斋或评选的奖坛上产生的世界儿童文学名著。在中国儿童文学作品中,有没有可能出现像英国的《彼得·潘》、法国的《小王子》、意大利的《木偶奇遇记》、瑞典的《长袜子皮皮》、德国的《讲不完的故事》、美国的《绿野仙踪》、加拿大的《绿山墙的安妮》这样在全世界儿童与成人读者生命中留下永久烙印的经典作品?

这一进程显然还需要更长时间。在知名的国际购书网站 amazon.com 输入曹文轩的名字,显示作品共占二十一页,除去大量中文作品,目前能够看到的三个外文版本,一是沃克出版公司的《青铜葵花》英译版,二是夏威夷大学出版社的《草房子》英译版,三是国内海豚出版社的《甜橙树》英译版。三部作品的读者评论均显示为零。在号称最全球化的购书网站、位于英国的 bookdepository.com 重复同一探索,结果相类。这与国内网络购书平台上读者针对曹文轩作品的热情反馈形成了鲜明对比,而它在中国作家的外译出版中并非个案。二〇〇八年哈珀·柯林斯集团高调引进出版的中国畅销童书作家杨红樱的代表作"淘气包马小跳"系列,二〇一二年埃格蒙特集团(Egmont)引进出版的另一位畅销童书作家沈石溪的动物小说《红豺》(与《青铜葵花》同一译者),在前述网站均无读者评论,尽管这些作家作品也已引起英语评论和研究界的关注。或许,我们还需要等待本届国际安徒生奖的读者效应。不过,这一效应也并未显现在所有获奖作家身上,比如阿根廷作家玛丽亚·特蕾莎·安德鲁埃托于二〇一二年获国际安徒生奖作家奖后,迄今为止,其作品在非母语世界并未实现太广泛的阅读流通。这意味着,从世界奖项到世界儿童文学经典,开启的是又一段新的征程。

也许可以这样说,曹文轩的获奖让我们看到了中国儿童文学国际化进程的一个新节点:在此之前,我们关心中国儿童文学作家何时能够获得国际安徒生奖,因为那关系着中国儿童文学在全世界眼中的位置;而至此之后,我们也将开始关心中国作品何时能够真正进入世界儿童阅读的经典序列,因为那将为中国儿童文学赢得它在全世界灵魂里的位置。

奔向旷远的儿童文学世界

——曹文轩的创作立场、境界与路向

谈凤霞

曹文轩在安徒生诞辰200周年时曾写下纪念文章《高贵的格调——读安徒生》:"我认为对安徒生,我们不仅要把他看作是一个儿童文学作家,更要把他看成是一个大作家。他对于儿童和成人来说都是重要的。因为他为我们创造了美感,这恐怕是安徒生与其他作家不同的一个地方。他始终把美作为文学中一个重要的部分来营造。"曹文轩自身的儿童文学创作也是循此路前行,他自觉地追求"高贵的格调","我的写作永远建立在三大基石之上:道义、审美、悲悯。这是我全部文字大厦的基石",以此而形成其大气开阔的创作境界。

一个作家的创作境界和路向与他的文学立场,即文学何为、何为文学的理解息息相关。早在20世纪80年代的新潮儿童文学讨论中,曹文轩就号召儿童文学要"回归艺术的正道",有意扭转之前儿童文学带有教育功利性的狭窄气象。他在1997年出版的《草房子》后记中声明了"追随永恒"的艺术信念,这一文学选择甚至带有"艺术至上主义"的倾向。他在获得国际安徒生奖后的访谈中强调:"我之所以能够获得这一奖项,可能与我从创作开始所抱定的文学观有关。我一直认为,能够带领作品前行、可以穿越时空的,不是别的,只能是文学性和艺术性。多年以来,无论是长篇短篇,我都是将它们当作艺术品经营的。这一选择切合了安徒生奖的评奖原则。"曹文轩奉为圭臬的艺术追求营造了中国当代儿童文学所能达到的一种高雅的美学境界。之前亚洲虽然已有三位日本作家获得国际安徒生奖,但中国的曹文轩以其"水样的诗性"书写,给世界儿童文学

题解 本文原载《光明日报》2016年5月30日。文章从创作立场、境界与路向三个角度评述了曹文轩的儿童文学创作。文章认为,曹文轩的儿童文学创作遵循的是"雅文学"的流脉,追求的是古典主义的美学境界。文章指出,曹文轩的儿童文学创作不但具有诗性的向度,也具有哲学智性的向度;他的创作体现在对儿童文学文体艺术的不懈探索中,立足于民族与全人类的双重根基,奔向具有无限可能性的儿童文学的旷远世界。

增添了又一种深厚优美的东方情调。

曹文轩的儿童文学创作风格被一些论者称为逆现代主义之流而上的"古典主义",我想也许可换用另一个更为平易的词——"雅文学"流脉。他在创作中对于"意境""梦想""诗性""忧伤""浪漫""情调""优美""高雅""感动""和谐"等要义的一贯奉行,足可见其对具有东方格调的雅文学之醉心。他呼唤美,除了用于对抗和抵消中国儿童文学的功利主义外,还出于个人"迷恋美感"的美学偏好。他的美学担当骨子里接续了民国初年蔡元培倡导的美育思想。20世纪30年代,沈从文这样表达他的创作动力:"因为我活到这世界里有所爱。美丽,清洁,智慧,以及对全人类幸福的幻影,皆永远觉得是一种德性,也因此永远使我对它崇拜和倾心……我的写作就是颂扬一切与我同在的人类美丽和智慧。"曹文轩也秉承这种纯净的文学信念,痴情于书写"美丽""清洁"和"智慧",他认为文学要写生活中缺少而又应有的东西。他以他所怀念的"河流处处、水色四季的时代",即温润纯净的田园诗意和悲悯情怀来作"感动"文章,用宗教般的虔诚营造的美感来滋养当下浮躁和枯索的灵魂。

作为学者的曹文轩在学术领域中注重以"哲学的力量"来解决文学艺术研究中的问题,他也一以贯之地赋予文学创作一种类似于哲学力量的精神底蕴,这种底蕴是道义的、情感的、审美的,通常富有理性品质,如以整体象征介入抒情的成长小说《根鸟》呈现的是与拉美文学《炼金术士》相一致的寻索人生真谛的哲理品格。曹文轩对艺术中的理性有敬畏也有警惕,他在学术论著《第二世界》中谈到艺术要"遮蔽理性,让理性成为底蕴……他必须做得让理性可感而不可见"。他的作品以细腻生动的感性形式呈现,但他不屑于现实庸常生活的再现,力求去淬炼生活。他从理性出发,为了抗拒和反拨为求"深刻"而以"证丑"方式走极端的现代小说风气,做出了坚守纯洁诗性的"证美"选择,虽然这一做法也不免有走另一极端之嫌。

大凡有雄心的小说家,都会努力创造独特的小说文体。作为从事小说研究的学者,曹文轩对于自己所写作的儿童小说也有着自觉的文体创建意识。他在题为《关于我的写作》的访谈中说:"童年视角将永远是我的视角,但不是我的唯一视角。我的人生经验里有许多东西是这个视角所无法实现的。即使童年视角,在我看来也是一种文体。"这种以忧伤的追怀为叙事基调,以现在的成年和过去的童年目光相交织的叙事展开,承接的是萧红《呼兰河传》式的诗化小说一脉,有着抒情化的叙事方式和散文化的情节构架。不过,曹文轩的小说故事性更强,因为他了解故事之于小说阅读的魅力。在文体风格追求上,他又更多地接近京派流韵。他塑造的清纯可爱的女孩形象如《草房子》中的纸月、《青铜葵花》中的葵花等,颇有废名《竹林的故事》中的三姑娘、沈从文《边城》中的翠翠、汪曾祺《受戒》中的小英子等气息。其诗意田园的美学取向也与汪曾祺那"追求的不是深刻,而是和谐"的旨趣相通,曹文轩有意抛弃现代小说追求的"深刻"而归顺古典主义倾心的"和谐"。他的童年视角写作倚重于他个人的童年记忆,他用除净火气的姿态去写作,但似乎难以割舍汪曾祺主张排除的"感伤主义",字里行间氤氲着忧郁。这与他的童年经历有关,而他作为学者的研究又将之上升为理论认识,主张文学要有一种忧郁的情调,并由此形成其文体风格上一种较为成熟的个性化标志。曹文轩的儿童小说很讲究语言,在叙述语言上将诗意的文采发挥得淋漓尽致。总之,他的写意性儿童小说文体是对中国现代诗化小说的继承,也有融入其艺术个性的独特酿造。在儿童文学创作道路上,曹文轩有着永不满足、不懈追求的"浮士德精神",他不断尝试着开疆辟域,并练就了几副笔墨:各种文类(如儿童文学和成人文学),各种体裁(如现实主义小说、幻想小说、图画书等),各种题材(如乡土、战争、特殊儿童等)、各种风格(如诗意、沉思、幽默、玄幻等)……万变不离其宗的是,其中贯穿了艺术审美至上的文学精神。他的儿童文学以高雅之"美"来作为跨越儿童与成人、跨越国家与民族界限的一条通途,以诗意的向度将儿童文学推向了不逊于成人文学的艺术高度。

曹文轩的文学创作在二十世纪八九十年代之时,就以其志存高远的文学精神昭示了中国儿童文学的宏阔之路。在长达三四十年的诗意向度的写作中,他以庄重之心、毫不妥协的人文情怀和始终专注的美学抱负,成为儿童文学这条"光荣的荆棘路"(安徒生语)上义无反顾且成就卓越的探索者。他的儿童文学证明了儿童文学是需要时空长度、思想深度和艺术高度的文学形式。从世界儿童文学第一座丰碑安徒生童话中便可发现,真正经典的儿童文学不仅是一种表现人类童年情形的"童年形式",也是一种由童年出发的令人回味无穷的"人生形式",而且还是一种与内容契合、兴味盎然的"艺术形式"。曹文轩缔造了一个以苦难作底色、以高雅作气质的"美"的儿童文学艺术王国。但这位不倦的探路者不会满足于这个王国,他在获奖后谈到"聪明"的作家应持的创作路向:"最聪明的人是双足坚定地立于这块土地,且双眼可以穿过滚滚烽烟眺望远方、眺望界碑之外的事情。生他养他的土地是他永远的资源,而他思考的问题则应该是世界的;题材是中国的,主题却应当是人类的。"这一立足于"民族/国家"与"世界/人类"的双重思考,体现了曹文轩对于从"切近"出发而抵达"旷远"的境界追求,那里依然会有他苦心经营之"美",并有以悲悯情怀观照之"真",且还要有融合儿童率真眼光与丰富心性之"气"。国际儿童读物联盟(IBBY)设立安徒生奖的评审标准涉及诸多方面,既强调美学和文学的品质,也重视从儿童视角看待世界、延展儿童好奇心与想象力的表现能力。曹文轩的创作代表了儿童文学的一种前进路向,中国儿童文学可以汲取经典儿童文学与成人文学的丰富营养,走出风格多样的宽广之路,奔向具有无限可能性的儿童文学世界。

"曹文轩模式"与中西儿童文学的两种形态

王泉根

一

2016年4月,北京作家曹文轩在意大利博洛尼亚荣获"国际安徒生奖",这是中国作家首次获得该奖。在我看来,这是中国当代文学的一个"重要事件"。评论家胡平认为:"曹文轩获安徒生奖,是所有人都服气的。他的创作是平民的,也是贵族的;是儿童的,也是成人的;是写给读者的,也是写给自己的;是创作的,也是有深厚理论背景的。能同时具备这么多品质,当然有大成就。"[①]

胡平的看法有一定道理。但我认为,曹文轩从事的儿童文学创作,本身就是一种具有普遍性价值的世界性文学,童心总是相通的,儿童文学最能沟通人类的共同理想与利益需求,在对待孩子的问题上,人类可以找到最大的公约数。正如曹文轩在论及文学审美价值时说:"如果今天有人觉得用神圣的目光看待文学是可笑的话,我想是不会有人去嘲笑用神圣的目光看待儿童文学的,如果他是人父人母。"[②] 真正的世界性文学,在这个人世间,只有两种,第一是儿童文学,第二是科幻文学,这两种文学都是直指"明天"与"未来",都与人类普遍的实存意义与价值重构联系在一起。因而谁如果在这两种文学中做出了扎实的实绩,他的声誉必将是世界性的,而且将影响未来。所以,曹文轩获安徒生奖,刘慈欣的

题解　本文原载《现代文学研究丛刊》2016年第9期。文章以《草房子》《火印》和"大王书"系列为例,阐释了曹文轩儿童文学的创作与理念。文章认为,曹文轩的儿童文学写作创造了一种具有世界性意义的"曹文轩模式"。这一模式的核心内容就是:现实型架构与幻想型元素、现实主义精神与浪漫主义情怀的有机融合。其中,"感动"与"永恒"是这一模式的关键词,它们彼此紧密联结:能感动儿童的就是道义的力量、情感的力量、智慧的力量和美的力量。这一切都是永在的。所以,儿童文学可以用"从前"的故事来感动今天与明天的孩子。

① 胡平言论见《"大王书":一部凝结汉文化激情的"幻想文学"大书》。
② 曹文轩:《文学应给孩子什么?》,《文艺报》2005年6月2日。

《三体》获美国科幻"雨果奖",这是中国当代文学真功夫真大家的骄人呈现。

百年中国儿童文学涌现了一批代表性作家,曹文轩无疑是其中的杰出代表。如果我们能从中西儿童文学创作两种不同形态的维度,来审视曹文轩小说创作的独特艺术追求与经验,或许更能理解曹文轩获安徒生奖的意义。

二

文学作品是作家审美想象的物态化产物。如果以审美想象的张力而言,现代作家的原创文学包括儿童文学实际上可以分为两种类型:一类是幻想型文学,另一类则是现实型文学。

幻想型文学的特质在于审美幻想。什么是幻想?幻想就是创造,创造就是无中生有。英国著名幻想文学作家托尔金(1892—1973)在其名著《论童话故事》(1946)中认为:幻想就是想象出真实世界中不存在的事物,同时要赋予它们"内心的真实性"。幻想型文学是作家在完全虚构的状态下完成的对文学作品独创性的审美艺术生产,其特征是超越现实,突出主观,具有明显的理想主义、浪漫主义色彩,充分运用夸张、变形、魔幻、穿越等方法,不求生活的真实,而遵循情感与意义的逻辑,通过创造性想象与典型化去逼近本质的真实。因而幻想型文学的创作要求作家具有精骛八极、神游万方、超越现世、直指无限的无边想象力,同时又要将这种想象用生动传神的艺术转化为文学的审美阅读图像与生命体验。由于现实尘世的人事很难符合幻想型文学的要求,因而神话、传说、民间童话、民间传奇甚至原始巫术、图腾崇拜等这类凌空蹈虚远离尘世的东西常常成为幻想型文学创作的重要素材与借鉴。世界原创幻想型儿童文学中的一流作品大致体现了这些特征。就其文体而言,幻想型文学比较集中于童话、幻想小说,或具有童话小说化倾向的童话以及小说童话化倾向的小说。其代表性作品如丹麦安徒生《海的女儿》等童话,德国霍夫曼的《金罐》、罗斯金的《金河王》,英国卡罗尔的《爱丽斯漫游奇境记》、巴里的《小飞人彼得潘》,意大利科洛狄的《木偶奇遇记》,美国鲍姆的《绿野仙踪》,法国圣埃克絮佩里的《小王子》,英国托尔金的《霍比特人》《魔戒传奇》、罗琳的《哈利·波特》等。幻想型文学在人们的内心世界开辟一条永无止境的心路之旅,大易妙生化,灵动启慧命,在心路之旅的无限延伸中去感应和体验超验世界的极乐极美。

现代作家原创儿童文学的第二种类型是现实型文学。现实型文学的特质在于审美联想,这是一种制造性也即再造性想象的精神产品。什么是制造?制造是对已有的东西进行再加工。因而现实型文学的艺术创作过程实际上就是以提供客观事实为出发点,立足于客观现实,面对现实,正视现实,对已有的现实生活进行集中、提炼、概括、加工的过程,所谓"源于生活、高于生活"使之更加典型化。现实性、再现性、写实性是现实型文学的基本特征。现实型文学以描写见长,在描写中尽量达到与现实生活人事的"酷似",不夸张不变形,即使出现夸张变形也是为着更好地表现现实的目的。

我个人认为:就世界范围的现当代原创儿童文学而言,东方的儿童文学以中国为代表,选择的是现实型文学的路向。这种文学更多地体现为对现实的描摹、反思、评判与想象,追求逼真、传神的艺术效果,侧重于文学的认识作用与教化作用,它主要影响于儿童的意识形态、价值取向、国族认同、人生态度。而西方的儿童文学以欧美为代表,则取向于幻想型儿童文学,更多强调文学的想象与诗性,崇尚人的欲望与情感的释放,追求奇特、神秘的艺术效果,侧重于文学的审美作用与游戏精神,主要影响于少年儿童的精神性格、审美情趣、想象空间。

由于受文化传统和文学传统的影响与制约,中国古代少年儿童所接受的原创文学形式,主要是民间群体生产的口头文学作品,其中大量体现为民间童话与童谣;中国作家个体原创的儿童文学生产起始于上个世纪五四新文化运动前后,叶圣陶创作的短篇童话集《稻草人》是中国第一部作家个体生产的原创儿童文学作品,并被鲁迅誉为"给中国的童话开了一条自己创作的路"。这条路实质上就是现实型儿童文学的原创生产道路,也即现实主义文学道路。从上个世纪20年代叶圣陶的《稻草人》到30年代张天翼的《大林和小林》延续至今,中国现实型儿童文学的生产、发展与传播形成了自身鲜明的民族特色、时代规范与审美嬗变;20世纪早中期原创现实型作品主要直面的是成年人的现实生存与现实问题,因而与成年人的革命、救亡、运动、中心等纠结在一起。八九十年代中国原创儿童文学的最深刻的变化是将以前的"成人中心主义"转向以儿童为中心,直面的现实则由成年人的现实转向儿童的现实生存与现实问题,这是20世纪中国儿童文学的"革命性位移"。从上个世纪20年代郑振铎提出儿童文学要把"成人的悲哀显示给儿童"(《〈稻草人〉序》),30年代茅盾提出儿童文学"要能给儿童认识人生""构成了他将来做一个怎样的人的观念"(《关于"儿童文学"》《再谈儿童文学》),张天翼提出儿童文学要告诉儿童"真的人,真的世界,真的道理"(《〈奇怪的地方〉序》),50年代陈伯吹提出"儿童文学主要是写儿童","要以同辈人教育同辈人"(《论儿童文学创作上的几个问题》),到80年代曹文轩提出"儿童文学作家是未来民族性格的塑造者","儿童文学承担着塑造未来民族性格的天职"(《觉醒、嬗变、困惑:儿童文学》),深受这些20世纪重要儿童文学观与价值取向的深刻影响,中国现当代原创儿童文学在与社会和时代无法也无须割舍的联系中,一以贯之地承担起了自己对未来一代精神生命健康成长的文化担当与美学责任,并创造出自己的现实型文学体系与文类秩序。

必须申明的是,我在这里提出的现代中西原创儿童文学的这两种形态及其特征,只是试图作出一种事实判断,而不是价值判断,自然更不意味着幻想型儿童文学的价值要高于现实型儿童文学。一种理想的适合于全面提升少年儿童精神生命健康成长的儿童文学原创作品的生产,应该是这两种形态的文学作品的互补和共生,而不是顾此失彼,这两种形态的文学都具有不可替代与缺失的价值意义。正因如此,我很讨厌有的媒体追问"中国为什么没有《哈利·波特》?""中国为什么产生不了安徒生?"在这种质疑的背后所隐含的是"中国没有儿童文学""中国产生不了一流儿童文学作品"的论调。我认为,20世纪中国现代原创儿童文学同样有着优秀的、一流的、经典的作品。中国没有安徒生与《哈利·波特》,最多只能说明我们在另一种形态即幻想型儿童文学的创作方面似乎比较欠缺,而在现实型儿童文学即现实主义文学方面,我们丝毫不逊于西方。

我认为,发展新世纪原创儿童文学,第一,应取现实型与幻想型形成互补、两只翅膀一起飞翔的路向,用更加丰富多元的儿童文学作品服务于我们的少年儿童;第二,应寻找、探索具有中国特色与民族气派的创作模式和风格,讲好我们民族自己的故事,使之既不同于以往的原创又不同于西方的原创,为新世纪的少年儿童提供优质多样的精神食粮。在这里,我想提出一个"曹文轩模式"。

三

曹文轩既是一位小说作家,但他同时又是一位从事当代文学教学与研究的学者,因而他的创作有其自己认定的理论作为根基,或者说,他的小说是其自身文学观、儿童文学观的实践与验证。我们注意到,曹文轩的青少年时期虽然在苏北农村土地上长大,但他以后一直生活在都市与大学校园,远离现实尘世,更远离下层社会的苦难与挣扎。但是,他的小说作品包括《草房子》《山羊不吃天堂草》《红瓦》《根鸟》《青铜葵花》以及系列小说《丁丁当当》与众多中短篇小说,几乎都离不开他的童年、故乡、土地、农家与乡亲故里,很少甚至很难看到他生活时间更长、每时每刻都在影响与裹挟着他与他周围人的都市的浮华与气色、资本与罪恶。他似乎在回避什么,又在静默地追寻与守护着什么,在这追寻与守护中锻造着他的儿童文学艺术"模式",直到炉火纯青,如同干将莫邪的铸剑。

曹文轩的小说显然是扎根现实的,脚踏在中国的黄土地,直接服务于今天少年儿童的精神生命。国际安徒生奖评委会主席柏奇·亚当娜对曹文轩的颁奖词是:"曹文轩的作品书写关于悲伤和苦难的童年生活。他的作品也非常美丽,树立了孩子们面对艰苦生活的挑战的榜样,能够赢得广泛的儿童读者的喜爱。"将"苦难"与"美丽"联系在一起,又将"儿童喜爱"联系起来,我以为这一评语是精准到位的,同时也道出了曹文轩儿童文学艺术"模式"的特征与奥秘——他的作品所表现出的现实主义以及现实型文学的构建、方法、意境、情趣、格调,明显地不同于以往中国的现实型儿童文学。在曹文轩的作品中我们还能清楚地看到另一面,那就是张扬幻想,崇尚人的情感与欲望,关注人的精神、灵魂与境界,追求艺术永恒与审美感动。在这种特质背后,隐含着一种幻想型儿童文学的因素——他把儿童文学的价值取向置于影响人的情感、性格、精神与灵魂,重在打造人性的养成,而不是重在影响人的意识形态、社会认知。简言之,曹文轩儿童文学艺术"模式"是一种现实型构架与幻想型元素、现实主义精神与浪漫主义情怀的有机融合。这种模式对于促进我们今天原创儿童文学的艺术创新与发展是很有启发性的。在这个艺术"模式"中,有两个刻度似乎是需要特别关注的"关键词":第一是感动,第二是永恒。

儿童文学到底应该如何感动今天的孩子? 曹文轩认为:"感动今世,并非一定要写今世","今天的孩子,其基本欲望、基本情感和基本的行为方式,甚至是基本的生存处境,都一如从前;这一切基本是造物主对人的最底部的结构的预设,因而是永恒的;我们所看到的一切变化,实际上,都只不过是具体情状和具体方式的改变而已"。"能感动他们的无非还是那些东西——生死离别、游驻聚散、悲悯情怀、厄运中的相扶、困境中的相助、孤独中的理解、冷漠中的脉脉温情和殷殷情爱……总而言之,自有文学以来,无论是抒情的浪漫主义还是写实的现实主义,它们所用来做'感动'文章的那些东西,依然有效。"[①]曹文轩的代表作《草房子》就是在这种意义追寻的过程中完成的,并且是用一段"从前"的故事企图来感动"今天"和"明天"的孩子。

我们看到,产生这些"感动"的小说的故事背景发生在1962年的江南水乡油麻地,作品通过对小主人公男孩桑桑刻骨铭心而又终生难忘的六年小学生活

---

① 曹文轩:《追随永恒——〈草房子〉代跋》,《草房子》,江苏少年儿童出版社1999年版,第278页。

描写,讲述了五个孩子桑桑、秃鹤、杜小康、细马、纸月和油麻地的老师蒋一轮、白雀关系的纠缠和孩子们的成长历程。

请注意,《草房子》的故事背景是上世纪60年代初,那是中国人刻骨铭心的三年自然灾害时期,物质匮乏,生存艰难,人的精神状态相对比较粗糙。但我们在曹文轩笔下很难看到这一面,而更多地看到的是江南水乡的一种舒缓、温柔、优美的格调与人性向善向美的精神延伸和拓展,这里面显然有曹文轩的理想主义浪漫主义在起着作用。评论家何志云认为,《草房子》"这部小说提供了一个想象的空间,让我们在一个全球化和市场化的世界重温一个业已无法继续存在的温馨美好的田园世界,曹文轩把童年的回忆化为一种真正诗意的同时,也就使人们所期盼的那种诗意世界展现在我们面前"[1]。可以说,曹文轩小说的时代背景是"架空"的,他的时间哲学是一种"恒在":从前也能感动今世,并以之作为小说题材的组织纲领。在这里,透露出了曹文轩"模式"中浪漫主义的精粹论与本质论倾向,这种倾向是支撑其小说幻想元素的艺术自信。所谓精粹论,即讲究精神的提炼、灵魂的升华,拒绝庸俗,因而他对"中国当代作家的队伍乃至作品中时刻都能感受到的一种土匪气、农民气、行帮气、流氓气、痞子气"表示出决然的拒斥。[2] 所谓本质论,即注重刻画本体、一切事物的本原,强调所有现象都不过是外在世界的流转,最重要的依旧还是内在世界那绝对不变的东西。在曹文轩看来,那个绝对不变的东西,正是文学尤其是为下一代打下精神底子的儿童文学,所要写的那些感动人心的具有永恒价值的东西,这就是他坚定地相信的,"感动他们的,应是道义的力量、情感的力量、智慧的力量和美的力量,而这一切是永在的"[3]。这就是曹文轩所要追随的文学的"永恒"。或者极而言之,文学应写的能写的就是那些能够感动人心的具有永恒价值的东西,虽然各人的写法不尽相同。显然,这是浸透了理想主义色彩的文学旗帜。正是基于这样的理念,进入新世纪,曹文轩修正了他在上个世纪80年代提出的"儿童文学作家是未来民族性格的塑造者"这一显然更具有现实指向性的观念,而将其修正为:"儿童文学的使命在于为人类提供良好的人性基础。我现在更喜欢这一说法,因为它更广阔,也更能切合儿童文学的精神世界。"曹文轩进一步从道义感、情调、悲悯情怀三方面立论,认为儿童文学的目的"是为人打'精神的底子'"[4]。

---

[1] 何志云:《油麻地不灭的歌》,《中华读书报》1999年4月16日。
[2] 曹文轩:《荒诞的见识》,《一根燃烧尽了的绳子》,人民文学出版社2010年版,第491页。
[3] 曹文轩:《追随永恒——〈草房子〉代跋》,《草房子》,江苏少年儿童出版社1999年版,第278页。
[4] 曹文轩:《文学应给孩子什么?》,《文艺报》2005年6月2日。

四

将儿童文学定义为"打精神的底子"的文学,显然,这是曹文轩站在更高的精神视野来看待儿童文学的价值取向与美学意义。这是超越了狭隘的民族语境与直接服务现实的现实型文学观,以一种人类文化大视野也即融通起中西方两种不同儿童文学形态的优长来重新解读儿童文学的本质。在他的小说创作中,我们可以感受到浪漫的、诗意的、想象的、空灵的、飞翔的东西,这与传统的中国现实型儿童文学作品显然有很大的不同。除了他的《草房子》,使人感动难忘的还有他于2015年创作出版的动物题材抗战儿童长篇小说《火印》。

《火印》从一匹马与一个孩子的关系与命运切入进去,展开抗日战争广阔的生存空间与战地风云,将个人的遭际编码为宏大的历史叙事,建构起具有多层阐释空间与多重意义可能的文本。

《火印》的第一个层面,是一匹流浪马"雪儿"和一个放羊娃"坡娃"的故事。小说的开局确立了流浪马与放羊娃之间这种生死相依的"命运共同体"关系,因而后面整部作品的叙述逻辑就显得严丝合缝、顺理成章:救马、得马、爱马、失马、盗马、又失马、再盗马,最后在战场上相遇,人依马,马依人,人马与共,天人合一。一匹流浪马和一个放羊娃的故事,真正地血浓于水,感天动地。

《火印》的第二个层面,是一匹战马与一场战争的故事。曹文轩机智地从战马的独特角度来描述战争。战争的残酷性从雪儿的命运逆转开始:雪儿被日军强行"征召",成了日军指挥官河野的坐骑。当雪儿的身份发生根本逆转以后,一匹战马与一场战争的"矛盾"是如此尖锐地悬置在小说上空,压得你喘不过气来。小说的精彩之处是在吊起读者巨大的阅读期待之后,又从容地铺陈开去,写坡娃与小伙伴盗马成功,雪儿重回后山,重新回到了田园牧歌的日子。小说有波澜,有平稳的过渡,几个回合以后才现高潮——一场天崩地裂的大战就在面前。战争给北方的农村带来残酷的、惨烈的破坏与牺牲,战争夺去了坡娃的父母、宠物黑狗还有他的一条腿,更有遍地的烽火与血腥的屠杀。

《火印》的第三个层面,是一匹天马与一个民族的故事。曹文轩笔下的雪儿不是一般的马,这绝对是一匹天马、神马。它来无影去无踪,神龙见首不见尾,所能见到的,则是弥漫于全书中的雪儿对其真正的主人坡娃的生死相依、忠心耿耿,而对软硬兼施一心要征服它的"新主人"日军河野则至死不从、绝无二心。显然,《火印》不是动物小说,曹文轩也不必转弯抹角地借动物喻人世,完全可以直抒胸臆,塑造理想的动物本真的艺术形象。这就是雪儿的天马精神——战场上冲锋陷阵、视死如归,对主人至死不渝、忠诚不二。正是从这个意义上说,雪儿这匹天马的故事讲的就是我们民族的故事。我们中华民族,本性上是一个向善的民族,中华民族不被逼到绝路,不会拿起武器投入血色战争,表现在这匹马身上也是一样,雪儿不被逼到绝路,也不会将河野踢入悬崖。我们从一匹马的身上,也从一个少年身上,看到了民族精神的发扬与砥砺。

《火印》的第四个层面,我们读到的是一个作家与一场人类精神对话的故事。曹文轩一直在追求他文字的不朽,实际上就是追求人类精神的不朽。这种不朽追求,在《火印》这部小说中是通过叙事理想、精神深度体现出来的。小说的艺术价值并不是因为作家写了一个重大题材,而关键在于作家是否具有参透这种重大事件本质的能力,是否对事件本身有它超越于一般历史学家定名的审美发现,是否把这种历史的宏大事件真正地化解到人物的精神世界当中去,并以生动的、真实的生命形象表现出来,构成小说穿越时空的、长久的艺术诉求。

我在读《火印》的时候,时刻感受到这是一场作家与生命的对话。战争的残酷性在哪里?当然,首先是对人的肉体的伤害,但是《火印》又写出了对人类精神的伤害,写出了战争给作为社会的人、历史的人、文化的人与生命的人之间无法拯救的精神痛苦。这些痛苦的根源,就是战争。因而《火印》是一部描写战争带给人类生命与精神双重痛苦的作品,而精神的痛苦更像锥子钻心那样让人痛到绝处。

除了《草房子》《火印》这些既叫好又叫座的长篇外,曹文轩还曾历时八年精心构思创作了完全幻想型的系列小说《大王书》,作家自言这是"称得上是迄今为止我最为看重的作品,它的写作对于我来说是一个重大的自我超越"。如果我们把《草房子》《火印》《大王书》这三种具有不同审美想象特色的作品放在一起进行解读,我们更能进一步理解"曹文轩模式"的有机建构与艺术探索。

《大王书》是一部由9卷小说构成的系列幻想长篇,现已出版5卷。《大王书》想象之神奇壮丽,可谓混杂了古今中外的各种神话、史诗原型,延续了《圣经》《荷马史诗》《楚辞》《庄子》所开辟的想象谱系。但它依然坚守着《草房子》式的唯美格调,无论是人物、意境、景物、语言,一如既往地延续着思想的维度与诗意的神往。"大王书"系列描写的是关于一个孩子的成长故事,一个"王者"的成长心路历程。主人公茫从一个放羊娃成长为一个万众之王,除了天机,更重要的是他的善良与得人心的王道。按照小说架构,茫在与魔王熄为代表的恶势力斗争中,依次攻取金、银、铜、铁四座山峰,并从这四座山下分别释放出被魔王熄夺走的人类的"视觉、听觉、语言和灵魂",还这个世界以文明的秩序与昂扬的活力。《大王书》的史诗性书写,依靠的是古典美学资源所生发的元气和幻想小说所特有的"神"气。作者任由想象力狂放无羁地从人间坠入地狱,又从地狱回到人间,再从人间飞到金色的圣殿。幻想的天空时而黑云密布、狂风大作;时而光亮耀眼、婉转低回;时而雄壮沉重、刀光剑影、危机四伏;时而轻盈曼妙、柳暗花明、绝处逢生。茫是一个英俊、崇高的王,他的身上寄托着人们对理想君王的伦理追求。但茫毕竟是一个少年君王,他的骨子里还是"童心依然""不想长大"。曹文轩很有分寸地把握住了少年君王的成长之路,始终不让他成熟,只让他成长。茫不断成长,但也不断"犯错",如不断耍小孩子脾气,有时候自己跑掉了,有时候不想再当王,而且身边不能缺少瑶、璇、葵等少年朋友,更不能缺少那一群羊,这就是儿童文学之为儿童文学的"儿童化"魅力。

为了写作《大王书》,曹文轩曾研读了三十多种中外人类学、神话学、幻想文学的论著,目的是希望通过人类学专家的思维成果与知识考古,更好地了解早期人类社会,体会先民式的幻想和经验,力图寻找到"原初幻想",传达出初民幻想的魅力,让想象力更接地气与"神"气。"大王书"系列显然完全是一种浪漫性的叙述,一场将中西方儿童文学两种不同形态的"精气神"融通交汇之后的艺术实践,期待以一种荒漠大川、天上地下的浪漫性的叙述,召唤汉语史诗叙事的回归,铸造中国梦与民族风的幻想文学高峰。"大王书"系列小说的创作还没有完成,我们有理由相信曹文轩在获得安徒生奖之后,对儿童文学,对现实性小说还有幻想性小说的艺术探索与审美表达,会进入一个更新的层次,更高的境界。

美国的中国现当代儿童文学研究述评

姚苏平

美国的中国现当代儿童文学研究,兴于上世纪70年代,历经了学科体系与学术立场的转变,研究者身份认同的变化,并带来了研究对象与研究范式的迁移。其学科体系从冷战格局中"中国研究"的一个分支,转变为儿童文学专业研究的客体对象之一;其学术立场、方法从专注于对"文革"中儿童文学作品的政治话语解读,到梳理整个中国儿童文学现代化的历程,评析不同文学形式、不同年代作品中"儿童"形象的嬗变,尝试进行民族文化间的比较研究。从上个世纪70年代至今的近五十年间,其研究者也由美国本土学者的一家独大,逐步过渡为华裔学者的渐露锋芒。前者的研究对象和渠道主要是中国官方发布的英文版作品;而后者在中西互为参照的视域中、在美国的中国现当代文学研究体系和理论话语中,在对中国现代儿童文学的生成与形态的在场考察中,给出了纵深丰富的文化阐释。21世纪以来,美国学者把对中国儿童文学研究的重心还原为对中国儿童读者、儿童阅读接受的关注,更接近于美国儿童文学研究的基本范式。与此同时,随着儿童文学全球化语境下的"学术共同体"的深入发展,不断出现中美儿童文学界的对话与合作,为中国儿童文学研究开拓了更宽广多元的学术空间。

一、从"中国研究"到"中国儿童文学研究"

美国对中国尤其是大陆地区的现当代儿童文学创作的关注和研究兴于70

题解 本文原载《江苏社会科学》2017年第3期,收入时略有删节。文章对美国的中国现当代儿童文学研究的历史与现状进行了分析梳理。文章指出,在近半个世纪中,美国的中国现当代儿童文学研究经历了从"中国研究"到"中国儿童文学研究"的范式转变。至目前为止,美国的中国儿童文学研究主要聚焦于如下领域:对中国现代儿童文学史的多角度、全方位的梳理评价;对民族文化特征进行纵向挖掘与横向比较;对中国儿童文学现代化的关注,等等。文章指出,尽管经历了范式转变,但美国的中国儿童文学研究的基本思维模式仍是为了反观其相关领域的现状,其对中国儿童文学的批评未必全面。

年代,是冷战格局下"中国研究"(China Studies)或"当代中国研究"(Modern China Studies)的边缘性分支。通过分析、评价、批判同时期中国大陆官方出版的英文版儿童文学作品,解读中国的政治风向,考察中国未来主人翁的样本性和典型性。以美国本土学者 Thomas A. Zaniello、Nellvena Duncan Eutsler 为代表,对"文革"期间、拨乱反正期间的儿童文学表现出浓厚的兴趣,并通过意识形态话语方式进行刻意的解读。上世纪 80 年代中叶以来,美国的中国儿童文学研究产生新变,从"中国研究"的边缘分支进入到"儿童文学"学科体系中。这与世界政治格局变化的大背景有关,也缘于其学科体系与学术立场的转变,更与 Mary Ann Farquhar、Jane Parish Yang、Margaret Chang、Xu Xu 等学者的努力不无关系。

事实上,对 1949 年以后的中国儿童文学,美方一直抱有好奇心与解读欲,如 Thomas A. Zaniello 相继发表了《五个英雄:中国儿童文学一瞥》(*Heroic Quintuplets: A Look at Some Chinese Children's Literature*)[①]、《绽放的鲜花:中国儿童文学的多样性》(*Flowers in Full Bloom: The Variety of Chinese Children's Literature*)[②],对整个"文革"阶段发表的儿童文学作品给予了高度关注。对传统儿童文学的被筛选、当代儿童文学创作主题的"小英雄化"叙事,尤其是"红小兵"的多种样本,做了充满政治意味的解读。《五个英雄:中国儿童文学一瞥》(1974 年)以《中国五兄弟》、《金斧子》等传统民间故事为例,比对了在美国的传播版本与中国本土版本的区别,阐述了这一类型的传统儿童文学为何能够被 1949 年以后的政治文艺形势所接纳,讨论了它们在延安整风运动之后,是怎样被改写和认知的。以《密信》、《椰林中》、《勇敢的小牧人陆超》(音译)、《跟着爷爷打猎》、《小龙》、《今天我值日》等英文版中国当代儿童文学作品为案例,阐述了儿童"小英雄"的榜样性意义。"文革"期间,文学中儿童形象的"士兵化"现象普遍。《绽放的鲜花:中国儿童文学的多样性》(1978 年)分析了《今天我值日》、《暴风雨》、《三件毛衣》、《好孩子》、《小红卫兵》等 70 年代发表的儿童文学作品中"小红卫兵"的多样性。政治围城中的当代儿童文学,其独特性表现为既与西方儿童文学隔离,也与中国传统文化进行了切割。但是民间故事、通俗文学仍被谨慎而有限度地采纳了。比如革命现实主义与浪漫主义双结合的甄选下,"孙悟空三打白骨精"被刻记上了彻底的革命精神,这是中国传统文化在革命话语

---

① Thomas A. Zaniello, *Heroic Quintuplets: A Look at Some Chinese Children's Literature*, Children's Literature,1974(3):36-42.
② Thomas A. Zaniello, *Flowers in Full Bloom: The Variety of Chinese Children's Literature*, Children's Literature,1978(7):181-190.

中被改造的必然命运。尽管 Zaniello 对当时的中国儿童文学有较多的关注,但是常常处于"失语"的尴尬境地:当他刚刚断言《金竹》体现了中国当代儿童文学出现了"去政治化"的倾向,《中国文学》(英文版)刊登了北京小学生的"群众来信",以《金竹》为批判对象,并发表了《每一面墙都是战场》的诗歌。儿童自我教育的意识和能力都令 Zaniello 吃惊和困惑,最终他认为中国当代儿童文学缺少浪漫、幻想气质,其现实主义的写作方式和目的是为政治任务服务。在西方视域中,当代中国儿童与儿童文学无疑成为一个极具研究性的"他者"。

真正对中国现当代儿童文学进行现场专题研究的是 Nellvena Duncan Eutsler。他以中国当代儿童文学研究为主旨,于 1979 年 1 月参访了北京、上海、南京、无锡等地的学校、图书馆,通过文献资料搜集与现场考察访问相结合的方式,在美国《儿童文学》期刊上发表论文《东方之旅:当代中国儿童文学与教学媒介之印象》(Journey to the East: Impressions of Children's Literature and Instructional Media in Contemporary China)①。与此前的研究方式相比,该论文着眼于当代中国儿童文学的特殊性,更以美方儿童文学为参照,进行了相关类型和价值的比较研究。毫无疑问,西方学者热衷于探寻当代中国历经政治与"文化革命"后的传统文化的痕迹。Eutsler 随身携带了《三字经》,一到中国就不断询问各地陪同、受访人员有关该书作为中国儿童启蒙读物的使用与传播情况。得到的反应是"放纵大笑":"《三字经》是孔夫子的东西……孔夫子已经被彻底抛弃了。" Eutsler 试图对现代中国儿童文学进行评估,尽管他提到了儿童最欢迎的作品《水浒》、有趣的民间故事"刘三姐"、叶圣陶的《稻草人》和若干匿名作者的作品,但是这些作品仅是缘于"被告知",而不是他自己的兴趣所在;或者说,中国本土所构建的儿童文学知识谱系在 Eutsler 眼中不具有话语权利。颇有趣味的是 Eutsler 与此前的美方学者一样,②都认为中国儿童的才智发展超过了相应的年龄段;都把中国传统儿童文学的现代传播落实到了《孙悟空三打白骨精》上。这与该题材的传播范围之广、对儿童影响之深有关系,也与多数西方学者对当代中国儿童文学作品视而不见、格外厚待中国传统文化的思维方式有重要关联。

纵观 20 世纪 70—80 年代美国本土学者对中国儿童文学的研究,不管是以传统中国文化为"正朔",还是以西方视角为依据,其学术立场所构建的当代中

---

① Nellvena Duncan Eutsler, Journey to the East: Impressions of Children's Literature and Instructional Media in Contemporary China, Children's Literature,1981(9).
② William Kessen, Childhood in China, New Haven and London: Yale University Press,1975:x, 215.

国儿童文学不以"中"为体、不以"西"为用。它无疑是这两方的"他者",以面目可疑的形象与身份附属在"中国研究"的场域内。尽管美国的中国儿童文学研究延续了美国儿童文学研究对儿童读者的关注,但其学科体系自觉地归属于"中国研究"范畴,并未将儿童文学作品的提供(出版与流通、图书馆馆藏与借阅等)视为文学现象,也未将采访到的儿童阅读感受视为文学接受,而是将上述所有资料进行文化阐释和泛政治化解读,将其视为官方意志的呈现。其研究对象滞留于政治语境中被"塑造"的"儿童",研究时段盘桓于"文革"与拨乱反正期间的文化嬗变与儿童文学书写,研究方式呈现是以文化社会学为代表的外部研究形态。对儿童文学作品的体裁、题材、风格、审美品质、精神内蕴等问题几乎视而不见,对中国儿童文学现代化的过程性语焉不详,对新时期以来的中国儿童文学的嬗变也未给予足够的关注。无论是研究内容的广度与深度、研究成果的品质与学术地位,在全美儿童文学研究体系中都较为薄弱。

  无论是对中国传统趣味的迷恋,对彼时中国政治"文化革命"的抵触,还是对自身文化价值的矜夸,上述美方学者的论断始终未能勾勒出当代中国儿童文学的全貌,也无法深入到儿童文学的中国腹地。中国学者的英文论文为西方了解当代中国儿童文学打开了局面,如黄庆云于1986年在美国约翰·霍普金斯大学主办的权威儿童文学研究期刊《狮子与独角兽》上发表英文论文《中国儿童文学概观》[①],对现当代中国儿童文学重要作家作品做了介绍,给出了一套迥然于西方学界认知的知识谱系和儿童文学作者:鲁迅、茅盾、叶圣陶、冰心、严文井、张天翼、巴金、郭沫若、陈伯吹、洪汛涛、葛翠琳、叶永烈、郭风、宗璞、金波等。作家、作品的选择与淘汰,本身就彰显了审美取向、价值判断和权力意志,相比于此前西方学界迷恋于传统民间故事的当代传播,作为历史亲历者的黄庆云,扎根本土、放眼世界,对当代中国儿童文学研究回归"儿童文学"学科体系,可谓有筚路蓝缕之功。

  可以说,与寓居美国的夏志清、李欧梵、王德威等人的中国现当代文学研究,大陆赴美学者对文学史的"再解读"等对于中国现当代专业建设的启示作用相比,中国现代儿童文学研究的学科体系与学术立场的转变,是由大陆学者砥砺自新开始的。1986年黄庆云发表英文论文《中国儿童文学概观》期间,中国大陆地区逐步开展了对儿童文学作品艺术价值的再评判、对现代儿童文学史的梳理。如蒋风的《儿童文学概论》(1982)、浙江师范大学儿童文学研究室集体编著的

---

① Huang Qingyun, *A Survey of Children's Literature in China*, The Lion and the Unicorn, 1986(10):23-25.

《中国现代儿童文学史》(1987)，此后的系列论文、相关专著、高校教科书层出不穷，呈现出中国儿童文学研究的整体性和丰富性。可见黄庆云的英文论文既向美方同行宣示了迥然于美式中国儿童文学研究的学科路径，也代表了彼时国内现代儿童文学研究"知识考古"的最新态度、意识和方法。

中国儿童文学研究能够较为顺利地完成学科体系与学术立场的过渡，个中原因大致如下：其一，儿童文学专业并非人文社科热点，不像中国现当代文学那样是意识形态的重要解读现场。其研究的"滞后性"使得中国现当代文学学科建设的成果能够为儿童文学专业更理性地吸收、扬弃。其二，美国的儿童文学研究的"泛文化"方式更关注儿童主体的阅读接受，儿童文学与儿童心理、儿童教育、儿童权益、儿童文化等方面的关系；这一研究模式正应和了大陆上世纪80年代中后期发凡起例的教育学、心理学、社会学等学科的发展，因此中国儿童文学研究得到了跨学科、跨领域的多方关注，获得了学理性的多元发展。其三，中国儿童文学事业在过去三十年中得到了极大的发展，"意识形态原则"、"文学自主原则"、"市场化原则"的博弈与共谋，以及文本形式和传播渠道多元化、创作主体的泛化等新变，既具有中国本土特色，也呈现出当下儿童文学全球化的共性特点，使得作为研究对象的"中国现当代儿童文学"有了新的学术领域和"学术共同体"。因此，顺应"文革"后的政治文化变局，将儿童文学回归"文学"体系，以文学理论与批评的学术立场看待中国现当代儿童文学的发展，不仅是中国儿童文学近三十年的发展实况，也开启了美国学界将中国儿童文学纳入其"儿童文学专业"研究对象的肇端。

二、研究范式与研究对象的迁移

上世纪80年代中后期以来，美国的中国儿童文学研究，从隶属于"中国研究"(China Studies)或"当代中国研究"(Modern China Studies)，逐步回归到儿童文学专业(Children's Literature)的研究客体中，其研究方式与研究对象也随之变化。重点表现在对中国现代儿童文学史的全面、深入、多角度的梳理和评价；对中国民族文化的特征的纵向挖掘与横向比较。

1. 对中国现代儿童文学史的梳理、对不同时段儿童文学发展阶段的关注、对中国儿童文学现代化过程中的重要人物的解析、对1949—1978时段中国儿童文学特殊性的解读，以及相关领域学术成果的探讨和交流。

第一是对中国现代儿童文学的整体性梳理、评价与回应。如Nellvena

Duncan Eutsler 对《中国通俗文学与儿童》一书的评价①,即是对中国文化中的儿童文学做了梳理和回应。《中国通俗文学与儿童》的作者施高德夫人(Dorothea Hayward Scott)曾担任香港图书馆协会首任主席,该书由美国图书馆协会出版②。论著列举了中国的各类神话传说、民间故事、话本、戏剧、木偶戏、童谣、谚语、谜语,介绍了龙、凤、摇钱树、门神等中国传统意象。传统文化的高度发达给中国儿童的早期教育奠定了深厚的基础;民间故事的模式化也使得它们在几千年的传播中具有超级稳定性;佛教东传带来了更多的口头民间故事类型;象形文字使得中国的书面语和故事文本更具形象性、更利于儿童接受;文本书面化、印刷读物的发达,使得儿童的阅读史广泛、深入、悠久……正是这种不同于欧洲文化环境、口头与书面语言传播状态、宗教信仰的中国传统文化,培育了一代又一代中国特色的民族文化继承人。施高德夫人通过对上述问题的阐述和分析,凸显了迥异于西方文化的东方特质。在第七章"20 世纪中国儿童文学的发展"中讨论了西式教育模式的引入、教会学校、五四运动、以林译小说为代表的西方小说的译介、白话文运动、周氏兄弟对中国儿童文学发展的推动作用、公共出版物、童书(包括刊物、图画书等类型)的出版(如张乐平的"三毛"漫画、丰子恺的作品)……较为完整地勾勒出了中国儿童文学现代发展的脉络。施高德夫人认为从公元前 2 世纪到 1909 年,中国儿童文学在中国式"教化"的理念下,生成了一套稳定的传承体系,其辐射范围和影响时段超过多数其他民族的文明传统。她著书的重要目标就是要让读者理解 1950 年代以前的中国儿童是如何被"塑造"的(shape);中国传统文化的稳定性和独特性在中华人民共和国(施高德夫人称之为 the Marxist People Republic)时期被抛弃、替换了。施高德夫人颇得中国当代文化形态和生产方式的真昧,她对这个"异邦"的稔熟和情感,带来了这项研究的片面性深刻。更有意味的是 Eutsler 的书评,一改 1979 年访寻中国儿童文学现场时的傲慢,似乎也从该书中获得启发,较为审慎地认为中国传统文化、文学与儿童间的关系有着深远和复杂的关联,并以鲁迅的"横眉冷对千夫指、俯首甘为孺子牛"为文章结语。能够正视中国传统文化强大变异性与现代化带来的嬗变,能够以学理性的立场讨论中国儿童文学的现状,预示着美国相关学界的学术立场的转变和研究范式的迁移。

---

① Nellvena Duncan Eutsler, *Chinese Literature for Children*, Children's Literature, 1982(10): 183 - 185.
② Dorothea Hayward Scott, *Chinese Popular Literature and the Child*, Chicago: the American Library Association, 1980.

从 1986 年黄庆云首次在美国权威儿童文学研究期刊《狮子与独角兽》上发表《中国儿童文学综述》以来,中国现当代儿童文学的发展谱系不仅得到刷新式梳理,而且真正进入到儿童文学专业的学科体系中,成为儿童文学全球化语境中的研究对象之一。当然,黄庆云这篇 4 页的英文论文仅是简述了现当代中国儿童文学的作家作品概况,对中国儿童文学的现代化进程与特征未能作出全面而有深度的阐述,直到《中国儿童文学:从鲁迅到毛泽东》(*Children's Literature in China: From Lu Xun to Mao Zedong*)①的出现。作者 Mary Ann Farquhar 对中国 1920—1980 年间的儿童文学发展史做了充分的说明。在这本著作中,传统文化背景、五四运动的影响、鲁迅与周作人对中国儿童文学的贡献、叶圣陶与冰心的作品特质、战争期间的儿童文学作品、1949 年以后的中国卡通作品、"文化大革命"期间的中国儿童文学作品、后毛泽东时代的儿童文学发展等均得到了详略得当的介绍和分析,勾勒出清晰明确的中国当代儿童文学发展脉络,以跨语际实践的方式让英文世界体察到中国儿童文学现代化转变与革命化叙事的生成性与权宜性的逻辑关系,可谓是海外同仁研究当代中国儿童文学的入门基准(Canon)②。

第二是对中国现当代儿童文学重要发展阶段的关注,尤其是对中国当代儿童文学发展特点的深入评析。国家民族话语的元叙事给中国儿童文学刷上了一层底色,文学所呈现的"儿童"与国家民族、政治、社会、历史和人的主体性有着重要的关联意义,它的样本性意义不言而喻。Kate Foster 的专著《中国文学与儿童:20 世纪后期中国小说中的儿童与童年》(*Chinese Literature and the Child: Children and Childhood in Late Twentieth-Century Chinese Fiction*)③再一次关注了中国"儿童"被成人观念、社会价值、政治意识"殖民"化的后新时期。对 20 世纪 80—90 年代的中国文学做了较为深入的梳理和分析,以 23 位作家的 31 本小说作品为样本,分析了 80—90 年代中国文学中的"儿童"与五四文学以来的"儿童"的异同,并将这一时段的文学作品的特征放置在中国文学、文化、政治、社会历史的嬗变大背景中,强调了这一时期西方文化与文学对中国小说创作、文学批评、文化思潮的影响。在中西方对儿童的"想象"语境中探讨了纯真童年、父母

---

① Mary Ann Farquhar, *Children's Literature in China: From Lu Xun to Mao Zedong*, New York, London:M. E. Sharpe,Inc, 1999.
② Henrietta Harrison, *Reviewed Work: Children's Literature in China:From Lu Xun to Mao Zedong* by Mary Ann Farquhar, The China Journal,Jul.,2000(44):164 - 166.
③ Kate Foster, *Chinese Literature and Child: Children and Childhood in Late—Twentieth—Century Chinese* Fiction. Basingstoke:Palgrave Macmillan,2013.

与儿童关系、向内聚焦的儿童视角的叙事模式等问题。该书后半部分论述了80—90年代中国小说中繁杂多样的叙事策略。性别、阶层、民族等构建的社会身份,"独生子女"政策等系列社会现状所带来的生理和心理的焦虑。值得一提的是,该书出版后不久,来自美国中央密歇根大学的Xu Xu和香港大学的杜艳(Daisy Yan Du)分别发表了书评[1]。杜艳认为该书能够将中国社会的现实问题与儿童想象构成互文关系,对中国小说中的"儿童"与"中国童年"的解读颇有说服力,并填补了西方的中国当代儿童文学研究的学术空白。可以说,两位华人学者Xu Xu和杜艳对此书的回应,显现出相关学术问题国际交流空间的开阔自如,呈蝴蝶效应般营造着场域中的身份意识和学术对话。

第三是对历史细节的挖掘。主要着眼在两个端点上:一是对中国儿童文学现代化过程的关注,二是对1949—1978年中国儿童文学的具体解读。前者的研究基本是在本土研究基础上的进一步阐释。如评析杜威、鲁迅等重要人物对中国现代儿童观的影响、中国现代儿童文学的作用。后者的研究主要是在美国的中国现代文学研究范式中,从"理论"和"思想"角度进行文化阐释,在"问题意识"的驱动下,通过"新批评"的文本细读,生发出不少研究成果。

对中国儿童文学现代化过程的关注,落实在重要人物对中国现代儿童观、中国现代儿童文学的影响。如Xu Xu的《翻译,融合,现代化:杜威和20世纪早期的中国儿童文学》(Translation, Hybridization, and Modernization: John Dewey and Children's Literature in Early Twentieth Century China)[2]广泛征引了朱自强、方卫平等国内儿童文学学者的观点与论述,提出了对西方学界肯定杜威的全球影响力的质疑,从传统中国文化中的"赤子之心"、"童心说"中挖掘儿童中心论的中国本土资源;从胡适、周作人、郑振铎等人对"现代公民"意识的鼓吹,分析五四知识分子援引杜威的儿童中心论的思想出发点与目的;从叶圣陶、丰子恺等人的作品来论证儿童中心论的中国儿童文学表现形式。通过对上述几个方面的探究,考察杜威的儿童中心论在中国的理论旅行过程,进一步讨论了作为"历史中间物"的五四知识分子在文化殖民、地域传统间选择的过程性和多样性,构成了中国儿童文学现代化的张力。类似的研究方式如Chu Shen的《翻译,儿童文学与

---

[1] Xu Xu, Review: Chinese Literature and the Child: Children and Childhood in Late Twentieth—Century Chinese Fiction. The Lion and the Unicorn, Volume 38, 2014(3):404-406. Daisy Yan Du, Review: Chinese Literature and the Child: Children and Childhood in Late Twentieth—Century Chinese Fiction. The China Journal, 2015(73):249-251.

[2] Xu Xu, Translation, Hybridization, and Modernization: John Dewey and Children's Literature in Early Twentieth Century China, Children's Literature in Education, 2013(44):222-237.

鲁迅的知识分子式反抗》(*Translation, Children's Literature, and Lu Xun's Intellectual Struggles*)①,以清末民初、五四时期、五四以后为三个阶段,以鲁迅的翻译工作和部分作品为样本,在李欧梵、钱理群、Mary Ann Farquhar等学者研究的基础上,阐述了鲁迅对于进化论、国家主义、革命等话语的复杂思辨过程。

二是美国学界始终感兴趣于1949—1978年代中国儿童文学,对这一领域有了更丰富深入的"再解读"。上世纪70—80年代的美国本土学者,在中西隔绝的情况下,隔海看中国,多凭借中方英文版出版资料对20世纪50—70年代的中国儿童文学作品的主题类型、价值评价、审美取向做出冷战格局中的政治解读。随着世界政治格局的转变,中美关系的变化、交流的增多,专业研究比较意识的加强,当代中国儿童文学很快就由"东方奇观"进入到全球化进程的儿童文学学科的知识体系中,回归为当代儿童文学的形态之一。尤其对本土文化有切身体验,又接受了西方完备学术训练的华裔学者迅速成长起来。以Jane Parish Yang、Xu Xu等为代表的华裔学者,在本土文化积淀与美式理论训练的张力中,对中国儿童文学经典作品与重要文本做出了多元、丰富的阐释。他们在"去帝国"、"去冷战"、"去殖民"的学术方法与理念中,在本土情怀与国际视野的张力之间,以宏观与微观、历史与逻辑、内部与外部相结合的研究方式,深层次地挖掘出当代中国儿童文学的"塑造未来民族性格"②的集体无意识,不断修改着对中国儿童文学的阐释机制,并建构出了中国儿童文学研究的一种研究模式。如Xu Xu的论文《"毛主席的孩子":〈闪闪的红星〉和"文化大革命"中的"儿童"建构》(*"Chairman Mao's Child": Sparkling Red Star and the Construction of Children in the Chinese Cultural Revolution*)③,以《闪闪的红星》为样本,检讨自新文化运动"发现儿童"以来,"儿童"是怎样被一步步塑造为民族国家话语中的理想化儿童。

Jane Parish Yang论文《家庭的改变:当代中国儿童文学中的家庭想象(1949—1993)》(*A Change in the Family: The Image of the Family in Contemporary*

---

① Chu Shen, *Translation, Children's Literature, and Lu Xun's Intellectual Struggles*, Bookbird: A Journal of International Children's Literature, Volume 53,2015(4):4-11.
② 曹文轩:《中国八十年代文学现象研究》,作家出版社2003年版,第359页。
③ Xu Xu, *"Chairman Mao's Child": Sparkling Red Star and the Construction of Children in the Chinese Cultural Revolution*, Children's Literature Association Quarterly, Volume 36,2011(4):381-409.

Chinese Children's Literature，1949 – 1993)①考察了中国传统伦理核心价值中的"家国"关系的现代变迁，深入探讨了"家庭"在当代中国文学叙事中的位置和意象，凸显中国儿童被塑造的过程。Yang 把当代儿童文学分为四个时段：1949—1966，1966—1976，1976—1985，1985—1993。1949 之前曾出现过的自然的、个体的、消极的、动摇的文学叙事迅速消失了；取而代之的是社会主义价值观下的家庭和儿童，长辈往往是封建的、充满小农思想和私利意识的反面角色，而儿童的纯洁性和革命性几乎是与生俱来的。1966—1976 "文革"时段的儿童文学遭遇了遏制。1970 年恢复出版图画书的上海人民出版社所出版的作品中，儿童没有自身的快乐和童趣，只有为阶级斗争而存在的意义。儿童的先锋性、革命性被无限放大了，文学中的儿童几乎都是小士兵、小英雄，他们与包括家庭在内的所有私属关系做着坚持不懈的斗争，"家庭"消失了。1976—1985 中的伤痕文学中，家庭开始回归，甚至有了国家和家庭间的价值冲突。对"文革"的反思、对其贻害的警惕，也通过"儿童"折射出来（如王安忆的《谁是未来的中队长》)。而 1985 年以来的中国儿童文学中，儿童不再是完美的小战士，恰恰相反，独生子女现象造成了无数被宠坏了的儿童，他们任性、自私、懒惰，缺少自理能力、独立意识。在父亲角色淡出儿童文学视野时，母亲变成了家庭生活的核心，而堂表兄弟、伯舅、(外)祖父，以及男性教师、男性官员成了儿童社会化的引导者。"儿童"在中国当代文学中不断变迁的形象构建，反映出时代文化的剧烈变动。

通过上述论文，可以看到美国语境中的当代中国儿童文学研究既有了切入点的微观把握，在中国材料和西方理论方法之间驾驭自如；也有了整体性的宏观认知，形成了客观而完备的知识体系和思维方式，二者共同构成了点与面的多维度研究体系。与此同时，随着美国的中国现当代文学研究范式的成熟与影响力的散播，许多华裔学者对这一时段的中国儿童文学的研究，是中国现当代文学研究范式的延伸，既强化了西方对这一研究时段的解读欲，又补充了美国的中国现当代文学研究的类型和主题，也进一步维护了美国的中国现当代文学研究范式的稳定性。

2. 对中国题材、中国文化的关注和比较研究。

在美国的儿童文学领域，对中国素材的关注一直不绝如缕。如著名的纽伯瑞儿童文学奖(Newberry Medal)，早在 1926 年、1933 年分别获得金奖的作品《海

---

① Jane Parish Yang，*A Change in the Family：The Image of the Family in Contemporary Chinese Children's Literature*，1949 – 1993，Children's Literature，1998(26)：86 – 104.

上的神》(*Shen of the Sea*)、《扬子江上的杨福》(*Young Fu of the Upper Yangze*)都是以中国神话传说、民间生活作为故事背景。华裔作家 Laurence Yep 所创作的充满中国元素的《龙的翅膀》(*Dragonwings*)、《龙门》(*Dragon's Gate*)分别获得1976、1994 年的纽伯瑞银奖。2016 年获得麦克阿瑟天才奖的杨谨伦(Gene Luen Yang),其代表作《美生中国人》(*American-Born Chinese*)将中国民间传说、华裔移民生活和美式漫画融合起来。上述皆为美国儿童文学创作文本中的"中国"素材,但是对中国题材、中国文化的整理与分析工作较为滞后。从笔者搜集的资料来看,较多的西方儿童文学作品中的中国想象多集中在 19 世纪至 20 世纪初的时间段,多以白人的探险故事勾勒出东方古国的神秘、奢靡和没落。Patricia Dooley 的论文《瓷器·辫子·宝塔:19—20 世纪插图版〈夜莺〉中的中国想象》(*Porcelain, Pigtails, Pagodas: Images of China in 19th and 20th Century Illustrated Editions of "The Nightingale"*)[1]以安徒生的《夜莺》为切入口,追溯了自《马可·波罗游记》以来欧洲流行的中国风(Chinese Style),《夜莺》构成了对神秘东方浪漫想象和真实中国的双重鸣奏。Dooley 考察了 1893 年伦敦和纽约出版的中国传统民间故事,检索了 1861 年至今在英国和美国出版的有关《夜莺》的 40 个版本。无论是水彩插画中的中国元素,还是《夜莺》中的灯塔、冠盖、羽扇等意象,Dooley 认为以《夜莺》为代表的西方童话一方面在创造(invented)中国,浪漫化中国想象;另一方面在历史细节中研究中国,并与浪漫想象中的中国形成互文性。类似的研究还有 Lorinda B. Cohoon 对路易莎·梅·奥尔科特(Louisa May Alcott)的小说《八位堂兄弟》的中国想象,以及由此生发的对东方学的解读[2]。2014 年 Shih-Wen Chen 的专著《英国儿童小说中的中国形象(1851—1911)》(*Representations of China in British Children's Fiction, 1851-1911*)[3]以维多利亚时代和爱德华时代的英国 18 本儿童小说为研究资源,从冒险故事、战争故事中分析英国小说中的"中国想象"。与《夜莺》中的中国形象的浪漫奢靡相比,此时西方儿童文学中的"中国"更为神秘、残暴和懦弱。

Judith V. Jechner《中国民间故事中的儿童想象》(*The Image of the Child in*

---

[1] Patricia Dooley, *Porcelain, Pigtails, Pagodas: Images of China in 19th and 20th Century Illustrated Editions of "The Nightingale"*, Children's Literature Association Quarterly, 1979 Proceedings:94-105.
[2] Lorinda B. Cohoon, "*A Highly Satisfactory Chinaman*: Orientalism Girlhood in Louisa May Alcott's Eight Cousins", Children's Literature, Volume 36,2008:49-71.
[3] Shih-Wen Chen, *Representations of China in British Children, Fiction*,1851-1911, Burlinton, VT: Ashgate,2013.

Chinese Folktales)①通过对《神笔马良》、《中国六兄弟》等中国民间故事不同版本的分析,认为中国"儿童"或以赤子之心成为成人的保护者、救赎者,或以忠贞、牺牲的形象出现在民间故事中。类似的研究对象和研究方式如《中国儿童文学的过去与现在》②,对中国传统文学中儿童的"成人化"、中国儿童文学现代化的过程、当代中国儿童文学中的新质(如《皮皮鲁与鲁西西》的出现、以图画书为代表的新文本)等有非常流畅的梳理。另外,中国当代教育重负下的儿童③、1980年以后出版的中国儿童文学作品中的"武侠"元素④等主题也进入到美国儿童文学研究的视野中。这一类研究既有对中国儿童文学过去与现在的梳理,对当下中国儿童形象的剖析,也有对中国当代儿童文学中传统文化表现形式的分析与归纳,着眼于中国文化语境中的儿童形象,且在多样文本中进行了分析和归纳。

值得注意的研究还包括对中国文化的世界性传播,如 Lan Dong 的专著《中美两国的木兰传说与传播》(*Mulan's Legend and Legacy in China and the United States*)⑤既溯源了前现代化中国的"女英雄"、"女战士"的流变,儒教文化中的女性价值评价,"白虎星"传说所折射的民间文化;也分析了美国多种图画书中的花木兰形象的多样性,随着迪斯尼动画片《花木兰》的热映,木兰性格与命运的"国际化"嬗变等问题。上述研究均为不同国家与地区的学者在美国儿童文学研究的专业期刊、出版社发表的论文和专著,可见学者的文化身份、研究对象、研究方式、学术交流的多元化。

结　语

纵观五十年来美国的中国现当代儿童文学研究,其学科体系和学术立场、研究范式和研究对象都有了极大的变化。其潜在的问题是:一方面,美国对中国儿童文学的阐释很大程度上是为了反观其相关领域的现状。这一学术路数、思维

---

① Judith V. Jechner, *The Image of the Child in Chinese Folktales*, Children's Literature Association Quarterly,1991 Proceedings:174-180.
② Dr Laino Ho, *Chinese children's literature — then and now*, New Review of Children's Literature and Librarianship, 01 Jul 2009:127-137.
③ Yu Chai Fang, Wang Lin, "*A Hard Night*", *a Contemporary Chinese Story by Yu Chai Fang*, Children's Literature, Volume 21,1993:135-140.
④ Qi Tongwei, *Traditiongal Culture in Chinese Children's Literature after* 1980, Bookbird:A Journal of International Children's Literature, Volume 53,2015(4):62-65.
⑤ Lan Dong, *Mulan's Legend and Legacy in China and the United States*, Philadephia:Temple University Press,2011.

模式仍存在于美国儿童文学研究场域的集体无意识中,影响到了美国对中国当代儿童文学研究的精准性。因此,以批判和分析的态度理性对待美国的中国儿童文学研究,厘清"哪些是'意识形态'的内容,哪些是'客观知识',二者之间是如何相互影响的"①,对于中国现当代儿童文学研究的学科发展有着重要的意义。

另一方面,中国儿童文学的当代变革,既无法完全追溯中国传统文化体系,也无法照搬西方儿童文学的现代化模式。这既呈现出这一研究领域的特殊性,也预示了不同思想、理论、方法、观念的介入,可为专业研究开拓出新的空间,推动中国儿童文学研究的学科发展与对话交流。在互为"他者"所带来的批评与对话中,在检讨各自"区域中心主义"倾向中,在不断建制与修改中,探索其合法性与表述体系,扩容、深化中国儿童文学研究的广度与深度,是当代中国儿童文学研究发展的重要新起点,也是中国儿童文学价值重建的必然性学术诉求。

---

① 张西平:《汉学研究导论》,《国际汉学》第 12 辑,2005 年第 1 期。

民族文脉与共生美学:杨志成对民间故事的图像重述

谈凤霞

综观欧美华裔图画书创作,民间故事是一个普遍的艺术源泉,这一突出的题材取向既与民间故事本身的特质有关,也与创作者本身的文化认同有关。就民间故事这一类型本身而言,首先,民间故事融合了特定的地域风貌与风土人情,展现独特的民族文化风景,契合外邦读者的猎奇心理。其次,撇开政治意识形态的民间故事往往包含着具有普遍意义的母题,其道德和文化意蕴能够跨越民族界限,且民间故事作为一代代口头传承的集体性表述,其内容和结构往往渗透了卡尔·荣格(Carl Gustav Jung)所言的"集体无意识",也能召唤不同民族的读者深层次的心理共识。伦纳德·S·马库斯(Leonard S. Marcus)注意到图画书采取民间故事的一个价值在于:"民间故事中的人物通常代表一些普遍存在的类型,比如骗子和傻瓜,这些类型构建了人类潜能的某种储备与哲学。"[①]再者,民间故事具有贴近生活的气息,且往往有离奇动人的想象,易于激发儿童的阅读兴趣。此外,不同族群的民间故事还可帮助读者发现它所包含的民族文化之异同。就创作者而言,选择民间故事是其创构族群文化记忆的一种方式。长久流传的民间故事具备了某种经典性,"经典很像先民的图腾,部族大众从中找到凝聚力,取得归属感"[②]。一个普遍现象是,民间故事在欧美华裔成人小说创作中被频频采用,"神话与民间故事帮助作者在小说叙述中构建出中国语境,它既反映了中国文化传统延伸至海外的一种独特方式,也展示出华裔文学对文化中国认

题解 本文原载《南京师范大学文学院学报》2019 年第 3 期。文章聚焦了华裔美国艺术家杨志成所创作的一系列以民间故事为基础的儿童图画书。文章以"强化冲突与张力以更新故事气质"和"融汇虚实与抽象以创造艺术神思"两个层面详细解读了杨志成的民间故事图画书的创作风格,并以"文化记忆的编码与共生美学的追求"命名了这一创作风格背后的深层文化意蕴。文章认为,杨志成的图画书创作为全球化时代各国儿童文学如何激活本土文化、如何处理民族性与世界性、如何将传统转化为现代等诸多议题提供了一种可行途径。

① Leonard S. Marcus. (edt.) Show Me a Story! Why Picture Books Matter: Conversations with 21 of the World's Most Celebrated Illustrators [M]. Somerville, Mass: Candlewick Press, 2012:34.
② 赵毅衡. 符号学原理与推演[M]. 南京:南京大学出版社,2011:386.

同的一种途径"①。而以民间故事为蓝本的华裔儿童图画书创作同样反映了流散于异域的创作者的文化态度、价值观念和审美取向,原本的民族文化景象在其笔下得以再现,甚至会被加以改造或再造。美国华裔杨志成(Ed Young)是这一领域的突出代表,其图画书创作始于1962年,至今已有五十多年持续不断的图画书创作生涯,为孩子创作了一百多本图画书。他曾先后两次作为美国儿童文学领域的杰出创作者被提名为国际安徒生奖候选人,并于2016年获得美国插画界终身成就奖。中国传统民间故事是其主要的题材资源,他对民间故事在思想及艺术上进行了别有洞天的阐释或表现,融合了东西方的文化观念与艺术手法,这一自觉、开放的探索呈现出彼此交融共生的文化景观。

一、强化冲突与张力以更新故事气质

青年时代的杨志成在美国接受西方文化,后对东方文化产生浓烈兴趣,并选择以图画书为媒介来传播中华民族博大精深的文化和艺术。杨志成将文化之"盐"溶于故事之"水",认为给孩子的故事一定要有令人激动并且感动的经验在其中,插画要创造新颖的形象去吸引读者,以刺激他们内在感知的发展和心智的成长。他在图文设计中尤为注重营造故事的张力——"张力"是"互补物、相反物和对立物之间的冲突或摩擦"②,且常赋予形象以耐人寻味的象征性内涵。他有意识地突破了传统民间故事负载的训谕教化功能,注入现代理念和更多视觉冲击力的美学品质。

这一大胆的艺术创新在《狼婆婆——中国的〈小红帽〉》(*Lon Po Po: A Red-Riding Hood Story from China*,1989)中尤为成功,此书获美国图画书界最高奖项凯迪克奖。杨志成用英文撰写的文字故事基于中国民间故事《狼外婆》,讲述三个被妈妈留在家里的孩子智斗狼外婆的经历,与格林童话为代表的西方小红帽故事的最大不同在于:孩子没有被狼外婆吃掉,而是靠自身的智慧和勇敢得以自救。在正文前,作者特意写了一段"献辞":"感谢世界上所有的狼,它们把好名字借给我们,来形象地代表人类的黑暗。"(已有的中译版将献辞中的"our darkness"翻译成"坏人"不够贴切,这里采用直译)。该页图画别致而诡异,穿了蓝衣裳的狼的形象是大野狼和老外婆形象的巧妙叠合,会激发我们去思考:是否

---

① 胡勇.文化的乡愁——美国华裔文学的文化认同[M].北京:中国戏剧出版社,2003:172.
② 罗吉·福勒.现代西方文学批评术语辞典[M].袁德成,译.成都:四川人民出版社,1987:280.

邪恶存在于我们所有人的内部,或存在于我们看世界的视角之中? 在这本引人入胜的图画书中,他提供了诸多耐人寻味之处。作者写"献辞"的目的大概是为了安抚世界上的爱狼者,由于狼的形象用现实化方式塑造,而故事中的暴力(孩子们用计谋把狼摔死)可能会冒犯动物保护主义者,所以作者声明是按照童话方式来"借用"狼的形象。相比原来的中国民间故事的内涵,这一"献辞"在主题阈值上增加了尊重动物生命的生态伦理观念,也暗示了故事形象所具有的象征性内涵。

杨志成对于色彩的运用常在对比中彰显力度,且具有暗示意味。比起当代中国本土创作的具有传统风格的图画书《狼外婆》(周正良改编、田原绘画,2010),杨志成的艺术表现推陈出新。中国版《狼外婆》的封面展示了故事的正邪主角,即孩子们和乔装打扮拟人化的狼外婆,色调明朗,线条柔和,构图平衡,传递出轻快的调子和安全感。而杨志成的画笔将这一有着喜剧结尾的民间故事严肃化,将形象现实化。封面上的主角只有模样凶狠的狼,虽然背景为橘红色,但狼那巨大的黑色身体、眼里两团寒气逼人的白光,都在挑战着读者的勇气,鼓励读者去正视这一"冷酷"的存在。正文第一页是要去看望外婆的母亲离家时告别三个孩子的情景,狼的影像隐藏在地貌风景中,暗示了潜在的危险。伪装成外婆的狼夜里去敲门,杨以两幅竖排的画面,把门里三个孩子的小脸和门外狼的真实面目的特写并列在一页,孩子们在红黄色的蜡烛光里,狼外婆的蓝色衣服和黑色夜幕与之形成鲜明对比,狼的造型如鬼魅,冷色对于暖色的侵入意味着杀气的进入。故事前半部分的用色偏于黑、重,对应了狼带来的危机;而在后半部分的孩子们智斗狼的画面中,画面颜色变得轻盈明亮,光色的变化意味着化险为夷,也表现了孩子们在斗争中的勇气、信心和胜利的喜悦。然而,故事结尾的光影处理再一次突破常规,没有用饱和度高的亮色来表现孩子们和母亲安全团聚的光明结局,而是依然用大片黑色来表现地貌环境,似有野兽潜伏其中,与开头页形成呼应,隐喻了邪恶可能还会存在于世界上的事实。这一反传统的色彩运用具有含蓄的象征意味,给调性温和的民间故事注入了颇具刺激性的思想力度。

杨志成发掘民间故事中包含的严峻主题,大量使用凝重的色彩或对比感强烈的色彩来反映各种矛盾。《猫和鼠:中国生肖的传说》(*Cat and Rat: The Legend of the Chinese Zodiac*, 1995)采用粗重的蜡笔画,即便是开头讲述猫和鼠是好朋友,画面也没有用温馨的暖色,而是选用深蓝与黑色这类冷色调作背景,暗示"友情"内含阴暗的算计。图与文的指向相反,形成了张力。以别具一格的色彩来颠覆传统民间故事气质的另一个特殊例子是杨志成插画的《白波:一个中国故事》(*White Wave: A Chinese Tale*,1979),故事原型是中国的《田螺姑娘》,这是作者第一次仅用黑白两色来绘制图画。1979年初版的封面图案是一只硕大的田螺及其投下的阴影,杨志成以物体而不是以住在田螺壳里、名为"白波"的月亮仙女为封面主角,从而营造了情节上的悬念感,又以灰白黑的色彩晕染了低沉的情感基调。而1996年的再版本中,杨志成重新设计了插画,封面被一只巨大的黑色田螺壳占据,且背景也是黑色,这浓重的黑色更加强烈地暗示了故事的凝重感。重述的文字故事由美国作者黛安娜·沃克斯坦(Diane Wolkstein)改编,打破了民间流传的田螺姑娘留下和农夫结成夫妻的结局,即打破了读者对于男女主人公"此后幸福地生活在一起"的传统民间童话结局的期待,讲述了一个并不圆满的爱情故事。年轻的农夫发现为他做饭的是田螺里钻出来的月亮仙女并爱上了她,他明知道不能触摸仙女,但是却未能控制住自己的感情。仙女离开了他,把田螺壳作为礼物留下。农夫因一心想为仙女造神龛把她带回来而无心耕种,在困顿之际呼唤仙女的名字,稻米从田螺壳里流了出来,他放下了对仙女的奢望,重新开始耕种,过上人间的平凡生活。到他去世时,神龛和田螺壳也都随之消失。比起中国民间故事《田螺姑娘》,这一改编的文字故事的意蕴更为丰富,演绎了无法成全的爱情和渴望,结尾还增加了"当生命逝去只剩下故事"的人生感慨。杨志成用黑白绘画极好地表现了这一故事的情感和思想,强化了天上地下不可逾越的界限和无法挽回过错的伤怀。尤为巧妙的是,他以浅淡的线条勾勒出的大田螺壳形象总是隐隐约约地出现在每一页,是贯穿全书的富有象征意味的视觉形象。螺壳上回旋的纹路既构成主角生活的场域,又似乎是其生命的轨迹。作者以大量的留白来传达虚无缥缈之感,将中国道家的存在之思具像化。杨志成在一次访谈中提到,他并不认同"从此以后过上幸福生活"这样的故事结尾,因为这不是真实的,很多伤心的故事也很动人,不能不给孩子看。正是出于这样的人生观,杨志成创作的图画书不回避人生的不完满和人性的晦暗面,色彩的对比性运用不落窠臼,包含深厚的感情性和思想性,给作品带来了富有弹性和韧性的质地。

在冲突中营造张力是杨志成图画书突破传统瓶颈的一种美学创造,这也表现在他精心设计的构图上。他常以形象的大小和位置关系来强化故事张力。《狼婆婆》巧妙地采用中国的屏风方式来结构画面,跨页的屏风画幅组成有2+1,1+2,1+1,2+2的形式变化,以不同宽度的"镜头"来构造故事叙述的节奏和情节的起伏,形成不同程度的对比。故事前半部分狼的形象巨大,而孩子形象偏小,二者对位时大小差异、上下方位都显示了狼对孩子的威胁。到故事的后半部分,孩子与狼的形象比例和位置关系发生转折,以爬到树上的孩子们为视角来俯视树下身形渺小的狼,意味着孩子们成为主导局面的力量。由田原插画的中国版《狼外婆》中,正邪双方在图画中的大小和位置并不悬殊,双方力量均衡,氛围平和,体现了注重和谐的传统美学取向。杨志成画风中充斥了强烈的对比感,更偏于注重冲突的西方美学取向,但同时也注意冲突的解决,即走向平衡。根据民间故事改编的《小李子》(*Little Plum*,1994)主要运用蜡笔来勾勒轮廓,大面积的色块和叠加的线条处理富有层次感。在小枣核和压迫者斗智斗勇的故事中,以双方形象大小的夸张对比来塑造这一虽然个子奇小却勇战敌军的孩子形象,彰显出智慧和勇气。画家交叉安排远景和特写,强化了大开大合的矛盾,将故事表现得粗犷有力。

张力带来丰盈的审美空间,提出矛盾理论(theory of paradox)的克林斯·布鲁克斯(Cleanth Brooks)认为,诗歌所包容的张力的力量大小是评价诗歌优劣的标准。[1] 这一评价诗歌的标准也完全适用于图画书。杨志成笔下色彩光影的暗重感与构图上反差巨大的对比感,给作品带来了神秘感、紧张感、冲突感和力度感,有些还带有哥特式风格,使得原本节奏舒缓的中国民间故事获得了更为扣人心弦甚至惊心动魄的艺术魅力,色彩和形象也大多被赋予了象征意蕴。杨志成创作的图画书有意识地舍弃了中正、平和、圆润、轻灵等民族的传统审美趣味,吸纳西方艺术追求奇险的美学旨趣,更好地彰显民间故事内在的戏剧性和力度感,从而更新了民间故事的精神气质,也给阅读带来新奇的挑战和体验。

二、融汇虚实与抽象以创造艺术神思

不同民族的图画书的艺术手法和气韵往往会呈现出民族的个性。杨志成的插画方式和风格多变,采用铅笔、蜡笔、剪纸、拼贴、水墨等多种材质和手法,不少作品继承了中国传统,但又因创造性地融合了某些西方美术手法,而使得民间故事呈现出新颖的艺术风貌。他的绘画对中国传统的写意画法多有汲取,融汇西方印象派的光影感觉和现代派的抽象手法。无论是写意画法粗疏洗练的艺术表现,还是西方印象派或现代派的变形表现,其目的都是为了传"神",即传递东方注重的神韵或西方注重的心理和思想。

杨志成的图画非常具有吸引力,常将写意的水彩和不同质感的蜡笔线条相

---

[1] 罗吉·福勒.现代西方文学批评术语辞典[M].袁德成,译.成都:四川人民出版社,1987:280.

结合,在不协调中产生神秘的美感。"写意"乃是以简练的笔致着重表现物象的意态风神并抒发作者的情趣,与印象派绘画异曲同工,印象派常用"点"取代传统绘画简单的线与面,特别注重光的表现,"运用颜料创造出光线支离破碎或反射的效果,力图表现对生活的感受和印象,不对现实作细致描绘"①。由杨志成插画的《猎人》(*The Hunter: A Chinese Folktale*,2000)是杰出的一例,他用饱含情感的绘画方式来讲述一个高贵而悲壮的故事:善良的猎人海力布为了拯救村民而道出了神珠的秘密,自己变成石头,永不复生。每一页都用岩石质感的暗棕色作为背景,上面散布黑色的星星点点,具体物象用深浅不一的黑色墨笔描绘,传递庄严的气息。对次要角色的村民群像只画轮廓而不画眉目,环境多用印象式的色团表现,除了棕、黑两种主色,偶尔还零星地点缀一些白色、红色、靛蓝、青绿,且各有所指,如靛蓝代表乌云和洪水。画面线条有断有连、图案有虚有实,重在张扬形象之"神"。

民间故事的传统式讲述一般重故事情节,而西方叙事文学向来重视人物的个性和内心。杨志成将西方这一塑造人物的手法融合进图画创作,重视将人物隐秘的心理具象化,作为"心灵窗户"的眼睛自然就成为其特别的关注点。杨志成喜欢白描式的"画眼睛"手法,且多用白色来凸显,如《狼婆婆》中对于狼和孩子们的眼睛的多次强调。表情丰富的面部特写在《猎人》的高潮部分频繁运用,以表现主人公猎人海力布风起云涌的内心世界。他去劝告村人们搬离村庄,而村人们却不相信他的话,杨志成先后用两幅特写来表现海力布的焦灼和矛盾。当他最终决定道出秘密时,杨志成采用与背景的棕黄粉彩不同的材质即白色粉笔粗粝的涂擦来表现他眼中闪耀的泪光和掌心的明珠。佩利·诺德曼强调,图画书中的插画总是能超越文字而对叙事作出重要贡献。杨志成注重表现人物心理的"画眼睛"手法即是对文字叙事的极大补充,拓展了文字未涉及的心理空间,也给隐约传达人物气质的中国绘画传统增添了新质。

杨志成创造性地将写意与抽象、象征相结合,营造出扑朔迷离的美学效果。他的插画杰作《叶限:中国灰姑娘的故事》(Al-Ling Louie 撰文,*Yeh-Shen: A Cinderella Story from China*,1982)大量采用留白手法来营造画面的空灵感,追求虚实相映的表现主义风格。《叶限》是世界上最古老的"灰姑娘"故事版本,可以追溯到公元9世纪的中国唐朝,比欧洲最早的灰姑娘故事版本还要早一千多年。

---

① Denise I. Matulka. A Picture Book Primer: Understanding and Using Picture Books [M]. Westport: Libraries Unlimited (A Member of the Greenwood Publishing Group),2008:80.

杨志成认为,若把中西灰姑娘的故事放在一起比较,会发现故事情节和内涵存在跨文化的普遍性和特殊性。这一特殊性同样鲜明地体现在其独到的图画气韵上。《叶限》中由鲤鱼的灵魂化作的神仙老人相当于欧洲故事中的仙女教母角色,作为故事中的神秘角色,鲤鱼形象从封面开始贯穿全书,作为若隐若现的背景和真实的人物相结合。杨志成以色调浅淡柔和、笔触轻灵模糊的水彩画表现鲤鱼的各种变形,各页构图也以鲤鱼的不同姿态来反映环境气氛或人物心情。这一表现主义的风格带来了亦真亦幻且美轮美奂的艺术效果,吸引读者进入缥缈悠远的想象空间。即便是采用单纯的剪纸艺术的《皇帝和风筝》(Jane Yolen 撰文,*The Emperor and the Kite*,1966),也并不只是追求中国传统剪纸讲究的相像和精细,而是另辟蹊径地在细节上融入西方的象征手法。如,小公主的四个哥哥列队上朝时,四轮不同时间的太阳排列在跨页上,因为"他们在父王眼里就像四个升起的太阳";小公主的三个姐姐去向父王奉上食物时,画页上从大到小排列了三个盈亏程度不同的月亮,因为"她们在父亲眼里就像深夜的月亮"。太阳和月亮的形状和光芒暗示了王子和公主们不同的年龄、性格、作风以及在父王心中的地位。小公主做的龙脸风筝的表情则暗示了她内心的孤独和期盼。杨志成常用象征手法含蓄地表现人物的情感和思想,给故事带来了更多的韵味或趣味,邀请读者加以体验与深察。

传统民间故事的叙述倾向于直接明了和单一维度,但在杨志成笔下,用图像叙事的民间故事因为渗透多种质地的元素而打破了这一类型模式。大体而言,作为民间故事的插画常会考虑民俗风格。"民间艺术表现代代相承的传统,反映普遍的信念、价值和风俗。虽然民间艺术类似于天真艺术,但其独特之处在于,民俗风格能给受众强烈的地域感。艺术家要投入大量时间研究民族服装、民族心理和民族精神,创作出具有地域气息和手工效果的插画。"[①]杨志成的插画基于这一具象化的民俗风格,呈现民族或地域特色,但同时又纳入现代甚或后现代风格的抽象元素。《饥饿山的猫》(*The Cat from Hunger Mountain*,2016)全书采用媒介混合的拼贴技法,在对财主的住宅环境、服饰样式等的表现上选用大量中国传统元素,将纸、布、竹等多种不同纹理的材质作了富有想象力的奇特拼贴,造成多层次的立体感,以丰富多样的手法强化视觉效果。故事形象的表现也别出心裁,虽然讲述的是一个财主因暴殄天物而在饥荒年代受窘、最后悔悟的故

---

① Denise I. Matulka. A Picture Book Primer: Understanding and Using Picture Books [M]. Westport: Libraries Unlimited (A Member of the Greenwood Publishing Group),2008:80.

事,但杨志成全部采用动物形象来代替人物角色,其中一些来自美国动画电影《功夫熊猫》(2008)里的形象如熊猫、孔雀、豹子等,增强了趣味性和当下感。这本图画书的思想内涵上新增了得与失、有与无这一形而上的哲学思考,以及要珍惜日常生活中普通得不能再普通的事物的警醒,如献辞页所写:"献给从贫困中获知的新奇的美德,这是通往人性和人生财富的一扇不为人所需要、也最不为人所理解的大门。"本书中的米粒是在我们习以为常的生活中没有被认识和珍视的事物(包括有形和无形的东西)的象征。杨志成将一个原本关于奢侈和节俭的道德说教的旧故事表现得华丽、奇异且深邃,他的拼贴插画常将夸张性的特写和写意性的远景相结合,将粗犷与细腻、幽默与伤怀、平面和立体并峙,使得民间故事从里到外焕然一新。

杨志成的大多图画书创作将具象和抽象结合呈现,抽象元素的增加给追求生动形象的儿童图画书带来了对于想象力和理解力的召唤。抽象艺术以抽象的方式表现概念和情感,试图直抵事物本质,注重事物的内在品质和外在形式,夸大或简化对象的形式,强调情绪和感觉的表达。"抽象主义应该是艺术观、美学观的进步,不再是直白的而是间接的表述,创作和观察、欣赏的同时已经开始思考。"[①]杨志成有着明确周到的读者意识:"当孩子们读我的书时,我希望能够让孩子们感到兴奋,能够飞扬他们的想象力,鼓励他们对故事进行参与,并且发现他们一眼看不见的某些东西。"创作者对隐含读者阅读效果的期盼也是其创作追求的方向,他恰当地采用一些抽象手法来刺激年幼的儿童读者的参与和思考。杨志成对传统与现代兼收并蓄的插画艺术给民族绘画的艺术旨趣增添了思考的意味,在东方式的感性渲染中兼备了西方式的智性渗透,细腻而又大气,灵动而又深沉。中西混用的技巧和风格极大地丰富了传统民间故事的气韵,帮助读者进入更宽广、更丰富的审美空间,来扩展其美学视野和经验。

三、文化记忆的编码与共生美学的追求

身为跨文化创作的美国华裔,杨志成自觉地担负起发扬中国传统文化艺术的职责。他用英语图画书进行中国民间故事的重述,不仅是他在《塞翁失马》书后所言的"为所有年龄的读者作了更为充分的讲述",事实上,也是为"所有民

[①] 楚小庆.设计与人类以及当代中国——清华大学美术学院柳冠中教授访谈录[J].艺术百家,2011(6):102.

族"的读者作了文化艺术的传播。与创作者的文化传播密切相关的是读者的文化接受问题,法国思想家皮埃尔·布尔迪厄(Pierre Bourdieu)如此谈论文化接受的行为实质:"获得文化的方式取决于运用文化的方式……一件艺术品只有对拥有文化能力即拥有文化语码的人才有意义和兴趣。"①就极大地依赖于图像叙事的图画书而言,如何充分利用图像传达文化信息并帮助读者尽可能充分地接受信息至关重要。在谈到阅读图画书中的图像时,凯伦·科茨(Karen Coats)指出一个关键问题"图像在情感、智力和社会交往层面上对我们诉说,但它们传达的信息并不透明;对这些信息的理解会受到我们的具体记忆和经历以及我们对文化中其他文本的阅读经验的影响。"②考虑到图画书超越民族和国界的读者对象,杨志成的民间故事图画书不仅内含了承载民族文化底蕴的深层语码,并且在外显层面也着意编入民族文化语码,直接彰显和阐释本民族文化艺术的特征,以吸引异族读者来感知和了解中国文化。

杨志成十分注重正文前后的"副文本"(paratext)的利用,将副文本作为文化编码的重要阵地。副文本是文本之外的旁注和补充资料,提出"副文本"理论概念的法国结构主义批评家热奈特(Gérard Genette)将副文本类比为"门槛",认为副文本最重要的属性是其"功能性"(functionality):"无论审美意图如何发挥作用,副文本的主要职责不是围绕文本是否'好看',而是确保文本的命运与作者的目的一致。"③他接着又用了一个比喻,"副文本提供了一个气闸,帮助读者在从一个世界到另一个世界时不会有太多的呼吸困难,有时这是一个很微妙的操作,尤其是当第二个世界是一个虚构的世界之时"④。一般而言,作者设计副文本是为了让读者根据副文本中的信息提示更好地接近文本意义及其美学意图。杨志成在图画书的副文本设计中,努力将信息编码得易于接受且形象好看。

对于古代典籍已有记载的民间故事,杨志成常在正文前安排一页,用毛笔书法撰写典籍中的原故事,这是对于民族文字和文化风景的直接展示。中国美术中,书、画、印为一体,他尤其频繁地使用印章,中文字体的印章可提醒读者注意故事的原始语言。《猫和鼠》中,他将十二生肖的动物名称用篆体阳文(朱文)刻章呈现,并对每一个对应的年份、属相的个性特征等作了说明,激发读者的好奇

---

① Pierre Bourdieu. Distinction: A Social Critique of the Judgement of Taste [M]. Trans. by Richard Nice. Cambridge, MA: Harvard University Press, 1984: 2.
② Karen Coats. Bloomsbury Introduction to Children's and Young Adult Literature [M]. London & New York: Bloomsbury Publishing, 2018: 158.
③④ Gerard Genette. Paratexts: Thresholds of Inter — pretation [M]. Trans. by Jane E. Lewin. New York: Cambridge UP, 1997: 407-408.

心,去查看自己的出生年份对应的属相与个性特征,这个"文化注解"可帮助不同民族的读者了解中国生肖故事和文化。《龙太子》(The Sons of the Dragon King,2004)重述了关于龙的九个儿子的中国民间传说,增加了因材施教和因人设岗的现代内涵。正文前用"作者说明"来介绍龙在中国的传说,用篆体印章交代龙的九个儿子的名字及故事起因。此外,印章符号有时还负载叙事功能,如《猎人》的正文页面上的印章放在每个右页的右下角,其作用类似于中国传统章回体小说的标题,这些印章具有第二重叙事的功能,不仅因为它概括了跨页中人物重要的行动,评价了主要事件,而且还评论了文字故事和图画之间的联系,这种第二叙事"为图画书文本创造了一种多重性,也为插图创造了一种多重性"①。加上印章标题的图画给予故事多种视角,可给读者提供多种理解。杨志成在其图画书的副文本中有意识地彰显标志性的民族文化语码,并赋予其从内涵到形式的多重意义和作用。

对于民族文化进行从里到外的编码策略,也可从杨志成对于其他国家和民族的民间故事的图画书创作中得到进一步的映照。他琢磨并运用贴合于该民族的艺术手法去表现其文化和审美风貌,同时也适当融入自身民族的文化精神和艺术。《月亮母亲:印第安原住民的故事》(Moon Mother,1993)乃是根据美国土著印第安人创造动物和人类的传说改编并绘画,文字故事将神仙、人类与自然的关系写得诗意盎然,表现原住民与自然的亲近,也契合中国"天人合一"的道家思想。画面运用朦胧的色彩表现印第安传说中的神秘感,也融合了中国艺术讲究的意境。杨志成撰文和绘画的《我是篓子》(I, Doko: A Tale of Basket,2004)是一个尼泊尔故事,前环衬上的题记是中国文化圣人孔夫子的一段教导:"己所不欲,勿施于人。"作者以篓子为叙事视角来见证生命的到来、成长和衰亡,主题指向对遗弃老人这一无情行径的批判,涉及东方尤为关注的亲情伦理。杨志成描绘尼泊尔人的服饰、用具和生活习俗,远景使用浅淡的色彩,有着中国水墨画的写意风范,而刻画人物强烈的心理活动时则多次使用西方式的人物面部特写,使和谐与矛盾的画面交错起伏,强烈地触动人心。杨志成对异域民间故事的创作可以看作是对中国民间故事创作这一脉络的延伸,是其文化视野和表现场域的拓展。这些作品在思想和艺术本质上具有内在的一致性,即将民族文化和关于普遍个体的生存境遇的思考相结合,在尊重和遵从各民族

---

① Michelle Pagni Stewart. "Emerging Literacy of (an) other kind: Speakerly Children's Picture Books" [J]. Children's Literature Association Quarterly, Vol 28, No. 1, Spring 2003:46.

自身文化艺术特质的基础上进行多种语码的熔炼,尤其是不同程度地融入创作者自身最擅长的本民族文化取向和艺术技法,使异域民间故事焕发出新的精神光芒和艺术光彩,为促进反映多元文化的儿童文学的繁荣作出了独到的贡献。

　　杨志成民间故事题材的图画书中大量采用或隐或现的文化符码来叙事,对民族文化记忆进行追索和建构,寄寓了他在异域文化语境中对族裔性的文化身份的考量。从事"文化记忆"研究的德国古埃及学教授扬·阿斯曼,在《全球化、普遍主义和文化记忆的侵蚀》一文中指出文化记忆和全球化方向相反,"记忆作为一种身份指向发挥作用,总是意味着差异。全球化则作为一种散播发挥作用,模糊一切边界,消弭所有差异"①。定居美国的杨志成对中国民间故事的选择和重述,或许也是由于认识到母族文化的"身份"(identity)和作为全球化主要导向的移居国文化的"他性"(alterity)。"身份和他性的观念,'我们'和'他们'的观念,与地点的观念关系密切,也就是与'这里'和'那里'密切相关。"②杨志成找到了民间故事这一载体进行重述,在他笔下,文化艺术的"身份"与"他性"并非完全割裂或对立,而是呈现出融合的多种可能性。文化存在的语境包括纵向的时间流和横向的空间场,在杨志成的民间故事图画书创作中,时间流主要表现为传统与现代的交流,空间场主要表现为东方与西方的并置。中国设计学理论家柳冠中提出"共生美学观",强调纵向传承与横向交流等不同元素的叠合与融汇:"传统与创新共生,科学与艺术共生,历史与现在共生,自然与人类共生……以及不同文化的共生,不同美学观的共生,在重叠、并行、综合、交融的基础上,组合成一个完整的、无限的系统,在矛盾中求统一……"③不同时空和性质的元素在差异中求得和谐与统一,在新建的美学系统中产生多重意义,这一交往互动的"共生"达到的升华效果远胜于几种元素简单相加之和。这一艺术共生美学观体现了积极的、创造性的、多次元的哲学观,为当代多元文化的共生提供了思想基础。

　　杨志成的创作在根本上是在进行跨文化的表现和沟通。德特里夫·穆勒在《跨文化的对话》中论道:"文化是一个活跃的机体,它需要不断地创新,不断

---

① Jan Asmann. Globalization, Universalism, and the Erosion of Cultural Memory [C]. Ali Asmann, Sebastian Conrad. Eds. Memory in a Global Age: Discourses, Practices and Trajectories. London & New York: Palgrave Macmilan, 2010:123.
② Irvin Cemil Schickl. The Erotic Margin: Sexuality and Spatiality in Alteritist Discourse [M]. London: Verso, 1999:23.
③ 柳冠中.共生美学观——对当代设计与艺术哲学的初探[J].装饰,2008(A1):30.

用新的现实去修正它历史的记忆。"①促使文化创新与发展的一种可行之道是多种文化的交流与互补。杨志成具备故土与新土的双重经验，由两种生存经验形成的文化身份蕴含着混杂性或双重性，尤其是异质空间中的域外经验的碰撞与交汇、中西文化艺术的传统与现代之间的互涉和调整，使其具有开阔的文化视野、开放的文化理念和活跃的文化因子，使得作品映现中西文化艺术镜像，内蕴诸多的文化艺术信息和意味，呈现出基于传统又超越传统的调性。澳大利亚学者约翰·斯蒂芬斯（John Stephens）和罗宾·麦科勒姆（Robyn McCallum）在其著作《重述故事，构造文化》（Retelling Stories，Framing Culture）中谈道："很少有复述是简单的复制，即使它们似乎再现了故事及其本来的观点。在这种情况下，其目的一般是文化再生产，即传播有关社会和自我、学习方式和形成权威所需的知识。"②杨志成用图画书对中国民间故事进行创造性重述，既具有鲜明的民族印记，又融入过滤后的异质性，对社会和自我所需和所喜的文化艺术进行了编码和共生。

此外，柳冠中提出的共生美学理念还囊括了艺术家与接受者之间的关系："艺术要超越艺术家自身的狭隘及局限，还给广大民众参与艺术的权力和机会，开放艺术宫殿之门，启发、感应接受者的联想，达到相互交流、补充、完善、再创造的境界。"③这的确是与艺术本身密切相关的不可忽略的一个层面。文艺学学者王岳川在其《艺术本体论》中阐释"理解的本质"在于："它不仅是一个人与另一个人之间的情感、理智的交流，它就是我的存在、我的存在方式。它带动着我的意识和我的原始活力中的全部无意识去追逐新的生命。"④理解文本的过程是读者对文本意义的追寻过程，也因此而生成个人性的文本意义乃至其生命意义。就阅读和理解民间故事而言，杰克·齐普斯（Jack Zipes）在《冲破魔法符咒：探索民间故事和童话故事的激进理论》中指出："矛盾的是，民间故事和童话故事的魔力源于这个事实：它们不假装或声称自己是什么，只是作为幻想的艺术投射而已。它们给予我们自由，去洞悉我们必须走什么道路来实现自我。它们尊重我

---

① 德特里夫·穆勒.跨文化对话[M].上海：上海文艺出版社，1999：45.
② John Stephens, Robyn McCallum. Retelling Stories, Framing Cultures [M]. New York & London：Garland publishing, 1998：4.
③ John Stephens, Robyn McCallum. Retelling Stories, Framing Cultures [M]. New York & London：Garland publishing, 1998：30.
④ 王岳川.艺术本体论[M].上海：生活·读书·新知三联书店上海分店，1994：260.

们的自主权,把现实的决定权留给我们,同时也激励我们思考自己的生活方式。"①杨志成以图像重述中国民间故事,以其"自由"和"自主"对文化风景进行转变,再造了一个融合中西方艺术元素的"民间中国",以其新奇感去召唤读者进行文化艺术的解码,激发读者对于这些民间故事内含或外显的新风景产生"自由"和"自主"的思考,并有可能在这一过程中开启对于文本的个人性编码,完成"共生美学"所涵盖的读者对于作品意义的理解,从而促进文本意义的真正生成。图画书阅读可以帮助儿童读者形成审美感知能力,与此同时,也形成其意识形态和身份认同。凯伦·科茨认为:"图画讲述强有力的故事,旨在吸引观者的情感并传递文化价值……理解儿童和少年文学中的图画如何参与其在适应当代文化主题中进行情感和意识形态的建构很是重要。"②儿童读者对于承载着民族文化记忆的图画书的欣赏和理解,可能会影响他们对于民族和世界文化的态度,甚至影响个体的存在方式。对于本民族的读者,或可促成其皈依性的文化认同;对于异族读者,或可促成其开放性的文化视野。杨志成重述民间故事的图画书从不同民族文化、创作者和读者之间等多个维度进行有机整合,创造了多次元的"共生美学"的宏阔面貌,为(儿童)读者的心灵成长提供了"共生性"的艺术场域。

结　语

美国学者南希·L.哈达威(Hadaway, Nancy L.)在她主编的《用全球文学打破边界》(*Breaking Boundaries with Global Literature*)的引言《搭建理解的桥梁》中写道:"文学反映一个群体的经验、价值和信念。因此,文学能提供文化的洞见、提升共情的能力并对认同感的发展提供支持。通过文学,我们可以拓展知识和个人的边界,拓展新的视角和对于'我们'是谁的理解。"③她主张采用"全球文学"的概念来代替"多元文化文学"(multi-cultural literature)和"国际文学"(international literature)。存在于世界各地的民间故事似乎与生俱来地带有普遍

---

① Jack Zipes. Breaking the Magic Spell: Radical Theories of Folk and Fairy Tales [M]. London: Heinemann, 1979:18.
② Karen Coats. Bloomsbury Introduction to Children's and Young Adult Literature [M]. London & New York: Bloomsbury Publishing, 2018:150.
③ Nancy L. Hadaway & Marian J. McKenna. Eds. Breaking Boundaries with Global Literature: celebrating diversity in K-12 classrooms [M]. Newark, DE: International Reading Association, 2007:1.

性或全球性。身为插画家和民俗学家的艾希礼·布莱恩(Ashley Bryan)说:"我越来越感觉到,世界各地的故事会把我们连接在一起。我把民间故事比作一座'温柔的桥梁',它把过去的文化和时代与当今相连。"①杨志成也有着类似的观点,他在访谈中提到,图画书及儿童文学的重要性在于让孩子们在这个世界上找到归属之地。因此,他以建基于民族文脉又拓展至共生美学的民间故事图画书创作,为当今全球化时代的孩子们对于文化身份的寻找铺展了一条开阔的道路。他对民族文化记忆做了有普遍性、现代感的多样转化、再生和升华,为各国儿童文学如何激活本土文化资源、如何处理民族性与世界性、传统性与现代性的关系提供了借鉴。与之同中有异的,是享誉世界的日本图画书大师安野光雅获得国际认可的图画书创作途径。他在创作关于世界多国风景的《旅之绘本》系列时运用了日本传统绘画的卷轴形式,但其核心理念在于:"在世界上的任何地方,只要有道路与河流,就总会有一座桥。我在创作上,一直在寻找那些超越特定文化的原型,我在寻找各地的人们都会理解的图像。"②杨志成和安野光雅以各自的创作方式来完成对于民族性和世界性的追求,各有其理,各有其趣,殊途同归。在全球化时代,艺术的美学追求应以开放性的共生为王道,亦即费孝通所主张的"美美与共,和而不同",这对于旨在养育国家公民和世界公民的儿童文学而言至关重要。

---

① Leonard S. Marcus. (edt.) Show Me a Story! Why Picture Books Matter: Conversations with 21 of the World's Most Celebrated Illustrators [M]. Somerville, Mass: Candlewick Press,2012:35.
② Leonard S. Marcus. (edt.) Show Me a Story! Why Picture Books Matter: Conversations with 21 of the World's Most Celebrated Illustrators [M]. Somerville, Mass: Candlewick Press,2012:13.

编年简史

1949 年

6月17日,《新少年报》在上海复刊,1956年迁往北京,1960年与《中国少年报》合并。

9月10日,《中国儿童》在北京创刊,毛泽东为杂志创刊号题词:"好好学习。"第2期为中华人民共和国"开国纪念号"。自第7期起,该刊改名为《中国少年儿童》。1951年10月,改为《中国少年报》。

1950 年

4月1日,《儿童时代》在上海创刊。

4月23日至27日,共青团中央第一次全国少年儿童工作干部大会在北京召开。

9月,秦兆阳《小燕子万里飞行记》由中国青年出版社出版。

本年,生活·读书·新知三联书店开始出版"新中国儿童文库",包括《小英雄雨来》(管桦)、《小河唱歌》(金近)、《毛妮子骗马》(刘饶民)、《伟大的陶行知》(麦青)、《妈妈不在家的时候》(班台莱耶夫)等。

1951 年

本年,中国青年出版社开始出版"中国少年小丛书",包括《大力士》(贺宜)、《我们的土壤妈妈》(高士其)、《揭穿小人国的秘密》(高士其)等。

文化供应社开始出版"新儿童丛书",包括《星星记:连环童话》(端木蕻良)、《四季的风》(严文井)等。

1952 年

2月,张天翼《罗文应的故事》在《人民文学》第2期发表。

12月,少年儿童出版社在上海成立。

1953 年

6月,刘真《我和小荣》在《人民文学》第6期发表。

7月,《少年文艺》在上海创刊。

7月,张天翼《大灰狼》在《人民文学》7、8月号合刊上发表。

10月6日,《人民日报》发表《关于改进儿童文艺读物方面工作的意见》。

1954 年

1月,呆向真《小胖和小松》在《人民文学》第1期发表。

2月,任大星《吕小钢和他的妹妹》由中国青年出版社出版。

4月,严文井《蚯蚓和蜜蜂的故事》由中国青年出版社出版。

6月1日,《人民日报》发表金近《争取儿童文学创作更大的发展》、高士其《谈谈儿童科学读物创作的问题》等文章。

6月12日,中国人民保卫儿童全国委员会在北京举行儿童文学艺术创作评奖授奖大会。由中国人民保卫儿童全国委员会主席宋庆龄向到会的得奖作家张天翼、高士其、路坦、王绪阳、刘继卣、沙鸥、张文纲等二十七人授奖。

8月,萧平《海滨的孩子》在《人民文学》第8期发表。

9月,马烽《韩梅梅》由中国青年出版社出版。

1955年

3月,洪汛涛《神笔马良》发表于《新观察》1955年第3期。本年被上海电影制片厂改编为我国第一部木偶美术片。

4月,金近《冬天的玫瑰》由少年儿童出版社出版。方轶群《萝卜回来了》由少年儿童出版社出版。

7月,任大霖《蟋蟀》在《人民文学》第7期发表。

8月4日,毛泽东在中共中央书记处第一办公室编印的《情况简报》第334号上刊载的《儿童读物奇缺,有关部门重视不够》的材料批注"书少""无人编""太贵"。

8月,黄庆云《奇异的红星》在《作品》1955年第8期发表。

9月16日,《人民日报》发表《大量创作、出版、发行少年儿童读物》。

11月18日,中国作家协会发出《关于发展少年儿童文学的指示》。

11月24日至26日,中国作协召开少年儿童文学座谈会,在会上,作协创作委员会主任刘白羽就作协发出的《关于发展少年儿童文学的指示》和《少年儿童文学创作计划》做了说明。

11月26日,新华书店总店在《光明日报》发表《改进少年儿童读物发行工作》的文章。

11月,阮章竞《金色的海螺》在《人民文学》第11期发表。

1956年

1月,欧阳山《慧眼》在《作品》第1期上发表。

2月27日至3月6日,中国作家协会在北京召开第二次理事会扩大会议,内容之一是讨论儿童文学的发展。

2月,葛翠琳《野葡萄》在《人民文学》第2期上发表。

3月,袁鹰在全国青年文学创作者会议上作《争取少年儿童文学创作繁荣》的发言。

4月,柯岩《"小兵"的故事》在《人民文学》第4期发表。

4月,新疆青年出版社在乌鲁木齐成立。"文化大革命"期间出版中断,1979年恢复业务,1985年更名为新疆青少年出版社。

5月,《叶圣陶童话选》由中国少年儿童出版社出版。

6月,中国少年儿童出版社在北京成立。中国少年儿童出版社从1955年底开始,边筹备边出版书籍。

6月,陈伯吹《谈儿童文学创作上的几个问题》在《文艺月报》第6期上发表。

1957年

1月,少年儿童出版社内部发行的《儿童文学研究》创刊。1959年11月开始,由中国少年儿童出版社正式出版。

1月起,张天翼《宝葫芦的秘密》在《人民文学》第1—4期上连载。

4月,金近《童话创作及其他》由少年儿童出版社出版。

7月,严文井《唐小西在"下一次开船港"》在《收获》第1期上发表。

10月,陈伯吹《儿童文学简论》由长江文艺出版社出版。

11月,拓林设计、詹同绘图的连环组画《老鼠的一家》在《小朋友》第21期上发表。12月23日上海《新闻日报》"读者来信"栏发表了周兆定的批评文章《这是什么画?》,引发讨论。

12月,舒霈(束沛德)的《情趣从何而来?——谈谈柯岩的儿童诗》一文在《文艺报》第35号上发表。

1958年

1月,《儿童音乐》杂志在北京创刊。

3月,中国少年儿童出版社编辑出版的《儿童文学》丛刊第1辑出版。"文化大革命"前共出版14册。

10月,包蕾担任编剧的新中国第一部剪纸美术片《猪八戒吃西瓜》在上海电影制品厂出品。

1959年

3月,蒋风《中国儿童文学讲话》由江苏文艺出版社出版。

9月,《1958年儿童文学选》由中国少年儿童出版社出版。

9月,严文井《小溪流的歌》由人民文学出版社出版。

1960年

3月,《我们爱科学》杂志在北京创刊。

4月,冰心《小橘灯》由作家出版社出版。

5月,宋爽《儿童"本位论"的实质》在《文艺报》第10期上发表,开启对"童心论"的批判。

7月7日,徐景贤《儿童文学同样要为无产阶级政治服务——批判陈伯吹的儿童文学特殊论》在《文汇报》发表。

7月,杨如能《驳陈伯吹的"童心论"》在《上海文学》第7期上发表。

8月5日,张天翼、严文井《我们对当前少年儿童文学的一些意见》在《中国青年报》发表,这是在中国作家协会第三次理事会扩大会议上的发言。

1961年

3月,老舍《宝船》在《人民文学》第3期上发表。

8月,茅盾《60年少年儿童文学漫谈》在《上海文学》第8期上发表。

9月,《鲁迅论儿童教育和儿童文学》由少年儿童出版社出版。

10月,《1921—1937儿童文学选集》由少年儿童出版社出版。

11月,《1911—1960儿童文学论文目录索引》由少年儿童出版社出版。

12月,孙幼军童话《小布头奇遇记》由中国少年儿童出版社出版。

1962年

2月17日,周恩来在中南海对在京的京剧、话剧、歌剧、儿童剧作家讲话。《对在京的话剧、歌剧、儿童剧作家的讲话》一文正式发表于《文艺研究》1979年第1期。

4月,刘厚明《小雁齐飞》由中国少年儿童出版社出版。

5月,徐光耀《小兵张嘎》由中国少年儿童出版社出版。

7月,萧建亨《布克的奇遇》由中国少年儿童出版社出版。

10月,刘真《长长的流水》在《人民文学》第10期上发表。

12月,《1913—1949儿童文学论文选集》由少年儿童出版社出版。

1963年

4月,史超《"强盗"的女儿》由少年儿童出版社出版,后被当作"人性论"的典型大加批判。

10月,《1959—1961儿童文学选》由人民文学出版社出版。

12月,《古代儿歌资料》由少年儿童出版社出版。

1964年

7月,《儿童文学》《中国少年报》联合举办第一期儿童文学讲习会。

8月,《比安基科学童话选》由少年儿童出版社出版。

1965 年

5 月,贺宜《刘文学》由少年儿童出版社出版。

1966 年至 1976 年

1970 年 8 月,《革命接班人》在天津创刊,各省市创办《红小兵》杂志。
1972 年 5 月,李心田《闪闪的红星》由人民文学出版社出版。
1973 年 4 月,浩然《七月槐花香》由天津人民出版社出版。
1974 年 10 月,电影《闪闪的红星》上映。
1976 年,江苏人民出版社创刊《少年文艺》。

1977 年

1 月,人民文学出版社编辑出版儿童文学选辑《幼芽》。
1 月,《陕西少年》在西安创刊。
2 月,上海人民出版社推出少年儿童文艺读物丛书,出版叶辛小说《高高的苗岭》。
5 月,《北京儿童》《北京少年》在北京举办童话座谈会。
6 月 2 日,《解放日报》发表韶文的《为孩子们多写好作品——揭批"四人帮"摧残扼杀儿童文学的罪行》。
6 月 4 日,《光明日报》发表吴岫原的《"三突出"是儿童文学创作的绞索》。
6 月 18 日,《光明日报》发表陈伯吹《在儿童文学战线上拨乱反正》。
7 月,上海《少年文艺》复刊。
8 月,《儿童文学》在北京复刊。
11 月,刘心武《班主任》在《人民文学》11 月号发表。
12 月,《小朋友》在上海复刊。

1978 年

1 月,上海恢复少年儿童出版社。
3 月 30 日,《人民日报》发表宋庆龄的文章,祝贺《儿童时代》复刊。
4 月,《儿童时代》在上海复刊。
4 月 12 日,童话作家钟子芒在上海去世。
6 月,教育部在武汉召开文科教材会议,决定恢复高校儿童文学课程,并组织北京师范大学、杭州大学、浙江师范学院等院校协作编写《儿童文学概论》。
10 月,国家出版局、教育部、文化部、共青团中央、全国妇联、全国文联、全国作协、全国科协联合在江西庐山召开的全国少年儿童读物出版工作座谈会,对中国儿童文学的发展产生了重要影响。

11月,《中国少年报》在北京复刊。

11月18日,《人民日报》发表《努力做好少年儿童读物的创作和出版工作》的社论。

12月21日,国务院批转了国家出版局、教育部、文化部、共青团中央、全国妇联、全国文联、全国科协《关于加强少年儿童读物出版工作的报告》。

12月22日,儿童文学作家张士杰去世。

1979年

1月,《儿童文学研究》复刊。

1月,金近《春风吹来的童话》由人民文学出版社出版。

1月,浙江师范学院批准成立中文系儿童文学研究室,蒋风任研究室主任。

3月26日,《人民日报》发表茅盾对参加儿童文学讲习会的青年作者的谈话《中国儿童文学是大有希望的》。

4月,叶君健故事集《王子和渔夫》由中国少年儿童出版社。

5月,郑文光《飞向人马座》由人民文学出版社出版。

6月,任大星《双筒猎枪》由人民文学出版社出版。

6月,中国作协上海分会儿童文学组讨论"童心论"。

7月,包蕾的短篇童话集《火萤与金鱼》由四川人民出版社出版。

9月,浙江师范学院第一届儿童文学硕士研究生吴其南入学。

1980年

1月8日,中国作家协会儿童文学委员会成立。主任为严文井,副主任为金近、贺宜,委员有叶君健、叶永烈、陈伯吹、郑文光等。

1月21日,《人民文学》编辑部邀请在京儿童文学作家金近、郑文光、刘厚明、葛翠琳、呆向真、洪汛涛、浩然等举行座谈会。

1月,大型儿童文学丛刊《朝花》创刊。《中国儿童》月刊在北京创刊。

1月,刘先平《云海探奇》由中国少年儿童出版社出版。

2月28日,中国作家协会儿童文学委员会举行第一次会议。

3月,浙江师范学院儿童文学研究室编《我与儿童文学》(内部资料),包括47位中国儿童文学作家所写的自传性材料。

5月30日,全国第二次少年儿童文艺创作评奖在人民大会堂举行授奖大会。

5月,国家出版事业管理局版本图书馆编《全国少年儿童图书综录1949—1979》由中国少年儿童出版社出版。

5月,《童话》丛刊在天津创刊。

6月,中国儿童文学研究会在北京成立,陈子君任理事长。

6月,《小星星》在南昌创刊。

7月,张天翼《金鸭帝国》由湖南人民出版社出版。

8月,《我和儿童文学》由少年儿童出版社出版,收入29位中国儿童文学作家的回忆性文字。

10月17日,文化部发出《关于加强少年儿童艺术工作的意见》,宣布成立少年儿童艺术委员会。

10月,四川少年儿童出版社在成都成立。

10月,鲁兵主编《365夜》由少年儿童出版社出版。

12月16日,顾均正去世。

1981年

1月,《巨人》丛刊在上海创刊。

2月,《1949—1979儿童文学论文选》由中国少年儿童出版社出版。

3月,少年儿童出版社创办《儿童文学选刊》。

4月29日,《文艺报》邀请在京儿童文学作家举行座谈会。严文井、金近、刘厚明等在会上发言。

5月22日,由陈伯吹倡议并捐款设立的"儿童文学园丁奖"成立委员会,钟望阳为主任,陈伯吹、李俊民、陈向明、李楚城、洪汛涛等为副主任和委员。1982年起,每年评选一届。1988年改为陈伯吹儿童文学奖。2014年改为陈伯吹国际儿童文学奖。

5月,中国剧协和《人民戏剧》编辑部联合召开儿童剧座谈会,讨论儿童剧的创作及演出问题。

6月,文化部成立少年儿童文化艺术司,作为全国少年儿童文化艺术委员会的办事机构。

6月,《娃娃画报》在上海创刊。

6月,严阵《荒漠奇踪》由中国青年出版社出版。

7月,鲁克的科学童话集《小黑鳗游大海》由人民文学出版社出版。

8月,包蕾编剧的动画片《三个和尚》在丹麦奥登塞第四届国际童话片电影节中获银质奖。

10月7日至16日,全国第二届少年儿童出版工作会议在山东泰安召开,200多人参加会议。

11月,《未来》丛刊在南京创刊。

12月,刘先平《呦呦鹿鸣》由人民文学出版社出版。

1982 年

1月,《新民晚报》自元旦起开辟《娃娃天地》专栏。

1月,《故事画报》在天津创刊。《摇篮》半月报在南昌创刊。

2月,《北京日报》创办儿童文学副刊《小苗》,每月一期。

2月,湖南少年儿童出版社在湖南长沙成立。

2月,北京师范大学高校儿童文学教师进修班开学,学制半年。

3月,辽宁少年儿童出版社在沈阳成立。

4月,胡从经《晚清儿童文学钩沉》由少年儿童出版社出版。

5月,《东方少年》在北京创刊。

5月24日,《儿童文学》编辑部在张天翼寓所举行《大林和小林》发表50周年庆祝活动。

5月,四川少年儿童出版社出版了北京师范大学等五院校教师浦漫汀等合作编写的《儿童文学概论》。

5月,蒋风《儿童文学概论》由湖南少年儿童出版社出版。

5月,中国科普作协19日在山东烟台举行科学童话学术讨论会。

6月,文化部先后在沈阳、成都举办儿童文学讲习会,聘请陈伯吹、叶君健、刘厚明、蒋风、洪汛涛等授课。

6月,《幼儿画报》在北京创刊。

9月,鲁兵《教育儿童的文学》由少年儿童出版社出版。

9月,浙江师范学院儿童文学研究室举办第一期儿童文学教师进修班。

9月,《中国新时期儿童诗选》(1977—1980)由新蕾出版社出版。

10月,《苏苏儿童文学作品选》由少年儿童出版社出版。

11月,《儿童文学新人新作选 白脖儿》由四川少年儿童出版社出版。

11月,湖北少年儿童出版社在武汉成立。河南少年儿童出版社在郑州成立。

1983 年

1月,《故事大王》在上海创刊。

2月,《儿童文学》编辑部为祝贺冰心《寄小读者》发表60周年,刊登韩少华《小溪,缓缓地流》、刘心武《珍珠为什么闪光——记老前辈冰心》、编辑部《捧上几片绿叶》。

3月,浙江少年儿童出版社在杭州成立。

3月,《茅盾童话选》由四川少年儿童出版社出版。

3月,广东人民出版社出版广东籍儿童文学作家作品选。第一本为《黄庆云作品选》,以后陆续出版的有秦牧、郁茹、柯岩、郑文光、任溶溶、何紫的选集。

4月,周忠和编译的《俄苏作家论儿童文学》由河南少年儿童出版社出版。

5月,陕西少年儿童出版社在西安成立。

5月,上海儿童文学界为童话作家陈伯吹从事儿童文学创作六十年,举行庆祝活动,各界人士数十人参加茶话会,外地有关单位发来贺电、贺信。

6月,日本上笙一郎《儿童文学引论》由四川少年儿童出版社出版。

12月,中国社会科学院文学研究所当代文学教研室主编的《儿童文学选1981》由中国社会科学出版社出版。

12月,萧育轩《乱世少年》由少年儿童出版社出版。

12月,江苏少年儿童出版社在南京成立。黑龙江少年儿童出版社在哈尔滨成立。

1984年

1月,山东少年儿童出版社在济南成立。

4月,浦漫汀《安徒生简论》由四川少年儿童出版社出版。

5月25日,第三届儿童文学园丁奖授奖大会在上海举行。

6月25日,文化部和中国儿童戏剧研究会举办的全国儿童戏剧创作座谈会在北京举行。

6月,文化部在石家庄召开全国儿童文学理论座谈会。全国一百多位儿童文学作家、评论家、出版社负责人出席。

7月30日至8月2日,全国首届寓言文学研讨会在长春举行,全部成立中国寓言文学研究会,公木为首任理事长。

8月24日,儿童文学作家苏苏(钟望阳)在上海逝世。

8月,河北少年儿童出版社在石家庄成立。

1985年

1月7日,童话学者赵景深在上海逝世。

2月,江西少年儿童出版社在南昌成立。希望出版社在太原成立。

4月,《婴儿画报》在北京创刊。

4月28日,儿童文学作家、现代作家张天翼在北京逝世。

6月,新世纪出版社在广州成立。甘肃少年儿童出版社在兰州成立。

7月20日至26日,文化部召开的全国儿童文学理论研究规划会议在昆明举行,决定组织编写《儿童文学辞典》、《中国儿童文学史》(当代部分)、《儿童文学概论》(修订本),创办《儿童文学评论》杂志。

7月,郑渊洁独自撰稿的《童话大王》,由山西太原《童话大王》编辑部出版。

8月,王泉根编《周作人与儿童文学》由浙江少年儿童出版社出版。

10月，浙江师范大学儿童文学教研室编《中国儿童文学理论年鉴》(1983)，由浙江少年儿童出版社出版。云南少年儿童出版社在昆明成立。

10月，《贺宜文集》(第一卷)由少年儿童出版社出版。彭斯远《儿童文学散论》由重庆出版社出版。

1986年

3月，中国出版工作者协会幼儿读物研究会在北京成立，并召开第一次代表大会，鲁兵为首任会长。

5月6日至13日，文化部、中国作家协会在山东烟台召开全国儿童文学创作会议，二百余名儿童文学作家、评论家参加大会。

5月21日，宋庆龄基金会在北京宣布设立宋庆龄儿童文学奖。

5月24日，第五届儿童文学园丁奖在上海颁布。

6月14日，中国作家协会第四届主席团第四次会议通过《中国作家协会关于改进和加强少年儿童文学工作的决议》，号召全国作协会员有计划地为少年儿童写作，以满足三亿多少年儿童精神食粮的需求；《文艺报》《人民文学》等中国作协报刊应带头刊发儿童文学作品与评论文章；设立中国作家协会儿童文学奖，暂定每两年评奖一次；恢复儿童文学委员会；进一步加强儿童文学研究和评论工作。

7月，中国作家协会宣布，首届(1980—1985)全国优秀儿童文学奖评选工作，由《儿童文学》杂志社承办，评委会主任为严文井，副主任为束沛德、王一地。

8月6日，儿童文学作家、编辑何公超在上海逝世。

8月，冰心向宋庆龄儿童文学奖捐款一万元。

8月，韦苇《世界儿童文学史概述》由浙江少年儿童出版社出版。

9月3日至5日，为纪念张天翼逝世一周年，中国作家协会、中国社会科学院文学所举办的"张天翼学术讨论会"在北京召开。本次会议的论文集《张天翼论》于1987年由湖南文艺出版社出版。

10月，江西少年儿童出版社在庐山召开"新潮儿童文学丛书"编委会，高洪波、曹文轩、张之路、郑渊洁、陈丹燕、程玮、夏有志、董宏猷、常新港、朱奎、白冰等出席，决定编辑出版一套以"新潮"为名的儿童文学创作丛书。从1987年至1989年，这套丛书先后出版了《八十年代小说选》《八十年代童话选》《八十年代诗选》《探索作品集》《中国少女心理小说集》《中国少年探险小说集》《一百个中国孩子的梦》《八十年代乡村小说集》《中国少年诗人诗选》等。

11月，中国作家协会成立新一届儿童文学委员会，主任为严文井，副主任为束沛德、刘厚明，委员为王一地、任大霖、孙幼军、宋汎、邱勋、金波、罗英、高洪波、曹文轩、樊发稼。

1987 年

1月24日,《文艺报》儿童文学评论专版,第一期出刊,冰心题写刊头。

2月,黄庆云编《台湾儿童诗选》由重庆出版社出版。

2月,中国儿童文学研究会创刊《儿童文学评论》,由重庆出版社出版。共出版4辑,1至3辑由重庆出版社出版,1989年6月第4辑由辽宁少年儿童出版社出版。

6月1日,第二届优秀儿童电影"童牛奖"在北京颁布。

6月,蒋风主编《中国现代儿童文学史》由河北少年儿童出版社出版。

8月13日至27日,第二次全国少年儿童出版社联谊座谈会在四川平武召开,会议建议中国出版工作者协会设立少年儿童出版工作委员会。

8月20日,儿童文学作家、理论家贺宜在上海逝世。

9月,《国际安徒生奖作家作品选》由中国少年儿童出版社出版。

9月,王泉根《中国现代文学研究丛书:现代儿童文学的先驱》由上海文艺出版社出版。

12月28日,宋庆龄基金会在北京举行首届宋庆龄儿童文学奖颁奖仪式。

1988 年

1月,五所院校编《儿童文学概论》获北京市哲学社会科学和政策研究优秀成果二等奖。

1月,少年儿童出版社编辑出版的《儿童文学研究》,由季刊改为双月刊。

2月16日,作家叶圣陶在北京逝世。

3月2日,中国作家协会儿童文学委员会召开会议。

4月9日,中国作家协会首届(1980—1985)全国优秀儿童文学奖揭晓,41部作品获奖。

4月,张香还《中国儿童文学史(现代部分)》由浙江少年儿童出版社出版。

5月25日,第七届儿童文学园丁奖在上海颁布。

5月,郑光中《幼儿文学ABC》由四川少年儿童出版社出版。

5月,由全国少年儿童工作协调委员会、共青团中央、全国妇联、宋庆龄基金会、中国儿童电影制品厂发起的儿童故事片剧本征集活动评奖结果揭晓。

6月,《少男少女》在广州创刊。

7月18日,中国现代文学馆、北京图书馆联合举办冰心文学创作生涯七十年展览。

7月,中国现代文学馆建立张天翼书库。

10月9日至15日,中国作家协会在烟台举行少年儿童文学发展趋势探讨会。

10月,洪汛涛主编《1976—1986中国儿童文学十年》由海燕出版社出版。

11月,陈子典主编《儿童文学大全》由广西人民出版社出版。

12月19日,科幻文学作家高士其在北京逝世。

12月,中国作家协会儿童文学委员会召开儿童诗现状座谈会。

12月,《中国儿童文学大系》由希望出版社出版。

1989年

1月,中国儿童文学研究会举办的首届儿童文学理论评奖结果揭晓。

3月,中国电视艺术家协会编《中国儿童电视剧论文集》由四川少年儿童出版社出版。

3月,《新时期儿童文学优秀作品选》由湖北少年儿童出版社出版。

4月22日,儿童文学作家刘厚明在北京逝世。

4月,柯玉生主编《中国新时期寓言选(1977—1986)》由浙江少年儿童出版社出版。

4月,中国作家协会儿童文学委员会在京委员进行座谈。

5月26日,全国少年儿童文化艺术委员会主办的新时期(1979—1988)优秀少年儿童文艺读物奖颁布。

5月,赵世洲编《科幻小说十家》、叶永烈编《科幻童话十家》由海燕出版社出版。董宏猷《一百个中国孩子的梦》由江西少年儿童出版社出版。

6月1日,藏文《刚坚少年报》在拉萨创刊。

6月,程逸汝编《儿童小说十家》、邓连休、冯志华《民间故事十家》由海燕出版社出版。

7月9日,儿童文学作家金近在北京逝世。

7月,王泉根选评《中国现代作家儿童文学精选(1902—1949)》由湖南少年儿童出版社出版。关登瀛编《中国当代名作家儿童文学作品选》由湖南少年儿童出版社出版。程式如编《儿童剧十家》、方仁工编《童话十家》由海燕出版社出版。

7月,接力出版社在南宁成立。

8月11日至21日,新中国成立后台湾儿童文学作家首次组团到大陆进行儿童文学交流,参访合肥、上海、北京。

8月,王泉根编《中国现代儿童文学文论选(1902—1949)》由广西人民出版社出版。陈子君、贺嘉、樊发稼主编《论童话寓言》由新蕾出版社出版。陈子君、贺嘉、樊发稼主编《论儿童诗》由广西人民出版社出版。

9月23日,第三届优秀儿童电影"童牛奖"在北京颁布。

9月,张美妮等主编的《童话辞典》由黑龙江少年儿童出版社出版。

10月,《人民文学》刊出《台湾儿童诗八首》。这是《人民文学》首次刊登台湾儿童文学作品。

11月19日,儿童文学作家、编辑包蕾在上海逝世。

12月17日,少年儿童出版社前社长陈向明逝世。

12月,《陈伯吹文集》(第一集)由少年儿童出版社出版。

1990年

1月6日,第二届宋庆龄儿童文学奖在北京颁布。

2月,张锦贻编《中国少数民族儿童小说选》由海燕出版社出版。

2月,儿童文学新论丛书中的《比较儿童文学初探》(汤锐)、《中国儿童文学理论批评与构想》(班马)、《童话艺术空间论》(孙建江)由湖北少年儿童出版社出版。该丛书还包括《儿童文学的审美指令》(王泉根,1991.05)、《儿童小说叙事式论》(梅子涵,1993.11)、《异彩纷呈的多元格局》(彭斯远,1993.03)、《儿童文学接受之维》(方卫平,1995.05)。

3月,《吕漠野儿童文学作品选》由浙江少年儿童出版社出版。

5月18日至19日,中国作家协会儿童文学委员会、中国少年儿童出版社联合召开翻译研讨会。

5月19日,全国少年儿童文化艺术委员会主办的首届(1987—1989)中国少儿报刊奖在北京揭晓。

5月21日,国家教委、新闻出版署、文化部主办的全国优秀少儿读物奖(1982—1988)在北京揭晓。

5月23日至29日,中国儿童文学研究会在昆明举办20世纪90年代中国儿童文学展望研讨会。

5月,张黛芬、文秀明编《陈伯吹研究专集》由少年儿童出版社出版。

5月,周晓《少年小说论评》由宁夏人民出版社出版。

6月6日,国际儿童读物联盟中国分会在北京成立,严文井任会长。

6月7日至10日,国际儿童读物联盟中国分会、宋庆龄基金会在北京举办国际儿童图书与插图研讨会。

6月,汪习麟《浙江籍儿童文学作家作品评论集》由浙江少年儿童出版社出版。

7月,《郭风研究专集》由海峡文艺出版社出版。蒋风主编《世界著名童话鉴赏辞典》由江苏少年儿童出版社出版。陈蒲清主编《中外寓言鉴赏辞典》由湖南人民出版社出版。

8月,李泱编《柯岩研究专集》由少年儿童出版社出版。陈蒲清《世界寓言通论》由湖南教育出版社出版。

9月,卓如编《冰心和儿童文学》由少年儿童出版社出版。

10月,中国作家协会儿童文学委员会、《儿童文学》杂志社、浙江省作家协会在杭州举办金近作品研讨会,并在上虞举行金近墓碑揭幕式。

10月,高殿石《中国历代童谣辑注》由山东大学出版社出版。

11月,姚全兴《儿童文艺心理学》由重庆出版社出版。韦商编《叶圣陶和儿童文学》、盛巽昌编《郭沫若和儿童文学》、张耀辉编《巴金和儿童文学》由少年儿童出版社出版。

12月，任大霖《儿童小说创作论》由少年儿童出版社出版。马力《世界童话史》由辽宁少年儿童出版社出版。

1991年

1月，《张天翼文集》第八卷(儿童文学、童话、寓言)由上海文艺出版社出版。

2月，陈子君主编《中国当代儿童文学史》由明天出版社出版。

4月，《柯岩儿童文学论集》由浙江少年儿童出版社出版。

5月20日至25日，1991年世界科幻协会年会在成都举行。

5月31日，中共中央在北京召开儿童工作座谈会。

5月，《中国儿童文学论文选(1949—1989)》由浙江少年儿童出版社出版。张美妮主编的《世界儿童文学名著大典》由中国文史出版社出版。浦漫汀主编的《儿童文学教程》由山东文艺出版社出版。

6月1日，第四届优秀儿童电影"童牛奖"在北京颁布。

6月，《眼中有孩子 心中有未来——'90上海儿童文学研讨会论文集》由少年儿童出版社出版。梅志编《听来的童话》由中国少年儿童出版社出版。鲁兵主编的《中国幼儿文学集成》由重庆出版社出版。

6月，《儿童文学辞典》由四川少年儿童出版社出版。

7月9日，民政部批准成立中国儿童少年电影学会，于蓝任会长。

7月11日至16日，中国儿童文学研究会主办的"中国儿童文学创作分析会议"在河北承德召开。

7月23日至26日，国际儿童读物联盟中国分会与中国版协幼儿读物研究会联合举办的"幼儿图书研讨班"在北京举行。

8月，蒋风主编《中国当代儿童文学史》由河北少年儿童出版社出版。

9月，樊发稼编《林焕彰儿童诗选》由安徽少年儿童出版社出版。

12月，韦苇《外国童话史》由江苏少年儿童出版社出版。

1992年

1月，樊发稼、林焕彰、何紫编《中国当代儿童文学作家小传》由湖南少年儿童出版社出版。

3月，少年儿童出版社骆驼丛书开始出版，本月出版的包括《方轶群作品选》《我的童年女友》《鲁兵作品选》《包蕾文集》《郑马作品选》《黄衣青作品选》《周晓评论选》等，后续出版的有《绍禹中篇侦探童话选》(1992.04)、《圣野诗选》(1992.04)等。

7月，金燕玉《中国童话史》由江苏少年儿童出版社出版。蒋风主编《世界儿童文学事典》由希望出版社出版。吴其南《中国童话史》由河北少年儿童出版社出版。

9月28日,漫画家张乐平在上海逝世。

9月,王泉根《中国儿童文学现象研究》由湖南少年儿童出版社出版。

1993年

1月15日,第三届宋庆龄儿童文学奖在北京颁布。

1月,张美妮、金燕玉、汤锐主编《宇宙鲸鱼——新时期童话佳作欣赏》《六年级大逃亡——新时期儿童小说佳作欣赏》《绿蚂蚁——新时期儿童诗歌、散文佳作欣赏》由北京师范大学出版社出版。

2月14日,中国作家协会第二届全国优秀儿童文学奖(1986—1991)揭晓,29部作品获奖。

6月,张之伟《中国现代儿童文学史稿》由华东师范大学出版社出版。

7月,北京师范大学苏联文学研究所译的《苏联时期儿童文学精选》由中国少年儿童出版社出版。

8月,方卫平《中国儿童文学理论批评史》由江苏少年儿童出版社出版。

12月17日,少年儿童出版社、上海市作家协会、少年报社、儿童时代社主办的陈伯吹先生创作生涯七十周年研讨会在上海举行。

1994年

2月21日,第四届宋庆龄儿童文学奖在北京颁布。

3月,少年儿童出版社第一届《巨人》中长篇儿童文学评奖揭晓。

5月,张锡昌、朱自强《日本儿童文学面面观》、韦苇《俄罗斯儿童文学论谭》由湖南少年儿童出版社出版。

10月,中国当代中青年学者儿童文学论丛由甘肃少年儿童出版社出版,包括班马的《游戏精神与文化基因》、王泉根的《人学尺度和美学判断》、吴其南的《代际冲突与文化选择》、方卫平的《流浪与寻梦》、孙建江的《文化的启蒙与传承》、汤锐的《酒神的困惑》。

10月,程式如《儿童剧散论》由中国戏剧出版社出版。

12月,方卫平评选《中华幽默儿童文学作品精粹》上、下册,由湖南少年儿童出版社出版。

1995年

2月,孙建江《二十世纪中国儿童文学导论》由江苏少年儿童出版社出版。

3月,黄云生《幼儿文学原理》由江苏教育出版社出版。

6月8日,儿童文学作家、编辑家任大霖在上海逝世。

7月,刘绪源《儿童文学的三大母题》由少年儿童出版社出版。方卫平《儿童文学的当代思考》由明天出版社出版。

8月,汤锐《现代儿童文学本体论》由江苏少年儿童出版社出版。

10月26日,中共中央宣传部"关于落实江泽民同志繁荣电影、长篇小说和少儿文艺"的指示汇报座谈会在上海召开。

1996年

1月,少年儿童出版社出版"巨人"丛书第三辑。

1月,黎泽雄编《黎锦晖和儿童文学》由少年儿童出版社出版。

3月,《柯岩文集》六卷本,由青岛出版社出版。

3月,吴其南《德国儿童文学纵横》由湖南少年儿童出版社出版。

5月,中国作家协会第三届(1992—1994)全国优秀儿童文学奖在北京颁布,19部作品获奖。

7月,王泉根编《中国当代儿童文学文论选》由接力出版社出版。

9月,金燕玉《美国儿童文学初探》由湖南少年儿童出版社出版。

10月,班马《前艺术思想——中国当代少年文学艺术论》由福建少年儿童出版社出版。

12月,浦漫汀主编《中国当代儿童文学国际性主题作品选》由希望出版社出版。

本年,冰心主编、樊发稼执行主编的新时期儿童文学名家作品选丛书由福建少年儿童出版社出版,入选曹文轩、程玮、秦文君、沈石溪、孙幼军、周锐、冰波、葛冰、张秋生、金波、徐鲁、吴然等作家的作品。

中国当代儿童文学精品丛书由海燕出版社出版,分为小说卷(浦漫汀选编)、童话卷(张美妮选编)、寓言卷(金江选编)、散文卷(汤锐选编)、诗歌卷(金波选编)。

1997年

1月,由中国版协少年儿童读物出版工作委员会、中国书刊发行业协会少年儿童专业委员会、国际儿童读物联盟中国分会联合主办的《中国少儿出版》在北京创刊。

2月,纽伯瑞儿童文学奖丛书由中国少年儿童出版社出版。

3月,《文艺报》举办儿童文学评论版出刊百期座谈会。

3月,《童话梦——葛翠琳和她的创作》由浙江少年儿童出版社出版。

6月,江苏少年儿童出版社与沈石溪签约,以六位数的价码买断沈石溪未来十年版权,并出版中国动物小说大王沈石溪文集(十卷本)。

7月21日至22日,新一届中国作家协会儿童文学委员会第一次全体会议在北京举行。主任为束沛德,副主任为高洪波、樊发稼,委员为王泉根、尹世霖、白冰、刘先平、刘健屏、孙云晓、孙幼军、庄之明、关登瀛、沈石溪、李凤杰、张之路、张明照、邱勋、金波、秦文君、徐德霞、曹文轩。

8月25日,冰心文学馆开馆。

11月6日,儿童文学作家、理论家陈伯吹在上海逝世。

11月,少年儿童出版社出版"跨世纪儿童文学论丛"6种,包括黄云生《人之初文学解析》、吴其南《转型期少儿文学思潮史》、刘绪源《儿童文学的三大母题》、朱自强《儿童文学的本质》、彭懿《现代西方幻想文学论》、竺洪波《智慧的觉醒》。

1998年

1月,文化部等多部门出台《九十年代中国儿童文学文化艺术事业发展纲要》。

1月,安波舜主编的"小布老虎"丛书推出首批作品。

6月,《秦文君文集》(五卷本)由安徽少年儿童出版社出版。

8月10日至20日,中国作家协会儿童文学委员会、《儿童文学》杂志社和鲁迅文学院在北戴河举办第二届儿童文学作家讲习班暨《儿童文学》夏令营。

9月,任大星《儿童小说创作艺术谈》由少年儿童出版社出版。

12月,二十一世纪出版社着手推进幻想文学发展。

1999年

1月5日,儿童文学作家、翻译家叶君健在北京逝世。

1月,叶君健《我与儿童文学》由中国妇女出版社出版。

2月28日,作家冰心在北京逝世。

4月,中国作家协会第四届(1995—1997)全国优秀儿童文学奖揭晓,18部作品获奖。

4月,张美妮《英国儿童文学概略》、方卫平《法国儿童文学导论》、汤锐《北欧儿童文学述略》、孙建江《意大利儿童文学概述》由湖南少年儿童出版社出版。

5月28日至6月1日,第六届中国国际儿童电影节在北京举行。

6月14日,儿童文学作家、剧作家胡景芳在沈阳逝世。

2000年

1月,少年儿童出版社主办的《儿童文学选刊》《儿童文学研究》合并为《中国儿童文学》继续出刊。

5月,中国作家协会在北京国家行政学院召开全国儿童文学创作会议。

12月,朱自强《中国儿童文学与现代化进程》由浙江少年儿童出版社出版。

2001年

1月13日,中国作家协会召开第五届主席团第八次会议,会议通过了《中国作家协会关于进一步加强儿童文学工作的决议》。

1月,吴其南《童话的诗学》由中国文联出版社出版。

3月,中国作家协会第五届(1998—2000)全国优秀儿童文学评奖工作启动,开始征集参评作品。

5月,第四届全国青年作家会议在京举行,儿童文学作家秦文君、曹文轩、孙云晓、张品成等应邀出席了会议。

5月,中国科学技术协会、国家新闻出版署、国家自然科学基金委员会与中国作家协会联合主办,中国科普作家协会承办的第四届全国优秀科普作品奖在北京颁布,《偷脑的贼》《非法智慧》等儿童科幻小说获奖。

9月22日,童话作家洪汛涛去世。

9月23日至25日,中国作协儿童文学委员会2001年年会在上海召开。

9月,梅子涵、方卫平、朱自强、彭懿、曹文轩《中国儿童文学五人谈》由新蕾出版社出版。

9月,北京师范大学人文学院在中国现当代文学专业下招收的第一届儿童文学研究方向3名博士生入学。

2002年

3月,中国作家协会主办的第五届(1998—2000)全国优秀儿童文学奖结果揭晓,20部作品获奖。

5月26日,中国作协第五届优秀儿童文学奖颁奖大会在京举行。同时,中国作协儿童文学委员会在京召开儿童文学创作研讨会,参加会议的有获奖作者和责任编辑。

8月17日,儿童文学作家管桦去世。

8月22日至25日,由宋庆龄基金会和中国作家协会共同主办,辽宁省儿童文学学会、大连市文学艺术界联合会承办的第六届亚洲儿童文学大会在大连举行。本届会议的主题是"和平、发展与新世纪的儿童文学"。

8月,中国作家协会儿童文学委员会调整人选,新一届中国作协儿童文学委员会主任为束沛德、高洪波,副主任为樊发稼、张之路,委员有王泉根、王宜振、方卫平、白冰、刘先平、刘海栖、刘健屏、孙云晓、孙幼军、沈石溪、张明照、金波、秦文君、徐德霞、海飞、曹文轩、董宏猷、薛卫民。

9月,上海师范大学人文学院在中国现当代文学专业下招收的第一届儿童文学研究方向1名博士生入学。

12月17日至18日,换届后的中国作家协会儿童文学委员会第一次年会在京召开。

2003年

3月16日,《中国儿童文学五人谈》研讨会在北京举行,中共中央宣传部、中共天津市委宣传部、中国出版工作者协会有关领导以及来自京、津、沪等地的儿童文学专家和学者出席了会议。

6月17日,科幻作家郑文光逝世。

7月28日,第二十届陈伯吹儿童文学奖揭晓。

9月,北京师范大学文学院中国首届科幻文学3名硕士研究生入学。

9月,浙江师范大学人文学院招收的首届儿童文学方向本科班入学。

10月19日,第六届宋庆龄儿童文学奖评选结果在北京揭晓,评出"特殊贡献奖"4人、大奖作品3部、佳作奖作品16部、"新人奖"3人。

10月22日,中国作家协会儿童文学委员会、《儿童文学》杂志和中国少儿报刊协会在中国作家协会会议室联合主办了当代儿童诗研讨会。

10月,《儿童文学》迎来了40岁生日,中国少儿总社召开座谈会,中国作协和团中央领导及儿童文学作家一起回顾了《儿童文学》的发展历程,并祝她生日快乐,青春永驻。1963年,在冰心、严文井、叶君健、张天翼的关怀下,通过金近的努力,《儿童文学》呱呱坠地。40年来,《儿童文学》引领中国儿童文学的发展方向,被儿童文学界誉为"中国儿童文学第一刊"。

11月28日,由团中央所属的中国少年儿童报刊工作者协会文学艺术专业委员会、日本静冈儿童文化协会、省文联和《少年儿童故事报》共同举办的"首届中日友好儿童文学奖"在杭州颁布。

12月5日至10日,中国作家协会儿童文学委员会年会在浙江省青田县召开。

12月21日,中国作家协会儿童文学委员会的20余名委员发表呼吁书,呼吁全社会关注儿童文学教学这一关系中华民族未来的重大现实问题。

12月23日,由中国作家协会、山东作家协会、明天出版社联合举办的"邱勋文学创作50年研讨会"在济南召开。

2004年

2月19日至22日,中国出版协会少儿读物出版工作委员会第十三次主任委员会议暨国际儿童读物联盟中国分会(CBBY)理事会会议在厦门举行。会议评审通过曹文轩荣获"中国安徒生奖(文学)"、王晓明荣获"中国安徒生奖(插图)",孙建江、汤素兰、郭玉婷、曾敏、薛晓哲等荣获首届"叶圣陶编辑奖"。

2月27日,"安徒生和中国"正式发布会在人民大会堂隆重举行。由汉斯·克里斯蒂安·安徒生2005基金会(HCA2005)、中国文化部和丹麦王国驻中国大使馆共同承办的旨在纪念安徒生诞辰200年的一系列活动由此拉开帷幕。

4月13日,中国儿童文学研究中心在北京师范大学成立。王泉根担任中心主任。高洪波、束沛德、蒋风、樊发稼、金波、曹文轩、赵惠中、孙云晓、汤锐、林阿绵、卜卫等儿童文学作家、评论家被聘为该中心的兼职研究员。

5月23日,第五届浙江鲁迅文学艺术奖颁奖典礼举行,蒋风荣获"突出成就奖"。

5月26日至6月1日,第八届中国国际儿童电影节在浙江横店举行。

6月28日,中国作协召开第六届主席团第六次会议,与会同志提出,要推进少儿文学的繁荣,首先,要加大少儿文学作品创作的力度。积极组织作家深入实际、深入生活、熟悉少年儿童,加强对少儿文学重点作品创作的扶持,鼓励广大作家创作出更多集思想性、娱乐性、趣味性、教育性于一体的,为未成年人所喜闻乐见的优秀少儿文学作品。其次,要加强少儿文学创作队伍建设,把少儿文学作家的培养纳入鲁迅文学院中青年作家高级研讨班的整体规划中,抓好学习培训,进一步发挥中国作协儿童文学委员会在团结队伍、繁荣创作方面的积极作用。再次,要做好少儿文学评奖、评论、评介工作。精心组织好第六届全国优秀儿童文学评奖,中国作协所属报刊社、出版社和网站要积极组织刊发或出版少儿题材的小说、诗歌、散文、报告文学等作品和评论文章,中国现代文学馆坚持免费向未成年人开放。

8月2日至5日,《儿童文学》杂志和中国作家协会儿童文学委员会在河北省唐山市月坨岛风景区共同召开了"当代儿童小说研讨会"。

10月8日,儿童文学作家梅志逝世。

10月17日至18日,海峡两岸儿童文学研讨会在北京师范大学举行。

10月29日至11月1日,全国儿童文学创作会议暨第六届(2001—2003)全国优秀儿童文学奖颁奖会在深圳举行,16部作品获奖。

12月,由浙江师范大学儿童文学研究所、浙江师范大学人文学院儿童文学系、浙江少年儿童出版社联合主办、方卫平主编的儿童文化研究丛刊《中国儿童文化》第一辑出版。

2005年

4月1日,中国作家协会儿童文学委员会举办"纪念安徒生诞辰200周年座谈会"。

4月1日,文艺报"少儿文艺版"创刊。

4月,百年百部中国儿童文学经典书系由长江少年儿童出版社出版。

5月13日至16日,由《文艺报》、中国海洋大学主办的中国原创儿童文学现状及发展趋势研讨会在山东青岛举行。会议论文集《中国儿童文学的走向》于2006年9月由少年儿童出版社出版。

5月26日,"庆祝樊发稼儿童文学创作50周年"的活动在合肥市举行。

5月,第二十一届陈伯吹儿童文学奖揭晓。

6月,浙江师范大学发文成立独立研究机构儿童文化研究院,由方卫平主持工作。

7月20日,儿童文学作家严文井逝世。

7月,《光荣与使命——2004全国儿童文学创作会议论文集》由明天出版社出版。

9月3日,国际儿童读物联盟中国分会颁出第二届中国安徒生奖,获奖者张之路、陶文杰代表中国角逐国际安徒生奖。

9月4日,儿童文学理论家、浙江师范大学教授黄云生逝世。

11月5日至6日,中国作家协会儿童文学委员会年会在江苏南京和扬州举行。

12月,张之路《中国少年儿童电影史论》和颜慧、索亚斌《中国动画电影史》由中国电影出版社出版。

2006年

1月5日,儿童文学作家、诗人鲁兵逝世。

1月,《儿童文学》杂志创刊的《儿童文学·文萃》正式公开发行。

5月,彭懿《图画书:阅读与经典》由二十一世纪出版社出版。

6月,王宜清《陈伯吹论》由少年儿童出版社出版。

8月,吴其南《守望明天——当代少儿文学作家作品研究》由宁夏人民出版社出版。

11月,《方卫平儿童文学理论文集》由明天出版社出版,包括《中国儿童文学理论批评史》《思想的边界》《文本与阐释》《法国儿童文学导论》4卷。

12月,张永健主编《20世纪中国儿童文学史》由辽宁少年儿童出版社出版。

2007年

5月25日,儿童文学理论家、北京师范大学教授张美妮在北京逝世。

5月,台湾桂文亚女士资助设立的首届思想猫儿童文学研究优秀成果奖在浙江师范大学颁奖,每年一届,至2016年共颁发十届,获奖论文结集出版《思想猫的步履——"思想猫儿童文学研究优秀成果奖"十年文集》(福建少年儿童出版社2016年6月版)。

8月,李利芳《中国发生期儿童文学理论本土化进程研究》由中国社会科学出版社出版。

12月22日,中国作家协会第七届(2004—2006)全国优秀儿童文学奖颁奖典礼在北京举行,13部作品获奖。

12月,中国作协书记处研究并征得主席团同意,对中国作协儿童文学委员会组成人员进行了调整,主任为高洪波,副主任为张之路、王泉根、曹文轩,委员有方卫平、王宜振、白冰、刘先平、刘海栖、刘健屏、孙云晓、朱自强、汤锐、李东华、李国伟、杨红樱、沈石溪、秦文君、徐德霞、董宏猷、薛卫民、薛涛。周李立为秘书。

12月,浙江师范大学儿童文化研究院红楼书系第一辑由少年儿童出版社出版,包括《中国儿童文学发展史》(蒋风主编)、《外国儿童文学发展史》(韦苇)、《中国儿童文学理论发展史》(方卫平)、《中国童话发展史》(吴其南)。

2008 年

12月,浙江师范大学儿童文化研究院红楼书系第二辑由少年儿童出版社出版,包括[加拿大]佩里·诺得曼、梅维丝·雷默《阅读儿童文学的乐趣》、[美国]杰克·齐普斯《作为神话的童话/作为童话的神话》、[美国]蒂姆·莫里斯《你只年轻两回:儿童文学与电影》。

2009 年

5月27日,童话《小马过河》的作者彭文席在温州逝世。

7月22日,首届"丰子恺儿童图画书奖"在香港举行颁奖典礼,内地女作家余丽琼、画家朱成梁合作创作的图画书《团圆》荣获"最佳儿童图画书首奖"。

8月,方卫平《儿童·文学·文化:儿童文学与儿童文化论集》由二十一世纪出版社出版。王黎君《儿童的发现与中国现代文学》由中国社会科学出版社出版。

2010 年

1月3日,儿童文学作家郭风在福州逝世。

1月,方卫平主编第六代儿童文学批评家论丛由安徽少年儿童出版社出版,包括《虚构与真实》(陈恩黎)、《童年审美与文本趣味》(李学斌)、《从"高"向"低"攀登》(杨佃青)、《审美视阈中的成长书写》(张国龙)、《追寻童话的意义》(钱淑英)、《童年的秘密与书写》(赵霞)。

1月,陈晖《图画书的讲读艺术》由二十一世纪出版社出版。

1月,当代西方儿童文学新论译丛由安徽少年儿童出版社出版,包括《儿童小说中的语言与意识形态》([澳大利亚]约翰·史蒂芬斯)、《唤醒睡美人:儿童小说中的女性主义声音》([美国]罗伯塔·塞林格·特瑞兹)、《青少年小说中的身份认同观念:对话主义构建主体性》([澳大利亚]罗宾·麦考伦)、《冲破魔法符咒:探索民间故事和童话故事的激进理论》([美国]杰克·齐普斯)、《儿童文学中的人物修辞》([瑞典]玛丽亚·尼古拉耶娃)、《镜子与永无岛:拉康、欲望及儿童文学中的主体》([美国]凯伦·科茨)。

6月,张玉清《地下室里的猫》在《人民文学》第6期上发表,并获《人民文学》本年度的优秀作品奖。

7月,简平《上海少年儿童报刊简史》由少年儿童出版社出版。

12月15日,中国作家协会第八届(2007—2009)全国优秀儿童文学奖在南京颁布,20部作品获奖。

12月19日,首届信谊图画书奖颁奖典礼在南京举办,11部作品获奖,评出文字创作奖首奖1名,佳作奖1名,入围奖2名;图画书创作奖首奖空缺,佳作奖4名,入围奖3名。

2011 年

4月17日,小说家、儿童文学作家赵燕翼逝世。

12月11日,作家柯岩逝世。

12月11日,儿童文学理论家、浙江师范大学教授蒋风在日本接过国际格林奖,成为该奖项第十三届获奖人,也是首位获此殊荣的中国人。

12月20日,浙江师范大学首届"张之路儿童文学励志奖"颁奖仪式在红楼举行,每年评选一次。

2012 年

7月,中国作家协会书记处研究决定中国作协各专门委员会组成人员,新一届儿童文学委员会主任为高洪波,副主任为王泉根、张之路、曹文轩,委员有王宜振、方卫平、白冰、朱自强、刘海栖、汤锐、汤素兰、孙云晓、李东华、李国伟、杨红樱、沈石溪、张晓楠、秦文君、徐德霞、黄蓓佳、梅子涵、常新港、董宏猷、韩进、薛涛、薛卫民。

7月30日,儿童文学理论家、北京师范大学教授浦漫汀在北京逝世。

12月,浙江师范大学儿童文化研究院红楼书系第三辑由海燕出版社出版,包括《儿童文学中的轻逸美学》(陈恩黎)、《雅努斯的面孔:魔幻与儿童文学》(钱淑英)、《中国儿童文学中的女性主体意识》(陈莉)、《经典化与迪士尼化》(王晶)、《审美教育行为特征探析》(郑素华)。

2013 年

1月,刘绪源《中国儿童文学史略(一九一六—一九七七)》由上海世纪出版股份有限公司少年儿童出版社出版。

9月24日,中国作家协会第九届全国优秀儿童文学奖颁奖典礼在北京举行,20部作品获奖。

11月,第一届上海国际童书展在上海举行,每年一届。2018年起,上海新华发行集团与意大利博洛尼亚展览集团共同投资成立的合资公司,负责运营管理上海国际童书展。

2014 年

2月24日,寓言作家金江逝世。

5月8日,首届"大白鲸世界杯"原创幻想儿童文学奖颁奖典礼在大连举行。王晋康凭借长篇神话幻想作品《古蜀》夺得特等奖;汤素兰的短篇童话集《点点虫虫飞》、哈琳的长篇幻想文学《唐豆豆·七面幸运色子》获得一等奖。

6月,《人民文学》第6期推出儿童文学专辑,发表曹文轩《小尾巴·第五只轮子》、高洪波《汪星人记趣》、张之路《吉祥的红领巾》、马原《湾格花原历险记》。

11月19日,更名后的"2014陈伯吹国际儿童文学奖"首次颁发,罗杰·米罗(巴西)、金波(中国)获得年度作家奖,帕奇·亚当娜(加拿大)、海飞(中国)获得年度特殊贡献奖。

2015年

1月,浙江师范大学儿童文化研究院红楼书系第四辑由山东教育出版社出版,包括《流动儿童的教育管理与社会支持》(周国华)、《为了儿童的利益:美英学前教育政策比较研究》(周小虎)、《亲子关系与儿童网瘾防治策略》(章苏静、金科)、《儿童的幸福感:基于社会与自我比较视角的研究》(叶映华)。

3月18日,由曹文轩发起,由人民文学出版社、天天出版社、曹文轩儿童文学艺术中心主办的首届青铜葵花儿童小说奖颁奖典礼在北京举行,《将军胡同》(史雷著)夺得最高奖"青铜奖",《父亲变成星星的日子》(赵菱著)获得"金葵花奖",《泥孩子》(刘玉栋著)获得"银葵花奖",《飞鱼座女孩》(湘女著)、《艾烟》(星子著)、《镜子里的猫》(杨翠著)等获得"铜葵花奖"。

6月,《人民文学》第6期推出儿童文学专辑,发表张炜《寻找鱼王》、汤汤《天上的永》、史雷《将军胡同》。

6月,赵霞《思想的旅程——当代英语儿童文学理论观察与研究》由江苏凤凰少年儿童出版社出版。

8月6日,儿童文学作家孙幼军在北京逝世。

9月,浙江师范大学人文学院在中国现当代文学专业下招收的第一届儿童文学研究方向1名博士生入学。

9月27日,曾翻译《不一样的卡梅拉》《暖暖心绘本》等,并创办公益组织"小书房"的儿童文学作家漪然去世。

11月11日,首次陈伯吹国际儿童文学奖原创插画展在上海举办。

2016年

1月,朱自强学术文集(十卷)由二十一世纪出版社出版。

4月4日,儿童文学作家曹文轩在意大利博洛尼亚国际童书展上荣获2016年国际安徒生奖,这是中国作家首次获得这一奖项。

6月,《人民文学》第6期发表曹文轩《蜻蜓眼》,并刊发曹文轩专访《古典风格的正典写作》。

9月22日,儿童文学作家任大星逝世。

11月19日,由时代出版传媒股份有限公司旗下的安徽少年儿童出版社和北京师范大学中国图画书创作研究中心主办的首届"图画书时代奖"颁奖典礼暨高峰论坛在2016上海国际童书展期间举行,6部作品获奖。

2017年

1月10日,接力出版社携手曹文轩、金波,在北京共同启动接力杯"曹文轩儿童小说奖"和接力杯"金波幼儿文学奖"两大奖项。

2月,中国作家协会书记处研究决定了中国作家协会第九届儿童文学委员会组成人员,主任为高洪波,副主任为王泉根、方卫平、曹文轩,委员有白冰、朱自强、刘海栖、汤锐、汤素兰、孙云晓、李利芳、杨红樱、沈石溪、张晓楠、陈诗哥、纳杨、秦文君、徐鲁、徐德霞、黄蓓佳、梅子涵、常新港、董宏猷、韩进、薛涛、薛卫民。

4月27日,第七届信谊图画书奖颁奖典礼在杭州举行。

5月8日,第六届"周庄杯"全国儿童文学短篇小说大赛颁奖典礼在周庄举行。辽宁作家贾颖的《为寂寞的夜空画上一个月亮》荣获特等奖,江苏作家祁智的《大鱼》、辽宁作家朱锡琴的《雕花马鞍》分获一等奖,舒辉波《黑将军》、宝琴《白马非马》、西雨客《一二三四五》、朱桥《你牛,我牛》分获二等奖,另有8篇作品获三等奖,10篇作品获优秀奖。

5月,方卫平主编的《中国儿童文学名家论集》,由青岛出版社出版,包括:《走向儿童文学的新观念》(吴其南)、《文学独奏》(金燕玉)、《儿童文学的真善美》(王泉根)、《思想的跋涉》(方卫平)、《儿童文学的"思想革命"》(朱自强)、《轮回与救赎》(汤锐)、《美是不会欺骗人的》(刘绪源)、《游戏精神与儿童中国》(班马)、《童年镜像》(孙建江)、《幻想之门》(彭懿)。

6月,《人民文学》第6期推出儿童文学专辑,发表曹文轩《蝙蝠香》、格日勒其木格·黑鹤《逐狼呼和塔拉》、张之路《金雨滴》。

8月,吴其南《成长的身体维度——当代少儿文学的身体叙事》由复旦大学出版社有限公司出版。

8月,高洪波主编《什么是好的童年书写:儿童文学大家谈》由湖南少年儿童出版社出版。

9月22日,第十届全国优秀儿童文学奖(2013—2016)颁奖典礼在北京举行,18部作品获奖。

9月23日,第十届全国优秀儿童文学奖论坛在北京举行。

9月23日至24日,第五届丰子恺儿童图画书奖颁奖典礼、第六届华文图画书论坛在合肥举行。《盘中餐》获首奖,《杯杯英雄》《等待》《林桃奶奶的桃子树》《乌龟一家去看海》获佳作奖。

11月11日,由上海师范大学人文传播学院、上海师范大学儿童文学研究所主办的2017上海儿童文学阅读论坛在上海师范大学举行,主题为"安徒生给了中国什么"。

11月15日,第十三届中国国际儿童电影节在广州开幕,来自全球20多个国家和地区的60多部儿童片、动画片参赛和参展。

11月17日至19日,2017中国上海国际童书展在上海世博展览馆举行。

11月24日,红楼系列儿童文学新作研讨会第三十场在浙江师范大学举行,研讨冰波新作。

12月,方卫平、赵霞《儿童文学的中国想象——新世纪儿童文学艺术发展论》由安徽少年儿童出版社出版。

2018 年

1月10日,作家、编辑家、儿童文学评论家刘绪源逝世。

1月,《书是甜的——海飞童书评论集》由辽宁少年儿童出版社出版。

1月,[日]河合隼雄、[日]松居直、[日]柳田邦男著,朱自强译《绘本之力》由贵州人民出版社出版。

3月15日,2018"大白鲸"原创幻想儿童文学年度盛典在大连举行,11部作品和7部原创图画书作品获"金鲸奖"和"银鲸奖"。

3月19日,北京师范大学中国图画书创作研究中心与国家图书馆少儿馆主办、北京师范大学出版社与悠贝亲子图书馆协办的"原创图画书2017年度排行榜"评选在北京揭晓并颁奖,10部优秀原创图画书入选。

3月26日至29日,第五十五届博洛尼亚国际儿童书展举行,中国作为主宾国参加书展。

4月,方卫平《中国儿童文学四十年》(中英双语版)由中国少年儿童出版社出版。

5月8日至9日,首届"小十月文学奖"颁奖仪式暨儿童文学高峰论坛活动在河南郑州举行,16位作家的原创新作分别获得小说组、童话组、诗歌组、散文组等奖项。

5月19日,首届中国科幻读者选择奖(暨"引力奖")的获奖名单在北京中国科学技术馆报告厅举行的颁奖典礼上公布。最佳长篇小说奖由韩松的《驱魔》摘得。最佳中篇小说奖颁给陈楸帆的《怪物同学会》,最佳短篇小说奖则有两位获奖者,分别是韩松的《十环,或二零三八年,北京四十二分钟》和昼温的《沉默的音节》。引力奖是参照科幻最高奖雨果奖的评选机制而设立的华语科幻文学奖。

6月14日至16日,由中国海洋大学儿童文学研究所与美国普林斯顿大学寇岑儿童图书馆在美国普林斯顿大学共同举办了"第二届国际儿童文学论坛暨第四届中美儿童文学论坛"。

8月18日至24日,2018年度国际儿童青少年戏剧协会艺术大会在北京举行。这是国际儿童青少年戏剧协会艺术大会首次在中国召开。

8月21日至23日,由中国作协儿童文学委员会、浙江省作协和义乌市人民政府共同主办的首届义乌"骆宾王"国际儿童诗歌大赛现场决赛和颁奖晚会在浙江义乌举行。

9月28日,由新教育研究院新阅读研究所和国际儿童读物联盟中国分会联合主办的2018领读者大会暨CBBY阅读年会在北京开幕,本次会议主题为"文学化的儿童文学课堂"。

10月17日,由中国儿童文学研究会、辽宁出版集团有限公司主办,辽宁少年儿童出版社承办的首届"大自然原创儿童文学作品征集活动"启动仪式在北京举行。

10月,"思潮·前沿 中国当代儿童文化研究"系列由浙江少年儿童出版社出版,包括《新时期儿童文学理论批评家个案研究》(李利芳)、《新媒体时代中国儿童文学发展趋势研究》(汤素兰)、《"青春文学"与青少年亚文化研究》(张国龙)、《玩转儿童戏剧——小学戏剧教育的理论和实践》(萧萍)。

11月起,华东师范大学出版社开始出版"国际格林奖儿童文学理论书系",包括《中国儿童文学史》(蒋风)、《奇异的儿童文学世界》([瑞典]约特·克林贝耶)、《儿童文学研究必备手册》([英]马修·格伦比、金伯利·雷诺兹)等。

11月,朱自强《小学语文儿童文学教学法》由二十一世纪出版社出版。

11月10日,由二十一世纪出版社集团联合麦克米伦出版集团、阅文集团举办,麦克米伦世纪童书承办的首届"中文原创YA文学奖"颁奖典礼在上海举行,年度大奖作品颁给了《天使的国》(舒辉波)。

12月,王泉根《百年中国儿童文学编年史:1900—2016》由湖南少年儿童出版社出版。

2019年

1月,刘海栖长篇小说《有鸽子的夏天》由山东教育出版社出版。

2月24日,由长江出版传媒股份有限公司主办,长江少年儿童出版社承办的"中国现实主义原创儿童文学征集活动启动暨研讨会"在北京召开。

5月,王泉根、崔昕平等著的《新世纪中国儿童文学现场研究》由中国少年儿童出版社出版。

6月4日,由中国接力出版社、俄罗斯莫斯科州立综合图书馆联合主办的第三届"比安基国际文学奖"在莫斯科颁奖。中国自然文学作家格日勒其木格·黑鹤的作品《黑焰》荣获小说大奖,中国作家刘先平凭借作品《孤独麋鹿王》获得小说荣誉奖。这是中国作家首次获得"比安基国际文学奖"。

6月11日至17日,由鲁东大学、山东省作家协会主办,万松浦书院、张炜文学研究院、山东文学馆承办,山东教育出版社协办的首届"贝壳儿童文学周"在鲁东大学举行。

6月22日,由中信出版集团、国家典籍博物馆联合主办的"安东尼·布朗的幸福博物馆"全国巡展首站在国家典籍博物馆开展。

9月2日,《文艺报》开辟"科幻"专刊,行超、康春华撰写专稿《科幻"热"的"冷"思考》,刘兴诗、王晋康、吴岩、陈楸帆等围绕"朝向未来的科幻"等问题展开探讨。

9月26日,2019年国际儿童读物联盟(IBBY)亚洲大洋洲地区会议在西安举行。大会期间举办了多场分论坛和现场活动,来自24个国家和地区的儿童作家、插画家、出版人、推广人、评论家等近200位嘉宾围绕"儿童与未来"这一主题,通过论坛、阅读推广等多种形式的活动,共同探讨儿童阅读及少儿出版相关话题,交流亚洲大洋洲地区各国相关领域发展状况及对未来的展望。

10月25日至27日,第六届丰子恺儿童图画书奖颁奖典礼暨第七届华文图画书论坛在上海市奉贤区会议中心举行。本届书奖共颁发五个奖项,包括四个佳作奖和一个首奖,由作家谢华和画家黄丽共同创作完成的图画书《外婆家的马》获颁首奖。

10月,方卫平选评《共和国70年儿童文学短篇精选集》3册由中国少年儿童新闻出版总社出版。王泉根主编《新中国儿童文学70年(1949—2019)》由长江少年儿童出版社出版。

(齐童巍编写,方卫平审订)

编后记

这是一套关于中国当代文学发展历史的大型史料文献丛书,也涵盖了儿童文学等重要文学门类。我们有幸参与这项巨大的文学工程,与有荣焉,也深感责任重大。

受南京师范大学出版社之邀,我们从2015年起组成了专业、敬业的编选团队,并召开了启动本项目的工作会议。给我们印象深刻的是,出版社从一开始就对本项目的出版定位、体例、史料甄选要求等等提出了严格的规范和要求。因此,我们的整个工作是按照出版社提出的统一规范和要求进行的。

如我在《新中国儿童文学史料与研究》导论中说到的,新中国70年儿童文学发展走过了一段曲折绵长、波澜壮阔的发展历程。这段历史留下了许多具有时代特征,同时反映了儿童文学文类特殊性及其历史体温的文献史料。与大多儿童文学史料汇编本不同的是,本项目以十二个专题的形式,重点选收那些历史信息比较丰富,也比较符合专题内容需要的文献史料,例如严文井先生的《1954—1955儿童文学选·序言》、茅盾先生的《六〇年少年儿童文学漫谈》、周晓先生的《儿童文学的报春燕——1980年以来儿童短篇小说创作管窥》、束沛德先生的《新景观 大趋势——世纪之交中国儿童文学扫描》等等。除了专题需要外,一些有影响的专题论文和作家作品论,限于专题体例与全卷篇幅而未能选收,敬请作者和读者朋友鉴谅。

由于出版社对本项目的高度重视和对史料规范、体例的严格要求,本书的许多内容和细节经过了反复的推敲、修改、打磨,甚至推倒重来。我要特别感谢本项目编写团队的陈恩黎、钱淑英、赵霞、齐童巍、胡丽娜、王晶等中青年学者和博士生、硕士生洪妍娜、黄晨屿等同学。整个工作过程大家相互配合、不计回报,一切以专业精神、工作质量为目标。正是所有成员的专业素养、工作态度和精诚合作的团队精神,保证了本项目的工作质量和顺利完成。

我还要特别感谢南京师范大学出版社的信任和邀约,感谢张春老师全程耐心、专业的指导,感谢责任编辑王礼祥老师、魏丽老师的精心编辑。

由于个人能力所限,本书可能存在的不足,敬请读者朋友批评、指正。

方卫平

2023 年 11 月 7 日